석헌 정규복 총서 4

한국 고소설사의 연구

정규복 지음

보고사

自序

기축년을 마감하는 시점에서 필자의 팔십 평생 학문적 여정을 정리하는 '석헌 정규복 총서'를 간행하게 된 것을 매우 영광스럽게 생각한다.

본 총서를 간행할 수 있었던 것은 여러 동학과 제자들의 도움이 컸다. 김흥규 교수는 고려대학교 민족문화연구원 원장으로 국내 최대의 연구조직을 이끌어가는 바쁜 가운데 흔쾌히 편집위원장을 맡아서 총서 출판의 밑그림을 그려주었다. 뿐만 아니라 필자가 소장하고 있던 구운몽 관련 자료를 스캔 작업을 거쳐 보관할 수 있도록 지원하였다. 장효현 교수와 우응순 교수는 출판사를 섭외하고 여러 대학원생을 독려하여 원고를 교정하는 등 실무를 맡아 수고하였다. 박성규 교수, 오춘택 교수, 진경환 교수와 이상구 교수는 총서 출판 기획에 참여하여 여러 가지 조언을 해주었다. 모두에게 깊은 감사의 뜻을 전한다.

총서에 수록된 논문과 저서 중 필자와 특히 관계가 깊은 것은 구운몽 관련 논저들이다. 필자는 1975년『구운몽 연구』로 문학박사 학위를 받았고, 1994년에는 대한민국 학술원으로부터『구운몽 원전의 연구』로 인문과학상을 수상하였다. 필자는「구운몽 영역본 연구」,「구운몽 이본고」,「구운몽의 근원사상고」,「구운몽 노존본의 연구」,「구운몽 노존본의 첨보 작업」등 40여 년 동안 35편의 구운몽 관련 논문을 써

왔는데, 2006년에는 이러한 연구 성과를 인정받아 영국 International Biographical Center에서 선정하는 '21세기의 뛰어난 2천 명의 지성인 (2000 Outstanding Intellectual of the 21st Century)' 명단에 오르기도 하였다.

이제 내 나이는 팔십대에 올랐다. 하루 저녁에 구운몽을 이루었다는 西浦 金萬重은 지하에서 "내가 하루 저녁에 이루어 놓은 것을……" 하며 내가 40년 동안 연구하는 모습을 보고 비웃을지도 모른다. 그렇지만 적당한 자료가 나오면, 나는 또 쓸 것이다.

오래된 원고를 깔끔하게 손질하고 여러 차례 번거로운 교정 작업을 해 준 장예준·이종필 군을 비롯한 고려대학교 국어국문학과 박사과정 대학원생들에게 다시 한번 고마운 마음을 전한다.

2009년 12월

정규복

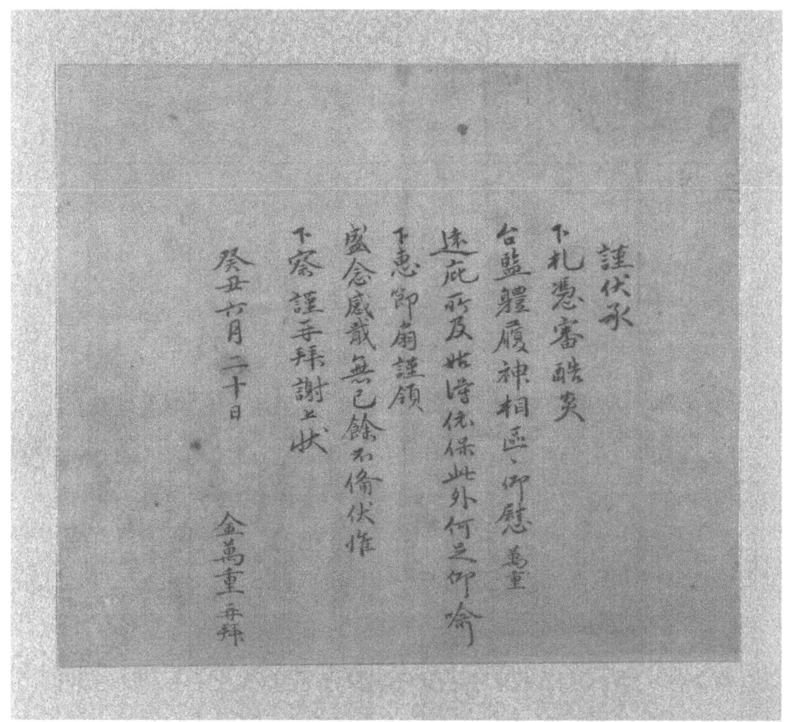

서포 간찰

조선시대 사대부들 사이에는 더운 여름을 시원하게 보내라는 뜻으로 선물로 부채를 주고받는 풍습이 있었다. 이 편지는 서포 김만중이 어떤 대감으로부터 부채를 선물 받은 후 감사의 뜻을 담아 보낸 것이다.

편지의 겉봉이 남아 있지 않고 그 내용 또한 소략하여 받는 이가 누구인지는 알 수 없으나, 극히 공손한 어조의 표현을 사용한 것으로 보아 김만중보다 상당히 높은 연배의 인물인 듯하다.

편지 말미에 있는 "癸丑 六月 二十日"이라는 기록을 통해 김만중이 그의 나이 37세가 되던 해인 1673년(현종 14) 음력 6월 20일에 썼음을 알 수 있다. 『西浦年譜』에 의하면, 이 당시 김만중은 홍문관 부교리로 있었다.

일러두기

※

❶ 이 책은 1992년 한국연구원에서 간행한 『한국고소설사의 연구』 초판을 저본
으로 하였다.

❷ 저본에는 없던 논문과 서평을 추가하였는데, 최초 발표 지면은 다음과 같다.
「당태종전의 이본에 대하여」, 『모산학보』 제10집, 동아인문학회, 1998.
「서평 : 이윤석 저 『홍길동전 연구−서지와 해석』」, 『고소설연구』 제5집,
한국고소설학회, 1998.

❸ 저본에 있던 영문초록과 논문 「추풍감별곡의 문헌학적 연구」는 제외하였다.

❹ 저본의 오기나 오식을 바로잡았으며, 맞춤법과 띄어쓰기 또한 현행 한글맞
춤법과 표준어 규정에 따라 수정하는 것을 원칙으로 하였다.

❺ 한자는 가급적 한글로 바꾸었다.

❻ 이 책에서 사용한 기호는 다음과 같다.

『 　』 : 단행본, 작품집, 문집 등
「 　」 : 논문
〈 　〉 : 작품명

머리말

본 연구 저서는 30여 년간 그때그때 필요에 따라 집필해 온 것이 우연찮게 교수정년을 임하여 한 자리에 모아 정리한 것이다.

필자가 1957년도에 대학원에 입학하여 당시 지도교수로 배정된 朴晟義 선생과 논문 제목을 상의한 끝에 軍談小說을 <삼국지연의>와 연결시켜 연구해 보라는 분부를 받았다. 그리하여 고소설 백여 편을 독파하면서 엮어놓은 것이 필자의 석사논문 「韓國古代軍談小說硏究」이다. 즉 고소설 백여 편을 읽는 가운데 필자의 전공은 <구운몽>을 연구하는 일과 고소설 전반에 대한 문제를 연구하는 것으로써 낙착하게 된 것이다.

30여 년간 학문생활을 영위하는 중에 고소설에 대한 연구는 무엇보다도 나의 학문시간에 할애되어 그간 20여 편의 글을 작성하여 여기에 싣게 되었지만, 애진작에는 이들을 바탕으로 古小說史를 써 보겠다는 야욕을 가지기도 하였다. 그 이유는 金台俊의 力著 『朝鮮小說史』가 엮어진 이래, 근 10년 간격으로 周王山의 『朝鮮古代小說史』(1950), 朴晟義의 『韓國古代小說史』(1958) 및 申基亨의 『韓國小說發達史』(1963) 등이 이루어졌지만, 김태준의 『조선소설사』를 벗어나지 못하였기 때문이다. 하지만, 실은 나도 역량부족으로 김태준의 것을 크게 극복하지 못할 것 같아 결국은 이들을 한자리에 모아놓아 앞으로 쓰여질 고소설사의 바탕에 조금이라도 그 자료가 되었으면 해서 본 저서의 주제 명칭을 '古小說史의 研究'라 해보았다.

제1편 古小說史의 기본적 연구엔 「한국고소설사의 기존연구와 전망」(『애산학보』(6), 애산학회, 1988), 「한국고소설사의 기술방법에 대하여」(『어문연구』(21), 어문학회, 1991), 「한국고소설의 역사적 전개」(『한국고소설연구』, 二友, 1986) 및 「한국고소설의 名稱釋義」(「깃을 치는 山」, 『월탄선생 고희송수사화집』, 同和, 1970) 등 네 편의 글이 고소설사의 기본적 틀이 된다고 생각되어 여기에 내포시켰고 그 중 「고소설의 명칭석의」는 원래 「고대소설의 명칭석의」로 된 것을 약간 보완하여 실었다. 제2편 '古小說의 研究史'엔 「금오신화의 연구사」(『법산 송순강교수 화갑기념어문논총』, 대한, 1991)를 비롯하여 몽유록·군담소설·홍길동전·구운몽·연암소설 등 한국 고소설사에서 時를 劃할만한 작품들을 선정하여 이들의 연구사를 더듬어 이에 내포시킨 것이다.

여기에서 의당히 논의되어야 할 <春香傳>과 朝鮮末의 소위 新作舊小說이 제외된 것은 필자의 시간적 배려가 여의치 않아 그리된 것으로써 이는 앞으로의 과제로 부득이 공란으로 남겨놓을 수밖에 없다. 다만, 연구사를 정리하는 마당에 있어서 덧붙여 두어야 할 일은 개개 작품의 연구사가 거의 100편에 육박하여, 이 논문들을 혼자 읽는 것은 역부족이었다. 대학원생들의 도움을 받았는데, 특히 몽유록과 연암소설은 그간 대학원 세미나에서 정석태·윤재민 군 등의 협찬을 얻어 이루어진 것임을 밝히고 싶다.

제3편 '古小說史의 研究'에 내포된 「운영전의 諸問題」(『고대문화』(11), 고려대, 1970), 군담소설의 연구의 「군담소설의 諸問題」(『국어국

문학』(34 · 35), 국어국문학회, 1967)와 「임경업전의 권선징악적 의미」(『한실 이상보박사 화갑기념논총』, 형설, 1987), 그리고 「홍길동전의 유가사상과 그 작용」(『파전 김무조박사 화갑기념논총』, 1988), 「임화정연논고」(『대동문화연구』(3), 성균대, 1966), 서포소설의 연구의 「구운몽의 표기문자에 대하여」(『개신어문연구』(1), 충북대, 1981), 「구운몽의 空觀是非」(『수여 성기열박사 화갑기념논총』, 1989), 「남정기논고」(『국어국문학』(26), 국어국문학회, 1963), 「번언남정기논고」(『연민 이가원박사 육질송수기념논총』, 1977), 「남정기의 저작동기에 대하여」(『성대문학』(11), 성균관대, 1972) 등 네 편, 그리고 「창선감의록의 유가사상과 소설사적 의의」(『고소설연구논총』, 남일문화사, 1988), 「옥루몽의 작자 및 저작연대에 대하여」(『어문학』(15), 한국어문학회, 1966), 「추풍감별곡의 문헌학적 연구」(『서정범박사 환력기념논총』, 1986) 등 13편은 비교적 소설사적 측면에서 다양하게 논의된 것들이다.

이들 13편 중 너무나 오래된 舊稿로서 거의 폐품화된 것, 즉 「옥루몽의 작자 및 저작연대에 대하여」와 같은 것은 <옥루몽>의 작자가 근자 남영로로 밝혀짐에 따라 오늘날에는 쓸모없는 논제가 되어 버렸지만, 저작연대와 작자를 거의 알 수 없는 우리 고소설의 저작연대를 찾는 하나의 방법론을 살리려는 뜻에서 실리게 된 것이다.

위 23편의 논문은 이르게는 1963년에 이루어진 「남정기논고」로부터 가장 최근 1991년에 이루어진 「고소설사의 연구방법에 대하여」를 생각한다면, 필자의 고소설에 대한 연구시간은 근 30편의 역정이다. 그러니 본서는 어찌됐든 나의 그간 이루어놓은 고소설의 연구가 총결산된 셈이다. 다만, 이질적인 것들을 한자리에 모아놓는 과정에서 약간의 중복을 정리하기란 그리 쉬운 일이 아니므로 군데군데 거듭되는 언급은 있겠지만, 크게 중복되는 것 외에, 문체·용어 등의 낡은 것은 손을 대 정리하였음을 덧붙여 둔다.

그간 30여 년간 나의 학문연구의 분야는 古小說의 연구, 九雲夢의 연구, 그리고 韓中 비교문학의 연구로 나누어진다고 생각되는데, 구운몽과 한중비교문학의 연구는 이미 결실을 맺어『구운몽 연구』·『구운몽 원전의 연구』, 그리고『한중문학비교의 연구』로 이루어졌고, 구운몽의 원전을 찾은 경험의 확산으로『한국고전문학의 원전비평적 연구』가 이루어졌다. 1957년 대학원 입학 이래 나의 고소설의 연구는 이번 이루어지게 된『한국고소설사의 연구』로 그간 학문연구생활은 총 마무리된 셈이다. 감개무량하면서 즐겁기 그지없다. 명석치 않은 두뇌로 이룬 본 저서가 얼마나 학계에 공헌할는지는 자신이 없지만, 나에게 주어졌던 학문연구의 생활이 총결산되니 홀가분하기 그지없다.

1992년 7월

滄川書室에서 丁奎福

목차

● 自序 … 3
● 서포 간찰 … 5
● 일러두기 … 6
● 머리말 … 7

제1부
고소설사의 기본적 연구

1. 한국 고소설사의 기존연구와 전망 ················· 19

   1) 導 言 ································· 19

   2) 김태준의 『조선소설사』에 따른 評釋 ············· 21

   3) 결 어 ································· 52

2. 한국 고소설사의 기술방법에 대하여 ·············· 59

   1) 導 言 ································· 59

   2) 소설의 개념문제 ························ 61

   3) 소설사 시대구분의 문제 ··················· 66

   4) 국문소설과 한문소설의 상관성 ··············· 76

3. 고소설의 역사적 전개 ···················· 80

   1) 導 言 ································· 80

   2) 고소설의 역사적 전개 ···················· 81

3) 결 어 ·········· 91

4. 고소설의 명칭 석의 ·········· 92

제2부
고소설의 연구사

1. 금오신화의 연구사 ·········· 99

　1) 導 言 ·········· 99

　2) 문헌학적 연구기 ·········· 102

　3) 비교문학적 연구기 ·········· 103

　4) 사상적 연구기 ·········· 107

　5) 본질론적 연구기 ·········· 110

　6) 결 어 ·········· 112

2. 몽유록의 연구사 ·········· 115

　1) 導 言 ·········· 115

　2) 실증적 연구 ·········· 116

　3) 장르적 성격과 유형 분류 ·········· 117

　4) 개별 작품의 연구 ·········· 122

　5) 결 어 ·········· 125

3. 군담소설의 연구사 ·········· 127

4. 홍길동전의 연구사 ·········· 134

　1) 導 言 ·········· 134

　2) 제1기 1950년 이전 ·········· 137

3) 제2기 1950년대 ································· 138

4) 제3기 1960년대 ································· 139

5) 제4기 1970년대 ································· 144

6) 제5기 1980년대 ································· 148

7) 결 어 ··· 152

5. 구운몽의 연구사 ································· 153

1) 導 言 ··· 153

2) 제1기 6·25 이전 ······························ 154

3) 제2기 6·25부터 1959년까지 ··················· 156

4) 제3기 1960년대 ································· 157

5) 제4기 1970년대 ································· 161

6) 제5기 1980년대 ································· 164

7) 결 어 ··· 171

6. 연암소설의 연구사 ······························ 173

1) 導 言 ··· 173

2) 제1기 1930년 이전 ····························· 174

3) 제2기 1930~1940년대 ························· 175

4) 제3기 1950년~1960년대 ······················· 177

5) 제4기 1970년~1980년대 ······················· 181

6) 양반전·호질·허생전의 연구사 ··················· 184

7) 결 어 ··· 192

제3부

고소설사의 연구

1. 운영전의 제문제 ·· 197

   1) 導 言 ··· 197

   2) 비극성의 문제 ··· 199

   3) 작자와 저작연대 ·· 204

2. 군담소설의 연구 ·· 214

   1) 군담소설의 諸問題 ·· 214

   2) 〈임경업전〉의 권선징악적 의미 ························ 230

3. 홍길동전의 유가사상과 그 작용 ································ 236

   1) 導 言 ··· 236

   2) 시대적 배경 ··· 237

   3) 유가사상과 그 작용 ······································ 239

   4) 결 어 ··· 240

4. 임화정연 논고 ··· 243

   1) 導 言 ··· 243

   2) 경개 ··· 245

   3) 저작연대고 ·· 250

   4) 구성의 근대화 ·· 253

   5) 결 어 ··· 265

5. 서포소설의 연구 ·· 267

   1) 구운몽의 표기문자에 대하여 ·························· 267

2) 구운몽의 '空觀' 시비 ···································· 276

3) 남정기 논고 ···································· 286

4) 번언남정기 논고 ···································· 317

5) 남정기의 저작동기에 대하여 ···································· 329

6. 창선감의록의 유가사상과 소설사적 의의 ···································· 338

1) 導 言 ···································· 338

2) 作者의 問題 ···································· 339

3) 창선감의록과 유가사상 ···································· 344

4) 소설사적 의의 ···································· 351

5) 결 어 ···································· 355

7. 옥루몽의 작자 및 저작연대에 대하여 ···································· 357

1) 導 言 ···································· 357

2) 옥루몽 작자에 대한 諸說 ···································· 358

3) 諸說에 대한 비판 ···································· 360

4) 구성면에서 본 저작연대 ···································· 363

5) 결 어 ···································· 367

8. 당태종전의 이본에 대하여 ···································· 368

1) 서 언 ···································· 368

2) 당태종전의 이본사항 ···································· 369

3) 당태종전의 이본적 실제 ···································· 375

4) 결 어 ···································· 386

홍길동전 연구 ─ 서지와 해석 ·· 391

참고문헌 _ 399
찾아보기 _ 434

제1부

고소설사의 기본적 연구

1
한국 고소설사의 기존연구와 전망

1) 導 言

　한국 고소설사 연구는 이미 네 종류가 이루어졌다. 즉 1933년에 출간된 金台俊의『朝鮮小說史』와 1950년에 출간된 周王山의『朝鮮古代小說史』, 1958년에는 朴晟義의『韓國古代小說史』, 그리고 1963년에 출간된 申基亨의『韓國小說發達史』등이 그것이다. 그러나 이 네 종류의 소설사 가운데 가장 중요하게 논의되고 있는 것이 김태준의『조선소설사』임은 전공자이면 누구에게나 주지된 사실이다. 정상균 교수가 일찍이 김태준이 문학의 사회성에 치우쳐 문학의 창조성에 소홀했다고 부정적으로 본 것과[1]는 달리 필자는 그의 방법론적 미숙성은 인정하지만 그의 학문적 해박성으로 인하여 한국 소설사에 크게 영향을 주었다는 점에서 긍정적으로 논의하고자 한다.

　김태준의『조선소설사』이후 이루어진 소설사는 그의 범위를 벗어날 수도 없으려니와, 거의가 그 범위 안에서 내용뿐만 아니라 때로는 글귀, 문맥 등의 일치를 보여 표절의 오류를 벗어나지 않고 있는 데서

---

1) 정상균, 「김태준론」, 『국어교육』8, 한국국어교육연구회, 1981.

도 그의 『조선소설사』가 얼마나 큰 위력을 지니고 있는가를 알 수 있다. 이는 마치 이웃 나라 소설사의 하나인 중국 소설사의 경우 魯迅의 『中國小說史略』(1923)이 출간된 후 몇 종류의 소설사가 나왔지만, 거의가 노신의 『중국소설사략』의 범주를 벗어나지 못한 것과 마찬가지이다.

가령 우리가 험한 절벽에 로프를 이용하여 등반할 경우, 리더는 죽음의 위험을 무릅쓰고 로프를 제쳐놓고 올라가야만 하는 것과 같이, 김태준의 『조선소설사』나 노신의 『중국소설사략』은 로프 등반에 비유할 때, 리더에 해당되는 선구자요 공로자라는 것이다. 그러므로 김태준의 『조선소설사』야말로 어느 외국인이 평한 바와 같이 한국 학술사에 있어서 하나의 획을 그어 놓은 역저에 해당된다.

김태준의 『조선소설사』가 간행된 후, 거의 10년 간격으로 주기적으로 다른 저술들이 엮어졌음을 알 수 있는데, 최후는 신기형의 『한국소설발달사』가 1963년에 간행된 것을 마지막으로 70년대를 공쳤고, 80년대도 저물어감을 생각할 때, 한국 소설사의 기술에서 거의 30년간 공백기인 것은 아마 현 단계로서는 김태준의 『조선소설사』를 능가할 수 없으리라는 관념이 작용된 것이 아닌가 한다.

이제 새로운 한국 소설사를 엮으려면, 무엇보다도 김태준의 『조선소설사』를 탈피하고 새로운 자료 내지 방법론으로써 엮어야 할 것이다. 그렇지만 새로운 자료와 방법론이 그리 쉽게 얻어지는 것이 아닌 바에야, 현재로서는 그의 『조선소설사』를 비롯한 기존 소설사를 정밀히 분석하고 비판하는 새로운 기술 방법론이 모색되어야 할 것이다.

필자는 앞으로 쓰여야 할 한국 소설사를 위해 여기서는 지면 관계로 한국 소설사의 기존 연구 중, 특히 그의 『조선소설사』를 비롯한 기존연구가 어떻게 이루어졌는가를 살펴볼까 한다. 논술 방법은 시대 구분에 따라 편목을 단락으로 나누어 검증해 보기로 한다. 『조선소설사』는 본디 일곱 편목으로 돼 있지만 제7편은 현대 소설사의 범위에 들어가므로 이를 제외시킨 편목은 다음과 같다.

제1편 서론
제2편 說話시대의 소설
제3편 傳奇소설과 한글 발생기
제4편 壬辰丙子亂 사이에 발흥된 신문예
제5편 일반화한 軟文學의 난숙기
제6편 근대 소설 일반

그러면 이들을 차례에 따라 편목으로 나뉜 그의 『조선소설사』와 기존연구 소설사의 상관관계를 살펴보기로 하자.

2) 김태준의 『조선소설사』에 따른 評釋

제1편 서 론

1장의 '소설의 정의'를 동양적 개념인 雜事·異聞·瑣說 등 소위 실화적 개념용어와 영국 문인 롱(Long:1886~1922)의 근대사실주의적 개념으로 설명한다면, 한국 소설은 3·1운동 이후의 것이 근대적 개념에 해당되므로 결국 한국 옛 소설은 잡사·이문·쇄설 등에 해당되는 것이 헤아릴 수 없이 많다고 언급하고 있다.

이 장에 관하여 주왕산은 그의 『조선고대소설사』에서 롱(Long) 외에 해밀톤(Clayton Hamilton) 교수의 문학개념을 들면서 비교적 다양하게 서술하였고, 박성의는 『한국고대소설사』(27~31쪽)에서 앞의 것들을 더욱 확대하였으며, 신기형은 『한국소설발달사』(24~29쪽)에서 이들을 모두 수렴하면서 특히 백철의 『문학개론』을 많이 참고하였다.

2장 '조선 소설의 여러 문제'에서는 중국의 고도한 문명을 무비판적으로 수용했다 하여 첫째, 조선 소설이 거의가 중국을 무대로 쓰게 된 것은 작자들이 중국 소설을 많이 읽었다는 것, 독자들은 중국 지명에 생소하므로 혹시 오류를 범해도 전혀 문제되지 않는다는 것, 독자들의 다른 나라 풍속에 대한 호기심, 그리고 궁중이나 귀족의 생활을 폭로함에 있어서 중국의 것으로 호도될 수 있다는 것 등을 들었다. 그리고 둘째, 한국 소설은 중국 소설의 연장이라 할 만큼 <옥단춘전>, <춘향전>, <흥부전>, <심청전> 등을 제외하고는 거의가 중국 소설과 깊숙한 연계를 지니고 있다는 것을 언급하였다. 말하자면 이 장은 한국 소설이 지나치게 중국 소설에 연계된 것을 다분히 비판적 입장에서 언급하고 있다.

주왕산의 것[2]엔 이 장이 漢 문화의 유입과 고소설의 특수성으로 나누어져 윤색됐고, 박성의의 것[3](59~87쪽)엔 '고소설의 배경'에서 확대됐으며 신기형의 것[4](32~40쪽)엔 고소설의 특성에서 부분적으로 수렴되었다.

3장 '모든 유학자의 소설에 대한 功罪論'에서 조선시대는 다른 나라

---

2) 주왕산의 것은 주왕산의 『조선고대소설사』, 정음사, 1950의 약칭으로 앞으로 약칭을 사용하겠다.

3) 박성의의 것은 박성의의 『한국고대소설사』, 일신사, 1958의 약칭으로 앞으로 약칭을 사용하겠다.

4) 신기형의 것은 신기형의 『한국소설발달사』의 약칭으로 앞으로 약칭을 사용하겠다.

와 같이 소설을 경시하는 풍속이 있었음을 『陶谷集』(李宜顯)·『疏齋集』(李頤命)·『星湖僿說』(李瀷)·『澤堂雜著』(李植)·『松南雜識』(趙在三) 등의 기록을 들어 예증하였다. 그리고 아울러 조선 소설의 형식이 공식률로 엮어진 것이나 작자 미상인 것은 특히 유교 사회의 소설 경시로 기인한 것으로 보고 당시 유교 사회를 부정적으로 보고 있다.

이 장이 주왕산의 것(59~87쪽)엔 유교와 고소설로 재인용됐고, 박성의의 것(91~96쪽)엔 한학 유학의 소설에 대한 영향으로 재인용됐으며, 신기형의 것(39~40쪽)에도 역시 재인용됐다.

4장 '조선 소설 개관'에서는 조선 소설이 유가적 전통 밑에 忠孝大節이 강조된 내용과 천편일률의 형식으로 일관된 것을 전제로 하고 있다. 그리고 삼국시대의 風流奇談과 祝詞文學의 성격이 삼국시대 말기부터 침입해온 중국·인도의 문화로 인해 위축되면서, 대신 고려 말에 일어난 소위 패관문학 『破閑集』, 『補閑集』 등이 생기게 되고 조선조에 이르러 훈민정음의 창제로 한글문학과 한문학으로 이분화 되면서 숙종과 정조 사이에 문예의 난숙을 맞이할 수 있었다는 소설사적 자취가 개관되었다. 순조 이후엔 전철을 밟았을 뿐, 보잘 것 없다가 甲午更張을 계기로 구미문화의 대량수입으로 문예운동이 융성하게 되었다는 것이 언급되었다. 그러나 이 장에서 특기할 만한 일은 문학사적 입장에서 조선 문학 내지 소설은 훈민정음 제정 이후에 그 기원을 두었다는 것[5]이라는 언급이다.

이 장의 소설사적 개관은 주왕산의 것엔 전연 제외되었고, 박성의의 것(93~100쪽)엔 '한국 고대소설사의 시대구분'으로 확대 구체화 되었

---

5) 김태준, 『조선소설사』, 학예사, 1939, 24쪽.

으며, 신기형의 것엔 전형적으로 시대구분을 지으면서도 서론이나 본론에 아무런 언급이 없다. 그러므로 이 장은 박성의의 것을 제외하고는 모두가 소설 기술의 후퇴를 가져왔다. 그것은 소설사의 기술엔 시대구분이 기초적으로 이루어져야 할 필수조건이기 때문이다.

위의 1편목은 한국 소설사의 서장에 해당되는 것으로서 김태준의 것[6])에 ① 소설의 정의 ② 조선 소설의 여러 문제 ③ 모든 儒學者의 소설에 대한 功罪論 ④ 조선 소설 개관 등 네 문제가 거론되었음을 알 수가 있다. 이것들이 주왕산의 것엔 ①, ②, ③의 문제가 거론되었지만, 서장에서 가장 중요한 문제인 조선 소설 개관이 아주 제외되었다. 박성의의 것엔 김태준의 ①, ②, ③, ④의 문제가 모두 수용되면서 구체적으로 엮어져 있을 뿐 아니라, 특히 『한국 고대 소설사』의 시대 구분은 김태준의 '조선 소설 개관'을 유기적으로 확대하여 소설사로서는 더욱 전진되었다고 하지 않을 수 없다. 그리고 태동·형성·발흥 등의 소설사적 시대구분은 특히 조윤제의 『국문학사』의 시대구분 방법이 원용되었다고 생각된다. 그러나 신기형의 것에서 시대구분이 확대는커녕 전연 제외된 것은 전진을 후퇴케 한 것이다. 색다른 것은 '연구의 방법론'이 삽입됐다는 것이지만 별다른 의의가 없다.

제2편 說話時代의 소설

1장 '조선 소설의 기원'에서는 한국의 국민문학을 원칙적으로 한글 창제 이후로부터 따져야 할 일이다. 그렇지만 한국인의 감정과 사상이

---

6) '김태준의 것'은 김태준의 『조선소설사』증보판, 학예사, 1939의 약칭이다. 이후 약칭을 쓰겠다.

표출된 한문학도 특수한 환경으로 부득이 국민 문학의 범위에 내포되어야 한다는 것을 전제로, 한국 소설의 기원은 설화에서 비롯된다고 하였다. 말하자면 삼국시대 및 고려시대에 이루어진 설화에도 한국 소설의 기원을 두고 있다.

1장 '소설사의 기원' 문제는 주왕산의 것에선 '상고시대의 설화'에서 손진태의 『조선민족설화의 연구』의 義狗전설과 靑蛙전설을 재인용하면서 구비문학의 중요성을 서술하였다. 그리고 박성의의 것에선 이를 더 확대하여 시대개관, 설화문학과 한국고대설화 등으로 훨씬 유기적으로 구체화하였다. 또한 신기형의 것에선 단군신화·삼국건국설화 등으로 『삼국유사』의 여러 설화를 구체화하였다. 그러나 결과적으로는 김태준이 한국 소설사의 기술에서 필수적으로 제시한 '조선 소설의 기원'을 더 구체화하지 않았을 뿐만 아니라, 이들이 장의 분류에서 제시한 것은 소설사의 기술방법상 후퇴라 하지 않을 수가 없다.

2장 '三國說話와 殘存한 文獻'에서 현재 實本이 없는 삼국시대의 『鷄林雜編』(金大問)·『花郎世紀』(金大問)·『新羅殊異傳』(崔致遠) 등의 문헌을 중국의 『杜陽雜編』(蘇鶚)·『甄異傳』(戴祚)·『述異記』(祖冲之)·『異苑』(劉敬叔)·『神異傳』(東方朔) 등과 견주어 보려 시도한 것은 비교 설화의 연구 방법을 암시한 것으로 보인다. 그리고 문헌적으로 현존하는 『삼국사기』의 권45·47에서 특히 「都彌傳」·「溫達傳」과 『삼국유사』의 여러 설화를 특히 중국의 『搜神記』·『山海經』·『博物志』나 일본의 『古事記』·『日本書記』와 견주려는 것은 김태준이 『조선소설사』를 엮을 때, 이후의 설화내용에도 드러나는 일이지만, 중국과 일본 등 동양 삼국의 문학을 의식한 박식을 표출한 것이 아닐 수 없다.

이와 같은 비교 설화적 서술 방법은 이후 이루어진 소설사에 확대해

볼만한 문제이지만, 역량부족의 탓으로 아무런 검토가 이루어지지 못하였다.

3장 '고려의 稗官文學과 불교문예'에서는 고려시대가 문화적 입장에서 신라 예술의 계승을 제외하곤, 암흑기에 해당되어 소설의 입장에서도 보잘것없지만 다행히 『白雲小說』(李奎報)·『破閑集』(李仁老)·『補閑集』(崔滋)·『櫟翁稗說』(李齊賢) 등 소위 패관문학과 불교 작품인 <浮雲居士傳>과 <王郎返魂傳>이 전하였음을 언급하고 있다. 특히 <왕랑반혼전>[7]은 이를 더욱 구체화하여 불경 가운데 아미타경, 또는 중국의 唐僧 湛然의 魚兒佛 四幕劇 및 『太平廣記』의 <費子玉>과 <王璹> 등과 연계시켜 언급하였다. 이것은 한국·중국·일본의 범동양적 폭 넓은 연계로서 매우 뜻있는 연계이다. 그러나 <왕랑반혼전>이 불교 소설임을 전제로, 그것이 지닌 재생담을 확대하여 중국의 『全相平和三國志』, 『續金甁梅』 또는 <金犢傳>과 연계시키면서 이를 불경 地幸綠 第七地에까지 구체화시킨 것은 격을 잃은 사족이라 보인다.

제2편에서 소설의 기원을 설화에다 두고 이를 전제로 하여 삼국설화와 잔존한 문헌, 고려의 패관문학 등 3장으로 나누어 엮은 것은 부분적으로 문제를 지난다 할지라도 체제상 대체로 합리적이다. 그러나 주왕산의 것에선 제2편을 설화시대의 명목으로 ① 上古의 설화 ② 삼국시대의 설화 ③ 설화의 이동 ④ 漢 이전의 신화·전설 ⑤ 六朝시대의 志怪小說 ⑥ 世說新語의 끼친 영향 ⑦ 唐의 傳記小說 ⑧ 宋金의 설화 ⑨ 고려의 稗官小說 등 아홉 장으로 확대해 놓았다. ①과 ②는 김태준의 '조선소설사의 기원'과 '삼국 설화와 잔존한 문헌'의 서술방법에서

---

7) <왕랑반혼전>은 두말할 것 없이 조선시대의 작품이다. 그러나 김태준이 여기서 고려시대의 작품으로 삽입시킨 것은 그의 『조선소설사』(272쪽)에서 잘못을 시정하여 놓았다.

연유된 것이지만, 군데군데 문맥의 연계가 없어 오히려 후퇴된 감을 준다. 그리고 ③은 새로운 장 같지만, 이는 이미 앞에서 지적된 바와 같이 전적으로 손진태의 『조선민족설화의 연구』의 義狗전설과 靑蛙전설이 거의가 줄여져 재인용되어 군데군데 문맥이 연계되지 않고 있다. ④, ⑤, ⑥, ⑦의 삽입 역시 새로운 것 같지만, 이들은 거의 노신의 『중국소설사략』이 增田涉의 日譯版(개조사, 1937)이 나온 나머지 원문에 비해 결과적으로 誤文이 된 것도[8] 보인다. 뿐만 아니라, 중국 소설과 한국 소설이 연계된 것을 전제로, 이들 중국 소설의 장 ⑧이 삽입됐지만, 실제로 한국 소설과 연계가 이루어지지 않고 있다. 말하자면 제2편은 김태준의 것에 비해 훨씬 뒤떨어진 구성이요 서술이 되고 말았다.

그렇지만 이 편목에서 주목하여야 할 일은 소설사적으로 패관소설보다 발전된 형태로 소위 가전체 문학인 林椿의 <麴醇傳>과 <孔方傳>, 李奎報의 <麴先生傳>과 <淸江使者玄夫傳>, 李穀의 <竹夫人傳>, 李詹의 <楮生傳>, 釋 息影庵의 <丁侍者傳> 등이 처음으로 삽입되어 언급되었다는 것이다. 이 가전체 문학은 김태준의 것엔 전연 출현치 않는다. 이 가전체 문학의 삽입은 그 후 박성의의 것과 신기형의 것에 더욱 확대될 계기가 마련된 것이다.

이 편목이 박성의의 것에선 태동기의 명목으로 ① 시대개관 ② 설화문학과 한국 고대설화 ③ 고려의 패관문학 및 불교문학 등으로 나누어져 주왕산의 번잡한 분류가 제거되었을 뿐 아니라, 시대개관이 삽입되는 등 체제상 더욱 새로워졌다고 보인다. 그러나 김태준의 '조선소설의 기원'이 거의 제거된 것은 아쉬운 일이고, 더구나 설화가 개념·특징

---

8) 주왕산, 『조선고대소설사』, 51쪽.

등 작은 항목으로 나누어진 것도 소설사로서 격에서 벗어난 것이라 생각된다. 그리고 이 편에서 <왕랑반혼전>이 ③에 고려의 불교소설로 삽입된 것은 숙종 때에 발행한 『彌阿懺節要』에 <왕랑반혼전>이 붙여 있는 것으로 보아 소설문학의 난숙기인 숙종조에 이루어진 것이 아닌가 한다9)는 본인의 말에 비추어 봐도 전연 격을 잃은 삽입이다. 이는 이미 김태준의 것에도 시정된 바 있기 때문이다.

신기형의 것에선 이 편목을 고대소설의 원류기와 고대소설의 모체기 등으로 이등분하여 단군신화 및 삼국의 건국설화와 일반설화 등을 분명한 시대적 개념 규정도 없이 원류기에 삽입시키고 <가락국기>, 『수이전』 및 가전체 문학 등은 모체기에다 편입시키고 있다. 이것은 소설사로서 새로운 시도 같아 보이지만 이미 이루어진 소설사의 기술에서 훨씬 후퇴된 것은 말할 것도 없고, 소설사로서 질서를 잃게 하였다고 하지 않을 수 없다. 가령 『三國史記』와 『三國遺事』의 설화를 아무런 근거도 없이 시대적으로 분류한다는 것 자체가 큰 모순이다. 이와 같은 오류는 어떻게 보면 주왕산의 것에서 아무런 근거도 없이 설화시대를 상고시대·삼국시대 등으로 분류한 데서 연유된 것이 아닌가 한다.

제3편 傳奇소설과 한글 발생기

1장 '조선의 주자학과 소설계에 던진 영향'에서는 조선조의 斥佛崇儒로 인하여 주자학 일변도의 권위주위가 소설문학의 천시를 가져오게 하여 선조에서 숙종 사이에 많이 쏟아져 나온 소설도 출판되지 못

---

9) 박성의, 『한국고대소설사』, 141쪽.

하고 거의 寫本으로 읽혀져 변개된 사본을 이루게 되었다는 것을 언급하여, 특히 사상의 단조로움을 초래케 한 유가의 해독을 강조하고 있다.

2장 '조선 초창기의 傳奇小說'에서는 첫째 고려시대부터 이루어진 패관문학의 흐름이 조선시대에도 『稗官雜記』(魚叔權)·『於于野談』(柳夢寅)·『東野彙輯』(李源命)·『溪西野談』(李羲準) 등 패관문학을 계속 이루게 하였으며, 둘째 『滑稽傳』(徐居正)·『古今笑叢』(宋寅) 등의 주로 문헌적 문제가 다루어졌고, 셋째 『剪燈新話』가 지닌 중국 소설사적 의의와 『金鰲新話』를 중심으로 한국적 전래와 아울러 일본의 『奇異雜談集』·『牧丹燈記』·『伽婢子』·『錢湯新話』 등의 출현까지 언급되어 한국·중국·일본 삼국의 국제 교류문제까지 언급되었다.

3장 '傳奇문학의 백미인 금오신화'에서는 첫째 『금오신화』의 작가 김시습의 전기를 『海東名臣錄』·『眉叟記言』·『東京雜記』 등의 문헌을 중심으로 기술하였고, 둘째 『금오신화』의 텍스트 문제는 주로 최남선의 「金鰲新話解題」를 참고하였고, 셋째 『금오신화』와 『전등신화』와의 연계문제를 서술하는 가운데 자주 정신과 향토색을 강조하여 작가 김시습을 조선시대의 일류소설가로 규정하고 있다.

4장 '한글의 창제와 여명 운동'에서는 첫째 훈민정음의 문학사적 의의를 논하는 가운데 진정한 국민문학은 훈민정음의 창제 이후부터 시작된다는 것을 강조하였고, 둘째 훈민정음 창제 후 『法華經』·『金剛經』·『楞嚴經』 등 불경 언해와 사서 언해가 나오는 가운데 중국의 『列女傳』(劉向)이 중종 때 번역돼 나옴으로써 이것이 국문 소설 형식에 큰 영향을 끼쳤다는 것을 언급하였다.

제3편에 있어선 『금오신화』가 한국 최초의 소설로 언급되는 가운데 중국의 『전등신화』, 일본의 『오도끼부꼬』 등 삼국의 문학 교류가 언급

된 것과 진정한 국민 문학은 훈민정음 이후로 잡는 것, 그리고 권위주의적 주자학이 소설에 많은 해독을 끼쳤다는 것 등은 소설사의 서술에 높은 안목으로 평가된다. 그러나 4장 '한글의 창제와 여명기 운동'은 체제상 1장 '조선의 주자학과 소설계에 던진 영향'과 함께 서술되어야 했을 것이다.

주왕산의 것에선 제3편이 '조선 초기의 소설'의 명목으로 ① 건국과 유교 ② 전대를 계승한 '패관문학' ③ 元代의 '白話소설' ④ 전등신화 ⑤ 금오신화 등 다섯 장으로 나누어 서술되었다. 여기에 특히 주목되는 것은 김태준의 것에 4장을 하나의 편목으로 확대하여 ① 훈민정음의 창제 ② 훈민정음과 조선문학 ③ 열녀전의 국역 ④ 여류와 고대소설 등 네 개 장으로 나누어 놓았다는 것이다. 그렇지만 전체적으로 보아 김태준의 '한글의 창제와 여명기 운동'을 뛰어 넘는 부분은 없다. 오히려 김태준의 典據를 재인용하는 가운데 원문을 상고치 않아 오류를[10] 그대로 범한 것도 눈에 띤다. 이는 주왕산의 것뿐만 아니라 계속된 소설사에도 해당된다. 그리고 ①은 김태준의 것(47~50쪽) '李朝의 주자학과 소설계에 던진 영향'을 ②는 역시 김태준의 것(50~52쪽) '전대계승의 패관문학'을 약간 윤색한 것이고, ③은 새로운 삽입이지만, 魯迅의 『中國小說史略』의 十五編 元明 「傳本之講史」를 축소한 것이다. 그러나 여기에 <삼국지연의>의 번역문학으로 언급된 것 중 <劉忠

---

10) '嘉靖癸卯' 中廟出劉向列女傳 令禮曺翻以譯文 禮曺啓請申珽柳沆翻譯 柳耳孫寫字……令李上佐 略倣顧愷之古圖而更畫之(『稗官雜記』卷四; 김태준의 『조선소설사』, 64쪽.) 위의 글은 『패관잡기』 권4, 「대동야담」(一), 조선고서간행회, 566쪽에 보면 위의 ×표의 譯은 諺의 오자이며 '顧愷之'는 없다. 그렇지만 이 오자가 이후 출간된 소설사에 그대로 범해져 있다. 주왕산의 『조선고대소설사』 112쪽, 박성의의 『한국고대소설사』, 181쪽.

烈傳>·<玉人傳>·<魏王別傳> 등이 삽입된 오류가 보인다. 한편 한국소설과 거의 연계되지 않는 <수당연의>·<平妖傳> 등이 삽입된 것은 아무런 뜻도 없으려니와, 더욱이 <수호전>·<삼국지>·<평요전> 등 명청소설이 원대의 백화소설에 내포된 것은 중대한 오류이다. ④는 김태준의 것(51~56쪽) '전등 신화의 주해와 모방성'을 부분적으로 확대한 것이고 ⑤는 최남선의 「금오신화 해제」를 윤색한 것이다. 그러므로 주왕산의 이 편목은 새로운 것이 없고, 거의가 김태준의 것과 노신의 『중국소설사략』 및 최남선의 「금오신화 해제」가 윤색되었을 뿐이다.

박성의의 것에선 이 편목을 '형성기'의 명목으로 ① 시대 개관 ② 전대 계속의 패관문학 ③ 전등신화와 그의 모방작 ④ 동봉(東峰) 김시습과 금오신화 ⑤ 훈민정음 창제와 소설 문학사상의 의의 ⑥ 열녀전의 번역 ⑦ 花史와 擬人小說 등 일곱 항으로 나누어 서술되었는데, 다분히 김태준과 주왕산의 서술 방법을 종합시킨 것 같다. 그러나 여기에 특징적인 것을 찾아낸다면 『전등신화』와 『금오신화』의 연계 및 서술에서 현역 국문학도로서 당시 이루어진 많은 논문을 참고하여 크게 확대해 놓았다는 것과 임제의 <화사>와 <수성지> 및 정태제의 <천군연의>를 삽입시켜 놓았다는 것이다. 즉 이들이 김태준의 것과 주왕산의 것엔 임진·병자양란 후의 작품으로 간주되었지만, <화사>의 작자가 임제(1549~1587)임을 전제로 할 때, 이는 분명 조선조 초기의 작품으로 보아야 하므로 앞의 것들의 오류가 시정된 셈이다. 그렇지만 <천군연의>의 작자는 정태제(1612~1669)임을 전제로 할 때 마땅히 임진란 후로 돌려야 될 것이다.

신기형의 것에선 이 편목이 '고대소설의 태동기'의 명목으로 ① 稗史

의 결산 ② 모방의 산물 ③ 각성의 산물 등으로 돼 있어 주로 패관문학 및 『금오신화』, 임제의 <화사>·<수성지>·<원생몽유록> 그리고 정태제의 <천군연의> 등을 서술하였을 뿐, 이 편에서 당연히 서술되어야 할 훈민정음 및 주자학 등과 소설과의 관계는 전연 제외되었다. 또한 이 편에 삽입된 <천군연의>는 체제상 다음 편인 '고대소설의 발생기'에 삽입되어야 할 것이다.

제4편 壬辰·丙子 兩亂 사이에 발흥된 新文藝

1장 '임진란 후에 배태된 신문예'에서는 첫째 임진란 후 중국으로부터 들어온 신사조에 의해 군담이 성행하였다는 것을 밝히고, 둘째 중국에서 들어온 『三國志』를 비롯한 중국소설을 『星湖僿說類選』(李瀷)과 『於于野談』(柳夢寅)을 통해 밝히고, 셋째 성행한 『壬辰錄』을 비롯한 『懲毖錄』(柳成龍)·『奮忠紓難錄』(釋 南鵬)·『日本往還錄』(黃愼)·『少爲浦倡義錄』(金良器)·『唐山義烈錄』(李萬秋)·『龍灣聞見錄』(鄭琢) 또는 작자 미상의 『丙子湖南倡義錄』 『丁卯兩擧義錄』·『徐征錄』·『江都日記』·『戊申倡義事實』·『永陽四難倡義錄』·『三學士傳』·『林慶業傳』·『郭再祐傳』 등의 출현을 밝히고, 넷째 선조·인조 양대에 수필소설로 『淸江雜著』·『懷尼問答』, 개인 전기로 <江都夢遊錄>·<金角于實記>·<桂句傳>·<柳淵傳>·<雲英傳>·<紅白花傳> 또는 사회소설로 <洪吉童傳>·<田禹治傳>·<徐花潭傳>·<花史>·<崔致遠傳>·<檜山君傳> 등의 출현에 대해 언급하고 있다.

이 장에 삽입된 <회산군전>은 아직껏 實本이 출현치 않고 있다. 또한 이 장에서 實記, 實談류가 모두 소설의 범위에 내포된 데도 문제가 있다. 시대구분의 문제에 있어서도 이 장에는 의당 임진·병자 양란을 계기로 이루어진 것만이 내포되어야 하는데, 이후 영조 시대에 이루어진 『병자호란창의록』[11] 등을 삽입시킨 데 더욱 문제가 있다. 實記, 實談의 문제와 시대 구분의 오류는 주왕산의 것(122~125쪽)과 박성의의 것(208~209쪽), 그리고 신기형의 것(231~236쪽)에도 그대로 되풀이 되었다.

2장 '花史와 그 시대'에서는 임제의 <화사>의 체제를 서술하고 그 <화사>의 원류는 중국의 明人 袁石公·瓶仲尊의 <花史>와는 별개인 것으로 薛聰의 <花王戒>에 있음을 추측하였다. 또한 작자 임제의 전기적 내력을 『奇人奇事錄』(沈勿齊)·『성호사설류선』(이익)의 문헌을 들어 논하고, 아울러 임제의 작품으로 <수성지>·<원생몽유록>도 들고 있다. 그리고 <화사>의 문학사적 가치를 임진란 이전의 유일한 장편인 점에 두고 있다.

이 장에서 문제가 되는 것은 임진란 전의 <화사>를 왜 '임진·병자 양란 사이에 발흥한 신문예'에다 삽입시켰느냐이다. 그리고 또 하나는 <화사>의 작자로 임제를 전제하여 논했으나, 註에서는 그 작자를 숙종시인 南聖重으로 강하게 추정해 놓았다는 것이다.

3장 '洪吉童傳과 許筠의 예술'에서는 첫째 <홍길동전>의 경개를 들고, 둘째 작자 허균의 전기를 『澤堂雜著』(李植)·『松泉筆潭』(沈緈)·『列朝詩集』 등 많은 문헌을 들어 허균을 정의감에 넘치는 로맨티스트로 규정하였다. 그 가운데 필자가 <홍길동전>의 사회적 기능에 심취된 나머지 적이 흥분한 감이 있다. 그리고 셋째 <홍길동전>을 통하여

---

11) 정규복, 「한국군담류 소설의 제문제」, 『국어국문학』34·35 참조.

허균의 사상을 적서차별의 폐지, 不義之財를 몰수하여 만민의 구제 및 율도국의 왕이 되는 것 등을 들었고, 넷째 허균의 文藝眼은 詩材의 높음을 전제로 중국 소설에 대한 탁월한 비평안을 가졌다고 하였고, 다섯째 <홍길동전>의 가치는 조선시대 최초의 소설다운 소설로서 중국의 <서유기>·『전등신화』가 수렴되었음을 언급하고 있다. 끝으로 <홍길동전> 류의 <전우치전>과 <서화담전>도 허균의 작품으로 추정하고 있다.

이 장에서 특기할 만한 일은 김태준이 사회주의자로서 허균의 <홍길동전>을 강한 사회주의적 입장에서 풀이하였다는 것과 특히 허균의 처형에 대해서는 객관성을 잃고 매우 흥분하고 썼다는 것이다.

4장 '明代소설의 수입'에서는 <삼국지연의>의 중국적 내력과 이것이 한국의 <華容道>·<山陽大戰>·<赤壁大戰>·<劉忠烈傳>·<姜維實記>·<玉人記>·<魏王別傳> 등에 영향을 끼쳤다고 하고, 외에 <水滸傳>을 통해 <洪允成傳>이 나왔고, <金甁梅>·<西遊記>·<平山冷燕>·<今古奇觀>·<東周列國志>·<孫龐演義>·<開闢演義>·<西湖佳話>·<好逑傳>·<平妖傳> 등이 한국으로 전해왔다는 것을 『西遊記銓』(許筠)·『燕行雜識』(李宜顯)·『北軒雜說』(金春澤) 등의 문헌을 들어 언급하고 있다.

이 장을 통해 김태준의 한국뿐만 아니라, 중국 내지 일본에 대한 해박한 문헌적 지식을 엿볼 수 있다. 그러나 이들의 세부 문제가 정확한 고증을 통해 이루어지지 않았음은 예를 들어 <유충렬전>이 <삼국지연의>의 번역 작품으로 처리된 것에서 드러나고 있다. <유충렬전> 등이 <삼국지연의>의 번역 작품으로 처리된 오류는 주왕산의 것(125쪽)에도 그대로 답습되었다.

제4편에서는 대체로 한국 소설사의 흐름에서 조선시대의 전·후기를 갈라놓은 시간을 임진·병자 양란을 계기로 잡아놓았다. 이것은 임진·병자 양란 자체가 역사적 분기점이 됨을 고려하여 매우 적절한 시대 구분에 해당된다고 생각된다. 이를 중심으로 군담류 소설이 그 대상이 된 것도 아무런 의의가 없다. 그러나 고소설 대부분의 양을 차지한 작자 미상의 군담류 소설을 이 항에다 집어넣은 것은 많은 문제가 가로 놓인다. 한국 소설사에서 가장 허황한 시대 구분이 이 항이라고 생각되는데 당시뿐만 아니라 현재도 뚜렷한 대안이 없고, 뚜렷한 대안이 마련되는 길은 군담류 소설의 개개 작품이 하나하나 정밀한 검토를 통해 시대를 어느 정도 분명하게 하는 일이다. 그러므로 현재로서는 대안이 없는 한 위와 같이 제4편에 편입시킬 수밖에 없다고 본다.

주왕산의 것에선 이편을 '신문예의 발흥'의 명목으로 ① 병자란 후의 新思潮와 군담소설 ② 선조·인조간의 戀情소설 ③ 임제의 「화사」 ④ 사회소설 「홍길동전」 등 네 장으로 이루어 놓았다. ①은 김태준의 것(66~72쪽) '임진란 후 배태된 신문학'을 윤색한 것에 불과하지만, "임란을 치르고 난 후부터는 남양 방면과 서양 방면의 새로운 문물이 일본을 거치어서 조선에 들어올 뿐 아니라, 이에 따라 대륙 방면, 일본 방면, 남양 방면―서양 방면에까지 많은 사람이 진출하게 돼서"[12] 운운은 무슨 뜻인지 전연 이해가 되지 않는다. 위의 인용 부분이 박성의의 것(198쪽)에도 재인용되었다. 이 외에도 군담소설의 대표작으로 김태준의 것(69쪽)은 오로지 『임진록』을 들었는데, 주왕산의 것(123쪽)에선 근거의 제시도 없이 『임진록』과 <곽재우전>을 들어 놓아 이들이

---

12) 주왕산, 『조선고대소설사』, 121쪽.

박성의의 것(200쪽)과 신기형의 것(232쪽)에도 이어지게 되었다. ②는 김태준의 것(70~72쪽) '선조 인조 양대간에 발흥한 소설문학'을 거의 그대로 윤색한 것이, ③은 김태준의 것(72~78쪽) '화사와 그 시대'를 축소하였지만, 이미 앞에서 지적된 바와 같이 임제의 <화사>가 엉뚱하게 임진란 후의 작품으로 삽입된 오류가 그대로 답습되었다. 그러나 이는 박성의의 것(175~190쪽)에서 비로소 시정되어 <화사>가 조선시대 초기의 소설로 삽입된 것이다. ④는 김태준의 것(79~89쪽) '홍길동전과 허균의 예술'의 축소 서술이나 거기에다 작품 본문과 주석까지 삽입시킨 것은 소설사로서의 서술 방법이 훨씬 후퇴된 것이 아닐 수 없다.

주왕산의 이 편은 대체로 네 장 구성법이나 내용이 김태준의 것을 그대로 답습했고, 박성의의 것은 '발흥기'의 명목으로 ① 시대 개관 ② 임란 전후의 중국소설 수입 ③ 양란 후에 성한 군담 소설 ④ 선조 인조 양대 간에 발흥한 소설 문학 ⑤ 사회 소설 홍길동전과 유사한 소설 등 다섯 장의 구성으로, 새로운 시대 개관은 김태준의 것(89~97쪽) '明代 소설의 수입'을 해제식으로 옮겨 놓은 것이고, ④는 주왕산의 것(126~130쪽) '선조·인조 간의 연정소설'을 흡수한 것으로, 말하자면 김태준과 주왕산의 것을 모두 수용하여 이루어 놓았다는 것이다. 그러나 서술 내용에 있어서는 별로 독창성이 없고, 김태준과 주왕산의 서술을 그대로 따온 것이 곳곳에 보인다.[13]

신기형의 것에선 이 편목을 '고대소설의 발생기'의 명목으로 <홍길동전>만 삽입시키고 나머지 임진·병자 양란을 계기로 나왔다고 하는

---

13) 박성의, 『한국고대소설사』, 198, 227쪽; 김태준의 『조선소설사』, 71~72쪽과 주왕산의 상동서, 129~130쪽.

군담소설은 아무런 근거의 제시도 없이 그대로 숙종 시대의 작품을 다
룬 '고대 소설의 발생기'로 옮겨 놓은 것은 더 허망하다 하지 않을 수가
없다.

제5편 일반화한 軟文學의 난숙기

1장 '숙종조를 중심으로 한 황금시대의 문예'에서는 첫째 병자란을
겪은 후 숙종 시대의 시대상인 排淸사상으로 인해 성행된 <소대성전>·
<곽해룡전>·<장국진전>·<조웅전> 등 군담소설의 양상을 들었고,
아울러 <구운몽>·<옥루몽> 등 몽자류 소설도 이때 이루어졌다는
것을 밝혔고, 둘째 병자란을 소재로 한 <박씨전>의 여성적 위치를 강
조한 설화가 『黃岡雜錄』(淸風紀)의 朴氏 부인 사적에서 유래된 듯 추
정하면서 이런 전쟁에 뛰어든 여성의 위치가 강조된 <여장군전> 등
이 당시 시대 의식을 만족시키는 수단으로 나왔다는 문학사적 의의를
논술하였고, 셋째 숙종 시대에 이르러 비로소 대작가 김만중이 나와
<구운몽>·<남정기>를 써 소설의 황금기를 이루게 되었다는 것을
밝혔고, 넷째 숙종 시대에 애독된 <삼국지연의>가 당시 문화 전반에
많은 영향을 끼쳤으며, 특히 번역 소설 <白袍小將薛仁貴傳>이 나와
군담소설에 큰 영향을 끼치는 가운데 위대한 장군전인 <임경업전>이
나와 병자란의 묵은 원한을 씻어 주게 되었다는 것을 언급하고 있다.
이 장에서 한국 소설과 중국 소설과의 연계를 군데군데 시도한 김태
준의 해박성을 엿볼 수 있지만, 소설사의 체제상 문제가 되는 것은 군
담소설로서 이미 전 항에서 구체적으로 언급된 <삼국지연의>와 군담
소설과의 연계가 있었는데도 불구하고, 이 장에서 아무런 근거의 제시

도 없이 다시 <임경업전>·<박씨전>·<장국진전>·<조웅전> 등
소설이 되풀이 되었다는 것이다. 사실이지 한국 소설사의 시대 구분에
서 거의가 작자 미상으로 돼 있는 군담소설이 가장 두통거리지만, 이
런 되풀이는 주왕산의 것(161쪽), 박성의의 것(268~270쪽)에도 그대
로 되풀이되었고, 신기형의 것(229~246쪽)에서는 아무런 전제도 없이
그 전대에서 언급된 군담소설이 모두가 숙종 시대로 하향되어 있다.

　2장 '소설가로 본 西浦 金萬重'에서는 첫째 김만중의 사회 배경적
생애를 서술하고, 둘째 김만중의 작품 <구운몽>, <남정기>의 저작
및 저작연대를 『西浦集』·『松泉筆譚』·『五洲衍文』·『北軒雜說』 등
을 들어 이들의 해명을 시도하여 <구운몽>과 <남정기>를 조선시대
에 가장 뛰어난 작품으로 규정하였고, 셋째 김만중이 국민문학론자임
을 전제로 조선시대에서 가장 뛰어난 문학가로 규정하면서, 金春澤은
그의 번역 문학을 통해 국민문학의 공을 크게 인정하였고, 넷째 <구운
몽>의 작품 풀이에서 그 특징은 비록 조선색을 찾을 수는 없지만, 전
생인연과 일부다처주의의 합리화로 보고, 이를 더욱 확대하여 <구운
몽>의 사상적 접근의 하나를 '農奴·八仙女의 인권 유린' 운운 등 격
을 잃은 비판도 보이며, 아울러 <林虎隱傳>과 <張國振傳>은 <구운
몽>의 扮本으로 추측하였고, 다섯째 <옥린몽>·<옥련몽>·<옥루몽>
등을 <구운몽>의 아류로 보고 이들의 저작 문제를 추견하였고, 여섯
째 <남정기>를 통해 군담소설에서 진일보된 인간의 실생활을 그린
작품으로 보고 그와 동류인 <洞仙記>·<潘氏傳>도 김만중의 작품
일 것으로 파악하고 있다.

　이 장에서 주목되는 점은 저자가 숙종 시대를 계기로 전대의 군담소
설에서 훨씬 발전된 <구운몽>과 <남정기>를 한국 소설사에서 획을

그어 놓은 우수작으로 보고 김만중을 가장 위대한 작가로 매김해 놓았다는 것과, 한편 <구운몽>에 삽입된 팔선녀의 문제를 농노·인권 유린, 귀족 등으로 풀이해 놓았다는 것이다. 특히, 후자에서 우리는 김태준의 강한 사회주의적 경향을 엿볼 수가 있다.

3장 '童話傳說의 소설화'에서는 문화의 세계성을 띤 전파성을 전제로, 첫째 <장끼전>의 이야기가 인도·중국·일본에도 보이며 한국의 <장끼전>은 탐관·私財 또는 수절의 불필요를 들어 평민 사상의 일환으로 보았고, 둘째 <콩쥐팥쥐>·<서동지전>·<두껍전>·<별주부전> 등은 인도·중국·일본 등 범동양적 이야기의 구조로 보고, 조선적 향토색으로 파악하였고, 셋째 <흥부전> 역시 조선적 향토색을 띠고 있지만, <흥부전>의 구조는 인도·중국·일본 등 범동양적인 것으로 보았고, 넷째 <삼설기>의 사상은 불교 영향의 일환으로 파악하였고, 다섯째 <적성의전>·<김태자전>·<육미당기> 등의 漂流·開眼을 중심으로 상호 영향관계의 진폭으로 보고 중점은 <적성의전>에다 두고 뚜렷한 근거는 제시되지 않았지만 佛臭가 짙은 작품으로 처리하였고, 여섯째 <심청전>은 그 원류를 인도의 專童子·法妙童子의 전설에다 두고, 이밖에 일본의 <사요히메>(少夜姬)도 들면서 범동양적 이야기 구조로 보고, 국내적으로는『삼국사기』의「孝女知恩傳」,『삼국유사』의「貧女養母條」또는 전라남도 옥과현 聖德山 觀音寺의 연기설화에까지도 연계시켜 <심청전>의 문제를 폭넓게 접근시켰다. 이들 외에 <金犢傳>·<蛙陀獄案>·<鷹鸚訟案> 등도 부분적으로 언급되었다.

이 편에서 중요하게 논의된 것으로 김만중의 <구운몽>·<남정기>의 대작을 중심으로 김만중이 조선시대의 가장 위대한 작가임을 전제로, 숙종 시대를 소설사의 난숙기로 파악한 것은 김태준의 혜안이 아닐 수가 없다. 그러나 역시 위에서 부분적으로 언급된 바와 같이 뚜렷한 근거의 제시도 없이 군담소설의 일부와 <토끼전>·<홍부전>·<심청전> 등의 소위 동화설화의 작품을 숙종 시대에 삽입시켜 이후 소설사에 그대로 이어지게 한 점은 문제가 된다.

주왕산의 것에선 이 편이 '소설문학의 난숙'의 명칭으로 ① 숙종조의 軟文學 ② 명말의 人情小說 ③ 박씨전 ④ 서포 김만중과 구운몽 ⑤ 가정소설 사씨남정기 ⑥ 고대소설의 특징 ⑦ 동화의 소설화 등 일곱 항으로 확대되어 있다. ①은 김태준의 것(98~99쪽) '숙종 시대의 軟문학'을 윤색한 것이나, 문제가 되는 것은 숙종 시대의 소설 문학이 일어난 이유로서 수입된 중국 소설이 대부분 국문으로 번역·번안된 것으로 본 것과 이때의 작품을 '불교적 체념관, 숙명론적, 자포자기의 사상, 유교적 권선징악[14] 운운한 것은 김태준의 것에도 전연 없었던 황당한 풀이가 아닐 수 없는데, 이 황당성이 박성의의 것[15]에도 그대로 재인용되었다. 그리고 주왕산의 것[16]에 <옥루몽>·<옥린몽>이 번안 소설로 처리된 것도 중대한 잘못이다. ②는 김태준의 것(89~97쪽) '명대 소설의 수입'을 축소하면서 부분적으로 노신의 『중국소설사략』을 참조한 것이나, 김태준의 것(95쪽) 『燕行雜錄』(李宜顯)의 製錦繡 2권이 엉뚱하게 <西遊記>[17]로 대체된 것도 눈에 띤다. ③은 김태준의 것(99~103쪽) '박씨부인전의 문학적 가치'를 축소한 것이지만, 작품의 주석이 삽

---

14) 주왕산, 상동서, 148쪽.
15) 박성의, 『한국고대소설사』, 260~261쪽.
16) 주왕산, 상동서, 147쪽.
17) 주왕산, 상동서, 149쪽.

입되는 등 무질서하게 이루어졌다. 이것이 신기형의 것[18]에도 이어진
다. ④는 김태준의 것(108~122쪽) '소설가로 본 서포 김만중'이 무질서
하게 축소되었다. 또한 <구운몽>을 중국의 '홍루몽의 영향' 운운한 것
은[19] 큰 잘못이다. ⑤는 김태준의 것(122~124쪽) '南征記小考'를 윤색,
확대시킨 것이다. 윤색하는 가운데 원명의 남정기를 <사씨남정기>로
고쳐 쓰고 목적 소설로 규정한 것은 박성의의 것[20]에도 그대로 재인용
되었다. ⑥은 고소설의 특징을 봉건성과 초인간성으로 파악하였는데,
이는 본 저서의 체제상 제1편목 '서론'에서 언급되어야 할 문제이다.
⑦은 역시 김태준의 것(124~125쪽) '동화전설의 소설화'가 윤색, 확대
된 부분은 박성의의 것[21]에 그대로 재인용되었다. 특히 <콩쥐팥쥐>의
서술은 김태준의 것(127~129쪽) '콩쥐팥쥐'가 거의 그대로 주왕산의
것[22]에 재인용됐는데, 이것 역시 박성의의 것[23]에도 그대로 답습되었
다. 그리고 '장끼전'도 김태준의 것(125~126쪽) '장끼전'의 윤색이지만,
김태준의 일본의 鼠의 嫁入과 중국의 <雉子班歌> 또는 李裕元의
<艾如張> 등은 확대되기는커녕 완전 제외시킨 것은 소설사의 서술을
역량부족으로 후퇴시킨 것이며, 대신 <장끼전> 내용을 중심으로 저작
연대를 규명하려 시도한 것[24]은 진일보의 서술이다. 이 진일보의 서술
도 박성의의 것[25]과 신기형의 것[26]에 재인용되었다. '토끼전'도 김태준

---

18) 신기형, 상동서, 355쪽.
19) 주왕산, 상동서, 169쪽.
20) 박성의, 상동서, 292~293쪽.
21) 박성의, 상동서, 295쪽.
22) 주왕산, 상동서, 181~182쪽.
23) 박성의, 상동서, 301쪽.
24) 주왕산, 상동서, 187~188쪽.
25) 박성의, 상동서, 290쪽.

의 것(131~134쪽) '별주부전'이 그대로 윤색되었지만, 관련 설화 중에
일본의 <구라게쯔까이(水母猿)>과 李裕元의 <觀劇詩>가 제외된 것
도 역시 저자의 미숙으로 기인된 것 같다. '서동지전과 두껍전'은 김태
준의 것(129~131쪽) '서동지전과 두껍전'이 윤색되고, 아울러 손진태
의 唐兒蟾蜍의 자랑[27]이 그대로 보태졌다. ⑧의 '흥부전'은 김태준의
것(134~136쪽) '흥부전'이 윤색된 것이지만, 김태준이 모처럼 제기한
일본의 <舌切雀 花咲爺>는 제외됐고, 대신 손진태의 洪農說話[28]가
삽입됐는데, 박성의의 것[29]과 신기형의 것[30]에 그 삽입부분이 그대로
이어졌다. 그렇지만 주왕산의 것에 중요하게 서술된 것의 하나는 나약
한 흥부를 현대적 안목에서 그 무기력성을 비판한 것인데,[31] 이것도
다시 박성의의 것[32]에 재인용되었다. '심청전'은 김태준의 것(144~153
쪽) 「심청전의 연구」가 축소된 것이다. 그러나 격에 맞지 않는 것은
<심청전>이 현대소설의 입장에서 그 작품이 안고 있는 비현실성이 공
박되었는데,[33] 이것도 박성의의 것[34]에 그대로 재인용되었다. '적성의
전'은 김태준의 것(141~143쪽) '적성의전(狄成義傳)'이 축소도 되고,
때로는 부연도 됐는데, 중요한 사항은 김태준의 '육미당기'가 빠진 대
신 '장한절효기'가 새로이 삽입되었다. '삼설기'는 김태준의 것(136~

---

26) 신기형, 상동서, 383쪽.
27) 손진태, 『조선민족설화의 연구』, 을유문화사, 1947, 182~183쪽.
28) 손진태, 상동서, 137쪽.
29) 박성의, 상동서, 316쪽.
30) 신기형, 상동서, 342쪽.
31) 주왕산, 상동서, 205쪽.
32) 박성의, 상동서, 317쪽.
33) 주왕산, 상동서, 214쪽.
34) 박성의, 상동서, 320쪽.

141쪽) '삼설기'가 윤색된 것이나, 김태준의 중국 문헌 '唐太宗入洞冥記'와 '錯轉輪'과의 연계는 아주 제외되었다. ⑨는 소설사로서 처음의 삽입이나, 李秉岐가 주석을 달고 번역한 『要路院夜話記』(을유문화사, 1948)가 거의 참고되었다. 그렇지만 이후 이루어진 소설사에 다시 『요로원야화기』가 등장되지 않는 것은 그것이 소설이 아니라 하나의 수필류의 기록 문학으로 파악되었기 때문이라고 생각된다.

이 편목에서 주왕산의 構章은 김태준의 네 개의 장이 여덟 항으로 구체화되었지만, 따지고 보면 새로 삽입된 명말의 人情小說은 김태준의 4편 '임진·병자란 사이에 발흥된 신문예'의 4장 '명대 소설의 수입'을 한 시대 후퇴시켜 숙종 시대로 내포시킨 것은 불합리하고, 김태준의 '소설가로 본 서포 김만중'을 이분화하여 ④ '서포 김만중'과 ⑤ '가정 소설 사씨남정기'로 나누어 놓은 것도 아무런 의의가 없는 것이다. 더구나 소설이 아닌 기록 문학의 일종인 『요로원야화기』를 한 항목으로 잡아 놓은 것은 소설사의 서술로서 후퇴시킨 것이 아닐 수가 없다. 그러므로 이 편목의 확대는 김태준의 편목을 결과적으로 후퇴시켜 가장 많은 문제를 지닌 편목이 되고 말았다.

박성의의 것에선, 이 편목이 '난숙기'의 명목으로 ① 시대 개관 ② 역사소설 박씨 부인전의 출현 ③ 중국 소설의 영향과 당시의 군담소설 ④ 서포 김만중과 그의 작품 ⑤ 동화·전설 등 설화의 소설화 등 다섯 항으로 이루어졌는데, 대체로 보아서 김태준과 주왕산의 항목이 적절히 수용되었다고 보이지만, 특히 작자 미상인 <박씨전>을 한 항목으로 독점시킨 것은 아무런 의의가 없다.

신기형의 것에선 이 편목을 '고대 소설의 발달기'의 명목으로 ① 서포와 그의 사상 ② 서포의 소설 작품 ③ 졸수재의 작품 ④ 연암과 그의 한문 소설 ⑤ 양란과 군담 소설, ⑥ 중국 소설의 발전 연혁 등 여섯 항으로 나누었다. 그러나 ①과 ②는 김만중의 중요성으로 무난한 항목의 분류이지만, ④를 숙종 시대에 삽입시킨 것은 큰 오류로 이는 의당히 다음 편목인 영정 시대로 돌려야 할 일이다. ⑤의 『임진록』·<유충렬전>을 비롯한 모든 군담소설을 아무런 근거의 제시도 없이 숙종 시대의 것으로 다룬 것은 이미 이루어진 소설사에서 서술된 불확실성을 궁지에 몰아넣는 졸렬한 방법이 아닐 수 없다. ⑥의 중국 소설 발전 과정의 삽입은 무슨 근거로 숙종 시대에다 삽입시켰는지 전연 이해가 되지 않는다. 『搜神記』·『唐代傳奇』·『太平廣記』 등 중국 소설의 조감은 본 저서의 체제상 제1편목 서론에서 언급되어야 할 문제이다. 이런 많은 문제를 지니고 있으면서도 ③ '졸수재의 작품'에서 조성기(1638~1689)의 <창선감의록>이 삽입된 것은 소설사의 기술에 최후의 것으로 새로운 삽입이며 보완된 것이 아닐 수 없다.

제6편 近代小說一般

1장 '영조 시대의 소설'에서 첫째 淸朝의 고증학을 통한 실사구시를 주로 하는 英正時代의 유신적 기운으로 한국 문예의 盛華期가 이루어진 시대 개관을 폈고, 둘째 '실사구시'에 의해 청조로부터 전해온 <金瓶梅>·<續金瓶梅>·<水滸傳>·<桃花扇>·<南柯夢記>·<邯鄲記> 등의 영향으로 나온 愼後聘의 『南興記事』의 낭만주의적 성격을 언급하였고, 셋째 <구운몽>·<옥루몽>의 아류로서 <河陳兩門錄>·<劉氏兩門錄>·<郭氏兩門錄>·<尹河鄭三門聚錄>·<林花鄭延> 등과 아울러 <명사십리>·<창선감의록>·<월봉기>·<장화홍련전>·

<춘향전>·<백학선전>·<옥단춘전>·<숙향전> 등의 출현을 들었다.

이 장에서 영정 시대의 큰 테두리 밑에서 중국 소설과 한국 소설이 신빙할 만한 고증도 없이 잡다하게 열거되었을 뿐, 왜 이들이 영정 시대의 작품으로 규정되어야 하는지 알 수가 없다. 이후의 소설사에도 모두 이들은 영정 시대의 작품으로 그대로 규정되었다.

2장 '중국 문학의 일방계로 본 한자 소설'에서는 한국이 역대로 중국 문화권에 있어 왔음을 전제로, <蘇氏忠孝錄>·<徐門忠孝錄>·<華氏忠孝錄>·<三代忠孝錄>·<彰善感義錄> 등 20여 종의 한자 소설이 이 시대에 나왔지만, 거의가 勸善類로 독자의 흥미에서 벗어나 없어지고, 유일하게 <창선감의록>만이 잔존하였는데, 그 작자를 趙聖期·鄭浚東·金道洙 등 세 사람을 들어 확증을 내리지 않고, 그리고 그 작품의 성격을 <남정기>와 <적성의전>의 복합적 번안물로 수렴하였다. 이들 외에 『燕巖外傳』·『黃雜錄』·『虞初續志』·『古香居小史』·『丹良稗史』·『奇談隨錄』 등 단편집의 사항을 들고, <琉球王世外傳> 특히 『奇談隨錄』의 기담적 성격을 자상히 들고 나서, 중국의 희곡에 대하여서는 한국에 그 백화체와 창극의 난점으로 인하여 큰 영향을 주지는 못하였지만, <東廂記> 및 <滿江紅>·<明沙十里> 등 극본이 나왔다는 것을 특기하였다.

이 장에 출현하는 많은 한문소설이 오늘날 전하지 않아 애석하기 그지없지만, 이들이 모두 저자의 눈에 띄었던 것으로 보아 이 장은 문헌자료 면에서 값진 장이다.

3장 '三韓拾遺'에서는 김소행의 <삼한습유>가 방대한 한자 소설인 <육미당기>와 비견할 만한 장편이라는 것이 언급되었을 뿐이다.

4장 '대문호 박지원과 그의 작품'에서는 첫째 박지원이 反尤庵派의

한 사람으로 정조가 뒤늦게 기릴만한 실학적 성격을 지닌 인물임을 언급하였고, 둘째 박지원의 『燕巖集』·『熱河日記』·『談叢外記』·『燕巖文鈔』 등 방대한 실학의 저서 중 특히 <虎叱>·<兩班傳>을 통해 위대한 문장가와 소설가로 규정하였고, 셋째 박지원의 작품 <허생전>·<호질>·<양반전> 등의 실학적 성격을 구체적으로 언급함과 아울러 <민옹전>·<마장전>·<예덕선생전>·<김신선전>·<광문자전>·<우상전> 등 역시 실학적 사항을 들어 박지원은 당시의 불의·허위·타락·당파·계급차별 등을 비판한 위대한 작가임을 규정하였다.[35]

5장 '薔花紅蓮傳과 기타 公案類'에서는 첫째 <장화홍련전>을 계모형 소설로 규정짓고, 그 이본인 한문본과 국문본에서 국문본은 朴慶洙의 한문본이 윤색되어 나온 것으로 파악하였고, 둘째 계모형 소설로서 <콩쥐팥쥐>·<정을선전>·<장풍운전>·<어룡전> 등의 경개를 들어 언급하였고, 셋째 계모형 소설로서 공안류로 <옥낭자전>·<진대방전> 등을 드는 가운데 <옥랑자전>의 好終은 동양적 윤리와 시대정신으로 처리하였다.

이 장에 출현하는 계모형 소설들이 왜 영정 시대의 작품이 되는지 전제가 제시되어 있지 않아 전연 알 수가 없다. 그러나 이후의 소설사에는 김태준의 것을 따라 이들 계모형 소설이 모두 영정 시대의 작품으로 처리되었다.[36]

6장 '걸작 춘향전의 출현'에서는 첫째 <춘향전>의 출현을 경제사적 시대성에다 두고 <춘향전>의 <水山 廣寒樓記>를 비롯한 <한문 춘향전>·<고본 춘향전>·<獄中花>·<獄中佳人> 등 10여 종의 이

---

35) 김태준, 상동서, 167~180쪽.
36) 주왕산, 상동서, 240~243쪽; 박성의, 상동서, 360~377쪽; 신기형, 상동서, 308~328쪽.

본 사항에 대해 언급하면서 <춘향전>의 시대성으로 인한 유동성을 밝히고, 둘째 <춘향전>의 시대성을 구체화하여 그것이 지닌 완구·경물을 통해 근대적 민중의 성격을 밝히고, 셋째 <춘향전>에 담긴 사상을 지난날 불교·유교가 권력지배층의 농락물로 화해 버린 데 대해, 새로 들어온 천주교의 영향을 받아 조선시대 말기 인권이 싹튼 것이 <춘향전>의 사상으로 파악되었고, 넷째 <춘향전>은 고전을 흡수하여 이를 조선시대 말기의 근대성으로 잘 작품화하였다는 것을 통해 갑오경장 이전 최대 걸작으로서 시대가 낳은 문학의 寶典으로 매김하였다.

이 장에서 <춘향전>의 위상이 구체적으로 언급되는 가운데, 당시 전해진 이본 사항을 중심으로 국내의 李裕元의 『林下筆記』, 申緯의 <觀劇>과 『松南雜識』(趙在三)·『海左集』(丁範祖)·왕조실록 등 많은 문헌에 전하는 <춘향전> 자료의 실례를 들고, 국외의 <삼국지>·<서유기>·<서상기> 등을 들면서 <춘향전>의 언급에 연계시킨 것을 통해 저자 김태준의 해박성과 면밀성을 엿볼 수 있게 한다.

7장 '춘향전 이후의 艶情小說'에서는 첫째 <숙향전>의 한문본·국문본 등의 이본 사항과 아울러 중국의 孔愉·梁沿과 일본의 伏屋物語 등에 나타난 '放龜報恩 설화' 등과의 접근을 꾀하였고, 둘째 <숙영낭자전>은 한문본 再生錄과 국문본 등과의 이본적 변이를 꾀하였으며, 셋째 <백학선전>과 <양산백전>을 풀이하는 가운데, 특히 <양산백전>의 중국적 원류인 『情史』와 <寧波志>와의 연계를 꾀하였고, 넷째 <옥단춘전>과 <춘향전>과의 유사성을 살폈다.

이 장에서 논의된 <숙향전>·<숙영낭자전>·<백학선전>·<양산백전> 등이 <춘향전> 이후의 염정류 소설로 규정되었으나, 왜 이들이 <춘향전> 이후의 작품이어야 하는지 아무런 전제의 제시가 없어

전연 알 수가 없다. 이후의 소설사에도 이들이 그대로 춘향전 이후의 작품으로 되었다.[37]

8장 '전대 계승의 문학'에서는 첫째 <蘇雲傳>에 반영된 <蘇知縣羅衫復合>의 원류인 『太平廣記』의 <崔尉子傳> 및 청대의 <白羅三> 등 중국적 변이를 언급하면서 다시 <蘇雲傳> 류의 작품인 <玉簫傳>·<玉簫奇逢>·<江陵秋月>·<鳳凰琴> 등의 변이양상을 살폈고, 둘째 한국 소설사가 영정 시대의 난숙기를 지나 순조 때부터 철종 사이에는 전대의 것을 되씹을 뿐, 특출한 것은 <임화정연>·<한당연의> 등의 번안 작품과 <금령전>·<금산사몽유록>·<배비장전>·<추풍감별곡> 등이 말기적 작품으로 열거되었을 뿐이다.

이 장에서 논의된 조선시대 최후의 작품들이 그 양적 분량으로 보아 더 구체적으로 확대할 만한 것이나, <소운전> 외엔 다만 열거로 끝난 것이 아쉽고, 또한 왜 이들이 말기의 작품으로 규정되어야 하는지 근거의 제시가 없어 알 수가 없다. 그리고 이들의 적지 않은 분량이 소설사의 체제로 보아 한 시대가 설정되어 논의될 만한 것인데, 왜 영정 시대에 내포되어 언급되어야 하는지도 알 수가 없다. 이와 같은 불만은 주왕산의 것에도 그대로 적용된다. 그러나 박성의의 것에 이르러 비로소 순조 이후의 것이 '쇠퇴기'[38]의 편목이 설정된 것은 매우 다행한 일이다.

제7편의 여덟 장에서 시대 객관적 풀이의 의의를 지닌 1장의 '영정 시대의 소설'과 4장 '대문호 박지원과 그의 작품', 5장 '장화홍련전과 기타 공안류', 6장 '걸작 춘향전의 출현' 등 네 장 외에 다른 장은 별로

---

37) 주왕산, 상동서, 302~306쪽; 박성의, 상동서, 424~439쪽; 신기형, 상동서, 294~308쪽.
38) 박성의, 상동서, 447~455쪽.

큰 뜻을 지니지 못한다고 생각된다. 3장의 '삼한습유'는 의당 2장 '중국 문학의 한 방계로 본 한자소설'로 가야 되고, 그리고 7장 '춘향전 이후의 염정소설'과 8장 '전대계승의 문학'은 의당 한데 묶어 서술되어야 했을 것이다. 이런 문제를 지니면서도 더구나 앞에서 누누이 언급된 바와 같이 이 편목에서 삽입된 박지원의 소설과 <장화홍련전>·<춘향전> 외의 작품들은 영정 시대에 내포되어야 할 뚜렷한 근거나 개연성이 없기 때문에 소설사로서는 가장 허점을 지닌 편목이 아닐 수가 없다.

그리고 그 많은 분량의 소설을 영정 시대의 편목으로 모두 내포시키는 것은 이미 언급된 대로 소설사로서 너무나 안이하게 매듭되었다고 보지 않을 수 없다. 이 편목의 7항과 8항은 이 소설사의 서술 방법으로서도 영정 시대의 후기 작품으로 규정되었기 때문에 의당히 순조 이후의 한 편목이 설정되어 거기에서 논의되어야 했을 것이다. 즉 임진·병자 양란 이후 숙종 시대·영정 시대가 설정되었으니만큼, 순조 이후의 항목이 더구나 방대한 소설자료로 보아 시대구분으로 설정되어야 할 당위성이 있다는 것이다.

주왕산의 것에선 이 편목을 '근대 소설'의 명목으로 ① 영정 시대의 개관 ② 청대 소설의 번역과 번안 ③ 충효소설 창선감의록 ④ 장화홍련전과 公案類 소설 ⑤ 실학의 발흥 ⑥ 연암과 열하일기 속의 소설 ⑦ 춘향전의 출현 ⑧ 奇緣소설 옥루몽 ⑨ 궁중소설 ⑩ 춘향전 이후의 소설 ⑪ 고대소설의 쇠잔 등 11개 항으로 구성되었다. ①은 김태준의 것 (154~156쪽) '영정 시대의 소설'을 윤색한 것이며 ②와 ③ 역시 김태준의 것(156~191쪽) '실사구시의 학풍과 소설의 유행' 및 '번역·번안과 창작', '중국 문학의 한방계로 본 한자소설' 등의 축소된 서술이다.

④는 김태준의 것(18~191쪽) '장화홍련전과 기타 公案類'를 축소한 것이지만, 작자 문제에 대해 언급된 알맹이의 언급이 제외됐다. ⑤는 박지원의 문학을 서술하기 위한 전제로 삽입된 것 같으나, 이 소설사의 체제상 ①에서 삽입, 언급되어야 할 것이다. 이 같은 서술 방법은 박성의의 것[39])에도 그대로 재인용되었다. ⑥은 김태준의 것(167~180쪽) '대문호 박지원과 그의 작품'이 축소된 것이고 ⑦은 김태준의 것(191~214쪽) '걸작 춘향전의 출현'의 명칭을 그대로 따 축소된 것이다. ⑧은 김태준의 것(120~122쪽) '구운몽의 번안 夢字類의 유행'을 충분히 살리지도 못했으려니와, 김태준의 것에서 <옥루몽>이 숙종 시대에 삽입됐는데, 주왕산의 것엔 무슨 이유로 영정 시대에 삽입됐는지 알 수가 없고, 또한 작자 문제를 둘러싼 서술이 전연 제외되었다. ⑨는 이병기의 『인현왕후전』(정음사, 1947)과 『한중록』(을유문화사, 1949)이 많이 참고 되었는데 여기에 이것이 소설로 간주되어 비로소 삽입되었다는 것이다. 이는 기록문학인 『요로원야화기』가 삽입된 것의 오류와 같다. 이와 같은 기록 문학이 소설사에 편입된 것은 박성의의 것에도 계속되고, 신기형의 것엔 다시 『계축일기』가 첨가되었다.[40]) 그러므로 ⑨는 소설사의 서술 방법을 훨씬 후퇴시킨 것이다. ⑩은 김태준의 것(214~224쪽) '춘향전 이후의 염정소설'이 무질서하게 재인용된 것이고 ⑪도 역시 김태준의 것(225~231쪽) '전대 계승의 문학'의 아류로 무질서하게 축소되었다.

말하자면 주왕산의 영정 시대의 항목설정은 위와 같이 11항으로 이루어졌지만, 김태준의 오류를 그대로 답습하면서도 여기에 보태진 것

---

39) 박성의, 상동서, 337~430쪽.
40) 박성의, 상동서, 386~395쪽; 신기형, 상동서, 412~413쪽.

은 ② '청대 소설의 번역과 번안'을 설정하여 중국 소설 <聯齋志異>·<儒林外史>·<紅樓夢>·<鏡花緣> 등을 나열하여 <河陳兩門錄>·<劉氏兩門錄> 등을 이들의 번안물로 속단한 오류를 범하고, 또한 새로이 설치된 ⑤ '실학의 발흥'도 의당 ① '영정 시대의 개관'에서 언급되었어야 할 일이며, 더구나 기록 문학인 <인현왕후전>과 『한중록』을 삽입시켜 이후 이루어진 소설사에 혼잡을 가져오게 된 것 등은 이 편목으로 하여금 가장 질서를 잃게 한 것이라 하지 않을 수 없다.

박성의의 것에선 이 편목을 양분화하여 영정 시대를 '발전기', 순조 이후를 '쇠퇴기'의 명목으로 항을 나누어 놓았다. 즉 영정 시대를 ① 시대 개관 ② 중국 소설의 번안 번역 및 한문소설 ③ 연암 박지원과 그의 소설 ④ 장화홍련전과 계모형 소설 ⑤ 진대방전과 공안류 소설 ⑥ 궁중소설 한중록과 인현왕후전 ⑦ 걸작 춘향전의 출현 ⑧ 기타 춘향전 아류의 소설 등 여덟 항으로 나누었으나, ⑥이 주왕산의 영향인 것 외엔 모두가 김태준의 構章과 같으므로 결국 김태준과 주왕산의 구장법을 모두 수렴한 셈이다. 그리고 ⑤는 의당 ④에 내포시키는 것이 <진대방전>의 성격으로 보아 좋을 것이다. 다만, 이 편에서 특이한 것은 김태준의 末章 '전대 계승의 문학'을 따로 떼어 '쇠퇴기'의 명목으로 독립시켜 편목으로 만들어 놓았다는 것이다. 이와 같이 영정 시대 이후를 양등분한 것은 소설사의 체제상 매우 좋았으나, 이왕이면 김태준의 7장 '춘향전 이후의 염정소설'도 쇠퇴기로 하향되었어야 했을 것이다.

신기형의 것에선 역시 박성의의 양분법에 따라, 영정 시대를 '고대 소설의 융성기', 순조 이후를 '고대 소설의 침체기'의 명목으로 서술되었다. 즉 영정 시대는 ① 英正文學과 淸朝文學 ② 대춘향전과 염정소

설 ③ 장화홍련전과 가정소설 ④ 심청전과 도덕소설 ⑤ 박씨전과 괴담
소설 ⑥ 옥루몽과 奇逢小說 ⑦ 토끼전과 우화소설 ⑧ 華容道와 번안
소설 ⑨ 왕랑반혼전과 불교소설 ⑩ 인현왕후전과 궁정소설 등 10개항
으로 나누어졌다.

위의 분류는 신기형의 것이 가장 후기의 소설사로 다분히 김태준·
주왕산·박성의의 분류법을 모두 수렴한 감을 주나 지나치게 자질구
레한 것 같다. 다만, ④⑤⑥⑦⑧⑨는 독특한 것이다. ④⑤⑦을 김태준·
주왕산·박성의는 모두 숙종 시대에 내포시켰는데 왜 이들을 영정 시
대로 하향시켰는지 아무런 전제가 없어 알 수가 없다. 그렇다고 해서
김태준이 작자 연대가 미상인 이들을 숙종 시대에 내포시킨 것이 옳다
고 하는 것은 아니지만, 이왕 하향시킬 바엔 그 이유를 밝혀야 할 것이
다. 이것이 전제되지 않는 한, 불합리하다는 것은 고사하고 소설사의
기술에 혼잡을 초래할 뿐이다. 그러므로 이는 분명 改惡이다. 그러나
⑨는 <왕랑반혼전>이 영조 29년 桐華寺에서 판각된 것임을 전제로,
영정 시대에 삽입시킨 것은 옳은 일이다.

3) 결 어

위의 검토를 통해 확인된 것으로는 김태준의 『조선소설사』에 대하
여 뒤에 이루어진 주왕산의 것과 박성의의 것 및 신기형의 것을 비춰
볼 때 부분적으로 시정되기도 하였지만, 거의가 그 내용이나 서술 방
법의 범위를 크게 벗어나지 못하고 있다는 것이다. 오히려 시정은 지
엽적일 뿐, 김태준의 『조선소설사』의 방대한 내용과 문헌이 그냥 재인

용되는 등 우를 범했음도 곳곳에 엿볼 수가 있다. 이런 사항을 감안하여 위의 한국 소설사의 특색을 적어 결론으로 대신할까 한다. 우선 김태준의 『조선소설사』부터 그 후 이루어진 소설사를 시간적 순위에 따라 언급하기로 한다.

김태준의 『조선소설사』에 대하여 언급하기로 하자.

첫째, 방대한 문헌이다. 한국 소설사로서 고소설만 하더라도 국문·한문 소설이 거의 100여 종에 이르고, 만일 그 수를 이본까지 확대시킬 경우, 그 수량은 훨씬 늘어날 것이다. 예를 들면 <춘향전>의 경우 국문본·판본·활자본·영역본 등 10여 종이나 되고, 어느 고소설이든지 국문본·한문본 등 최소한 2종은 헤아릴 수 있었기 때문이다. 한국 소설 외에 중국 소설도 四大奇書를 비롯한 고대 설화집 『山海經』·『搜神記』 등 근 40종, 일본 소설도 10여 종에 이르는데 이들의 典據를 인용한 방법으로 보아 거의가 구체적으로 읽혀진 것임이 추측된다. 이들 고소설 외에 文集·典籍·古文書 등 한국의 것으로 근 90여 종, 중국의 것이 10여 종, 일본의 것도 근 10종, 이들 밖에 佛典 등 도합 100여 종에 이른다. 이들 전적이 인용된 내용으로 보아 구체적으로 섭렵되었을 것으로 추측된다. 여기에서 우리는 저자 김태준의 해박성을 엿볼 수가 있다.

둘째, 한국 소설사의 기술 방법이 한국에 국한되지 않고 중국·일본뿐만 아니라, 인도까지의 소설을 아우른 범동양적 입장이 취해졌다는 것이다. 이는 한국이나 일본이 중국 내지 인도의 불교 문화권에 있었음을 감안할 때, 비록 김태준이 비교 문학적 방법에 눈이 뜨지 않았다 할지라도 그의 해박성이 자연 범동양적 서술 내용으로 곳곳에 기술하게 된 것이 아닌가 한다. 그러나 이 범동양적 기술 방법이 이후 출간된 소설사엔 저자들의 미숙으로 전연 이어지지 못하였다.

셋째, 소설사의 서술 방법에 강한 사회주의적 의식이 반영되었다는 것이다. 그것은 우선 조선 시대에 지나치게 반영된 권위주의적 주자학을 거의 부정적으로 보았을 뿐 아니라, 진정한 국문학은 훈민정음으로부터 시작된다는 것을 주장하였고,[41] 이것이 뒷받침되어 가령 낭만주의적 작품인 <구운몽> 풀이의 경우 <구운몽>을 우수작으로 받아들이면서도 양소유와 팔선녀와의 관계를 격에 맞지 않게 "가령 팔선녀로 말하더라도 벌써 일개의 귀공자 양소유에게 모든 인권을 짓밟히고 있지 않는가."[42] 운운하는 것이 그것이다. 더욱이 사회소설의 성격을 띤 <홍길동전>의 풀이에 있어서는 계급 타파를 강하게 의식하면서 작자 허균의 죽음에 대하여 흥분하면서 "그는 마침내 혁명 운동의 중도에 넘어지고 말았다."[43] 운운의 흥분적 어조가 보이고 <춘향전>의 경우 작품에 출현하는 龍檻·鳳檻 가계수리 金露酒·千日酒 등 의식완구의 호사를 사회 발전사적 측면[44]에서 엿보고자 시도한 것 등에서 우리는 저자의 지나친 사회주의적 의식을 엿볼 수가 있다.

다음은 주왕산의 『조선고대소설사』에 대하여 언급하기로 하자.

주왕산의 것은 김태준의 것 중 끝편인 제7편 문예 운동 후 40년간의 소설관이 제외되고, 수렴된 내용은 거의가 김태준의 것을 때로는 인용하듯 자자구구가 그대로 표출되며 때로는 축소되고 때로는 윤색도 가해지는 가운데 주로, 손진태의 『조선민족설화의 연구』와 노신의 『중국

---

41) 김태준, 상동서, 62쪽.
42) 김태준, 상동서, 117쪽.
43) 김태준, 상동서, 81쪽.
44) 김태준, 상동서, 201~202쪽.

소설사략』의 일부 내용이 재인용으로 보태지면서 이루어졌다.

이런 가운데 보태진 것은 <요로원야화기> · <인현왕후전> · 『한중록』 등 소위 기록문학이 소설사에 편입됐지만, 이는 결국 소설사 기술의 후퇴이며, 이후 이루어진 소설사에 기록 문학이 기술되게 하였다. 또한 소설사 기술의 중요한 시대 구분의 문제에 있어서도 김태준의 여섯 편목이 일곱 편목으로 확대됐지만, 이는 김태준의 제3편 조선조 초기의 것이 '이조 초기의 소설'과 '훈민정음과 조선 문학'으로 양분화된 것에서 이루어진 것으로 사실은 양분된 '훈민정음과 조선 문학'은 '이조 초기의 소설' 편목의 서장에서 언급되어야 할 것이므로 쓸모없는 분화일 뿐, 결과적으로 김태준의 시대구분을 후퇴시킨 것이다. 뿐만 아니라, 김태준의 것에서 제기된 특징의 하나인 강한 사회주의적 해석은 제외된 것도 엿보이지만, 이는 본 저서가 이루어질 당시 엄격한 반공 정책과 사조에서 기인된 것으로 보인다.

김태준의 것에서 제기된 중국 · 일본 · 인도 등을 휘감는 범동양적 접근은 저자의 미숙으로 확대되지 못하였다. 그렇지만 이 저서에서 자료 면에서 보완된 것은 고려 시대의 가전체문학의 삽입이다. 이것은 결국 이후 이루어진 박성의의 것과 신기형의 것에 더욱 확대될 수 있는 계기가 마련된 것이다.

다음은 박성의의 『한국고대소설사』에 대하여 언급하기로 하자.

박성의의 것은 대체로 이미 이루어진 김태준과 주왕산의 기술 방법을 모두 수용하면서 이루어졌다. 본 저서에도 역시 김태준과 주왕산의 서술방법이 때로는 군데군데 자구가 인용되듯 풀이된 것도 눈에 띈다. 그러면서도 본 저서가 지니는 가장 큰 특징의 하나는 시대구분의 방법에 있다. 즉 다음과 같이 6편목으로 이루어졌다.

> 1. 태동기(맹아기) 고려시대
> 2. 형성기(성장기) 조선시대 초기
> 3. 발흥기(무성기) 임진병자 양란 시기
> 4. 난숙기(개화기) 숙종시대
> 5. 발전기(결실기) 영정 시대
> 6. 쇠퇴기(낙엽기) 순조이후

등 6편목으로 엮어지면서 태동·형성·발흥·난숙·발전·쇠퇴 등 다분히 진화론적 입장에서 서술된 조윤제의 『국문학사』의 시대 구분의 방법으로 이루어졌음을 알 수가 있다. 거기다가 매 편목마다 시대 개관을 삽입시켜 이들을 유기적으로 연계시켜 놓았다. 특히 시대 구분에서 김태준이 조선 시대 후기의 영정 시대를 조선 말기까지 내포시킨 것이 주왕산의 것에도 그대로 답습되다가 박성의의 것에선 이것이 양분화되어 발전기·쇠퇴기로 구분된 것은 소설사에 있어서 큰 수확이 아닐 수 없다. 이는 분명 저자가 8·15 해방이후 현역 국문학도로서 유리한 위치에서 이루어진 혜안에서 기인된 것이리라.

다음은 신기형의 『한국소설발달사』에 대하여 언급하기로 하자. 신기형의 것은 한국 소설사로서 가장 뒤에 간행된 것이므로 매우 유리한 입장에서 서술될 수 있는 가능성을 지녔었다. 그렇지만 유리한 입장을 살리지 못하고 이미 이루어진 소설사에다가 자기 것을 유기적으로 연계시키지 못하여 결국 산만한 저서가 되고 말았다.

첫째, 시대구분의 문제이다. 시대구분을 원류기(삼국시대)·모체기(고려시대)·태동기(조선초기)·발생기(광해군시대)·발달기(숙종시대)·융성기(영정 시대)·침체기(순조이후) 등 7항으로 나누어 다분히 박성의의 것을 원용한 듯하지만, 유동·모체·태동의 구분은 박성의의 것을 후퇴시킨 결과가 되고 말았다. 유동·모체·태동은 같은 범주인 것에도 문제가 있지만, 오늘날 한국소설은『금오신화』부터 시작됐다는 통설을 무시하고, 이를 '태동'으로 처리하고, 임진·병자 양란을 '발생'에다 삽입시킨 것은 아무런 전거의 제시가 없어 결국 혼란을 가져왔을 뿐이다.

둘째, 서술 방법이다. 우선 서론에서 소설사로서 할 이야기가 많은데 왜 고대소설의 연구 방법론이 삽입되어야 하는 것인가이다. 신화와 설화와의 양분화도 소설사로서 의의가 없지만, '모체기'에서『수이전』·<가락국기>가 평면적으로 서술되고, 율문인 <제왕운기>가 삽입된 것 등은 새로운 서술이 아니라 산문과 율문, 또는 설화와 가전체를 혼란케 한 중대한 오류이다. 이밖에 군담소설은 김태준의 것을 비롯한 소설사에선 임진·병자 양란을 계기로 나온 것으로 처리됐는데, 아무런 근거의 제시도 없이 이들을 숙종 시대로 하향시킨 것은 결국 모순을 더 확대시킨 서술이며, 더구나 박지원의 소설을 숙종 시대에 내포시킨 것은 큰 오류이다.

셋째, 기록문학의 삽입이다.『요로원야화기』·<인현왕후전>·『한중록』 등 기록문학의 삽입은 주왕산의 것에서 비롯된다. 그러나 신기형의 것에선, 여기다가『계축일기』까지 더 보태고 확대해서 구체적으로 서술되었다는 것이다.

위에서 김태준의 것을 비롯한 소설사의 특징을 대충 마무리 지었다. 이로써 우리는 김태준의『조선소설사』가 아직도 얼마나 큰 위력을 지니고 있는가를 확인할 수가 있다. 이것이 간행된 후 반세기가 지났다. 그간 한국 고소설에 대한 개별적인 연구는 말할 것도 없고, 고소설의 이론면 또는 비교 문학적 측면에서도 많은 성과를 거두었다. 김태준의 것이 지니고 있는 최대 단점은 깊이 있는 개별 작품의 연구가 결여된 가운데 엮어진 것이기 때문에 많은 문제를 지니고 있다. 거기다가 가장 뒤늦게 나온 신기형의 것도 훨씬 더 많은 문제를 지닌 채 벌써 25년이 지났다. 그간 고소설 연구에서 이루어진 성과를 바탕으로 이제 한국 소설사를 엮는 방법론이 모색될 때가 됐다고 생각된다. 필자의 이 글이 그 방법론 수립에 보탬이 되었으면 다행이라고 생각한다.

2
한국 고소설사의 기술방법에 대하여

1) 導言

　우리나라에서 고소설사를 기술한다는 것은 매우 어려운 작업이 아닐 수가 없다. 그것은 소설이 이루어질 당시, 주자학의 권위주의적 위압으로 소설이 지나치게 천시를 받은 나머지, 비록 현존한 고소설의 분량이 많게는 500여 종, 적게는 300여 종에 달한다고 하지만, 작자 및 쓰인 연대가 뚜렷한 것은 불과 열 손가락으로 꼽을 만큼의 적은 분량에 불과하기 때문이다. 특히 소설사란 것이 소설의 통시적(diachronic) 발달과정을 추구하는 것이 일반적 목적임을 감안할 때, 이와 같은 악조건 하에서 소설사를 엮는다는 것은 거의 불가능에 가까운 일이다.

　그렇지만 김태준이 일찍이 『조선소설사』(학예사, 1939)를 엮은 이래, 거의 10년 간격으로 주왕산의 『조선고대소설사』(정음사, 1950)를 비롯하여 박성의의 『한국고대소설사』(일신사, 1958) 및 신기형의 『한국소설발달사』(창문사, 1963)가 이루어졌고, 이들 외에 본격적인 소설사는 아니지만, 김기동의 「한국소설발달사」(『한국문화사대계』, 언어·문학사, 고대민족문화연구소, 1967)와 소재영의 「한국소설 발달과정과 한문소설의 발달과정」(『고소설통론』), 황패강의 『조선왕조소설연구』
(한국연구원, 1978), 그리고 근자에 출간된 김광순의 『의인소설연구』(새
문사, 1987) 등에서 역사적 추구가 끈질기게 이루어져왔다.

그러나 현재까지 한국 소설사의 첫 장을 장식한 김태준의 『조선소
설사』를 근본적으로 뒤엎을 만한 소설사의 기술방법이 이루어지지 않
았음은 주지의 사실이다. 결국 이것은 한국 소설사를 엮는다는 것이
얼마나 어려운 작업인가를 경험적으로 드러내 주는 것이라고 보인다.
말하자면, 오늘날의 관점에서 김태준의 『조선소설사』가 안고 있는 문
제는 바로 한국 소설사의 기술방법이 안고 있는 문제에 해당된다는 것
을 알려주는 것이며, 근본적으로 김태준의 『조선소설사』 기술방법에
머물러 있다는 것을 단적으로 지적해 주는 것이라 생각된다.

김태준의 『조선소설사』가 지닌 긍정적 시각은 이미 밝혀진 바와 같
이 한국 소설사를 다루면서도 폭넓게 한국 문학의 상위권에 있는 중국
소설 내지는 佛書까지 연계시키고 나아가 한국의 문화와 연계가 가능
한 일본 소설까지도 열거된 일종의 비교문학적 접근[1]을 이루게 하였
다는 것도 있지만, 부정적 시각에서 볼 수 있는 것은 소설의 개념과
범위가 뚜렷하게 설정되어 있지 않다는 것, 그리고 소설사를 기술하는
기본적인 역사의 시각이 매우 결여되어 있다는 것 등이 가장 중요하게
거론되어야할 일로 안다. 이들 외에 작가 연대가 미상인 많은 분량의
소설을 뚜렷한 합리적 근거도 내세움이 없이 필자의 수의에 따라 적당
한 시기에다가 삽입시켜 놓았다는 것이다.

되풀이해 말하면, 김태준의 『조선소설사』가 안고 있는 위의 부정적

---

1) 정규복, 「한국 소설사의 기존연구와 전망」, 『애산학보』6, 애산학회 1988, 33~34쪽.

시각이 합리적으로 극복됨으로써 새로운 한국 소설사의 기술은 가능
해지리라 생각된다. 즉 위의 문제를 중심으로 한국 소설사의 기술방법
을 모색해 보기로 하자.

2) 소설의 개념문제

첫째, 한국 소설사의 기술방법에 있어서 대전제가 되는 것은 소설사
는 소설의 역사라는 것이다. 이를 보다 구체적으로 말하면, 소설사는
문학의 역사라는 상위분야에 예속되어야 한다는 것이다. 문학의 역사
적 파악에 있어서 그것을 단순한 사회적 측면에서 파악하는 것을 넘어
서서 예술작품으로서 심미적(Aesthetic) 파악도 필수조건인 것 같이
소설은 시·희곡 등 문학의 다른 장르보다도 사회적 기능이 월등하게
강하다 할지라도, 예술작품에 예속되는 한, 역시 심미적 파악이 뒤따르
지 않을 수 없다는 것이다. 거기서 르네 웰렉(René Wellek)이 문학사
에 대하여,

> 문학사를 쓴다는 것 그러니까 문학이자 동시에 역사를 쓴다는 것은
> 가능한가, 대부분의 문학사는 문학사에 열거된 사회사이거나 사상사
> 혹은 다소간에 연대순으로 정돈된 특정 작품들에 대한 인상이나 판단
> 들이다.[2]

---

2) Is it *possible* to write literary history, that is, to write that which will be both
literary and a history? Most histories of literature, it must be admitted, are either
social histories, or histories of thought as illustrated in literature, or impressions
and judgements on specific works arranged in more or less chronological order.
René Wellek and Austin Warren, *Theory of Literature*, Penguin books, p.252.

라고 한 것은 시든 소설이든 문학작품이 사회적 풀이보다는 예술작품으로서 심미성을 지닌 것을 더욱 중요하게 파악한 것이 아닌가 한다. 그러므로 소설사는 결국 소설의 역사라는 것이 전제되더라도 일단 사회·정치·경제의 역사와 함께 동궤로 흐르는 경우도 있지만, 逆軌로 흐르는 경우도 있다. 이것이 말하자면 소설사를 엮는 어려움이 전제가 되는 것이다. 물론 오늘날까지 한국문학사도 여타 동아시아의 문학사가 엮어진 정치적 내지는 연대기적 입장에서 기술되어 왔지만,3) 이는 정치사적 기술방법이 아직도 극복되지 못한 후진성을 말해주는 것 같다. 그렇지만 소설사는 현대의 입장에서 소설이 지니고 있는 주제·소재뿐만 아니라 사회성·역사성 및 독자층과의 연계를 통해 이를 발전사적 입장에서 파악되는 방법이 모색되어야 할 것이다. 즉 소설사가 소설 작품이나 그 작가들이 일률적으로 나열될 것이 아니라, 과거와 현대, 현대와 미래를 아우르는 통시적 시각에서 이루어져야 하리라고 본다.

둘째, 소설사의 기술에서 소설의 개념과 범위는 어떻게 파악해야 하는 것일까의 문제이다. 한국엔 통설대로 설화·소설로 파악되고 있다. 특징적인 것이 있다고 한다면, 소설사에서 설화와 소설의 징검다리 역할을 하는 가전체가 삽입된다고 하지만, 여기에 문제가 되는 것은 아직도 설화와 소설을 획기적으로 구분할만한 구체적 이론이 이루어지

---

3) 중국소설사의 경우 기술의 첫 章으로 등장된 노신의 『중국소설사략』에 漢·六朝·唐·宋·元·明·淸 등 역사적 시대구분으로 이루어진 연대기적 방법이 그 후 이루어진 范烟橋의 『중국소설사』(1928), 郭箴一의 『중국소설사』(1966), 葛賢寧의 『중국소설사』(1957) 및 가장 최근에 등장한 孟謠의 『중국소설사』(1970)에도 역시 정도와 용어의 출입은 있을지언정 연대기적 기술이 적용되었고, 일본의 경우도 역시 大均保助의 『일본소설사』(1954)에도 上古·中古·近古·近世 등 역사기술 내지 연대기적 기술방법이 적용되어 있다.

지 않았다는 것이다. 그러나 이들의 개연적 구분이 풀이되는 방법으로
나 소설사가 기술되는 가장 기초적 문제는 소설의 개념과 범위가 결정
지어져야 하는 일이다.

김태준의 『조선소설사』에서 가장 혼란을 야기한 것은 소설의 개념
과 범위가 제대로 파악되지 않고 있다는 것이다. 김태준은 "소설의 主
腦는 幻作한 奇談과 勸懲類가 아니오 사회생활의 풍습과 세태와 인정
의 기미를 진실히 서술함"[4]이라고 진술함으로써 소설의 개념을 서구
의 노블(novel)에 해당시켰다. 그리하여 그는 '乙未運動 전후로 문학
혁명이 일기 전까지로 인정과 세태로 묘사한 저작이 없으므로 조선에
는 소설이 없다'[5]고까지 단언하였다. 그렇지만 소설의 개념은 서구의
근대적 소설 개념으로 파악하면서도 그는 패설·諧談·야화·수필들
의 부분적 혹은 총칭적 대명사[6]로서 융통성 있게 파악하고 "나는 예전
사람들의 律하든 소설의 정의로서 예전 소설을 고찰하고 소설이 발달
하여 온 경로를 분명히 하고저 한다"[7]고 하여 결국 기술방법의 현실론
에 입각하여 소설사를 엮어놓지 않을 수가 없었던 것이다.

그는 이러한 무정견한 동양의 포괄적 개념인 소설이라는 정의에 의
존하여 소설사를 엮으면서도 가령 『금오신화』를 우리나라의 첫 장을
장식하는 소설사 첫머리에 冠을 씌운 뚜렷한 논리적 근거를 제시하지
는 못하였다. 말하자면 『금오신화』 이전에 이루어진 『삼국유사』 내지
『삼국사기』에 삽입된 설화와 선을 그어놓을 수 있는, 설화와 소설의

---

4) 김태준, 『조선소설사』, 13쪽.
5) 상동서, 13쪽.
6) 상동서, 11~12쪽.
7) 상동서, 13쪽.

개념적 차이가 제시되는 것이 무엇보다도 급선무의 일이다. 근자 한국
소설사를 『금오신화』의 첫 장에서 더 위로 소급시켜 『삼국유사』의 「조
신」 설화8)와 『신라 수이전』에의 「최치원전」9)으로 또는 이들을 중심으
로 나말여초까지 치켜 올리려는 경향10)으로 파악하려는 이견이 제시
되기도 하였다.

우선 새로운 소설의 개념설정을 위해 논의된 것을 들어보기로 하자.
조동일 교수는 理氣哲學의 인식론을 원용하여 장르체계의 수립을 시
도하는 가운데 소설의 개념을 자아와 세계가 상호 우위에 입각하여 대
결하면서 자아와 세계 양쪽에 통용될 수 있는 소설의 진실성을 추구하
는 것으로 파악하고 있는 것 같다.11) 그러나 그의 새로운 추구는 인정
한다 하더라도 자아와 세계의 대결이라는 관념은 그의 논리전개의 전
제인 理氣哲學的이라기보다는 서구식의 二元的 대립에 근접하고 있
다 해도 과언이 아닐 것이다. 특히 자아와 세계의 대결방식의 차이는
다른 서사형태와 소설을 장르상 구별짓는 징표가 아니라 서사징표의
구성과 현상성을 결정하는 요소라는 비판이 가해지고12) 있기 때문이다.

조동일 교수가 장르론적 관점에서 소설의 개념을 도출하려 했던 것
과는 달리 소설의 구조적 측면에서 소설의 개념을 정립해보려는 시도
가 황패강 교수에 의해 이루어졌다.13) 그는 주로 R.H. Alberes와 大橋
健三郎의 소설이론을 원용하여 서구소설이 완성한 사실주의적 소설개

---

8) 장덕순, 『한국문학사』, 동화문화사, 1975, 150~152쪽.

9) 조수학, 「최치원의 소설성」, 『영남어문학』2, 1975.

10) 김광순, 『한국의인소설연구』, 새문사, 1987, 34~37쪽.

11) 조동일, 『한국소설의 이론』, 지식산학사, 1977, 130쪽.

12) 황패강, 『고전소설연구의 방향』, 새문사, 1985, 16~17쪽.

13) 황패강, 『조선왕조소설연구』, 한국연구원, 1978, 10~11쪽.

넘을 극복코자 하는 가운데 조선시대의 소설관에서 역설적으로 소설의 개념의 도출을 시도하였다. 즉 소설의 최소한의 정의를 '이야기'라고 보고, 이야기는 대극적인 여러 지향 사이의 총집과정에서 예술적 전체성을 구현함으로써 이야기이면서 이야기 이상의 표현이 가능한데 이것은 선택된 주제에 대하여 작가 나름으로 주는데 성공한 분위기(tone), 솜씨(manual), 문체(style)를 포괄하고 있다고 정의를 내리고 있다.

필자는 황패강 교수의 의견을 받아들이지만, 요는 한국 소설사에서 무엇보다도 난제가 되고 있는 것은 설화와 소설의 개념적 차이를 뚜렷하게 구획 짓는 일인데 설화든 소설이든 모두가 이야기[14]로 되어 있음은 사실이나, 이야기가 단순하게 나열된 이야기가 아니라 거기엔 작자군이든 또는 작자든 이야기가 이루어지는 가운데 그들의 주장(intention)이 있음으로써 이야기는 비로소 진실성과 설득력을 획득하여 예술성을 지니게 된다고 본다. 이것이 말하자면 이야기가 소설이 되게 하는 기본적 요소이다.

그러나 이야기가 발전하여 후대에 내려올수록 그 이야기가 내포하고 있는 주장이 더욱 선명하게 드러난다고 본다. 이것은 거꾸로 말하면, 옛날로 소급될수록 이야기의 주장이 흐려지고 있다는 것이다. 단도직입적으로 말하면, 소설사는 결국 자아발견의 역사라고도 보아진다. 그러므로 한국 소설사에서 설화와 소설이 구획되는 선은 작자의 주장이 어느 정도 체계를 이루기 시작함으로부터 소설로 간주된다고 할 때, 김태준이 『금오신화』를 한국 최초의 소설로 본 점에 소설사적 논리가

---

14) 여기서 '이야기'의 뜻은 단순한 역사적 또는 단편적 기록이 아니라 질서를 통해 풍기는 서술미가 있음을 뜻한다.

부여된다고 볼 수 있다.

김태준이 그의 『조선소설사』에서 『금오신화』를 최초의 소설로 삽입시킨 것에 대한 논리화는 따로 지면을 빌려야 할 문제이지만, 소설사의 기술이 이야기의 역사 내지 발전사에 주안점이 있으니만큼 이야기 속에 숨어 있는 주장이 어느 시대부터 나타나기 시작한다는 것을 파악하는 것은 중요하지만, 결국은 이야기의 역사에 있기 때문에 소설사의 기술에서 소설의 개념 규정을 어느 정도 융통성이 부여될 것 같다.

3) 소설사 시대구분의 문제

그러면 고소설 기술의 문제에서 오늘날 가장 문제가 된다고 생각되는 시대구분의 문제와 한국문학사에서 문자상 이원적 역할을 담당한 國文과 漢文과의 문제를 중점적으로 다루어 보기로 하자.

첫째, 시대구분의 문제에서 물론 문학사의 기술에 시대구분이 기초를 이루고 있음은 주지의 사실이다. 그러나 한국문학사를 비롯한 그 하위문학사의 하나인 소설사도 거의가 왕조교체를 중심으로 이루어져 있음이 오늘날 한국문학사 서술방법의 하나이다. 이미 언급된 바 있지만, 문학사는 문학의 역사인 것처럼 하나의 역사로 파악되어야 하는 바와 같이 한국 소설사도 한국소설의 역사임은 두말할 것도 없다.

그렇지만 현재까지 역사의 줄기가 주로 정치·사회사가 중심을 이루고 있는 것에 따른다면, 역사와 문학사가 꼭 일치하지 않는다는 것은 이미 논해져왔고, 오히려 일반역사가 보다 발전된 데 대하여 문학의 역사는 후퇴한 경우도 있고, 전자가 후퇴한 데 대하여 후자는 전진

한다는 역현상도 있어 일반사와 문학사가 꼭 일치하지 않는다는 이론은 매우 설득력이 있음이 사실이다. 여기서 문학사의 파악에 일원론적 접근보다는 다원론적 접근이 적용되어야 한다는 논리는 훨씬 설득력이 있다.[15]

이와 같이 일반문학사에 있어서도 그 하위 문학사의 하나인 소설사도 꼭 일치한다고는 생각되지 않는다. 가령 똑같은 시대에 있어서도 詩歌史가 우수한 반면, 小說史는 뒤떨어진 경우도 있고, 전자가 뒤떨어진 반면, 후자가 우수한 경우도 있기 때문에 소설사의 파악에도 다원론적 방법의 접근이 타당하다고 생각된다. 그렇지만 이는 어디까지나 한국문학사를 엮는 데 이상적인 방법론을 제시한 것일 뿐, 실제에 있어서는 한국의 역사적 시대구분이 적당히 왕조교체를 중심으로 이루어져 있는 이때이니만큼, 한국문학사나 본고에서 논의되는 소설사의 시대구분에 있어서도 현재로서는 이상적인 접근은 거의 불가능에 가까운 일이요, 불가불 먼저 이루어진 김태준의『조선소설사』의 시대구분을 중심으로 보완해 나가는 것이 현실적 접근방법이라고 생각된다. 이런 현실론을 밑받침해 주는 일은 랑송(Gustave Langson, 1857~1934)이 佛文學史를 서술한 목적을 문학사의 기술이 至難한 것임을 전제로 하여 주로 원작품의 길잡이가 자극제가 되게 하는 데다 둔 것[16]에서도 이해가 된다.

여기에 김태준의『조선소설사』의 시대구분과 박성의의 시대구분의 방법을 중심으로 필자의 의견을 첨보하여 한국 소설사의 시대구분을 적어보면 다음과 같은 도표가 작성된다.

---

15) 조동일,『한국문학통사』1, 지식산업사, 1982, 28~34쪽.
16) 정기수 역,『불문학사』상, 을유문화사, 1988, 6쪽.

		시대	작가 및 작품
1	태동기	고려시대	삼국사기 및 삼국유사의 제설화, 임춘의 국순전·공방전, 이규보의 국선생전·청강사자현부전, 이곡의 죽부인전, 이첨의 저생전 등
2	형성기	조선초기	김시습의 금오신화, 이제신의 청강전, 정수강의 포절군전, 송세림의 주장군전, 성간의 용부전, 김우옹의 천군전, 임제의 화사·수성지, 심의의 대관제몽유록, 왕랑반혼전
3	성장기	조선중기 (임진란~인조)	권필의 주생전, 윤계선의 달천몽유록·군담소설, 허균의 홍길동전, 이항복의 유연전
4	개화기	조선중기 (현종~경종)	김만중의 구운몽·남정기, 조성기의 창선감의록, 조위한의 최척전, 정태제의 천군연의
5	결실기	조선후기 (영·정조)	이정작의 옥린몽, 판소리 소설·낙선재본 소설, 박지원 소설, 이옥의 전, 김려의 가수재전 등
6	결실기	조선후기 (인조~조선말)	심능숙의 옥수기, 정기화의 천군본기, 남영로의 옥루몽, 서유영의 육미당기, 김소행의 삼한습유
7	쇠퇴기	개화기	추풍감별곡·부용상사곡·봉황금 등 신작구소설

위의 도표에서와 같이 한국 고소설의 성장과정을 고려시대의 설화·가전체를 시발점으로 하여 조선시대 초기의 『금오신화』를 중심으로 고소설이 형성된 것으로 보고, 이어 조선시대 중기 임진란을 계기로 군담소설과 <홍길동전>으로 성장된 것을 통해 특히 숙종조에 이루어진 <구운몽>과 <남정기>·<창선감의록> 등으로써 꽃이 핀 개화기로 잡았고, 이를 통해 영·정조의 판소리 소설·박연암 소설, 이옥의 傳, 낙선재본 소설 등이 이루어진 것을 첫 단계의 결실기, 그리고 순조 이후 첫 단계의 마무리로 서유영의 <육미당기>, 남영로의 <옥루몽> 등을 뒷 단계의 결실기로 보았다. 그러나 이런 성장과정도 조선시대의 멸망과 함께 결국 고소설은 막을 내림과 동시에 새로이 출현한

신소설과 혼재된 신작구소설과 여항소설의 퇴형을 마지막으로 고소설의 흐름은 완전히 종지부를 찍게 되었다.

위에서 고소설의 성장과정을 태동·형성·성장·개화·결실·쇠퇴 등으로 잡아본 것은 박성의 교수의 시대구분법을 원용한 것이지만, 특히 결실기는 이를 영·정조와 순조조 등으로 양분화한 것과 박성의 교수가 순조조를 쇠퇴기로 잡은 것과는 달리, 이를 결실기에 흡수한 것은 근자부터 작자가 분분했던 <옥루몽>을 남영로[17](1810~1827)로, <육미당기>가 서유영[18](1801~1874)으로 뚜렷이 밝혀진 데 따른 것이다. 그리고 대신 쇠퇴기를 한 단계로 하향시켜 잡은 것은 소위 고소설로 파악되었던 「추풍감별곡」이 비록 고소설과 신소설의 요소를 아울러 가진 것으로, 종래엔 쇠퇴기에 포함되었지만, 이 작품의 출현연대가 1912년임이 밝혀짐으로써[19] 이루어진 것이다. 아울러 <부용상사곡>·<봉황금> 등 소위 신작구소설이란 말하자면 고소설적 요소와 신소설적 요소를 아울러 가진 명칭으로 거의 공인된 것을 통해 이들 신작구소설이 비록 엄격히는 신소설의 장르에 예속되어야 할 것이지만, 소설사의 관점에서는 신소설과 고소설이 교차되는 하나의 과도기로 파악되기 때문에 고소설의 측면에서 보면, 분명 쇠퇴기에 해당되기 때문이다.

위에서 설화·가전체를 고려시대로, 『금오신화』를 중심으로 하여 조선초기로, 군담류 소설과 <홍길동전>을 임진란 후의 조선중기로, 다시 <구운몽>·<남정기>를 역시 중기로 잡은 것은 분명 김태준의

---

17) 차용주, 『옥루몽 연구』, 일지사, 1981, 11~32쪽.
18) 장효현, 『서유영 문학의 연구』, 아세아문화사, 1988, 228~260쪽.
19) 정규복, 「추풍감별곡의 신연구」, 『대동문화』20, 1986, 46~59쪽.

시대구분법이 답습된 것이며, 다만 여기에 조선후기로 영·정조와 순조로 양분된 것도 이미 언급한 대로 박성의 교수의 시대구분법을 원용한 것이지만, 기본적인 틀은 김태준의 『조선소설사』에 이미 이루어진 것임을 분명히 하고 싶다.

다음은 위의 7개항에 이어 각 항에 내포된 중요작품을 언급해보기로 하자.

제1항 태동기는 주지하는 바와 같이 『삼국사기』·『삼국유사』의 여러 설화와 이들 설화를 한 단계 올려놓은 소위 가전체 소설이 내포된다. 물론 한국소설사에 있어서 설화→가전체→소설의 도식에서 확인되는 바와 같이 제1항에서 논의될 설화와 가전체는 하나의 태동기에 해당되는 것으로서 소설 이전의 것으로 생각되어 설화→가전체는 모두 하나의 태동기로 잡은 것이다.

제2항 형성기에서 중요하게 논의될 것은 『금오신화』이다. 그렇지만 여기에 덧붙여야 할 일은 16세기에 이르러 정수강(1454~1527)의 <포절군전>, 임제(1549~1587)의 <원생몽유록>·<화사>·<수성지> 등 일련의 의인소설이 출현하였지만, 이들은 前朝의 가전체를 이어주는 것으로서 전세기에 출현한 『금오신화』에 비해 발전된 흔적은 없고 하나의 한문 소설적 양식으로서 명맥만 유지할 뿐, 발전사적 뜻이 없는 傍系로 보아 하나의 시대를 따로 설정하지 않았다. 이 시기에 나온 몽유록류도 마찬가지다. 심의(1475~?)의 <대관재몽유록>도 소설사의 정통을 이어주는 것이 아니라, 이들도 한문학자들의 好文의식으로 하나의 곁길이라 생각된다. 또 이 시기에 출현한 <왕랑반혼전>은 진작 김태준에 의해 고려 말의 작품 운운도 있었지만, 근자에 조선 초기 중종조에 弘敎를 위해 산출되었다는 중요한 근거가 제시됨으로써[20] 필

자는 이를 부득이 제1기 형성기에 넣지 않을 수가 없다. 다만 <왕랑반혼전>은 예술성이 희박한 傳敎를 위한 弘敎작품으로 소설사에 있어서 방계를 차지하는 작품이라 생각될 뿐이다.

제3기 성장기에서 중요하게 논의되어야 할 것은 허균(1569~1618)의 <홍길동전>과 임진왜란을 계기로 출현한 『임진록』과 <박씨부인전>·<유충렬전> 등 일련의 군담류가 이에 해당될 것이다. 그러나 여기에 덧붙여두어야 할 일은 <홍길동전>도 분명히 허균에 의해 저작되었지만, 현재 원전은 없고 현존한 이본은 모두 훨씬 후대에 이루어진 것으로서 소설사적 기술도 많은 한계를 지니고 있으며, 군담류도 고소설의 분량 중 가장 많은 비중을 지니고 있지만, 거의 임병양란을 계기로 한 것보다도, 훨씬 후대에 출현한 것이 대부분으로 소설사의 기술에 있어서 심한 제약을 준다. 이미 이루어진 소설사의 기술에서 가장 모호하게 이루어진 것이 군담류 소설[21]의 시대구분적 기술이 아닌가 한다.[22]

이에 <홍길동전>과 군담류 소설은 소설기법에 있어서 전대의 것에 비교될 수 없으리만치 큰 진전을 가져왔고, 아울러 한국 고소설의 틀을 정하는 중요한 시기로서 이들은 한국 고소설사에 있어서 중요한 작품으로 평가를 받아야 하며 또한 중요한 주류를 이룬다. 이 시기에 덧붙여 둘 일은 권필(1569~1612)의 <주생전>·<郭索傳>·<위경천전> 등과 윤계선(1577~1604)의 <달천몽유록>·<琉球王世子列傳>·<韓

---

20) 황패강, 「小瀨庵 普雨과 왕랑반혼전」, 『한국서사문학연구』, 단국대출판부, 1972, 207~226쪽.

21) 서대석, 『군담소설의 구조와 배경』, 이화여자대학, 1985, 265~279쪽; 정규복, 「군담류 소설의 제문제」, 『국어국문학』35, 국어국문학회, 1965, 265~279쪽.

22) 제1편 제1장, 「한국고소설사의 기존연구와 전망」 참조.

淑媛傳> 등 한문소설 및 몽유록은 전대를 곁길의 것으로 답습했을 뿐, 소설사의 주류에서 벗어난 작품이라고 생각된다.

제4기 개화기에서 김만중(1637~1692)의 <구운몽>·<남정기>와 조성기(1638~1689)의 <창선감의록> 등은 한국 고소설의 기법에서 비견될 수 없으리만치 다양한 양상을 지니고 있다. 우선 <구운몽>이 동아시아 문학권에서 국제적 차원에서 논의되어야 할 만한 골격구조인 幻夢구조와 사상의 깊이는 명실상부한 내용과 형식의 조화를 이룬 극치의 작품이 나왔다는 데도 큰 뜻이 있지만, <남정기>·<창선감의록> 등 가정소설의 양식이 최초로 굳어져 출현하였다는 데도 적지 않은 뜻을 지닌다. 더구나 <남정기>의 소설기법에서 종래 군담류 소설의 틀이 복합화되어 나왔고, 인물 등장에서도 소위 선악을 아울러 가진 중간형의 인물 설매가 창출된 것[23]은 소설사의 입장에서 더욱 뜻을 지닌다고 생각된다.

말하자면 이 시기에 나온 <구운몽>·<남정기>·<창선감의록>은 한국 소설사의 주류를 크게 형성하는 것이다. 이들 외에 정태제(1612~1669)의 <천군연의>는 전대의 곁길의 것을 답습한 의인소설로서 다만 소설사의 곁길을 장식했을 뿐이다.

제5기 결실기 앞 단계에서는 서민의식이 강력하게 들리는 판소리소설과 박지원(1737~1805)의 한문소설과 이옥(1770~1812)의 전이 출현하고, 뿐만 아니라 가문소설의 성격을 지닌 대하소설 낙선재본 소설이 등장하여 전대에 비견될 수 없으리만치 다양한 소설이 출현하였다. 즉 이 시기에 출현된 소설은 거의가 서민의식을 강력하게 풍기는

---

23) 정규복, 「남정기논고」, 『국어국문학』26, 국어국문학회, 1963, 38~44쪽.

것이 특징이지만, 여기에서 언급해두어야 할 일은 주로 서민으로 의식하여 쓰여진 국문의 판소리 소설과 한편 사대부들의 독자를 의식한 한문 소설인 박지원의 소설과 이옥의 전 등으로 이원화된다고 보이는데 낙선재본 소설은 국문소설로서 그 독자는 주로 궁중여인들이라 생각된다. 낙선재본 소설이 이 시기에 출현한 데 대한 문제는 일찍이 정병욱 교수가 18·9세기로 잡은 바 있고[24] 더 구체적인 사항은 낙선재본 소설의 국적이 중국이냐 本國이냐가 확립되지 않은 상태에 홍희복의 生平으로 보아 늦어도 19세기 초까지는 분명하게 잡혀질 수 있었고[25] 다시 근자 김종철 교수의 <옥수기> 고증 과정에서 19세기 중엽에 이미 낙선재본 소설과 연작소설의 창작이 본격화 될 수 있다는 것은[26] 낙선재본 소설이 이 시기에 본격적으로 유행될 수 있다는 것을 지적해 준 것이라 보아진다.

그러나 낙선재본 소설이 18·9세기에 분명하게 이루어졌다는 발생연대와 아울러 작자 내지 독자층을 어느 정도 알려주는 중요한 기록인 '又翫月 安兼濟母所著 欲流入宮禁廣聲譽也'『松南雜識』가 나타남으로써 낙선재본 소설의 하나인 <玩月會盟宴> (장서각 180冊)이 결국 安譜(1693~1765)의 부인 李씨(1694~1743)가 그녀의 명성을 宮禁에 떨치기 위해 지었다는 가능성이[27] 나타남으로써 낙선재본 소설의 발생연대는 늦어도 18세기까지는 발생될 수 있고, 아울러 작자도 여성이 크게 한몫을 차지할 수 있게 되었음을 알 수가 있다.

---

24) 정병욱, 「이조말기소설의 유형적특성」, 『문화와 비평』, 1969 참조.
25) 정규복, 『한·중문학비교의 연구』, 고려대출판부, 1987, 220~231쪽.
26) 김종철, 「옥수기 연구」, 서울대 석사논문, 1985, 19~20쪽.
27) 임형택, 「17세기 규방소설의 성립과 창선감의록」, 『동방학지』57, 연세대 1988, 참조.

이들 외에 전대의 가정소설을 이어 이를 더욱 복합시킨 이정작(1678~
1758)의 <옥린몽>이 출현한 것도 특기할만한 일이다. 또한 이 시기에
출현한 金鑢(1766~1821)의 <賈秀才傳>·<琉球王世子傳外傳>·<索
囊子傳>·<蔣生傳>·<韓淑媛傳> 등 일련의 현실생활을 소재로 하
여 그린 소위 짤막한 전류도 이루어졌다.

제6기 결실기 뒷 단계에서는 결실기로서 전대의 것을 그대로 이어
역시 소설의 다양한 양상을 이루게 하였다. 전대의 판소리 소설을 조
직화한 신재효(1812~1884)의 판소리를 비롯하여 전대의 염정·군
담·환몽을 종합화한 듯한 남영로(1810~1857)의 <옥루몽>, 아울러
전대의 怪談 등을 다양화하여 이루어 놓은 서유영(1801~1874)의 <육
미당기>, 그리고 전대의 가정소설과 군담류를 아울러 가지면서 소설
화한 심능숙(1782~1840)의 <옥수기> 등 작품이 출현하여 소설적 양
상이 보다 다양화된 것을 알 수가 있다.

이와 곁들여 고려중기 이후 출현된 가전체가 조선시대에 의인소설
로 다양화된 일종의 소설사적 방계가 유지되게 한 鄭琦和(1786~1840)
의 <天君本記>가 고소설사의 마지막을 장식한 데도 말하자면, 결실
기의 소설적 다양성의 일환으로 파악될 수 있을 것 같다. 또한 이와
아울러 우리가 <삼국지> 등 四大奇書 및 기타 중국 소설이 조선 시대
에 번역이 많이 이루어졌다고 하지만, 번역자와 번역연대를 분명히 알
리는 洪義福(1794~1859)의 『第一奇諺』이 나왔다는 것도 이 시기의
소설적 양상의 다양성을 파악케 하는 것이라 보아진다.

제7기 쇠퇴기에서는 두말할 것도 없이 조선 시대 후기를 기해 위와
같이 결실기를 통하여 소설적 다양성의 출현을 피크로 하여 막을 내리
고 20세기에 들어와 드디어 新小說이 출현된다는 것은 주지의 사실이

다. 그러나 앞에서도 이미 언급된 바와 같이 이미 이루어진 소설사에
서는 고소설의 쇠퇴기를 필자가 설정한 '결실기 뒷단계'로 잡고 있지
만, 필자가 그 쇠퇴기를 한 시대를 下向하여 20세기 초에 신소설이 출
현한 시기로 잡은 것은 고소설로 파악했던 <추풍감별곡>이 신소설로
밝혀짐과 아울러 <추풍감별곡>이 같은 고소설과 신소설의 구조를 함
께 가진 이른바 신작구소설의 작품들28)과 역시 여항소설로 일컬어지
는 <산촌미녀> · <일본산천풍속기> · <장벽지화> · <경성백인백색>29)
이 20세기 초에 신소설의 출현과 함께 동시에 출현했다는 사실이다.

이외에 기존의 소설사에서는 쇠퇴기를 뚜렷한 방증도 없이 조선시
대의 말기란 역사적 쇠퇴에다 소설사의 쇠퇴기를 맞추었다는 것이다.
실은 어느 역사적 말기의 사항도 발전의 흔적이 흔적 없이 사라지는
것이 아니라, 새로 탄생되는 장르라 잠시 혼재하면서 쇠퇴하는 것이
일반적 현상이기 때문이다.

위에서와 같이 한국 고소설사의 발전과정을 태동기 · 형성기 · 성장
기 · 개화기 · 결실기 첫단계 · 결실기 뒷단계 및 쇠퇴기 등 7개의 항으
로 나누어 살폈지만, 태동기는 고소설을 형성시킨 설화적 요소를 더욱

---

28) <형산백옥> · <난봉기합> · <쌍미기봉> · <약산동대> · <부용상사곡> · <추풍감별
곡> · <청년회심곡> 등 일곱 편은 이르게는 1900년대부터 늦게는 1910년대 사이에
이루어진 소설작품으로서, 이들은 고소설과 신소설이 아울러 출현하는, 말하자면 구문
학과 신문학과의 교차기에 출현하여 고소설과 신소설의 요소를 함께 지니고 있는 특징
을 지니고 있다. 종래엔 이들을 보는 각도에 따라 고소설로 다룬 적도 있었고, 대신
신소설로 다루려는 경우도 있었다. 그러나 이들은 결국 구작과 신작을 아우르는 것을
중점적으로 보아 '新作舊小說'로 불리우게 되었다. (이은숙, 「활자본 신작구소설에서의
애정소설연구」, 한국정신문화연구원 석사논문. 1986.)
29) 여항소설도 역시 신작구소설과 같이 20세기 초에 출현된 말하자면 고소설과 신소설의
요소를 아울러 가진 문학사적 의의를 지니고 있다는 데 대하여 근자부터 논리가 시도된
새로운 장르로 등장하고 있다. (이종수, 『여항소설』, 시인사, 1984, 133~165쪽.)

많이 내포한 것이고, 쇠퇴기의 신작구소설은 신소설적 요소를 더욱 많이 내포한 것이기 때문에 고소설사의 본령은 형성기·개화기·결실기가 중심이 되어야 함은 두말할 필요가 없다.

위와 같은 고소설사의 시대구분이 완벽하게 이루어진 것은 결코 아니며, 또 그럴 일이 있을 수도 없다. 그것은 이미 랑송이 제시한 대로 완벽한 문학사는 영원히 불가능하다고 한 바와 같이 한국의 소설사도 영원히 불가능한 일인지도 모르기 때문이다. 다만, 기존의 한국 고소설사가 이루어진 후, 적지 않은 작품들이 발굴이 되었고, 한편 작자와 출현시기가 밝혀진 것도 있기 때문에 앞으로의 소설사는 이들이 모두 수렴되는 가운데 쓰여질 수 있다면, 필자에 의해 시도된 7항목의 시대구분 설정을 통해 그 가능성의 하나를 보여주었을 뿐이다.

4) 국문소설과 한문소설의 상관성

다음은 한문소설과 국문소설의 상관성을 통하여 한문소설이 국문소설에 비해 어떠한 소설사적 위상을 지니고 있는가를 살펴보기로 하자.

실제적으로 국문소설과 한문소설을 일원화하지 않고 이들을 나누어 살펴야 한다는 것 자체가 언어도단이 아닐 수 없지만, 한국 고소설에서는 국문소설과 한문소설의 이원화의 현상이 분명하게 드러나 있기 때문에 이들을 나누어 살펴야 한다는 구차성을 지니고 있다. 환언하면, 국문소설은 고소설사의 발전과정에 하나의 기본적인 줄기를 이루고 있지만, 한문소설은 어떤 시기는 줄기에 협조해 오기는 했지만, 대부분 줄기에서 벗어나 시대성 밖에서 한문학의 범주에 협조해온 경우가 훨씬 많다. 이는 다분히 문자가 지닌 특수성에서 연유되었다고 보아진다.

한국 고소설의 시초로 형성되었다고 하는 『금오신화』만 하더라도, 그것의 표기문자는 순한문이다. 당시 김시습이 국문으로 표기하지 않고 한문으로 표기한 것은 대중적인 국문으로 표기하기엔 아직 초창기로서 큰 한계가 있다기보다는 그의 模作으로 이루어졌다는 <剪燈新話>가 古文의 중국 소설이라는 것에 더욱 한계성을 지니게 하였다고 보아진다. 여기에 『금오신화』가 소설의 대중성을 지니지 못하였고, 자연히 거기엔 난해한 詞가 삽입되어 한문학의 범주를 지녔다 할지라도, 傳奇의 형식으로 이루어졌기 때문에 이후 대중성을 지닌 군담소설과 <홍길동전> 등 소설이 출현하도록 역할을 담당한 것은 소설사의 시발에 큰 의의였다고 생각된다.

17세기 초에 이르러 허균의 <홍길동전>이 출현하고, 후기에 김만중의 <남정기>가 나와 소설의 발달과정에 하나의 획을 그어놓은 것은 주지된 사실이다. 한편 이에 비해 한문소설로서는 허균의 <엄처사전>·<남궁선생전> 등 다섯 편의 소위 전이 저작되었다는 것도 특기할 만한 일이다. 그렇지만 이들 한문소설이 같은 작가에 의해 저작된 국문소설인 <홍길동전>에 비해 역시 묘사성과 대중을 상실하고 있다는 것은 문자의 표기가 얼마만큼 제한을 주고 있다는 것을 지적해주는 것이라고 본다. 김만중도 더욱이 같은 경우에 해당된다. 그도 국문소설인 <남정기>를 저작했지만, 한편 한문소설인 대작 <구운몽>을 지어 소설사적 문명을 떨쳤다는 것은 아이러니컬한 일이 아닐 수가 없다. 다시 말하면 조선시대엔 국문소설과 한문소설을 이중언어(biligualism)로 동시에 쓰는 가운데 한문의 표기문자에서 제약성에 구애를 받아 소설사의 줄기에서 곁길로 나아가게 하였지만, 김만중은 오히려 한문의 표기문자로 대작을 작성함에 비록 국내적 줄기엔 제약을 받은 듯하면서도 국제적 차원의 줄기를 잇는데 성공하였다. 그러나 국문소설 <남정기>가 소설의 수법에서 하나의 획을 그어놓았다는 것은 그가 소설가로서 얼마나 큰 안목을 지녔는가를 여실히 말해주는 것이라고 보아진다.

<남정기>와 같은 류의 가정소설인 조성기의 <창선감의록>은 한문소설의 표기문자적 제약으로 전자에 비해 그 다양한 구조에도 불구하고 그 묘사가 매우 답답하여 건조한 이야기가 되게 하였다는 것에서 역시 대중성을 획득하기 위해서는 국문이 보다 큰 역할을 한다는 것을 단적으로 지적해주는 것이 아닌가 한다.

18세기에 출현한 박지원의 소설이나 이옥의 傳類도 전대의 의인소설에 비하여 괄목할 만하게 소설의 묘사와 대중성을 획득한 것은 사실이다. 그러나 강력한 현실적 시대사항을 꿰뚫은 것에서는 비록 시대성을 반영시켰다 할지라도 문자의 제한에서 연유된 한계성으로, 같은 시대에 출현한 국문소설인 판소리 소설이나 낙선재본 소설에 비해 소설의 보편적 원리인 대중성에는 적지 않은 한계를 지니고 있음은 부정할 수가 없다.

19세기에 이르러 출현한 심능숙(1782~1840)의 <옥수기>와 서유영(1801~1874)의 <육미당기>, 남영로(1810~1857)의 <옥루몽> 등 일련의 한문소설은 전대의 한문소설에 비해 거의 한문소설에 제한된 틀을 밖으로 했다고 해도 과언이 아니리만큼 소설로서 대중성과 산문성·묘사성을 획득하였다고 보아진다. 불행하게도 이 시대엔 국문소설은 전무하다시피 한 가운데 신재효(1812~1884)의 여섯 마당 판소리가 나왔을 뿐이지만, <옥루몽>이 한문소설의 틀로 이루어지면서도 한문에다가 諺吐가 달려지고 아울러 국문시가 삽입되었다는 것은 소설의 대중성을 위해 일종의 몸부림으로 文字小說史의 시각에서 큰 의의가 아닐 수 없다.

전체적인 시각에서 볼 때, 국문소설과 한문소설의 상관성은 전언한 바와 같이 역시 국문소설이 소설사의 발전과정에서 주류를 이루는 가운데 한문소설은 하나의 방계역할을 담당하면서, 한국 고소설사의 발전에 공헌한 것만은 사실이다. 거기서 앞으로 엮어질 소설사에서는 한국문학 자체가 국문·한문의 이중문학적 특징을 가진 것을 감안하여[30) 각기 문자적 입장에서 정리된다 할지라도 종내에는 이들이 함께 수용되는 가운데, 방법론도 모색되어야 하며 결국은 단일화로 통합·정리되어야 할 것이다.

---

30) 한국인은 민족문자문학의 시발인 향찰표기부터 이미 한글·한자의 이중언어로 작품이 쓰이기 시작하였다. 향찰표기가 시작된 신라시대에는 문헌이 없어 한 작가가 이중언어의 활동이 보이지 않지만, 그 후 고려시대 후기 安軸에 이르러 그는 이중언어의 작품인 한글표기가 시도된 경기체가 <關東別曲>과 <竹溪別曲>, 그리고 순한문의 漢文集 『關東瓦注』를 남겨놓았다. 조선시대에 이르러는 국문학사상 큰 위치를 차지한 윤선도 등도 역시 적지 않은 漢詩文을 남겨놓아 이중 언어의 활동을 구체적으로 알려주고 있다. 그러나 이들 이중 언어의 작품적 성격이 꼭 같다고 알려지기보다는 각기 문자의 특색을 알려주고 있다. 가령 안축만 하더라도 <관동별곡>과 <죽계별곡>은 현실주의에서 이탈되어 즉흥적 긴장완화의 구실을 한 반면, 『관동와주』는 현실적 모순을 폭로하여 긴장으로 고조됐다는 보고가 나오고 있다. 김동욱, 「謹齋 안축과 그 시가의 연구」(성균관대박사논문, 1987) 참조. 이런 것을 감안하여 한국 작품의 이중 언어적 특색의 구체적 사항에 대한 풀이는 앞으로의 큰 과제로 남게 된다.

3

고소설의 역사적 전개

1) 導 言

한국 고소설의 역사적 전개를 논술하기란 매우 어려운 일이다. 그것
은 한국 고소설의 작품량이 적게는 300여 편, 많게는 500여 편을 헤아
릴 수 있다고 하지만, 그 대다수가 작자 및 저작연대가 미상으로 되어
있고, 그 중에 뚜렷한 작품은 다만 손으로 꼽을 수 있을 만큼 몇 편에
지나지 않기 때문이다. 그러므로 본론에서는 작자 및 저작연대가 어느
정도 뚜렷한 소설을 중심으로 역사적 발전을 더듬어 볼까 한다.

한국 고소설의 발전사적 구분은 대충 6기로 분류하여 놓는 것이 편
리할 것 같다. 첫째 고려시대-준비기, 둘째 조선초기(세조조)-발생기,
셋째 조선중기Ⅰ(임·병 양란)-전개기, 넷째 조선중기Ⅱ(숙종기)-종
결기 등으로 나눌 수 있겠다. 첫째 준비기는 고려시대 중기 이후 출현
한 설화 및 가전체 등 일련의 설화적 성격을 지닌 작품이 출현한 시대
요, 둘째 발생기는 조선초기 세조 때 김시습의 『금오신화』가 중국의
『전등신화』의 영향으로 성립된 시기를 가리키는 것이요, 셋째 전개기
는 조선중기 임·병 양란을 계기로 출현한 군담소설 및 허균의 <홍길

동전> 등이 나온 시기가 이에 해당되고, 넷째 발전기는 조선중기 숙종 때 김만중의 <구운몽>과 <사씨남정기>가 출현한 시기를 가리키고, 다섯째 결실기는 조선후기 영·정조를 계기로 실학에 則한 박지원의 소설 및 이른바 <춘향전> 등 판소리 소설이 등장한 시기를 말하고, 여섯째 종결기는 조선말기 순조 이후에 출현한 <추풍감별곡>과 <배비장전>이 출현한 시기를 가리킨다.

이들 여섯 시기에 무려 500여 편의 고소설이 나왔다지만, 그 내용이 대개 천편일률적인 유사성으로 혹평을 받고 있는데, 실은 이들을 역사적 안목을 통해 보면, 한국 고소설의 흐름에 있어서 그 유사성을 중심으로 마치 서구의 소설사가 황당한 로망에서 근대적 현실주의(realism)로 발전해 내려온 것과 같이 비현실성에서 현실성으로 발전해 내려온 흔적을 엿볼 수 있다는 것은 한국 고소설사를 엮게 하는 가능성을 제시해 주는 것이라고 본다.

2) 고소설의 역사적 전개

첫째, 준비기에 있어선 많은 설화가 출현하였는데, 그것은 『삼국유사』에 기재된 단군신화·박혁거세·석탈해·수로왕 등 건국신화를 중심으로 한 卵生說話와 『삼국사기』의 密友·貴山·朴堤上·金歆運·조녕자·階伯·百結先生·金生·都彌·溫達 등 戒訓, 애정 등의 내용을 담은 많은 설화가 있는데, 이들은 종래부터 문자로 전승되어 온 것도 있지만, 대부분 구전으로 전승되어 오다가 그 당시에 비로소 문자화된 것도 많다. 이들 설화는 후기의 소설을 발생케 하는 원동력의 역할을 하였는데, 여기에 주의해야 할 일은 조선초기에 <금오신화>가 출현하기에 앞서 하나의 과도기적 형태인 가전체문학이 설화에서 소설로 넘어가는 데 중간역할을 하였다는 것이다.

임춘의 <국순전>과 <공방전>, 이규보(1168~1241)의 <국선생전>과 <청강사자현부전>, 이곡(1298~1351)의 <죽부인전>, 이첨(1345~1405)의 <저생전>, 釋 息影庵의 <정시자전> 등은 주로 醒世訓人을 목적으로 동물, 또는 식물을 의인화하여 이를 허구적으로 처리하였으며, 前擧한 설화보다는 보다 소설적으로 접근되었음을 볼 수 있다. 말하자면 설화는 說話者의 흥미가 위주가 되어 원형에다가 청자의 흥미와 관심을 돋우기 위해 창의성이 움직이기 시작한 것은 사실이지만, 가전체문학에 와서는 성세훈인을 목적으로 작자의 개성과 의미가 작용됨으로써 작품 가운데 등장하는 인물의 성격이 어느 정도 창조됨을 엿볼 수가 있다.

둘째, 조선초기에 이르러 김시습(1435~1493)에 의해 『금오신화』가 저작되었다는 것은 획을 그어놓은 사실이다. 한국 소설사상 소설다운 형태를 갖추고 나온 것은 『금오신화』에서 비롯되었다. 본 소설에서는 작가의 의식이 뚜렷하게 반영되었을 뿐 아니라, 인물의 묘사가 부각되었고 아울러 외국문학과의 상관성이 잘 연결되어 있으며, 이에서 더 나아가 한국적 독창성을 십분 발휘하였다는 데서 무엇보다도 『금오신화』의 문학적 의의를 두어야 할 것 같다.

『금오신화』는 <만복사저포기>, <이생규장전>, <취유부벽정기>, <남염부주지>, <용궁부연록> 등 다섯 편이 수록되어 있는데, <만복사저포기>는 양생이란 늙은 총각이 佛前에 아뢰어 佳耦를 얻었다는 이야기로, 美辭妙句와 麗情逸態가 무엇보다도 독자를 황홀경에 빠지게 하며, <이생규장전>은 得意에서 벗어난 이생이 귀족집 처녀 최랑과 異緣을 맺은 이야기로서 이른바 樂而不淫하고 哀而不傷하다는 평을 받고 있으며, <취유부벽정기>는 富商 홍생이 평양 부벽루에서 죽은 箕子時代의 여자와 盡歡한 이야기로서 고조선을 배경으로 하여 가장 향토색(localism)을 발휘한 작품이며, <남염부주지>는 信佛을 거절한 박생이 몽중에 지옥의 炎浮洲에 갔다가 우주의 이치를 달관하였다는 이야기인데, 작자 김시습은 염왕의 설교에 빙자하여 性命의 이치를 논하고 철학적인 깊이에 접근한 것이며, <용궁부연록>은 문사 한생이 용궁을 두루 관람한 이야기로, 여기에서는 김시습이 그의 박식과 뛰어난 재기를 마음껏 발휘하여 文은 歐蘇를 방불케 하고, 詩는 李杜를 연상케 한다.

그러나 김시습은 본 소설을 창의적인 착상에 의하여 저작한 것이 아니라, 明朝初 瞿祐(1341~1427)의 『剪燈新話』를 效倣하여 『금오신화』로 창작하였다. 이를 구체적으로 언급해 보면, <만복사저포기>는 『剪燈新話』의 <滕穆醉遊聚景園記>, <富貴發跡司志>, <牡丹燈記>, <綠衣人傳>, <愛卿傳> 등과 상관되며, <이생규장전>은 <渭塘奇遇記>, <翠翠傳>, <金鳳釵傳>, <聊芳樓記>, <秋香亭記> 등과, <醉遊浮碧亭記>는 <鑑湖夜泛記>와, <남염부주지>는 <令孤生冥夢錄>, <太虛司法傳>, <永州野廟記> 등과, <용궁부연록>은 <水宮慶會錄>, <龍塘靈會錄> 등과 각각 상관된다.

그렇지만 여기에 유의해 두어야 할 일은 『금오신화』가 아무리 『전등신화』의 모작이라 하더라도 그것은 개념의 혼동에서 온 말이지, 실제로는 영향(influence)이란 말을 사용해야 옳은 것 같다. 이는 단순한 모방(imitation)이란 개념을 제외시키기 위함이다. 불란서 시인 P. Valéry

(1871~1945)가 일찍이 "남의 것을 섭취하는 것만큼 독창적이요 또 自己的인 것은 없다. 그러나 이를 소화하지 않으면 안 된다. 사자의 몸뚱이는 양이 동화하여 된 것이다"라고 한 바와 같이, 김시습이 『전등신화』를 효방하여 『금오신화』를 썼다지만, 漢文化에 染濁된 당시에 감히 우리나라의 배경을 두고 우리나라의 풍속을 삽입하여 향토색을 충분히 발휘한 것은 일종의 자주적 정신에 입각한 것으로 이는 비교문학적 의의로 높이 평가되어야 할 것이다.

셋째, 전개기에 접어들어서 임·병 양란을 계기로 중국으로부터 <삼국지연의>가 전래하여 있었고, 그리고 시대사조에 호응하여 倭胡族에 대한 적개심이 작용하여 군담소설이 출현하였다. 거기서 자연 군담소설은 倭族을 소재한 것과, 胡狄을 소재로 한 것이 있는데, 전자에 속하는 것이 『임진록』, <곽재우전>, 「사명당실기」 등이요, 후자에 속하는 것이 <유충렬전>, <조웅전>, <박씨부인전>, <임경업전>, <장풍운전>, <현수문전> 등이나, 역시 위의 대표작은 『임진록』과 <유충렬전>이 이에 해당된다. 그러나 군담소설은 주로 <삼국지연의>의 영향을 가장 깊게 받았고, 또한 왜호족에 대한 적개심이 강조되고 있음이 특색이다. 그러므로 이들 군담소설은 시대정신을 잘 반영하였다고 볼 수 있다.

『임진록』은 선조때 韓國史上 未曾有의 대란인 임진왜란의 戰記의 하나이며, 기존 역사적 사실에 많은 영웅적 과장을 첨보하여 환상과 가공을 아울러 묘사한 일대 로망이다. 임진왜란의 역사적 사실은 이순신장군의 해전 및 권율장군의 행주대첩, 이외에는 전체적으로 보아 패전의 연속이었으나, 이를 승리한 것처럼 史實을 뒤바꾸어 도처에서 승리하는 조선군의 忠勇談과 조중봉·이순신·서산대사·사명당의 도술로 승리하는 장면을 삽입시킨 데서 우리는 작자의 뜨거운 조국애를 엿볼 수 있다.

이에 대하여 <유충렬전>은 병자호란을 배경으로 하여 나온 대표작으로서, 그 스토리는 명나라 弘治年間에 유심은 世代名門臣族으로 늦도록 일점혈육이 없다가 남악형산에서 칠일기도를 하고 유충렬을 얻는다. 유충렬은 재학겸비하였으나, 간신 정한담의 참소로 忠臣인 유충렬의 아버지 유심은 遠謫되어 이로써 일가가 四散된다. 충렬은 정처 없이 방황하다가 그의 아버지의 친구 강승상댁에 留하게 된다. 충렬은 여기서 강승상의 딸 강소저와 가연을 맺는다. 강승상은 천자에게 간신 정한담 일파를 처형할 것을 간하다가 천자의 대노를 받아 유배를 당하고 충렬도 강소저와 헤어지게 된다. 충렬은 다시 정처 없이 방황하다가 다행히 백룡사에서 도승을 만나 수학하게 된다. 이때 조정은 天文을 보고 조정의 위기를 감지하여 출전해서 胡狄을 물리치고 정한담 일파를 몰아내니 조정은 회복되고 四散됐던 가족은 모두 만나게 된다. 그리하여, 충렬은 승상이 되고 많은 자녀가 번성하는 가운데, 부귀공명을 마음껏 누려 해피엔딩으로 이야기는 종결된다.

위의 <유충렬전>이 지닌 구성은 당시 발생된 군담소설뿐 아니라, 이후 출현한 많은 고소설의 구성의 전범이 된 것으로 주목된다. 환언하면, <유충렬전>의 천자를 중심으로 충신과 간신의 소용돌이 속에서 급기야는 충신의 승리로 돌아간다는 플롯과, 또한 충신과 간신, 곧 善格과 惡格 등의 양극으로 갈리는 인물묘사의 공식성은 이후 소설에 그대로 메카니즘화 된다는 것이 무엇보다도 본 소설이 지닌 중요성이라고 보겠다.

이 시기에 허균(1569~1618)의 <홍길동전>이 나왔다는 것은 세계문학적인 의의로서, <홍길동전>이 지닌 義賊설화는 동서문학의 공통된 모티브에 해당된다. 허균은 선천적으로 성격이 다재다양하여 감상 시인이면서도 불의를 보면 피가 끓어오르는 志士로, 모순과 불안에 가득 찬 사회를 개혁하여 하나의 이상향을 세울 것을 동경하다가 일찍이 반역의 죄명을 쓰고 磔刑을 당하였다. 그는 실제로 당시 고질화된 庶流廢錮를 직접 목격한 나머지 일찍이 <수호지>를 읽은 경험을 통하여 이를 철폐하기 위해 <홍길동전>을 썼다는 것이 한국 문학사상 하나의 참여문학 (littérature d'engagement)으로 주목된다. 그러므로 <홍길동전>에 삽입된 활빈당 또는 율도국의 건설 등은 그의 이상향이 허구화된 장면이라고 볼 수 있다.

이 시기에 있어서 前代의 『금오신화』에서와 같이 작품 속에 삽입된 비현실적인 요소, 즉 군담류에 등장하는 도사·선녀·몽조 등은 아무래도 우연성이 심하여 오늘날 독자에게는 황당성으로밖에 이해되지 않는다. 그러나 군담류에 출현하는 양반관료에 대한 비판, 또는 <홍길동전>의 적서철폐에 대한 주제 설정 등은 당시 시대성에 반영한 것으로 높이 평가되어야 할 것이다.

넷째, 발전기에 이르러 서포 김만중(1637~1692)의 <구운몽>·<남정기> 등이 출현하였다. 김만중은 일찍이 중국 소설을 다독하여 특히 『태평광기』, <서유기>, <수호지>, <삼국지연의> 등에 대하여는 굉박한 지식을 가지고 있었다. 뿐만 아니라, 그는 한문학의 굴레에 꽁꽁 묶여 있던 당시에 한국인은 한국 토속어로 작품을 써야 한다는 국민문학론을 제창하기까지 하였다.

<구운몽>은 그것이 지닌 환몽구조로 동양문화권에서 국제적인 차원으로 평가될 만한 거작으로서, 그 환몽구조의 원천(sources)은 불경

『雜寶藏經』의 「娑羅那比丘」에서 출발하였고, 다시 그것이 중국의 唐代에 들어와 <枕中記>, <南柯太守傳>, <櫻桃靑衣> 등 일련의 傳奇로 발전하였고, 이들은 다시 한국의 조선 숙종대에 비로소 <구운몽>인 장편소설로 정착되었다는 것이다. <구운몽>은 이후 일본으로 전파되었지만 明治時代에 겨우 <夢幻(Mugen)>으로 번안되었을 뿐이다. 이것이 말하자면 <구운몽>이 지닌 비교문학적인 의의인 동시에 국제적인 차원에서 논의되어야 할 거작이 되는 所以다. 뿐만 아니라, <구운몽>이 지닌 사상성은 『금강경』을 바탕으로 한 空觀 사상으로서 이것이 환몽구조와 잘 배합되어 주제와 사상이 혼연일체가 됨으로써 작가의 이상인 형식과 내용의 조화를 이루어 특히 외국인의 호평을 받고 있다.

<남정기>는 한국의 봉건가족제도에서 흔히 일어나는 처첩갈등의 悲狀을 소재로 하여 당시 숙종이 무고한 인현왕후를 폐출하고 奸妖한 장희빈을 맞아들인 이른바 己巳換局의 처사에 대해 일침을 弄한 가정소설이며, 또한 풍자소설이다. 김만중의 종손인 김춘택(1670~1717)은 김만중이 파다하게 국문으로서 소설을 썼는데, 그 중 <남정기>는 等閑할 바 아니어서 그가 일부러 이를 한문으로 번역하였다고 일찍이 언급한 적이 있는데, 이로 보면 <남정기>는 국문소설임에 틀림없음을 알겠다. 그러므로 <남정기>는 한국 소설사상 문헌상으로 최초로 국문으로 저작된 소설로서 한국 문학사상 차지한 위치는 매우 큰 바가 있다.

前揭한 <구운몽>이나 <남정기>는 전대의 군담소설의 구성을 갖추고 있으면서도 군담소설에 삽입된 도사의 출현, 황당한 사건 등 비현실성은 가셔지고 어느 정도 현실성에 접근해 있음은 한국 소설사상 구성의 발전을 말해주는 것이다. 또한 여기에 주목해 두어야 할 일은

<남정기>의 구성문제로서 <남정기>는 군담소설의 구성, 즉 절대적인 天子를 중심으로 하여 善格인 충신과 惡格인 간신과의 삼각관계 구성법이 그대로 답습되어 있으면서도, 군담소설의 단형구성법이 복합화되는 동시에 아울러 선격과 악격을 휘감는, 말하자면 중도 위치를 차지하는 중간격의 인물이 등장하고 있다는 것이다. 이는 말하자면, 시대 변천에 따라 소설기법이 보다 다양화된 흔적임을 알려주는 것이다.

다섯째, 결실기인 영·정조대에는 박지원의 소설과 판소리 소설이 근대성을 띠고 나타났다. 영·정조대는 역사상 實學이 적극적으로 만연됨에 따라 근대화되기 시작하였다는 중요한 시기에 해당됨은 주지의 사실이다. 이에 따라 한국문학도 종래의 양반문학의 굴레를 벗고 평민문학이 문학의 주도권을 장악함에 따라 소설도 자연 근대화된 요소를 지니게 되었다.

박지원(1737~1805)은 그의 族兄 朴明源의 使行을 따라 중국 熱河를 돌아보고 와서 『열하일기』를 저술하였고, <호질>·<양반전>·<허생전>, 이들 외에 <예덕선생전>·<광문자전>·<민옹전>·<금신선전>·<우상전>·<마장전> 등의 작품을 썼다.

<호질>은 도학자라 일컬어 뭇사람의 존경을 받는 北郭先生과 烈婦로서 칭송되는 東里子를 소재로 하여 그들의 위선을 폭로함으로써 당시 도덕률의 규범이 되어 있는 사이비 儒家者들의 위선을 신랄하게 풍자한 작품이며, <양반전>은 정선고을의 어느 무력하고 비생산적인 양반과 부를 축적한 어느 천민 사이의 양반신분의 매매사건을 소재로 하여 당시 현실 문제의 일부였던 비생산적인 양반 계층과 하층 농공상민들의 경제적 성장에 따른 신분계층의 상승 및 이동, 그리고 양반부유층의 부정, 부패의 문제를 풍자적인 수법으로 다룬 것이며, <허생

전>은 가난한 선비 허생의 행각을 통하여 유가의 사농공상의 계급의
식에서 해외무역을 장려하는 경제적 포부의 일단을 피력하고, 아울러
무인도에 가서 빈부와 반상의 차별 없는 이상 국가를 건설하여 축적된
사회제도의 모순에 대한 개혁, 그리고 時事三難을 제언하여 편협한 도
학자의 정책을 痛罵한 것으로서, 이 모든 것이 한결같이 연암시대의
실학사상에 實則된 것이다.

이들 외에 <예덕선생전>은 분뇨를 퍼 나르는 것으로 업을 삼고 있
는 賤老를 소재로 하여 賤業을 클로즈업시키는 동시에 호의호식하고
무위도식하는 양반관료를 기롱한 것이며, <광문자전>은 市中乞食하
는 걸인을 소재로 하여 허위스런 양반을 비판함과 동시에 걸인에게서
순수한 인간성을 찾고 있는 것이며, <민옹전>은 기괴하고 蕩佚한 老
軀 민옹의 일화와 奇辯을 점철하여 타락한 양반사회의 일면을 그린
것이며, <김신선전>은 현실을 도피하여 雲來雲去하는 김홍기를 통하
여 역설적으로 신선도피의 사상을 부정한 것이며, <우상전>은 譯官
우상이 일본에 외유를 하고 문호가 비좁은 당대를 비판한 것이며, <마
장전>은 당시 허례허식에 빠져 있는 삼강오륜을 비판한 것이다.

이와 같은 박지원의 현실주의에 즉한 소설 외에도 판소리 소설 <춘
향전>이 출현하였다는 것은 한국 소설사상 획을 그어 놓을 만한 일이
다. <춘향전>은 庶女 출신 춘향과 양반계급인 이도령과의 로맨스를
소재로 하여 당시 사회와 탐관오리를 한국적 리듬을 통하여 신랄하게
풍자·비판하고 있다. 이와 같은 <춘향전>이 지닌 對社會性 외에도
춘향과 이도령 두 주인공의 계층은 양반과 서얼로 天壤의 차를 이루고
있지만, 천녀인 기녀의 딸 춘향이 하늘과 같이 우러러 보아야 할 고관
의 자제 이도령과 사랑을 나누고, 종국엔 그의 정실로 들어앉는다는

데 독자는 무엇보다도 통쾌감을 만끽할 것이다.

박지원의 소설이나 <춘향전>이 이 시기에 출현하였다는 소설사적 의의는 무엇보다도 현실성에 즉한 강력한 시대성을 찾을 수 있다는 것이다. 즉 박지원의 소설에서 당시 팽배한 실학사상에 입각하여 양반계층을 풍자·비판한 데도 의의가 있지만, 조선초기 후 소설에 삽입된 황당한 비현실성이 이들 소설에 말끔히 가셔지고, 또한 양반계층을 대신하여 걸인, 분뇨수거인 등 하류천민을 감히 작품의 주인공으로 등장시킨 연암의 소설 기법은 참으로 大章을 이루게 한 것이다. <춘향전>도 이와 궤를 같이 한다. 작자가 제도화된 탐관오리를 풍자함과 아울러 감히 서녀출신인 춘향을 주인공으로 내세워 작품의 題를 삼고 있다는 것은 박지원의 소설에 걸인·분뇨수거인 등을 주인공으로 내세운 것과 같다. 한국소설사에 있어서 실로 영·정조대에 이르러 우리는 참다운 근대성을 발견하게 된 것이다.

여섯째, 종결기 조선말기에는 歌曲體 소설 <추풍감별곡>이 출현하였다. 본 소설은 희곡적 성격을 띠고 있는 작품으로, 주제는 순박한 강필성과 김채봉과의 로맨스를 그렸으나, 구직을 위하여 賣女行爲를 자행하는 김진사의 부패한 인간성, 그리고 애첩을 얻는 대가로 김진사에게 벼슬을 주려는 매관매직하는 汚吏를 그려냄으로써 조선말기의 양반관료층의 부패성과 정치적 타락을 여실하게 드러내고 있다.

<추풍감별곡>이 한국 소설사상 차지한 의의는 무엇보다도 그 구성이 전대소설에 삽입된 비현실성이 완전히 가셔진 것은 물론이려니와, 또한 인물묘사, 사건의 처리 등은 고소설의 범위를 넘어서서 거의 신소설의 경지에 이르고 있다는 것이다. 그러므로 본 소설이야말로 고소설사의 말기의 작품으로서 고소설과 신소설을 맺어주는 교량적 역할

을 하는 작품으로 보아야 한다.

<추풍감별곡> 외에 판소리가 소설화된 <배비장전>은 전편을 통하여 풍자와 야유로써 점철되어 있으며, 배비장의 위선적인 이면생활을 폭로하고 하류인인 방자로 하여금 상전인 배비장에게 여지없는 창피를 주게 함으로써 독자에게 통쾌감을 주고 있다. 특히 본 작품에 등장하는 방자는 <춘향전>의 것보다 적극적으로 행동한다는 데 보다 전진된 방자의 성격을 窺知할 수 있다.

3) 결 어

위에서 한국 고소설의 시기를 6기로 나누어 그 역사적 발전을 살폈다. 즉 제1기 고려의 설화시대 이후 이를 준비기로 하여, 조선 초 세조대에 『금오신화』로 한국소설이 발생한 이래, 조선말 <추풍감별곡>으로 문을 닫을 때까지 계속해서 그때그때 시대사조에 호응하여 황당한 비현실성이 점차로 가셔지며 발전되어 왔음을 窺知할 수 있다.

환언하면, 제2기 『금오신화』에서 제3기 군담소설이 出來한 시기까지는 비현실성이 그 구성의 중심이 되었다가, 제4기 숙종시대에 <구운몽>·<남정기> 등이 출현한 전환기를 통하여 제5기 박지원의 소설 및 판소리 소설에서 근대소설로 맹아되고, 이것이 제6기 조선말 「추풍감별곡」에 이르러 근대소설로 더욱 접근되어, 그야말로 구성상 비현실성이 말끔히 가셔져 현실성에 즉하게 되었음을 알 수 있다. 그러므로 한국 고소설도 천편일률이라는 혹평과는 달리, 천편일률적인 작품의 구성 가운데도 발전사적 계보를 엮을 수 있다는 것은 매우 다행한 일이다.

4
고소설의 명칭 석의

'小說'이란 말은 원래 중국에서 온 것으로, 그 어원은 『莊子』에 '飾小說以干縣令'에 있다. 이어 『漢書藝文志』에 "小說家者流 蓋出於稗官 街談巷語 道聽途說者之所造也"에서와 같이 왕자가 巷閭의 풍속을 살피기 위해 설치된 小官 즉 稗官이 수집 보고 하던 街話巷談의 기록을 소설이라 부르게 된 후로부터 소설이란 용어는 본격화한 것이다. 그러다가 후세에 다시 倡語, 稗說, 稗史, 小說 등 그 설화적 내용을 중심으로 널리 혼용돼 오다가 唐代의 傳奇, 송대의 譚詞 등을 지나 명·청대에 이르러 지금의 소설의 개념에 유사하게 소설이란 명칭이 굳어진 것이다.

우리나라도 자연히 중국 문학의 영향을 받아 소설문학도 그 원류인 전설, 설화가 삼국 시대부터 발생하기 시작하였다. 우리나라에서 '小說'이란 문자가 쓰이기는 지금의 문헌으로 보아 麗朝末 이규보의 시화집 『白雲小說』이 그 효시가 아닌가 한다. 『백운소설』은 오늘날의 소위 소설이 아니고, 순연한 詩話로 일종의 에세이에 가깝다. 그러다가 이조에 이르러서는 소설이란 용어를 주로 諺課, 稗說, 古談, 稗史 등 다

채롭게 사용하고 있으나 숙종 때 사람 북헌 김춘택은 그의 종조부인 김만중이 국문으로 소설을 많이 지었다고 말하는 중에 소설이란 용어를 사용하고 있다. '西浦頗多以俗諺爲小說' 즉 이조 누백 년간 소설이란 용어를 쓴 것은 위에 말한 北軒 이외에 五洲 李圭景의 『五洲衍文長箋散藁』 외에 별반 다른 데서 그리 찾아볼 수 없다. 그런데 우리나라에서 소설이란 용어가 본격화하기 시작한 것은 개화기 때라고 보는데, 특히 고대 소설이란 명칭이 처음으로 사용되기는 1913년에 유일서관에서 간행된 『演訂 구운몽』(필자 소장)과 조선서관 발행인 『別之說記』의 표지에 한자로 '古代小說'이라고 되어 있는 것이 가장 오래다. 그때 신문관에서 발간한 『홍길동전』, 『심청전』, 『삼설긔』, 『저마무전』 등의 소위 六錢小說을 출판하였는데, 그 소설을 출판한 취지에 대하여 다음과 언급하고 있다.

　　근래 책 박는 법이 편함을 따라 답지 못한 책이 많이 나는 중 예전부터 널리 행하던 책을 구태여 이름을 바꾸고 사연을 고치되 흔히 주옥을 변하여 와륵을 만들어 턱없는 이를 탐하는 자 많으니 어찌 한심치 아니하리오. 우리가 이를 개연히 여겨 크게 이 폐단을 고칠 꾀를 할새 먼저 옛 책가운데 가히 전할 만한 것을 가려 사연과 글의 잘못된 것을 바로 잡으며 옳지 못한 것을 마땅토록 고치어 이 육전 소설이란 것을 내오니…

로 당시 古代小說의 출판 사정을 엿볼 수 있는 동시에 고대소설이란 위의 인용문에서와 같이 예전부터 널리 행하던 소위 '이야기 책'임을 알 수 있다.

　　그러면 고대소설의 용어에 대하여 지금 널리 사용되고 있는 고대소설 외에도 古典小說이니, 또는 古小說이니 舊小說이니 또는 하물며 李朝小說이니 近世小說이니 하는 명칭이 간간 사용되고 있음을 볼 수 있다. 이에 대하여 나의 소견을 밝혀 본다면, 서양에서는 옛 소설을 구차스럽게 old story란 말을 쓰지 않고, 시간성을 위주로 하여 세기 중심으로 18세기 소설, 19세기 소설, 또는 현대소설도 20세기 소설이란 명칭을 쓰고 있는 것 같고, 隣邦인 일본이나, 중국에서는 서양에서와 같이 세기를 중심으로 불리어지지도 않고, 한국에서와 같이 고대소설이니 고전소설이니 하는 명칭도 볼 수 없고, 왕조 중심으로 분류되고 있음을 본다.

우리는 꼭 외방을 따를 필요는 없지만, 고대소설이란 용어를 근 반세기를 써 오고 있지만 아무리 생각해도 어색하고 격에 어울리지 않는다. 그렇다고 해서 서양에서와 같이 세기 중심으로 쓰자고 해도 우리 고대소설은 서양에서와는 달리 그 소설의 작자가 대부분 미상으로 되어 있는지라, 이도 합당치 않다. 또 중국에서와 같이 왕조를 따라 이조소설이라고 하여 본대야 우리 소설의 출발이 이조 초 김시습의 ≪금오신화≫를 기점으로 하여 본다면, 고대소설의 명칭보다는 어감상 훨씬 부드럽게 보일지 모른다. 그러나 모순된 일은 이조 말기, 다시 말하면 1905년 출간된 이인직의 <혈의 누>를 비롯하여 많은 신소설이 이조 말에 출간된 것을 생각할 때, 고대소설을 이조소설로 부른다는 것도 하나의 큰 모순이 아닐 수 없다.

그러면 고전소설이란 명칭은 어떠한가. 고전소설이란 명칭은 얼른 보기엔 고전문학이란 용어도 있으니 가장 지당한 것도 같으나, 고전(classic)이란 비단 소설만 붙일 수 있는 독점물도 아니요, 이것은 문학, 철학, 과학 등 모든 학술 용어에 첨언될 수 있는 명칭이며, 또한 시간의 제한을 받는 한정 용어임을 잊어서는 안 될 것이다. 古典은 한 50년 전만 하더라도 적절한 명칭이었을는지 모르겠으나, 현대 소설만 보더라도 소설사적인 견지에서 볼 때, 春園과 東仁 소설이 이미 고전화되어 있지 않은가. 그러므로 고전소설이란 명칭도 부당성은 적지 아니 내포하고 있는 것이다.

그러면 현재 쓰고 있는 고대소설이란 명칭을 그대로 쓰는 것은 어떨까. 고대라고 말하면 시대적 구분으로 근세, 중세, 고대란 어감과 뜻이 있어 의미상으로 큰 모순을 가지고 있다. 원칙적으로 고대소설하면 사적으로 삼국 시대에 산출된 설화문학을 지칭하게 되는 것이다. 그러나 이것이 무리인 줄 알면서도 적당한 명칭이 없기 때문에 울며 겨자 먹는 격으로 과거부터 써 오던 고대소설을 그대로 습용하고 있는 것으로 안다. 한국 문학도 이제는 좁은 한국을 벗어나 외국인의 눈에도 오르내리는 이때, 그들을 위해 꼭 명칭을 개정하자는 것은 아니지만, 그들에게 誤曲을 주지 않기 위하여 그리고 앞으로 무한히 발전해 나아갈 한국 문학 연구를 위하여 나는 차제에 꼭 그 명칭을 개정하여야 된다는 것을 주장한다.

그러면 그 대안은 무엇이 좋을까 한국 소설을 통시적으로 분류할 때, 갑오경장을 기준으로 하여 그 이전에 출간된 모든 소설을 통틀어 고대소설이라고 하고, 그 이후로부터 1917년 춘원의『무정』이 출간되기까지 사이에 출간된 것을 신소설, 그리고 춘원의『무정』이후의 소설을 현대소설이라고 한다. 물론 이에 대하여 전문가의 이견이 없는 것은 아니다.

그 중에 신소설과 현대소설에 대해선 별반 이견이 없는 것 같다. 실제로 고대소설이란 명칭이 신소설이 출간되어 나올 때 신구의 개념을 가르는 뜻으로 고대소설의 용어가 별로 숙고도 없이 생겨난 것을 감안하면 古小說이라고 해도 좋고, 舊小說이라고 해도 무방하다고 본다. 그러나 문학에도 옛 문학을 古文學이라고 하고 舊文學이란 용어는 별반 쓰지 않음을 본다면, 古小說이 더욱 좋은 것 같다. 이는 隣國인 중국이나 일본의 사정과 같다. 거기서 구소설이라기보다 고소설이란 것이 더욱 이치에도 맞고, 뿐만 아니라 우리나라에서 딱지본으로 가장 이르게 나왔다고 생각되는 『新翻 구운몽』(동문서림 1913.2)에 뚜렷이 '古小說'로 표제가 크게 장식된 것을 감안하거나, 혹은 이때까지 고대소설이라고 써 온 습관도 있고 하니 고대소설에서 '代'자를 탈락시킨, 말하자면 4음절에서 3음절로 줄어든 데서도 말의 경제도 되려니와, 명칭적 전통을 이어 받는 데서도 좋다고 본다. 또 어감도 한결 부드럽다. 나도 몇 번 고대소설 대신에 고소설의 용어를 써 보았지만 별로 무리가 없었다. 이에 고대소설 대신에 고소설이란 명칭의 대안을 놓아 萬讀者의 참고에 資한다.

제2부 고소설의 연구사

1
금오신화의 연구사

1) 導 言

　『金鰲新話』에 대한 연구는 주지하는 바와 같이 최남선에서 비롯된다. 다만『금오신화』에 대한 그 이전의 관심은 문헌상에서 작가와 작품에 대한 점철된 조각기록만 찾아볼 수 있을 뿐이다. 따라서『금오신화』의 연구사는 최남선이 「금오신화해제」(『계명』(19), 1927)를 작성한 이래 근자 문영오 교수의 「금오신화에 굴절된 恨의 고찰」(『한국문학연구』(10), 동국대, 1987)까지를 계산한다면, 꼭 甲年을 맞게 된 셈이다. 60년이란 결코 짧은 시간이 아니지만, 앞으로『금오신화』에 대한 연구방향이 어떻게 전개될지 확적하게 알 수는 없지만, 앞으로의 자취를 더듬어 보는 것은 꼭 이루어져야 할 필수 과제라 생각된다.

　여기서 대충 60년사를 분류해본다면, 1927년 최남선의 「금오신화해제」가 나옴으로부터 1959년 이가원 교수의『금오신화』(통문관)가 나온 근 30년간을 본격적 연구를 위한 문헌학시대로 규정지을 수 있을 것 같고, 1958년 박성의의 「비교문학적 견지에서 본 금오신화와 전등신화」(『문리논집』(3), 고려대)가 나옴으로부터 1965년 정주동의『매월당김시습연구』(신아사)가 나오기까지의 근 8년간을 학술적 바탕에서 주로 비교문학적 문제가 거론된 비교문학적 연구시기로 규정지을 수 있을 것 같고, 1965년 정주동의 불교관적 접근이 주로 시도된『매월당 김시습연구』가 나오면서부터 임형택 교수의「현실주의 세계관과 금오신화」(『국문학』, 서울대, 1971)를 거쳐 1978년 최삼룡 교수의「김시습 사상의 道仙的 측면에 대하여」(『국어국문학』(19), 전북대)가 나오기까지의 근 15년간을 주로 사상적 연구시기로 기축을 이루었다고 볼 수 있겠고, 1981년 김성기의「만복사저포기에 대한 심리적 고찰」(『한국고전산문연구』, 동아문화사)이 나옴으로부터 최근 문영오의「금오신화에 굴절된 恨의 고찰」(『한국문학연구』(10), 동국대, 1987)이 나오기까지 근 7년간을 문학의 본질론적 접근이 주종을 이룬 본격적 연구시기로 볼 수 있을 것 같다.

물론 60년사를 돌아다 볼 때, 각 시기에 따라서 위와 같이 문헌학적 시기, 비교문학적 시기, 사상적 시기, 본질론적 시기 등 네 단계로 구분지을 수 있겠지만, 대체로 연구의 객관성의 입장에서 볼 때 보다 합리성 내지 객관성을 위주로 발전되어 온 것만은 사실이다. 즉 이들의 발전사적 연구의 특징을 적어보면 다음과 같다.

첫째, 1927~1959 문헌학적 연구기
둘째, 1958~1965 비교문학적 연구기
셋째, 1965~1980 사상적 연구기
넷째, 1981~1987 본질론적 연구기

우선『금오신화』에 대한 근대적 문헌학의 시기를 맞이하기에 앞서서 하나의 준비기로서 조선시대에『금오신화』에 대한 점철된 기록을 살펴두는 것이 좋을 것 같다. 즉 金安老(1481~1537)가『금오신화』를 언급하는 가운데 이를『전등신화』의 模作으로 처리한 것이나[1] 李珥(1536~1584)가『금오신화』같은 것은 높은 식견으로 이루어진 것이 아니라 하여 貶論을 편 것,[2] 그리고『生六臣集』에는 '『금오신화』가운데 <남염부주지>는 소설의 제일이라 대개 瞿佑宗吉의『전등신화』를 답습했으나 出語가 뛰어나 있으니 어찌 청출어람뿐이겠는가'[3] 등의 기록이다.

이외에 日人 依田百川(明治時代人)은『금오신화』는 대개 瞿佑의『전등신화』를 모방한 것으로서 문체가 아름다움을 전제로 하여 <만복사저포기>와 <이생규장전>·<취유부벽루기> 등 다섯 편의 문체만을 골고루 評釋해 놓았고,[4] 특히 李樹庭(1842~1886)은『금오신화』는『전등신화』를 온전히 모방한 것으로서 그 가운데 <용궁부연록>은 <수궁경회록>과 더욱 흡사하다는 것임을 전제로 하다가 엉뚱하게 구우를 明末人임을 전제로 김시습보다 백여 년의 후인으로 보고 오히려『전등신화』를『금오신화』의 모방작으로 본 견해가 도출되기까지 하였다.[5]

대체로 조선시대에 점철된 문헌에는『금오신화』가『전등신화』의 모작운운의 소박한 비교문학적 점철로 받아들여진다. 그러나 여기에 주

---

1) '其書大抵述異寓意 效剪燈新話等作也'「龍泉談寂記」,『大東野乘』三, 253쪽.

2) '金鰲新話之類 恐不可而高見遠識許光也'『梅月堂集』附錄 卷2.

3) '金鰲新話中南炎浮州志 小說之第一也 大槪踏襲瞿佑宗吉剪燈新話而出語則過之 豈但靑出於藍而已哉' 趙基永 編『生六臣傳』卷8 附錄上.

4) 大塚本『金鰲新話』序.

5) '以其書全倣剪燈新話 其中龍宮赴宴錄 尤肖水宮慶會錄也 然不可謂非先生之作 考以年代嬰佑明季之, 人在先生之後百餘年 故後人疑其雷同 而但書中詩詞不甚工 遂有魚國之辨' 大塚本『金鰲新話』跋.

목할 일은 日人에게까지 그 평가가 확대되었다는 것이다.

2) 문헌학적 연구기

이와 같이 점철된 문헌을 중심으로 최남선에 의해 보다 근대적 문헌
학의 접근이 이루어졌음은 전게한 바와 같다. 최남선의 「금오신화해제」
의 요점은 일찍이 한국에 逸書가 된 『금오신화』의 大塚本을 한국에
최초로 전 작품을 수입 소개함과 동시에 대충 비교문학적 문제와 향토
문학적 문제 등으로 압축될 수 있을 것 같다. 그는

> 금오신화란 결코 탁월한 대작이란 것이 아니며 先儒의 作과 같이
> 明初 구우의 전등신화를 倣한 一傳奇니 그 체제와 묘사상에서 뿐만
> 아니라 立題 命意와 叢林言況에까지 전등신화를 藍本으로 하였다.[6]

하여 창작성을 추호도 인정치 않았고, 다만 猗語艶聞의 희작으로 파악
하였다. 그렇지만 그는 '剪燈의 皮膜을 뒤집어쓴 밑에서는 그대로 國
說의 筋骨이 들었다'[7]하여 이후 『금오신화』의 풀이에 향토색을 부여
할 수 있는 단서를 마련해 놓았다.
위의 『전등신화』의 '모방작 및 國說의 筋骨' 운운은 그 후 이루어진
문헌학적 연구시기에 그대로 이어졌지만, 김태준은 이들을 보다 구체
화하면서 더구나 國說의 筋骨은 김태준에 의하여 "취유부벽루기처럼
'平壤은 古朝鮮國也'라 하고 起頭하야 箕氏之女가 마침내 東明神人

---

6) 『계명』19, 계명구락부, 1927.

7) 同上.

에게 구제되어 仙侶에 護參하게 됨과 같이 가장 명백한 향토색을 발휘하고 자주적 정신을 보인 소설이 있다면 금오신화가 아니고 무엇이랴"[8]에서 볼 수 있는 바 대로 짙은 향토색과 자주정신으로 강하게 초점이 맞춰진 계기가 되게 하였고, 이가원 교수의 『금오신화』에서는 위의 두 가지 설이 모두 수용됨과 동시에, 작가론·문학사의 의의 등 보다 구체적으로 문헌학이 확대되었다. 이와 같은 작가론적 풀이는 드디어 조직적이고 본격적인 작가론인 정병욱의 「김시습연구」(『한국고전의 재인식』, 홍성사, 1979)로 이루어지게 되었다.

3) 비교문학적 연구기

위와 같이 『금오신화』에 대한 문헌학적 접근이 이루어지는 가운데, 원래부터 『금오신화』는 『전등신화』의 모작이라는 문제가 1958년에 이르러 박성의의 「비교문학적 견지에서 본 금오신화와 전등신화」가 이루어짐으로부터 『금오신화』의 비교문학적 접근이 본격화되기 시작하였다. 박성의가 당시 한국에 들어오기 시작한 비교문학 이론을 바탕으로 그 이전 최남선·김태준에 의해 추상적으로 점철된 『금오신화』와 『전등신화』의 비교연구를 보다 본격적으로 구체화하여 거론하였음은 그 요지가 비록 前人의 업적을 크게 벗어난 것은 없다 하더라도, 보다 추가되었다는 데 하나의 의의가 있다고 생각된다.

이에 대한 문제는 『금오신화』에 대한 연구사적 문제로 가장 중요한 문제가 되므로 좀 더 구체화하고 싶다. 즉 최남선의 『금오신화』와 『전

---

8) 김태준, 『조선소설사』증보판, 학예사, 1939, 59~61쪽.

등신화』의 연계는 다음과 같다.

金鰲新話	剪燈新話
萬福寺樗蒲記	滕穆醉遊聚景園記　富貴發跡司志
李生窺墻傳	渭塘奇遇記
醉遊浮碧亭記	鑑湖夜泛記
南炎浮州志	令狐生冥夢錄・太虛司法傳
龍宮赴宴磧	水宮慶會錄・龍塘靈會錄[9]

물론 최남선의 연계를 이은 김태준은 최남선의 것을 그대로 답습하였지만,[10] 박성의는 다음과 같이 구체화시키면서 추가를 이루게 하였다.

萬福寺樗蒲記	滕穆醉遊聚景園記　富貴發跡司志　牧丹燈記 綠衣人傳・愛卿傳
李生窺墻傳	渭塘奇遇記・翠翠傳・金風釵記・聯芳樓記
醉遊浮碧亭記	秋香亭記
南炎浮州志	鑑湖夜泛記
龍宮赴宴錄	令狐生冥夢錄・太虛司法傳・永州野廟記 水宮慶會錄

위의 방점부분과 같이 박성의의 것은 대체적으로 최남선의 연계에 비해 추가되면서 종래의 모방설에서 김시습의 창의성이 보다 강조되었다.

한편 이재수의 「금오신화 新考」(『가람 이병기박사 송수논문집』,

---

9) 『계명』19, 계명구락부, 1927.

10) 김태준, 『조선소설사』, 59쪽.

1966)에서의 위의 추가와는 달리, 최남선과 박성의의 오류를 지적하고 <이생규장전>에서는 <위당기우기>를, <남염부주지>에서는 <태허사법전>을, <용궁부연록>에서는 <용당영회록>을 제거시켰다.[11] 그리고 이상익의 「한중소설의 비교연구—금오신화와 전등신화—」에서는『금오신화』와『전등신화』의 연관 작품에서 유사점에 의한 영향관계를 인정하면서 인물의 성격과 배경·문체 등의 상이점을 들어 창작성을 훨씬 강조하였다.

이런『금오신화』와『전등신화』의 기계적 단독작품의 연구에 불만을 제기하면서『금오신화』와『전등신화』의 두 작품에 공통적으로 중요한 구성의 역할을 한 '人鬼交歡'을 기축으로 하고 폭넓게 인귀교환이 삽입된 唐代 傳奇에까지 포섭하면서 궁극적으로 작가 김시습의 죽음에 대한 현실적 인식, 민족의 수난, 역사의 흐름, 전통적 질서를 배합하여 만들어진 작가의 재창조성의 인출을 시도한 것이 이혜순의 「금오신화에 나타난 인귀교환소설의 유형적고찰」(『이숭녕선생 고희기념 국어국문학논총』, 탑출판사, 1977)이다. 말하자면, 이혜순 교수의 비교문학적 연구의 시도는 기계론적 접근에서 탈피를 시도한 중요한 논문으로 평가될 수 있다.

그러나 위와 같이『금오신화』의 비교문학적 접근이『전등신화』에 한정된 것과는 달리, 역시『전등신화』의 연계에서 이루어진 비교문학적 접근이 1952년 字佐美喜三八에 의해 시도되어 일본에서『伽婢子』가『전등신화』의 번안으로만 한정됐던 것이 한국의『금오신화』까지 아울러 번안되었다는 것으로 확대되고,[12] 1960년에 다시 일본에서 玄

---

11) 이재수, 『한국소설연구』, 선명문화사, 1969, 56쪽.
12) 字佐美喜三八「伽婢子に於はる翻案について」, 『和歌史に關する硏究』大版 若竹出

昌厦 교수에 이르러 시도되었다.[13] 『가비자』는 주지되는 바와 같이 『전등신화』류인 人鬼談이 주축을 이룬 단편소설집으로서 淺井了意(1612~1691)가 『전등신화』를 모방하여 이룬 것이다.

이들 외에도 外邦에서는 미국 캘리포니아대학 교수 Dominic Cheung박사가 『전등신화』와 『금오신화』 및 일본의 『雨月物語』에 나타난 鬼女의 문제를 풀이한 적이 있고,[14] 이를 이어 일본의 平川祐弘교수는 여기에 라프카디오 한(Lafcadio Hearn, 1850~1904)의 『和解(reconciliation)』를 추가하여 전등신화의 충동이 한국과 일본 등에 어떻게 던져졌는가를 풀이하였다.[15] 그러다가 1988년엔 자유중국에서 『전등신화』, 『금오신화』, 『가비자』에다가 월남에서 역시 『전등신화』의 충동으로 이루어진 『傳奇漫錄』이 추가되어 폭넓게 다루어진 논문이 나왔다.[16]

위의 『금오신화』와 전등신화의 연계적 풀이는 다분히 국제적임을 알 수가 있다. 이런 『금오신화』가 한국에서만 단독적으로 논의되는 국문학의 범위를 넘어서서 중국·일본·미국 등 세계 각처에서 풀이하려는 세계적 시각의 작품이 되어가고 있다. 말하자면 『금오신화』의 비교문학적 연계는 일찍이 조선시대에 점철된 문헌으로부터 오늘날까지 이어져 오고 있고, 앞으로도 이어져갈 것을 생각하면 『금오신화』의 연

版社, 1952, 318쪽.

13) 玄昌厦, 「伽婢子と金鰲新話」, 『比較文學』3, 日本比較文學會, 1960.

14) Dominic Cheung, The "Ghost-Wife" Theme in China, Japan, and Korea: New Tales of the Trimmed Lamp, Tales of Moonlight and Rain, and New Tales of the Golden Carp, *Tamkang Review* Vol. ⅩⅤ, nos. 1~4, 1984~1985.

15) Sukehiro Hirakawa, "Was She Really Reconciled Ghost Wife Stories in Chinese, Korean, Japanese, and American Literature" *Tamkang Review* Vol. ⅩⅧ, nos. 1~4, 1987~1988.

16) 陳益源, 「剪燈新話與傳奇漫錄之比較研究」, 中國文化大學 碩士論文, 民國 77.

구사에서 그 비교문학적 풀이가 가장 중심을 이루고 있음을 알 수가 있을 것이다.

4) 사상적 연구기

1965년엔 『금오신화』의 연구사에서 가장 큰 업적으로 평가받는 정주동의 『매월당 김시습연구』가 출간되었다. 본 연구 저서는 주지하는 바와 같이 방대한 김시습의 작가론을 필두로 김시습의 한문학 및 『금오신화』, 그리고 종적으로 김시습과 허균을 연계시켜 살피는 등 가장 방대한 업적을 이루게 하였다. 물론 앞에서도 거론된 『금오신화』의 비교문학적 문제에 대하여도 『전등신화』뿐만 아니라, 일본의 『伽婢子』도 내포시켜 다양하게 접근해 당시까지 거론된 비교문학적 문제가 총 정리된 것도 큰 뜻이 되겠지만, 본서의 작가론에서 김시습에 관한 많은 문헌을 섭렵하여 취미·교유관계, 또는 유교·불교·도교 등 三敎 사상적 방법을 접근하면서도 흔히 알려진 김시습의 行儒跡佛과는 달리, 논자의 기호사상인 불교 사상과 같이 접맥시켜 놓았다는 것도[17] 본서가 지닌 사상적 접근의 특색이라 생각된다. 특히 재질·체묘·성격·건강·취미 등 다양한 문헌적 기록을 통해 이루어 놓은 작가론은 이후 정병욱의 조직적인 작가론인 「김시습 연구」(『한국고전문학의 재인식』, 홍성사, 1979)를 가능케 하는 데 중요한 역할을 하였다고 생각된다. 말하자면, 본서가 당시까지 거론된 『금오신화』의 총 마무리로서 큰 업적이라 생각되지만, 『금오신화』의 연구사에서 비로소 구체적인 사상적

---

17) 정주동 『매월당김시습연구』, 신아사, 1965, 358~359쪽.

연구가 시작되었다는 점이다.

정주동의 사상적 접근을 현실주의 세계관에 접근해 보려는 시도가 이루어진 것이 1971년에 나온 임형택의 「현실주의 세계관과 금오신화」(『국문학연구』(Ⅱ), 서울대, 1971)이다.

임 교수는 작가의 사상을 현실주의에 두고 여기에서 다양한 양태가 방사된다고 보고, 유교사상의 氣一元論을 이끌어 내고 있으며, 민주·애민사상, 현실주의에 입각한 불교관 등을 도출해내고 있다. 더욱이 소설사적 전개에 있어서 현실주의 사상이 강하게 작용하고 있고, 인간성을 긍정하면서 비극으로 이끌어가는 작법을 구사하여『금오신화』에선 말하자면, 현실주의의 한계점도 노출되고 있다고 보고 있다. 말하자면, 소설문학의 발생문제를 외적인 것보다는 내적인 요인, 즉 인생과 사회 문제를 현실적 객관성으로 인식하려 했던 지식인들의 서사양식의 요구가 낳은 것으로 보고, 그 발생적 연원을 전대의 설화형식에 두려 하였다.

정주동의『금오신화』의 사상적 접근에 강점이 불교적인 것에 있다고 본다면, 임형택 교수의 것은 유가사상적 접근에 강점이 있다고 볼 수 있다. 덧붙여서 조동일 교수는 소설의 발생론적 고찰과 함께 자아와 세계와의 대결이라는 현실 비판정신의 문학정신으로 분석하고 결국 김시습의 근본정신은 일원론적 主氣論으로 풀이하였다. 즉 그 차이점은 임 교수가 불교적 세계관을 부정한 것으로 본 데 대하여 조 교수는 理氣二元論, 또는 主理一元論의 대차적 개념으로 풀이하고 있으며, 그리고 임 교수가 소설의 기원을『금오신화』이전으로 소급하면서 김시습의 현실주의적 세계관에 의하여 보다 현실성 있는 소설이 생성됐다고 보는 데 대하여, 조 교수는 김시습의 一元論的 主氣論과 함께 소설이 성립되어 말하자면 일원론적 주기론과 소설 사이엔 근본적 일치점이 있다고 보고 있는 것이다. 즉 자아와 세계와의 대결이 초월적 원리에 입각하지 않고 그 자체로서의 원리에 입각되어 추구될 때, 이 대결은 생생한 의의를 지니며 이것이 곧 일원론적 주기론의 소설이라고 보고 있는 것 같다.[18]

1978년에 이르러 최삼룡 교수는 역시 그의 기호사상인 道仙사상에 입각하여 김시습과 『금오신화』의 사상적 연계를 시도하였다. 최삼룡의 「김시습사상의 道仙적 측면에 대하여」(『국어국문학』(19), 전남대, 1978)도 작가 김시습의 도선적 연구의 측면이지만, 같은 최삼룡의 「취유부벽루기의 仙界 동경」(『국어국문학』(22), 전북대, 1982)에 있어서는 <취유부벽루기>를 작가의 도선의식을 전적으로 나타내고 있다는 것을 전제로 하여 선행분석의 외적사상에 의한 가탁과 우의로 풀이를 지적하면서 선인국에 대한 회고는 단순한 망국한의 비애로써 끝내지 않고 무궁한 낙정으로 회귀코자 하는 이상세계의 추구로 나타내고, 아울러 <취유부벽루기>의 망국한을 도인을 추구하는 초월적 세계로의 향수로 파악, 말하자면 선계로의 회귀는 <이생규장전>을 제외한 『금오신화』의 모든 작품에 깔려 있는 주제의식으로 결론을 지었다. 이와 같은 최삼룡의 도선사상적 측면의 종합적 마무리는 최삼룡의 『초기소설의 도선사상적 연구』(형설출판사, 1982)로 이루어졌다.

이상택의 「취유부벽루기의 도가적 문화의식」(『현상과 인식』(3-1), 한국 인문과학원, 1979)에서는 <취유부벽정기>를 괴담 소설로만 그리는 것이 아니라 왕권교체의 우의가탁으로 풀이될 수 있으며, 혹은

---

18) 조동일, 「소설의 성립과 초기소설의 유형적 특징」, 『한국소설의 이론』, 지식산업사, 1977.

도가적 초월주의를 도피로 보아서는 작가의식의 심층에 있는 것을 알아낼 수가 없으며, 현실주의로 보는 것은 무리로 처리하였다. 이 교수는 그 핵심적 갈등을 동이족의 문화적 우월감과 함께 주체적 역사주의를 바탕으로 한 극렬한 반존화적 내지 민족저항의 분한으로 파악코자 하였다. 그리고 결론적으로 짙게 투영된 도가적 문화의식은 지상계와 천상계의 이원론적 세계관의 근거가 된 것으로 파악하고 있다.

5) 본질론적 연구기

1981년에 김성기의 「만복사저포기에 나타난 심리적 고찰」(『한국고전산문연구』, 1981)이 등장함에 따라 심리주의적 내지 신화비평적 연구가 본격화되기 시작하였지만 그 이전 김미란의 「금오신화에 나타난 女鬼」(『연세어문학』(9·10), 연세대, 1977)가 나타남으로써 비롯됐다고 볼 수 있다. 즉 이 글은 『금오신화』에 나타난 여귀에 대한 분석으로서 여주인공으로 등장한 여귀에 대하여 이는 작가 김시습이 자신의 마음을 의탁할 대상으로 상징화시킨 것으로 파악했으며, 그 근원은 고대의 母神사상에다 두었다. 결론적으로 절대적인 사랑을 하다가 사랑을 이루지 못한 후에는 모든 것을 내버림으로써 영원한 이데아의 세계를 찾으려는 작가의 의기를 보여준 것으로 풀이하고 있다.

전거된 김성기의 「만복사저포기에 대한 심리적 고찰」은 주인공 양생과 여자와의 결연은 현실적이 아니라 심리적인 것이며, 그들의 삼일간의 생활은 의식세계와의 단절을 뜻하며, 속세에서 異界로 향하는 것은 다만 자아의 환상과정을 나타낸다는 것일 뿐이라는 것이다. 즉 이 작품은 인간의 본능적 욕망에 부합되는 심리적 대응을 나타내는 것으로 작가 김시습의 생애와 현실에 실의하여 보다 모든 것을 內向化하는 생애로 봄으로써 자아의 무의식 속에 잠재된 여성적인 심적기능의 작용으로 파악하고 있다. 말하자면, 전체의 작품구도가 심리적 결혼으로 주제를 이루었다는 것이다.

진무현의 「이생규장전의 원형비평적 접근고」(『국어국문학』(5), 동아대, 1982)는 원형비평적 방법이 원용되어 작품분석이 이루어지고 있는데 인생이 당대의 비합리적 사회에서 서류에 휩싸여 살아가기만 하는 무능한 남성들을 상징하고, 그리고 내면적인 정신의 세계에서 인간성의 본질을 찾으려는 의도와 같은 면으로 파악하고, 그리고 한편 모성본능의 구조로 보충된다는 것 등으로 풀이하고 있다.

강진옥의 「금오신화와 만남의 문제」(『고전소설연구의 방향』, 새문사, 1985)는 『금오신화』를 이루는 다섯 편을 각자 떨어진 개별 작품으로서가 아니라, 『금오신화』 전체를 이루는 한 작품으로 보고, 특히 주인공들의 女鬼 등 비현실적 인물과의 만남을 통하여 존재론적 전환으로 파악, 결국 작가 김시습의 비극적 인생의 투영으로 결말짓는 일종의 심리분석적 시도를 꾀한 글이다. 김용덕의 「남염부주지의 구성분석」(『고전소설연구의 방향』, 새문사, 1985)은 비소설적 요소를 다분히 지닌 <남염부주지>의 특이한 문체와 양식 등 구조분석을 통해 작가 김시습의 철학적 내지 종교적 사상의 일단인 유교와 불교, 현실과 이상, 박생과 염왕과의 사상적 추구와 관계를 추구하고, 결론적으로 <남염부주지>는 김시습의 현실적 불만·부조리 및 내적 자기 갈등을 보상받고자 표현한 화합추구의 소설로 규정짓고 있다.

더욱이 소재영 교수는 1988년에 『금오신화』를 김시습의 생애와 사상과 관련지어 작가 김시습이 처한 비극적 시대사항과 연계시켜 하나의 비극미로 승화시켜 놓은 예술작품으로 풀이하였다.[19] 가장 최근에 나온 문영오의 「금오신화에 굴절된 恨의 고찰」(『한국문학연구』(16), 동국대, 1987)에서는 <만복사저포기>·<이생규장전>·<취유부벽정기>를 중심으로 거기에 나타난 恨의 양상을 살폈는데 문 교수는 작품에 투영된 작가 김시습의 한을 가정과 시대의 강렬한 역사의식에다 두고 풀이하였다.

6) 결 어

이와 같이 『금오신화』에 대한 60년의 연구사를 대충 살폈다. 즉 1927년에 최남선에 의해 『금오신화』와 『전등신화』의 연계가 살펴지면서 한국의 고유설화와의 연계 등이 논의된 이래, 1959년에 이가원의 『금오신화』가 작성되기까지는 주로 문헌학의 기초가 다져지고, 1958년 박성의가 「비교문학적 견지에서 본 금오신화와 전등신화」에서 『금오신화』의 본격적인 비교문학의 문제가 다루어지기 시작하였고 정주동의 『매월당김시습연구』에서 『금오신화』의 비교문학적 문제를 『전등신화』 뿐만 아니라, 일본의 『가비자』에까지 확대된 범 동양의 비교문학적 문제로 종합·확산되고, 그 비교문학적 문제가 근자 월남의 『전기만록』에까지 확대되어 바야흐로 국제적 위치에서 연구대상에 이르게 되었고, 1965년에 정주동의 『매월당 김시습연구』에서 『금오신화』의 사상적 문제가 유가에서 불가의 문제에까지 확대되면서, 임형택 교

---

19) 소재영, 「금오신화의 문학적 가치」, 『매월당 그 문학과 사상』, 1988.

수의 氣論을 거처 최삼룡 교수의 도가사상까지 須要되기에 이르렀다. 이후 문학연구의 본령이라 생각되는 『금오신화』에 대한 본질론적인 문제는 1981년 김성기의 「만복사저포기에 대한 심리적 고찰」에서 본격적으로 시도되기 시작하면서 1987년 문영오의 「금오신화에 굴절된 恨의 고찰」이 나오기에 이르렀다.

즉 최남선의 「금오신화해제」가 이루어진 후, 60년의 연구사가 이루어졌다고 하지만, 최남선이 『금오신화』와 『전등신화』의 연계를 중심으로 제기된 한국설화와의 국내적 연계에 제기된 독창성의 문제도 현재까지 그 범위를 크게 벗어나지 못하고 있음이 『금오신화』에 대한 60년의 연구사에 대한 필자의 솔직한 심정이다. 다만, 변한 것은 최남선의 위와 같은 학설이 더 구체적으로 확대되고 거론되었을 뿐이다. 결국 60년의 연구사는 아직도 최남선의 결론적 범위 안에서 맴돌고 있다고 볼 수 있겠다.

앞으로 『금오신화』에 대한 연구는 다만 최남선에 의해 제기된 국내설화와의 연계를 보다 확고히 해놓는 일과 『금오신화』의 비교문학적 문제를 처음에 『금오신화』와 『전등신화』의 연계에서 출발되어 일본의 『伽婢子』 및 『雨月物語』 등과의 연계는 물론이려니와 근자부터 한국에서 논의되는 역시 『전등신화』와의 연계로 이루어진 월남의 『전기만록』은 말할 것도 없고, 중국에서도 『전등신화』의 연계에서 이루어졌다는 『전등신화』 등과의 연계 등 범동양적 입장에서 풀어야 하는 큰 문제가 남아 있다. 그러나 이 문제에 대하여 필자는 이미 제기한 바 있다.[20]

---

20) 1989년 9월에 台北 轉仁大學에 개최된 바 있는, 국제회의의 성격을 띤 中國古典文學會에서 필자는 '剪燈新話的 激盪'으로 剪燈新話의 범동양적 충동의 문제를 제기한 바 있다. 丁奎福, 「剪燈新話的 激盪」, 『域外漢文小說論究』, 台灣; 學生書局, 1990.

그리하여 위와 같은 국내적 설화와의 확고한 연계 및 범동양적 연계가 진행되면서부터 문학연구의 본령인 본질론적 연구가 새로 도입되는 연구방법 밑에 꾸준히 수행되어야 하는 것이 오늘날 남아 있는 연구 과제라 생각된다.

2
몽유록의 연구사

1) 導 言

몽유록은 조선전기에 출현하여 구한말까지 간헐적으로 이루어진 작품군으로, 이는 같은 꿈을 소재로 하면서도 몽자류 소설과는 다른 구조를 지닌 서사양식으로 인식되고 있다. 몽유록의 연구는 1940년 이명선의 「泗水夢遊錄」(『인문평론』(9), 인문사)이 그 시초로 이루어진 후, 근자 강준철의 「꿈 서사양식의 구조연구」(동아대 박사논문, 1989)가 이루어진 것을 감안하면, 근 50여 편의 글이 이루어졌다. 여기서 이들을 총괄하여 볼 때, 실증적 연구에 뒤이어 몽자류 소설과의 同異와 그 장르적 성격을 규명하기 위한 논의가 중점적으로 이루어지는 초기 단계에 있다 하겠다. 본고에서는 이러한 연구사의 특성을 고려하여, 우선 실증적 연구 성과를 개관한 뒤, 장르적 성격과 유형분류, 그리고 개별 작품 연구를 검토하고 나서 앞으로의 연구방향을 전망하기로 하겠다.

2) 실증적 연구

실증적 연구는 새로운 자료 발굴, 작자고구, 서지, 간단한 내용고찰이 중심이 된다고 보겠다.

1940년 이명선의 「사수몽유록 교주 및 해설」[1]은 신자료 소개 외에 몽유록 연구의 장을 마련했다는 데 의미가 있다. 그는 <사수몽유록>을 <금산사몽유록>과 쌍벽을 이루는 작품으로, 전자는 유교의 우수성을 자찬한 종교적 의의를 가진 작품이고, 후자는 패도에 대한 왕도의 승리를 찬양한 정치적 의미를 가진 작품이라 하였다. 이 뒤로 몽유록의 새 자료를 발굴하려는 시도가 꾸준히 이루어져 그 이본인 <문성궁몽유록>[2]이 발견되었고, <大觀齋夢遊錄>[3]·<琴生異聞錄>[4] 등이 근래에 이르러 기존의 몽유록 이본에 대한 발굴도 활발히 이루어져 <安憑夢遊錄>의 이본인 국문본 <안빙몽유록>,[5] <대관재몽유록>의 속편격인 <夢謝自然志>,[6] <達川夢遊錄>의 이본인 <㺚川夢遊錄>[7]이 소개되었다. 이와 아울러 각 몽유록의 작자 문제도 하나씩 하나씩 밝혀지고 있다.[8] 초기 연구는 이러한 소개된 작품을 중심으로 한 간단

---

1) 이명선, 「사수몽유록」, 『인문평론』9, 인문사, 1940.
2) 김기동, 「문성궁몽유록」上, 『시문학』, 시문학사, 1979.
3) 이가원, 「몽유록의 작자소고」, 『건대신문』85, 건국대, 1960.
4) 홍재걸, 「금생이문록」, 『국어국문학연구』1, 경북대, 1971.
5) 강준철, 「꿈서사양식의 구조연구」, 동아대 박사논문, 1989.
6) 이원주, 「대관재의 몽기·몽사자연지고」, 『한국학논집』5, 계명대, 1978.
7) 김동협, 「달천몽유록 고찰」, 『국어교육연구』, 경북대, 1985.
8) 작자가 밝혀진 작품은 모두 다섯 편이다. 「대관재몽유록」은 장덕순의 「몽유록소고」(『국어국문학』(20, 1959)에 의해 심의(1475~?)로 밝혀졌으며, 「원생몽유록」은 임제·원호·김시습 등으로 나누어지고 있지만, 이에 대하여는 후술될 것이다. 「달천몽유록」은 김동협의 「달천몽유록 고찰」(『국어교육연구』, 계명대, 1985)에 의하여 윤계선(1577~1604)으로 밝혀졌으며, 그 이본인 「달천몽유록」의 작자는 황중윤(1577~1648)로 밝혀

한 내용고찰이 중심이 되었고, 이것은 김동욱에 의해 집약되었으며,[9] 차용주는 새로운 구조분석과 내용연구를 시도하면서 몽유록 작품군을 <大觀齋夢遊錄>·<元生夢遊錄>·<韃川夢遊錄>·<皮生冥夢錄>·<江都夢遊錄>·<泗水夢遊錄>·<金華寺夢遊錄>·<浮碧夢遊錄>·<安憑夢遊錄>의 열 편으로 규정[10]하고, 아직도 이러한 기준은 그대로 받아들여지고 있다.[11]

몽유록의 장르적 성격과 유형분류는 이와 같이 신 자료가 자꾸 늘어가고 이를 합하여 분석 고찰하는 과정에서 이루어진 결과이며, 앞으로는 더 많은 작품을 수용하여 몽유록이 독자적 문학의 장르로 독립될 가능성을 보이고 있다.[12]

3) 장르적 성격과 유형 분류

가. 장르적 성격

몽유록을 몽자류소설과 분리하여 독자적 양식으로 보아야 한다는 주장은 장덕순의 「몽유록소고」[13]에서부터이다. 그는 이 논문에서 몽유록 일부 작품에 대해 몽유록으로서의 구조와 내용적 특질을 처음으로

졌으며, 외에 「금생몽유록」은 최현(1563~1640)이고, 「안빙몽유록」의 작자는 신광한(1484~1555)임이 최근 소재영의 「신광한의 기재기이」(『숭실어문』3, 숭실대, 1986)에 의해 밝혀졌다.

9) 김동욱, 「몽유소설」, 『한국고전소설연구』, 교학연구사, 1983.

10) 차용주, 『몽유계소설연구』, 아세아문화사, 1987.

11) 유종국, 『몽유록소설연구』, 아세아문화사, 1987.

12) 정환표, 「몽유록의 장르규정」, 『한국문학사의 쟁점』, 집문당, 1986.

13) 장덕순, 「몽유록소고」, 『국어국문학』20, 1959.

언급하였다. 그는 몽유록을 몽자류소설과 이질적인 것이고 이를 분리하여 독자적 양식을 설정할 것과 몽유록이라는 글자에 구애되지 말고 몽유 그 자체에 초점을 두어 김시습의 『금오신화』 중 <남염부주지>와 <용궁부연록>까지 그 영역을 확대할 것을 주장하였다. 장덕순 교수의 이 연구는 몽유록의 유형적 연구에 하나의 방향을 설정한 것이라 하겠다.

차용주 교수에 이르러 장 교수의 연구는 구체화되어 몽유록이 몽자소설과 구별되는 유형적 특성이 추출되었다.[14] 그는 몽유록과 몽자류소설을 같은 꿈을 소재로 한 작품들이므로 이들 작품을 환몽소설로 총칭할 수 있겠으나, 소재가 같은 것만으로는 그 장르적 성격을 무시하고 일괄해 볼 수 없다고 하였다. 몽유록계에 나타난 몽유자의 인물성격은 몽자류소설의 개인적인 불운에 대한 개탄과는 달리, 慨世적인 비분과 불평을 가진 인물이고, 구성상으로는 入·覺夢이 공식화되어 있으나, 몽자류와 같이 환술에 유도되는 것이 아니며, 내용면에서는 개인적 영달구현은 적고 사회상의 한 단면을 중심으로 그 부당성을 비판하고자 한 것이 많을 뿐만 아니라, 각몽 후에도 꿈과 현실과의 차이에서 심한 허무감을 느껴 현실 도피적인 태도를 볼 수 없으며, 몽중세계에 등장하는 인물은 허구적인 인물이 아니고 역사적으로 실존했던 인물이라 하였다.

이러한 기반 위에 몽유록을 새로운 문제의식을 가지고 논의하기 시작한 것은 서대석 교수[15]에 의해서다. 그는 몽유록을 막연히 서사문학으로 취급하던 연구태도를 반성하고 몽유록의 장르적 성격을 1) 인물

---

14) 차용주, 「몽유록과 몽자류소설의 同異에 대한 고찰」, 『논문집』3, 청주사대, 1974; 「몽유록계소설연구」, 고려대 박사논문, 1979.
15) 서대석, 「몽유록의 장르적 성격과 문학사적 의의」, 『한국학논집』3, 계명대, 1975.

면에서 주인공이 불분명하며 등장인물은 역사적 실재했던 인물이며, 2) 구성면에서 몽중사건 구성은 인과적 계기로 짜여 있지 않고 독립된 내용의 집합이며, 3) 몽중사건의 성격면에서 몽유록의 몽중사건은 역사적 사실의 토대 위에 구축된 것으로, 내용이 작품외적 사실의 의미를 전달한다는 점에서 교술장르, 더 정확히는 허구적 교술 내지 서사적 교술장르(꿈이라는 허구적 형식을 빌어 사실적 의미를 표현하는)로 규정하였다.

그러나 스스로도 말했듯이 '허구적 속성'을 너무 도외시했기 때문에 곧바로 정학성 교수[16]에 의해 반성적 견해가 제기되었다. 그는 우선 몽유록을 역사과정의 객관적 사실에 대한 관심과 작가의 주관적 이상, 또는 의지를 실현하려는 욕구를 함께 표현하고 있으며, 이 두 가지 대립적 충동의 긴장 속에서 창작된 작품이라 정의한 뒤, 이 중 특히 후자의 측면을 중시하여 몽유록의 서사적·허구적 측면을 강조했다. 그는 우선 몽유록은 꿈이라는 허구적 설정 외에도, 몽중 세계에서 등장하는 다수 인물의 행동·대화를 통해 허구적 세계를 형상화하는 서사적 성격을 무시할 수 없을 뿐만 아니라, 작품을 통해 작가가 전달하고자 하는 것은 서대석 교수와 같이 사실이 아니라 주관적 신념이므로, 사대부들에게 고유한 문학의식과 역사에 대한 관심 속에서 이루어진 독특한 서사유형이라 하였다.

이상에서 살펴본 대로 몽유록의 장르는 교술문학설과 서사문학설로 요약된다고 하겠다. 그러나 정학성 교수의 언급대로 이 이견들은 양립 불가한 것이 아니라 몽유록이 지닌 복합적 성격을 다른 각도에서 살핀

---

16) 정학성, 「몽유록의 역사의식과 유형적 특질」, 『관악어문연구』2, 서울대, 1977.

결과라 하겠다. 이 때문에 몽유록의 장르적 속성은 서사와 교술의 중간영역에 놓인 갈래로 보아야 한다[17]는 견해가 나오고 있다.

나. 유형 분류

몽유록의 유형분류는 초기 작품의 내용을 밝히는 과정에서 그 단서를 보이다가, 서대석 교수에 의해 구체화되어 나타난다.[18] 그는 이러한 연구들을 긍정적으로 수용하면서 몽유록의 내용에 따라 '현실비판과 반성' 및 '이상적 사회의 실현'의 둘로 나누었다. 문장 왕국이나 고금역대 영웅의 會宴은 하나의 이상이며, 임란이나 병란 때의 과오를 지적하고 비판하고 반성하는 것은 현실적 제약을 받는 내용이기 때문에, 사대부들은 이러한 내용이 담길 그릇으로 꿈이라는 허구적 양식을 채용했다는 것이다. 그리고 서 교수의 분류를 적극 수용한 정학성 교수는[19] 이를 '이념제시형 몽유록'과 '현실비판형 몽유록'으로 유형화하여 <대관재몽유록>·<사수몽유록>·<금화사몽유록> 등을 전자에, <원생몽유록>·<달천몽유록>·<피생명몽록>·<강도몽유록> 등은 후자에 소속시켰다. 또 차용주 교수[20]는 '이상형' <대관재기몽>·<사수몽유록>, '우의형' <금화사몽유록>·<부벽몽유록>·<안빙몽유록>, '비분형' <원생몽유록>, '비판형' <달천몽유록>·<피생명몽록>·<강도몽유록>의 넷으로 나누기도 하였다. 그러나 차 교수의 경우, 실제 작품의 유형을 분류할 때 '이상형과 우의형' 그리고 '비분형과 비판형'이 명

---

17) 김흥규, 「몽유록」, 『한국문학사의 이해』, 민음사, 1986.
18) 서대석, 상게서.
19) 정학성, 상게서.
20) 서대석, 상게서.

확하게 구분되는가라는 난점이 있다.

　이와 같은 유형 분류는 작자의 주제의식, 몽유록의 사회적 성격의 면이 치중되어 상대적으로 작품 내적 측면이 소홀히 다루어진 약점이 있었다. 이 때문에 서대석 교수는[21] 몽유록을 몽중세계와 현실세계가 완전히 구분되어 차단된 액자적 성격을 가진다고 전제한 뒤, 몽유자의 액자 내 시점에 따라 '주인공형'·'참여형'·'방관자형'으로 유형 분류하였는데, 각 유형에 따라 작품의 성격도 서로 다르게 나타난다고 하였다. <강도몽유록>·<금화사몽유록> 같은 '방관자형'은 현실세계와 몽중세계가 분산되어 있으며 작품의 의미 또한 분산되고, <원생몽유록>·<달천몽유록>·<피생명몽록> 같은 '참여형'은 두 세계가 서로 연결되어 있으며, <대관재몽유록>과 같은 '주인공형'은 두 세계가 서로 밀착되어 있는데, 몽중세계의 사건은 몽유자의 행위와 관련되어 소설에 근접한 모습을 보인다고 하였다. 차용주 교수는 다루고 있는 내용이 현실적인 문제에 대한 비판이냐 아니냐에 따라 '방관자형'과 '참여형'의 두 유형으로 나누었다.[22]

　그러나 몽유록에 대한 관심이 주제나 장르의 문제를 넘어서 소설사의 맥락에서 몽유록이 가지는 변별적 특성 및 소설적 변용의 문제로 확산됨에 따라 새로운 유형분류가 시도되었다. 즉 이는 신재홍씨[23]에 의해 이루어졌다. 그는 여러 몽유록의 공통적인 서술 구조를 '入夢-인도·좌정-토론-詩宴-시연의 정리-覺夢'으로 보고, 이에 따라 몽유록을 '완전형', '불균형

---

21) 서대석, 상게서.
22) 차용주, 상게서.
23) 신재홍, 「몽유록의 유형적 고찰」, 서울대 석사논문, 1986.

형', '예외형'의 세 가지의 유형으로 나누었다. 이 중 '토론-시연'이 마련되는 '모임'이 몽유록의 변별적 특성이며, 이 '모임'을 통해 작가는 사건을 전개시키고 자신의 주제 의식을 표현한다고 하였다.

4) 개별 작품의 연구

이제까지 몽유록을 하나의 작품군이나 유형별로 묶어 다루는 경향이 있었기 때문에 개별 작품에 대한 심도 있는 연구는 거의 없었다. 그러나 그 중에서도 <원생몽유록>과 <대관재몽유록>은 많은 주목을 받아 왔다.

가. 〈원생몽유록〉

이 작품은 몽유록 작품 중 최초로 문학사에서 거론된 작품인데 이를 둘러싸고 논의된 쟁점은 작자 문제였다. 그 전까지는 일반적으로 작자가 임제인 것으로 알려졌으나, 장덕순 교수[24]에 의해 김시습 작자설이 제기되면서부터였다. 그는 작품 끝에 부기되어 있는 "梅月居士志 林白湖記"에 주목하여, '梅月居士'는 매월당 김시습이며 '志'는 作의 의미이므로 원래 김시습이 쓴 것을 후에 임제가 다시 기록했다는 새로운 견해를 밝혔다. 그리고 『금오신화』 중 <남염부주지>를 이 작품과 비교해 볼 때, 그 사상적인 면이 부합된다는 점을 들었다. 그러나 이가원 교수는[25] 새로 발굴된 元昊의 유저 『觀瀾遺稿』에 작자가 원호라고 밝

---

24) 장덕순, 상게서.
25) 이가원, 상게서.

혀져 있으므로 이 작품의 작자는 원호로 수정되어야 하고, 작품 중에 나오는 幅巾者도 종래의 說처럼 南孝溫이 아닌 元昊의 친구 崔德之로 보았다.

이처럼 임제·김시습·원호로 엇갈린 작자 문제를 폭넓게 검토한 것은 황패강[26] 교수였다. 그는 이본 9종을 검토한 결과 '梅月'은 '海月'의 오기였음을 밝히고 『금오신화』와의 비교에 있어서도 문제점이 많음을 지적해 장덕순 교수의 김시습설을 먼저 부정한 뒤, 원호를 작자로 기록하고 있는 판본은 『觀瀾遺稿』뿐이며 이는 일제시대에 간행되어 문헌적 가치가 높지 않아 신빙성이 없음을 들어 이가원 교수의 원호 작자설과 최덕지설을 부정하고 임제 작자설을 재확인하였다. 그리하여 작품 중의 子虛는 원호가 아닌 임제 자신의 가칭이며, 海月居士는 그와 절친했던 黃汝一이라는 인물임을 밝혀 작자 시비가 일단락된 듯한 느낌을 준다. 그러나 이 작품이 임제 문집의 초판본에는 실려 있지 않다가 뒤의 중간본에 실렸다는 점, 또 이 작품의 창작 시기를 임제 20세, 황여일 13세 때로 잡고 있는 점이 문제점으로, 앞으로 다시 작자 문제를 둘러싼 논의가 일어날 소지를 다분히 안고 있는 것 같다.

최근 정학성 교수는[27] 황패강 교수의 임제 작자설을 인정하면서도 元子虛가 가공의 인물이듯 그 친구 해월거사(子虛之友海月居士)도 바닷속의 달(海月)은 붙잡을 수 없듯 허상의 존재라 하고, <원생몽유록>을 소설에 가까운 작품으로서 傳奇小說의 별체라 하였다.

---

26) 황패강, 「임제와 원생몽유록」, 『논문집』4, 단국대, 1970.
27) 정학성, 「원생몽유록 연구」, 『한문학논문집』3, 단국대, 1985.

나. 〈대관재몽유록〉

〈대관재몽유록〉은 현존하는 몽유록 중 가장 이른 시기에 지어진 작품으로, 다양하고 특이한 작품 내용, 성격 때문에 다각도에서 많은 주목을 받아 왔다.

우선 이 작품의 성격을 규정하는 데 두 가지 의견이 서로 대립되어 있다. 정학성 교수는[28] 다른 몽유록과 마찬가지로 환상적 체험의 세계(꿈)를 통해 작자의 욕망을 표출한 사대부의 독특한 서사양식으로 본 반면, 이규호 씨는[29] 詩話라는 비평문학이 허구성을 띤 것으로 파악하여, 이 작품을 고전시화의 계승, 발전으로 보고 있다. 뿐만 아니라 전자(서사양식)의 입장을 취하는 논자들 사이에서도 심의가 이 작품을 쓰게 된 동기 및 주제에 대한 이해에 적지 않은 차이를 보이고 있다. 장덕순 교수가[30] "현실의 불운을 흡족히 풀어보려는 의도"로 창작했다는 언급 이래, 이를 좀 더 구체화하여 김석하 교수는[31] "지배층의 권력투쟁에 대한 혐오로 인한 몽환의 이상국가 건립"으로, 윤해옥 씨는[32] "聖的 공간에서 문장왕국을 실현함으로써 현실에서 좌절된 治道의 이상에 대한 보상과 당대 治國의 모순을 寓義"로, 이원주 교수는[33] "화려한 꿈이 실현되기를 기원하는 욕망" 등으로 다양하게 창작의도를 설명하고 있다. 그러나 이와는 달리 심의가 살았던 당대의 정치·사회상

---

28) 정학성, 상게 논문.

29) 이규호, 「사회적 측면에서 본 대관재기몽」, 『한국한문학연구』5, 한국한문학연구회, 1981.

30) 장덕순, 상게서.

31) 김석하, 「몽유록계소설의 이상국현상」, 『논문집』, 단국대, 1973.

32) 윤해옥, 「대관재기몽에 나타난 寓言의 문학적 형상」, 『연세어문학』13, 연세대, 1980.

33) 이원주, 상게서.

황과 그가 처한 입장을 새롭게 조망하여 정학성 교수는[34] "신진 사림의 도전에서 생긴 훈구관료의 좌절, 불안에 대한 반동"으로 창작동기와 주제를 다양하게 설명하고 있다.

5) 결 어

이상으로써 몽유록의 50년 연구사를 실증적 연구를 바탕으로 하여 대충 검토해 보았다. 이제까지의 연구에 있어서 앞으로 기존연구를 보다 심화시키기 위하여 다음과 같은 점이 고려되었으면 한다.

첫째, 이제까지의 몽유록 연구는 그 전체 작품들을 하나로 수렴하여 대상으로 하여 주로 장르적 성격을 구명하는 방향으로 연구가 이루어져왔다고 생각된다. 거기서 개별 작품에 대한 적극적 연구는 부진했던 것 같다. 이런 점에서 한 작품을 집중적으로 연구한 박관수의 「달천몽유록연구」(한국외국어대 석사논문, 1987)는 몽유록 연구사에 있어서 중요하게 받아들여야 할 것이다.

둘째, 이제까지 몽유록은 '현실-꿈-현실'이라는 외형적 형태만을 가지고 이해됐기 때문에 적지 않은 혼란이 일어난 것 같다. 가령『금오신화』, <운영전> 등을 몽유록에 포함시키기도 하고 제외시키기도 한 것이 그 좋은 예이다. 이는 말하자면 몽유록의 구성 원리와 변별적 특징을 아직도 제대로 찾아내지 못한 데서 야기된 혼선인 것 같다.

셋째, 몽유록은 거의가 조선조 전역에 걸쳐 이루어져 왔기 때문에 문학사의 위치에서 긴밀히 검토할 것이 필요할 뿐 아니라, 몽유록 자

---

34) 정학성, 상게 논문.

체의 역사적 변형 과정과 아울러 다른 장르와의 교섭 관계의 양상도 고려의 대상으로 당연히 관심을 가져야 할 문제이다.

3
군담소설의 연구사

한국 고소설사에서 『금오신화』·몽유록 류의 초기소설에 이어지는 군담소설은 아래로 판소리계 소설과 신소설에 연계됨을 감안하여 소설사상 그 위치가 매우 중요함은 물론이려니와 한국 고소설의 분량에 있어서도 가장 많은 양을 헤아리고 있다. 즉 최근에 민긍기 교수의 고증에 의하면 현재 전하고 있는 방각본 55종 가운데 21종은 군담소설이 차지하고 있고, 한편 이본까지 포섭할 경우 157본 중에서 71종을 역시 군담소설이 차지하고 있다는 것[1]에서 군담소설의 유통과정과 그 엄청난 분량을 극명하게 알려주고 있다는 것이다. 그렇지만 대부분의 작품들이 작자와 연대가 미상이라는 한계 때문에 지금까지의 연구방향은 대체로 포괄적이었음은 어쩔 수 없는 일이 아닌가 한다.

1930년대에 김태준의 『조선소설사』 둘째 단계에서 군담소설의 여러 문제가 개괄적으로 언급된 이래, 주로 이를 곧바로 받아들이는 소설사 류에서 비교문학적 연구와 배경연구, 그리고 작품의 구조와 문체 등이 고찰되었으며, 본격적인 단행논문은 1958년에 정규복의 「한국고대군

---

1) 민긍기, 「군담소설의 연구-주인공이 한국인인 소설을 중심으로-」 연세대 석사논문, 1980.

담소설연구」에서 비롯된다. 그 후 1970년대에 서대석·조동일 교수에 의해 기왕의 연구에 대한 반성과 비판으로 보다 확대, 심화되었고, 다시 1980년대에 이르자 군담소설에 대한 집단적 연구보다는 주로 개개의 단일 작품이 본격적으로 연구되기 시작한 것이 소재영 교수의『임진록』을 중심으로 한『임병양란과 문학의식』(한국연구원, 1980)이 아닌가 보며, 근년에는 보다 굵직한 서대석의『군담소설의 구조와 배경』(이화여대출판부, 1985)이 나오기에 이르렀다고 보아진다.

군담소설의 연구사를 구획짓는 일이 쉬운 일은 아니지만, 이 글을 전개하기 위하여 제1기를 김태준의『조선소설사』가 간행된 1933년부터 주왕산의『조선고대소설사』가 간행된 1949년을 거쳐 박성의의『한국고대소설사』가 간행된 1958년까지를 잡고, 제2기는 정규복의「한국고대군담소설연구」가 나온 1958년을 기점으로 하여 최근덕의「군담소설과 삼국지연의의 비교연구」가 이루어진 1962년까지를 잡고, 제3기는 서대석의「군담소설의 출현동인」이 나온 1971년부터 조동일의「영웅소설, 작품구조의 시대적 성격」이 이루어진 1976년까지로 잡고, 제4기는 소재영의「임병양란을 중심한 문학의식의 변천과정」이 이루어진 1980년을 시발점으로 하여 서대석의『군담소설의 구조와 배경』이 간행된 1985년까지로 잡는 것이 어떨까 한다.

그러면 제1기의 특징은 군담소설에 대한 제반문제가 하나의 서론격으로 제기된 시기라고 보고, 제2기의 특징은 하나의 통일된 논문의 형식을 빌어 거론돼서 이때의 주된 과제는 주로 <삼국지연의>와 군담소설과의 비교문학적 연구가 이루어진 때라고 볼 수 있으며, 제3기의 특징은 종래 비교문학적 문제, 배경문제 등 제반의 서술적 문제에서 거론된 <삼국지연의>와 임병양란 후 시대사조로서 倭胡族에 대한 적개심 운운에서 몰락한 양반계급의 실세회복에 있다는 새로운 풀이가 나왔던 것으로 볼 수 있으며, 제4기의 특징은 종래 군담소설의 집단적 연구에서 『임진록』·<유충렬전> 등 개개작품의 심화된 풀이가 주종을 이루었던 것으로 볼 수 있겠다. 그러면 위의 사항을 중심으로 군담소설의 연구사를 분기별로 나누어 살펴보기로 한다.

제1기는 앞에서 언급된 바와 같이 김태준의 『조선소설사』에서 비롯된다. 김태준의 것에서 군담소설에 대하여 거론된 중요한 점은 임병양란의 대란을 겪고 倭胡族에 대한 적개심이 한참일 때, 당시 중국에서 전해온 <삼국지연의>의 영향으로 많은 군담소설이 나오게 되었다는 것이다. 즉 임진란을 배경으로 한 군담류인 柳成龍의 『懲毖錄』, 釋 南鵬의 『奪忠紓難錄』, 黃愼의 『日本往還錄』, 金良器의 『少爲浦倡義錄』, 李萬秋의 『唐山義烈錄』, 鄭琢의 『龍灣聞見祿』, 기타 작가미상의 『倡義錄』과 『壬辰錄』 내지는 병자란을 배경으로 한 『丙子湖南倡義錄』·『丁卯兩湖擧義錄』·『西征錄』·『江都日記』·『南征日記』·『戊申倡義事實』·『永陽四難倡義錄』·<三學士傳>·<林慶業傳> 등을 들었고 그 중 대표가 될 만한 것은 <삼국지연의>의 영향을 가장 많이 받은 『임진록』을 들었다. 뿐만 아니라 그는 위와 같은 군담소설이 임병양란을 계기로 산출된 것을 전제로 소설사의 제2항에다 삽입시켜 놓았다는 것이다.[2]

주왕산의 『조선고대소설사』에는 김태준의 『조선소설사』의 군담류와 시대구분법을 거의 그대로 언급해 놓았지만,[3] 다만 상이한 것은 뚜렷한 근거도 없이 임병양란의 역사적 사실과 무관한 소위 영웅소설인

---

2) 김태준, 『조선소설사』, 학예사, 1939, 60~70쪽.
3) 주왕산, 『조선고대소설사』, 정음사, 1949, 125쪽.

<유충렬전>·<조웅전>·<소대성전>·<월왕전>·<황운전>·<장풍운전>·<장국진전>·<장경전>·<양풍전>·<양주봉전>·<장실성전>·<현수문전>·<쌍주기록>·<옥주호연> 등이 추가되었다는 것이다. 이런 사항은 박성의의 『한국고대소설사』에는 김태준의 것과 주왕산의 것이 병합되었다.[4]

제2기는 군담소설에 대한 단독 논문인 정규복의 「한국고대군담소설 연구-삼국지연의의 영향을 중심하여-」(고려대 대학원 석사논문, 1958)가 나옴으로부터 시작된다. 이 글에서는 한국의 고소설 가운데 군담류 소설만으로 단독적 논문으로 엮어진 데 의의가 있고, 그 내용도 고소설 가운데 많은 분량을 차지한 군담류 소설을 軍談과 準軍談으로 분류하고, 군담에 대하여 김태준에 의해 제기되었던 왜호족에 대한 적개심, 평민의식의 맹아, 또는 <삼국지연의>와의 연계사항 등을 구체적으로 실문을 들어 논증하였다. 다시 말하면 김태준의 군담소설에 대한 전제를 확인시킨 것이라 볼 수 있지만, 군담소설의 구성을 출발·전개·종결 등 세 가지로 크게 분류하고 이들을 다시 가계, 출생 '도교형·불교형', 불운 '간신형·전란형·쌍친구몰형·계모형', 역경 '遇賊型·遇敵型·방황형', 회운 '수도형·과거형' 및 종결 등으로 세분화시킨 것은 고소설의 구성연구에 있어서 중요한 뜻을 지닌다고 생각된다.

최근덕의 「군담소설과 삼국지연의의 비교연구」(성균관대 대학원 석사논문, 1962)는 군담소설과 <삼국지연의>와의 비교연구를 보다 압축시켜 두 소설의 비교연구를 꾀하여 인물 등으로 구체화시킨 데 의의가 있다고 생각되고, 정규복의 「한국 군담소설의 제문제」(『국어국문학』(34·35), 1967)는 종래 김태준에 의해 군담소설의 범위가 『懲毖錄』(柳

---

4) 박성의, 『한국고대소설사』, 일신사, 1958, 87~222쪽.

成龍)·『丙子湖南倡義錄』·『丁卯兩湖擧義錄』·『江都日記』등 주로 實記로 이루어진 것에 대하여 소설과 수필의 한계를 설정하여 실기를 군담소설에서 제거할 것과 아울러 군담소설이 주로 임병양란을 계기로 출현된 것을 전제로, 가령 영조 46년에 편찬 간행된『병자호란창의록』은 임병양란보다 훨씬 후기에 출현된 것을 밝혀 소설사의 임병양란의 제2기에서 하강시키자는 것 등이 언급되었다. 이후 이재수는 군담소설을 특히 <삼국지연의>와 연계시켜 그 연구가 이루어졌지만, 종래 필자에 의해 시도된 것에서 추가된 것도 없고, 크게 범주를 넘어 새로운 경지가 개척된 것도 없다.[5]

제3기는 서대석의 「군담소설의 구성과 작가의식」(『계명논총』(7), 계명대, 1971)과 「군담소설의 출현동인 반성」(『한국고전소설』(11), 한국고전문학연구회, 1971)에서 시발된다. 즉 서대석 교수는 이 글에서 종래 군담소설이 임병양란을 계기로 당시 전래된 <삼국지연의>의 충동으로 강한 민족의식에 부응하여 출현되었다는 기존설에 대하여, 군담소설의 출현은 임병양란 후 소설이 아닌 實記·實譚이 먼저 이루어진 다음, 임병양란 중에 파생된 설화를 중심으로 민족의식의 욕구에 호응하여 역사군담인『임진록』·<임경업전>·<박씨전> 등이 출현하고, 창작군담인 <유충렬전>·<조웅전>·<황장군전> 등은 처음은 당쟁으로 인한 실세층의 실세회복 의식으로, 혹은 양란 후의 민족의식 등에서 창작되었지만, 乃終에는 소설이 상업화로 이같은 의식과는 상관없이 흥미위주로 대량 창작되었다고 보고, 따라서 군담소설의 출현 시기는 기존설에서와 같이 '임병양란의 계기'로가 아니라 계속 조선말까지 확대되었다고 주장하고 있다. 이는 결국 기존설의 출현시기와 동기

─────────────────────────

5) 이재수,『한국소설연구』, 선명문화사, 1969, 187~195쪽.

를 임병양란의 계기, 혹은 <삼국지연의>의 전래, 민족의식의 발로로서의 적개심 등의 메카니즘에서 군담소설을 實記·歷史·創作 등으로 세 등분하여 비교적 합리적으로 여유 있게 포괄하는 것으로 군담소설 연구사에서 획을 그어놓을 만한 업적이라고 생각된다. 그렇지만 그와 같은 군담류 소설의 형성과정은 인정된다 할지라도 군담소설의 발생이 임·병 양란을 계기로 <삼국지연의>의 전래와 아울러 적개심의 고취로 이루어졌다는 기존설은 그리 쉽게 부정되기 어려울 것이다.

한편 조동일의 「영웅의 일생 그 문학사적 전개」(『동서문화』(10), 서울대, 1971)과 「영웅소설 작품구조의 시대적 성격」(서울대 대학원, 1976)에서는 종래 명칭인 '군담소설'도 창작적 군담류를 영웅소설로 호칭하고, 작자층은 몰락양반이거나 商人, 또는 상품 경제적 활동과 연관 있는 평민으로 보고, 군담류의 사상도 종래 儒佛道 등 포괄적 분류에서가 아니라, 근원적으로는 主氣論의 구조를 지닌 것으로 파악, 『금오신화』 등 초기소설이 비판적 지식인의 사상적 투쟁의 결과로 나온 것에 대하여, 다수의 독자층을 위해 창작된 영웅소설은 자아와 세계의 대결에서 이들을 초월해 있는 天理에 의해 자아의 승리를 가져오게 되었다는 理氣論的 입장에서 작품구조의 분석을 시도하였다. 말하자면 제3기에 이르러 서대석·조동일 교수에 의해 종래의 메카니즘적 연구가 비판이 가해진 新說이 객관적이건 아니건 근본적으로 방향과 방법이 전환되어 시도된 것이다.

제4기에 이르러 연구사적 특징은 군담소설 집단군의 연구 방향에서 단일작품의 연구가 다각도로 시도되었다는 점이다. 즉 소재영의 『임병양란과 문학의식』(한국연구원, 1980)이 1980년도에 간행되었는데, 그 내용은 『임진록』을 위주로 이본, 영웅록과 사회상 등이 구체적으로 이루어졌고, 이어 임철석의 『임진록연구』(정음사, 1986)가 나왔는데 임진록의 40여 종의 이본이 수집되어 이들의 이야기의 해제와 성격이 역사계열·최일영계열·관운장계열 등 세 계열로 나누어지고, 작가의식은 대명의식·대외의식·대내의식으로 나누어져 파악되었다.

이 시기에 특기할 만한 일은 중국 북경대학에서 韋旭昇의 『抗倭演義壬辰錄研究』(북경대학 비교문학연구총서, 1986)가 출간되었다는 사실이다. 본서는 북한에 소장된 『임진록』 한문본의 全文이 소개되었다는 것 외에도 『임진록』을 중심으로 『임진록』의 국내외적 정치의 사항과 記事·민간전설·가사·시조·시가 등 이미 이루어진 일련의 기타 문학 장르의 것을 살피고 나서 본격적으로 『임진록』이 지닌 예술성과 한문 이본, 심지어 문학사적 의의까지 거론된 『임진록』의 총체적 접근이 외국에서 외국인에 의해 시도되었다는 것은 『임진록』을 국제 문학적 범주로 확대시켜 놓았다는 것에 큰 의의가 있다고 생각된다. 말하자면 80년대에 이르러 군담소설에 대한 연구를 거둬들이는 작업이 결실로 이루어진 것이라 생각된다.

이상에서와 같이 군담소설의 연구사를 1930년대부터 1980년대까지 대충 그간 중요하게 이루어졌다는 자료를 중심으로 살폈다. 이미 앞에서 거론된 대로 군담소설은 너무나 浩瀚한 분량에다가 특히 여타 고소설의 특징과 관련하여 천편일률적인 도식적 구성, 유형화된 인물형, 작자의 익명성 등이 그 많은 분량을 검토하는 데 걸림돌이 되어 있기 때문에 앞으로는 이들의 모든 이본이 수집되는 가운데 하나하나의 작품에 대한 정밀한 검토를 통하여 수행되는 작업이 무엇보다도 중요한 과제라고 생각된다.

4

홍길동전의 연구사

1) 導 言

<홍길동전>에 대한 문헌적 언급의 출현은 주지되는 바와 같이 李植(1584~1647)의 '筠又作洪吉童傳 以擬水滸'『澤堂 雜著』에서 비롯된다. 이후 沈鋅의 『松泉筆譚』에 같은 문구가 보일 뿐[1] 조선조의 문헌엔 전무하다가 1926년도에 이르러 <홍길동전>의 개작문제가 잠정적으로 언급되다가[2] 꼭 10년 만에 1936년이 되어 본격적으로 근대적 시각에서 <홍길동전>의 작자 허균의 사회비리에 대한 시각과의 연계문제를 중심으로 한 작품의 사회적 과정 등 다양한 논술이 시도된 데서[3] <홍길동전>에 대한 본격적인 연구사가 시발된다고 보아야 할 것 같다.

이후 8·15광복을 계기로 우리 것의 관심이 고조됨에 따라 6·25를 거치면서 1950년대에 이르러 <홍길동전>에 대한 깊이 있는 연구가 정주동의 「홍길동전을 둘러싼 몇 가지 문제」(『경북대학보』, 경북대,

---

1) '筠又作洪傳 以擬水滸'『松泉筆譚』.
2) 諸雄生, 「홍길동전 개작에 際하여」, 『조선농민』11, 1926.
3) 김태준, 「홍길동전 연구」, 『신동아』58, 1936.

1958, 12.), 유홍렬의 「홍길동전을 지은 허균과 그의 신앙」(『카톨릭 청년』(93 · 94), 1955. 3, 4) 등이 나오기 시작하자 1960년대에 이르러 역시 정주동의 『홍길동전 연구』(대구 문호사, 1961)로 결실되기에 이르렀다. 1960년대엔 이외에도 <홍길동전>에 대한 작자시비의 거론, 이능우의 「홍길동전과 허균의 관계」(『국어국문학』(42 · 43), 국어국문학회, 1969)와 김진세의 「홍길동전의 작자고」(『교양학부 논문집』(1), 서울대, 1969) 등이 나오고, 조주현의 「홍길동전의 저항문학적 고찰」(『어문논총』(1), 고려대, 1968) 그리고 비교문학적 접근인 이재수의 「홍길동전의 비교문학적 고찰」(『한국소설연구』, 선명문화사, 1968) 등 <홍길동전>이 지니고 있는 기본적 기틀의 연구가 마련되었다. 외에 판본고의 접근인 박노춘의 「홍길동전 목판본 片考」(『가람 이병기박사송수논문집』, 1966)가 이루어졌다.

1970년대에 이르러는 <홍길동전>의 연구가 보다 심화될 뿐만 아니라, 연구 분야도 보다 확대되었다. 즉 <홍길동전>의 기본적 틀의 하나인 원본과 주제 문제를 다룬 정규복의 「홍길동전 이본고」(『국어국문학』(48 · 51), 국어국문학회, 1970 · 1971)와 강동엽의 「홍길동전의 주제고」(『동악어문논총』(8), 동국대, 1972)를 비롯하여 이혜순의 저항문학의 비교문학적 접근인 「홍길동전에 나타난 반항의 형태」(이화대『논총』(20), 1975), 특히 대비연구인 김석하의 「홍길동전과 허생전에서의 지향」(『한국문학의 낙원사상연구』, 일신사, 1973) 외에 최범열의 어학 · 문체의 연구인 「홍길동전의 어학적 고찰」(『우리문학연구』(1), 우리어문학회, 1976)이 등장하였고, 특기할 만한 일은 문학의 본격적 연구인 해석학적 연구의 시도인 김일렬의 「홍길동전의 불통일성과 통일성」(『어문학(27), 한국언어문학회, 1972』이 이루어지고, 신화비평적 접근인 최선옥의 「홍길동전의 신화비평적 고찰」(『한국언어문학』(17·18), 한국언어문학회, 1979)과 이훈종의 「홍길동전의 결혼에 대한 고찰」(『인문과학논총』(11), 건국대, 1978)이 나오고 아울러 특수연구의 성격을 띤 민병덕의 「홍길동전의 독자의식」(『장암 지헌영선생 화갑기념논총』, 1971)이 나와 이채를 띠었다.

1980년대에 이르러도 역시 <홍길동전>의 주제연구인 민영대의 「홍길동전의 주제연구」(『국어국문학』(83), 국어국문학회, 1980)를 비롯하여 비교문학적 연구인 김규태의 「홍길동전의 비교문학적 연구」(『허균의 문학과 현실사상』, 새문사, 1981)와 서종문의 「홍길동전에 나타난 현실인식」(『허균의 문학과 현실사상』, 새문사, 1981)이 나왔지만 1970년대에 비해 과거의 것을 반추하는 듯 되씹는 글이 나왔으나 특기할만한 것은 배해수의 「홍길동전에 나타난 생명종식어 고찰」(『허균연구』, 새문사, 1981)의 특수어학적 연구가 시도되었다는 것이다. 근자엔 이현국의 「홍길동전에 있어서 율도국의 위상과 성격」(『문학과 언어』(8), 문학과 언어연구회, 1987)과 송성욱의 「홍길동전 이본신고」(『관악어문』(3), 서울대, 1989)이 이루어져 <홍길동전>에 대한 작품구조의 위상과 성격, 그리고 판본적 성격을 종래보다 훨씬 심화하였다.

이로 볼 때 <홍길동전>에 대한 본격적인 연구는 1936년을 기해 이루어진 김태준의 「홍길동전 연구」에서 시발되며, 1989년 현재까지 작게 크게 무려 70여 편의 논문이 이루어졌다는 것은 <홍길동전>이 소설사상 유명 소설인데다가 손쉽게 읽혀질 수 있는 별로 길지 않은 국문소설인 점에 있다고 생각된다. 그러나 이들 70여 편의 논문이 모두 깊이 있는 학술논문이 될 수는 없지만, 점진적으로 1950년대를 계기로 <홍길동전>의 기본적 틀인 주제·사상·문헌적·비교문학적 문제 등의 연구가 이루어지면서 현재의 수준에 이르렀다고 보아진다. 그러나 연구사적 입장에서 볼 때, 1970년대가 절정을 이루었다고 생각된다.

그러면 연구사를 편의상 김태준의 「홍길동전 연구」를 시발로 하여 제1기로 삼고, 1950년대를 제2기로, 1960년대를 제3기로, 1970년대를 제4기로, 1980년대롤 제5기로 삼아, 이들을 보다 구체적으로 개관할까 한다. 여기에 부언해 둘 것은 연구사적 시도가 이미 감행된 이능우의 「홍길동전연구의 현황과 문제점」(『한국학보』(8), 일지사, 1977)와 한석수의 「홍길동전연구사」(『국어교육』(51·52), 국어교육연구회, 1985)가 참고, 흡수되었음을 밝혀두는 바이다.

2) 제1기 1950년 이전

제1기에 비교적 근대적 안목으로 <홍길동전>을 풀이하기 시작한 김태준은 그의 『조선소설사』에서 <홍길동전>을 작자 허균과 연계시켜서 그 주제로 계급타파, 적서차별, 빈민구제, 이상향의 건설 등을 내세우면서 중국소설 <수호지>·<서유기>·『전등신화』 등과 국내적 竹林七賢과의 연계 등 다양한 접근이 시도됐지만, <홍길동전>을 평가하는 중요한 시각은 한국 소설사상 최초로 소설다운 소설로[4] 보았다는 것이다. 한편 논문을 엮어 <홍길동전>의 줄거리를 소개하고 허균의 위인과 그에 대한 詩文을 들고 <홍길동전>의 중요한 세 가지 테마, 주인공이 사회적으로 학대받는 서얼이라는 것과, 이에 대한 제도개혁의 요구, 가렴주구에 대한 증오와 활빈당의 조직, 그리고 이상국

---

[4] 김태준, 『조선소설사』, 학예사, 1939, 79~87쪽.

건설 등이 언급된 것은[5] 거의 그대로 그의 『조선소설사』에 수용되었다.

　이후 1년에 신귀현의 「홍길동전의 현대적 연구」(『금성』(1), 1937)가 이루어졌다. 하지만, 실문을 볼 수가 없어 유감이다. 즉 이와 같은 제1기를 연 <홍길동전>에 대한 김태준의 풀이는 거의 그대로 주왕산의 『조선고대소설사』[6]에 수렴되었는데, 보다 중요한 것은 이후 제2기 50년대에 출간된 박성의의 『한국고대소설사』[7]에도 거의 그대로 반영되었을 뿐 아니라, 특히 <홍길동전>에 대한 주제, 비교문학적 문제 또는 소설사적 평가 등의 기본적 틀의 풀이가 50년대, 60년대, 70년대까지도 중심이 되어 확대되었다는 사실이다. 그러므로 김태준의 <홍길동전>에 대한 풀이는 연구사에서 첫 장을 장식한 것에 중요한 뜻이 있겠다고 본다.

3) 제2기 1950년대

　제2기 1950년대에 이르러 각 대학의 국문학과에서 학생들이 의욕적으로 우리 문학에 관심을 표명한 수준이 거의가 배움의 아마추어 수준을 넘지 못함과 같이, <홍길동전>에 대한 관심도 『조선소설사』에서 제기된 것을 중심으로 단독적인 글이 나왔지만 배움도상의 수준을 넘지 못하였다.[8]

---

5) 김태준, 「홍길동전연구」, 『신동아』58, 1936.
6) 주왕산, 『조선고대소설사』, 정음사, 1949, 132~140쪽.
7) 박성의, 『한국고대소설사』, 일신사, 1958, 231~238쪽.
8) 예종숙, 「홍길동전과 수호전」, 『국어국문학연구』5, 청구대, 1959.
　김혜숙, 「홍길동전연구」, 『국어국문학연구』2, 이화대, 1959.
　손순주, 「홍길동전연구」, 이화대 석사논문, 1956.

그러나 정주동은 1958년에 <홍길동전>의 원전 표기문자에 대해 최초로 이의를 제기하여 원전은 한문으로 표기되었을 것이라는 것으로, 이에 대한 논리적 뒷받침을 <홍길동전>의 작자를 허균으로 밝힌 이식이 漢文四大家의 한 사람으로서 체면상 국문소설을 보았겠느냐 하는 것이요, 그리고 조선시대의 문헌에서 국문소설은 흔히 俗諺 · 諺稗 · 諺課 등으로 표기된 것이 상례인데 이식이 최초로 표기 '筠又作洪吉童傳'으로 되어 있을 뿐이라는 것 등을 들었다.[9] 이 원전의 한문설을 구체적 논거는 들지 않았지만 이미 김태준에 의해 조심스럽게 제기된 적이 있다.[10] 한편 유홍열 교수는 <홍길동전>의 작자 허균을 신앙적 입장에서 세례를 받은 천주교인으로 규정한 주목할 만한 글을[11] 엮었다.

4) 제3기 1960년대

제3기 60년대에 이르러 <홍길동전>에 대한 글은 무려 20여 편이 이루어져 50년대에 비해 양적으로 풍작을 이룬 감을 준다. 20여 편이나 되는 글은 대충 행동문학적인 주제문제, 비교문학적 문제, 작가론적 문제 등으로 대별되지만, 연구사에 있어서 무엇보다 의의 있는 일은 정주동의 力著 『홍길동전연구』가 출간되었다는 사실이다. 본서는 저자가 오랫동안 병마와 싸우면서 이루어놓은 것인데, 작가론과 작품론

박대규, 「홍길동전과 그의 작자」, 『단국학보』, 단국대, 1956.

9) 정주동, 「홍길동전을 둘러싼 몇 가지 문제」, 『경북대학보』, 경북대, 1958.12.

10) 김태준, 「홍길동전연구」, 『신동아』58, 신동아사, 1936.8.

11) 류홍열, 「홍길동전을 지은 허균과 그의 신앙」, 『카톨릭 청년』93 · 94, 1955.

으로 이대별하여 작가론은 가문·略傳·위인·문학·학술·사상으로 나누고, 작품론은 작자·제작연대·사회적 배경·문학적 배경 등으로 나누어 별로 선인의 큰 바탕이 없는 환경에서 一字一劃을 거의 홀로의 힘으로 고증·천착해서 자료면으로나 내용면에서 가히 역저임을 알려준다. 말하자면, 본서가 출현함으로써 <홍길동전>에 대한 의적 모티브를 중심으로 주제 및 비교문학적 문제가 모두 한자리에 유기적으로 수렴·거론된 셈이다. 특히 정주동이 작자 허균과 <홍길동전>을 나름대로 마무리로 제시한,

> <홍길동전>이 그 형식·체제 등에 있어서 우리 소설 발달사상 획기적 작품임은 물론이지만, 모두 특유한 가치를 작자 허균이 우리의 思想史上 근대의 선구자란 이름과 함께 抵抗精神을 기조로 시대와 사회와 작자의 三位一體를 사실화해 낸 혁명적 사회소설로 우리의 서민소설, 근대소설의 선구를 차지하여 미미하나마 세계문학 발전의 조류에 부응하는 명맥을 요행이 이어온 문학사상 획기적인 작품이라는 데 있는 것이다.[12]

라는 전대의 김태준의 풀이보다 앞당겨진 주목할 만한 풀이가 아닐 수가 없다.

제3기에 출현된 논고 중 우선 구조면의 것을 들어보면, 정병욱의 「홍길동전」(『사상계』(132), 1964)에서는 주제를 적서철폐와 탐관오리를 숙청함으로써 모순되고 부패된 사회악을 제거하고 이상사회를 구현하는 데 두고, 아울러 기성권위와 기성질서를 전면적으로 부정하는

---

12) 정주동, 『홍길동전연구』, 대구; 문호사, 1961, 261쪽.

혁명소설로는 볼 수 없다고 보고, 겸하여 탐관오리의 부정축재를 탈취하여 빈민구제를 할 것과 율도국의 건설로 보아서는 본 작품을 현실주의의 계열이라기보다는 낭만주의적 계열의 작품으로 파악하였다. 그러나 조주현의 「홍길동전의 저항문학적 고찰」(『어문논총』(11), 고려대, 1968)에서는 작품을 작자와 연계하는 과정을 통하여 종래 계급타파적 풀이에서 한걸음 더 나아가 계급타파를 통해 끝내는 율도국에 이르러 왕위를 빼앗고 대신 왕권에 오른 것은 혁명사상이 전제된 저항문학이라고 마무리지었다.

그러나 위와는 달리 이재수의 『한국소설 연구』(선명문화사, 1969, 164~176쪽)에서는 특히 구성문제의 풀이에서 길동의 병조판서 제수 이후 율도국 진출의 부분은 작품의 통일성을 결정적으로 파괴함으로써 주제의 문제가 적서차별에서 비범한 서자 길동의 출세담으로 변화되고, 아울러 율도국의 부분은 불필요한 사족에 불외하다고 언급되고 있다.

다음 비교문학적 접근에 있어서 이상익의 「홍길동전과 수호전의 비교연구」(『국어교육』(4), 1961)는 처음으로 <홍길동전>과 <수호전>과의 적극적 비교연구가 시도된 것으로서 두 작품의 배경과 무대, 주인공·사상·구성·묘사·주제 등 다각적으로 분류하여 이들의 유사성을 통해 <홍길동전>의 영향의 심도를 탐색한 것이다. 그리고 김상훈의 「비교문학적 견지에서 본 홍길동전과 수호전의 고찰」(경희대 석사논문, 1961)은 앞서 이루어진 박성의의 「비교문학적 견지에서 본 금오신화와 전등신화」를 본떠 <홍길동전>과 <수호전>의 연계를 시도한 것으로 의의를 가질 수 있지만, 비교의 접근방법이 너무나 도식적 내지 모자이크식 방편에 떨어져 비교문학의 문제와는 달리, 전연 곁길

로 탈선된 것도 눈에 띄며, 이런 가운데 이재수의 <홍길동전>의 비교
문학적 접근에 이르러는 <수호전>뿐만 아니라, <삼국지연의>·<서
유기>·『전등신화』에까지 범위를 넓혀 비교연구를 시도하여 중국소
설과의 연계의 폭을 넓혀놓는 데 의의를 두어야 할 것 같다.[13]

그러나 60년대의 비교문학적 접근의 특징은 위의 이재수의 것에도
드러나듯이 이수봉 교수는 <홍길동전>을 <서유기>와의 유사성을 들
어 비교문학적 접근을 시도하였고,[14] 더욱이 한봉흠의 「실러의 群盜와
허균의 홍길동전」에서는 실러의 군도와 <홍길동전>에 나타난 의적의
대비연구를 시도하였고,[15] 조용만의 「홍길동전과 Tom Jones」(『육십
주년기념논문집』, 고려대, 1965)에 이르러는 <홍길동전>을 영국소설
Henry Fielding의 「Tom Jones」를 가지고 양자의 義賊 모티브의 공
통점을 탐색하는 작업이 수행되었다. 그리하여 <홍길동전>의 비교문
학적 접근은 중국뿐만 아니라, 서양에까지 확대되었다.

이와는 달리, 엄격히 말해서 비교문학적 접근은 아니라 하더라도 김
동욱의 「홍길동전의 국내적 遡源」(『이숭녕 박사 송수기념논총』, 1968)에
이르러는 종래 <홍길동전>의 의적 모티브를 중국에서 찾으려는 것과
는 달리, 국내로 돌려 야담류인 「洪吉童」·「林巨傳」 등의 大盜, 혹은
그 이전의 주몽설화 등과 대비하여 결국 <홍길동전>은 중국의 <수호
전>·<삼국지연의> 등의 영향으로 이루어진 것이 아니라, 위에 든 국
내의 영웅담에서 취재된 작품이라고 결론을 내렸다. 말하자면, 1960년

---

13) 이재수, 『한국소설연구』, 선명문화사, 1969, 143~160쪽.

14) 이수봉, 「홍길동전과 서유기의 유사점 비교」, 『논문집』139, 부산교육대, 1965.

15) 한봉흠, "Shillers Räuber und Ho Gyuns Hong Kil-Dong" *Germanistik Berlin*(w),
    1963.

대 비교문학적 접근은 그 폭이 百家爭鳴격으로 넓어졌다는 데 특색이 있다고 보겠다.

위와 같은 행동문학적 내지 비교문학적 접근과는 달리, 1960년대에 주목되는 것은 본 소설의 작자 허균을 부정하는 글이 출현하였다는 것이다. 즉 이능우의 「許筠論」(『숙대논문집』(5), 1965)에서는 허균이 비록 학문적으로 뛰어난 재주를 가졌지만, 인간적으로는 엄청난 소인임을 여러 문헌에서 찾아내어 말하자면, 엄청난 소인 허균이 위대한 작품을 썼겠느냐는 것이고, 그리고 김진세의 「홍길동전의 작자고」(『교양학부논문집』(1), 서울대, 1969)에서도 본 소설의 작자 허균을 부정하였는데, 그 근거는 첫째, 허균 작자설을 뒷받침한 『譯堂集』別集·雜著 부분의 기록은 택당이 죽은 지 27년 만에 후인에 의해 수록됐다는 것, 둘째 여러 사료 등 문헌에 <홍길동전>에 대한 기록이 없다는 것, 셋째 허균의 옥사가 있던 날 딸의 집에 빼돌린 작품 속에 본 소설이 전연 없었다는 것, 넷째 이이첨이 허균을 討罪코자 妻妾家를 모두 수색했지만 <홍길동전>은 발견되지 않았다는 것, 다섯째 奇自獻의 비밀상소가 허균의 온갖 허물을 들춰내는 것 가운데 <홍길동전>이 빠져있다는 것, 여섯째 적서차별에 비판적인 <홍길동전>과 허균의 비윤리적 생활과는 연계가 안 된다는 것, 일곱째 해인사를 약탈하는 <홍길동전>과 護佛論的인 허균과의 불일치 등을 들었다. 이와 같이 본 소설의 작자 허균이 아니라는 논문들이 나왔지만, 그들의 반론은 참고사항에 불외할 뿐, 택당의 '筠又作洪吉童傳'을 근본적으로 밖으로 돌릴만한 근거까지는 상당한 거리가 있음을 잊어서는 안 될 것이다. 외에 김세익의 「<홍길동전>의 홍길동에 대하여」(『역사학보』(1), 1963)에서는 주로 홍길동이 역사적 인물이냐 아니냐 설화적 가공의 인물이냐를

따진 글이다. 대체로 1960년대에서는 본 소설의 연구가 주제·사상 등
이 다각도로 연구되면서 특히 비교문학적 접근은 중국의 <수호전>
뿐만 아니라, <삼국지연의>·<서유기>·『전등신화』 등으로 확대되
고, 더 나아가서 서양의 群盜(Räuber)와『Tom Jones』에까지 연계되
고, 그리고 안으로는 대비적 연구의 성격을 띤 국내적 소원도 이루어
지는 등 전래에 비해 양적으로 훨씬 불어났을 뿐 아니라, 연구양상도
매우 다양하게 이루어졌다고 볼 수 있겠다.

5) 제4기 1970년대

제4기 1970년대에는 60년대를 잇는 듯 <홍길동전>에 대한 논문은
주로 주제론을 중심으로 한 해석 내지 비교문학적 풀이 등 20여 편의
분량이 이루어졌다.

우선 주제 풀이에 대해서는 강동엽의 「홍길동전의 주제고」(『동악어
문논집』(8), 동국대, 1972)로 강 교수는 <홍길동전>의 주제 嫡庶差待,
庶孼防限, 社會救濟, 海外進出, 寺財奪取 등으로 설정하여 이들을 역
사적, 사회적 및 개인적 배경과 조명하면서 무난하게 풀이한 것이며,
김일렬의 「홍길동전의 불통일성과 통일성」(『어문학』(27), 한국어문학
회, 1972)은 표면적 불통일성은 이면적 의미의 통일성에 의해 필연적
으로 나타난 외적 현상에 불과하다는 것을 전제로 말하자면, 계층 간
의 불평등과 모순을 초래케 하는 지배층의 압박에 대한 민중의 반항적
힘의 행사라는 역학적 반작용을 내세웠다. 이 글은 특히 한국 고소설
과 같은 비현실적 사건과 배경이 점철된 작품에서 가리어진 주제를 파

악하기 위해 흔히 나타난 비현실성을 통해 전체 의미(total meaning)를 찾아내는 참신한 방법이라 생각된다.

여증동의 「홍길동전의 구조론」 - Edwin Muir의 구조론을 중심으로 -(『상산 이재수박사 환력기념논문집』, 1972)에서는 Edwin Muir의 『The Structure of the Novel(소설구조론)』을 적용하여 <홍길동전>의 구조를 기계적으로 연계시켜 일관성을 잃은 것으로 파악했지만, 길동의 兵判과 王位에 올라 부모를 영화롭게 하고 자손 대대로 복락을 누리게 됨은 하나의 운명론적 생애담에 뜻을 모은 것으로 보았으며, 임형택의 「<홍길동전>의 신고찰」(『창작과 비평』(42 · 43), 창작과 비평사, 1976 · 1977)에서는 봉건적 모순에 대한 민중의 저항을 그린 것을 전제로, 작자가 부여한 주제는 인간의 실현 즉 인간에게 가해진 무리한 제약에 맞서 인간이라는 인격을 주장하고 그 사회적 실현을 위해서 투쟁한 것으로 파악하였다. 특히 이 글이 지닌 중요한 시각은 <홍길동전>의 구조를 통해 김시습의 <남염부주지>와 임제의 <수성지>가 근거가 되어 현실인식에 있어서 문학사적으로 전자가 현실의 모순이 유교적 이데올로기로 바로잡히는 것과 후자가 봉건이념의 파탄에서 극복되는 에네르기를 자발치 못한 것과 그 후 마지막으로 등장된 <춘향전> · <흥부전> 등 서민문학으로 이어지는 사이에서 '전환된 前哨'로 <홍길동전>이 파악된 것은 매우 탁견으로 소설사 연구에서 중요한 뜻이 있다고 생각된다.

외에 김태식의 「홍길동전의 행동문학적 연구」(『선청어문』(5), 서울대, 1974)에서는 홍길동의 반항적 행동은 자신의 고독에서 비롯된 것으로서 서얼이라는 한계상황에서 탈피하려는 개인적 욕구에서 목표에 대한 강한 집념이 결국 능동적 행동으로 나타나게 되었다는 것이고, 이

문규의 「홍길동전연구-행동면에서 본 주인공의 성격-」(서울대 석사 논문, 1975)는 심리적 내지 행동적 측면에서의 접근을 통해 <홍길동전>은 嫡庶 철폐를 펴기 위해 쓰인 것이 아니라, 한 주인공 개인의 이룰 수 없는 욕망을 성취시켜보려는 의식구조에서 이루어졌을 것으로 보았다.

비교문학적 시각에서 접근한 이혜순의 「홍길동전에 나타난 반항의 형태」(『한국문학연구논총』, 이화대, 1975)에서는 서양의 피카로와 중국의 義俠, 그리고 <홍길동전>의 반항의 성격을 서로 비교하여 <홍길동전>은 피카로보다 중국의 의협에 가까우나, 대외윤리인 명분을 중심하는 의협에 비하여 대내윤리인 질서에 치중됨을 밝혔고, 정주옥의 「수호전과 홍길동전의 비교연구」(『향란문학』(56), 1978)에서는 <수호전>과 <홍길동전>의 인물·사건·배경의 측면으로 나누어 비교연구하여 유사한 것은 극히 일부에 한정되어 있으므로 <홍길동전>이 <수호전>의 模作으로 볼 수 없으니 작자의 의도에 의해 조선사회가 지닌 문제점을 삽입시킨 독창적 작품으로 보아야 한다고 주장하고 있다.

김열규 교수는 <홍길동전>은 <최고운전>의 경우와 유사하여 동명왕의 전승적·전기적 유형에 대한 근사치를 지니고 있어, 이런 점에서 <홍길동전>이 지니고 있는 민담적 근원을 내국적으로 파악하였고,[16] 조동일 교수는 <홍길동전>이 朱蒙신화와 脫解신화이래 오랜 역사를 지니고 있는 영웅의 일생이 소설화된 것으로 보고 있다. 즉 초기소설은 거의가 전승적 유형을 소설화하여 이루어진 것과 같은 유형이 <홍길동전>이라는 것이다.[17]

---

16) 김열규, 『한국민속과 문학연구』, 일조각, 1971, 95쪽.
17) 조동일, 『한국소설의 이론』, 지식산업사, 1977, 271~454쪽.

원전비평적 연구로서는 정규복의 「홍길동전이본고」(『국어국문학』 (48·51), 국어국문학회, 1970·1971)에서 <홍길동전>의 翰南本·漁 靑橙本·안성본·완판본 등의 판본과 필사본인 李家源本 및 활자본 등 7종의 문체·어휘 등을 서로 대비하여 그 특징을 찾아내고, 아울러 최선본으로서 翰南本을 결정하고, 종래 정주동에 의해 제기된 한문본 원전가능성을 부정하고 원전 국문본설을 재확인해 놓았다. 이태형의 「홍길동전의 문체소고」(연세대 교육대학원 석사논문, 1971)에서는 <홍 길동전>의 문체와 『惺所覆瓿藁』 소재 한문소설과를 대비하여 원본 표기의 추적을 시도하였다.

최선옥의 「홍길동전의 신화비평적 고찰」(『한국언어문학』(17·18), 한 국언어문학회, 1979)은 <홍길동전>을 주로 N. Frye의 신화비평에 근 거하여 동명왕의 전승을 세계적 단일신화의 한국적 전개로 보고, 그 근본 구조를 한국문학의 한 원형으로 삼아, <홍길동전>을 서사문학의 전통적인 주인공으로 보고 신화적 인물로서의 일생을 영웅적 일생을 중심으로 살폈다. 외에 차용주의 「허균론 재고」(『아세아연구』(48), 고 려대, 1972)에서는 <홍길동전>이 허균의 작이 아니라는 이능우·김진 세 교수의 부정론에 대해 허균과 <홍길동전>에 대한 평가가 사실 이 상으로 이루어졌음을 비판하고, 아울러 허균에 대한 평가를 통시적 일 관성보다는 허균이 정치와 관계를 갖기 시작한 이후와 이전을 구별해 야 함을 말하고, 그리고 정치적 변동기에 이루어진 문헌의 객관성이 냉정히 검토되어야 할 것을 전제로, 택당의 '筠又作洪吉童傳' 운운을 부정할만한 확연성은 희박하다고 언급하고 있다.

1970년대의 제4기의 연구 성과는 대체로 전대 1960년대의 풍성한 양을 이어 받아 역시 이와 맞먹는 양이 이루어지면서 특징적인 것은

<홍길동전>의 기본 문제인 주제와 비교문학적 문제가 중심이 되어 보다 심화되는 해석으로 전진되었다는 것이 이에 해당될 것이다.

6) 제5기 1980년대

1980년 제5기에 이르러 1981년에 『허균연구』(새문사, 1981)가 간행되면서 <홍길동전>에 대한 연구가 연구사적 문제로 검토되는 가운데 종합되는 듯 간행되었다. 즉 서대석 교수가 허균문학에 대한 연구사적 비판을 가하면서 주로 <홍길동전>에 대한 연구가 현실인식·이상주의·시간론적 문제·傳記的 유형 내지 비교문학적 문제로 종합되었다. 서종문의 「홍길동전에 나타난 현실인식문제」에서는 사회적 실상에 비추어 작자의 현실인식과 견주면서 <홍길동전>의 현실 문제를 비교적 설득력 있게 접근하려 하였다. 그러나 하필이면 완판본을 텍스트로 삼았던 것은 적지 않은 문제가 지니게 되었다고 생각된다. 김태준의 「홍길동전의 이상주의」는 <홍길동전>에 대하여 표출화된 이상향을 수용미학적 관점에서 그의 이상주의를 구체화시킨 것으로 살폈고, 김열규의 「홍길동전의 시간론적인 몇 가지 문제」는 <홍길동전>을 통하여 서사와 시간과의 연계과정을 살폈고, 김병국의 「홍길동전과 傳記的 유형」은 <홍길동전>을 전기적 유형에 따라 그 내면의 의미를 신화비평적 관점에 의해 해석을 확대해 보고자 시도한 글로서, 그 의의는 종전에 본 소설에 대한 기계적·평면적 풀이에서 입체적으로 돌려 시도된 데 있다고 보겠다.

김동욱의 「홍길동전의 비교문학적 고찰」에서는 본 소설의 비교문학적 접근이 주로 중국의 <수호전>·<삼국지연의>·<서유기>, 또한 『전등신화』 등에 한정된 것에 대하여 김동욱 교수가 일찍이 작성한 바 있는 「홍길동전의 국내적 逆源」을 확대하여 그 충격을 국내로 돌이키려는 의도가 강한 논문이지만, 뚜렷한 근거가 없는 한 어떻게 보면 학문의 객관성을 흐리게 하는 우려도 있는 반면, 작품의 충동을 한쪽으로 고수하려는 것에 있어서는 매우 경종을 주리라고 본다. 외에 배해수의 「홍길동전에 나타난 생명 굴식어 고찰」은 언어가 민족성을 내포한 것을 전제로 <홍길동전>에 나타난 언어적 접근을 통해 작자 허균의 높은 언어의식을 찾으려는 시도를 꾀한 것이다.

1983년에 이르러 본 소설에 대한 소설 사회학적 접근이 이루어졌는데 박일용의 「영웅소설의 유형변이와 그 소설사적 의의」(『국문학연구』(23), 서울대, 1983)에서는 조선후기의 영웅소설의 각 유형에 반영되어 있는 독자층의 세계관의 형태와 그 면모를 밝혔다. 즉 영웅소설이 개인의 순수한 창작이기 이전에 그 수용층의 세계관 및 그것에 기초한 심리적 요구에 대응하는 것이라고 주장하고, 본 소설은 다른 작품과는 달리 체제 밖에서 자신들의 지향가치를 추구하는 주인공을 다루되 역사성의 실제인물의 매개에 의해 소설 독자층의 심층적 계층의식을 반영한 것으로 보고, 아울러 본 소설의 유형은 애초 15세기 말 이래 전설로 전해져 오다가 어느 시기에 소설로 확정되었을 것이나 19세기에 이르러 그 수용의 욕구가 고조되면서 현재의 모습으로 정착되었을 것으로 추정하였다. 권순긍의 「홍길동전의 수용양상과 시대적 의의」(성균대 석사논문, 1983)에서는 기록문학인 소설과 구비문학인 설화를 함께 다루어 서사문학 전반을 같은 수용양상으로 파악하고자 수용된 각 작품의 구조를 밝혀내고 그 구조를 세계관의 구조로 파악하여 시대적인 의미를 찾아내는 것을 모색하였다.

위의 것들 외에 김기동의 「홍길동은 실존인물」(『소설문학』(70), 소설문학사, 1981)은 문헌에 기록된 '홍길동'이란 인물을 소재적 측면에서 다루어 正史에 나오는 역사적 인물로서의 괴적 홍길동이 한 세기가 지난 선조조에 이르러 민중의식이 가미된 의적 설화를 파생시켰고, 조선후기에 이르러 문헌설화집에 채록될 때, 『溪西野話』에서 정태화의 친구가 직접 가서 만나보았다고 하는 海中王과 같은 소재와 인물을 모티브로 하여 창작된 작품이 본 소설이라고 보고 있다. 김동협의 「홍길동전연구-특히 그 주제를 중심으로-」(『문학과 언어』(2), 문학과 언어연구회, 1981)는 R.Girrad의 『소설분석론』과 『목적적 행위론』에 의해 본 소설의 한남본을 구조분석하여 귀납적으로 주제를 파악코자 시도된 글로서, 본 소설을 중시하던 조선조 사회에서 신분결함이 있는 유능한 인간의 모든 사회적 제약에 맞서 투쟁하면서 승리를 통해 자신의 이상이 실현되는 것을 보여주는 작품으로 파악하였다.

이현국의 「홍길동전에 있어서 율도국의 위상과 성격」(『문학과 언어』, 문학과 언어연구회, 1987)은 <홍길동전>에 율도국의 삽입으로 기왕에 논의된 <홍길동전>의 不統一性에 대해 작가적·작품적·수용자적 입장에서 새롭게 총체적 통일성을 부여하여 율도국 삽입의 의미를 '왕도적 이상국'으로 마무리 지은 깊이 있는 논문이다.

더욱이 1980년대에 가장 주목되어야 할 일은 다시 원전비평적 연구가 구체적으로 활성화되었다는 사실이다. 이종주의 「한문본 홍길동전 검토」(『국어국문학』(99), 국어국문학회, 1988)와 「한문본 홍길동전해제를 위한 導論」(『서강어문』(6), 서강대, 1988)은 서강대학의 한문본 <홍길동전>을 중요시하여 이를 국문본 중 경판과 완판의 텍스트가 된 것을 전제로, 이를 확대 작자 허균의 원작으로까지 추론의 가능성이 있음을 제언하였다. 그러나 이 문제는 후에 정규복·김진영 교수의 반론에 부딪쳤다.[18] 그리고 송성욱의 「홍길동전이본新攷」(『관악어문』(13), 서울대 국문과, 1989)에서는 종래 필자에 의해 이루어진 <홍길동전> 이본 중 冶洞本·宋洞本 등이 추가되면서 필자에 의해 마무리된 <홍길동전>의 최선본 翰南本 대신에 冶洞本으로 대체되었다. 그러나 필자는 그 후 <홍길동전>이본으로 판본 7종 외에도 활자본 3종, 필사본 19종 등 도합 29종을 수집하여 이들의 모본으로 한남본을 제시함과 동시에 <홍길동전>의 원작은 현존한 허균의 전의 양식으로 이루어진 것으로 추정을 내렸다.[19]

1980년대에는 역시 대체로 <홍길동전>의 주제·구조 및 비교문학적 문제가 보다 심화되면서 집중적으로 거론되는 가운데 언어학적 내지는 수용 미학적 관점에까지 연구의 폭이 확대되었다는 것이다. 그러면서 80년대 후반기에 이르러 6·70년대에 본 소설의 원작이 국문본이냐 한문본이냐의 표기문자설 등 원전비평적 문제가 대두되었던 것이 보다 자료가 보완되는 가운데 적극적으로 일기 시작하여 현재도 진행 중이라는 것이다. 말하자면, 원전비평적 문제는 본 소설이 국문학사상 높은 위치를 차지하고 있음을 감안할 때 반드시 수행되어야 하며 꼭 해결되어야 할 중요한 과제라고 생각된다.

---

18) 정규복, 「홍길동전 한문본의 텍스트 문제」, 『동방학지』68, 연세대, 1990.
　　김진영, 『고전문학연구』6, 고전문학연구회, 1990. 위의 두 글의 공통적 요지는 이종국 교수가 한문본이 경판과 완판의 텍스트가 된 것이라는 주장과는 달리 역으로 경판과 완판이 한문본의 텍스트가 되어 이루어진 한역본이라는 것이다.
19) 정규복, 「홍길동전의 텍스트의 문제」, 『정신문화연구』44, 1991.

7) 결 어

이상에서와 같이 <홍길동전>의 연구사를 1950년 이전을 제1기, 1950년대를 제2기, 1960년대는 제3기, 1970년대를 제4기, 1980년대를 제5기 등 편의상 다섯 항으로 나누어 살펴보았지만, 솔직히 말해서 走馬看山격으로 족히 거론되어야 할 것이 필자의 미숙과 부주의로 빠져 있는 것도 있을 것이라 생각된다. 다만, <홍길동전>을 둘러싼 그간 출현된 100여 편의 논문을 수집, 정독한다는 것은 쉬운 일이 아니다. 그렇지만 필자의 언급으로 대충 <홍길동전> 연구의 흐름은 파악되었을 것으로 자위하고 싶다.

앞으로 1990년대 <홍길동전> 연구의 과제는 목하 활성화되고 있는 원전비평적 연구는 지극히 타당한 것으로 본 소설의 한국 소설사적 중요성을 감안하더라도 꼭 해결되어야 할 문제이지만, 이를 바탕으로 허균의 여타 전과의 상관성 내지는 그의 문학관의 집결인 詩辨·文說 그리고 그의 사회관인 「遺才論」·「豪民論」과의 연계, 그리고 그의 현존한 漢詩 등과의 연계를 통한 총체적 시각에서 <홍길동전>의 內在律이 검증되어야 할 것이다.

이 문제는 이미 1960년대에 정주동의 『홍길동전연구』에서 <홍길동전>의 풀이를 위해 작가론·작품론 등 大題로 분류되어 시도됐지만, 연계성이 이루어지기보다는 구색적 집합으로 끝났고, 이어 이문규의 「작가와 작품의 상관성 시고」-허균과 홍길동전의 경우-(『국어교육』 (37), 1980)에서 상관성이 의도적으로 시도되었다. 앞으로의 과제는 보다 자료가 보완되는 가운데 상관성이 이루어지며 제 자리가 풀리리라고 본다.

5
구운몽의 연구사

1) 導 言

　본고에서는 한국 고소설 가운데 대표작으로 꼽히는 <구운몽>에 대한 연구사를 통하여 앞으로 수행되어야 할 방향제시를 시도할까 한다. 지금까지 <구운몽>에 대한 연구논문은 무려 100편을 넘어섰고, <구운몽>에 대한 연구사적 검토도 이미 1976년에 김병국 교수에 의해 이루어졌으며,[1] 그리고 최근 박병완 씨에 의해 재차 검토된 일이 있다.[2] 그러나 이 분들에 의해 수행된 것은 주로 70년대까지의 자료가 위주가 되어 이루어졌을 뿐 아니라, 이 분들의 관점도 어느 면에서는 주관적 시각이 점철되었을 가능성은 불가피한 일이라는 것과 아울러 앞에서 이미 언급한 대로 <구운몽>에 대한 浩瀚한 분량의 논문이 있고, 현재도 계속 연구가 이루어져 이미 90년대에 이르렀다는 점을 감안하여 내 나름대로 연구사를 엮게 된 것이다.

　<구운몽>에 대한 연구는 김태준의 『조선소설사』에서 비롯되었고

---

1) 김병국, 「구운몽연구의 현황과 문제점」, 『한국학보』, 일지사, 1976.
2) 박병완, 「구운몽의 연구사적 성찰」, 『고전문학 연구』, 한국고전문학연구회, 1986.

근자에 신재호 씨에 의해 이루어진 「구운몽의 서술원리와 이면성」(『고전문학연구』(5), 한국고전문학연구회, 1990)까지 이룬 것을 생각하면, <구운몽>의 연구사는 무려 甲年에 이르고 있다. 정말로 긴 甲年에 이른 이래, 한국 고소설의 대표작인 <구운몽>이 그간 어떤 것에 대한 연구가 主調를 이루어 진전되어 왔는가를 검토하면서 더욱 이어갈 것이 무엇이며 앞으로 수행하여야 할 방향은 무엇인가를 모색하여 여타 고소설의 연구에도 참고가 되게 할 때가 도래하였다고 생각된다.

연구사를 정리하는 방법으로 그간 대체로 이루어진 것은 장르별로 수행되었는데 필자는 편의상 하나의 절충식으로 연대를 시간별로 해 놓고 거기에 맞추어 장르별로 기술하기로 하겠다. 따라서 그간 이루어진 <구운몽>에 대한 논문들을 역시 6·25까지를 한데 묶어 제1기로 보아야 할 것은 <구운몽>에 대한 본격적 논문이 아무래도 1956년에 이르러 이가원의 「구운몽 評攷」와 이명구의 「구운몽 攷」가 출현함으로부터 시작됐기 때문이다. 그리하여 6·25까지를 제1기로 보아 준비기로 규정하고, 그 후 1950년대를 제2기, 1960년대를 제3기, 1970년대를 제4기, 1980년대를 제5기로 나누어 살펴보기로 하겠다.

2) 제1기 6·25 이전

제1기는 전언한 바와 같이 김태준의 『조선소설사』(청진서관, 1933)가 등장함으로부터 시작된다. 그는 『조선소설사』에 <구운몽>에 대한 여러 문제를 크게 할애하여 작자 및 작품의 문학관적 대응과 사상성, 국문본과 한문본의 이본 관계, 그리고 국내의 <張國振傳>·<林虎隱

傳>·<玉麟夢>·<玉樓夢> 등과의 연계 등 <구운몽>에 대한 전반적인 문제를 언급하여 이후 연구가 이루어질 수 있도록 문을 열어놓았다.

김태준의 『조선소설사』외에 「구운몽 연구」(『조선문학』1월호, 1936)가 있으나 필자의 확인으로는 『조선문학』에 제목만 있을 뿐, 실문이 없는 것으로 보아 편집상 잘못된 것이라 생각하고, 다음 양백화의 「구운몽의 가치」(『백제』2호, 1936)가 있다고 하나 역시 찾아지지 않아 실상을 파악할 수가 없고, 해방 후에 이루어진 김영건의 「英譯된 구운몽」(『삼천리』(80), 1936)은 게일 (James S. Gale, 1863~1937)에 의해 英譯된 "The Cloud Dream of the Nine"에 대한 번역자 게일과 출간연도 내지는 서문을 쓴 Elspet K. Robertson에 대하여 개술적인 언급이 잡문 형식으로 쓰인 글이다.

이것들이 말하자면 제1기에 이루어진 것이지만, 역시 제1기에서는 김태준의 『조선소설사』에 서술된 <구운몽>에 대한 언급이 거의 전부라고 본다. 즉 김태준(1905~1950)[3]이 당시까지만 해도 <구운몽>에 대한 논리화된 자료가 전연 없는 때에 비로소 <구운몽>과 작자 김만중에 대한 자료를 수렴하여 그의 慧眼으로 논리화시킨 것이 말하자면 김만중의 국민문학론과 국문소설가, 그리고 <구운몽>에 대한 저작연대가 숙종 15년설, 三敎 사상설과 <林虎隱傳> 등 국내적 소원관계 등의 언급이다. 그 중 숙종 15년의 저작연대는 꽤 오랫동안 학계를 지배하였고, 三敎 사상설도 주왕산·박성의 등에 의해 계속 유지되었고, <임호은전> 등과의 연계문제도 계속 논의되고 있는 것을 보면, 김태준은 그의 『조선소설사』가 한국고소설 연구의 개척적 名著인 것같이

---

3) 김태준의 평생에 대하여는 그간 냉전시대로 그의 행적이 알려지지 않았다가 근자 「한겨레신문」(1029호 1991.9.13)에 그의 생평에 대하여 비교적 자세하게 보도된 바 있다.

<구운몽>의 경우도 개척자의 大功이 인정되지 않을 수가 없다.

3) 제2기 6·25부터 1959년까지

1950년대에 이르러 이가원·이명구 교수에 의하여 비로소 현대 학술적 안목에서 <구운몽>이 적극 논리화되기 시작됨은 이미 앞에서 언급된 바 있다. 이가원 교수는 그의 「구운몽評攷」(『교주 구운몽』, 덕기출판사, 1956)에서 작자 김만중의 문학관과 生平을 전제로 <구운몽>의 풀이에도 주제와 구성, 이본고, 외국문학에서의 영향 등 <구운몽>의 전반적 구도를 비교적 논리적으로 거론하였다. 그 가운데 특히 <구운몽>의 저작연대에 대하여는 김태준의 숙종 15년 南海창작설을 숙종 15년 宣川창작설로 제기해 놓았고, 아울러 중국소설 <吏堅志>·<삼국지연의>·<서유기>·<柳毅傳> 등과의 연계를 시도하였고, 그리고 국문본·한문본·외역본 등 이본의 문제도 거론하는 가운데 김태준에 의해 주장된 正音本-漢譯本에 있어서 김춘택의 漢譯本설에 의문을 던지는 등 김태준의 연구에서 훨씬 진일보시켰다는 것이다. 말하자면, 이가원의 「구운몽評攷」는 <구운몽> 연구에서 최초로 조직화된 논문이라는 데 그 의의가 있는 것이다.

이명구 교수는 그의 「구운몽攷」(『성균학보』(1·2), 성균대, 1956)에서 <구운몽>의 시대적 배경, 작가의 문제와 이본고 등 역시 <구운몽>의 전체적 구도의 문제를 거기에 따른 자료를 원용하면서 다각도로 논리화를 시도하였다. 그러나 본론은 비록 이가원의 「구운몽評攷」보다 좀 출간이 늦어졌지만 동 연대에 이루어져 서로의 참고가 이루어지지 않고 독자적으로 수행된 듯하다. 이명구 교수의 본론의 특징은 <구운몽>의 저작연대를 폭넓게 숙종 13년부터 15년까지 확대하여 종래의 南海설과 宣川설까지를 합쳐놓았다는 것이고, 이본고에 있어서 보다 상세한 분석이 가해지면서 서울대학본의 경우, 이가원 교수와 같이 最古本으로 보는 것은 같지만, 이가원 교수가 한문본의 번역과정에서 이루어진 듯한 국역본으로 본데 대하여 이명구 교수는 문체의 雅麗함과 '大覺'의 삽입으로 <구운몽> 원본으로까지 추정하려 하였다는 데 있다. 정규복의 「구운몽 英譯本攷」(『국어국문학』(21), 국어국문학회, 1959. 8)는 게일의 <구운몽> 英譯本 "The Cloud Dream of the Nine"의 텍스트 문제, 오역 등 번역문제가 집중적으로 거론되었다.

즉 제2기의 특징은 불과 3편의 논문에 불과하지만 <구운몽>에 대한 비교적 학문성을 지닌 전문적 단독논문이 출현하였다는 것과 그 전기에 김태준에 의해 제기되었던 문제가 더욱 확대되면서 부분적으로 저작연대와 이본의 문제에 있어서 新說이 출현하였다는 것이다. 이와 같이 단독논문이 출현한 배경은 이가원·이명구·정규복 제교수가 해방 후 국문학과를 수학한 현대적 학문이 기반이 된 것에 있다고 생각된다.

4) 제3기 1960년대

제3기 60년대에 이르러 <구운몽> 연구는 텍스트 연구, 사상적 연구, 비교문학적 연구 외에 심리 분석적 연구 등 다양한 분업의 연구가 출현하였다.

우선 텍스트 연구에 있어서는 정규복의 「구운몽 이본고」(『아세아연구』(8 · 9), 고려대 아세아문제연구소, 1960 · 1961)에서 한문본으로는 漢文木刻本(1803)과 이것이 토대로 이루어진 漢文諺吐本, 국문본으로 이가원 · 이재수 · 강윤호 · 정규복 등 개인소장본, 서울대학본 · 이화대학본 · 舊王室本 · 경판본 · 완판본 · 唯一本 등 외에 外譯本으로 英譯本 · 日譯本 2종 등 15종의 이본이 수집되는 가운데 이들이 상호 대비되면서 마무리된 것은 종래의 국문 원작설에 의문이 던져져 한문 원작설의 가능성이 제시되었다는 것이다. 이에 대하여 이재수는 그의 「구운몽考」(『한국소설연구』, 선명문화사, 1969)에서 『陶庵集』의 '余兒時慣聞其說'의 구절을 중심으로 필자의 한문원작설의 가능성을 부정하려 하였다.[4] 그러나 필자는 陶庵의 '余兒時慣聞其說'은 어렸을 적 들은 것은 읽었다는 것과는 달라서 국문원작설의 도출에는 별로 가능성을 제시해 주지 못한다는 것을 중심으로 이를 비판하였다.[5]

현창하의 「구운몽 연구」(『현대문학』(89), 현대문학사 1962. 5)는 비교문학적 연구의 시도로서 <구운몽>이 일본 明治시대 1888년에, 小宮山天香(1855~1950)에 의해 「東京朝日」신문에 <무겐 夢幻>이란 명칭으로 일어로 번안되었다는 것을 밝힌 글이며, 정규복의 「환몽설화考」(『아세아연구』(18), 고려대 아세아문제연구소, 1965)와 「구운몽의 비교문학적 고찰」(『인문논집』(16), 고려대 문과대학, 1967)에서는 <구운몽>의 비교문학적 연구에 대한 적극적 시도로서, 종래 이가원 교수에 의해 중국소설의 문헌적 자료소개로 끝난 것을 지양하여 <구운몽>의 중심 구조를 환몽구조로 파악하여 이를 중심으로 원천(sources)은

---

4) 이재수, 『한국소설연구』, 선명문화사, 1969, 244쪽.
5) 정규복, 「구운몽의 원작에 대하여」, 『국어국문학』, 국어국문학회 1971.12.

불경『雜寶藏經』의「娑羅那比丘」에 두고 이를 매개(intermediary)로 하여 중국에서 성립된 <침중기>·<남가태수전>·<앵도청의> 등의 傳奇를 매개로 하여 한국에서 정착된 것이 <구운몽>임을 밝히고, 아울러 <구운몽>이 일본으로 전해져 <夢幻>으로 번안되었음을 밝혀, 이로써 환몽구조의 이야기는 인도에서 시발되어 중국으로 전해지고, 다시 중국에서 한국으로 전해져 정착됨과 동시에 다시 한국에서 일본으로 전파되었다는 동아시아문학의 전파과정이 파악되었다는 것이다.

위와 같은 비교문학적 시각과는 달리, 국민문학적(national literature) 입장에서 대비연구(encrouchment)가 이루어졌다. 즉 성현경의「구운몽과 옥루몽의 대비연구」(『우리문화』(49), 1969. 11. 30)에서는 진작부터 연계가 시도된 <구운몽>과 <옥루몽>의 관계가 夢字類소설이 종합적으로 살펴지는 가운데 획일적으로 이루어지지 않는 것을 전제로 하여 <구운몽>은 聖者 성진과 세속 영웅 양소유가 대립된 것이고, <옥루몽>은 一元구조의 영웅소설의 구성상 분리된 작품으로 마무리되었다.

<구운몽>의 사상성에 대하여 종래 김태준·주왕산·박성의에 의해 따라졌던 유·불·도 三敎 사상의 혼합 내지 화합설의 기계적 풀이에서 1960년대에 이르러 필자는「구운몽의 근원 사상고」(『아세아연구』(28), 고려대 아세아문제연구소, 1967. 12)에서 <구운몽>의 근원사상은 유·불·도 三敎 사상이 아니라, 三敎 사상이 자료로 수렴되면서『金剛經』이 바탕 된 空觀에 있음을 처음으로 제시하였고, 정주동의「구운몽의 불교관적 고찰」(『동양문화』(6·7), 영남대 동양학연구소, 1968.2)에서도 역시 금강경의 '色卽是空 空卽是色'의 空觀이 제시되었다. 이 시기에 사상연구에 덧붙여 두어야 할 일은 박성의의「구운몽의

사상배경연구」(『아세아연구』(36), 고려대 아세아문제연구소, 1968. 12)의 출현이다. 이 글은 필자의 <구운몽> 사상에 금강경이 바탕된 '空觀說'에 대하여 반론으로 엮어진 것인데, 실은 필자가 김태준부터 기계적으로 이루어진 <구운몽>의 유·불·도 三敎 사상설을 비판하여 <구운몽>의 근원사상으로 '空觀'이 제시된 것인데, 이를 재반론하는 방법으로 이루어진 것이나, 거기엔 텍스트의 誤選으로 자구가 잘못 읽혀져 오늘날 관점으로 보아 옛날 것으로 되돌리게 한 글임을 알게 된다. 외에 1960년대에 이루어진 중요 사항은 김병국의 「구운몽의 에피고그라프 紀夢」(『국어교육』(14), 서울대 사대, 1968. 12)와 「구운몽에 반영된 어머니 컴플렉스 요소」(『어문집』(1), 국어교육연구회, 1969. 1), 「구운몽에 구현된 현상체험의 심리적 고찰」(『문리대학보』(24), 서울대, 1969) 등에서는 작자 김만중의 성장 과정과 C. G. Jung의 어머니 컴플렉스(mother complex)를 연계시켜 양소유의 여성 편력(don juanism)에 여주인공들의 동성애적 화해 등에 대한 내면의식을 시도하였고, 아울러 <구운몽>의 환생 체험도 재생의 원형(rebirth archetype)으로 풀이를 시도하는 등 스스로 사회비평·원형비평의 가능성을 제시하고 있는데, 이들 일련의 심리학적 방법으로 <구운몽>을 분석한 연구가 출현하였다는 것이다. 그러나 이들의 외국 이론의 방법이 동양, 특히 강한 가족주의를 바탕으로 이루어진 한국인의 의식과 사고에 그대로 적용되느냐의 문제는 차치하고라도 우선 문학 연구방법을 입체적으로 폭을 넓혔다는 데는 긍정적으로 받아들이고 싶다.

말하자면, 1960년대의 <구운몽> 연구의 특징은 전대의 종합적 연구에서 이것이 분류되어 이본연구, 비교문학적 연구, 사상적 연구 등으로 나누어지며 보다 전문적으로 이루어졌다는 데 두고 싶다. 게다가 한국문학의 연구방법에 처음으로 적극적으로 적용된 심리 분석적 연구의 방법이 <구운몽>에 적용되어 나왔다는 것이다.

5) 제4기 1970년대

1970년대 제4기에 이르러도 <구운몽>에 대한 연구가 역시 종합적 문제로서가 아니라, 계속 단일문제로 보다 심도 있게 거론되었다. 우선 텍스트 문제로는 윤귀섭의 한 이본-家藏漢文本-(『동대어문』(1),동덕여대, 1971. 5)에서 윤귀섭이 家藏本을 자료로 하여 종래 필자가 「구운몽 이본고」에서 주로 국문본의 최선본인 서울대학본과 한문본인 癸亥本을 대비하는 가운데 한문본이 서울대학본에 비해 모든 것이 갖추어져 있으면서도 '大覺' 장면이 결여된 것에 대하여 家藏本에 역시 '大覺' 장면이 삽입돼 있는 것을 중심으로 家藏本 漢文本의 우수성을 역설해 놓은 글이다. 정규복의 「구운몽의 원작에 대하여」(『국어국문학』(49), 국어국문학회, 1971)는 전대에 이재수가 필자의 한문원작 가능성을 주로 陶庵의 三官記의 '余兒時慣聞其說'을 중심으로 부정하여 국문원작설로 되돌린 데 대한 반론이고, 정규복의 「구운몽 乙巳本에 대하여」(『인문논집』(7), 1972. 5)와 「구운몽 乙巳本 上卷攷」(『인문논집』(19), 고려대, 1974)는 종래 한문본 중 유일본으로 연구되었던 '癸亥本'의 모본에 해당되는 '乙巳本英祖元年刊'이 처음으로 발굴되어 고구된 것이며, 乙巳本에 역시 癸亥本에 누락된 '大覺' 장면이 고스란히 삽입되어 있음으로써, 결국 <구운몽> 한문본 성립의 하한선이 영조 1년(1725)까지 소급하게 된 한문본의 중요한 텍스트의 문헌으로 등장하게 되었다.

설성경의 「구운몽의 구조적 연구(Ⅳ)-표기 문자론-」(『원우논집』(2), 연세대 대학원, 1974)는 필자의 한문 원작설에 대하여 이의를 제언한 것으로서 서울대학본을 중심으로 작자 김만중이 독자층의 확대를 위해 한문과 국문으로 양면 표기하였을 것으로 추론하여 서울대학본은 말하자면 먼저 한문으로 <구운몽>을 제작해 놓고, 다시 여성독자층을 의식하여 약간의 변이를 작용시켜 써놓은 것에 해당된다고 마무리 지었다. 그러나 이 문제에 대하여는 후술되겠지만 정규복의 「구운몽의 표기문자에 대하여-설성경 씨의 한문·국문표기설에 부쳐-」(『개신어문』(1) 충북대 1981)에서 서울대학본에 오역된 것과 컨텍스트의 不備로 서울대학본은 분명히 김만중이 아닌 다른 好文家에 의해 漢文老尊本이 텍스트가 되어 축약된 國譯本임이 밝혀졌다. 외에 정규복의 「구운몽 노존본의 연구」(『교육논총』(7·8), 고려대 교육대학원, 1977·1978)는 <구운몽>의 성립에 기록상으로 最古本에 해당되는 乙巳本의 모본인 老尊本이 찾아져 노존본과 을사본의 변이가 誤謬·相異·漏缺·添加 등으로 분류되어 고구된 것으로서 결국 현재로서는 <구운몽>의 원전(Urtext)에 가장 가까운 노존본의 재구작업을 가능케 한 것이지만, 정규복의 『구운몽 연구』(고려대 출판부, 1974)와 『구운몽원전의 연구』(일지사, 1977)가 출현됨으로써 특히 <구운몽>의 텍스트 연구와 재구작업의 중요한 획을 그어놓게 된 것이다.

다음 비교문학의 연구로는 정규복의 「구운몽의 비교문학적 고찰」(『인문논집』(16), 고려대 문과대학, 1970)이 출현하였는데, 이는 1950년대의 이가원의 「구운몽評攷」에 삽입된 <구운몽>과 중국소설과의 연계를 수렴하면서 <구운몽>은 특히 <삼국지연의>·<서유기>·『태평광기』 등 주로 중국소설의 문헌과 구체적으로 연계시켜 놓았을 뿐 아니라, <구운몽>의 환몽구조(fantasie structure)의 원천이 불경『雜寶藏經』의「娑羅那比丘」에 있음이 논증되었고, 성현경의「이조몽자류소설연구-특히 구운몽과 옥루몽을 중심으로-」(『국어국문학』(54), 1971. 11)에는 전대에 이루어진「구운몽과 옥루몽의 대비연구」의 내용이 거의가 되풀이된 것이며, 서대석의「구운몽·군담소설·옥루몽의 상관관계」(『어문학』(25), 한국어문학회, 1971)는 <구운몽>·군담소설·<옥루몽> 등은 양반의식이 반영된 동일계통의 소설로 보고, 작자와 연대가 알려진 <구운몽>·<옥루몽>과의 대비를 통해서 군담소설의 소설사적 위치를 추정하려는 시도이며, 김일렬의「구운몽과 옥루몽의 비교연구」(『어문논총』(9·10), 경북대, 1975. 6)에는 <구운몽>과 <옥루몽>의 두 작품구조와 주제 및 전반적 비교연구를 통하여 작품의 가치와 현실과 세계관, 미적 양식 등의 차이가 밝혀진 글이다.

　다음 사상의 연구로는 문상득의「구운몽소고」(『피천득선생 화갑기념논총』, 1971)에서 <구운몽>의 三敎화합사상이 부정적으로 돌려지고 전편을 통해 불교사상이 두드러지게 나타나 있다는 것이 밝혀졌고, 정규복의「환몽구조론」(『상산 이재수박사 환력기념논문집』, 1972)에서는 <구운몽>의 구조가 '꿈 이전→꿈→꿈 이후'의 구조로 인간의 부귀공명이 간원되다가 이것이 꿈으로 실현되나, 꿈이 깨어남과 동시에 그 부귀공명이 일장춘몽으로 돌아간다는 환몽구조(fantasie structure)로 파악되는 불교의 空觀이 바탕 되어 그 구체적 질서인 五支緣說로 실현된다는 결론이 제시된 것이고, 설성경의「구운몽의 구조적 연구(Ⅱ)-소재와 시간적 요소-」(『국어국문학』(58·59·60), 국어국문학회, 1972. 12)에는 <구운몽>의 시간적 구조가 현실-사유·현실-사유-꿈-현실의 복합 이중구조로 파악됨과 동시에 이는 역시 대승불경의 직접 표현인 『금강경』이 바탕 된 空觀으로 마무리된 글이다. 이들의 사상연구 외에 주목될 만한 것은 김용덕의 「구운몽의 사상적 배경연구」(한양대 석사논문, 1979)가 등장한 일이지만, 도가적 입장에서 분석이 시도된 의욕과는 달리, 기존의 불교사상·空觀의 비판이 초보적으로 이루어졌을 뿐 아니라 더구나 주제가 '도가사상' 운운된 것과 텍스트의 밑받침이 없이 국문 완판이 사용되는 등 일고의 가치가 없는 글이 되고 말았다.

위에서 살펴진 텍스트·비교문학적·사상적 연구 외에 이능우의 「구운몽분석」(『숙대논문집』(42), 숙명대, 1972)은 프로이트의 정신분석학적 시각에서 <구운몽>은 九(陽), 雲(雲雨之樂), 夢(프로이트의 性)이 모두가 섹스와 연계된 말이라 하여 작품 속에서 어머니 콤플렉스·성적 변태·동성애적 경향, 여인의 동일화 연상 등의 사례를 들어 작자의 전기적 사실과 연계시키고 있고, 전형대의 「구운몽에 나타난 비평의식」(『국어국문학』(72·73), 1976. 10)은 <구운몽>에 삽입된 소위 間詩를 통해 이들 간시는 여타의 詩話에 삽입된 간시와는 달리, <구운몽>의 전반적인 내용을 이끌어 나가는 중요한 구실을 하고 있다고 하였다.

6) 제5기 1980년대

제5기 1980년대에 이르러 역시 1970년대를 이으면서 더욱 전진된 흔적을 엿볼 수 있음은 1970년대 17편의 논문이 쓰인 것보다 25편으로 증가된 분량의 고려에서도 알 수가 있다. 역시 1980년대에도 원전비평적 시각이 계속 이어지고, 따라서 비교문학적 문제와 사상적 문제의 풀이가 덧붙여 이어지면서 기타 기호문학적 접근의 새로운 시도와 자료 발굴에 따라 <구운몽>의 저작시기가 정리되는 등 여러 방면으로 활성화되었다.

우선 원전비평적 시각에서 논의되기 시작한 것은 정규복의 「표기문자에 대하여-설성경 씨의 한문·국문표기설에 부쳐-」(『개신어문』(1), 충북대, 1981)에서 이 글의 부제가 표시되듯 전대에 이루어진 설성경의 『구운몽의 구조적 연구』(Ⅳ)에서 주장된 설 교수의 한문·국문 표기설에 대한 비판의 글로서 서울대학본은, 말하자면 먼저 이루어진 한문본을 중심으로 작자 김만중 자신에 의해 여성독자를 위한 변이를 통해 새로 쓰인 김만중의 원작으로 다시 격상시킨[6] 것에 대하여 필자는 서울대학본에 오역된 사례와 컨텍스트의 不備를 들어 이를 반박하고 서울대학본은 분명 그 후대인에 의해 한문 노존본이 텍스트가 되어 우리말로 옮겨진 국역본임이 다시 밝혀진 것이다. 그러나 필자의 이 글은 이미 1970년대에 이루어진 「구운몽의 표기문자에 대하여-설성경 씨의 한문·국문 표기설에 부쳐-」(『고대교육신보』, 1977. 6. 18)가 논문형식으로 엮어진 글임을 밝힌다. 정규복의 「구운몽의 원작과 텍스트의 문제-혼선의 시정을 위하여-」(『교육논총』(15), 고려대 교육대학원, 1985. 12)는 필자의 한문 원작설에 대하여 의심을 제기하여 국문 원작설 쪽으로 기울어진 장덕순·이상택·성현경·김열규·조동일·민긍기 교수 등에 대하여 비판을 가하고 해답을 요구한 글이다. 그리고 정

---

6) 일찍이 정병욱이 서울대학본 주석본(『구운몽』,민중서관, 1972)의 해제에서 진작 이명구 교수가 서울대학본에 대하여 '김만중의 원작' 운운된 것(이명구의 「구운몽攷」『성균학보』1, 성균대, 1956)을 재확인해 놓은 것.

규복의 「구운몽 노존본의 이분화」(『동방학지』(58), 연세대 국학연구원, 1989)는 새로 발굴된 老尊本(姜銓爕 소장)을 중심으로 근자 필자에 의해 再構된 노존본과 대비시켜 이들을 각기 A본과 B본으로 가칭한 후, 노존본 B본(姜銓爕本)이 A본보다 앞선다는 것을 논증하고, 결국 현행 한문본 계열의 전승과정을 다시 '老尊本 B본→老尊本 A본→乙巳本→癸亥本'임을 도식화하고 아울러 國譯本 중 최고본으로 평가된 서울대학본은 노존본 B본의 국역본임이 논증된 것이다.

다음 비교문학적 시각의 풀이인 이상택의 「구운몽과 춘향전-그 대칭위상-」(『김만중연구』, 새문사, 1983)에서는 <구운몽>과 <춘향전>이 대비되어 <구운몽>은 현실주의가 극복되고 천상의 영원한 삶이 회복되려는 영원회귀의 작품으로, <춘향전>은 현실적 시공으로서의 역사와 사회 안에서의 인간의 삶에 뜻이 부여된 리얼리즘 작품으로 마무리되고 있다. 말하자면, 이는 대비연구로 엄격히 말해서 국민 문학적 차원이지 비교문학적 차원이 아니므로 결국 비교문학적 시각은 1980년대에 전무한 셈이다.

다음 사상적 시각에서 논의된 김일렬의 「구운몽의 신고찰」(『한국고전산문연구』, 동화출판사, 1981)에서는 정규복의 '空觀'설에 대하여 <구운몽>의 작품분석을 통해 원래 김만중이 '空觀'을 시도했으나 실제 작품은 미숙된 空觀인 일차적 단계로 끝난 것으로 파악되었고, 김균태의 「구운몽의 공간관념에 대하여」(『한국고전산문연구』, 동화출판사, 1981)에서는 주인공의 의식·작자 및 독자 텍스트에 나타난 공간 등의 측면을 통해 <구운몽>의 공간구조가 시공을 통해 작중인물의 의식 속에서 형성된 것들로서 이들의 구조적 연관은 주인공이 지향하는 극락인 '원만공간'에 대한 회신에 있으며, 이는 결국 작자가 유교적 사유체계에서 불교적 사유체계로 의식이 전이되는 과정을 통하여, 그 갈등을 극복해 가는 모습이 형성화된 것임을 논증한 것이다.

이어 조동일의 「구운몽과 금강경의 거리」(『김만중연구』, 새문사, 1983)에서는 역시 정규복의 '금강경이 바탕된 空觀'에 대하여 이의를 제기하여 <구운몽>에 반영된 사상은 완숙한 이차적 空觀이 아니라, 결국 부귀공명을 부정하는 일차적 空觀으로 끝났기 때문에 空觀이라고 할 것이 아니라 일반적 '불교사상'이라고 해야 할 것이라고 주장된 것이며, 이상익의 「구운몽의 주제」(『한국문학사의 쟁점』, 집문당, 1986)에서는 <구운몽>의 空觀 시비에 대하여 <구운몽>의 사상연구가 유·불·도 삼교사상에서 불교사상으로, 불교사상에서 空觀으로 좁혀져 연구된 것을 감안, 결국 <구운몽>의 사상이 空觀이란 것이 긍정적 시각으로 받아들여졌다. 그리고 김창룡의 「구운몽의 몇 가지 문제」(『한성대학논문집』, 한성대, 1985)에서는 <구운몽>의 표제와 六觀·性眞·少遊의 명칭, 모부인을 위해 저작했다는 기존설, 작품의 주제 및 구성 등 문제에 대하여 주로 佛典을 들어 이설을 제기하여 폭넓은 가능성의 풀이를 유도케 하였다. 그러나 본론의 중심이 <구운몽>의 주제, 즉 기존설인 불교적 空觀에 대하여 유·불 양쪽으로 보려는 시도는 이 글의 주제가 마무리에서 제시되듯, "유교의 이상이야말로 道에 이르는 관건이요 통로가 된다는 사실을 간과할 수 없다. 그런 중에도 <구운몽>이 다른 환몽소설과 다른 점은 儒의 파괴 위에 선 佛의 승리를 의미하는 소설이 아니라는 데서 이 작품의 특성이 있었던 것이다"[7]로 마무리 지어 놓은 것은 작자가 표출하려는 의도(intention)와는 별

---

7) 김창룡, 「구운몽의 몇 가지 문제」, 『한성대학논문집』, 한성대, 1985.

개로, 이는 수용미학적 차원에서 논해져야 할 문제라고 본다.

다음 사재동의 「구운몽연구서설」(『어문연구』, 어문연구회, 1986)에
서는 <구운몽>을 철두철미 불교사상의 내재율로 이루어진 것을 강조
하여 작자 김만중이 傳敎의 목적으로 저작했다고까지 언급했지만, 이
에 대한 문헌적 근거를 제시하지 않아 논리적 근거가 뚜렷하지 않고,
심동복의 『구운몽의 불교문학적 연구』(신태양사, 1986)에서도 사재동
교수의 불교소설의 규정이 더욱 확대되어 "불교중흥을 암암리에 모색
한 중생교화, 대중포교의 동기에서 이 작품을 시대적 산물로 창조해냈
던 것이라 하겠다"[8] 운운하며 마무리 지어 놓은 것은 학문적 깊이를
의심케 하지 않을 수가 없다. 설성경의 「구운몽에 구현된 사상과 주제」
(『고소설의 구조와 의미』, 새문사 1986)는 <구운몽>의 구조를 사유와
현실, 시간과 공간으로 이분화하여 작품분석을 통하여 <구운몽>의 주
제와 사상을 불교적 空觀으로 재확인해 놓은 작업이라고 생각된다. 이
어 유병환의 「구운몽 연구에 대한 반성적 연구」(『한국문학연구』(9), 동
국대, 1986)와 「구운몽 연구에 대한 반성적 연구」(『김기동박사 회갑논
문집』, 1986)에서는 <구운몽>이 허구의 소설작품임을 전제로 하여 주
로 기존의 空觀에 대하여 작품의 구체적 분석을 통해 윤회사상을 강하
게 클로즈업시켰다는 것이다.

즉 '輪廻'와 작품과의 긴밀한 연계를 통하여 종래 등한시됐던 '윤회'
를 돋보이게 한 것은 <구운몽>의 사상풀이에 큰 보탬이 된 것만은 사
실이다. 그러나 空觀의 견해도 <구운몽>의 근원·중심·귀결을 이룬
것으로 풀이된 이상, 그리고 유 교수도 "輪廻의 사이클을 통해 空觀으

---

8) 심동복, 『구운몽의 불교문학적 연구』, 신태양사, 1986, 185쪽.

로 귀결된다"는 것을[9] 시인한 바에야 기존의 空觀이 결코 부정될 수 없다는 것이며, 오히려 空觀을 굳건히 하는 하나의 확립이라고 보아진다.

이어 정규복의 「구운몽의 '空觀' 시비」(『수여 성기열박사 회갑기념논총』, 1989)에서는 종래 필자의 空觀설에 대하여 비판을 가한 김일렬·조동일 교수의 각기 '미숙된 空觀' 내지 '일차적 空觀'이란 지적에 대해 구운몽 한문본에 삽입된 '성진과 양소유', '身과 心' 등의 이분법을 넘어선 大悟의 장면을 들어 <구운몽>의 空觀은 완숙된 空觀소설임을 재확인해 놓았다. 그리고 유병환의 「구운몽연구」(동국대 박사논문, 1989)에서는 종래 유·불·도 삼교화합설·불교사상설·空 사상설 등 발전사적 단계를 '圓融象徵'의 명목으로 작자 김만중의 西浦文集 특히 西浦漫筆에 삽입된 불전의 자료와 연계시켜 풀이된 것은 부분적 사상의 풀이를 극복하려는 시도로서 그 '圓融象徵'이 앞으로의 정설로 정립되기를 바랄 뿐이다.

위에서 언급된 텍스트·비교문학적 내지 사상적 연구 외에도 김열규의 「구운몽의 구조」(『김만중연구』, 새문사, 1983)는 기호학적 방법을 적용하여 <구운몽>의 구조를 도식화한 것으로서, 즉 <구운몽>은 금기/위반과 그에 따르는 수접진행의 1차적 축 속에 명령/수락과 그에 따르는 수접진행의 2차축, 그리고 이합의 축인 제3축에 의거하여 그 이야기의 줄거리를 진행시켜 나가고 있음이 주장되고 있는데, 내용이 매우 난해할 뿐 아니라, 텍스트의 문제도 뚜렷이 밝혀져 있지 않아 이런 구조의 연구가 작품 이해에 어떻게 상응되는지 모르겠다. 그리고 김병국의 「구운몽 저작시기 변증」(『한국학보』(51), 일지사, 1988)은 새

---

9) 유병환, 「구운몽 연구에 대한 반성적 연구」, 『김기동박사 회갑논문집』, 1986.

로 발굴된 『西浦年譜』(일본천리대학, 소장)을 통해 <구운몽>의 저작시기가 宣川謫所説(숙종 13~14)과 南海謫所説(숙종 15~18)을 둘러싸고 분분설을 야기케 한 것을 宣川謫所설로 매김해 놓은 중요한 문헌적 고증이다. 그러나 여기에 문제가 전연 없는 것은 아니다. 그것은 『서포연보』가 김만중, 혹은 김만중과 직접 연접된 사람에 의해 기록된 것이 아니라, 김만중이 죽은 이후의 사람인 김양택(1712~1777)에 의해 이루어졌을 것이라는 보고가 최근 이루어졌기 때문이다.[10] 그렇지만 이번 제기된 宣川謫所설은 과거의 어느 논증보다도 신빙성이 있고 확증에 가까운 것만은 틀림이 없을 것이다.

이상 1980년대에 <구운몽>의 제반문제가 <구운몽> 연구사상 가장 풍성하게 논의되는 가운데 가장 끈질기게 논의된 것은 역시 <구운몽>에 대한 텍스트 연구와 사상연구에 집약된 편이다. 그것은 텍스트의 문제가 거론되어야 할 자료가 계속 발굴되었기 때문이며, 사상연구도 불교사상을 중심으로 폭이 넓어진 것은 수용미학적 측면에서 작품이 계속 새롭게 수용되기 때문이 아닌가 생각된다. 그런 면에서 텍스트 문제로 제기된 정규복의 「구운몽 노존본의 이분화」는 매우 의의가 있다고 생각되며, 따라 논의된 '서울대학본의 원작' 운운도 이 논문이 등장됨으로써 완전 일단락되었고, <구운몽>의 '空觀' 사상문제도 정규복의 「구운몽의 '空觀' 시비」가 등장함으로써 일단락됨과 동시에 유병환의 「구운몽 연구」가 등장함으로써 불교관의 구체적 문제가 더욱 폭

---

10) 최재남, 「西浦年譜의 성격과 김만중 연구」, 참조. 김양택(1712~1777)은 김만중의 從孫으로 그의 生平에 나타나 있는 바와 같이 김만중 사후 20년 후에 태어났으며, 아울러 『西浦年譜』의 다양한 내용도 그것이 이루어지기 이전에 여기저기 흩어져 있는 기록이 수집되면서 이루어졌다고 생각되기 때문이다.

이 넓어져 이것이 토대가 되어 1990년대에 더욱 진폭될 것으로 기대된다. 아울러 김병국의 「구운몽저작시기변증」이 등장함에 따라 그간 宣川謫所설과 南海謫所설에서 宣川謫所설로 일단락된 것도 1980년대에 적지 않은 의의가 된다고 생각된다.

7) 결 어

이상 <구운몽>에 대한 근 60년간의 연구사에서 확인되는 일은 주로 텍스트의 문제, 비교문학적 문제, 그리고 사상의 문제 등이 연구의 주류를 이루면서, 부차적으로 심리적 연구가 70년대 한때 꽤 적극적으로 논의된 감을 준다.

텍스트의 문제에 있어서는 原作이 국문본이냐 한문본이냐의 문제에 있어서 그간 필자에 의해 한문노존본이 재구된 再構本『구운몽원전의 연구』가 1977년에 출간되어 큰 수확이 거두어졌다고 생각되며, 아울러 拙稿의 「구운몽 노존본의 이분화」가 출현됨으로써 노존본 B본이 <구운몽> 국문본 중 最善本에 해당되는 서울대학본과 동궤를 이룬다는 것이 확정된 바에 따라 텍스트의 문제는 거의 완벽에 가깝게 이루어졌다고 생각된다.[11]

---

11) 최근 텍스트의 문제를 둘러싸고 신재홍의 「구운몽의 서술원리와 이념성」(『고전문학연구』5, 한국고전문학연구회, 1990)에서 신재홍 씨는 필자의 한문 원작설에 심정적으로 동의한다면서도 서울대학본에 삽입된 난양공주의 喜鵲詩에 대한 황태후의 논평과 만연옥의 白蓮曲을 둘러싼 이야기가 서울대학본이 필자에 의해 재구된 한문 노존본에 비해 비교적 구비된 장면을 들어 한문 원작설에 여백을 두려는 의도를 밝힌 바 있으나, 이는 졸고 「구운몽 노존본의 이분화」를 읽지 않은 까닭에서 오는 여백이라 생각되며, 아울러 이 문제에 대하여 필자는 따로 「구운몽 서울대학본 재고」(『대동문화』26, 성균대

비교문학적 문제에 대하여는 외방과의 연계가 시도되는 비교문학적 방법의 비교(comparison)와 국민문학 연구의 대비(Encrouchment)가 함께 수렴되는 연구가 앞으로의 과제라 생각되며, 사상의 연구는 拙稿 「구운몽의 '空觀' 시비」로써 空觀문제는 일단락된 듯하다가, 유병환의 「구운몽연구」가 출현하여 그 사상적 풀이 '圓融象徵'이 새롭게 등장했지만, 큰 둘레로 '空觀'의 범위를 넘어설 것 같지 않다. 이런 텍스트·비교문학 사상의 연구도 결국 <구운몽>의 주변연구임을 감안할 때, 거의 텍스트가 확정된 마당에 앞으로의 연구과제는 본격적인 심미추구의 연구가 적극적으로 이루어져야 할 것이다.

이 문제는 이미 김병국 교수가 1970년대에 연구사를 작성할 때 "바야흐로 구운몽 연구는 문학의 주변을 향한 원심적 경향으로부터 문학의 중심 영역을 향한 구심적 운동이 전개되어야 할 때다"[12]에서와 같이 제기된 문제였다. 다시 1980년대에 박병완의 「구운몽의 연구사적 고찰」이 이루어져 <구운몽> 연구사는 다시 정리되었다. 박병완 씨는 마무리에서 황패강 교수의 '한 작가의 통합적 연구'[13]로 대신하였다. <구운몽>은 문자문학으로 奧妙, 기교의 驚越 등 많은 특징을 지니고 있는 국제적 차원에서 논의되어야 하는 것이기 때문에, 앞으로의 과제는 역시 방법론이 계속 개발되면서 해석학적 차원에서 궁극적으로는 美의 추구가 작자 김만중의 생애와 통합적으로 이루어져야 할 것이다.

대동문화연구원, 1991.12)를 엮어 신재홍 씨의 의심부분을 채워 놓았다.

12) 김병국, 동상서.

13) 박병완, 동상서.

연암소설의 연구사

1) 導 言

연암 박지원(1737~1805)의 <放瓊閣外傳>, <烈女咸陽朴氏傳>, 『熱河日記』의 <玉匣夜話>와 <關內情史>의 <虎叱> 등 이른바 연암소설에 대한 근대적 연구는 이미 1930년대에 김태준에 의해 비롯됐지만, 최근 작성된 두창구 교수의 보고에 의하면, 박사 논문만하더라도 6편, 기타 소논문·번역문 등 무려 500여 편을 상승하고 있다고[1] 하는 데서 짐작되듯이 일찍부터 국문학 연구의 지목을 받아 왔다. 즉 국문문학만을 우리 문학의 중심영역으로 간주했던 한때의 국문학 연구의 풍토 속에서도 연암소설은 『금오신화』와 함께 소설로 지목되어 일찍부터 왕성한 각광을 받아왔고, 한문문학은 봉건적 산물로 국문문학은 근대적 성격을 지닌 것으로 파악된 시각에서 이들 한문 작품은 그 소설적 특성으로 인해 선택된 예외의 각광을 받아온 것이 아닌가 한다.

여기에서는 연암소설에 대한 전반적인 연구 성과를 먼저 비교적 대표가 될 만한 업적들을 중심으로 개관하고 나서, 이어 연암소설의 중

---

1) 두창구, 「연암 연구사에 대한 고찰」, 『관대 논문집』19, 관동대학, 1991.

심과제가 되는 <양반전>·<호질>·<허생전> 등의 작품론 성과에 대한 연구사적 반성을 시도해 보고자 한다. 연암소설에 대한 전반적인 성과는 편의상 1930년대 이전과, 1930년대와 40년대를 하나로 묶고, 1950년대와 60년대, 1970년대와 80년대를 각기 하나로 묶어 살펴 기록하고 하한연대는 일단 1980년대까지로 잡을까 한다. 다만, 워낙 많은 논문을 읽는 가운데 필자의 부주의로 빠진 부분은 다음 기회에 보완을 기다릴 수밖에 없다.

2) 제1기 1930년 이전

1930년대에 주로 김태준의 근대적 접근이 시도되기 전엔 하나의 계몽적 형태로 일찍 김택영(1850~1927)에 의해 연암이 실학자로서의 논의가 이루어지는 가운데 연암소설이 간헐적으로 언급되었다.[2] 이 시기에 신문잡지의 지면엔 박지원의 소설들이 단편적이기는 하지만 소개되면서 연암집이 家門人들에 의해서가 아니라, 관심 있는 지식인들의 후원을 얻어 '公共의 議論과 出力'(『燕巖集』附記)으로 이루어진 사실은 주목되는 변화이다.

특히 이 시기에 박지원에 대한 관심은 문학가로서가 아니라, 실학자로서의 학문적 업적에 더욱 집중되었으며 연암집의 편찬을 주관했던 김택영은 <양반전>·<예덕선생전> 등 오늘날 연암소설의 연구에 있어서 단편문학의 걸작으로 꼽히는 이 작품들을 아예 삭제해 버려야 마땅한 것으로 주장하였으며, 『열하일기』 중에서도 전반부는 순전히 소

---

2) 김택영, 『重編朴燕巖先生文集』.

설적 문제를 지녔기 때문에 족히 수록될 것이 못된다고 폄하된 적도
있다. 그나마도 이런 사조 속에서 모처럼 싹텄던 연암에 대한 산발적
풀이도 일제의 강압적인 침탈이 몰아닥치는 바람에 의욕이 시들어져
오늘날의 시각에서 보면, 이 시기는 분명히 『연암집』에 대한 태동기라
고 규정지을 수밖에 없다.

3) 제2기 1930∼1940년대

1900년 초에 산발적으로나마 싹텄던 연암에 대한 풀이는 1930년대
에 들어서서 비교적 근대적 안목에서 주로 김태준·권덕규·홍기문·
이명선 등에 의하여 본격화되기 시작하였다고 볼 수 있다.

우선하여 김태준은 그의 『조선소설사』에서[3] 경세가로서의 연암을
문장가, 소설가로서 그의 모습을 부각시키고, 그의 작품들을 소설로 확
정하여, 특히 <허생전>·<호질>·<양반전> 등에 대하여는 그 경개
와 考釋을 시도하여 외국유학·무역·단발·백의폐지 등을 高唱한
<허생전>, 儒冠들의 허례허식을 폭로한 <호질>, 계급관습의 타파와
봉건 붕괴의 사상 등으로 그 주제를 추출하고, <마장전>·<예덕선생
전>·<김신선전>·<광문자전> 등에 대한 간단한 인상적 주제설명
을 보태어 전체적으로 연암소설을 "그 날카로운 안광에 비춰오는 사회
의 모든 불의적 존재-허위·타락·당론·계급 등을 藝神 혼자가 가진
魔手로서 완전히 그려내었다"고 평가를 내렸다.

이어 권덕규는 <허생전>에서 북벌론의 형식적 해석에 대한 비판에

---

3) 김태준, 『조선소설사』, 학예사, 1939, 180쪽.

주목하여 大明義理를 강조했던 송시열에 대한 간접적 비판으로서의
이완에 대한 비판을 중시하여, 김태준에 의해 언급되지 않았던 연암의
민족 의식적 측면을 조명하였고,[4] 홍기문은 특히 문체학의 관점에서
古文의 질곡이 우리나라 古文家들로 하여금 국적과 시대를 망각하게
하였음을 통렬히 비판하고, 오직 박지원만이 전통적인 문장규범에서
벗어나 자각된 의식을 보여주고 있다는 점에서 위대한 문학자로 보았
고, 그 마무리로 첫째 官號·地名을 조선에서 통용된 그대로 써서 결
코 중국식으로 고치거나 古號로 대신하지 않은 것, 둘째 조선 전래의
풍습을 많이 기록하고, 또 그 고유의 古諺俚語를 많이 사용한 것, 셋째
조선에서 전해오는 夜話史談을 많이 채취한 것[5] 등으로 마무리 지었다.
　이와 같은 근대적 업적을 토대로 이명선은[6] 앞서 긍정적으로만 연
구되었던 연암문학의 한계성을 지적하면서 우선 연암이 정치적으로
불우하여 당대의 고관들에게 忌諱되고 도리어 中人들에게 절찬을 받
아 "그리하여 그 자신은 중인이 아니면서 이데올로기 일면에 있어서는
중인과 완전히 일치하여 양반관료에 대한 통렬한 조소 비판도 결국은
여기서 나온 것"이라 보아 허생의 상행위를 당시 중인들의 현실이며
꿈이었다고 하겠다. 그러나 어용상인의 성격을 벗어나지 못하여 혁명
성을 가지지 못함에 따라서 미래성 있는 새로운 타입의 상인은 끝까지
등장하지 못하였다고 보았는데, 이런 점에서 연암의 진보성의 한계를
지적하여 "그의 필봉이 양반관료에 대한 비판에는 통렬무비하면서도
미래에 대한 제시가 도무지 불분명한 이유"가 된다고 하였지만 결론에

---

4) 권덕규, 『비판』12, 비판사, 1939.2.
5) 홍기문, 「박연암의 예술과 사상-그의 탄생 이백주년 기념-」, 조선일보, 1937.7.
6) 이명선, 『조선문학사』, 조선문학사, 1948, 138~139쪽.

서 연암을 실학파의 전통 안에서 '조선의 근대화의 거인'으로 마무리지었다. 위에서 논의된 것들 외에 이승규·김석형·김성칠 등의 언급[7]과 번역[8]이 있지만, 학술적인 것이 아니므로 언급을 생략한다.

위와 같이 1930·40년대의 연구는 한국문학사에 대한 정지작업의 일환으로서 개략적인 측면에서 논구된 것들이다. 즉 그들의 소설개념이 명확한 장르론적 검토에서 이루어진 것은 아니지만, 연암작품들을 소설로 간주하고, 그 역사적 성격을 추출하려 한 연구는, 소설을 서구의 로망 내지 정제된 단편소설의 개념에 한정시키지 않고, 보다 폭넓은 것으로 보려 한 관점의 소산이라고 여겨진다. 김태준이 동양전래의 소설개념을 그대로 쏟는다고 했던 데서 이 점은 극명하게 드러난다고 할 수 있다. 그러나 이들의 연구에서 주목되어야 하는 것은 연암작품들의 역사적 성격을 계급의식의 측면 내지는 사상사적 측면에서 봉건붕괴 및 근대 지향적 흐름으로 파악하려 시도한 점이다. 말하자면, 전대에 비해 이 시대에 이르러 근대적 풀이가 시도된 것은 연구사적 입장에서 획을 그어놓은 단초에 해당된다고 보아야 할 것이다.

4) 제3기 1950년~1960년대

8·15 해방과 함께 우리 것에 대한 적극적인 참여가 이루어지면서 다시 6·25동란을 계기로 주로 대학을 나온 신진학도들 김일근·이우

---

7) 이승규, 「박지원」, 『조선명인전』중, 1939.
　　김석형, 「박연암의 열하일기」, 『춘추』2권 4호, 1941.
　　김성칠 , 「연암 박지원」, 『민주조선』3, 1948; 「연암의 열하일기」, 『학풍』2권 2호, 1949.
8) 이윤재 역, 『渡江錄』, 대성출판사, 1946.

성·이가원·이원주·민병수 교수 등에 의해 연암작품에 대한 연구가 이루어졌다. 이 분들은 전대의 개략적인 고구를 보다 심화시키고 특정 문제에 천착하는 경향을 보였는데 특히 주목되는 것은 김일근 교수와 이우성 교수의 연구이다.

김일근 교수는 그의 「연암소설의 근대적 성격과 신문학의 계보」(경북대 석사논문, 1956)에서 연암문학에 대한 앞서의 연구 업적 중, 특히 그 근대적 성격에 주목하여 작가와 생애, 사회적 배경 및 문학과 사상사적 동향을 개관하고 연암작품의 반봉건성과 근대성·풍자성을 추출하였다. 그리고 이우성 교수는 그의 「실학파의 문학-박연암의 경우」(『국어국문학』(16), 1957)에서 특히 역사적 환경에서 박지원의 실학자로서의 측면에서 주목하고, 연암문학에 나타난 풍자·해학·권위주의에 대한 저항, 인간성의 긍정을 그의 서민의식으로 보아 벌열지배층과 서민 피지배층의 중간에 위치한 양심적 지식인으로서의 연암의 士의식이 그의 문학에 나타나 있다고 마무리지었다. 덧붙여 士의 비판정신이 실학사상으로 절찬되었던 바 농촌의 토착적인 환경에서 성장된 星湖學派의 경우, 현실비판이 복고적인 색채를 띠었는데 반하여, 연암그룹의 경우 도시적 분위기 속에서 서민세계와의 접촉으로 의식의 전진성과 활동성을 확보한 것으로 보았다. 이에 실학파 문학을 성립시켜 고립적이 아닌 하나의 유파로서 역사적 환경 속에서 연암의 문학이 설명된 것이다. 그 후 이 교수는 연암학파의 성립배경인 서울의 도시적 상황과 상공인과의 동태를 구체적으로 파악하고 그 속에서 활동한 문인지식인들, 연암학파의 생활주변과 의식구조를 구명함으로써 그와 같은 논리를 뒷받침하여 놓고 있다.[9] 그러나 이 문제는 근본적으로 신분질서의 삼분법의 근거를 묻고 그에 따른 위험성을 지적한 의견이 제

시되었다.[10]

1960년대에 들어서면서 연구는 보다 활기를 띠기 시작하였다. 그 중 전반기의 업적으로 이가원의 『연암소설연구』(을유문화사, 1965)를 주목하지 않을 수 없다. 연암연구가 집대성된 이 저서는 방대한 분량에 저자의 해박성으로 풍부하게 참고된 문헌자료에 대한 해석학적 시각이 만족치 않더라도 거기에 펼쳐진 작가연구 및 역사적, 사상적 배경에 대한 총괄적 언급과 함께 연암의 매 작품마다 그 문학적 배경, 사상배경, 풍자성 내지는 비교문학적 영향관계 등을 정밀하게 제시하여 말하자면 이전의 연구 성과가 집대성된 大力著로 앞으로의 연구를 위한 실증적 바탕이 풍부하게 마련된 셈이다.

한편 60년대 후반기를 열면서 이원주 교수는 그의 「연암소설考」(1) (『어문학』(15), 한국어문학회, 1965)에서 <양반전>에 대한 작품분석을 새롭게 함으로써 이후 작품론의 새로운 연구방향을 제시하려 하였다. 이 교수의 연구에서 주목되는 것은 이전에 반봉건적, 근대적 성격 아래에서 주로 조망해 왔던 연암연구의 방향을 백팔십도로 회전시켜 바라본 것이다. 물론, 이전부터 집권 노동층에 속하는 연암의 신분적 처지에 대한 논급이 없었던 것은 아니지만, 대체로 그것을 무시하고 연암의 개인적 창의에만 주목해왔던 것에 대해 연암의 계급적 성격이 중시되고 연암작품의 봉건적 토대가 중시되어 말하자면 연암분석에 대한 일면적 고찰에 제동이 가해진 것이다.

위와 같은 이 교수의 연구는 민병수 교수에 의해 적극적으로 수렴되기도 하였지만, 연암소설을 풍자문학으로 보는 주류적 입장에서 볼 때,

---

9) 이우성, 「18세기 서울의 도시적 양상」, 『향토서울』17, 서울시사편찬위원회, 1963.
10) 민병수, 「박지원문학의 연구사적 검토」, 『한국학보』13, 일지사, 1978.

그의 해학으로 보는 시각은 수용되기 어려웠고, 그리고 그의 연구가 방법론적으로 해학이냐 하는 서로 다른 입장의 선택이라는 차별성에도 불구하고, 그 차별성의 근거에 놓인 기본적 전제의 공통성이라는 측면에서 그렇게 새로울 것이 없었기 때문이다.[11]

이 무렵의 성과로 이우성 교수는 <호질>의 작자와 주제를 중국 쪽에 설정함으로써, 이후 <호질>의 작자시비를 더욱 분분하게 하였다.[12] 이에 대하여는 이미 이전부터 김택영의 언급 이래 개개의 연구에 대해 조금씩 지적된 바 있지만, 연암의 문면 그대로 이해하려 했던 것은 그가 처음이었다. 한편, 이재수는 현대소설과의 연관성 속에서 연암소설을 파악, 그 종합적 업적을 내놓기도 하였다.[13]

이상 50·60년대는 역시 연암연구의 초기단계에서부터 승한 사상성이 강조되었고 실학파의 중심인물, 혹은 근대사상이 선각자로서 연암의 선진적 방향감각을 추적하는 데에 과제의 초점이 놓여 있었다고 보아진다. 이런 점에서 연암소설의 연구가 그 소재론적 접근의 한계에서 주변 탐색에만 맴돌고 있는 현상을 보였다. 즉 연암소설 혹은 문학작품에 대한 연구는 작품 자체의 구조를 분석·해명하는 본격적인 내재적 접근의 측면보다는 작품 주변의 문제인 작가론이나 사회적 맥락과의 관련성 구명 등 외재적 접근 쪽으로 더 치우쳤던 것이다. 따라서 문학사의 서술에 있어서 연암이 사상에 승한 작가로 기록되는 특징을 지니게 되었으며, 연암소설에 제시된 사회적 의미를 단순한 사회적 사실의 실록으로 보아온 비평적 태도를 답습한 결과가 되었다고 생각된

---

11) 민병수, 「한국소설발달사」 상, 『한국문화사대계』5, 고려대 민족문화연구소, 1967.
12) 이우성, 「호질의 작자와 주제」, 『창작과비평』11, 1968.
13) 이재수, 『한국소설연구』, 선명문화사, 1969.

다. 이런 점에서 반성이 일기 시작한 것은 70년대에 이르면서 부터이다.

5) 제4기 1970년~1980년대

70년대에 들어서면서 전언한 바와 같이 연암작품에 대한 갖가지 방법론이 제시되고 적용되면서 연암연구가 양적·질적으로 굉장히 이루어졌다. 역시 60년대와 마찬가지로 그 전반기보다 후반기에 더욱 많은 논문들이 쏟아져 나왔는데 이것은 연구자의 확대라는 저간의 사정 및 실학과 문학에 대한 연구열, 그리고 한문학에 대한 새로운 관심의 증대와도 무관하지 않다고 본다. 이 무렵의 주목되는 연구 분위기는 작품 내재적 분석에의 관심의 제고라고 생각된다. 황패강·이재선 교수의 연구가 특히 주목된다.

황 교수는 기초적인 문헌학적 방법을 지향하여 비교적 현대적인 안목으로 풀이하려는 방법론을 가지고 <허생전>과 <호질>을 접근하였으며,[14] 이 교수는 액자소설론을 전개하면서 <허생전>을 <옥갑야화>와 분리시켜 연구됐던 기왕의 폐단을 지적하고, 아울러 <호질> 또한 액자소설적 구조로써 검토되어야 할 것을 역설하였다.[15] 이러한 그의 주장은 다분히 서구소설적 이론으로 이것이 한문학의 특수성을 이용, <옥갑야화>의 전체와 관련된 <허생전>의 이해, <호질>의 도언 및 후지에 대한 총체적 이해에 소홀했던 그간의 연구경향에 반성을 꾀한

---

14) 황패강, 「허생전소고」, 『국어국문학』62·63, 1973; 「호질연구」, 『한국소설문학의 탐구』, 1978; 「양반전연구」, 『한국학보』13, 일지사, 1978.
15) 이재선, 『한국단편소설연구』, 일조각, 1975; 「연암소설의 해석학적 문제」, 『진단학보』 44, 1978.

업적이 아닐 수가 없다.

이 무렵 또한 주목되는 것은 이동환·임형택·조동일 교수 등에 의해 성과가 이루어졌다는 것이다. 이 교수는 기왕의 실학연구에 새로운 방향을 제시하면서 당대의 역사성을 온당하게 고찰한다는 측면에서 연암의 반주자학적 성격과 인간성 긍정의 정신에서 연암소설을 간략히 고찰한 이우성 교수의 성과를 보다 진척시켰으며,[16] 임 교수는 연암의 작품들을 한문단편으로 보는 그 자신의 일관된 견해를 견지하면서 조선후기 야담과의 관련 속에서 새로운 윤리의식으로서의 연암의 友情論의 성격을 <마장전>과 <예덕선생전>을 중심으로 고찰하였다.[17] 그리고 조동일 교수는 자신의 독특한 장르체계 속에서 연암소설을 규정하고, 연암의 문학사상을 고찰하였으며, 특히 <민옹전>을 소설에 관한 소설로서 검토하였다.[18] 그 중 특히 조 교수의 장르론적 연구는 국문학계의 이론적 축적에 큰 기여를 한 바 있지만, 연암의 작품들을 소설로 보는 그의 업적은 기존연구의 태도가 그대로 답습된 것 같다.

80년대에 들어서는 기존의 여러 성과들이 흡수되면서 70년대의 다양한 방법론적 접근이 보다 세련화되고, 한편 새로운 시각으로 접근되려는 노력의 시기라고 보아진다. 70년대의 연구흐름의 입장선상에서 파악될 수 있는 황패강·성현경·이원주·조동일 교수 등의 작업은 각기 나름대로의 연구 및 방법론을 세련화시키고 정리된 것들이라고 본다.[19] 그리고 곽정식·김태준·허춘·박태상 교수 등의 작업은 프로

---

16) 이동환, 「연암의 사상과 소설」, 『고전문학을 찾아서』, 서울 문학과 지식사, 1976.

17) 임형택, 「박연암의 우정론과 윤리의식의 방향」, 『한국한문학연구』1, 1976.

18) 조동일, 「박지원의 문학사상과 소설」, 『한국소설문학의 탐구』, 일조각, 1978.

19) 황패강, 「양반전」, 『조선왕조소설연구』, 1981); 성현경, 「열녀함양박씨전과 열녀함양박씨전 幷序의 구성」, 『한국고전산문연구』, 동화문화사, 1981 및 「호질연구」, 『한국고

프의 민담론, 또는 구조주의, 신화학 등 현대 서구문학의 방법론을 원용하여 분석한 연구들이다.[20]

그러나 특히 주목되는 것은 기왕의 傳을 소설로 보아왔던 연구태도에 의문을 제기하고 전통적 '傳' 전체의 양식 원리에 주목한 김명호 교수의 작업이다. 이전에 단순히 소재 및 표현기법의 유사성에 의거 적출식으로 지적되어 왔던 연암의 전과 사마천의 열전의 영향관계를 그 내면적 정신적 영향의 측면에서 재조명하고, 이를 바탕으로 연암의 전 작품의 양식적 특성 및 그러한 양식적 특성과 연암의 현실인식 사이의 상호관계의 양상을 규명하려 한, 그의 시도는 소설에 대한 자의식적 이론구성에서 벗어나 우리문학 나름의 장르적 원리의 규명에 보다 접근된 작업이 아닌가 생각된다.[21]

이상에서 연암의 전, <옥갑야화>·<호질>에 대한 연구사적 검토를 개괄해 보았다. 연구 성과의 많은 축적과 성과물들의 다기한 방향성을 올바르게 지적해 내는 데는 이 개관이 얼마나 기여할 수 있는지 의심스럽다. 다만, 누락된 여러 성과들은 그들의 가치가 없어서라기보다는 필자의 서술상 편의에 기인된 바 적지 않을 것으로 생각된다.

다음은 연암소설의 중심작품이라 생각되는 <양반전>·<호질>·<허생전>의 연구사적 흐름을 고찰해 보기로 하자.

전소설연구』, 새문사, 1983; 조동일, 『한국문학통사』3, 지식산업사, 1984.

20) 곽정식, 「양반전의 민담학적 고찰」, 『두메 박지홍선생 회갑기념논문집』, 문정출판사, 1984; 김태준, 「호질과 의산문답의 관련」, 『김기동박사 회갑기념논문집』, 1986; 박태상, 「허생전에 나타난 연암의 여성관과 대사회적 고찰」, 『연민 이가원선생 칠질기념논총』, 1987; 허춘, 「연암소설의 인물연구」, 『연민 이가원선생 칠질기념논총』, 1987.

21) 김명호, 「연암문학과 史記」, 『우전 신호열선생 회갑기념논총』, 1983 및 「연암의 현실인식과 전의 변모양상」, 『전환기의 동아시아 문학』, 창비사, 1985.

6) 양반전·호질·허생전의 연구사

가. 양반전의 연구사

<양반전>은 연암의 九傳 중 가장 성공된 작품으로 평가되어 한편의 연구사가 작성되리만큼 연암의 소설 중 가장 각광을 받아 연구된 작품이다. 그간 이에 대해 이루어진 연구는 거의가 주제와 소재 및 풍자성을 규명하려는 의도에서 이루어진 것 같다. <양반전>에 대한 연구사는 이미 김균태 교수에 의해 작성된 바 있지만,[22] 여기서는 필자 나름대로의 관점에 따라 간략히 시도하기로 한다.

<양반전>에 대하여 김태준은 "당시에 엄격한 계급관습을 타파코저 한 것이며"[23]라고 언급된 뒤, 이가원 교수는 그의 주제사상을 봉건계급의 타파, 이조 봉건경제의 와해, 북학사상의 태동, 방언·민속의 애용 등으로 나누어 풀이하였다.[24] 한편 이재수의 경우에도 이가원 교수가 제시한 것과 대동소이하나[25] 이와 같은 선업을 토대로 하여 <양반전> 연구에서 가장 쟁점이 되는 부분은 인물의 성격과 1·2차 文卷의 의미를 어떻게 풀어야 할 것인가의 문제다. 이에 따라 주제도 연구자의 기호에 따라 상이하게 설정되게 마련이다. 특히, 중요한 쟁점은 1차 문권을 어떻게 보아야 할 것이냐는 것이다.

먼저 1차 문권에 대하여 유가적 허위의식 내지는 형식주의의 풍자로 보려는 입장과 당시의 양반에 上行으로 지켰거나 지켜야 할 덕목들로 보려는 입장이 대립되어 있다는 것이다. 전자는 일찍부터 김일근·

---

22) 김균태, 「양반전의 주제」, 『한국문학사의 쟁점』, 집문당, 1986.

23) 김태준, 상동서, 179쪽.

24) 이가원, 『연암소설연구』, 을유문화사, 1965, 307~308쪽.

25) 이재수, 상동서, 312~323쪽.

이재수·이가원·성기설 교수 등 대부분의 연구자들에 의해 수렴되어 왔는데 특히 성 교수는 그와 같은 입장에서 본 문권의 當行禁止節目에 대하여 일일이 검토 분석하여 그 내용을 "옛 경전 중에 수록되어 있는 것을 환골탈태한 것"[26]이라고 밝히기까지 하였다. 그러나 성 교수가 근거한 이가원 교수의 문권 해석은 기본적으로 번역상 오류를 안고 있으며 이 점에서 후자의 입장을 처음으로 주장했던 이원주 교수의 비판이 강하게 이루어졌던 것이다.[27] 한편 이원주 교수의 주장도 이석래 교수에 의해 비판이 가해졌다.[28] 이에 대해 이원주 교수는 앙케이트 조사까지 실시하여 보다 명확히 자신의 입장을 개진하였지만,[29] 그의 주장이 크게 수렴되지 못했던 것은 그의 해석을 통한 주제 추출의 방법에 있었던 것 같다. 즉 이 교수는 <양반전>의 주제를 '양반은 매매될 수 없다'에 두고 위기를 틈타 양반을 사사로이 매입한 신흥부자의 어리석음을 군수의 기지를 써서 골계화한 것으로 보아, 말하자면 기본적으로 연암의 士의식이 관철된 것으로 보았던 것 같다. 사실 본 문권을 단순히 양반이 보통 지켰거나 지켜야 할 덕목들이 제시로서만 볼 때, 그런 해석은 자연스럽게 보이지만, 이들 當行禁止節目이 당시의 양반이 일상적으로 지켜야 할 덕목들이었다고 하더라도, 이러한 일상성을 대상화 내지 객관화하여 볼 때, 더욱이 <양반전>의 독특한 서사적 구조 속에 표현되었을 때는 여전히 덕목의 덕목다움으로 남아 있

---

26) 성기설, 「양반전 중 當行禁止節目에 대하여」, 『인문과학연구소논문집』, 인하대 인문과학연구소, 1978.

27) 이원주, 「연암소설고」1, 『어문학』15, 한국어문학회, 1966.

28) 이석래, 「박연암의 풍자작품」, 『성심어문논집』4, 성심여대, 1977.

29) 이원주, 「양반전의 민담학적 고찰」, 『두메 박지홍선생 회갑기념논문집』, 문정출판사 1984.

으리라고 보는 것은 하나의 소박한 견해가 아닌가 한다.

한편 김균태 교수는 기왕의 1차 문권의 의미 해석들을 비판적으로 검토하고, 본 문권의 절목들은 양반의 형식주의를 풍자하려는 것이 아닌, 正德을 닦는 데 필요한 당행적이고 앙습적인 것들이라 하여 이원주 교수의 논고를 받아들이면서 좀 색다른 해석을 제시하였다. 즉 실학의 기본정신은 정덕·이용후생인데 이 덕목들이 잘못 인식되면 이것만을 전부로 알고 이용후생은 저버리게 되고 정덕의 본질적 정신을 망각한 채 형식만 중시하게 될 수도 있다는 것이다. 그러므로 정덕 쪽으로만 기울어지면, 정선양반 같은 존재가 될 것이요, 이용후생 쪽으로만 기울어지면, 賤富와 같은 존재가 되고 말 것이다. 이러한 김 교수의 해석은 결국 그 주제가 이원주 교수와 같이 연암의 士의식으로 귀착되지만, 매우 교묘하게 일면으로는 형식주의로, 일면으로는 형식주의에 대한 경고로 동시에 해석이 가능하지 않은가 생각된다.

곽정식 교수는 프로프의 민담연구방법을 원용, 속임수의 트릭에 초점을 맞추어 <양반전>을 군수의 트릭에 의한, 위기상황에 이르게 된 양반사회의 안정과 균형을 회복하려는 의지의 표현으로 파악하였고,30) 허춘 교수는 레비스트로스의 신화론을 원용, 악한적 위계사로서의 군수와 중재자로서의 양반의 자각을 촉구하기 위해 또 士乃天爵임을 증명하기 위해 양반을 사려는 천부를 트릭으로 물러나게 하고, 최초의 상황으로 전환시키는 기능으로 파악하였다.31)

이와 같이 곽정식·허춘 교수는 각기 구조주의적 방법을 원용하여 <양반전>을 분석하였다. 여기서는 군수의 기능이 중시되는데 이 점은

---

30) 곽정식, 「허생전의 엘리트 의식과 그 성격」, 『한국문학논총』67, 1984.
31) 허춘, 「연암소설의 인물 연구」, 『연민 이가원선생 칠질기념논총』, 정음사, 1987.

이원주 교수의 그것과 비슷하며 마무리는 대동소이하다. 결국 구조주의적 접근은 이원주 교수의 작업을 보강시켜준 셈인데 이런 점에서는 황패강 교수의 연구와 대조를 이룬다.[32]

황 교수는 작품의 내재적 구조분석을 시도하고 주제의 두 가지 국면으로서 사회의식과 역동적 구조관계를 고려하여, 군수의 트릭커로서의 위선적, 부정적 구실에 주목하면서도, 양반의 형식주의와 천부의 인간주의의 갈등 속에서 형식주의의 독선과 악독을 여실히 폭로한 작품으로 <양반전>을 파악하였다. 결국 같은 구조적 분석이라 하더라도 상이한 결론에 도달할 수도 있음을 보여준 셈인데, 구조주의적 편향을 갖고 고찰한 연구와 구조적 분석에 사회의식을 고려한 연구가 갖는 결론의 상이점은 흥미 있는 문제를 제기해 준다고 본다. 말하자면, 곽정식 교수와 허춘 교수의 구조주의적 연구는 그와 같은 결론을 이미 예비하고 있었던 것으로서 '갈등-속임수-해결'의 기본도식에 <양반전>을 맞추는 한, 그러한 결론은 필연적이며 이러한 균형회복에의 의지를 전제로 한 도식의 결론이 조선후기의 동태적 역사상황 아래의, 역시 동태적인 연암의 士의식 및 문학정신의 특징을 정태적으로 파악할 수밖에 없었던 것은 당연한 귀결인 것 같다.

나. <호질>의 연구사

<호질>은 거기에 삽입된 소위 '前後識'에 나타난 '그가 이 글을 沈由朋의 점포에서 베낀 후 한 것이란 것' 때문에 연암소설 중에서 연구사적으로 가장 문제점을 많이 지니고 있는 것 같다. 여기에서는 <호

---

32) 황패강, 「양반전」, 『조선왕조소설연구』, 한국연구원, 1981.

질>을 둘러싼 원작자, 주제 및 풍자성, 전후지의 해석을 둘러싼 문제
들을 차례로 살펴보기로 하는데, 특히 원작자 문제에 대하여는 이미
성현경・박기석 교수에 의해 연구사가 이루어진 바 있다.33)

일찍이 김택영은 연암집 초간본을 간행하면서 중국인 원작자설과
가탁설을 제기한 바 있으며,34) 중간본 <호질> 발문에서는 강력히 연
암창작설을 제기한 이래, 이후 '중국인 원작설', '연암창작설' 및 '연암
개작설' 등 세 가지 설이 끈질기게 제기되어 왔다.

중국인 원작설은 이우성・오상태 교수가 뒤따랐고,35) 연암창작설은
김태준을 비롯하여 이가원・이재선・성현경 교수가 뒤따랐고,36) 연암
개작설은 이재수를 비롯한 이원주・설재영・황패강 교수37)가 연이어
뒤따랐다.

이러한 작자시비가 문제된 것은 작자 및 기술과정에 따라 상이한
주제가 도출될 수 있기 때문이다. 단적으로 중국인 원작설을 가정할
경우, 작품의 풍자대상 및 주제가 중국의 역사현실과 관련되게 되는
문제가 야기되게 되는 것도 인정해야 할 것이다. 이우성 교수의 연구
는 그런 측면에서 본 작품을 만주족 지배하에 曲學阿世로 천시되던

---

33) 성현경, 「호질의 구조와 원작자」, 『한국학보』31, 일지사, 1983.
　　박기석, 「호질의 작자」, 『한국문학사의 쟁점』, 집문당, 1986.
34) 김택영, 『重編朴燕巖先生論集』.
35) 이우성, 「호질의 작자 및 주제」, 『창작과 비평』11, 창작과비평사, 1968.
　　오상태, 「호질의 작자에 대하여」, 『영남어문학』5, 영남어문학회, 1978.
36) 김태준, 『조선소설사』, 학예사, 1933; 이가원 『연암소설연구』, 을유문화사, 1965; 이재
　　선 『한국단편소설연구』, 일조각, 1975; 성현경, 「호질연구」, 『한국고전소설연구』, 새문
　　사, 1983.
37) 이재수 『한국소설연구』, 선명문화사, 1969; 이원주, 「호질의 풍자대상」, 『상산 이재수
　　박사 환력기념논총』, 1972; 소재영, 「虎叱 재론」, 『숭전어문집』2, 숭전대 국문과, 1973;
　　황패강, 「양반전연구」, 『한국학보』13, 1973.

중국인들의 비열상에 대한 중국인 자신의 고발 내지는 성토로 보았던 것이다. 이를 대신 연암창작으로 간주할 경우, 작품은 富裕 내지는 북벌론자들에 대한 통렬한 풍자로 해석되게 되는 것이다.

한편 이재선 교수는 <호질>의 전후지를 떼어낸 나머지만을 독립된 작품으로 보는 기존의 연구태도에 이의를 제기하고, 전후지를 액자소설의 한 방법으로 볼 것을 강조하였다. 그리하여 이 교수는 전후지를 포함한 <호질> 이야기를 '단일액자형 단형서사문학'으로 규정하였다. 이와 같이 <호질> 이야기는 전후지를 포함한 상태에서 보아야 한다는 그의 주장은 매우 설득력이 있는 것 같다. 그러나 본 작품을 '단일액자형 단형서사문'으로 규정지으려는 것은 한문학의 전통에서 특히 筆記類 소설에서는 허다히 볼 수 있는 교술적 특징의 일면으로 보아야 할 것이지만, <호질>의 전후지 문제는 필자의 생각으로는 이것 자체를 하나의 허구로 받아들일 때, 자연 작자시비는 연암창작설로 귀착되게 된다고 생각된다. 이는 마치 근자 김동리의 <等身佛>에 삽입된 前文기록이 하나의 액자가 아니고 <등신불>의 허구를 실기로 위장하여 독자에게 어필하려는 교묘한 위장법이란 것이 확인됐기 때문이다.

다. <허생전>의 연구사

<허생전>은 연암소설 중에서 가장 주목을 받았음은 주지된 사실이다. 분량면에서 가장 길 뿐만 아니라, 작자의 실학사상이 잘 구현되어 있고 표현문장도 유려하기 때문이다.

<허생전>에 대하여는 일찍이 김태준·권덕규·이명선이 주목한 이래, 그 진보성과 한계의 측면에서 많은 연구자들이 주목해왔다. 김태

준은『溪西野談』소재 허생 설화를 소개하고,『許后山集』의「臥龍先生遺事」를 인용한 후, 연암의 <허생전>과의 관련성을 논술하였고,[38] 권덕규는 <허생전>의 근대성을 들어 연암의 문학사적 업적을 강조하였고,[39] 이명선은 <허생전>을 통하여 연암이 양반으로서 中人의 세계를 그렸지만, 역시 완전히 양반의 의식을 불식하지 못한 한계를 드러내고 있다고 언급하고 있다.[40]

이후로는 대체로 <허생전>은 연암의 북학사상의 한 증거품으로서 거론되어 왔는데, 황패강·이석래·박태상 교수 등의 연구는 각기 방법론상의 사소한 차이를 통하여 대체로 그런 사상의 방향에서 북벌론자들에 대한 풍자로서 <허생전>을 보아 종래의 연구경향을 재확인하였던 것이다.[41]

한편 이재선 교수는 종래의 허생, 또는 <허생전>을 '순환목적액자형태'를 지닌 옥갑야화에 내포된 7개의 이야기 가운데 제7화에 불과하기 때문에, 이를 독립된 작품으로 볼 수 없고, 따라서 옥갑야화의 전체와의 긴밀한 관계 아래서 허생을 보아야 할 것을 주장하였다. 사실 옥갑야화가 모두 역관·상인들에 대한 이야기이고, 특히 허생의 이야기는 卞承業 이야기에서 나오는 작품으로 이들을 개별보다는 전체로 보아야 한다는 주장은[42] 매우 설득력이 있다고 생각된다.

---

38) 김태준, 상동서, 174~176쪽.

39) 권덕규, 「박연암의 허생전을 평함」, 『비판』5, 비판사, 1932.

40) 이명선, 『조선문학사』, 조선문학사, 1948, 138~139쪽.

41) 황패강, 「허생전소고」, 『국어국문학』62·63, 1973); 이석래, 「허생전연구」, 『한국고전산문연구』, 집문당, 1981; 박태상, 「허생전에 나타난 연암의 여성관 및 대사회관 고찰」, 『연민 이가원선생 칠질송수기념논총』, 정음사, 1987.

42) 이재선, 전게서 및 「연암소설의 해석학적 문제」, 『진단학보』44, 1978.

차용주 교수는 <허생전>의 내용 및 구성면에 나타난 모순과 한계성을 검토하면서 기왕의 진보적 측면에서만 평가됐던 연구태도에 반성을 촉구하였다. 즉 <허생전>에 대하여 상업의 고취는 인정되나 여전히 상업천시의 관점을 탈피치 못하였고, 이상국의 건설도 애초부터 건설할 의도가 없어 곧 되돌아왔으며, 따라서 다만 부조리한 현실사태에서의 일시적 도피일 뿐이며, 북벌책 3안도 또한 애초에 그 불가능을 알면서도 시대상의 비평의 목적으로 제기된 것일 뿐이라 하여 그 모순과 한계성을 처음으로 지적하였다. 그리고 이와 같은 모순과 한계성은 연암 자신의 사상적 교체기에 처하여 전통 관념을 완전 탈피치 못한 것으로 보았다.[43]

이러한 차 교수의 견해는 이명선의 연구를 일정하게 받아들이고 종래의 진보적 측면 일변도의 평가태도에 반론을 제기하면서, 그리고 <허생전>의 구성상 모순에 대해서도 이재수처럼[44] 단순하게 서구소설적 관점에서 단일한 이상과 긴밀한 구성이 결여된 실패작으로 처리해 버리지 않고, 그 원인을 당대의 현실 및 작자의 사상적 측면에서 찾아보려는 등 본 작품의 이해에 새로운 방향성을 제시한 것은 사실이다.

외에 김명호 교수는 <허생전>을 전의 소설화 경향을 보여주는 것으로 보고, 아울러 전의 양식적 원리에 기반하여 봉건사회의 지배체제에 적극적으로 지향하는 사회세력을 형상화 하지 못한 것으로 파악하여 연암소설의 한계를 역시 지적하였다.[45]

---

43) 차용주, 「허생전의 모순과 한계성에 대한 고찰」, 『한국학논문집』9, 계명대, 1982.
44) 이재수, 전게서, 332~353쪽.
45) 김명호, 「연암의 현실인식과 傳의 변모양상」, 『전환기의 동아시아 문학』, 일지사 1986.

7) 결 어

이상에서와 같이 연암의 전, <옥갑야화>·<허생전>·<호질> 등에 대한 연구사적 개관과 아울러 九傳 가운데 중요하게 평가되는 <양반전>·<호질>·<허생전> 등 세 편에 대한 작품론적 연구사를 대충 살폈다. 위의 세 작품 이외에 <마장전>·<예덕선생전>·<광문자전>·<김신선전>·<열녀함양박씨전> 및 <민옹전>·<우상전> 등에 대하여는 이가원 교수 이후 몇몇 성과들이 뚜렷하지만 전언한 바와 같이 위의 세 작품에 한정하였기 때문에 번잡을 피하였다. 그러나 이들 작품에 대한 연구사적 반성의 대략적 모습도 실은 앞의 것들에 대한 검토가 어느 정도 수렴되어야 하는 것이 전례가 되기 때문에 위에서는 거론되지 않았지만, 필자 나름대로의 시각을 바탕으로 앞으로의 새로운 연구방향을 모색해볼까 한다.

우선하여 장르론적 인식의 확립문제이다. 주지하는 바와 같이 장르론은 구체적인 문학적 제현상들을 추상화한 이론의 구축물로서, 그 효용성은 그것을 통하여 문학현상들을 보다 논리화 하려는 데 있는 것이다. 즉 문학현상들이 장르 이론의 구축을 위해서 존재하는 것은 아니라는 것이다. 따라서 장르론상 기본이 되는 단위는 개개의 문학작품이 곧바로 귀속되는 역사적 장르종인 것이며, 이를 바탕으로 올바른 추상화 과정 안에서 장르류의 이론을 구축해야 한다는 것이다. 이런 점에서 기왕의 3분법 내지 4분법의 장르체계는 서구문학의 장르체계를 세계문학적 보편성으로 확대적용시키는 이론인 셈이다. 이보다 나은 장르체계를 개발해 내지 못하는 이상, 그것을 어쩔 수 없이 수용한다 하더라도 그것은 필히 우리 문학의 역사적 장르종에 대한 온당한 이해에

도움이 되는 방향에서 적용되어야 할 것이다.

　이런 점을 감안하여 기왕의 연암작품을 소설, 한문단편, 단형서사체 등으로 간주해 왔던 관점은 재고되어야 할 것이다. 왜냐하면, 이들 명칭은 역사적 장르종을 지칭하는 것인지, 혹은 그 상위의 層·科·目·綱·門·系의 어느 차원을 또 설정한 것인지 분명치 않으며, 어떤 경우든 불합리하거나 연암작품의 역사적 내지 양식적 이해에 온당치 않다고 생각되기 때문이다. 따라서 연암작품을 傳으로 보고자 한 김명호 교수의 연구는 바람직한 방향으로서 보다 심화시킬 필요가 있다고 본다.

　다음은 작품의 의미해석을 올바른 역사성 아래에서 수행되어야 한다는 것이다. 우선 작자의식과 작품의 의미, 그리고 작품에 대한 독자의 수용의 각 층위를 구분해 본 다음, 세 층위의 총체적 연관 하에서 보다 온당한 의미 해석의 작업을 수행해야 할 필요성이다. 즉 잘못된 역사 이해 내지는 무리한 연구자의 요구로 작품의 특정 측면을 과대평가하거나 과소평가하는 모습을 앞의 검토에서 보아왔기 때문이다. 사실, 연암문학에 대한 우리의 이해는 아직도 만족할 만한 것은 아니라고 생각된다. 개별 작품론의 연구에 있어서도 그렇거니와, 연암문학 전체의 총체적 연구에서도 그러하며, 동시대의 여타문학 및 그 전후시대와의 관련 하에서도 그러하다.

　또한, 방법론의 문제를 고려해야 할 것이다. 방법론은 연구행위와 분리될 수 없는 부분이다. 그리고 연구 및 방법의 오류는 보다 나은 연구 및 방법의 개척을 위한 귀중한 교훈이 될 것이다. 그러나 어떠한 방법론도 그 오류를 꼭 시험해보기 위한 것이 아니다. 방법론의 수립 이전에 신중을 기해 그 가능성이 전제되어야 한다. 그러므로 작품의 내재적 혹은 외재적 풀이든 새로운 방법론의 제기는 신중에 신중을 기하여야 할 것임을 명심해야 할 것이다.

끝으로 여기에 덧붙여 두어야 할 연암작품의 연구과제는 연암작품들이 18세기 여타 작품들과 '實事求是'를 바탕으로 이루어졌다는 것이 대전제가 됨을 감안하여 이들 중 큰 무게를 차지한 연암작품은 의당히 비교문학적 관점에서 당시 실사구시가 있게 한, 강한 역할의 하나가 된 淸朝의 고증학과의 적극적인 비교연구의 과제가 남아 있다는 것이다. 이 문제 가운데 문학적 접근은 부분적으로 일찍 이가원 교수에 의해 점철되었고,[46] 이어 전인초 교수에 의해 보다 구체적 언급이 있었을 뿐,[47] 보다 전문적인 연구가 이루어져야 할 것이다. 그런 뜻에서 김병민 박사가 이번 중국 延邊大學에서 내한하여 특히 北學派文學과 淸派文學과의 비교연구를 심화시킨 그의 저서『조선중세기북학파문학연구』[48]가 비로소 우리에게 소개된 것은 한국측에 큰 충동을 줄 것으로 기대된다.

---

46) 이가원, 상게서 참조.

47) 전인초, 「연암소설에 수용된 중국문학적 양상」, 『연민 이가원선생 칠질송수기념논총』, 정음사, 1987.

48) 김병민, 『조선중세기 북학파문학연구』, 연변대학 출판사, 1990.

제3부

고소설사의 연구

1
운영전의 제문제

1) 導 言

<운영전>은 한국고소설 중, 연애소설의 백미다. 오늘날까지 연애소설로서는 <춘향전>을 그 대표작으로 보고, 이에 대한 많은 연구를 기울여 왔지만 <운영전>에 대하여는 별반 학계의 관심이 없었다. 그러나 소설론적인 척도에도 볼 때, <운명론>이 <춘향전>에 결코 뒤지지 않는다. 오히려 구성면에서 논한다면, <춘향전>은 많은 결함을 내포하고 있으나 이 소설은 별로 흠 잡을 곳이 없다. 또한 한국고소설이 그 스토리가 길든 짧든 거의가 병렬하게 평면적으로 엮어진 데 대하여, <운영전>은 그 스토리가 비교적 짧긴 하지만 그 등장인물이 서로 단독성을 떠나 상호관계를 맺고, 그 관계에 따라 인물의 성격과 사상이 부각되어 있다. 말하자면 입체적으로 엮어졌다는 데서 우리는 작자의 우수한 창작력을 엿볼 수 있다. 그럼에도 불구하고 <운영전>이 학계에서 적이 소외된 것은 그것이 한문소설이요 단조로운 궁정비화로 엮어진 단편인 데에 그 중요한 이유가 있지 않나 생각된다.

<운영전>은 일명 <壽聖宮夢遊錄>이라고도 하고, 또는 <柳泳傳>이라고도 전하고 있다. 이와 같은 별명이 있는 것은 <운영전>이 심의의 <대관재몽유록>이나 임제의 <원생몽유록>, 기타 작자 미상의 <금산사몽유록>, <사수몽유록>, <강도몽유록> 등이 모두 일종의 몽중담으로 엮어진 데서 그 후대에 <수성궁몽유록>이란 명칭이 주어졌을 것이고, <유영전>은 작중인물 중 유영을 중심으로 보고 그 이름이 주어졌을 것이다. 그러나 현존하는 <운영전>의 皆擧의 이본이 <운영전>이란 명칭을 가지고 있고, 또한 스토리가 주로 운영의 궁정비화로 엮어진 만큼 <운영전>의 명칭은 무엇보다도 適宜한 것이다.

지금 전하는 <운영전>의 그 중요한 이본으로는 국립도서관소장을 비롯하여 김기동 교수 소장본, 일본 천리대학 소장본 등이 있는데, 이는 모두 한문으로 된 手寫本이고, 국문본으로는 일본 동양문고소장 <운영전> 및 수정서관에서 鉛印本으로 출간한 <운영전> 등이 있다. 그러나 <운영전>의 원본이 한문으로 되어 있느냐, 아니면 국문으로 되어 있느냐에 대해서는 지금 원본이 없는 이상 무엇이라고 단언하기는 어려우나 체재로 보아 한문본이 원작이라는 오늘날의 통설을 그대로 받아들이고 싶다. 이 글에서는 김기동 교수 소장본을 그 텍스트로 한다.

<운영전>이 학계에서 소외되어 별반 관심사가 없었던 것은 이미 앞에서 말한 바 있거니와, 他面은 차치하고 이 소론에서 우선 가장 문제가 된다고 생각되는 <운영전>이 가지는 비극성 문제 및 작자와 저작연대에 대한 문제이다. 즉 지금까지 출간된 한국의 모든 소설사론에서 <운영전> 작품을 한결같이 비극성 일변도로 보는 데는 재고의 여지가 있다고 보며, 작자에 대하여는 유영으로 보는 것과 미상으로 보

는 견해가 있고, 저작연대에 대하여는 다소 분분한 감이 있는데 이상 비극성 문제와 작자 및 그 저작연대에 대해 필자의 소견을 밝히고자 한다.

2) 비극성의 문제

우선 문제의 전개를 위하여 편의상 <운영전>의 경개를 다음과 같이 적어 놓는다.

인왕산 밑에 있는 수성궁은 세종의 셋째 아들 안평대군의 舊居이다. 萬曆 辛丑 三月 旣望에 靑坡士人 유영은 濁酒 한 병을 들고 수성궁을 찾았다. 홀로 술을 마시고 취해 누워 있는데 軟語가 들려 왔다. 한 소년이 절묘한 여인과 마주 앉아 이야기를 하고 있었다. 서로 성명을 통하니 절묘한 그 여인은 옛날 안평대군의 궁녀 운영이요, 소년은 운영의 애인 김진사였다. 운영과 김진사는 차례로 그들의 과거의 이야기를 유영에게 하기 시작하였다. ―안평대군은 학문과 시문을 좋아하였다. 때로는 문신을 모아놓고 詩酒로 흥을 돋구기도 하고 궁녀들을 거느려 그들에게 시문을 가르쳐 서로 화창함으로써 즐거워하기도 하였다. 그러나 궁녀들은 세월이 갈수록 구속스럽고 무미건조한 궁정생활에 염증을 느껴 궁외의 인간생활을 동경하게 되었다. 열 명이나 되는 궁녀 중, 특히 운영은 宮籠生活에 대한 번민이 가장 컸었다. 그런데 대군의 문중에 드나드는 청년 시인 김진사가 있었는데, 그는 시문에 뛰어날 뿐 아니라 용모도 아름다웠다. 운영은 김진사를 한 번 보고 그를 그리워하며 꿈속에서도 잊지 못하였다.

대군 몰래 두 사람은 사랑하는 사이가 되었다. 궁중에 마음대로 드나들지 못하는 김진사는 밤에 담을 뛰어 넘어 운영과 사랑을 속삭였고, 또는 궁중에 드나드는 무녀를 통하여 사랑의 서신을 전달하였다. 이에 대군은 운영을 의심하여 엄문하여 보았으나 운영은 이를 자백하지 않았다. 이후로 그들의 연락은 끊어졌다. 그러자, 中秋가 되니 昭格署에서 왕자와 대군들의 연회가 벌어졌다. 운영은 그 연회에 참석하는 길에 무녀의 집을 들려 김진사와 만나게 되어 雲雨의 樂을 마음껏 누렸다. 그러나 이러한 사랑의 모험이 오래 계속될 수는 없다. 궁인들은 그들을 수상히 여기고 수군대었다. 운영은 궁 밖으로 탈출할 목적으로 모든 보물을 김진사를 통하여 궁외로 반출하였다. 안평대군은 끝내 운영과 김진사와의 관계를 눈치챘다. 대군은 마침내 이와 관련된 궁녀들을 고문하고, 운영은 별당에 간히게 되었다. 운영은 이제 대군이 용서해 줄 리가 없는 것도 뻔히 알았다. 또 유한한 천지에 도망갈 곳도 없었다. 김진사와 사랑도 속삭일 수 없게 되었다. 이러기보다는 차라리 죽어 후세에 가서 김진사를 다시 만나 미진한 정을 누리리라 하고 그만 자살하고 말았다. 김진사는 이 소식을 듣고 운영의 보물을 팔아 淸寧寺에 가서 그의 명복을 빌어 주었다. 그 후, 김진사는 나흘 동안 먹지 않고 울음으로 지내다가 운영의 뒤를 따라 또한 자살하고 말았다. ―이야기가 모두 끝나자 삼인은 비통에 잠겨 술을 마시고, 유영은 취하여 쓰러졌다. 유영이 산새 소리에 깨어 보니 모두 한바탕의 꿈이었다.

이상에서와 같이 <운영전>의 스토리는 한 토막 한 토막이 비극적인 소재로 얽혀 있다. 특히 운영이 籠에 간힌 궁녀의 몸으로 외간 남자인 김진사와 사랑을 한다는 것부터가 벌써 스토리의 비극적인 종결을 암시해 주는 것으로 이조소설로서는 그 소재만 가지고도 중대한 문제성을 내포하고 있다고 본다. 이는 <춘향전>의 이도령이 기생 춘향과 결혼을 한다는 그 파격적인 소재 이상으로 문제성을 우리에게 제시해 준다. 또한 이는 작자의 宮籠生活의 해방을 적이 암시하여 주는지도 모른다. 그러나 이조소설로서 <운영전>의 그 중요한 포지션은 무엇보다도 스토리의 비극성에 있지 않을까 한다.

한국 고소설의 스토리의 皆擧가 비극적인 요소가 없는 것은 아니지만 <운영전>에서와 같이 작품의 주인공인 운영과 김진사와의 사랑을 통하여 모두 자살한 것으로 처리한 것은 작자의 비상한 수법이다. 한국고소설의 스토리가 그 중반에 이르러 눈물겨운 역경이 전개되지만 종내에 가서는 악인은 처형되고, 주인공측은 행운으로 종결된다. 이것을 소위 好終(happy ending)이라고 한다. 우리 고소설의 백미라는 <춘향전>이 그렇고, <홍길동전>, <남정기>, <홍부전>, <심청전>, 특히 계모형 소설에서 이것이 노골화되어 있다. 이는 우리 선조들의 소설목적이 주로 破閑止睡에 있었던 결과이다. 실은 李朝人에게 많이 읽혀졌다는 『전등신화』라든가 또는 명청대의 才子佳人을 모델로 한 傳奇小說도 거의가 好終이다. 그러므로 이와 같은 현상은 우리 고소설의 특징도 아니요, 엄격히 말해서 중국소설의 거센 물결의 영향에서 이루어진 것이 아닌가 한다.

<운영전>의 운영은 앞에 든 경개에서와 같이 김진사로 인하여 사랑과 고민 끝에 자살하였고, 김진사도 뒤따라 자살한 것은 마치 세익스피어의 비극의 하나인 「로미오와 줄리엣」(Romeo and Juliet)을 연상케 한다. 이는 확실히 종래 우리 고소설에서 없었던 작자의 劃을 期한 수법이라 아니할 수 없다. 이같이 운영과 김진사의 戀死만을 중심으로 한다면, <운영전>은 지금 한국소설사론에서 논의되고 있는 바와 같이 기계적 好終을 깨뜨린 미증유의 비극소설이 될 가능성이 다분히

있다.

그러나 이것은 피상적이다. 말하자면, <운영전>은 주로 운영과 김진사와의 비화가 삽입되었다고는 할 수 있어도 전편을 통하여 비극성으로 일관되었다고는 볼 수 없다. 그것은 운영과 김진사가 戀死한 후 그들이 지상에서 못다 한 정을 누리기 위해 다시 옥황상제 앞에 모두 영락을 누리고 있는 점이다. 즉 유영이 운영과 김진사의 비화를 듣고 "두 사람이 다시 만났으니 소원이 끝났겠소. 원수의 노복이 이미 없어졌고 통분함도 사라졌을 것인데 어찌 슬퍼하여 마지않느뇨. 다시 인간에 나오기를 얻지 못하여 한하느냐."고 물었을 때, 김진사는 눈물을 흘리고 유영에게 천상의 樂을 누리기 위해 출세를 원치 않는다고 다음과 같이 자백하고 있다는 것이다.

金生垂淚而謝曰 吾兩人 皆含怨而死 冥司怜其無罪 欲使再生人也 而地下之樂 不減人間 況天上之樂乎 是以不願出世矣.[1]

그러므로 <운영전>이 갖고 있는 비극성은 셰익스피어의 비극에서와 같이 주인공이 죽는 것으로 끝나지 않고 비극에서 다시 好終으로 처리되어 순연한 비극소설이 될 수 없다. 이와 같이 <운영전>의 작자와 작품의 비극성을 강조하기 위해 운영과 김진사와의 悲譚을 소재로하여 소설을 엮으면서도, 여실하게 주인공의 戀死로 종결을 짓지 못하고 다시 사족을 달아 주인공들의 死後 永樂譚을 덧붙여 놓은 것은 우리 고소설작가의 권선적인 해결의식의 강한 결과이며, 비극 가운데도 시원한 해결을 보아야만 만족하는 李朝人의 값싼 鑑戒的인 비극감정

---

1) 김기동, 임헌도 공편, 『한국한문소설선』, 정연사, 1960, 99쪽.

의 소산일 것이다. 거기서 비극을 비참한 사건, 불행 혹은 불운의 연속으로 동정과 공포를 유발하고 慘境으로 끝나는 문학구조, 특히 소설구조[2]라고 할 때 <운영전>은 그 결미에 삽입된 주인공의 永樂譚이 있는 한, 엄격히 말해서 이것을 비극소설이라고 말할 수 없을 것이며, 또한 우리 고소설의 好終의 메카니즘에서 완전히 탈피치 못했다고 보아야 한다. 거기서 이조소설에는 결국 비극이 없다는 명제가 성립된다.

실은, 한국고소설은 주인공이 본시 天上仙人으로 옥황상제에 득죄하여 천상에서 지상으로 적강하여 무상한 塵世에서 고락을 누리다가 다시 옥황상제에게로 還元하는 것으로 大結構를 이루고 있다. 이것은 道敎型 소설과 관련된다. 즉 운영과 김진사도 천상선인으로 되돌아갔음을 <운영전> 말미의, 유영과 그들과의 대화에서 찾을 수 있다.

> 吾兩人 素是天上仙人 長侍玉皇前 一日 帝御太淸宮命我摘玉園之果 我多取蟠桃瓊玉 私與雲英而見覺 謫下塵寰 使之備經 人間之苦 今則玉皇 己宥前愆 俾陞三淸 更侍香案前 而時乘飆輪 復尋塵世之舊遊耳[3]

거기서 <운영전>이 그 구성에 있어서 군담소설의 메카니즘을 많이 탈피한 것은 사실이나, 앞에 든 예문으로 본다면, 도교형 소설에서 벗어날 수 없다. 이런 점으로 보아 <운영전>에 삽입된 永樂譚도 권선징

---

2) A lilerary composition, esperially, a narnative, which excites pity or terror by a succession of sorrowful events, miseries, or misfortunes, leading to a catastrophe.

  Webster's new International Dictionary.

3) 김기동 공편, 『한국한문소설선』, 99쪽.

악적인 무드 조성에도 있겠으나, 작자의 도교관과 관련된다고도 볼 수 있다. 大谷森繁 씨는 그의 「운영전 소고」에서 <운영전>의 비극성을 논하는 가운데, 운영과 김진사의 비극적인 스토리는 <운영전>의 중요 부분을 차지하고 있지만, <운영전>은 일찍이 화려했던 안평대군 생존시의 수성궁 생활을 묘사하고 또한 戰火를 겪고 황폐로 돌아간 도성을 그린 것도 그 중요한 뜻을 갖는다는 것을 전제로 하여, 운영과 김진사의 비극은 <운영전>의 테마를 구성하는 한 분자로 본다는 견해를 밝힌 것[4]은 탁견이다. 이런 관점에서 大谷 씨는 <운영전>을 전통적인 도피사상이 깃들인 작품으로 보았으나 필자는 <운영전>을 비롯한 도교형 소설은 그와는 달리 넓은 의미에서 불가적인 空 사상의 점철이라고 본다.

3) 작자와 저작연대

그러면 <운영전>의 작자 및 저작연대를 살펴보기로 하자. 작자에 대하여 兩說이 있는데, 하나는 <운영전> 작품에 등장하는 유영이란 이름을 좇아 그 작자를 유영으로 보는 것과, 또 하나는 미상으로 돌리는 견해이다. <운영전>의 작자를 유영으로 본 그 최초인은 김태준이다. 김태준이 그의 『조선소설사』에서 <운영전>의 작자를 선조 34년에 靑坡士人 柳泳이 지었다고 못 박아 놓은[5] 이래로 그 후 출간된 한국소설사론에서 모두 이를 좇고 있다가, 근자에 김기동 교수가 그의 『이

---

4) 大谷森繁, 「운영전小考」, 『조선학보』37, 38, 1960, 348쪽.
5) 김태준, 『조선소설사』증보판, 학예사, 1939, 71쪽.

조시대소설론』에서 <운영전>에 대하여 <유영전>이란 표제가 따로 있고, 또 한문본의 結尾句인 "泳悵然無聊 携神冊而歸 藏之篋笥 時或 開覽 則茫然自失 寢食俱廢 後遍遊名山 不知所終云爾"를 들어 작자 柳泳설을 정면으로 부정하고 미상으로 돌려놓았다.6) 그런데 大谷森繁 씨는 그의 「운영전 소고」에서 다시 유영설을 들고 나왔는데 그 중요한 이유는 <운영전>의 작자가 당시 저명치도 않은 無名寒士에 가까운 유영을 소설작품에 모델로 하였다는 필연성은 극히 박약하고 또, 얼마 든지 가명을 써서 작품화할 수 있을 터인데, 실명 유영을 쓸 필요가 없다고 하여 <운영전>작자를 유영 이외의 다른 사람으로 볼 수 없다 는 견해를 밝혀 놓았다.7)

이와 같은 大谷 씨가 <운영전> 작품에 등장하는 유영을 다시 그 작자로 추견하는 그 논리전개가 우리에게 쉽게 납득이 되지 않는다. 오히려 이를 부정하는 면으로 논리를 얼마든지 전개할 수가 있지 않을 까 한다. 만일 유영이 自敍를 목적으로 <운영전>을 지었다면 <운영 전>의 終尾 "泳後遍遊名山 不知所終云爾"에서와 같이 끝나지 않고 스토리는 유영의 종말을 소설적으로 더욱 길게 부연되었을 것이다. 위 의 '後遊名山 不知所終云爾'는 작자가 유영이 아니라는 것을 한 마디 로 단언해 주는 것이라고 본다.

즉 <운영전>의 작자를 유영으로 보는 것은 유영이 저작했다는 확 증할 만한 문헌적인 추견이면 모르되, 단지 <운영전>에 등장하는 靑 坡士人 柳泳을 가지고 그 작자로 추견함은 일고의 여지가 없는 것이 다. 우리가 이조사회에 있어서 소설관이란 한갓 '음담패설' 기껏해야

---

6) 김기동, 『이조시대소설론』, 정연사, 1959, 400~405쪽.
7) 大谷森繁, 상게서, 359쪽.

‘破閑止睡’로밖에 인정치 않는 당시, 소설을 써놓고도 자기 이름을 밝혀놓지 못하였고, 작자가 있대야 결국 남의 문헌을 통하여 알려졌을 뿐이다. 곧 <홍길동전>, <구운몽>, <남정기>가 그 한 예이다. 이러한 환경 하에 작자가 <운영전>에서와 같이 자기를 등장시켜 소설화한다는 것은 도저히 생각할 수 없다. 거기서 우리는 <운영전>은 實人 무명거사 유영을 등장시켜 소설화하였다는 것, 그 이상으로 논리를 비약할 수 없다. 다만, 大谷 씨의 작자 유영설은 아직까지 實人인지 假人인지 분간치 못하던 미궁의 인물 유영을 實人으로 고증해 놓은 데 의의가 있을 뿐이다. 그러므로 <운영전>을 유영, 혹은 그 외에 某子가 썼다는 확적할만한 문헌이 출현하지 않는 이상, <운영전>의 작자의 영광은 섭섭한 일이나 현재로서는 어느 누구에게도 돌릴 수가 없다.

이와 같은 <운영전>의 작자는 미상이려니와, 그 작품은 어느 때 저작되었을까? 이에 대하여는 김태준이 전게한 바와 같이 그의『조선소설사』에서 선조 34년으로 잡아 놓았는데, 그 후 이래로 모든 한국소설사론에서 역시 이를 그대로 좇고 있다. 그 이유에 대해서는 확적히 밝히지 않고 있으나, 필자의 생각으로는 <운영전>에 출현하는 “萬歷辛丑春 三月旣望 沽得濁醪一壺 而旣乏童僕又無朋知” 중, ‘萬曆辛丑’(宣祖三十四年)을 그대로 그 저작연대로 믿기 때문일 것이다. 그리고 김기동 교수는 그의『이조시대소설론』에서 위와 같이 연도를 確的하게 밝히진 않았으나, 일련의 몽유록류 소설이 선조연간의 작품인 것으로 미루어 역시 <운영전>도 같은 시기의 작품으로 추정하고 있다.[8] 이에 대해 조윤제 교수는 그의『한국문학사』에서 전거한 바 선조조와는 달리 작품의 내용으로 보아서 실학이 들어온 후기작으로 보아 영

---

8) 김기동, 상동서, 403쪽.

조조 이후작으로 보고 있다.[9] 그러나 조윤제 교수가 일단 유영작을 전제로 선조 34년이라 해 놓고 그 뒤 실학이 들어온 후기작이라 한 것은 전후 모순이 아닐 수 없다. 또 大谷 씨는 그의 「운영전소고」에서 운영전의 작자 유영을 전제로 하여 그의 생평을 통하여 萬歷辛丑 이후 宣祖末年부터 光海君初頃, 즉 17세기 초기작으로 보고 있다.[10]

<운영전>의 저작연대를 가장 과학적으로 추정하는 길은 <운영전>이 비교적 역사적인 바탕에 의해 저작되었으니만큼, 거기 등장하는 인물이라든가 사건을 중심으로 살펴보는 방법도 있겠으나, 유영이 實人으로 확정된 이상, 현재로서는 운영전에 반영된 유영의 이미지와 實人 유영과의 비교를 통하여 그 저작연대의 추정이 어느 정도 가능하지 않을까 한다.

<운영전>에 등장하는 인물 중, 안평대군은 세종이 제4자임은 주지의 사실이다. 또한, 그는 단종사건에 수양대군을 제거시키려는 음모에 김종서 일파와 관계가 있다는 죄명으로 강화로 유배되어 그곳에서 不歸의 객이 된 비극의 인물이다. 그뿐만 아니라, 성현의 『용재총화』에 의하면, 그는 학문을 좋아했고 시문, 書畵가 고루 奇絶하였다. 그의 교분은 왕자로서 승려로부터 무뢰잡인에까지 이르렀다. 때로는 등불을 돋구어 夜話를 즐겼고, 밝은 달을 임하여 泛舟로 소일하는 풍류의 모습도 가졌다. 혹은, 南湖에다 淡淡亭을 짓고 萬卷書를 쌓아 文士를 모두어 十二景·四十八詠을 지었다 한다. 즉

匪懈堂 以王子好學 大長於詩文 書法奇絶 爲天下第一 又善畵圖琴

---

 9) 조윤제, 『한국문학사』, 탐구당, 1963, 318쪽.
10) 大谷森繁, 상게서.

> 愍之技性又浮誕 好古貪勝 作武夷精舍于此門外 又臨南湖 作淡淡亭
> 藏書萬卷 招聚文士 作十二景詩 又作四十詠 或張燈夜話 或乘月泛舟
> 或占聯或博奕 絲竹不絶 崇飮醉謔 一時名儒無不締文 無賴雜業之人
> 亦多歸之[11]

이로 보면 <운영전>에 안평대군이 학문과 시문을 좋아하는 인물로 여러 문사를 모아 시문을 즐기는 것은 허탄한 이야기가 아님을 쉽게 알 수 있다.

<운영전>에 나타난 "壽聖宮卽安平大君舊宅也"에서와 같이 수성궁이 안평대군의 舊居로 그와의 관련 상황에 대하여는 大谷 씨가 이미 그의 「운영전 소고」에서 상세히 밝혀놓았으므로[12] 그 考述을 略하기로 한다. 다만, <운영전>의 역사성에 대하여는 국립도서관 소장 <운영전>이 일명 "安平大君事蹟"이란 別題가 있는 것으로 본다든가, 수성궁의 위치가 "在長安城西 仁王之上 山川秀麗 龍盤虎踞 社稷在 其南 慶福在其東"으로 되어 있는 것으로 보면 작자가 본 소설을 엮을 때, 史實을 근거로 하였음을 가히 알 수 있다. 또 <운영전> 가운데 나타난 안평대군의 이미지가 주로 悲調로 이루어진 것도 안평대군이 비극의 대군이었으니만큼 역사성에 부합된다. 운영과 김진사의 로맨스에 대하여는 그러한 사건이 실재해 있었는지는 알 수 없으나, 세종조에 궁녀의 通外 사건이 있었고, 운영과 김진사와의 사건이 작품 가운데 아무런 무리 없이 전개된 것으로 본다면, 그러한 사건이 실재해 있었으리라는 가능성도 시사해 주고 있다. 다시 말하면, <운영전>은

---

11) 성현, 『용재총화』 권2.
12) 大谷森繁, 상게서.

그 소재나 사건이 허황되지 않고 역사성에 상당히 접근하고 있다는 것이다. 그러므로 宣祖時人 유영은 <운영전>에 등장하는 가장 후대의 인물인 만큼 앞에서 언급한 바와 같이 유영이 작품에 반영된 양상과 史實에 나타난 유영을 대비함으로써 작품의 저작연대를 살펴보는 것이 현재로서는 가장 適宜한 방법이라고 본다.

유영에 대하여는 오늘날 별다른 기록이 전하지 않는다. 그래서 大谷氏도 文化柳氏 가계의 선진관계로 미루어 1550년 전후생으로 추정했을 뿐이다. 그러나 필자는 『文化柳氏世譜略』(국립도서관 소장)에서 다행히 유영에 대한 確的한 생평을 찾을 수 있었다. 즉『文化柳氏世譜略』에,

字仲涵 號枕溪堂 癸丑生 掌隷院司議 丙辰年卒 配水原崔氏[13]

로 되어 있으므로 字가 仲涵 號가 枕溪堂, 掌隷院 司議를 지냈고, 明宗 八年 癸丑(1553)에 나서 光海朝 八年 丙辰(1616)에 卒하였음을 알겠다. 또한 그의 最高職이래야 掌隷院 司議면, 노예의 籍과 소송에 관한 업무를 다루는 정오품의 閑職으로 별로 출세의 길과는 관련이 없는 것이다.

유영은 조정에 두 번 상소한 것이 기록에 보이는데 하나는 그의 父 夢鼎이 일찍이 임란 때 聖節使로 명나라에 가 그 援兵을 청하고 翌年(1597)에 귀향 중, 객사한 일이 있다. 즉『국조인물지』나『조선명신록』에

柳夢鼎 字景仁 號鶴谷 文化人 監察用良子 賅玄孫 丁卯生員進士 蔭

---

13)『文化柳氏世譜略』(국립도서관 소장) 권1.

> 補縣監 甲戌文科承旨 壬辰以聖節使 如明 哭請援兵 癸丑卒于途中[14]

　　이로 인하여 유영은 夢鼎의 공적을 인정하여 훈공록에 追錄하여 줄 것을 다음과 같이 상소하였다.

> 前縣監柳永上疏 請追錄其父夢鼎壬辰功 王命議于大臣議以柳夢鼎 當壬辰赴京之日 多有周旋請兵之事 備載聞見事件中 則雖不得參錄 於扈從之列 似當與論於宣武之勞 而其時廷議多岐 旣抄而還抹 此所 以起其子之追訴也 但籍勳在 光朝 恐難輕議 傳曰 大臣之議是矣 今 難追錄 加贈職名子孫錄用[15]

　　그러나 위 인용문에서와 같이 그의 간청에도 불구하고 追錄되지 않고, 加增職名 子孫錄用으로 낙착된 모양이다. 이 외에 이긍익의 『연려실기술』에 의하면,[16] 광해군 폐비사건 때, 贊儀로 小北에 가담하여 庭淸에 나가 참여한 일이 있다. 이런 점으로 보면, 유영은 광해조 시기에 하직에 있었던 관인이라고도 볼 수 있다.

　　유영의 가계는 그 家譜에 의할 것 같으면, 그의 祖父도 明官임은 물론이요, 그의 子 忠健, 孝健, 또한 그의 손자 寅亮 모두 문과에 급제한 것으로 보면, 당대 名門임을 窺知할 수 있다. 즉 이를 도표로 표시하면 다음과 같다.

---

14) 『國朝人物志』下.
15) 『조선왕조실록』 광해군 4년, 壬子 七月條.
16) 이긍익, 『연려실기술』 권20.

(始祖)　　　　　　　　(1553~1616)

車達 ― 用良 ― 夢鼎 ― 泳 ― 忠健 ― 時亮

戶曹正節

監察　　承旨　　司議

枕溪堂　　樂峰

　　　孝健 ― 寅亮

都昇旨　禮佑兵正

松亭　　龍塘

　그러나 가보의 유영은 문과에도 급제했다는 기록이 없다. 관직도 사의, 현감, 찬의 등 비교적 하관말직에 처한 것으로 보면, 그는 애초부터 관직에 뜻이 없고, 당시와는 소외된 관계로 음주로 명승고지를 찾아 각처를 방랑하지 않았나 생각된다. 더구나, <운영전>의 "新經兵燹之餘 長安宮闕 滿城華屋 蕩然無有壞垣破瓦廢井堆砌"[17]에서와 같이 임란의 병화로 화려했던 장안이 烏有로 돌아간 당시, 그의 父 柳鶴谷이 멀리 異鄕에서 객사한 것은 유영으로 하여금 종신토록 인생에 대하여 더욱 무상케 하였을 것이다. 이러한 안으로의 그의 성격과 밖으로의 환경조건이 그로 하여금 명승각처를 음주로써 방랑하는 道士格으로 형상화하였는지도 모른다.

　이러한 것이 <운영전> 작품에 다음과 같이 반영되었을 것이다.

　　青坡士人柳泳 飽聞此國之勝槩 思欲一遊焉 而衣常藍縷 客色埋沒 自知爲遊客取笑 況將而趦趄者 久也
　　萬歷辛丑 春三月旣望 沽得濁醪一壺 而旣乏童僕 又無朋知 躬自佩

---

17) 김기동 공편, 『한국한문소설선』, 49쪽.

酒 獨入宮門則觀者 相顧 莫不指笑 生慙而無聊 仍入後園[18]

泳悵然無聊 携神冊而歸 藏之篋笥 時或開覽 則茫然自失 寢食俱廢
後遍遊名山 不知所終云爾[19]

위에 그려진 유영의 모습은 영락한 無名寒士요, 또한 함께 遍遊할
만한 친구도 없는 외로운 존재다. 그의 성격은 극히 내성적으로 宮社
에 들어갈 때, 뭇 사람들의 웃음을 받고 慙愧를 느껴 후원으로 들어갔
다는 것은 일면 그의 남루한 모습을 생각할 때, 콤플렉스를 느낀 것도
엿볼 수 있다. 더구나 말년에 명산을 두루 찾아 所終을 모를 만큼 그는
당시와는 동떨어진 소외된 존재였다. 위의 인용문 중 "萬歷辛丑年"은
선조 34년으로, 유영의 생평으로 환산한다면, 그의 48세 되던 해로 작
품에 그려진 것은 사십대 그대로의 모습으로 實人 유영과 부합된다.
이러한 점으로 보면 <운영전>에 반영된 유영의 모습과 實人 유영과
는 많이 공통되는 점이 있다. 大谷 씨가 이런 공통점을 통하여 <운영
전>에 반영된 유영을 實人 유영을 모델로 한 것으로 본 것은 탁견이
나, 이를 다시 작자에까지 추정시킨 것은 앞에서 언급한 바와 같이 논
리의 비약으로밖에 볼 수 없다.

이로 본다면, <운영전>에 그려진 유영의 이미지나 그 외 안평대군
및 운영 등의 사건이나 모습은 하나하나 허구로서가 아니라, 史實을
토대로 하여 가능성 있게 묘사한 것으로 보인다. 實人 유영을 모델로
하였지만 당대나 후대에 별로 유명치도 않은 無名寒士 유영을 등장시
킨 것으로 보면, 작자의 생존연대는 유영에서 많이 떨어진 후대는 아

---

18) 상동.
19) 상동서, 100쪽.

닐 것이다. 작자가 유영에 대한 비교적 구체적인 지식의 소유자라는 것을 생각할 때, 유영과 동시인으로도 볼 수 있지 않을까 한다. 그러나 작품에 "泳(中略)後遍遊名山 不知所終云爾"라고 되어 있는 것을 보면 그 저작연대를 아무래도 유영의 사후로 잡아야 할 것이다. 또한 작품의 "新經兵燹之餘 長安宮闕 滿城華屋 蕩然無有壞垣破瓦廢井堆砌"으로 본다면, 임란을 겪은 후 아직도 도성에 병화의 자취가 있을 때로 보인다. 이런 점에서 유영의 終年이 광해군 8년이므로 1616년 이후에서 별로 멀지 않은 연대에 <운영전>이 저작되었을 것이라고 조심스럽게 추정해 본다.

2

군담소설의 연구

1) 군담소설의 諸問題

(1) 導 言

한국 군담류 소설은 대부분 한국사상 초유의 임·병 양란을 겪고 이를 계기로 하여 산출된 것이다. 그러므로 군담소설하면 임·병 양란 시기에 出來한 소설을 통칭하게 되어 있다. 뿐만 아니라 군담소설은 양적으로 한국 고소설의 대부분을 차지하고 있으며, 또한 한국소설발달사상 비교적 초기형에 속하고 있으며, 그 구성법은 퍽 단조로우나, 그 내용에 있어선 군담을 중심으로 하여 괴기형, 계모형, 염정형 등 다양성을 띄우고 있어, 이는 한·중비교소설사상 중국 唐代의 傳奇小說의 위치를 방불케 하는 감을 주고 있다.

그러므로 군담소설은 한국의 여타 고소설의 고구에 앞서 그 고구가 반드시 거쳐야 할 필수과제이다. 그러나 군담소설의 전반적인 槪究는 필자가 이미 長論文인 「한국 고대 군담소설 연구」(고려대 석사논문, 1958)를 작성한 바 있거니와, 該稿에서는 많은 문제 중 他面은 차치하고 우선 소설사적인 위치에서 그 시정을 위하여 가장 시급을 요한다고 볼 수 있는 소설사적 시대구분의 문제와 實話·實談의 처리문제를 택하여 논고코자 한다.

여기 序에서 시대구분의 문제에 한하여 밝혀 둘 문제가 있다. 한국 고소설은 불행히도 작자 및 저작연대가 대부분 미상에 속하고 있다. 특히 군담류 소설에서는 더욱 그러하다. 또한 양적으로 한국 고소설 중 군담소설이 그 대부분을 차지하고 있다 함은 전언한 바와 같다. 우리는 현존하는 모든 군담소설을 모두 임·병 양란 시기에 산출되었다고는 볼 수 없다. 즉 후대의 模作이 많은 것이다. 그 일례를 들면 <女將軍傳>과 <女子忠孝錄>이다. 이 두 작품은 인명과 지명에 있어서 차이가 있을 뿐, 내용이나 스토리의 전개가 꼭 같다. 우리는 이 두 작품에서 眞, 假 작품을 알아내야 하는 것 같이, 많은 군담소설 중에서 模作과 眞作을 가려내는 것이 급선무이다. 그러나 이는 한국소설의 서지적 과업이 이루어지지 않는 한, 難中難의 일로 현재로서는 가능성이 극히 희박하다. 이것이 또한 한국 소설사를 재구케 하는 데 큰 난점을 갖게 하는 것이다. 다만, 이 序에서 문학사적으로 무가치한 模作을 가려내야 할 필요성을 제언할 뿐이다.

군담류 소설은 前言한 바와 같이 거의 모두 작자와 저작연대가 미상이다. 그러면 군담류 소설은 한국 소설사적 시대구분에 있어서 과연 어느 시기에 내포시킬 것이냐? 이에 대하여는 군담소설을 산출케 한 임·병 양란이란 시대사조와 또한 <삼국지연의>와의 관계를 생각하여, 군담류 소설의 작자 및 저작연대가 밝혀지지 않는 한, 임·병 양란기에다 내포시키는 지금까지 출간된 한국 소설사론의 방법이 옳은 방법이라고 생각된다. 뿐만 아니라 오늘날까지 군담류 소설의 방법이 산출기를 임·병 양란 시기로 잡는 데 대하여 아무런 반론도 제기되어 있지 않고 있으려니와, 반론을 제기할 만한 이유와 자료도 없다. 그러므로 該稿 前欄에서는 군담소설을 임·병 양란기로 잡는 대전제 밑에 논술이 전개되었다.

後欄, 實話·實譚의 문제에 있어선, 소설의 허구성과 소설적 구성을 척도로 삼아 軍談 軍記 중 이에서 벗어난 작품은 소설작품으로 볼 수 없어, 소설사에서 의당히 제거되어야 할 문제를 논술했다.

(2) 시대구분의 문제

군담류 소설은 이조 임·병 양란을 계기로 하여 出來했다는 최초의 발언자는 물론 김태준이다. 김태준은 그의 『조선소설사』에서 「壬·丙兩亂에 盛行한 軍記 軍談」이란 난을 설정하여 다음과 같이 논하고 있다.

> 壬亂이야말로 朝鮮에 대하여는 靑天에 霹靂이었다. 慘酷하기 말할 수 없는 急難을 만나서 上下一致로 戰爭에 나가서 義를 勵하고 功을 就하여 勇壯한 氣風이 나서 小天地에 風靡하야 愛國的 義憤과 忠勇의 戰跡을 經으로 하고, 豊富한 自主獨立의 精神을 緯로 하여 詩的으로 織出한 軍談이 자못 많으니, 柳成龍의 懲毖錄 (中略) 其他 作者 未詳한 倡義錄과 壬辰錄 등의 敍事的 抒情詩가 있으며, 보다 朝鮮類의 節義를 高唱하고 理想的 武勇을 顯發하였으니 이 風習은 오래 繼續하여 仁祖의 丙子亂을 지낸 후에도 丙子湖南倡義錄, 丁卯西湖擧義錄, 西征錄, 江都日記, 南征日記, 戊申倡義事實, 永陽西難倡義錄, 三學士傳, 林慶業傳 等을 産出하였다.[1]

이상을 약술하면 한국사상 초유의 청천벽력 같은 임·병 양란을 겪

---

1) 김태준, 『조선소설사』, 68~69쪽.

고 勇壯한 기풍이 나서 애국적 義憤과 忠勇의 戰跡을 經으로 하고 풍부한 자주독립의 정신을 緯로 하여 시적으로 직조된 많은 군담류가 족출했다는 것이다.

그런데 김태준이 前引한 임·병 양란을 계기로 하여 군담류 소설이 出來했다는 소설사적 시대구분에 대하여, 이후 많은 소설사론이 출간돼 나왔지만, 아무런 일언의 비평, 혹은 반론이 나와 있지 않고, 오히려 김태준의 군담류 소설의 시대구분을 그대로 답습하여 오늘날은 이것이 정설로 귀착한 감을 주고 있다. 또한 필자도 김태준의 군담류 소설의 한국소설적 시대구분에 대하여 조금도 起疑를 제기할 의사는 없고, 수 년 동안 군담류 소설을 연구한 바 있는 경험을 통하여 김태준설을 더욱 강력히 시인케 된다.

한국 군담류 소설의 직접적인 발생 동기에 대하여는 사상 초유의 임·병 양란을 제외해서 생각할 수 없지만, 또한 중국의 <삼국지연의>의 영향을 도외시할 수 없는 것이다.[2] <삼국지연의>가 震域에 전래한 데 대하여는,

宣朝之世 上教有張飛一聲 朱萬軍之語 奇高峰大升進曰 三國衍義
出來未久 臣未之見 後因朋輩間聞之 甚多誕云云[3]

敍上의 기록 중 高峰 奇大升은 李朝中期의 碩儒로 中宗 丁亥年(1527)에 出生하여 宣祖 壬申 6년(1572)에 卒하였으니, 늦어도 선조조

---

2) 졸고, 「한국 군담류 소설에 끼친 삼국지연의의 영향서설」, 『국문학』4호, 고대 문리대 국문학과, 1960.

3) 李瀷, 『星湖僿說類選』九上 經書篇 七.

초까지는 <삼국지연의>가 충분히 전래하였으리라고 믿어진다. 그러나 전게한 인용문 중 "出來未久"란 어구가 있음으로 보아 이 연의가 아직 유행단계에는 이르지 못하다가 임·병 양란을 계기로 급박한 시대사조에 호응하여 독서계에 풍미한 듯하니 김만중의 『서포만필』에,

今所謂三國志衍義者 出於元人羅貫中 壬辰後盛行於我東 婦儒皆能誦之(下略)4)

란 기록이 있고, 역시 이익의 『성호사설류선』에도,

三國衍義(中略)在今印出廣布 家戶誦讀 試場之中 擧而爲題 前後相續5)

이란 기록 등을 통하여 <삼국지연의>의 震域에 있어서의 전래·유파과정을 어느 정도 살필 수 있는데, 즉 <삼국지연의>가 선조조 초에 전래하여 임·병 양란을 계기로 격박한 시대의식에 호응하여 독서계에 유행됨에 따라서 군담류 소설이 산출한 것은 지금까지 출간된 한국소설론 및 소설사류를 빌리지 않더라도 명약관화한 사실이 아닐 수 없다.

그러므로 군담류 소설의 한국 소설사의 시대구분에 있어서도 임·병 양란을 계기로 하여 산출되었다는 오늘날 학계에 귀착된 정설에 대하여 전언한 바 있듯이 필자 의문을 던지거나, 혹은 異說을 내놓을 의사는 추호도 없고, 오히려 이 定說을 前擧한 김태준의 인용문과 필자

---

4) 油印本, 『西浦漫筆』, 문림사.
5) 李瀷, 『星湖僿說類選』, 九上 經史篇 七.

의 散稿를 통하여 더욱 확적케 하는 바이다. 그러나 오늘날 이 군담류 소설의 한국 소설사의 시대구분에 대한 귀착된 정설이 있음에도 불구하고 이에 대하여 일언의 의문이나 비판을 가하지 않고, 군담류 소설의 시대구분의 분류에 대하여 오늘날까지 출간된 한국소설사류에 모순성이 있기에 이를 시정코자 하는 것이다.

우선 이를 시정하기 전에 지금까지 출간된 한국 소설사의 시대구분의 분류법을 참고하는 것이 편리할 것 같다.

지금까지 출간된 김태준의 『조선소설사』를 비롯하여 주왕산의 『조선고대소설사』 및 박성의의 『한국고대소설사』 그리고 신기형의 『한국소설발달사』 등 네 종류의 소설사에서 시대구분의 분류법은 말할 것도 없고, 군담류 소설에 있어서도 그 시대구분의 명칭이 대동소이할 뿐, 대략 김태준의 방법이 襲用된 감을 주며, 신기형 씨의 『한국소설발달사』[6]의 방법을 제외하고는 모두 군담류 소설은 임·병 양란 시기에 국한시킨 것을 窺知할 수가 있다.

그런데 군담류 소설의 대표작이라고 볼 수 있는 『임진록』을 비롯하여 〈곽재우전〉·〈유충렬전〉·〈조웅전〉·〈임경업전〉 등은 모두 임·병 양란 시기에다 국한시켰으나, 군담류 소설의 하나인 〈박씨부

---

6) 신기형 씨의 『한국소설발달사』에 대한 서평이 아직껏 나와 있지 않으나, 신기형 씨는 그의 『한국소설발달사』에서 고소설의 발달기(숙종조)의 시대구분을 설정하여 이에 다 군담류 소설을 삽입해 놓았는데, 이에 대하여 신씨는 아무런 주도 붙이지 않았고, 또한 종래 소설사의 임·병양란시기를 중심으로 군담류 소설의 산출에 대하여도 아무런 비평도 설명도 가하지 않고 있다. 그러나 신씨의 소설사를 點察해 볼 것 같으면, 영정조에 산출된 박연암 소설이 숙종조 「고대소설의 발달기」에다 다루어 놓았으니 착오도 이만저만이 아니다. 신기형 씨의 소설사가 가장 뒤늦게 출간되었지만, 그 시대구분의 분류법에 있어서는 자기만의 독창성을 내세우려 했으나, 결과적으로는 종래의 소설사의 시대구분의 분류법에서 일보 후퇴하고 말았으며, 또한 조잡함을 면치 못한다.

인전>만은 김태준의 『조선소설사』를 비롯하여 주왕산 씨의 『조선고 대소설사』, 박성의 교수의 『한국고대소설사』에 있어선 숙종조 작품으로 다루어져 있고, 신기형 씨의 『한국소설발달사』에 있어선 한층 더 내려와 영·정조 작품으로 다루어져 있는 것이다. 그러나 <박씨부인 전>의 작자나 저작연대가 뚜렷하다면 별문제이다. 군담류 소설 모두 가 작자 및 저작연대가 미상인 것같이 <박씨부인전>도 작자 및 저작 연대가 공히 미상에 속하고 있다. 또한 숙종조 혹은 영·정조에 저작 되었다고 할 만한 아무런 이유도 없다. 그러므로 <박씨부인전>도 여 타 군담소설인 『임진록』·<곽재우전>·<유충렬전>·<조웅전>·<임 경업전>과 같이 취급될 작품임을 전제로 해야 할 것이다.

<박씨부인전>은 병자호란을 소재로 한 <임경업전>과 자매편이라 고도 말할 수 있다. <임경업전>은 실존인물인 남주인공 임경업을 모 델로 했고, <박씨부인전>은 假定人物인 여주인공 박씨부인이 모델로 되어 있다.

<박씨부인전>의 경개에 대하여는 旣刊된 소설사 및 소설론으로 미 루거니와 <박씨부인전>이 <임경업전>과 병자호란을 소재로 한 쌍벽 의 소설이라는 데 대한 具論은 장덕순 씨의 논문7)으로 미루겠거니와, <박씨부인전>을 보면, 병자호란시 실존인물인 임경업, 이시백 등이 등장하고, 또한 胡將, 용골대, 용홀대의 인물이 등장함으로 <박씨부인 전>이 병자호란을 소재로 한 군담소설이라는 데 대하여는 하등 起疑 할 여지가 없다.

<박씨부인전>의 주인공인 박씨부인의 남편인 이시백이 실존인물

---

7) 장덕순, 「병자호란을 전후한 전쟁소설」, 『인문과학』3, 연세대 문과대학.

이라는 점에 대하여 더 구술하면, 『國祖人物誌』에,

> 李時白 字敦詩 號釣巖 延安人 貴之子 仁祖反正時 大將 李興立 持重兵在內 諸公以爲憂 使其婿張紳說之 興立曰 李時白亦與謀乎 紳曰 然 興立曰 然則此其義擧 而必可成也 遂許諾 其見信於人如此 以靖社功封延陽府院君 丁丑在南漢圍城時 軍卒爭逼行宮 請縛送斥和臣 于敵陣 連日呼譟 而獨時白所領軍卒一不離次 上下賴以安 爲兵曹判書(下略)[8]

란 기록으로 보아 이시백은 인조 반정시 家父로 더불어 대공을 세워 延陽府院君이 되었으며, 병자호란시는 兵曹參判이 되어 南漢事를 兼管하였었고, 還都後에는 工兵判의 三判 兼 漢城府尹이 되었다가 李适의 亂에도 대공을 세워 영의정까지 제수된 인조대의 名功臣임을 알겠다.

다만 이시백의 처 박씨부인에 대하여는, 『東廟記纂』에 "李時白奉事 尹珍之婿"란 기록으로 보아 이시백의 처는 박씨가 아니라 윤씨임이 분명하고, 박씨부인은 그 묘사가 기괴로 엮어진 것같이 그 인물도 허구의 인물임을 알겠다. 그러므로 <박씨부인전>은 결론적으로 말하면, 병자호란이란 史實과 虛構(fiction)가 교차된 군담소설이며, 또한 오늘날까지 <박씨부인전>이 작자 및 저작연대가 밝혀지지 않는 한, 이 소설은 그 소설사적 시대구분에 있어서 의당히 여타 군담류 소설과 같이 임·병 양란 시기로 국한되어야 할 것이다.

다음에, 『南征日錄』은 김태준의 『조선소설사』[9] 및 이후 출간된 소

---

8) 『국조인물지』하 119쪽.
9) 김태준, 동상서, 69쪽.

설사론에 임·병 양란을 계기로 등장한 군담소설로 다루어져 있으나, 『남정일록』은 영조 4년(1728) 戊申亂 때의 史實을 기록한 책이다. 좀 더 구술하면, 金一境의 與黨 李麟佐, 鄭希亮, 南泰徵, 朴弼夢 등이 密豊君 坦을 추대하여 반란을 일으키자 崔圭瑞가 조정에 고발, 吳命恒을 都元帥로, 朴文秀, 趙顯命 등을 종사관으로 하여, 서울의 군대를 이끌고 남하하여, 안성, 죽산에서 적을 격퇴하고 與黨을 섬멸하였다. 후에, 오명항은 奮武功臣에 올랐다. 이러한 기록은 『政院日記』, 『勘亂錄』, 『趙豊原日記』, 軍官 申震瀟과 權喜學의 기록 등을 중심으로 하여 쓴, 일종의 史實錄이다. 오늘날 전하는 『南征日錄』은 4卷 2冊으로 印本으로 전한다.

그럼에도 불구하고 『남정일록』을 임·병란시에 산출된 군담류 소설로 다루는 것은 사실과 허구를 분간치 않은 것이며, 또한 시대적 구분에 있어서도 백보 양보하여 이 기록을 소설로 치더라도 영·정조에서 다루어져야 할 것이다. 實譚이 소설로 취급된 데 대하여는 下論하겠기 여기에서는 略하겠다.

다음 『戊申倡義事實』도 『남정일록』과 마찬가지로 戊申亂(李麟佐의 亂)의 사실을 소재로 한 에세이 類이다. 그러나 該書도 김태준의 『조선소설사』[10] 및 여타 소설사에서 임·병 양란을 계기로 등장한 군담류 소설로 다루어져 있다. 만일 전거한 『남정일록』이나 『무신창의사실』 등 엣세이 類를 광의적인 소설로 본다고 하더라도 소설사적 시대 구분에 있어서는 의당히 영·정조기로 국한되어야 할 것임은 말할 것도 없다.

---

10) 同上.

다음 『西征錄』은 김태준의 『조선소설사』[11] 및 소설사에서 역시 임·병 양란기의 군담소설로 다루어져 있으나, 『서정록』은 임·병란이 그 소재가 된 것이 아니라 이조 세종시 이순지가 서북지방의 野人을 토벌한 전말을 기록한 에세이류이다.

『丙子胡亂倡義錄』 역시 김태준의 『조선소설사』[12] 및 기타 소설사에서 임·병 양란기의 군담소설로 취급되어 있다. 그러나 該錄은 일명 『湖南丙子倡義錄』이라고도 하며, 병자호란시 호남지방의 義士들이 義擧한 사적을 호남의 유림들이 상의하여 영조 46년(1770)에 편찬, 간행하였다가 철종 9년(1858)에 補修 重刊된 것이다. 다시 말하면, 병자호란에 淸軍이 서울을 침범하니 인조는 부득이 남한산성으로 피난하게 되었는데, 당시 현감인 이흥발 등 5人이 왕을 도우려고 호남의 曹守誠과 礪山에서 만나, 大司諫 鄭弘溟을 대장으로 추대하고 충청도 청주에 이르렀으나 인조가 이미 청에 항복했다는 비보를 듣고, 통곡하며 돌아갔다는 것이다. 제1권에는 倡義史蹟·敎文·通文·列邑報牒·召募使事實·五賢事實, 제2권에는 從事事實, 제3권에는 列邑都有司諸公事實, 제4권에는 列邑赴義諸公事實·和順擧義通文及擧義諸公事實, 제5권에는 羅州擧義通文及擧義諸公事實·和順擧義時日記 등이 수록되어 있다.

그런데 여기에 문제되는 것은 『병자호란창의록』이 병자란을 소재로 한 방대한 戰史錄의 성격을 띠었으면서도, 該錄의 編者 및 출간된 연대가 영조 중기라는 점이다. 우리가 소설작품을 소설사적 견지에서 시대구분을 지을 때, 소설의 소재 배경을 중심으로 하느냐, 혹은 그 저작

---

11) 同上.
12) 同上.

연대를 중심으로 하느냐 하는 문제에 있어서, 작품 전반에 걸친 넌센스라 하겠다. 소재 배경의 今·古를 물론하고 그 저작연대가 중심이 되고 있음은 주지의 사실이다. 만일 영조시 편찬, 출간된『병자호란창의록』이 그 소재, 배경이 병자호란으로 되었다 하여 그 저작연대를 무시하고 소설사적 시대구분에 있어서 임·병 양란기로 잡는다면, 이는 일예로 근자 저작된 월탄 박종화 선생의『임진왜란』도 작품의 배경 시기만을 본다면 임·병 양란기의 작품이 되는 우스꽝스런 넌센스가 발생하게 된다.

그러므로 오늘날까지 출간된 한국 소설사론에서 그 사적 시대구분을 지을 때, 전게한 바와 같이 소재와 배경을 중심으로 저작연대를 잡는 것은 중대한 미스라고 본다. 그리고 그 미스의 원인은 오늘날 시점으로 보아 많은 오류가 있는 김태준의『조선소설사』의 내용을 이후 출간된 소설사론에서 무비판적으로 그대로 받아들여진 데 있다고 본다.

위와 같은 <박씨부인전>·『남정일록』·『무신창의사실』·『서정록』·『병자호란창의록』 등 외에도『丁卯兩湖擧義錄』 등 몇 개의 문제작이 있으나 또한 다음의 實話·實譚의 문제에서 중복되겠기에 그 구체적인 시정은 略하기로 하겠다.

(3) 實話·實譚 류의 문제

實話·實譚은 소설적 구성을 가지지 않는 한, 소설이 될 수 없다. 소설이 소설이 될 수 있는 중요한 요건은 허구(fiction)와 구성(structure)에 있다. 옛날에는 구성보다도 허구를 더욱 중요시했다. 그러나 오늘날 實譚小說(Fact story)이 등장한 이래로 허구보다는 구성을 더욱 중요시하게 되었다. 말하자면 소설의 내용이 사실이든 허구이든, 소설적 구성만 가지고 있으면 소설이 될 수 있다는 것이다. 그래도 오늘날 간간히 창작되는 實譚小說도 소설인 한, 그 내용의 전체가 곧 실화일 수는 없다. 오늘날 아무리 소설에서 허구를 추방하려고 해도 그것이 소설인 한, 쉽사리 추방되어질 수는 없는 것이다. 단, 옛날에 중요시되던 허구 대신에, 소설작법에 있어서 구성이 더욱 중요시되게 된 것뿐이다.

한국 소설사에서 허구성을 갖고 있지 않은 많은 작품이 소설로 취급되어 있다. 즉 그 두드러진 예가 『징비록』·『계축일기』·『한중록』 등이다. 이 문제에 대해서는 필자가 일찍이 某紙에다 그 시정의 小論을 발표한 일이 있었다.[13] 그러나 該面에서는 주제가 군담류 소설의 諸問題이니만큼, 한국 소설사의 전반적인 것은 차치하고, 軍記·軍譚類에 국한하여 소설의 두 가지 요건인 허구성과 소설적 구성이 없는 작품을 들어 그 시정의 필요성을 논술코자 한다.

첫째, 『징비록』은 16권 7책으로 된 것으로 그 원본이 오늘날 안동 하회문화관에 보관되어 있다. 이것은 宣祖時 西崖 柳成龍(1542~1607)에 의하여 집필된 것으로, 서애 유성룡이 임진왜란 때, 작자의 견문을 적은 일종의 戰爭隨想錄이다. 이를 더 구술한다면, 유성룡은 임진란이 끝나자, 그의 징비록 序에,

> 懲毖錄者何記亂後事也 其在亂前者 往往亦記所以本其始也 嗚呼 壬辰之禍慘矣 浹旬之間 三都失守 八方瓦解 乘輿播越其得有今日天也 亦由祖宗仁厚之澤 固結於民 而思恨之心未已 聖上事大之誠 感動皇極 而存邪之師屢出 不然則殆矣 詩曰 豫其懲而毖後患 此懲毖錄所以作也(下略)[14]

---

13) 정규복, 「한국 고대소설 단상」, 『서울신문』, 1959.7.8~10.

에서와 같이 저자가 한국사상 초유의 임진란을 통하여 후인에게 이를 징비하기 위하여 저술한 것이다.

『징비록』은 上下 2권 외에도 『芦曝錄』 2권, 『辰巳錄』 10권, 『軍門謄錄』 2권으로 되어 있다. 『징비록』은 임진왜란의 원인 전황을 기술한 것으로 저자의 손으로 된 관계문서가 붙어 있고, 또 『錄後雜記』라 칭하는 징비록의 추가기록 1편이 들어 있다. 『호폭록』은 저자가 올린 劄 및 狀啓를 모은 것이고, 『진사록』은 壬辰年부터 癸巳年까지 從軍하는 동안의 狀啓를 수록한 것이다. 『군문등록』은 선조 28년으로부터 31년까지 저자가 都體察使로 재임 중의 文移類를 모은 것으로, 여기에 自敍와 自跋이 들어 있다. 懲毖란 『詩經』 小毖篇의 "豫其懲而毖後患"에서 딴 것이다. 該錄의 初刊은 인조 11년 西崖의 子 柳珍의 『西崖集』을 간행할 때, 그 속에 수록했고, 10년 후 다시 16권의 『징비록』을 간행, 이후 원본의 체재를 갖추었다는 그 傳本도 간행했다. 1936年에 조선사편수회에서 경북 안동 하회리 宗家의 소장본인 저자 자필의 필사본을 조선사료총간 제11집에 草本 징비록이라 하여 影印한 일이 있으며, 1958년엔 성균관대학 대동문화연구원에서 영인한 『西厓集』끝에도 영인 수록되어 있다. 『광사』 제3집에도 『징비록』과 『징비잡기』가 합쳐 4권으로 수록되어 있다.

前擧한 『징비록』을 살펴 보았을 때, 소설이 될 만한 허구성도 없으며, 또한 소설적 구성도 전무하다. 『징비록』이야말로 방대한 전쟁 隨想錄으로 임진왜란의 중요한 사료가 될 것이다.

다음 『龍灣聞見錄』도 『징비록』과 같이 김태준의 『조선소설사』(증

---

14) 『西崖文集』, 『懲毖錄』(성균관대학, 대동문화연구원), 491쪽.

보판)[15] 및 이후 출간된 소설사에서 역시 군담소설로 다루어져 있으나, 該錄은 그 제목 그대로 임진란의 견문록이며, 임진란이 발발하자 선조가 평북 의주로 播遷할 때, 모시고 따라 갔던 鄭琢(1526~1605)이 당시의 견문을 보고 들은 대로 기록한 것이다. 즉 명나라 장군의 來往·迎送의 대략과 교환한 문서, 言辭, 기타 명나라에 관한 事況을 宣祖께 바치기 위해 기록한 일종의 전쟁·외교에 대한 隨想錄이다.

『奪忠紓難錄』은 임진란 때의 松雲大師 惟政(1544~1610)의 일기이며, 法孫 南鵬이 編纂했고, 申維翰이 증보 개정하여 영조 15년에 밀양 표충사에서 간행한 것이며 유정의 일기 외에『지봉유설』,『어우야담』등의 책을 참고 인용하여 여러 명사의 輓詩 讚詞도 실려 있는 것이다.

『唐山義烈錄』은 임진란 때, 唐山人 尹鵬, 萬戶 車殷軨 車殷輅 兄弟, 金進壽 등이 임란에 임한 史實과 道伯의 狀啓, 禮曹의 回啓, 義烈 碑文 등을 수록한 책으로 李萬秋가 편찬했다.

『丁卯兩湖擧義錄』은 인조 5년 정묘호란 때 왕이 江島로 파천하매, 金長生이 號召使가 되어 각 지방에 격문을 띄우고 의병을 모아 분전 고투한 史實을 기록한 책이다. 胡兵이 침입해 온 事實, 敎文, 尙啓, 檄文, 差帖, 報狀, 關文, 號召使 이하 20권 義士 躍戰 등이 들어 있고, 金長生의 칠대손 金憙의 序跋이 붙어 있다.

『永陽四難倡義錄』은 임진란 때, 鄭世雅의 의거, 정묘호란 때의 孫澍의 의거, 병자란 때 남한산성이 포위를 당할 당시에 정세아의 손자 鄭好仁의 의거, 그리고 영조 4년 戊申亂 때 정호인의 증손 鄭葵陽의 의거 등 4차의 의거에 대한 공적을 기술한 책이다. 경북 영천의 儒林

---

15) 김태준, 동상서, 69쪽.

이 편찬하여 순조 22년에 간행했다.

『江都日記』는 인조시 魚溪明이 기록한 일기이다. 병자호란 후에 효종이 된 鳳林大君과 麟平大君이 江島로 피란할 때, 京畿左道 水運判官이었던 필자가 김포 甲串津에서 강화까지 보호하여 건네 준 여러 정황이 기술되어 있다. 冊末에 金唱協, 權尙夏의 발문이 붙어 있다.

『少爲浦倡義錄』은 이조시 少爲浦에서 의거한 史實을 기록한 책이다. 參議 金佑가 임진란이 일어나자 의거하여 싸웠고, 정묘호란이 일어나자 다시 의거하여 아들 金得汴 등 4인과 군사를 모아 龍川 少爲浦에서 공훈을 세운 史實을 기록했다. 영조 35년에 金佑의 5대손 金重器가 史實을 기록했고, 6대손 金履兢이 또한 계속하여 기록한 일종의 종합 戰爭隨想錄이다.

前揭한 『징비록』·『용만문견록』·『분충서난록』·『당산의열록』·『정묘양호거의록』·『강도일기』·『영양사난창의록』·『소위포창의록』 등 외에도, 『南征日錄』·『戊申倡義事實』·『西征錄』·『丙子胡亂倡義錄』 등도 이면에서 논의될 충분한 문제를 내포하고 있으나, 前欄에서 논술되었기에 該面에서는 생략하겠다.

즉 前揭한 임진, 병자, 정묘란을 위시하여 내란의 성격을 띤 무신란을 중심으로 한 諸錄에는 소설이 될 만한 허구와 구성을 엿볼 수 없다. 즉 허구의 한계를 떠나서, 소설의 필수조건인 구성면을 중심으로 분석해 본다 할지라도 하등의 소설적 구성 요소를 찾을 수 없다는 것이다. 요는 모두가 전쟁 내지 내란의 隨想錄의 성격을 띠고 있기에 사료의 중요한 요소가 될 수 있을 것이다. 그러나 이들 諸錄은 앞으로 소설사에서 제거되어야 한다고 여겨진다.

(4) 결 어

이상에서 한국 군담소설의 소설사적 시대구분의 문제 및 實話·實談의 문제를 논술했거니와, 시대구분의 문제에 있어서는 군담류 소설로서 병자호란을 소재로 한 <박씨부인전>이 가장 문제되는 작품으로서 현존하는 諸 군담소설의 작자 및 저작연대가 미상인 것같이 이 작품도 작자 및 저작연대가 공히 미상이므로, 한국 소설사론에서 숙종조 혹은 영정조에서 논의된 것은 의당히 임·병 양란 시기에 논급되어야 할 것을 제의했다.

그리고 『남정일록』과 『무신창의사실』은 임·병 양란과 전연 무관한 무신란(이인우의 난)의 史實을 기술한 일종의 內亂隨想記로서 소설사에서 제거되어야 할 것은 물론, 소설사적 시대구분에 있어서도 백보 양보하여 이것들을 허구의 소설작품으로 치더라도 마땅히 영·정조 시기에서 논의되어야 할 것을 언급했다. 또한, 『서정록』도 임·병 양란과는 아무런 관계가 없는 세종시 서북지방을 토벌한 전말의 기록으로, 該錄도 또한 소설이 될 수 없는 일종의 隨記로서, 비록 소설작품으로 치더라도 그 시대구분에 있어선 李朝初의 작품으로 다루어져야 할 것이다.

『병자호란창의록』은 실제로 병자호란이 그 이야기의 소재 및 배경이 되었지만, 該錄의 제작연도가 영조 중기로 되어 있으므로, 그 시대구분에 있어서는 임·병 양란 시기에 내포되어야 할 것이 아니라, 영정조대에서 논의되어야 할 것을 提言했다.

그러나 前揭한 그 항목인 시대구분의 문제와 실화·실담의 문제가 문제된 작품을 다루는데, 서로 중복된 감이 없지 않으나, 이는 문제된 작품이 <박씨부인전>을 제외하고는 전거한 2항목의 문제점을 공히 가지고 있기 때문에 피할 수 없는 문제였다. 하여간, 소설사적 시대구분의 문제에 있어서 작품의 소재와 배경이 문제가 되는 것이 아니라, 저작연대가 중심이 되어야 한다는 것, 그리고 실화·실담의 문제에 있어선, 허구성과 소설적 구성이 중심이 되는데, 지금까지 한국 소설사론에서 군담류 소설로 다루어져온 『징비록』·『용만문견록』·『분충서난록』·『당산의열록』·『서정록』·『정묘양호거의록』·『강도일기』·『남정일기』·『무신창의사실』·『병자호란창의록』·『영양사난창의록』·『소위포창의록』 등은 허구성과 소설의 기본요소인 소설적 구성이 없으므로 소설작품이 될 수 없는 일종의 隨想錄의 성격을 띠고 있으므로, 앞으로는 前揭 저작물이 소설사에서 마땅히 제거되어야 할 것을 재강조하는 바이다.

2) 〈임경업전〉의 권선징악적 의미

<임경업전>은 병자호란과 임경업(1594~1646)의 개인적 전기가 아울러 소재가 된 역사소설이며 전쟁소설의 성격을 지니고 있다는 것은 주지된 사실이다. 이를 더 부연해 말하면, 임경업의 개인적 전기를 중심으로 당시 동아세아의 지정학적 상황에서 중국대륙에 저물어가는 明朝와 새로 일어나는 淸朝와의 갈등 속에 崇明 사상의 사상적 기반으로 외교를 편 조선중기의 역사적 소용돌이에 병자호란과 대응시키면서 이들을 이상화시킨 역사소설의 일종이라고 볼 수 있겠다.

　<임경업전>은 <박씨부인전>과 함께 일찍부터 병자호란을 소재로

한 대표작으로 평가를 받아오면서 장덕순 교수가 이에 착안하여 최초로 전쟁소설로 규정한 이래,[16] <임경업전>에 대한 실기와 소설의 문제, 이본의 문제 내지 형성과정의 문제 등 다각도로 검토되어 온 것이[17] 최근 이윤석 교수에 의해 비로소 종합적으로 정리되었다.[18] 필자가 여기에서 거론하고자 하는 것은 <임경업전>이 지니고 있는 주인공의 죽음인 그 비극성의 문제에 있다.

한국 고소설에 나타난 비극성은 주인공으로 하여금 반주인공에 의해 역경에 처하게 되어 극도의 비극을 독자에게 만끽시켜 종내에는 비극의 역경이 극적으로 전환되어 주인공이 제 자리로 돌아와 好終(happy ending)되는 데 한국적 비극의 미학이 있다. 이것이 소위 아리스토텔레스가 말하는 정화작용(Katharsis)인지도 모른다.[19] 그러므로 서양의 비극론에 비추어 보면, 한국 고소설엔 비록 비극적 요소가 많지만 끝내는 好終으로 종결되기 때문에 비극소설이 없다는 것이다. 바꾸어 말하면, 호종이 깃들어 있는 한, 한국 고소설의 틀은 모두가 희극이란 큰 틀에 내포된다는 것이다.

이를 더욱 분명히 하기 위하여 서양의 비극론의 줄기를 잠시 언급해 두는 것이 좋을 것 같다. 우선 서양의 비극론은 논자에 따라 다양한 견해가 나올 수 있겠지만 이야기의 종말에서 모두가 비참한 죽음으로 완결된다는 것이다. 예를 들면, 희랍의 비극인 소포클레스의 「오이디

---

16) 장덕순, 「병자호란을 전후한 전쟁소설」, 『인문과학』3, 연세대, 1959.

17) 윤영옥, 「임경업전연구」, 『국어국문학』15, 영남대, 1973.
　　서대석, 「임경업전연구」, 『하성 이선근박사 고희논문집』, 1974.
　　최용순, 「임경업전연구」, 고려대 석사학위논문, 1972.

18) 이윤석, 『임경업전연구』, 정음사, 1985.

19) 정규복, 「한중고전소설에 나타난 비극성」, 『태야 최동원선생 회갑기념국문학논총』, 1983.

프스왕」의 주인공인 오이디프스와 그의 처 이오카스가 자살 등 비참한 죽음으로 끝나는 것이나, 근대의 비극인 셰익스피어의 「햄릿」, 「로미오와 줄리엣」 등의 주인공들이 역시 동정의 여지없이 모두가 죽음으로 끝나는 것이 그것이다. 그러므로 여기서는 비극의 정의를 서양의 비극론을 중심으로 볼 때, 가장 간명하고 명쾌하게 정의를 내렸다고 보아지는 글을 인용하여 이 글을 전개해 나아갈까 한다.

> 비극이란 비참한 사건·불행 혹은 불운의 연속으로 동정과 공포를 유발하고 끝내는 파국으로 마무리 짓는 문학구조, 특이 소설구조이다. (A literary Composition, especially a narriativ, which excites pity or ternor by a succession of sorrowful events, miseries, or misfo -rtunes, leading to a catastrophe. *Webster's New International Dictionary*).

위의 비극의 정의에 입각해 보면, 한국 고소설엔 好終으로 그 이야기가 종결되는 한, 비극이 없다는 명제가 명확히 성립된다. 즉 한국 고소설은 전계한 바와 같이 엄격히 말해서 비극이 아니라 해서 순수한 단형의 희극도 아니요, 이야기들의 거의가 기나긴 역경의 과정을 거쳐 好終으로 마무리되므로 결국 희비극(tragicomedy)의 범주에 들어가게 되는 것으로서 大題는 결국 희극에 속하게 된다.

그렇지만 앞에서 논의된 <운영전>이나 <임경업전>의 이야기 표면에는 죽음의 비극으로 끝난 것 같지만, 이면엔 유가의 권선징악적 의식에 의해 好終으로 종결되어 있음을 주의해야 한다. 즉 다시 되풀이되는 일이지만, <운영전>의 주인공인 운영과 김진사가 그들의 염정이 탄로나자 자살 등 죽음으로 종결되는 듯하지만, 그들은 죽은 후 천상에 올라가 재회하여 즐거움을 누리는 장면이 附末에 삽입되어 있는 한, <운영전>은 결코 순수한 비극으로 볼 수 없다.[20]

여기서 논의되는 <임경업전>도 마찬가지다. <임경업전>은 이미 앞에서 언급한 대로 병자호란과 개인적 전기가 아울러 배경이 된 전쟁소설이며 역사소설이다. 그렇지만 <임경업전>이 크게는 역사소설의 범주에 뚜렷이 들어가는 한, 작자의 이상과 당위가 추구된 문학작품이지 史實을 그대로 적어놓은 개인적 전기는 아니다. 다시 말하면, <임경업전>은 병자호란과 개인적 전기가 배경이 되었지만 병자호란과 전기가 사실대로 기술된 것이 아니라, 작자의 안목에 따라 이들이 작게, 혹은 크게 변형되어 하나의 문학작품으로 승화되어 있다는 것이다. 즉 병자호란과 개인적 전기가 작자의 안목에 따라 변형되었다는 것은 거듭된 논자에 따라 이미 확인되었다.[21] 그러므로 여기서는 이미 재확인한 것은 생략한다.

<임경업전>의 주인공이 여타의 고소설의 준거에 따라 기나긴 비극적 역경에서 빠져나와 好終되는 것과는 달리, 역사적 사실에 입각하여 결국 죽음으로써 종결된다는 것은 작자가 '독자들에게 큰 감동을 주기 위한 것'[22]이라기보다는 본 작품이 역사소설이니만큼 임경업이 간신

---

20) 최근 김명순 교수의 『고전소설의 비극성 연구』, 창학사, 1986, 75~96쪽에서 <운영전>을 주인공들의 죽음을 통하여 다시 높은 비극성을 부여하고 있으나, 필자의 <운영전>의 비극성을 부정한 「운영전의 문제」는 전연 거론되지 않고 있다.

21) 최용순, 「임장군전연구」, 고려대 교육대학원 석사논문, 26~29쪽.
    이윤석, 『임경업전연구』, 101~115쪽.
    정규복, 「임경업전의 권선징악적 의미」, 『문학사상』, 1986, 262~264쪽.

22) 이윤석, 상게서 193쪽.

들에 의해 억울하게 죽음을 당하였다는 역사적 사실에 솔직했다는 소이가 아닌가 생각된다. 그러므로 본 작품에 나타난 주인공의 죽음을 지나치게 확대시켜 이를 높은 비극성 내지 독자의 감동으로 파악한 것은 부회의 풀이라고 보아진다.

우선 <임경업전>도 <운영전>과 같이 역사적 사실에 입각하여 그 주인공의 죽음으로써 종결된 것을 비극성으로 파악하기보다는 작자의 호종 의식이 무의식 중에 드러나 있다고 파악해야 한다. 즉 임경업이 죽은 후 인조의 꿈에 나타나 자기의 억울한 죽음을 호소함에 따라[23] 간신 김자점은 비참한 죽음을 당하게 되고 임경업을 위하여 충렬사가 세워지고 자손들도 번성한다는 권선징악적 附說이 삽입되어 있다는 것이다.

이날 밤의 상이 젼젼불평ᄒ시더니 비몽ᄉ몽간의 님장군이 홍표관더의 학을 타고 드러와 상쎄 ᄉ비왈 신의 원슈ᄒᄆ를 신원치 못ᄒ고 원슈를 갑지못홀가 ᄒ엿습더니 오날날 젼ᄒ의 디덕으로 신의 원슈를 갑하주시고 역력을 쇼멸ᄒ시니 신이 비로쇼 눈을 감을지라 북망 젼하는 만슈무강ᄒ쇼셔 ᄒ고 통곡ᄒ며 ᄂ가거늘 상이 ᄭᅵ다르ᄉ 탄식왈 과인이 불평ᄒ여 쥬셕지신을 죽여스니 엇지 통한치 아니ᄒ리요 ᄒ시고 경업의 집을 정문ᄒ시고 달너에 셔원을 세워 장균의 화상을 뫼셔 혈식쳔츄

---

23) <임경업전>에 임경업이 인조의 꿈에 나타나 억울함을 호소함에 따라서 인조가 그에게 伸冤을 이룩케 한 것으로 되어 있지만, 실은 『林忠愍公實記』에 의하면, 임경업이 죽은 후 50년이 지난 숙종 23년(1667)에야 비로소 임경업의 양자 임중축의 상소에 의해 신원이 이루어진 것이다. 또한 임경업의 죽음도 본 작품엔 김자점에 의해 이루어졌다지만, 실은 심기원의 역모에 관련되어 심문을 받다가 혹독한 刑을 견디다 못해 죽음을 당한 것이다(이윤석, 『임경업전연구』, 51쪽 참조). 이런 역사적 사실과 소설의 차이는 본 작품이 역사소설로서 얼마나 작자의 주관적 생각이 작용되었다는 것을 여실하게 알려준 것이다.

호게 호시고 그 동성을 부르스 벼살을 쥬시니 구지 스양호고 밧지아니
하는지라 이병죠에 하교호사 경업의 주손을 디디로 각별 종용호라 호
시고 어필노 그 뜻을 쎠 경업의 동성과 아들을 불너쥬시니

위와 같이 주인공 임경업은 죽음으로 끝나지 않고, 그의 원혼이 인
조의 꿈에 나타나 억울함을 호소함에 따라서 김자점은 비참한 죽음을
당하고, 대신 임경업은 충렬사가 세워지고 자손들이 번성한다는 附言
說의 삽입은 작자의 권선징악적 윤리의식의 테두리에서 쓰였다는 것
을 부정할 수가 없을 것이다.

<임경업전>은 서양의 비극에서와 같이 비참한 죽음으로 그 이야기
가 끝나는 것 같으면서도, 사후에 현몽·신원·번성 등의 附說이 삽입
되어 있는 한, 본 작품도 <운영전>과 같이 동궤의 비극성을 내포하면
서도 한국 고소설의 강한 틀인 호종의 권선징악적 의식을 밖으로 한
것이 아니라는 것이다. 그러므로 <임경업전>은 근대적 비극론에 비추
어 볼 때, 결코 비극소설이 아니라 희비극을 지닌 희극소설로 보아야
할 것이다. 그만큼 조선조의 주자학은 특히 한국 고소설에 강한 굴레
로 작용되었다는 것을 확인할 수가 있다.

3
홍길동전의 유가사상과 그 작용

1) 導 言

<홍길동전>은 주지하는 바와 같이 의적 모티브를 주조로 하여 이루어진 한국 고소설의 대표작이다. 이 의적 모티브의 이야기는 세계 각처에 산재한 보편적인 것으로 16세기 스페인에서 시작되었다는 소위 Picaresque이야기가 줄기차게 발전되면서 18세기에 영국에서는 Henry Fielding(1707~1754)의 「톰 존스의 이야기」(The History of Tom Jones)로, 독일에서는 Schiller(1759~1805)의 「群盜」(Die Räu-ber)로 대성을 이루었고, 중국에서는 나관중의 <수호전>으로, 한국에서는 허균(1569~1618)의 <홍길동전>으로 이야기가 정착되었다.

<홍길동전>의 주인공 홍길동이 庶族으로 태어나 呼父呼兄이 금지된 당시, 사회제도에 불만을 품고 가출하여 도적의 소굴에 들어가 活貧黨을 조직하고 무위도식하는 승려의 집단인 해인사를 습격하고, 이어 각처의 탐관오리를 숙청하고 끝내는 율도국에 들어가 그의 이상향을 실현한다는 그 의적 모티브의 이야기는 이식(1584~1647)의 "筠又作洪吉同傳 以擬水滸"(『澤堂先生別集』十五 雜著)로 보아 비록 한국

의 의적의 실제 사건도 작용됐지만 중국의 <수호전>에서 유래되었음
은 틀림없는 일이며,[1] 현재까지도 이에 대하여 아무런 이의가 없다.

그러나 <홍길동전>이 의적 모티브를 <수호전>에서 영향을 받으면
서도 당시 조선시대에 강하게 작용된 유가사상에 의해 한국적 의적 모
티브의 이야기로 재구되었다는 것은 <홍길동전>이 범세계적 의적 모
티브의 이야기 가운데서 존재하여야 할 당위성으로 파악되며, 한편 작
가의 역량 부족으로, <수호전>의 구성에 나타난 다양의 미학이 <홍
길동전>에 제대로 이루어지지 못했지만, 한국적 변형으로 재구된 것
에서 우리는 작가의 위력을 인정하지 않을 수가 없다.

그러면 <홍길동전>의 의적 모티브가 <수호전>의 영향으로 이루어
지면서도 당시 유가사상에 의해 어떻게 재구되었는가를 허균의 유가
적 의식을 중심으로 고찰해 보기로 한다.

2) 시대적 배경

<홍길동전>이 저작된 광해군 1575~1641(재위 1608~1623)시대의
시대적 상황은 미증유의 임·병 양란을 겪고 난 후로서, 민생은 도탄
에 빠진 데다가 조선 초·중기부터 싹트기 시작한 당쟁은 날이 갈수록
심화되고, 조선 초기에 庶流出身인 정도전의 난을 계기로 싹튼 嫡·庶
의 차별은 서류출신들에게 크나큰 원망의 소리로 극에 달하게 하였다.

당시의 시대적 상황은 대충 사회혼란과 민생고를 중심으로 당쟁의

---

1) 정주동, 『홍길동전연구』, 대구; 문호사, 1960, 120~121쪽.
   정규복, 「홍길동전의 의적 모티브」, 『문학과 비평』, 1987 夏, 188쪽.

치열·서얼 防限 등 세 가지로 요약될 수 있을 것 같다. 이런 사회적, 시대적 부조리에서 조정과 민중은 날이 갈수록 유리되고 특히 피지배급은 현세에 대한 혐오감에 자아의식에 눈을 뜨게 된 것은 당연한 시대적 요청이다. 이 같은 시대적 요청에서 일어난 것이 광해군 3년(1611)의 竹林七賢 사건이 아닌가 한다.

<홍길동전>의 작자 허균은 이 죽림칠현의 사건을 함께 계획했다는 설도 있으며, 로맨티스트인 그는 인목대비의 廢母論을 주장한 大北派의 일원으로 광해군의 신임을 얻자, 반란계획을 진행시켰고, 후에 河仁俊·金闇 등과의 반란계획이 탄로되어 드디어 참수를 당하고 말았다.

실제로 허균은 서류출신은 아니지만,[2] 일찍부터 서류들과 다양하게 교류하였고, 더욱이 서류출신 李達에게서 시를 배워 큰 영향을 받았다. 그는 서류들과 사귀는 동안에 그들의 불평불만을 남달리 잘 이해하고 있었고, 거기서 <홍길동전>을 쓴 동기도 서류들의 꿈을 담은 것으로 당시 東來한 중국의 <수호전>·<서유기>·<삼국지연의>·『전등신화』·<서한연의>·<술이기> 등을 읽은 경험[3]을 통하여 이루어진 것이 아닌가 추측된다. 그러므로 <홍길동전>은 당시 시대적, 사회적 상황과 밀접한 관련을 지니고 있어 한국 소설사상 최초로 현실적 시대상황을 담은 작품으로 평가됨은 우연한 일이 아니다.

---

2) 일설엔 庶流出身이라고도 한다. 유홍열, 『조선천주교사』 참조.
3) 정주동, 『홍길동전연구』, 120~127쪽.

3) 유가사상과 그 작용

<홍길동전>의 작자 허균의 인간적 성향에 대하여는 <홍길동전>에 담겨진 의적 모티브를 중심으로 허균을 위대한 평민작가 로맨티스트로 파악한 것[4]이 주조를 이루고 있는 것과는 달리, 하나의 정치적 모사꾼으로 보고 이를 전제로 <홍길동전>은 허균의 작품이 아니라는 설도[5] 있다. 그러나 이 부정적 견해는 편견임이 이미 밝혀져 있다.[6]

허균의 사상적 측면은 유가·불가·도가 등 다양하게 접근될 수 있지만, 기본적 사상은 역시 당시 조선시대를 일관한 유가사상을 밖으로 할 수 없고, 그의 서류들에 대한 평민의식도 유가사상에 흡수되어야 한다. 즉 인재가 신분과는 관계없이 등용되어야 한다는 그의 「遺才論」[7]이나, 하늘의 司牧을 세운 것은 백성을 기르기 위함이기 때문에 백성과 이익을 같이 해야 한다는 「豪民論」[8]에서도 강한 서민의식이 드러나 있는데, 이들은 결국 유가사상의 철학적 기조를 이루고 있는 天命思想에 흡수되어 있다. 즉 <홍길동전>의 주인공 길동이 어릴 적부터 한을 품게 한 적서차별의 신분제도는 결코 '하늘의 뜻'이 될 수 없다고 강변하는 것[9]이나, 이후 탐관오리를 숙청하고 빈민을 구출하기 위해 각처에 흩어져 있는 도적들을 규합하여 활빈당을 조직하여 "불의로 지물이 이시면 탈취ㅎ고 혹 지빈무의ㅎ 지이시변 구계ㅎ며",[10] 종내에는

---

4) 김태준, 『조선소설사』, 학예사, 1939, 79~86쪽.

5) 이능우, 「허균론」, 『숙대논문집』5, 1965.

6) 차용주, 「허균론재고」, 『아세아연구』48, 고려대, 1972.
   정규복, 「원전비평의 어제와 오늘」, 『제1차 한국학 국제학술회의논총』, 인하대.

7) 허균, 『惺所覆瓿藁』卷之十一 文部八, 遺才論.

8) 허균, 상동서, 豪民論.

9) <홍길동전>, 한남본.

조선을 떠나 율도국을 칠 때에도 이것을 天命[11]에 두고 있다는 것이다.

그러므로 <홍길동전>의 곳곳에 길동의 도술적 내지 손오공류의 초능력 및 불가적 이야기가 엄연히 삽입되어 있을지라도, 이들은 모두가 중국소설에서 묻어온 것일 뿐, 앞에서 언급된 대로 <홍길동전>의 사상적 기조는 유가사상으로 이루어졌음을 간과해서는 안 될 것이다.

4) 결 어

그러면 <홍길동전>이 당시 東來한 많은 중국소설을 흡수, 특히 <수호전>의 의적 모티브의 영향으로 이루어지면서 <홍길동전>의 의적 모티브가 유가사상으로 한국적으로 재구된 문제는 대충 세 가지 측면에서 살펴질 수 있을 것 같다.

첫째, 충의의 문제에 있어서 <수호전>은 등장하는 好漢들이 철두철미 義疏財를 원칙으로 이것이 사실적으로 구체화되어 거의 義氣에만 치중된 의적인 데 대하여, <홍길동전>의 의적 모티브는 오로지 무위도식하는 僧輩와 탐관오리의 감사, 수령들의 재물에만 국한되었을 뿐, 조정의 것은 추호도 침범치 않는다는 것이다.

실제로 길동이 조정을 극도로 어지럽힐 때, 상이 朝臣들의 의견에 따라 그에게 병조판서의 벼슬을 내리자, 길동은 紗帽冠帶에 軺軒을 타고 상에게 직접 나타나 평생 한을 풀어준 천은에 감사하고 조선을 떠난다는 것에서 조정과 활빈당 사이엔 <수호전>에 나타난 충돌보다는

---

10) 상동.
11) 상동.

원만한 和協을 보게 되는 것이다. 여기에 <수호전>을 수용한 한계가 있고, 이것이 말하자면, <홍길동전>으로 하여금 혁명소설로 보지 못하고 사회소설로 보는 중요한 한계점인 것 같다.

둘째, 가정윤리의 문제이다. <수호전>은 전언한 바와 같이 義疏財의 주지를 중심으로 이야기가 전개되지만, 가정윤리는 별반 나타나 있지 않았다는 것이다. 그러나 <홍길동전>은 길동의 신분이 庶族이면서도 그 아버지 홍판서는 명문거족의 출신으로 되어 있음은 <홍길동전>이 <수호전>과의 동궤의 의적소설이면서도 가정소설이라 할 만큼 가정윤리의 틀을 벗어나지 않게 하기 위한 전제적 서술인 것 같다.

길동이 적서차별로 가정을 등지고 가출하여 탐관오리의 재물을 탈취하며 사방을 어지럽히자 조정에서는 길동의 이복인 인형으로 하여금 경상 감사로 임명하여 자수할 것을 권할 때, 길동이 이복의 형에게 반항하지 않고 순순히 자수하여 서울로 압송되는 장면이나, 또는 길동이 그의 이상향을 율도국에 세우고 나서 母夫人과 따뜻하게 상봉하는 것이나, 그리고 유부인이 죽은 후 길동은 인형과 함께 선릉에다 장례를 지내는 것에서 흔히 계모형 소설에서 볼 수 있는 이복 간의 '兄惡弟善'과는 달리, 오히려 화목을 유지하는 것에서 우리는 강한 가정윤리를 확인할 수가 있다.

셋째, 비극성의 문제이다. <수호전>은 모든 영웅들이 거의가 사회를 떠나거나, 비록 사회로 복귀한다 하더라도 사회와 화해를 이루지 못하고 非命에 죽어야 하는 일종의 비극소설이다. 양산박의 수령 宋江도 마침내는 참수를 당한다. 거기서 <수호전>은 많은 중국소설 가운데에도 비극소설의 걸작으로 꼽힌다. 뿐만 아니라 동과 서의 구별 없이 더욱이 소설 이전의 설화에서도 의적들이 거의가 비참한 죽음으로 마무리되는 비극성의 구성을 지니고 있다.

그러나 길동은 비참하게 죽지 않고 그의 이상향이 율도국에 세워진 후 한국의 일반 고소설의 틀에 따라 해피엔딩으로 이야기가 총 마무리되는 것이다. 더구나 길동이 율도국을 건설한 후 兩妻 백씨와 조씨에게서 理想子女의 3남 2녀를 두며 이들도 각자 적당한 世享을 누리게 하고, 72세의 福壽를 누린 후 선릉에 안장된 것은 壽·富·貴 등 유가사상의 공명적 이상을 이룬 가정윤리의 총 마무리가 한데 응결된 것으로 보인다. 이것은 말하자면, <수호전>의 비극적 마무리와 대조를 이룬 총 마무리가 아닐 수 없다.

위에서 논의된 세 가지 사항의 차이는 중국과 한국의 문화적 관습의 차이에서 야기된 것이라 생각된다. 즉 <홍길동전>의 의적모티브가 <수호전>의 것과 동궤를 이루면서도 국가적 충과 가정 윤리적 효와 和를 안고 있는 것은 조선조의 강한 유교문화의 성격과 깊은 연계가 있다고 생각되며, 그리고 <수호전>의 비극적 종말이 <홍길동전>에 일반 고소설의 해피엔딩을 바탕으로 변용된 것도 결국 조선조의 주자학적 공리론에 귀착시킬 수밖에 없다. 즉 작자 허균은 정치권력에 도전하다가 시대의 반항아로 몰려 磔刑까지 당하였지만, 모처럼 방대한 의적소설을 수용하면서도 작자의 미숙성으로 이것이 확대되지도 못하였을 뿐 아니라, 당시대의 유가의 권위주의적 굴레를 초월할 수는 없었다. 이것이 바로 작가가 지닌 시대적 한계상황이 아닌가 한다. 이는 또 시대가 작가에게 가하는 중압이 얼마나 무거운가를 단적으로 말해주는 것이라 할 것이다.

4

임화정연 논고

1) 導 言

<임화정연>은 마치 中華의 四大奇書의 하나인 <金瓶梅>란 소설이 그 주인공들의 성명에 준하여 <금병매>라고 명명된 바와 같이, 그 소설의 주인물인 林生, 花生, 鄭生, 延生 등 4인의 성씨만을 따서 <임화정연>으로 이름이 주어진 일종의 命名小說이다. 그러므로 <임화정연>은 여타의 한국 고소설이 그 주인공의 성명에다가 일종의 傳記的 색채를 부여하기 위하여 거의 공식적으로 'ㅇㅇ傳'이라고 명명된 것을 생각할 때, 그 명칭부터가 특이한 인상을 주며 하나의 nomination mannerism에서 제외된 한국의 유일한 소설인 것이다.

이 소설에 대해선 지금껏 학계에서 상론된 바 없을 뿐만 아니라, 旣刊된 '국문학사'와 '소설사류'에도 아직 그 명칭조차 출현치 않고, 파묻혀 있다가 근자 정병욱 씨의 『국문학산고』에서 비로소 단략하게나마 소개되었다. 그러나 이 소설에 대한 명칭이 거기엔 '林花鄭延錄'이라고 쓰여 있는데, 필자가 본 활판본(1938년도 박문서관 刊)에는 '林花鄭延'이라 명명되어 있기 때문에, 該稿에서는 '임화정연록'이란 명칭을

따르지 않고 활판본의 명칭대로 '임화정연'으로 통일하였다.

<임화정연>은 한국의 고소설 중 가장 긴 장편의 하나이며, 무려 97회나 되는 다량의 章回小說이다. 오늘날까지 자세하게 소개된 가장 긴 장편은 생각건대, 64회로 분장된 한문본 <옥루몽>이라 보아지는데, 이에 비하여 <임화정연>은 그 장회 분량에 있어서 37회나 더 많으며, 중국의 120회본 삼국지에 거의 미치고 있다. 그러나 전게한 『국문학산고』에 의하면, 아직도 깊숙이 파묻혀 있는 <明珠寶月聘>(100冊), <明行貞義錄>(70冊), <玩月會盟宴>(90冊), <尹河鄭三門聚錄> (102冊), <再生緣傳>(52冊), <華山仙界錄>(80冊), <孝義貞忠禮行錄>(56冊), <韓江玄傳>(50冊), <효열지>(114冊) 등[1] 허다한 장편소설을 가지고 있다 하니 당시에 가진 모욕과 唾棄를 받아 가면서도 그와 같은 대장편을 펴낸 선인의 끈기에 대하여 새삼스레 三歎을 不禁하게 된다. 앞으로 하루 속히 前揭된 소설이 햇볕을 볼 날이 도래하기를 기다릴 뿐이다.

그러나 <임화정연>의 특징은 97회로 분장된 그 장회의 다량성에 있는 것보다는 70여 인이나 되는 그 많은 등장인물이 복잡 미묘한 사건에도 불구하고 별다른 모순과 지루감을 주지 않고, 잘 조화시켜 끈덕지게 끌고 나갔을 뿐 아니라, 인물묘사나 그 배열에 있어서도 여타 고소설이 미칠 수 없는, 거의 신소설 경지에 이른 듯한 계모형의 탈피와 특히 여인물의 일인인 扈美人의 성격, 그리고 呂수吾란 인물의 선악의 사이를 감도는 중간인물의 설정 등에 있다고 보며, 그 雄揮하고도 치밀한 구상과 세련된 표현은 거의 현대소설의 경지에 육박했다고

---

1) 정병욱, 『국문학산고』, 신구문화사, 1959, 47쪽.

해도 과언은 아닐 것이다.

그리고 구성면에 있어서도 고소설의 공식성인 惡人必滅이란 윤리적인 원칙은 이 소설에 있어서는 오히려 모든 악형의 인물이 昔日의 과오의 容赦를 받고 종결에는 善型의 인물이 누리는 happy ending에 동석하고 있는 것도 이 소설의 특징이 될 것이다.

序의 끝으로 첨언해 둘 것은 정병욱 씨에 의하면 소설 필사본의 전질이 본시 한국서지가 이병직 씨에게 소장되어 있었으나 6·25동란 후 위 필사본과 소장자가 모두 행방이 불명하다는 것이다. 따라서 該稿에서 이 소설의 書誌面을 살피지 못함이 유감이며, 부득이 활판본으로써 該稿의 텍스트로 할 수밖에 없다. 그러나 현존한 활판본의 내용에 誤文, 文理의 不備 따위가 전연 보이지 않음으로 보아 활판본이 이본 중 善本이 될 것이라 생각된다.

2) 경개

梗槪란 스토리의 대강의 줄기를 뜻하는 것이나, <임화정연>은 나머지 고소설의 傳奇體와 판이하여, 까닭에 그 경개를 잡기란 용이한 일이 아니다. 즉 傳奇體 소설은 그 스토리가 기(출발), 승(성장), 전(역경), 결(행운) 등 四端으로 전개되고, 인물도 단략하여 그 줄기를 잡는 편이 퍽 쉬운 일이나, 이 소설같이 스토리의 진전이 다지다양하고 그 내용도 파란곡절이 심하며, 인물의 등장도 무려 70여 인이나 되니 그 경개를 쓰기란 여간 어려운 일이 아니다. Charles Lamb의 "Tales From Shakespeare"는 명작이라고 한다. 그 이유는 간단하다—그 방대한 Shakespeare의 작품을 간결명료하게 잘 요약했기 때문이다. 이 소설의 줄기를 잡다가 살 없는 뼈다귀, 혹은 쓸데없는 가지만을 전하는 결과가 될는지도 모르겠다.

명나라 建文皇帝 때에 浙江 지방에 연어사가 있었는데 그는 明哲賢德한 군자로서 슬하에 絶美賢淑한 연소저와 연생을 거느리고 있었다. 이때에 조정에는 不德과 好色의 인물인 진상문이 그의 丈夫 호상국의 그늘 밑에서 조정을 마구 弄하고 있었다.

진상문은 일찍부터 연소저가 절색미모하다는 소문을 듣고, 그녀에게 留意하고 있던 중에, 奸謀를 꾸며 연어사를 地方巡御로 원지에 파견시킨 후, 연소저를 백방으로 유혹했으나 이에 굴할 까닭이 없었다. 거기서 진상문은 다시 연소저의 외삼촌인 부덕한 유시중에게 벼슬을 줌을 미끼로 그와 공모하여 연소저를 유혹했다.

절강에 또한 덕망있는 선비 정공이 있었는데 그도 슬하에 미덕이 겸비한 정소저와 정생을 거느리고 있다가 역시 진상문의 弄에 북해로 원적되고 정소저는 진상문의 유혹을 피하여 정생을 데리고 東往西來 방황하다가 巡御中인 연어사의 구원으로 延家에 인솔되어 그곳에서 연소저와 結義同居하게 되었다. 그간 진상문의 유혹을 받고 있던 연소저는 이때 정소저와 그녀의 시녀 석가월(재질이 過人하고 仙骨 기품의 소유자)의 謀議를 받아 상문의 소원대로 그와 가약을 맺었다. 그러나 석가월은 다시 유시중의 딸인 妖奸한 유소저로 하여금 연소저와 진상문과의 가약으로 질투심을 일으킨 후, 상문을 둘러싸고 사랑의 삼각관계를 이루게 했다. 과연 길일을 당하여 유소저는 상문을 앗고자 마침내 연소저로 가장하여 신방에 들어가 진상문과 동침해서 가월의 모략에 빠지고, 연소저는 상문의 유혹을 피할 수 있었다.

진상문은 名勝佳景 그의 別莊 東閣에서 연소저(실은 유소저)와 新情을 마음껏 누리다가 정실인 호부인의 기습을 받아 그녀의 발광으로 유소저는 酷杖을 당한 후 친가로 쫓겨 가고, 진상문은 갖은 모욕을 받았으나 호상국의 위세가 두려워 호부인 앞에 사죄하고 말았다.

그러나 진상문은 호부인, 이씨 등 두 부인 외에 비밀히 유씨마저 거느리니 그의 가정은 더욱 不和하여져 호부인의 발광은 날로 심해만 갔다. 이에 상문은 하는 수 없이 호부인을 독살하니 마침내 그의 죄상과 또한 호상국 일당의 악정이 드러나 상문은 북해로 遠謫되고, 호상국의 위세도 꺾이어 그간 謫居中인 무고한 정공, 화공도 풀려 귀향하게 되었다.

절강에 또한 高德壯士인 임생이 있었으니 그는 진작부터 정소저와 가약을 맺고 있었고 그리고 일찍 등허자란 도사를 만나 창법, 천문, 지리에 능통하였다. 진상문은 임생의 장래를 두려워하여 일일은 임가를 방화하여 임생을 죽이려 했으나 임생은 이를 미리 알아 교묘히 피해 향리를 떠났다.

그러나 그간 진상문에 의하여 四散됐던 延花鄭公 등의 諸小姐와 諸生은 다행히 朱어사댁에서 해후하여 정소저, 연소저, 화소저, 주소저의 순위로 의결하였다.

이때 조정에는 호상국, 진상문 일당이 물러난 뒤에 혼군 건문황제가 퇴위되고 연왕이 새로 今上이 되니 成祖이다. 有德한 정공은 사면된 뒤, 귀향하여 정실 진부인(진상문의 고모로 상문의 꾀에 빠져 그와 결탁하여 정소저를 도와 결연시키려 했다)과는 사이가 좋지 않고 謫地에서 새로 얻은 서인 오씨와 신정이 두터웠으며, 그리고 건문을 사모하여 新王을 좇지 않고 벼슬에 나아가기를 거절했다. 그러나 그의 女婿

임생은 新王을 좇아 應科及第하여 장원으로 한림이 되었고, 그 후 정소저·연소저·화소저의 순위로 그들과 가연을 맺어 지락을 누리게 되었다.

이때 北賊이 조정을 침범하니 임한림이 병부상서 겸 대원사가 되어 출전해서 고전 끝에 적의 降伏을 받았다. 그러나 같이 出戰한 今上의 弟 漢王은 부덕하여 임한림의 용맹을 시기한 끝에 그를 수차 모해했으나 월봉도사(실은 석가월, 가월은 임한림의 위기를 미리 알고 임한림을 보호코자 도사로 가장하여 같이 출전하였음)의 묘략으로 이를 모면할 수 있었다. 임한림은 戰地에서 사로잡은 모든 적에게 仁德을 베풀어 방면하니 임한림의 명성은 朝野 내외에 彌滿하였다. 임한림은 그 공로로 추밀사 남평사가 되고 그의 父 임처사는 태사가 되고 그의 諸 夫人은 각기 대부인의 작록을 얻어 가족의 화락이 절정에 달하였다. 그러나 석가월은 임한림을 戰陣에서 보호해 준 대가도 없이 임한림의 소실 양씨와 은연중 사이가 좋지 않아 출가하여 다시 도사로 가장하여 유랑생활을 거듭하게 되었다.

이때 鄭延花 三生은 天下勝時를 타 조정의 과시에 응하여 각기 장원함으로써 정생은 '중서사인간의 태우'가 되고 화생은 翰林編修가 되고, 연생은 翰林修撰이 되었다. 이때 京師에는 탐욕이 많은 뮴수吾가 그의 누이 여귀비의 薦으로 '今吾'의 벼슬에 있었고, 또한 家內에는 강부인 외 황씨, 소씨의 소첩을 거느려 권세와 부귀를 마음껏 누리고 있었다. 정실 강씨는 賢淑有德한 인물로 그녀의 소생 희주 또한 絶美有德했으나, 소씨는 간요한 인물로 그녀의 딸 미주 또한 요사스럽기 그지없어 소씨 모녀는 늘 강씨 모녀를 모함하고 있었다.

일일은 미주가 그녀의 시녀 향운과 함께 석가산에서 유람 중에 정생의 풍채를 보고 첫눈에 그를 사모하여 연정을 맺으려 했으나 정생은 이를 거절했을 뿐 아니라, 오히려 그들을 구타하여 부상까지 입혔다. 정생은 그 후 임생의 표매인 위소저와 가연을 맺었다.

여금오는 당시 명망있는 정생을 생각하여 그의 딸 희주로써 女婿를 삼으려 하니 정생은 여금오의 부덕을 잘 아는지라 이를 거절했으나 임한림의 권유로 하는 수 없이 희주를 第二夫人으로 맞아들였다. 이에 미주는 희주에게 더욱 질투하여 이후로 소씨 모녀의 희주에 대한 학대는 더욱 심해졌다. 그러나 정생은 석가산에서의 미주와의 오해로 희주를 냉대했다. 일일은 모처럼 처가를 방문하여 희주와 그의 母 강씨가 有德한 인물임을 알고 비로소 昔日의 오해를 풀고 희주를 사모하게 되었다. 그날 정생은 희주와 新情을 누리고자 취중에 신방 竹雪樓에 들어가게 되었는데, 이때 미주는 好機를 놓칠세라 그녀의 시녀 향운과 공모하여 정생의 사랑을 앗고자 희주를 대신하여 밤 그윽이 죽설루에 들어 정생과 동침하여 잉태까지 했다. 이후 정생은 미주의 잉태로 인하여 여금오의 미움과 오해를 받게 되나 향운의 실토로 미주의 정체는 백일하에 폭로되었다. 따라서 소씨는 친가로 쫓겨나고 미주는 黜斥되었다. 소씨는 죄를 사하여 다시 받아 들였으나 간악한 소씨는 강씨와 여소저(희주)에 대한 질투와 모함을 그치지 않았다. 미주는 그녀의 유모와 함께 정처 없이 방황하다가 宋家에 留하여 雙兒까지 분만하였다. 그 후 미주는 宋家의 동정을 받아 송소저로 가장하여 宋家의 부인 진씨의 소개로 정공에 인도되어 그곳에서 정생과 가연을 맺어 昔日의 숙원을 이루었다.

3) 저작연대고

한국 고소설은 작자연대가 거의 미상으로 고전학도에게 많은 지장과 불필요한 괴로움을 주고 있다. 旣刊된 數種의 소설사류가 현존하지만 연대적 측정과 시대적 구획에 대해선 모호 불투명한 점이 많아 앞으로 재고 검토될 여지가 많이 있다고 본다. 이는 한국 고소설이 설화적인 형태를 벗어나지 못했고, 또한 작자 연대 미상이라는 이중적인 결함에서 오는 당연한 결과일 것이다. 그러므로 저작연대를 밝히기 위한 과학적 연구방법이 시도되기에 앞서, 한국 고소설에 대한 연대측정과 시기를 획측한다는 것은 시간의 낭비와 徒勞에 그칠 것이다. 우리는 하루 속히 이를 해결하기 위한 과학적인 연구방법을 모색해야 할 것이다.

그러나 근자 이인모 씨는 그의 「춘향전의 문장성격학적 試考」(고대 『문리논집』제5집)란 논문에서 작자 미상인 <춘향전>에 대하여 문체론적 방법을 시도하여 고대본 춘향전은 그 문체적인 성격으로 보아 남성의 작품이 아니고 한 여성의 작품일 것이라 추단한 일이 있다. 이것은 오늘날까지 고소설을 다루는 방법이 내용 경개를 중심으로 유형성을 索引하는 고식적인 방법에 머물러 있는데 반하여, 하나의 참신한 방법론적인 지향을 뜻하는 것으로서 주목되어야 할 것이다. 그러나 이인모 씨의 前揭한 방법이 작자명을 밝혀내지 못하고, 남성 여성 중 이자택일이란 한계성이 가로 놓인 이상, 소설사를 엮는 데 있어서는 작자 연대를 해결하는 방법에 대한 모색이 더욱 절실하다고 보며, 또한 이보다 선행되어야 할 것이다.

필자도 이에 오랫동안 유의해 오던 중 이인모 씨의 前揭한 논문을 읽고 자극도 받고 참고도 된 바 많으며 至難한 과업인 저작연대의 해

석에 대한 필요성을 절실히 느껴, <임화정연>을 통하여 이를 시도해
보며, 또한 긴요성을 제의하는 바다. 저작연대에 대한 방법론은 따로
후일의 숙제로 미루겠다.

<임화정연>을 보면 다음과 같은 만만치 않은 고어가 散見되고 있
다. 즉

법문학술정부

우리 모재 무슨 일로 공을 긔이릿가(61回)

선생이 호로를 기우려 일배를 부어쥬거늘(82回)

적이 인심이 잇스면 전과를 뉘웃고 차사를 업젹함이 올커늘 가지록
흉언을 지여 첩을 음분하다(13回)

또 네말갓흘진대 령당이 아쳐하실 배 업슬쏘하며(24回)

진가의 사오나옴이 셔모를 죽이고 누이를 팔매(88回)

날로 령락하야 여러 자녀를 거느리고 자생활 길이 바이 없는 고로
(58回)

우리 모재 무슨 일로 상공을 긔이릿가(61回)

아이오 보이지 아니함애(62回)

몬져 대인을 본 후 버금 길흉을 고하나이다(55回)

금슈채단과 슈식채뎐으로써 미인의 낫아리를 후히 하쇼셔(87回)

무삼 원한으로 이곳에 님으러 나의 죽음을 바애나뇨(95回)

노루 한무리 되어 불을 혀고 새오더니(90回)

자손이 이럿틋 번셩함과 부귀 번셩함을 두긋기니(95回)

上引한 고어의 散見으로 보면, 아직 고어가 국어사적인 해석으로 정
리되어 있지 않는 이상, 어느 정도의 고어일는지 분간할 수는 없으나,
이 소설이 고소설 중 비교적 古本에 속할 것임은 틀림이 없을 것이다.

이 소설의 구성면을 중심으로 그 저작연대를 추상해 보기에 앞서, 우선 이와 관련성이 있다고 보아지는 저작시기가 어느 정도 확적한 소설을 열거해 둘 필요가 있다.

1. 금오신화(세종조)
2. 홍길동전(광해조)
3. 군담소설류(임병양란후)
4. 구운몽·남정기(숙종조)

前揭한 소설 중 『금오신화』, <홍길동전>, 군담소설류를 보면, 거의 비현실적인 황탄한 설화가 그 소설의 소재로 일관되어 있어서 한국 소설사의 위치를 보면, 초기형임을 면치 못할 것이다. 그러나 구성상 전후 모순된 곳이 없는 바 아니나 <구운몽>에 이르러 그 부자연한 황탄성이 가시어지기 시작되어 <남정기>의 경우 있어선 거의 현실면이 그 소재가 되어 있다. 이를 중심으로 한국소설의 구성의 발달과정을 엿볼 것 같으면, 이조초기부터 숙종조 이전까지는 소설의 소재가 荒虛한 비현실면이 일관되어 있으나, 숙종조부터 점차로 붕괴되어 현실면에 접근된 발달한 자취를 엿볼 수 있다. 따라서 영조조 박연암 소설에 이르면 그 황탄성이 거의 붕괴된 감을 준다.

이에 <임화정연>을 前引한 소설과 대비해 본다면, 이 소설 중도에 장황한 戰陣交戰面이 附設되어 있는데 이는 군담류의 영향을 받은 所以이라 보나, 군담류에 비해 황탄성이 없어 훨씬 실감을 준다. 또 구성이 근대화된 견지에서 보면, <남정기>보다 일보 앞서고 있으나 이 소설 終尾에 이르러 석가월의 도술적인 治道面은 한국문학의 특징의 하나인 해학성의 일면이라고도 볼 수 있으나 너무 황탄하여 이 소설의 치밀하고도 근대화된 사실성을 약화시키는 누가 아닐 수 없다.

이 같은 考述을 통해서 이 소설의 저작연대를 살펴보면, 그 구성의 발달과정의 위치가 임·병 양란을 계기로 한 군담류보다는 전진되었고 영조조 박연암 소설보다는 후진하여 아마 <구운몽>·<남정기>와 同代의 작품으로서 숙종조 전후로 줄잡아 볼 수 있을 것이다. 그러나 이는 아직껏 소설의 구성사가 확립되어있지 않는 한, 하나의 추론적 試考에 불과하며 전언한 바도 있지만 詭證의 억측이 되는지도 모른다.

4) 구성의 근대화

한국 고소설 중 걸작으로 회자되는 <춘향전>을 비롯하여 기타 어떤 소설이든 간에 그 스토리의 전개에 있어서나 인물의 배열이나 할 것 없이 첫 눈에 띠는 것이 소위 권선징악, 다시 말하면 인물이 선악의 양극단으로 뚜렷하게 갈리어져 승부의 게임이 전개된다는 한결같은 공식성이라 함은 주지의 사실이다. 그러나 <임화정연>은 권선징악이란 大題가 예외일 수 없다 하더라도 그 스토리의 전개가 상투적인 서술형식에서 벗어나 어느 정도 묘사면에 치중되어 있고, 이 계모형 소설에 있어서 정실 제일주의로 正室必善 繼母·妾·副室必惡이란 그 철저한 기계성도 이 소설에 있어서는 완전 파격되어, 반면에 정실이 외려 愚駿 嫉妬, 혹은 妖怪스런 성격의 인물로 등장된 예도 있고, 계모가 유화·온순·복종 등 한국적 貴人의 모델로 등장하는 경우가 있다.

더구나 "積善之家必有餘慶 積惡之家必有餘殃"이란 유가적인 '모

랄'에서 스토리의 내용이 어떻게 전개되든, 종말에 이르러 善勝惡敗로 종결되는 이른바 happy ending이란 고소설의 윤리주의적인 원칙이 무너져, 이 소설에 있어서는 주인공과 대결하는 악인이 거의 모두 容救 혹은 구제되어 선악공존의 영광을 누리게 되는 것이다. 환언하면 천편일률한 복수전에서 벗어난 관용·구제·공존의 문학이라는 것이다. 그러면 이상의 구성상의 문제를 중간인물의 설정, 인물묘사, 계모형의 탈피, 善惡共榮 등으로 항을 나누어 논술코자 한다.

가. 중간인물의 설정

한국 고소설의 인물배열법을 살펴보면 주인공측은 그 부계 모계 兩親, 愛人, 婢僕, 道士, 朋友 등의 모든 인물이 예외 없이 善型에 속해 있고, 반면에 이와 맞서는 반주인공측은 대소를 막론하고 정도의 차는 있을지나 모두가 惡型의 둘레에 들어 있는 것이 원칙이어서, 선악도 아닌, 혹은 善惡兩面을 俱有한 중간형이 존재할 수 없다.

그러나 <임화정연>의 여금오란 인물은 선악의 유형성에서 제외된 中介的인 인물로서 이 소설의 주 인물로 등장하고 있다. 여금오에 대한 인물묘사는 엄격히 말해서 가장 객관적인 수법으로 묘사되어 있다고 볼 수 있다. 여금오의 처한 환경에 대하여 말하면, 이 소설의 악인의 대표격인 소부인의 남편이요 음행의 여인 미주의 父이며, 동시에 어진 강부인의 남편이며 淑德兼全한 여소저(희주)의 父이다. 그리고 今上의 간악한 여귀비의 弟로서 그 직위에 부적격하나 여귀비의 薦으로 '今吾'의 高職에 처하고 있으며, 또한 주인공의 하나인 정생의 岳丈도 된다.

그의 위치는 이상에서와 같이 선악 양형을 공유했지만, 행동에 있어선 양면의 틈새에서 가장 객관적인 인물로 행동하며 선악 중 일면에 위치치 않고 악형인 미주와 소씨의 질투, 음행으로 인한 그들을 처단도 하며, 때로는 그들을 아내로서 딸로서 관용도 베풀며, 그리고 선형의 인물인 그의 女婿 정생도 때에 따라서는 회의도 하며, 여귀비도 누이로선 존경하며, 간흉할 인물로선 미워도 한다. 말하자면 여금오도 중간형의 인간으로서 이 소설의 인물 중 성격이 뚜렷한 인간으로서 행동하고 있다.

필자는 일찍이 「남정기 논고」에서 사부인의 시녀 설매를 중간형의 인물로 열거한 일이 있거니와[2] 그러나 <남정기>의 설매는 지엽의 인물로서 등장하지만 <임화정연>의 여금오는 주 인물로서 적극화되어 있음이 주목된다. 이와 같은 여금오 · 설매 등의 중간형의 인물은 한국의 초창기소설인 군담류에 등장하는 소위 절대적인 천자의 인물과 유사점이 많아 그와 관련성이 있다고 보여지며, 이는 앞으로 한국소설의 인물을 通時線에 올려 놓고 고구해 볼 수 있는 문제라고 본다.

나. 계모형의 탈피

한국 소설사상 소위 계모형의 기계성이 탈피되었다는 것은 느지막하게 신소설 <鬼의 聲>에 이르러 비로소 이루어졌다고 한다. 한국 가족제도와 밀접한 관련성이 있다고 볼 수 있는 계모라는 인물은 정실소생의 학대가 그 모해 중 가장 예사로운 행동이요, 또한 고소설에도 그와 같이 표현되어 있다. 문명의 절정에 처한 우주과학시대인 오늘날도

---

2) 정규복, 「남정기논고」, 『국어국문학』26호, 1963.

계모(첩)의 정실소생에 대한 독살 학대 등 끔찍한 사건이 신문에 이따금 보도되고 있지 않는가? 그만큼 계모라는 인물은 거의 예외가 없을 정도로 간악성이 내연된 인물이니 옛 우리 선조들이 그들의 소설수법에서 계모필악이란 철칙을 설정해 놓은 것은 무리가 아닐 것이다. 그러나 이는 윤리적인 문제요 오늘날의 소설은 뭇사람에게 거의 등한되는 사소한 인물이나 사건까지도 소설의 소재가 되어 개성창조가 부여되고 있다. 그래서 소설은 기계가 아니고 하나의 창조라는 명제가 성립된다.

<임화정연>에 등장하는 계모형의 주인물은 정상서의 첩 오씨, 연공의 첩 방씨, 여금오의 첩 소씨, 그리고 육씨이다. 이상의 네 인물은 모두가 여타 고소설에 출현하는 계모와는 달리, 각기 그 성격이 다르고 그 입지의 환경이 다르다.

오씨는 정상서의 소실로서 일찍이 정상서가 謫所에서 얻은 小妾이다. 그러나 오씨는 성격이 매우 柔和 貞淑하여서 謫地에서 고초를 겪는 정상서를 지극히 봉양하고, 뿐만 아니라 정상서가 적지에서 풀려 절강으로 귀향한 후에도 정실인 진부인의 가진 학대에도 꾸준히 인내하여 정상서를 섬기고 진부인을 형으로 대하여 묵묵 복종한다. 그러나 정실 진부인은 반면에 愚昧 嫉妬 多慾의 인물로서 정상서가 진상문의 모략에 의하여 북해로 遠謫된 후, 간악한 진상문의 정소저를 앗으려는 간계에 넘어가 진상문의 소행에 동조하였고, 전언한 바대로 소실인 무고한 오씨를 여러 모로 학대한다. 이는 정실 제일주의가 붕괴된 좋은 본보기이다.

방씨는 연어사의 소첩으로서 연공이 역시 타향 적소에 있는 중 延家를 잘 지킬 뿐 아니라 전실 소생 연소저 연생을 잘 교육 보호하며 후일을 기다리는 관용·현숙·복종의 인물이다. 그리고 육씨는 진담의 소실로서 진담이 죽은 후로는 전실 소생 진준과 그의 부인 이씨로부터 육씨소생 춘랑과 함께 모진 학대를 받아 마침내 춘랑은 倡家에 팔리고, 육씨는 출가를 당하여 방황 중 아사지경에 이른다. 이때 석가월이 나타나 묘계를 써서 육씨를 구출하고 춘랑까지도 倡家에서 구출하여 그들을 육씨의 친가 백주촌 육원(육씨의 오라비)에게 인도한다. 그리고 이들을 학대한 진준과 그의 처 이씨는 관아에 인도되어 모진 벌을 받게 되는 것이다. 이상에서와 같이 육씨의 경우는 계모형의 전실 소생 학대가 전실 소생이 후실 내지 그 소생의 학대로 전도된 예이다.

끝으로 소씨는 여금오의 소첩으로서 그의 딸 미주와 함께 정실 강씨와 그 소생 희주를 모략, 학대 등을 자행하는 계모형의 전형적인 인물이다.

이상에서와 같이 소씨를 제외하고는 오씨, 방씨, 육씨의 경우는 계모형에서와 같은 값싼 울분을 느끼기 보다는 외려 한국적인 유화·복종·온순 등의 미덕을 발견할 수 있고, 또한 정실 혹은 그 소생에 의한 그들에 대한 학대에 대해선 은연 중 동정심을 자아내게 한다. 이들 외에도 진상문의 정실 이씨가 후실 유씨로 인하여 자살로 끝마치게 한 것(該面은 후술하겠음)은 확실히 고소설의 계모형의 탈피로 한국 소설사상 높이 평가를 받아야 할 것이다.

다. 인물묘사

소설의 묘사에 있어서 인물묘사(성격)만큼 중요한 것은 없을 것이다. 그 소설의 성패 여하는 결국 인물의 성격 묘사에 달려 있다고 해도 과언이 아니다. 한국 고소설이 값싼 권선징악과 천편일률한 유형에 대한 그 중요한 원인은 그 등장인물에 대한 성격묘사에서 실패하고 말았기 때문이다. 이는 한국소설의 초기형이라고 간주되는 군담류에 더욱 혹심하다. 말하자면 군담류에 있어서는 전술한 바도 있지만 인물의 중간형이 없을뿐더러 선악이 단일화되어 성격 심리의 深淺 密度를 측량하기 불가하다. 그러나 영조조 이후 해학성을 띤 소설은 별문제라고 본다. 그 중 <춘향전>의 '방자'는 너무나도 유명하다. <춘향전>의 가치는 계급의식에 대한 반항이니, 자유연애관이니 하는 것보다는 '방자'의 해학성과 그 성격 묘사에 있을 것이다.

<임화정연>에 등장하는 호부인과 유부인·여금오 등은 여타 고소설의 유형에서 탈피된 인물이다. 그 중 호씨의 예를 들면 호씨는 호상국의 양녀이며 진상문의 처, 성격이 악독스러운데다가 신경질적이다. 진상문은 출세를 미끼로 호씨를 조강지처로 맞아들인 후, 다시 유시중의 딸 유소저를 첩으로 맞아들인다. 진상문은 그의 별장 東閣에서 유소저와 新情을 마음껏 누린다. 이때 호씨는 상문의 거처 東閣을 찾아가 마침 동침중인 그들은 보고 광증이 發하여 상문을 휘어치고 연약한 유소저를 마구 친 다음, 다음과 같은 넋두리를 퍼붓는다.

> 호시 분함을 이긔지 못하야 생을 붓들고 고성질활 무신필부야 져 천녀를 위하야 됴강졍실을 업슈히 넉이나뇨 져년이 불과하쳔이니 제 무산 사즉이며 제 아비 무삼 됴졍대신이리리요 언관 아니라 제왕이라도 나는 두리지 아니하나니 요녀를 죽여도 한이 업슬지라 엇지 사생을 두리랴 이 반격쇼인아 장구히 질길가 넉이 나냐 네 부뫼 아모리 무식하야 자식을 교훈치 못하얏슬들 자식의 도리에 이대도록 방자하리요

거줏 입직한다 하고 부모 속이기를 능사로 아니차는 이년슈심이라 감
히 법을 일컷나뇨 괴녀의 요사를 고혹하다고 또 요녀에게 침익하니 두
요물이 진문을 망하고 그대 몸을 맛치리라 쾌히 화근을 업시하려 하나
니 계집을 위하야 남자의 눈물을 경히 발하지 져런 용렬한재 임군의
작록을 욕되게 하니 임군도 모르고 아비도 아지 못하는 탕재 계집만
중히 넉이니 내 당당히 상국대신게 고하고 너를 졀새에 내치리라

그러나 진상문은 위와 같은 호씨의 無信匹夫, 反賊小人, 蕩子 云云
의 모진 넋두리를 받고도 호상국의 권세를 두려워 하여 마침내 호씨
앞에 사죄하여 유소저를 멀리 하기를 맹세했다. 얼마 안 돼서 진상문
은 隔阻됐던 유소저를 다시 찾아가 舊情을 잇는다. 이를 안 호씨는 出
廷中인 상문의 의관을 찢고 욕설을 마구 퍼붓는다. 즉

　　무신필부 상문아 내 너의 조강지쳐이요 우리 대인의 은덕으로 관작
이 놉핫거늘 스사로 부귀를 밋고 방자이 녀색에 혹하야 날을 박대하나
분을 참고 잇거늘 가지록 방자하야 류녀엑 침익하니 내 엇지 녀를 용
납하리요

호씨의 발광은 이에 그치지 않고 제 자신을 섬돌에 부딛쳐 유혈이
낭자하여 임종에 이른 순간에도 다음과 같이 그녀의 남편 상문을 저주
하고 기절한다. 즉

　　호시 독기 졈졈 치셩하야 삼일만에 피를 토하고 원슈 진샹문아 한
마대 쇼래를 질으로 죽으니

다음 유소저에 대한 인물묘사를 들어 보면, 유소저는 유시중의 딸이며 또한 연소저의 裏從으로 성격은 약간 질투심이 있으나 한국적인 종부심이 강한 여인이다.

진상문이 정소저를 수중에 넣으려다가 뜻을 이루지 못하자, 다시 연소저의 미모를 듣고 연어사를 참소하여 북해로 遠竄시키고 다시 연소저를 시첩으로 삼고자 그녀의 외숙이며 유소저의 父인 유시중에게 관직을 주기를 약속하고 중개인이 되기를 부탁한다. 유시중은 耽官한 나머지 이를 승낙한다. 이에 유소저도 奸人이라 적극 동조한다. 연소저는 유시중이 박덕소인임을 잘 아는지라 그들의 술략을 석가월의 묘계로써 그들의 마수를 피해 냈다. 그러나 사건은 외려 유소저가 진상문의 마수에 걸려든다. 석가월은 유소저로 하여금 진상문의 부귀를 연소저에 대하여 질투심을 일으키게 하니 유소저가 연소저를 가장하여 신방에 들어가 스스로 상문의 시첩이 되었다.

東閣에서 初夜를 지낸 그들은 호씨의 발광으로 봉변을 당하여 유소저는 親家로 쫓겨와 있었다. 그 후 상문은 호씨 독살의 건으로 북해로 遠謫될 때, 정실 이씨는 상문의 몰락으로 그를 좇지 않았으나 시첩인 유소저는 '烈女不更二夫'란 從夫心에서 謫地에까지 상문을 좇아 궁경에 처한 그를 적극 돕는다. 즉

상문의 상한의 옷을 입고 쵸리를 쓰러 현신하니 명하여 죄슈 잇는 집에 두고 삼일에 한번씩 점고하니 생과 류씨 자쇼로 호치를 상장하야 긔한을 아지 못하고 상문은 더욱 십여세부터 청운에 올나 텬자의 총애지신이 되여 부귀환혁하야 부모의 귀중함과 진미에 배부르고 나의를 묵어워하며 아로 삭인 교자는 일신을 편케하고 허다 가역은 전차후용하야 대로상으로 행할새 안하무인하야 양양자득하다가 일됴에 몸이

죄쉬되여 장하에 생으로 츄포쵸리는 몸이 편치 못하고 맥반쵸식은 긔갈을 면치못하여 류시는 손수 방아 쩍고 나물 캐며 생이 친이 나무 버여 겨우 자생하는데 삼일에 한번식 쟘고바다 그 괴로움이 일우 긔록지 못할너라

그 후 진상문은 임승상(임생)의 대덕을 입어 적지에서 풀리어 귀향 중 우연히 하루를 留한 집이 그의 前室 이씨가 개가한 '장생'家였다. 이씨는 상문의 錦衣를 보고 종내에는 자살하고 만다.

이상 호씨와 유소저에 대한 예문으로 보아 온 바와 같이 호씨가 가장 지순온공 복종해야 할 정실의 位에 처해 있고, 또한 여필종부의 동양적인 도덕관도 아랑곳없다는 듯이 그 남편 상문에 대한 독설과 자학증에 가까운 발광·죽음으로의 종말, 그리고 간녀인 유소저가 그녀의 反敵이라고도 볼 수 있는 상문을 궁지에까지 좇는 한국적인 종부심 등은 여타의 고소설에서는 전연 눈에 띄지 않는 소재이며, 또한 객관성에 투철했다고 보아지는 인물 성격묘사로서 주목되어야 할 것이다. 이 외에도 여금오에 대한 인물묘사도 該面에서 논의되어야 할 것이니 전항에서 논급되었기에 번잡을 덜겠다.

라. 선악공영

한국 고소설의 주인공과 대립되는 인물은 주인물이건 부인물이건 종내에는 주인공에 의하여 모두 처형되어 과거 주인공측을 학대하던 앙갚음을 받게 마련이다. 거기서 소위 happy ending이란 실은 주인공측에 국한된 것이지, 그와 대립되는 인물, 즉 <춘향전>의 변사또, <유충렬전>의 정한담, <심청전>의 뺑덕어멈 등 모두가 주인공에 의하여

추호의 관용이나 용서도 없이 처벌을 받는 것이다.

그러나 <임화정연>의 惡型의 인물은 모두가 善型에 속한 주인공측을 참소·모략·학대 등을 자행하지만 그들의 주인공측에 의하여 처벌되는 것이 아니라, 그들 상호간의 환경조건에 따라서 잠정적 처벌을 받으나 종말에 이르러는 주인공측에 의하여 관용의 덕이 베풀어져 용서를 받고 참회하여 개과천선하는 수도 있고, 혹은 악형을 끝내 지니고 있지만 종내에는 주인공측과 함께 共榮을 누려 문자 그대로 善惡共榮으로 종결된다.

이 소설의 악형에 속한 주인공은 진상문을 비롯하여 소씨, 미주 그리고 交戰面에 등장하는 적장 공연찬 등으로 국한시켜 논할 수 있다. 상술하면, 진상문은 탐관오리 호상국의 薦으로 高職을 얻어 이를 미끼로 충신인 연공, 정공, 여공 등을 참소 모략하여 북해로 遠竄시키고 연소저, 정소저를 수중에 넣고자 여러 모로 모략 학대하여 일가를 四散하게 했을 뿐 아니라, 천하에 大德君子인 임공까지도 모살코자 林家에 방화를 감행했던 天人이 共怒할 악형의 대인물이다. 그러나 진상문은 호상국의 양녀 호씨를 독살함으로써 마침내 북해로 遠謫되어 갖은 고초를 겪으나, 때마침 조정에서는 태자가 와병하니 임승상의 권유로 죄수에서 풀리어 상문도 처형되지 않고 解配되어 절강으로 귀향해서 개과천선하여 유씨(유소저)와 단란한 생활을 누리게 된다.

미주는 여금오의 소첩인 소씨 소생으로서 절색미모이나 또한 간독스러운 인물인데 정실 부인과 그 소생 희주를 모략·학대한다. 당시 應科次 상경중인 정생을 보고 연모한 나머지 그녀의 시녀 향운과 계략을 써서 정생의 애정을 받으려 했으나 정생은 요간, 박덕한 미주를 받아들이지 않았다. 여금오는 應科에서 장원한 정생을 정실소생 희주로

써 女婿를 삼으니 미주는 이를 시기하여 이후로 희주를 더욱 학대 모해코자 한다. 일일은 정생이 희주와 新情을 맺는 날에 미주가 항운과 모략을 써서 희주 대신 신방에 들어가 그와 동침하여 잉태까지 했다. 이로 인하여 미주는 음녀란 낙인이 찍혀 겨우 죽음을 면하고 遠斥되니 이후 정처 없이 방황하다가 秀隱庵에 이르러 안주코자 했으나 그곳에서도 음녀임이 탄로나자 쫓겨나 방황을 거듭하게 된다. 그러다가 우연히 宋家에 이르러 그 정체를 속이고 그들의 동정을 얻고 마침내 養女가 되어 雙兒까지 분만한다. 그러나 宋家의 진씨는 다행히 정공의 진부인과 형제이어서 미주는 宋家의 소개로 정공가에 인도되니 정공은 미주의 측은한 情狀을 생각하여 정생의 소실로 받아들인다. 따라서 미주는 昔日의 과오를 뉘우치고 이후 鄭公夫妻를 지성껏 봉양한다. 즉

미쥬 신경이 미흡하야 원별상샤하는 정이 간결하야 옥루반뎜에 한 슘이 경경하고 금금요셕의 격막함을 슬퍼하야 반야잔등에 (中略) 진심으로 효봉구고하며 슉당친권을 졍셩으로 응대하니 공과 진부인이 과애하며 일가 모다 칭찬하는지라

그러나 후일 미주의 정체가 탄로되자 미주는 逐斥되니 석고대죄하여 인간의 진면목으로 돌아간다. 즉

네 죄 반드시 쳑사할 것이로대 양아를 위하야 아직 용사하나니 깁히 잇서 회과수행하야 양아의 정성이나 잇게 하랴 함에 려씨 욕사무디에 눈물을 흘리며 청죄하는 뜻이 간결하니 려씨 본래 시녀배에게 은혜를 후이 베풀엇는 고로 이인이 모두 발샹히 넉이고 부인이 쏘한 심하에 축은하여 하더라

여기에 이르러 미주는 昔日의 요녀의 베일이 완전히 벗겨져 버렸다. "이인이 모두 불상히 녁이고 부인이 쏘한 심하게 축은하여 하더라"에 서와 같이 독자에게 눈물을 자아내게 할 만한 리얼(real)한 수법이다. 그러나 逐斥도 잠시요 미주는 다시 정가에 回還하여 이후로 정생과 동거하여 마침내 그녀의 숙원을 이루었다.

소씨는 여금오의 둘째 소첩으로 간요하여 정실 강부인과 희주를 모략 학대하는 전형적인 계모형의 인물이다. 소씨는 미주의 음행의 件으로 여금오에 의하여 친정으로 黜斥된다. 그러나 인자한 강부인의 권유에 의하여 여금오는 소씨를 불러들인다. 그렇지만 소씨는 강부인의 은덕을 추호도 생각지 않고 궁중 여귀비에게 내통하여 강부인과 희주를 헐뜯으니 무고한 희주는 악녀란 누명을 쓰고 宮禁에 招入되어 구금까지 당한다. 또한 그들은 강씨 소생 중옥이 소씨의 子婦 조씨와 奸通淫行했다고 여공에게 무고하여 무고한 중옥은 모진 벌을 받게 된다. 그러나 사필귀정으로 소씨 일파의 간계가 천하에 드러나자 소씨는 여금오의 분노로 다시 逐斥된다. 이때 태자가 臥病하여 백약이 무험한 중에 소씨의 자부 조씨의 도술로써 태자가 완쾌되니 그로 인하여 소씨는 다시 還家하여 형국부인이 되고, 그녀의 소생 계옥은 장원하여 한림이 되고 오랫동안 隔阻했던 미주와도 14년만에 해후하여 일가가 화락하여 happy ending을 이룬다.

끝으로 공연찬은 胡國의 적장으로 임승상과 악전고투 끝에 포로가 되었으나 임공은 적측 포로를 皇京으로 인술하여 처형은커녕 高職을 주어 적측 모두 적재적소로 벼슬을 주어 그들을 위로하는 것이다.

敍上과 같이 진상문이 여타의 고소설대로 주인공(임생)의 앙갚음에 의하여 처형되는 형식을 좇지 않고, 동계의 여금오란 중개인물에 의하여 逐斥되나 그들의 相敵 강부인과 여희주에 의하여 구출되는 것이다. 該面에는 그 예문이 생략되었지만 호씨도 同系인 진상문에 의하여 독살된 것이다.

이상을 환언하면, 악형인물은 그들 상호 간의 투쟁에서 공멸되나 주인공측의 관용으로 다시 소생되는 것이다. 敍上한 것 외에도 주인공측인 화소저를 학대한 탐관오리 이지현 부자도 처벌되는 형식이 酷杖에 그치고, 후일 다시 연어사의 관용으로 용서될 뿐 아니라, 전일 私姦당한 바 있는 화소저의 시녀 홍련과 가약을 맺어 주고, 그들은 개과천선하고, 그리고 계모녀를 학대한 진준 내외도 酷杖을 당한 후 용서되어 개과천선으로 끝맺는 것이다.

그러나 전게한 모든 악형의 인물이 일률적으로 누구나 개과천선하는 것이 아니라, 소씨의 경우는 개과치 않고 끝내 奸毒性을 지니고 있다는 곳에, 우리는 악형의 다양성을 窺知할 수 있다.

5) 결 어

결어를 대신하여 이상의 考述을 종합 약술한다면, <임화정연>은 한국고소설 중 대장편의 하나라는 것, 그리고 저작연대는 숙종 전후에 해당할 것이나 이것은 추견에 不外하고, 그러나 이 소설이 지니고 있는 중요한 특징은 구성면에 있어서 중간인물이 설정되고, 계모형의 일률성이 완전히 파격되었고, 또한 인물묘사에 있어선 객관적인 묘사형식이 다루어졌고, 고소설 종결에 있어서 주인공의 일률적인 유종의 미가 善惡共榮으로 결말된다는 것 등이다. 이상의 구성의 변모는 근대화된 것으로서 신소설 내지 현대소설에 접근되고 있는 것이며, 고소설연구에 있어서 이 소설에서 비로소 발견된 것으로 높이 평가되어야 할 것이다.

그러나 문학연구의 본령의 일점인 문체면을 살피지 못했다. 이는 한국 고소설이 서지면에서 완전히 정리되지 않은 이상 일반적인 고소설 문체론의 범위를 넘어설 수 없을 것이다. 따라서 여기에서 문체면의 考述이 생략된 것이다.

5
서포소설의 연구

1) 구운몽의 표기문자에 대하여[1]

<구운몽>은 종래에 국문소설로 못 박혀 왔다는 것은 주지된 사실이다. 그러나 이는 확적한 근거에 의해 정설로 굳어진 것은 결코 아니다. 이를 더 부연해 말하면, 구운몽에 대한 국문소설설은 극히 최근에 김태준에 의하여 西浦의 국민문학론과 국문소설 多作說이 작용하여 그와 같이 국문소설로 귀착하게 된 것이다. 그러다가 근자에 필자는 구운몽의 원작이 국문소설이라는 定說이 뚜렷한 근거에 의해 이루어진 것이 아님을 전제로, 구운몽이 지닌 한문 소설적 구조문제, 구운몽 이본 가운데 서포의 원작으로 추견되는 노존본이 출현한 문헌학적 및 서지학적 문제, 그리고 서포 후손이 구운몽의 漢文手稿本을 소장하고 있었다는 문중설화를 중심으로 구운몽의 원작은 한문소설이라고 규정 짓게 되었다.[2]

---

1) 본론은 『고대교육신보』, 고려대 교육대학원 刊, 1977.6.18에 기재된 것을 논문 형식으로 보충하여 再寫한 것이다.
2) 정규복, 『구운몽연구』, 고려대 출판부, 1974.

그러나 설성경 씨는 필자의 구운몽의 원작 한문소설에 대해 최근에 국문소설과 한문소설을 모두 비판하고 나서, 색다른 한문·국문 두 가지 표기설을 내세우고 있다.[3]

이는 말하자면 한문소설과 국문소설을 모두 인정하는 절충설이라고 보고 싶다.

필자의 한문본설에 최초로 도전해온 분은 故 이재수 교수, 그 다음 정병욱 교수 등이 있었는데 그들이 필자의 한문본설을 논박하여 종래 국문본설을 다시 내세우는 논지 역시 김태준의 근거 없는 국문본설과 별반 차이가 없었다.[4]

그리고 이번 다시 필자의 한문본설에 異說을 제기하여 구운몽의 원작을 한문, 국문 등 두 가지 표기설을 내세우는 설씨의 논리도 역시 그 논지나 자료의 방증이 모호한데다가 극히 일방적이라는데 그 비난을 피하기란 어려울 것이다. 여기 설씨가 내세우는 한문, 국문 두 가지 표기설의 요지를 적어보면 다음과 같다.

구운몽의 이본 가운데 국문본 중 古本에 속하는 서울대학본을 필자가 한문본과 비교하여 서울대학본에 나타나 있는 直譯句·譯語體·誤譯·컨텍스트의 不備·大刪略 또는 대화구에 있어서 존비체의 불일치 등을 들어 서울대학본 외에 이와 同系인 국문본 김동욱본을 동원하여 필자가 오역으로 예를 든 서울대학본의 두 부분이 김동욱본엔 그대로 문맥이 연결되고 있음을 들고, 또한 한문본과 서울대학본을 비교하여 <구운몽>의 서두 岳峰序列의 문제, 七步詩에 대한 皇太后의 評釋 實文 및 결미의 『金剛經』 四句頌의 實文 등의 삽입 등을 들어 서울대

---

3) 설성경, 「구운몽의 구조적연구」, 『원우론집』2, 1974.
4) 정규복, 『구운몽연구』 참조.

학본의 母本은 한문본의 축역본이 아니라 한문본의 異系로서 독자적
성격을 띤다는 것과 또한 서울대학본은 일찍이 국문 소설 <남정기>
를 쓰고 국민문학론을 제창한 바 있는 작자 서포가 독자층의 확대를
위해 직접 손을 댔다는 것을 들어 구운몽의 원작은 한문, 국문 두 가지
로 표기하였다는 것이다.[5]

위의 요지를 설씨가 결론에서 내세운 7항목과 본문과를 연결하여
이들을 조목별로 적어보면 다음과 같이 4개 항목으로 작성된다.

① 서울대학본의 誤文은 이와 동계인 김동욱본에 문맥이 연결되어
  있으므로 서울대학본의 母本은 오역이 없다.
② 서울대학본의 母本은 誤文이 없고 또한 서두의 岳峰序列 문제,
  七步詩의 評釋實文 및 『금강경』四句頌의 實文 등의 삽입으로
  한문 노존본과는 異系에 속하며 아울러 독자적 성격을 띤다.
③ 서포는 국문 소설인 <남정기>를 지었을 뿐 아니라, 국민문학론
  을 강조하였으나 이로 미루어 보아 그는 독자층의 확대를 위해
  한문본과 아울러 국문본 <구운몽>(서울대학본의 母本)을 저작
  하였을 것이다.
④ <구운몽>의 원작에서 한문, 국문 두 가지 표기 중 한문표기가
  선행되었고, 그 후 이를 대본으로 하여 이루어진 국문표기에서는
  부분적인 변이를 통한 대응성을 위해 축약과 첨보가 병행되었다.
  그러므로 <구운몽>은 한문, 국문 등 두 가지 표기가 이루어진
  것이다.

---

5) 설성경, 「구운몽의 구조적연구」 참조.

그러면 위의 4개 항목에 대하여 이들을 순차적으로 필자의 견지에서 비판해 보기로 한다.

첫째, 서울대학본의 誤文이 없다는 문제에 대하여, 우선 필자가 서울대학본을 한문 老尊本의 축역본으로 단정한 이유를 들어 두는 것이 좋을 것 같다.

필자가 졸저 『구운몽연구』6)에서 서울대학본을 노존본의 축역본으로 단정한 중요한 이유는 서울대학본에 나타난 어색한 直譯句와 譯誤體, 무리한 刪略에서 오는 컨텍스트의 不備 및 誤譯文, 大刪略 등에다 두었는데 설씨는 필자가 오역으로 예로 든 4개 항목 가운데, 다만 2개 항목의 것을 김동욱본과 대조하여 이들이 김동욱본에 문맥상 연결된다는 것을 들어 오역문이 없다고 단정하고 있다. 그러나 필자가 서울대학본에 나타난 오역문을 한문 노존본과 비교하여 30여 개소나 찾아냈는데 그 실례는 번잡을 피해 4개 항목만을 들었으므로 오역여부의 정확한 결론은 이들 30여 개소 및 컨텍스트의 不備, 또는 시문에 나타난 서투른 직역구 등 모두가 대조됨으로써 비로소 밝혀질 것이라고 본다.

그런데 이런 사실을 고려해 넣지 않고 다만 두 가지 예만을 갖고 誤文이 없다고 단정한 것은 자료상 너무나 미흡하고 또한 설씨가 한문, 국문 두 가지 표기설의 大題가 되는 誤文 논리정립에 시초부터 초점이 어긋났다고 본다.

둘째, 서울대학본의 母本을 老尊本과 異系로 잡은 문제에 있어서, 설씨가 서울대학본의 母本을 노존본의 異系로 잡은 그 중요한 이유는 서울대학본에 나타난 서두의 岳峰序列, 즉 노존본의 東西南北中 등

---

6) 정규복, 상동서, 157~188쪽.

五方의 서열이 서울대학본에 서포의 五行구조에 의해 東西南北中의 순위로 나타나 있고, 난양, 영양공주의 七步詩에 대한 황태후와 詩評釋의 實文과 말미에『금강경』의 四句頌의 實文 등이 노존본에 없으나 서울대학본과 이와 동계인 김동욱본에 삽입되어 있다는 세 가지 변이를 들고 있다.

그러면 앞에 들은 세 군데의 변이를 통하여 서울대학본을 노존본의 번역본에서 제외시킬 만큼 완전한 異系로 볼 수 있느냐 하는 문제이다. 번역이라는 것은 현대적인 관점에서 보더라도 직역·의역도 있을 수 있고, 때에 따라서는 添譯·改譯도 있을 수 있고, 縮譯도 있을 수 있다. 더구나 첨역·개역·축역의 번역적 방법을 특히 우리 고전문학 작품에 많이 나타나 있다. 서울대학본이 번역본이냐 혹은 창작본이냐를 따지기 전에 서울대학본을 노존본과 대조하여 이를 읽어 본 경험이 있는 분이면 누구를 막론하고 서울대학본도 여타 국문본과 같이 축자역의 방법에 의해 견지되었다는 것을 쉽게 납득할 수 있을 것이다.

그러나 앞에 든 세 가지 변이를 가지고 서울대학본을 군이 노존본의 번역본이 아닌 독자적인 異系로 잡는다면, 현존한 경판본·완판본 기타 수많은 필사본 및 활자본 등 국문본도 결국 부분적인 첨역·축역·개역 등이 있는 이상, 이들도 모두 번역본이 아니라 독자적인 異系로 잡아야 한다는 결론이 나오게 된다. 그러므로 설씨가 서울대학본의 母本을 세 군데의 변이로 이를 노존본의 번역본에서 독자적인 異系로 잡은 관심은 어불성설일 뿐 아니라 중대한 착오이다.

셋째, 서포는 국문소설인 <남정기>를 지었고, 뿐만 아니라 국민문학론을 강조한 일이 있는 것을 전제로 하고 볼 때, 구운몽의 경우 독자층의 확대를 위해 한문본과 아울러 국문본(서울대학본의 母本)을 저작하였다는 문제에 대하여 살펴보기로 하자.

실제로 김춘택이 "西浦頗多以俗言爲小說 其中南征記者非等閑之比 余故以文字翻之"로 언급한 바와 같이 서포는 한글로 많은 소설을 짓는 가운데 국문소설인 <남정기>를 지었고, 뿐만 아니라 정철의 가사를 논평하는 가운데, 한국인은 한국 토속어로 작품을 써야 한다는 이른바 그의 탁월한 국민문학론을 제창까지 하였다.

그렇지만 서포가 국문으로 <남정기> 등을 지은 것과 그의 탁월한 국민문학론으로 종래 <구운몽>을 국문소설로 매김하는 중요한 이유가 되어왔는데, 이에 대하여 필자는 이들의 조건이 <구운몽>을 국문 소설로 매김하는 절대적인 조건이 될 수 없다는 것을 이미 『구운몽연구』[7]에서 말한 바 있다. 그러므로 이 문제에 대하여선 더 사족을 붙이지 않겠다.

종래 <구운몽>을 국문소설 일변도로 매김해온 데 대하여 설씨는 한문, 국문 두 가지 병행설을 주창한 것이 그 특색으로 이미 앞에서 언급한 바와 같이 설씨의 설은 국문본설·한문본설을 모두 수용하는 절충설이다. 거기서 설씨가 전개한 바 있는 국문소설 <남정기>와 국민문학론을 가지고 한문, 국문 두 가지 표기설을 주장하고 있는 것은 얼핏 보아 국문소설 일변도로 보는 것보다는 좀 진보된 설같지만 이는 확적한 고증에 의해 이루어지고 있지 않으므로 논리적으로 국문소설 일변도로 보는 것보다 훨씬 뒤떨어진 견해라고 본다.

다시 말하면, 설씨가 국문 소설 <남정기>와 국민문학론을 전제로 한문, 국문 두 가지 표기설을 내세우는 데 대해 보다 확적한 자료를

---

7) 정규복, 상동서, 200~213쪽.

가지고 이를 주장하지 않는 한, 더 거론할 여지가 없겠다.

넷째, <구운몽>의 한문, 국문 두 가지 표기 중에서 한문표기가 선행되었고, 국문 표기의 작품에서는 부분적 변이를 통한 대응성을 위해 축약과 첨가가 병행되었다는 문제에 대해 살펴보기로 하자. 앞에 든 넷째 항은 설씨의 매김말에 해당되며 위에서 볼 수 있는 바와 같이 그는 구운몽의 한문, 국문 두 가지 병행설을 주장하면서도 한문의 표기가 선행되었다는 것을 솔직히 인정하고 있다. 그러나 문제는 <구운몽>의 한문본이 이루어진 후 부분적인 변이를 통한 대응성을 위해 축약과 첨가를 병행하여 국문으로 <구운몽>을 지었다는 데 있다.

그러면 설씨가 말하는 <구운몽> 국문본의 부분적인 변이를 통한 대응성을 위해 축약과 첨가를 병행하였다는 것은 무슨 뜻일까. 위의 구절 중 '부분적인 변이를 통한 대응성'이란 노존본에 대해 서울대학본에 나타난 부분적인 상이점을 뜻하는 것이라고 보고 싶으며, '축약'은 노존본에 비해 서울대학본 곳곳에 나타나 있는 시·상소문 등 많은 刪略의 부분을 뜻하는 것이라고 보며, 또 '첨가'는 앞에서 이미 언급된 서두의 岳峰序列의 차이, 황태후의 詩評釋의 實文 및 결미의『금강경』句頌의 實文 등의 삽입 등이 이에 해당된다고 보고 싶다.

그러면 설씨가 주장하고 있는 바와 같이 서포가 애초에 <구운몽>을 한문으로 지어놓고 그 다음 부분적인 변이를 통한 대응성을 위해 축약과 첨가를 병행하여 국문본을 지은 것을 <구운몽> 한문본의 번역이 아닌 거의 창작에 가까운 새로운 작품으로 볼 수 있을까. <구운몽>의 경우, 이러한 논리가 성립될 수 없는 한, 설씨의 한문, 국문 두 가지 표기설도 성립될 수 없음은 물론이다. 억지로 성립시킨다면 견강부회밖에 더 다른 말이 용납되지 않는다. 그것은 누누이 되풀이 되는 말이지만 노존본과 서울대학본을 對讀한 경험이 있는 분이면, <구운몽>의 여타 국문본과 같이 서울대학본에 나타난 어색한 直譯句, 譯語體, 무리한 刪略에서 오는 컨텍스트의 不備, 오역 등 외에 자자구구가 老尊本의 축자역에서 이루어졌다는 것을 실감할 수 있기 때문이다.

그러므로 설씨가 구운몽의 한문본과 국문본 중 필자의 한문 선행설을 솔직히 받아들이면서도 '번역'이란 말 대신에 '부분적인 변이를 통한 대응성'이란 어구로 대치시킨 것은 결국 그의 한문, 국문 두 가지 표기설을 무리하게 합리화하는 데서 오는 語戲로밖에 생각되지 않는다.

이들 밖에 서울대학본을 필자가 후대의 번역자의 손에 의해 이루어졌다는 데 대해 설씨는 이를 부정하여 서포가 직접 손을 댄 것으로 보고 있으나 양소유의 天津橋 詩의 一節 "酒樓來醉洛陽春"이 서울대학본엔 "술다락에 와 낙양 봄을 취ᄒᆞ여도다"로 번역되어 있는데, 위의 "洛陽春"은 낙양에서 생산되는 名酒의 이름으로 이는 분명 무지에서 오는 오역이다. 즉 서포가 한문으로 <구운몽>을 지어 놓고 '洛陽春'을 낙양 봄으로 번역하는 그런 서투른 한문학자는 아니라고 본다. 덧붙여 말하면, 한문본 <구운몽>의 오역으로 인하여 서울대학본에 곳곳에 나타난 오역, 또는 황태후와 최부인의 대화에 나타난 존비체의 불일치 등은 조잡한 번역의 솜씨로서 서울대학본의 母本을 서포의 손에 이루어졌다고는 도저히 볼 수 없고, 아무래도 후대에 이루어진 번역으로 보아야 할 것 같다.

이상에서 <구운몽>에 대한 설성경 씨의 한문, 국문 두 가지 표기설에 대하여 이들을 4개 항목으로 논지를 세우고 그 부당함을 지적하였다. 설씨의 새로운 한문, 국문 두 가지 표기설도 필자가 한문 표기설을 내세우는 자료와는 달리, 논증하는 자료도 부족하거니와, 그 방법도 앞

뒤가 잘 연결되지 않으며 그의 논증 방법을 재정리한다면, 설씨가 그의 마무리에서 한문, 국문 두 가지 표기 중 한문 선행설을 시인하고 있고 서울대학본이 번역본임이 다시 드러난 이상, 한문, 국문 두 가지 표기의 절충설로 필자의 한문본설을 비판하는 것과는 달리, 필자의 한문본설을 재확인해 주는 것이라 본다. 여기에서 <구운몽> 원작에 대한 필자의 한문본설도 더욱 굳어진 셈이다.

다시 말하거니와 <구운몽>의 원작에 대하여 종래 국문본설이 뚜렷한 자료나 고증에 의해 이루어진 것이 아니고, 현존한 국문본이 모두 한문본의 譯本의 테두리를 벗어나지 못하거니와 구운몽 한문본의 전승 과정이 老尊本에서 乙巳本으로, 乙巳本에서 다시 癸亥本으로 전승되어 내려온 것이 뚜렷하게 선이 그려져 있고, 아울러 국문본은 老尊本 계열의 譯本과 乙巳本 계열 및 癸亥本 계열의 譯本으로 뚜렷하게 분류되고 있으며, 더구나 노존본의 성립연대가 영조 1년(1725)을 훨씬 상승하고 있고, 이들 외에 구운몽의 구조가 한문소설이라는 구조적 문제 또는 서포 후손이 서포의 <九雲夢> 手稿本을 소장하고 있었다는 서포 문중 설화가 게재되어 있는 한, 필자의 한문본설은 여간해서 흔들리지 않을 것이며, <구운몽>의 원작은 오늘날까지 이루어진 <구운몽> 연구사에서는 틀림없이 한문본이라는 것을 다시 한 번 밝혀두는 바이다.

2) 구운몽의 '空觀' 시비

(1) 導 言

<구운몽>은 이미 되풀이되는 바와 같이 창작의 理想境地인 내용과 형식의 조화를 이룬 명작이다. 특히 본 소설이 지닌 사상성은 여타 고소설 가운데 추종을 허용치 않는 뚜렷하고 오묘한 불교사상의 깊이가 담겨 있다. 거기서 진작부터 본 소설이 지닌 사상성에 대해 언급된 논문이 상당수 이루어진 것이 아닌가 한다.

<구운몽>의 사상성에 대해서는 필자가 이미 언급한 바대로 대체로 삼교사상의 화합설, 佛敎사상설 및 『금강경』이 바탕 된 空사상설 등으로 분류되어 오다가[8] 근자엔 불가의 唯識論的 풀이가 보태져 나왔다.[9] 그러나 특히 불교사상의 다양한 풀이 가운데 지금까지 가장 힘 있게 거론된 것은 불가의 '空觀'으로 집약될 수 있을 것 같다. 즉 필자가 삼교사상의 화합설을 비판하고 <구운몽>의 근원사상은 『금강경』이 바탕된 '空觀'으로 규정된 이래,[10] 정주동 교수는 <구운몽>은 철두철미 불교사상을 바탕으로 하는 가운데 특히 『금강경』의 空觀, 즉 空卽是色 色卽是空의 眞空妙有의 경지를 나타냈다고 보았고,[11] 설성경 교수는 <구운몽>에서는 대승불법이 강조되는 가운데 특히 『금강경』의 空사상이 구현되었다고 보고 있고,[12] 성현경 교수는 <구운몽>은 작자 김만중의 삶 의식과 함께 넓게는 불교사상, 좁게는 空사상이 西

---

8) 정규복, 『구운몽연구』, 고려대 출판부, 1974, 214~246쪽.

9) 김선장, 「구운몽에 수용된 불교사상 연구」, 연세대 석사논문, 1986.

10) 정규복, 「구운몽의 근원사상고」, 『아세아연구』28, 고려대, 1968.

11) 정주동, 「구운몽의 불교관적 고찰」, 『동양문화』6, 7, 영남대, 1968.

12) 설성경, 「구운몽의 구조적 연구」, 『국어국문학』58~60, 국어국문학회, 1972.

浦的으로 변용되었다고 보아[13) 모두가 접근하는 방법은 다르지만『금강경』의 空觀을 중심으로 풀고 있음을 알 수가 있다.

그러나 다시 근자에 필자의 <구운몽>의 사상풀이에 대한『금강경』의 空觀에 대하여 비판적 내지 보완적 논문이 김일렬 교수[14)와 조동일 교수[15)에 의해 제기되었고, 필자를 비롯한 이들을 종합하는 이상익 교수의 견해도[16) 피력되었다. 필자는 뒤늦게나마 필자의 논지를 보완하면서 김 교수와 조 교수에 대하여 답응할까 한다.

우선 이 문제를 보완하기에 앞서 필자가 이미 15년 전에 본 소설에 가한 사상적 풀이에 있어서도 본 소설을 계속 검토하는 가운데 보다 첨보할 만한 것도 있고 해서 첨보를 가하고 나서 필자의『금강경』에 바탕 된 空觀에 대하여 언급하고자 한다.

(2) 空觀의 시비

<구운몽>이 지닌 삼교사상의 화합설에 대하여 그 부당성은 이미 구체적으로 지적되었다.[17) 그러나 여기에 더 보완해둘 일은 삼교화합설이 논리적 정당성을 얻으려면, 儒·佛·道 삼교가 어느 하나에 치우치지 않고 동등한 위치에서 화합이 이루어져야 하는 것인데 <구운몽>은 엄연히 불교사상이 근간을 이루고 있고, 그리고 양소유의 부귀공명적 행각은 <구운몽>의 이야기에서 표면적인 것으로서 꿈의 허망성이 드러남과 동시에 결국 이는 얼음 녹듯 불교사상에 융해되어 마침내는

---

13) 성현경, 「구운몽과 김만중의 삶 의식」,『김만중연구』, 새문사, 1983.

14) 김일렬, 「구운몽신고」,『한국고전산문연구』, 이우출판사, 1981.

15) 조동일, 「구운몽과 금강경 무엇이 문제인가」,『김만중연구』, 새문사, 1983.

16) 이상익, 「구운몽의 주제」,『한국문학사의 쟁점』, 집문당, 1986.

17) 정규복, 상동서, 215~219쪽.

이를 강조하는 데 보태지며, <구운몽>에 삽입된 도가적 요소를 이루고 있는 위부인과 팔선녀의 행동도 양소유의 부귀공명적 일생이 수포로 귀결됨에 따라서 이와 꼭 같이 불가로 융해되고 마는 것이다. 이 도가적 문제는 정치하게 논의되지 못했기 때문에 여기에 첨보를 가할까 한다.

팔선녀는 <구운몽> 초두에 석교에서 성진과 수작한 것이 인연이 되어 성진과 함께 지옥으로 떨어졌다가 염라대왕의 동정을 받고 역시 각각 여덟 미인으로 환생되어 양소유의 부귀공명적 행각에 큰 역할을 담당하지만, 성진이 그의 기나긴 부귀공명의 행각에서 끝내는 깨어남과 동시에 본성을 大悟하자 여덟 미인은 이를 계기로 역시 위부인의 슬하를 떠나 불문으로 귀의하여 성진을 섬겨 부지런히 불도를 닦아 극락세계로 갔다는 것이다. 즉 여덟 선녀가 도가에서 탈출하여 극락세계로 가기까지 첫째는 위부인의 슬하에서 벗어나 불문으로 귀의하는 것[18] 둘째는 부지런히 불도를 닦아 성진과 함께 본성을 깨달았다는 것[19] 셋째는 성진의 교화로 용신·귀신 등과 함께 大道를 얻어 극락세계로 갔다는 것이[20] 그것이다.

이제부터 <구운몽>이 지닌 空觀을 더 확대하기로 하자. <구운몽>의 사상적 주류를 이루고 있는 불교사상 가운데 그 주지가 금강경의 空觀으로 이루어졌다고 언급되기 시작한 것은 앞에서 언급된 바와 같이 필자에 의해 비롯되었다.[21] 이후 정주동·설성경·성현경 교수 등

---

18) '昨往衛夫人宮中 旋識前日之罪 旋辭夫人 永歸佛門'『구운몽원전의 연구』, 281쪽.

19) '性眞及八尼姑 皆頓悟本性 大得寂滅之道' 상동서, 281쪽.

20) '此後性眞率蓮花場大衆 大宣教化 仙與龍神 人與鬼物 尊重性眞如六觀大師 八尼姑 皆事性眞 深得菩薩大道 畢竟皆歸於極樂世界 嗚呼異哉' 상동서, 282쪽.

21) 정규복, 「구운몽의 근원사상고」,『아세아연구』28, 고려대, 1968.

으로 이어져 오다가 근자에 출현된 唯識論的 접근도 넓은 뜻에서 空觀
으로 수용되리라고 보아진다.

그러나 필자의 『금강경』을 바탕으로 한 '空觀 풀이'에 대하여 비판
이 가해지면서 하나는 <구운몽>의 작자 김만중이 처음 의도는 『금강
경』의 空觀을 펴려 했으나 작자의 미숙으로 이를 적극적으로 수용하
지 못하여 결국 미숙성으로 마무리되었다는 것을 전제로 하여 구운몽
空觀은 초보단계의 空觀으로 보아야 한다는 것이고[22] 다른 하나는 『금
강경』의 사상적 구도는 '무릇 相은 모두 허망하다'는 것과 '佛法 역시
허망하다'는 것, 그리고 '머무는 데 없이 생각하라' 등 세 단계로 이루
어졌다고 보고, <구운몽>은 결국 제1단계에 머문 것으로 『금강경』의
최종 단계인 '머무는 데 없이 생각하라'와는 매우 거리가 있으며, 이는
<구운몽>이 제1단계의 空觀밖에 안 되는 것으로서 결국은 불교사상
으로 보는 것이 타당하다는 것이다.[23]

위의 두 논문은 필자의 拙文에 대해 비판이 가해진 것이지만, 『금강
경』의 空觀을 핵심 있게 압축하여 명증하는 방법이 매우 설득력이 있
다고 생각된다. 그런 가운데 공통점은 김일렬 교수나 조동일 교수가
모두 <구운몽>에 시도된 『금강경』의 空觀이 완숙한 空觀의 경지를
드러내지 못하고 다만 초보적인 제1단계의 표면적 空觀을 표출하는
데 머물렀다는 것이라고 보아진다.

위 두 논문에 대하여 필자가 다시 보완하고 싶은 것은 김만중이 <구
운몽>에 空觀을 부각시키려다가 空觀의 표출에 있어서만은 과연 작
자의 未熟性으로 실패작으로 떨어졌다고 보아야 할 것이냐에 대해 우

---

22) 김일렬, 상게서.
23) 조동일, 상게서.

선 보완을 가하고 싶다.

위 두 글의 하나인 김일렬 교수는 『금강경』에 대한 空觀적 구도는 첫째, 色은 허망한 것으로 부정되어야 한다. 둘째, 色을 부정하여 얻은 空도 역시 부정되어야 한다. 셋째, 色과 空의 경계도 부정되어야 한다는 것이다. 이 세 가지 부정에서 얻어진 것은 결국 一切有爲法 如夢幻泡影 如露亦如電 應作如是觀의 四句偈로 귀착된다는 것이고,24) 조동일 교수는 되풀이되는 바이지만 첫째, 무릇 相이 있는 것은 허망하다. 둘째, 佛法 또한 허망하다. 셋째, 머무르는 데 없이 생각하라 등25)을 제시하여 결국 김 교수와 조 교수의 『금강경』에 대한 논지 풀이는 같다고 본다.

사실이지 『금강경』은 종교적 선행의 목적을 위하여 집착을 떠나게 하여26) 선과 악 내지는 色과 空의 不境界를 통해27) 결국 眞空妙有의 경지에 이르게 하는 것임을 감안할 때, 위의 『금강경』에 대한 두 풀이는 즉 色과 空의 無境界로 귀착되는 것이리라.

그러나 이들의 중요한 문제는 <구운몽>의 사상을 필자가 본 소설에 담겨진 空觀을 『금강경』의 空觀과 밀접 시킨 것에 대해 하나는 '미숙성의 空觀'으로 다른 하나는 空觀이 제시된 그 이전의 '佛敎思想'으로 결론을 내린 데 있다. 필자는 여기에 대해, 보완하고 싶은 것은 '미숙성의 空觀'과 '불교사상'에 대해 필자에 의해 이미 제기됐던 『금강경』의 空觀을 김 교수와 조 교수에 제시된 자료를 중심으로 더 보태고

---

24) 김일렬, 상게서, 156~160쪽.

25) 조동일, 상게서.

26) '菩薩 應無所在 行於布施 所謂無住色布施'「妙行無住分」.

27) '如來所得 阿耨多羅三藐三菩提 於是中無實無虛'「究竟無我分」.

보완코자 한다.

우선 '미숙성의 空觀'에 대하여는 본 소설의 성진이 胡僧과의 문답을 통해

> 처음에 사부님으로부터 戒責을 받고 力士를 따라 풍도옥에 떨어졌다가 다시 인간세상에 환생되어 楊家의 아들이 되었다가 일찍 장원급제하여 한림원의 관원이 되고 나아가서는 三軍의 원수가 되고 들어와서는 모든 관원의 우두머리가 되었다가 상소를 올리며 벼슬에서 물러나 두 공주와 여섯 낭자와 더불어 아침, 저녁으로 가무를 대하여 비파소리를 들으면서 즐기던 것이 모두 일장춘몽의 일이다. 생각건대 사부께서 나의 생각이 그릇됨을 아시고서 인간 세상에 대한 꿈을 꾸게 하여 성진으로 하여금 부귀와 번화, 남녀 간의 정념이 모두 허망한 것임을 깨닫게 하신 것이로다.[28]

의 부귀와 번화가 일장춘몽이라는 성진의 독백이 이루어지면서 육관대사의, 人生滋美에 대한 물음에 비로소 성진은 눈물을 흘리면서 '性眞已大覺'에서와 같이 크게 깨달음을 자백하는 것이다.

그러나 <구운몽>은 흔히 생각된 것과는 달리 성진의 부귀공명에 대한 허망으로써 얻어진 '大覺'으로 마무리가 이루어진 것은 아니다. 즉 성진으로 하여금 하룻밤의 허망한 꿈을 깨치게 한 육관대사의 깊은 은혜에 성진이 감동됨을 고백하는 말 가운데 '永受倫回之咎殃'을 들은 육관대사는 다음과 같은 말로써 응수를 한다는 것이다. 즉

---

28) '回念被師傳戒責 隨力士往豊都 幻生人世 爲楊家之子 早捷壯元 爲輪林三將三軍 入摠百揆 上疏乞退 謝事就閑 與兩公主六娘子 對歌舞聽琴琵 盃酒團樂 晨昏行樂 皆一場春夢中事 乃日 此必師傅知吾一念之差 俾著人間之夢 要令性眞 知當貴繁華 男女情慾 皆妄幻也'『구운몽원전의 연구』, 280~281쪽.

네가 홍을 타고 갔다가 홍이 다하여 돌아오니 내가 무슨 간여할 일
이 있겠는가 네가 또 이르기를 제자가 인간의 윤회한 일을 꿈꾸었
다 하니 이는 네가 꿈과 인간세상을 나누어 둘이라 함이니 너는
아직도 꿈에서 깨어나지 못한 것이다 莊周가 꿈에 나비가 되고 나
비가 또 변하여 莊周가 되니 莊周가 말하기를 莊周의 꿈에 나비가 된
것인지 나비의 꿈에 莊周가 된 것인지 종시 이를 분별치 못하니 어느
것이 꿈인지 어느 것이 사실인지 누가 알겠는가 이제 네가 성진이 네
몸이라 하고 꿈이 네 몸의 꿈이라 한즉 너는 또한 몸과 꿈을 一物이
아니라고 말하는 것과 같다 성진과 소유 어느 것이 꿈이며 어느 것이
꿈이 아니뇨.[29] (가점은 필자)

---

29) ‘汝乘興而去 興盡而來 我有何于與之事乎 汝又曰 弟子夢人間輪回之事 此汝以夢與
人也 分而二之也 汝夢尙未盡覺也 莊周夢爲蝴蝶 蝴蝶又變爲莊周 莊周曰 莊周之夢
蝴蝶耶 蝴蝶之夢爲莊周耶 終不能卞之 孰知何事之爲夢 何事之爲眞耶 今汝以性眞
爲汝身 以夢爲汝身之夢 則汝亦以身與夢 謂非一物也 性眞少游 孰是夢也 孰非夢也’
『구운몽원전의 연구』, 281쪽.

이 장은 구운몽의 空觀을 근원적으로 이해케 하는 장면이라 생각되지만, 한문본을
제외한 국역본엔 그 번역이 제대로 이루어진 것이 드물다. 즉 우리가 흔히 접해왔던
경판본엔 이 장이 전연 그 번역이 이루어지지 않았고, 완판본엔 매우 미세하게 다음과
같이 번역되었다.

네 홍을 띄엿갓다가 홍이 진ᄒ미왓시니 무삼 간셥ᄒ리요 ᄯ 네 세상과 꿈을 달아
아니네 꿈이 오히려 씨지못ᄒ여ᄯ다(783쪽)

또 국역본 가운데 善本으로 널리 인용되는 서울대학본과 활자본의 효시의 역할을
한 唯一本 및 李家源本에,

네 승홍ᄒ야 갓다가 홍이진ᄒ야 도라와시니손 므니간에ᄒ미 이시리오 네ᄯ 니르되
인셰의 눈히홀거슬 술을 ᄭ우다ᄒ니 이 ᄭ움 인셰의 ᄭ움을 다리라 ᄒ미니 네 오히려 ᄭ움을
치찌디못ᄒ엿도가 당쥐 ᄭ움의 나뷔되어다가 나뷔 당쥐되니 어이 거줏거시오 어니 진짓
거신줄 분변티못ᄒᄂ니 어제 성진과 쇼위어니는 진짓 ᄭ움이오 업ᄂ ᄭ움이 아니뇨 (影印
本 498쪽).

네 홍을 타고 갓다가 홍이 다쥐야오니 너 무슴 상관이 잇스리오 ᄯ네가 인간론 회화ᄒ
일을 ᄭ움꾸엇다 ᄒ고 ᄯ 네 ᄭ움과 세상을 난호아 둘을 ᄒ노니 네 ᄒ이 오히려 씨지못ᄒ얏

위의 육관대사의 말은 성진이 色의 허망성을 깨달음을 통해 아직도 꿈과 현세, 또는 양소유와 성진을 위의 가점부분 '제자가 인간의 윤회한 일을 꿈꾸었다 하니 이는 네가 꿈과 인간세상을 나누어 둘이라 함이니 너는 아직도 꿈에서 깨어나지 못한 것이다'에서와 같이 장주의 호접몽에서 깨어나지 못하였음을 힐난하는 장면이다.

그러나 위와 같은 육관대사의 힐난에 성진은

> 제자 성진은 모든 것이 아득하여 꿈이 사실이 아닌지 사실이 꿈이 아닌지 분별치 못하오니 바라옵건대 사부님께서는 法을 베풀어 제자로 하여금 이를 깨닫게 하옵소서[30]

하여 大覺에서 大悟를 희구한다. 드디어 육관대사는 『금강경』의 大法을 베풀어 성진뿐만 아니라 도가를 떠나 육관대사에게 귀의한 여덟 선녀도 함께 大悟가 이루어진 후, 육관대사는 최후로 『금강경』의 四句偈

도다 (唯一本(下) 116쪽).

네 홍을 타고 갔다가 홍이 다하여 돌아왔으니 내 무삼 간예함이 있으리오 또 네 이르되 꿈과 세상을 나누어 둘이라 하니 이는 네 꿈을 오히려 깨지 못하였도다 장주 꿈에 나뷔되었다가 나뷔 장주되니 어이 거잣것이요 어이 참거짓인줄 분변치못하나니 어데 성진과 소유 어이는 참이요 어니는 꿈니뇨 (李家源本 324쪽).
(·표는 문맥이 모호하거나 誤謬의 부분으로 필자 부)

와 같이 原句가 빠지고 군데군데 誤文이 보임으로 보아 번역하기에 까다로웠던 것이 아닌가 한다. 그러나 필자 소장본 '卷三 78張전후'나 新飜 九雲夢(下 136쪽)에는 비교적 정확하게 全譯되었다.

이는 결국 오늘날까지 쉽게 접할 수 있었던 경판본·완판본·활자본·서울대학본·이가원본 등에 이 장의 핵심을 이루고 있는 '此汝以夢與人也 分而二之也'와 '汝亦以身與夢 謂非一物也'가 번역에서 제외됐거나 오역 내지 미숙으로 이루어진 것으로 말미암아 이 장이 일반 독자들에게 잘못 이해되리라는 것은 쉽게 감지할 수가 있다.

30) '弟子夢暗 不能卞夢非眞也 眞非夢也 望師傅設法 使弟子覺之' 상동서, 281쪽.

를 읊고 성진에게 불가 계승의 상징이라 보아지는 金剛經·浮甁·錫
杖 등을 인수하고 그의 고향인 西域으로 돌아갔다는 것으로 <구운
몽>의 大尾를 이루게 된다.

위에 인용된 바 있는 성진의 大覺을 계기로 제시된 身과 夢, 또는
性眞과 楊少游 등 장주의 호접몽의 이분법적 성진의 分辨을 지우기
위하여 금강경의 설법으로 성진과 여덟 선녀를 大悟케 한 것은 한 장
한 장이 구체적으로 소설화는 이루어지지 않았지만,『금강경』이 궁극
적으로 지닌 '法엔 진실도 없고 허망도 없다'[31]와 상합하는 것이라 보
아진다. 말하자면, 이는 김 교수가 <구운몽>에 결핍되었다는 소위『금
강경』의 '色과 空의 境界는 否定되어야 한다'[32]는 것을 채워줄 것이고,
그리고 조 교수가 역시 <구운몽>에 결핍되었다는 소위『금강경』의
'佛法 또한 허망하다'와 '머무는 데 없이 생각을 하라'[33]를 채워 줄 것
이라 생각된다. 즉 <구운몽>에 빠졌다고 생각된『금강경』의 핵심이
연계될 때, 또한 김 교수가 <구운몽>이 말미에 삽입된『금강경』의 四
句偈도『금강경』의 것이 단계적인 역설의 논리인 데 대하여 '현실적인
것을 부정하는 염세적 세계관'[34]과는 달리, 역시 <구운몽>의 四句偈
도『금강경』의 것과 동일의 달관적 경지를 제시한 空觀의 경지로 마무
리한 大尾로 보아야 할 것이다.

그러나 위의 장주의 '호접몽'을 제시하여『금강경』의 본격적 空觀을
제시만 하여 독자들이 이를 감지 못할 정도로[35] 구체적으로 소설화시

---

31) 이부영,『금강경』, 한국불교연구원, 1987, 124쪽.
32) 김일열, 상게서, 157쪽.
33) 조동일, 상게서, Ⅲ-12쪽.
34) 김일열, 상게서, 160쪽.
35) 우선 구운몽의 불교사상에 대해 최초로 논평된 것은 李縡(1680~1746)의 '稗史有九雲

키지 않고 있는 것은 佛家의 일차적 논리인 '凡所有相 皆是虛妄'이 집중적으로 소설화된 나머지, 이차적 문제를 작품화시키지 못하였거나, 아니면 너무나 구체화된 일차적 空觀의 제시로 이차적 空觀인 본격적인 것을 대체하려는 의도가 작용된 것이 아닌가 한다. 환언하면 불가적 大悟는 물론 시비분별을 떠나는 데 있지만, 凡所有相이 허망하다는 것을 大覺할 때, 자연 그 大覺은 大悟에 이르게 되는 것이므로 大覺에 이르는 장면이 구체적으로 소설화된 것이라 생각된다. 이 문제에 대해선 보다 집중적인 논리를 위하여 따로 지면을 빌렸으면 한다.

(3) 결 어

이상에서와 같이 <구운몽>의 사상적 풀이에 핵심적 역할을 해온 『금강경』의 '空觀'에 대하여 살피는 과정에서 주로 김일렬 · 조동일 교수의 논지를 중심으로 살폈다.

즉 김 교수와 조 교수가 일찍이 필자의 『금강경』의 空觀으로 <구운몽>의 사상성을 매김한 데 대하여, 『금강경』의 空觀은 완숙된 것이지만 <구운몽>의 것은 미숙의 것임을 전제로 필자의 풀이를 비판하였다. 그러나 필자는 그들의 견해를 수용하면서 <구운몽>의 終尾에 삽입된, 육관대사가 성진의 大覺 후에도 본문의 '夢與人也 分而二之也'

夢者 卽西浦所作 大旨以功名富貴歸之於一場春夢' 「三官記」를 필두로 하여 최근에 발견된 『西浦年報』(日本 天理大學)의 '其旨以爲一切富貴繁華 都是夢幻' 운운도 이와 동궤이고, 또한 춘향전의 압권인 <南原古詞>에 '당시렬의 절문 즁이 경문이 능통ᄒ므로 뇽궁의 봉명ᄒ고 셕교상 느즌 봄바람이 판션녀 희롱ᄒ 죄로 환승인가ᄒ여 츌당입 샹타가 티사당도라올졔 뇨됴져디드리 좌우의 버러시니 난양공주 딘치봉 가츈운 계셤월 젹경홍 심요연 빅능파와 슬켜겅 노니다가 산즁일셩의 ᄌᄃᆫ 꿈ᄭᅵ거가' (<남원고스> 권지일) 등이 모두 구운몽의 사상적 주지를 일차적으로 空觀으로 파악한 所以라 보아진다.

와 '身與夢 謂非一物'에서와 같이 현세와 꿈이 이분법적 분별에 사로잡힌 데 대하여 육관대사가 『금강경』 四句偈로 장주의 호접몽을 들어 현세와 꿈의 이분법을 깨뜨려 大悟케 한 것으로써 <구운몽>의 空觀은 김 교수와 조 교수가 지적한대로 미숙의 空觀이 아니라 『금강경』과 같이 완숙된 것으로 파악하였다.

다시 말하면, <구운몽>의 思想은 대다수가 인생의 부귀공명을 일장춘몽으로 보는 일차적 내지 초보적 空觀이 아니라, 이면적으로는 '大覺'을 뛰어넘어 性眞과 楊少游, 身과 夢, 莊周와 蝴蝶 등 현실과 이상을 경계 짓는 것이 아니라, 끝내 이들의 경계를 뛰어넘어 大悟케 한 것이 바로 <구운몽>이 지닌 『금강경』이 '머무르는 데 없이 생각을 하라'의 空觀이라고 생각된다. 즉 <구운몽>이야말로 『금강경』의 '空觀'이 거의 완숙에 가까운 미학으로 소설화된 국제적 차원에서 논의되어야 할 거작임을 다시 강조하고 싶다.

3) 남정기 논고

(1) 導 言

<남정기>는 한국의 봉건가족제도에서 필연적으로 일어나는 처첩싸움의 悲狀을 소재로 한 가정비극소설이며, 동시에 숙종의 己巳換局 처사에 일침을 弄한 풍자소설이며 목적소설이다. 이 소설은 본시 남정기라 명칭되었으나 근자부터 여주인공의 姓 '사씨'가 첨가되어 <사씨남정기>로 통칭되고 있다. <남정기>는 주지하는 바와 같이 <구운몽>의 작자인 서포 김만중의 소작이다. 그러나 오늘날 그의 대작 <구운

운몽>이 한글 소설이라 주지되어 있지만, 이에 대하여는 뚜렷한 확증이 없어 여러 가지 難問題가 가로 놓여 있으나[36] <남정기>는 한글로 된 소설이란 확적한 기록이 있음으로써 한국 소설사상 차지한 그 위치는 매우 크다고 본다. <남정기>에 대한 문헌상 최초의 기록은 서포의 종손 춘택의 『北軒集雜說』에

"西浦多以俗諺爲小說 南征記非等閑之比 予故翻以文字"

란 기록이 있어서 <남정기>가 서포의 한글 소설이라 함에는 더 起疑할 여지가 없다. 그러나 이규경의 『五洲衍文長箋散稿』에 보면,

"南征記北軒金春澤所者 世傳 (中略) 北軒爲肅廟仁顯王后閔氏巽位 欲悟聖心而制者云"(卷七 小說辨證說)

이란 기록에서와 같이 <남정기>를 북헌 김춘택의 所作이라 하여 北軒의 김만중설과는 거리가 멀다 하겠으나, 李圭景의 北軒說에 대해서는 『조선문학전집』(소설집)[37]에 언급되어 있는 바와 같이 북헌의 한역본으로 인한 착각으로 아무런 攷據가 없는 것이다.

그러면 <남정기>는 언제 제작되었는가? 이에 대해선 上揭引用한 이규경의 "南征記北軒爲肅廟仁顯王后閔氏巽位 欲悟聖心而制者"의 말을 빌리면, 숙종이 繼妃 인현왕후를 무고히 폐출하고, 妖女 장희빈을 왕비로 맞아들인 데 대한 聖心을 悔悟시키고자 쓴 목적소설인데,

---

36) 정규복, 「구운몽이본고」, 『아세아연구』8, 고려대, 1961, 2~3쪽.
37) 『조선문학전집』, 소설집 상, 서울; 삼우사, 1948, 3쪽.

이는 인현왕후를 모신 內人의 작품이라고 알려진 <인현왕후전>과 대비해 보면, 그 주인공의 배열이나 스토리가 대략 부합되는 것으로 보아 근거 있는 말이며, 이를 통해서 보면 <남정기>가 아무래도 숙종 己巳換局(숙종 15년, 1689) 이후의 所作임에는 틀림이 없을 것이니 박성의 교수의 언급대로[38] 서포의 南海被竄時期(1689~1692)로 그 저작 연도를 국한시키는 것이 좋을 것이다.

<남정기>에 대한 考究는 지금껏 그 경개·사적 배경 등 대략 그 소설의 외곽적인 면에 그친 것 같아 필자는 우선 그 내용적인 면에서 한국소설사상에 있어서의 구성상의 諸問題와 또한 서지적인 면에서 그 원작의 근사치에 접근코자 수종의 이본을 수집하여 서지적 試攷를 꾀하는 것이 이 小稿를 엮는 의도임을 序에서 밝혀 둔다.

(2) 구성상의 제문제

한국 고소설의 구성은 소위 권선징악을 그 내용의 철칙으로 하여 happy ending으로 종결된다. 그리하여 논자는 누구나 일별의 여지를 허하지 않고 한결같이 천편일률격이라고 혹평한다. 물론 필자도 이에 대하여 하등 반론을 제기할 만한 자료도 갖고 있지 않으며, 수 년간 고소설을 통독해 오고 있는 바로는 오히려 더 강력하게 긍정 시인하지 않을 수밖에 없다. 그렇다고 해서 우리는 시간적으로 거의 오백 년 동안이나 가지고 있는 고소설을 권선징악이란 전제 하에 영구히 '애기책'이란 이름으로 파묻어 둘 것인가? 이에 대해서는 의당히 재고해 볼 만한 문제가 있다고 본다. 특히 고소설은 그 출래한 시간과 그리고 그

---

38) 박성의, 『한국고대소설사』, 일신사, 1958, 293쪽.

작자가 불명한 것이 대부분이기 때문에 이에 대한 시대적 구분은 一大難問題다. 旣刊된 수 권의 소설사와 소설론이 있지만 시대구분에 대해선 모호한 점이 많아 모두 試考에 그친 감이 있어서 과학적인 방법으로서의 구분은 앞으로의 과제일 것이다.

그러나 시대와 작자가 명확한 <남정기>와 임병양란을 계기로 족출한 군담류 소설을 구성상 대비해 보면, 양자 권선징악을 공동으로 하면서도 엄연히 차질될 몇 가지의 구성상의 문제가 있다. 즉 환언하면 임병양란을 계기로 하여 등장한 군담소설에 비하여 그 후 백여 년이 경과한 숙종조에 제작된 <남정기>를 보면, 군담소설의 단형구성법이 <남정기>에 이르러 複型으로 변모되었다는 점과, 서구소설이 시간이 경과됨에 따라 비현실의 가공에서 Realism으로 발전해 내려 온 것과 같이 훨씬 현실성에 접근된 흔적을 窺知할 수가 있다는 것이다. 이는 앞으로 한국소설사를 스토리·경개 등을 중심으로 다룬 오늘날까지의 방법에서 그 각도를 변경하여 구성적인 면에서 소설사를 꾸며 볼 수 있다는 하나의 가능성을 제시해 주는 것이라 생각된다.

가. 플로트

군담소설의 스토리의 결구를 요약해 보면, 주인공의 가계를 서두로 출생, 성장, 역경을 轉으로 하여 回運의 Climax를 넘어 happy ending으로 종결된다.[39] 이 같은 기승전결이 단일적으로 구성되어 있다. 그러면 실례를 군담소설 중 <유충렬전>에서 들겠다.

大明國 弘治 연간에 南京 東城門 밖에 正言主簿 유심이 있었는데

---

39) 정규복, 「한국고대군담소설고」, 고려대 석사논문, 1958, 87쪽.

인생이 강직하여 歷代名門家이나(가계) 늦도록 슬하에 일점혈육이 없어 祖先香火를 걱정하던 중에, 부인 장씨의 勸으로 남악형산에 가서 목욕재계하여 칠일 기도를 올리고 南柯一夢 끝에 生男하니 주인공 유충렬이다(출생). 충렬은 성장함에 따라 재질이 過人하여 부모의 은총을 받고 장차 大器가 되기를 기다린다(성장). 그러나 이도 순간이다. 유주부는 간신 정한담과 최일귀의 참소로 燕京으로 유배를 당하고, 그 마수는 충렬모자에게까지 미치니 부인 장씨는 충렬을 데리고 심야에 출가하여 화를 남방으로 피하던 중, 準水에 이르러 충렬은 익사지경에 이르고, 장씨는 水賊에게 잡혀 위기에 이른다(역경). 그러나 충렬은 익사지경에서 어느 商船에 의해 구사일생으로 구출되어 다시 유주부의 친구 강승상을 만나 그 집에 留했다가 백운사 도승을 만나 그의 슬하에서 병법·천문지리 등을 공부하고, 장씨는 水賊의 妾이 되려던 찰나, 묘계로 위기를 면하고 어느 노승의 안내로 이처사의 집에 留하여 때를 기다린다(회운). 이때 조정은 호국의 침략을 받아 어지럽던 중에 간신 정한담과 최일귀는 선봉장사가 되어 출전했으나 호국에 가담하여 도리어 군병을 明陣으로 돌려 조정은 위기일발에 놓인다. 충렬은 천문을 보고 조정의 위기를 구하기 위해 도승을 하직하고 天使馬 單騎로 戰陣에 이르러 적을 섬멸하고 천자를 구하여 대사마 도원사가 된다. 충렬은 다시 간신 정한담과 최일귀를 격전 끝에 사로잡고, 四散했던 부모와도 해우하게 된다. 그리고 그의 은인 강승상의 딸 강소저와 佳緣을 맺고 부귀공명을 一世에 누리게 된다는 것이다(종결).

다음 <남정기>의 스토리를 요약하면, 大明 嘉靖年間에 金陵 順天府에 유현이란 재상이 있었는데 개국공신 성의백 유기의 후예로(가계) 부인 최씨와 가내화목하나, 슬하에 자녀 없이 걱정하던 중에, 生男하니 연수이다.(출생) 최씨는 그 후 얼마 있다가 得病棄世하였다. 유연수는 성장함에 재질이 過人하여 십세에 한림이 되었다.(성장) 유현은 모든 매파를 동원하여 그의 누이 두부인과 상의하여 歷代로 意篤志毅한 謝家에서 재색겸비한 사소저를 子婦로 맞이했다. 그 후 유현도 우연득병하여 기세한다. 유연수는 사씨와 아무런 부족 없이 안락하게 지내나 다만 슬하에 자녀 없음을 恨한다. 이때 소실로 맞아들인 것이 요녀다. 그 후 교씨는 生男하여 장주라 이름 짓고 또 사씨도 生男하여 一家團樂하더니 본래 시기 많고 간요한 교씨는 사씨를 모함하여 마침내 사씨는 유연수에 의하여 축출되고 만다.(역경) 사씨는 이후로 남으로 향하여 정처 없이 방황을 거듭하여 가진 고초를 겪다가 水月庵에 이르러 留하게 된다.(회운) 유한림은 사씨를 축출한 후 교씨를 정실로 삼으니 교씨는 家內를 독점하여 선량한 시녀를 학대하고, 뿐만 아니라 문객 동청과 사통하고, 마침내는 동청과 결탁하여 유한림마저 해칠 것을 음모한다. 유한림은 동청과 간신인 엄승상의 무리의 참소로 인하여 幸州로 유배를 당한다.(역경) 동청은 그의 대가로 현령이 되어 교씨를 데리고 '진유'에 부임하여 그 지방의 膏血을 빠니 백성의 원성이 높았다. 유한림은 다시 석방되어 북쪽으로 오던 중 교씨의 시녀 설매를 만나 其間事를 듣고 과거를 뉘우치게 된다. 유한림은 북방으로 오던 중에 동청이 그가 살아 있음을 알고 살해코자 하니 유한림은 사씨의 힘을 입어 구사일생으로 위기를 모면하여 사씨와 재회한다.(회운) 그 후 천자는 유한림의 無辜를 알고, 그에게 시랑을 제수함과 동시에 동청의 무리를 처벌한다. 유한림은 다시 예부상서가 되어 승상까지 된 후, 사씨와 至樂을 一世에 누린다.(종결)

위의 兩者 소설의 스토리를 전체의 경개가 아니고 플러트의 비교를 위하여 필자가 적당히 요약한 것이다. 敍上에서와 같이 양자 스토리의 전개과정은 거의 일치하고 있다. 뿐만 아니라 그 기승전결의 플러트는 고소설 전반에 亘한 것으로 該面의 특징도 아니다.

그러나 좀 더 상밀히 비교해 보면, <남정기>의 스토리는 유한림(善의 위치)이 엄승상(사씨를 폐출시키는데 교씨의 간부 동청을 적극 옹호한 奸臣 惡의 위치)의 모함을 입고 쫓겨났지만, 천자는 후일 자기의 잘못을 깨닫고 엄승상을 배척하고 다시 유한림을 받아들인다. 이 副項의 스토리는 군담소설적일 뿐만 아니라, 또한 그 인물의 배열도 일치하고 있다. 환언하면 군담소설에 있어선 그 인물의 배열이 주인공(善) 간신(惡) 천자(絶對)의 삼각관계가 천편일률로 공식화되어 있다. 다만 지명과 인물이 다르고 부수적인 인물이 등장하여 사건전개가 다를 뿐이다. 그렇지만 <남정기>에 있어서 사씨(善) 교씨(惡)와 유한림(絶對)과의 틈바구니에서 사건이 전개돼 나가는 일면, 유한림(副項에서는 절대격이나 전체면에서는 남주인공(善格)으로 이 엄승상의 무리(惡格)와 천자(絶對格)의 틈바구니에서 전개된다.

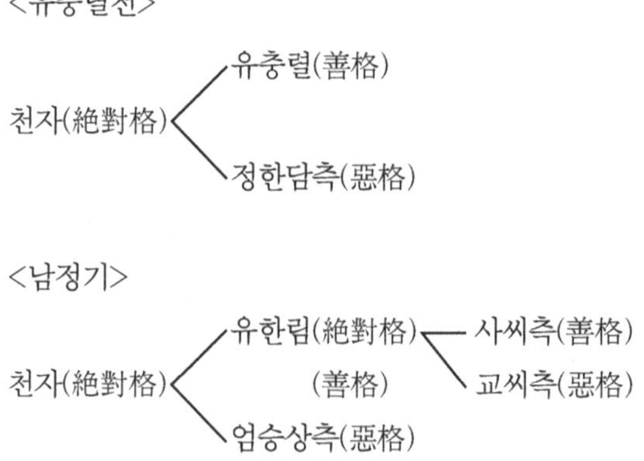

말하자면 위의 도표에서와 같이 남정기에 있어선 군담소설의 플러트가 이중화되어 전개되어 있다는 것이다. 이는 결국 전언한 바와 같이 군담소설의 단형 플러트가 복형으로 변모, 발전된 것을 뜻한다.

나. 배경묘사

한국 고소설 중 황당성이 제일 많은 것은 군담소설이다. 즉 주인공의 출생과정이나 역경에서의 구출장면에 玉皇·仙女·靑衣女童의 출현, 그리고 戰陣面에 있어서 초인간적인 도술전법 등은 군담소설을 황당무계하게 만들어 놓은 이대 결함이다. 우선 주인공의 출생과정부터 살펴보자.

　　「방안에 향취 진동ᄒᆞ고 밧게셔 상운이 이러나 셔기가 만실ᄒᆞ여 일위선녀 오운을 타고 나려와 부인 압헤 안지며 빅옥병을 들어 부인을 주며왈 소녀는 텬상옥황에 시녕ᄋᆞ더니 (중략) 빅옥병에 향수로 아기를 씻기시면 빅병이 소멸ᄒᆞ고 유리대에 노은 과실 산모가 잡수시면 장싱불사ᄒᆞ리라」(活字本 <유충렬전>)

　　「ᄒᆞᄂᆞᆯ노셔 한쌍 선녀 나려와 옥홉에 향수를 기우려 아ᄒᆞ를 씻겨 누이고 문득 이르되 첩등은 광한뎐 시빙ᄋᆞ더니 상제의 명을 밧자와 부인의 히산을 구원ᄒᆞ얏거니와 이 애기는 텬상각셩으로서 인간에 젹강ᄒᆞ엿ᄉᆞ오니 부인은 귀ᄒᆞ게 길너 텬긔를 어기지 마옵소서 ᄒᆞ고 두어 거름에 가는 곳을 알지 못ᄒᆞ겟더라」(活字本 <謝角傳>)

위 예문에서와 같이 군담소설의 주인공의 출생은 모두가 옥황의 점지와 선녀의 산파역으로 이루어져 있다. 그러나 <남정기>를 보면,

「공히 최씨로 금슬은 조흐나 ᄉ속이 업셔 근심ᄒ더니 늣게야 일ᄌ를 싱ᄒ고 오리지 아냐 부인이 기셰ᄒ니(下略)」

라 되어 너무나 추상적인 감이 있으나 거기에는 옥황·선녀의 출현이 없이 현실적인 인간으로서의 출생이다. 또한 출생전에 군담소설에 恒例로 묘사돼 있는 명산기도도 전연 제외되어 있다.

옥황과 선녀의 출현은 주인공의 출생에서 끝나지 않는다. 주인공이 역경에 처했거나, 어느 일발의 위기에 부닥쳤을 때, 하나의 수호신으로 재등장한다.

「소제 기운이 희미ᄒ야 누엇더니 시양머리ᄒᆫ 녀동이 ᄂ와 일오디 부인은 이제야 고싱과 익운이 다 진ᄒ엿사오니 근심치 마르시고 귀체를 보즁ᄒ소셔 나는 남희룡궁 시녀옵더니 오늘 부인 병이 급ᄒ오매 왕명을 밧자와 환혼쥬를 죠션에 가 어더 부인을 구ᄒ오고 도라가ᄂ니다 ᄒ며 사매로셔 대포갓흔 거슬 니여 주며왈 이제 부인의 정신이 현출치 못ᄒ시니 이거슬 먹으면 정신이 씩씩ᄒ리이다 ᄒ고 겻희 노인 병을 가지고 표현이 구름에 쓰이여 가니 그 종적을 아지 못ᄒᆯ네라」(活字本 <女中豪傑>)

위의 인용을 添述하면 <여중호걸>의 주인공 장소저와 그의 애인 김생도 잃고 나서, 비관 끝에 별해수에 이르러 滄波孤魂이 되고자 水中에 뛰어들어 익사지경에 이르렀을 때, 용왕의 시녀[40]로 인해 환혼주

---

40) 군담소설에 있어서, 주인공의 출생과정이나 역경 중에 옥황상제 대신에 간혹 용왕 혹은 석가세존이 등장하는 경우가 있다. 그러나 이는 모두가 도교형으로서 용왕이나 세존이 독립된 것이 아니라 그 系源은 항상 옥황으로 귀착된다. 거기서 용왕·세존도

를 마시고 구출이 되는 장면이다.

그러나 <남정기>에는 前揭한 허망성보다는 좀 더 현실성을 띠었다고 볼 수 있는 夢兆가 사용되어 있다. 사씨가 교녀의 간계에 의하여 被逐을 당한 후에 시댁 선영에서 노비와 함께 배회할 때 교씨는 후환을 없애고자 사람을 보내어 살해코자 했으나 顯夢에 시부 유공이 나타나 사씨의 위기를 모면케 한다.

「스몽비몽간에 문득 일인이 니르러 닐오디 노야와 부인이 청ᄒ시더이다. (中略) 스씨 크게 깃거 비알체옵ᄒᆫ디 쇼시 슬하에 안치고 무잉ᄒ야 위로왈 아히 참언을 드러 현부를 곤케 ᄒ니 마음이 편치 못ᄒ도다(中略)현뷔 칠년지익이 잇시니 당당이 남녁으로 멀리 피홀지라 후회치 말고 급히 이곳을 룸나 남방으로 향ᄒ라 스씨 옵더왈 혈혈ᄒᆫ 너지 엇지 칠년을 유리ᄒ리 잇고 젼두길흉을 알고즈 ᄒᄂ이다. 소시왈 이는 텬쉬니 엇지 알니오 다만 ᄒᆞᆯ 말리 잇스니 이후 육년스월십오일에 비를 빅빈쥬에 미엿다가 급ᄒᆫ 스룸을 구ᄒ라 츠는 명심불망홀지어다 ᄒ고 왈 고리 이곳에 오리 머무지 못홀거시니 썰니 도라가라 스씨왈 이제 존안을 쩌ᄂᆞ오니 어니놀 다시 뵈오리잇고 인ᄒ야 옵ᄒ고 늣기니 유모와 츠환이 씌오거눌 스씨 놀나 씌다르니 한 쑴이라」

물론 이와 같은 夢兆型이 군담소설에 전연 출현하지 않는 바는 아니나 <남정기>에 비하면 같은 夢兆型이라도 훨씬 황탄성을 띠고 있으려니와, 그것도 幻覺이라던가 夢兆로서가 아니라 恒例로 현실에 존재(玉皇·仙女·靑衣童子 등의 출현)해 있는 것으로서 전개되는 그 사건 수에 비하면 사소한 것으로 비교가 되지 않는다. 그리고 <남정

옥황의 令下에 움직인다.

기>의 夢兆나 군담소설에 황탄한 사건이 우연성을 띤 것임에는 유사하나 오늘날 소설이라는 문학이 허무맹랑한 거짓말이 아니라 있을 수 있는 허구(fiction)라는 관점에서 볼 때, <남정기>의 몽조가 군담소설보다는 현실성으로 전진되었다고 보아야 할 것이다. 거기서 일찍이 김태준이 <남정기>를 평하여,

> 「從來小說의 大部分은 軍談이 아니면 英雄의 戰爭과 戀愛에 成功한 功利 譯이었으나 南征記에서는 累累히 妖妾의 弊害를 陳述하고 人間界의 實生活 處하여 현실에 접근한 묘사를 하였다」[41](방점은 필자가 붙임)

라고 한 것은 역시 <남정기>가 前揭한 바와 같은 군담소설의 주인공의 출생과정이나 역경에서의 구출 등에 나타나는 비현실적인 탄망, 나아가서 戰陣法의 초인간적인 구성 등에선 탈피되어 비교적 현실성 띤 인간다운 면으로 변모된 점을 지적한 것이라 생각되며, 또한 정곡을 얻은 평이라고 보겠다. 上引 김태준의 평은 다음 인물묘사에도 해당될 것이다.

다. 인물묘사

군담소설을 비롯하여 여타소설에서 보기 어려운 <남정기>에 나타난 특징은 인물묘사에 있다. 즉 교씨의 시녀인 설매라는 인물과, 그리고 추영(유한림의 副室)과 그의 母系 변씨와의 관계이다. 한국 고소설의 공식성(mechanism)은 특히 인물묘사에 있음은 주지된 사실이다.

---

41) 김태준, 『조선소설사』, 123쪽.

악인이면 악형, 선인이면 선형으로 모든 것이 판연하게 틀에 박혀 전개돼 나간다. 그 극단의 예를 <장화홍련전>에 등장하는 계모형 허씨라는 인물에서 볼 수 있다.

교씨의 시녀 설매는 사씨부인을 폐출케 하는 교씨와의 狹謀에 직접 가담한 下手일 뿐더러, 천인공노할 교씨 다음가는 악형의 인물이다. 그러나 작자는 설매를 끝내는 버리지 않고 어느 정도 동정(mitleid)을 가지고 그 인물을 묘사해 놓았다. 즉 사씨가 폐출된 후에 교씨는 다시 사씨의 寵子 인아마저 살해하기 위하여 설매에게 인아를 投江殺害키로 명령했다. 이때 설매는 돌연히 사부인의 무고함을 생각하여 교씨의 슈을 어기고 인아를 숲 속에다 놓고 교씨에게 投江殺害했다고 거짓 고한다.

「교네 그 말을 올히 너겨 셜믹다려왈 인이 쟝셩ᄒ면 나와 네 편치 못ᄒ리니 쌜니 다려다가 물의 너허 즈취를 업시ᄒ라 셜믹 응명ᄒ야 즉시 인아를 안고 물가에 오니 아희 오히려 잠이 임의 드럿거날 츰아 히치 못ᄒ고 스스로 눈물을 흘니고 왈사부인 셩덕이 져 물ᄌ거날 닉 무샹ᄒ야 죽게 ᄒ고 이졔 그 홀식을 마즈 히ᄒ면 엇지 천앙 업스리오 ᄒ고 아희를 슈풀속에 감쵸고 도라가 교녀다려 왈 아희를 물속에 너ᄒ니 물속에 들낙날낙ᄒ더니 보지 못홀너이다」(活版本)

그리고 설매는 전일의 과오를 뉘우친 끝에 회개의 대가도 없이 또는 전일의 잔악한 범죄의 업보도 없이 작자 서포는 설매로 하여금 스스로 목을 매어 죽게 하는 자살로 결말을 맺어 놓았다.

「雪梅始悟臘梅以助其惡 爲喬氏之心腹 而自不無危怖之心 且董賊
淫穢日甚 奸遍婢輩無餘 喬女妬忌 日甚手殺數人 雪臘兩婢其功多而
萬端侵辱 常有欲害之計 雪梅悔其前事 含怨度日而無處超懇矣 偶逢
故主開懷盡說 而及見喬女董淸相議 自知不免 遂自頸而死」(漢譯本)

※인용은 한글본으로 하는 것이 원칙이겠으나 該面은 활판본(한글
본)보다 상세하므로 구태어 譯本으로 인용했다. 활판본에도 "차시 셜
미 일이 발각되미 죽을가 겁ᄒᆞ야 뒤에 가 목미엿더니"라 되어 前略은
하나마 역시 자살로 되었다.

만일 설매라는 인물이 여타 고소설의 공식성에 좇아 묘사되었다면
該面에서와 같이 회개와 자살이 있을 수 없고, 사건은 좀 더 다른 방
향으로 전개되었을 것이다. 즉 설매는 교녀의 심복으로 인아를 投江殺
害하여 그의 사씨와 유한림에 의하여 타살되어 교씨 무리의 말로와
같이 그들의 원한을 풀어주는데 一材가 되어야 했을 것이다. 종래 군
담소설의 모든 인물이 선악을 재단하기 위하여 절대자로 군림하는 천
자를 제외하곤, 주인공이건 부차적인 인물이건 선악 양형 중 어느 일
면에 규정되는 것이 공식성이요, 또한 철칙인 것을 염두에 두고 볼 때,
작자가 설매에게 회개와 자살을 부여 놓은 것을 선도 아닌 악도 아닌
중도형의 인물의 설정시도로서 적으나마 고소설의 공식성의 타파라고
보아야 할 것이다. 그러면 설매와 여타인물과의 관련을 도표로 표시하
겠다.

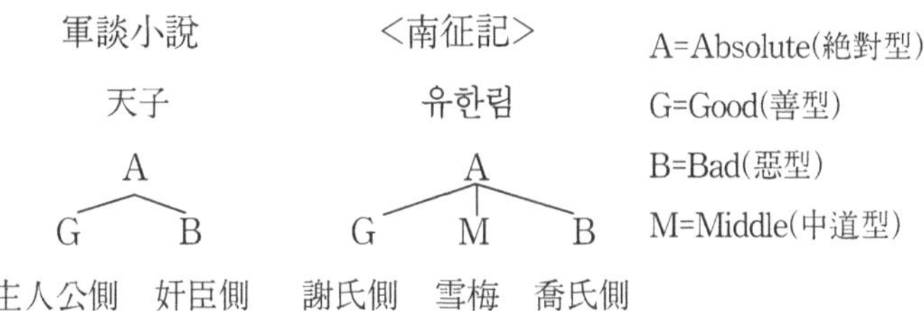

추영과 그의 계모 변씨와의 관계에 있어서도 고소설의 繼母惡人이란 공식성이 탈피되어 있다. 군담소설 중 계모형소설인 <어룡전>의 주인공 어룡과 그의 계모 강씨, <장풍운전>의 주인공 장풍운과 그의 계모 송씨와의 관계는 모두가 알력과 갈등으로 강씨·송씨는 전실 소생인 주인공을 학대하는 악인으로 종내에는 주인공의 앙갚음을 통하여 처벌된다. 말하자면 고대소설에 있어선 正室第一主義로 繼母니 副室 따위는 필연코 악인이어야만 한다. 여차한 정실 제일주의가 깨어진 것은 신소설 <鬼의 聲>에서 비롯된 것이다. 그러나 <남정기>의 추영과 변씨 사이엔 아무런 相剋과 不和도 없이 서로 화합되고 있다.

「묘희왈 부인이 질녀를 보시도다 질녜의 명은 취영이니 제 어미 일즉 강보에 두고 죽으미 제 아비 변씨를 취ᄒᆞᆺ더니 그 아비 쏘 죽으미 변씨 취영을 소승을 주어 삭발코져 ᄒᆞ거날 늬 그 화상을 보니 귀즈를 만히 두어 복녹이 완전홀 상이라 변씨를 권ᄒᆞ야 다리고 살나 ᄒᆞᆺ더니 요ᄉᆞ이 들으니 질녀 가쟝 효셩 져워 모ᄌᆞ상득ᄒᆞ야산다 ᄒᆞ더니 부인이 만나 보시도다」(活版本)

※한역본에는 "近間姪女孝誠出天 女工且妙 母女相和 家道稍安"이란 어구가 그 引文 중에 보임.

이상 중에 열거해 온 <남정기>에 나타난 플러트의 복식성, 배경묘사에 있어서의 현실화, 그리고 인물묘사에 있어서의 공식성의 탈피 등은 물론 오늘날의 관점에서 볼 때, 거기에도 우연성과 공식성이 많아 권선징악의 테두리를 벗어나지 못했다 치더라도, 종래의 군담류 소설보다는 훨씬 리얼하게 전진한 것으로 한국 고소설사상 높이 평가가 되어야 하며, 旣言한 바도 있지만, 앞으로 고소설 연구방법에 대한 전환을 가져올 수 있다는 좋은 본보기가 될 것이다.

(3) 이본고

<남정기>의 이본도 여타 고소설과 같이 대략 한문본계와 한글본계로 판연히 분류된다. 필자가 求讀한 藏本을 열거하면 다음과 같다.

① 漢文本系

庚寅本: (1冊 純祖 30年, 1830, A.D) 필사본으로 고대도서관에 소장되어있음.

癸丑本: (1冊 1913, A.D? 未詳) 필사본으로 역시 고대도서관에 소장되어있음.

晩華本: 英祖詩人 晩華齋 柳振漢(1711~1791)의 문집 晩華集에 있는 「劉翰林迎謝夫人告祠堂歌」를 말하며 七言 一百四十句로 된 長詩로 그 내용은 사부인의 덕행을 읊었음.

對譯本: (1冊 1914, A.D) 조선연구회에서 日語로 對譯하여 구운몽과 합본하여 刊行된 것임.

② 한글本系

高大本: (2卷 2冊 필사연도 미상) 고대도서관에 소장된 필사본으로 한역본을 충실히 再譯한 重譯本이다. 그러나 下卷이 落帙임.

金敏洙藏本: (3卷 2冊 1906 A.D) 고려대학 교수 김민수 씨의 소장으로 필사본이며 그 註解가 「현대문학」(11.12.4)지에 실리다가 중단되었음. 필자는 全讀은 못했으나 「현대문학」의 것을 考讀한 바로는 역시 한역본에서 유래된 重譯本이다.

鄙藏本: 鄙藏한 것으로는 2종이 있는데 하나는 癸巳本(2卷 2冊 1893, A.D)이며 또 하나는 50여 년 전에 필사된 單冊이다. 그러나 모두가 역시 한역본에서 유래된 重譯本이다.

活版本: 該本은 소위 딱지본을 이름이다. 傳文, 永豊, 德興, 世昌 등의 출판사에서 활판됐으나 모두가 내용은 꼭 같다.

校註本: 該本은 박성의 씨에 의하여 근자 <구운몽>과 더불어 합본 註解된 교주본을 이름이다. 그러나 내용은 이본 중 가장 풍부한 것으로 주목된다.

이상 10종을 놓고 보면, 한문본으로선 고대 庚寅本이 미스도 근소하고 뿐만 아니라 비교적 古本이라고 보아 該稿의 텍스트로 택했고, 한글본으로선 활판본 이외엔 모두 한역본에서 유래한 重譯本이다. 거기서 활판본이 가장 이채로운 존재이며, 만일 억측을 감행해 본다면 서포의 원작계열이 아닌지? 그러나 확증하기엔 좀 더 적극적인 서지적 연구가 필요하다. 그리고 교주본은 활판본과 거의 같으나 구성면에서 한역본이 참고된 종합본으로 이본으로선 방대한 내용을 지니고 있다.

거기서 본고에서는 上揭한 10여 종 중 가장 특징 있는 것이라고 생각되는 한역본(고대경인본) 활판본에 한하여 개괄적이나마 역술하기로 하고, 그 외엔 차치하여 후일의 과업으로 미룬다.

물론 前揭한 10여 종 이외에도 필자의 들은 바로는 이재수 교수가 소장한 手寫本 2종이 있다고 하며, 舊王室 도서목록에도 手寫本 2종이 출현하며, 그리고 Maurice Courant의 『한국서지』(Bibliographie Coréenne)에도 경판본(辛亥 由洞刻 2冊)이 나타나 있으나 아직껏 實本을 목격치는 못했다.

가. 한역본

該本은 서포의 원작인 한글로 된 <남정기>를 원본으로 하여 서포의 후손 김춘택(1670~1717)에 의하여 번역된 것이다. 그러나 該本의 텍스트가 되었을 만한 原本이 현존치 않는 이상, 그 원본 여하에 대하여는 고구할 길이 없다. 다만 그 번역경유만은 『北軒集』에 나타나 있다.

> 「愚嘗病焉 會謫居無事 以文字飜出一通 又不自揆頗增冊而整釐之 然先生特以其性 情思致之妙而有是書 故於諺之中 猶見詞采 今愚所翻反 有不及焉 昔太史公作屈原詩 歐陽子叙王氏婦事 其文與兩人節義爭高 愚誠美之 而自無以稱謝氏之賢然 庶幾仰述先生所爲 作書敎人 其意非偶然者 是愚之志也 賢者恕焉」[42]

즉 북헌이 謫居無事를 틈타 사씨의 현덕을 아름답게 여겨 增刪을 자유롭게 하여 원본인 諺書를 한문으로 번역했음을 알 수 있다. 더구

---

[42] 『北軒集』 卷十六, 論文集, 附雜說.

나 원본인 諺書에 詞采를 인정하여 그에 불급함을 말한 것은 겸양의 뜻에서일 것이다. 하여간 원본이 현존치 않음이 유감스럽다. 거기서 該本에 대해서는 한글본 중 異系로 보이는 활판본과 대비하여 그 내용만을 대략 考述하겠다.

該本은 분권은 없이 下記와 같은 12회장으로 구성된 장회소설이다.

1. 淑女撰白衣像　　　良媒結赤繩緣
2. 詩詠關雎樛本　　　琴奏霓裳羽衣
3. 妾斯丈夫譏正室　　多謀門客竊愛妾
4. 謝孝女告言歸　　　喬淫婦爲鬼爲蜮
5. 寬耳君子信讒言　　奸婢妖人狀愛子
6. 結髮糟糠拜下堂　　隔陽舅姑感夢中
7. 懷沙亭寫柱記死　　黃陵廟拜謁二妃
8. 婦人依止空門　　　群小構成詩案
9. 大船調琵琶　　　　甘露洗瘴癘
10. 使君載妖女　　　　貴客逢故人
11. 奸人惡稔身艶　　　天道否極泰來
12. 謝氏得麟兒　　　　喬女受誅戮

該本의 내용을 활판본과 대조해 보면 활판본보다 부연된 곳도 있고, 반면에 미비된 곳도 있으나 대체로 증비된 곳이 더 많다. 이는 前揭한 인용 중 '增刪整釐之'란 어구로 보아서 그 所以를 窺知할 수 있다. 그런 增備된 예를 들면, 유연수가 15세에 登第하여 한림편수가 되었을 때, 유생이 자기의 年少賤學으로 가히 從政치 못함을 깨닫고 천자에게

해직상소를 올리는 비교적 장황한 상소문이 다른 한글본에는 전연 출현치 않는다.

「生十四中省試第一 十五登第 考官初擢爲第一 嫌其少年置一等第三爲翰林編修 聲名驚動一時 儕僚莫敢仰視 生自以年少 茂學不可從政 遂上疏請解職 十年讀書之後 始效犬馬之勞 其疏曰 翰林編修官臣劉廷壽謹百拜頓首 上言于皇帝陛下 臣窈伏以無學 則不可以輔君德無術則不可以贊國政 而學術必涵畜 鍊達而後方可以措之矜事業之上矣 臣之事君旣非利其祿榮其身而已 則無其具 而冒進者濫矣 君之使臣亦非尊其官崇其祿而已 則非其材而虛受者錯矣 臣年纔乳臭添竊科第 古人所謂不幸者 臣窈當之矣 竊科者未必工矜文章 從政者未必優於才職 則竊科從政者自是兩事 臣未專一徑之業 且茂茂三長之才 而徒以早捷一第足了 百年不揆才力揚揚 冒進則豈不足以汚名器而辱寵恩哉 伏乞陛下諒臣年幼而不足任事 察臣才弱而不足冒職 特許十年之暇 祥究六經之書 爲學必博擇術必精 然後使之出而從事 則臣庶幾上贊淸白之治 下免癏曠之刺矣 惟皇帝陛下裁省而矜憐焉 天子覽之 嘉其謙退之志 遂下詔褒賞 特以本職 給暇五年」(庚寅本 漢譯本)

「싱이 십세의 향시에 제일노 쌔혓다가 십오세에 급제ᄒ나 즉시 한림학스를 조수 ᄒ시민 한림이 년소홈으로 십년을 더 학업을 힘써 다시 출스홈을 쳥ᄒ니 상이 그 뜻을 아름다이 녀기스 특별히 본직을 씌고 오년 말미를 주시니」(활판본)

※「한역본」의 방점부분 「활판본」에 缺.

위 상소문 외에도 사추관과 사부인 간의 왕래서신이 한글본에 全缺된 것이 혹심한 편이며, 小句의 증보는 곳곳에 출현한다. 그 반면에 한글본에 비해 미비된 점이 있다 함은 전술한 바 있거니와 이에 대하여는 활판본 난에서 언급되겠기에 예증을 약하겠다.

그리고 該本의 특징은 번역자 北軒의 입지가 '不自揆頗增刪而整釐之'의 북헌 자신의 말과 같이 극히 사씨측에 치우쳐 일일이 評釋을 달아놓았다는 것이다.

「喬女到府 未久鳳雛死 其元報之昭昭也 臘梅受胎於董淸 喬女猜嫉
如讐 乘淸之在 外以布帒壓殺之 詭言病斃 董淸莫知其殺死矣 桂林大
州也 文簿旁午詞訟甚繁 所屬列邑 有事輒巡在府之日無幾 冷振遂奸
喬女 偃然同寢正若在劉翰林之家 與董淸交通而 無所顧忌 出爾反爾
比之謂也 (中略) 人畏嚴崇之勢 不發口矣 今則水山已淸 社鼠何忙」
(庚寅本 漢譯本)

위 인용은 유생이 被逐을 당한 동안, 간요한 교녀가 사통을 자행하는 장면이다. 그 방점부면에 나타나 있는 바와 같이 一句一節에 주관적 評釋을 첨부해놓고 있다. 如斯한 평석은 다른 고소설에도 흔히 볼 수 있는 것이나 한글본(활판본)에 비해 장면마다 거의 예외가 없을 정도로 삽입돼 있으므로 이는 순전히 독자의 所爲라 보아진다.

이상의 내용 외에도 該本을 한글본과 비해 보면, 이질적인 것도 있으나 이는 활판본란에서 밝혀질 것이므로 약하기로 한다.

나. 활판본

該本은 20세기 초엽부터 유일·덕흥·영풍·세창서관 등에서 활판된 소위 딱지본을 이름이다. 그 연원에 대해서는 參覽할 만한 문헌이 현존치 않으므로 확적히 알 길이 없으나 該本에 古語가 더러 散見되며, 또한 그 내용도 비교적 구비된 것으로 보아 手寫本으로 전승돼 내려오다가 활판된 당시, 善本으로 拔出되어 비로소 활판된 것이 아닌가 추측된다. 그 체재는 분권, 분회도 없이 내리다지로 單冊으로 構本되어 있으며, 그리고 여지의 이본이 한역본에서 유래된 重譯本임에도 불구하고 該本만은 한역본에 비하여 異系에 속한 유일한 珍本이다.

또한 該本의 내용으로 말하면 한역본에 비해 간략된 곳도 있으며, 그 반면에 구현된 곳도 보이나 대체로 간략됨이 더 많다 함은 기술한 바와 같다. 우선 간략된 곳을 살펴보기로 하면 그 예문은 이미 한역본에서 考述되었으므로 이중의 예증은 略하겠고, 다만 그를 더 첨부하면, 교녀와 납매가 사부인의 兒子 인아를 謀殺코자 하는 장황한 장면과 한역본의 '寬耳君子信讒言 奸婢妖人狀愛子'에 교녀가 사부인을 妬婦視하여 궁지에 몰아놓고자 유한림에게 모함하는 장면이 역시 該本에 전연 출현치 않으며, 한역본 末章에 설매가 도적해 낸 玉指環說話 등의 결락이 가장 혹심한 편이며, 한역본에 누누이 출현하는 시문·서간문 따위가 거의 全缺되어 있다.

한역본보다 구현된 면을 살펴보면, <남정기> 서두인 사소저의 가계 서술이 한역본엔 전략되었다.

「원리 사소져는 기국공신 스일청의 후예로 스후영의 뚤이니 후영이 본더 청념강직ᄒᆞ미 죠정이 쩌리는 비러니 죠정에 소인이 작란ᄒᆞ미 후영이 더관으로셔 언관이 되엿스미 그 간신에 작당농권홈을 분한ᄒᆞ야 여러번 상소ᄒᆞ다가 도로혀 간신에 모희를 입어 소주에 격거ᄒᆞ얏다가 필경 도라오지 못ᄒᆞ고 격소에 죽으니 부인이 쳔만 셜음을 참고 소져를

다리고 고향 본딕에 도라와 세월을 보니며 소져를 무잇ᄒ니 쇼제 모친
을 뫼셔 지날시 그 용모 지덕이 갓쵸긔이흠은 일으도 말고 효셩이 증
ᄌ 왕상을 효측ᄒ야 편모를 지셩으로 밧드러 봉양ᄒ니 부인이 녀ᄒ의
쟝셩흠을 보믹 그 출가ᄒ기 당ᄒ엿스되 주혼ᄒ리 엄슴을 근심ᄒ더니」
(活版本)

위와 같은 家系는 고소설에 없어서는 안될 불가결의 요건으로서 활
판본이 서포의 原本系가 될 수 있는 證左가 되는지도 모른다. 該面外
에 교녀의 兒子 장주의 患氣場面과 말미에 사부인과 인아와의 상봉하
는 장면이 한역본보다 훨씬 상세하며, 또한 작은 면의 구현은 곳곳마
다 산견되나, 번잡을 덜어 그 열거를 略하겠다.

그리고 한역본에 비해 전체적인 스토리는 꼭 같으나 부분적인 면에
있어선 구성면에서나, 혹은 그 내용에 있어서 차질됨이 있다. 교녀가
유한림에게 사부인을 모함하는 一場이 兩者 크게 차이가 있다.

「이찍 교녜 두부인을 ᄭ리워 ᄒ다가 이제 ᄯ나믈 보믹 심슝에 암희
ᄒ야 이에 십낭을 불너 굴오디디 닉 젼일에 ᄭ리는 바는 두부인이러니
이졔 아들을 ᄯ라 멀니 가시니 차시에 힝계홀써라 이제 셜계ᄒ야 스시
를 업시ᄒ미 조흘가 ᄒ노라 십낭이 응낙ᄒ고 힝계홀써 이에 남믹를 불
너 이리이리 ᄒ라 ᄒ니 남믹 셜믹를 불너 계교를 일으니 셜믹왈 ᄎ시
극히 즁난ᄒ니 먼져 낭ᄌ기 알게 ᄒ고 계교를 힝ᄒ미 조흘가 ᄒ노라
남믹 올타ᄒ고 교시다려 일너왈 이제 스부인으로 ᄒ여금 가즁에 ᄒ치
게 ᄒ량이면 쟝쥬의 목슘을 ᄯ어야 가히 계교를 힝ᄒ리라 ᄂ니 교시
쳥파에 니경왈 계교ᄒ믄 조커니와 쟝쥬에 목슘을 ᄯ으면 닉 엇지 살니
오 언파에 묵연불녈이러라 이찍 한님이 두부인이 멀니 ᄯ는후 더욱 긔
탄홀 빅 업셔 주야 빅ᄌ당에 잇서 교녀로 더부러 즐기ᄂ즁 쟝쥬에 병

을 념녀ᄒᆞ야 근심지더니 남ᄆᆡ 셜ᄆᆡ로 더부러 쟝쥬에 약을 ᄃᆞᄉᆞ릴ᄉᆞ 셜ᄆᆡ ᄉᆞ부인 시비 춘방을 불너 약을 좀 다ᄉᆞ리라 ᄒᆞ고 먹일ᄊᆡ에 가마니 독약을 먹이니 ᄎᆞᄒᆞ셕ᄒᆞ라 교녜 남을 잡으려ᄒᆞ야 졔 ᄌᆞ식을 죽이니 엇지 쳔되 무심ᄒᆞ며 만고칠네 아니리오 쟝쥐 약을 먹더니 푸르고 칠규로 피를 흘니며 크게 ᄒᆞᆫ번 소ᄅᆡ지르고 인ᄒᆞ야 죽으니 교시와 한님이 지경ᄒᆞ야 쟝쥬에 시신을 살펴보니 독을 먹어 죽은 것 갓ᄒᆞᆫ지라」(활판본)

喬氏心甚喜悅　如拔眼中之釘若去背上之刺　遂乘隙要與董淸定計　淸曰 當此杜夫人在外之日 正好行謀之秋也 我有一策 當令謝氏終不得保其性命 而恐娘子不能用之耳 喬氏曰 誠有妙計 吾何不從 淸出示一卷曰 計在此中矣 娘子其知否 喬氏曰 何謂也 淸曰 此萬唐史也 昔唐高宗寵愛無昭儀　武昭儀欲讒王皇后　而未得其便矣　武氏適生一女容貌甚美 高宗頗甚鍾愛 王皇后亦且附育 往往就視襁褓之中 一日皇后抱弄於膝上 讒起出武氏卽壓殺其女 高聲大器曰 吾兒死矣 果誰爲之 高宗嚴訊宮人 宮女供曰 外人固無出入於宮殿君 而惟皇后才已往返矣 皇后終不得自由 高宗遂廢王皇后爲庶人 封武昭儀爲后 是爲則天 自古昔以來 欲圖大事者 不拘小節 向者掌珠之病 相公已疑之 謝氏咀呪之 所祟此天啓其瑞也 娘子之不伏者 非男子也 今施武則天之餘謀嫁禍於謝氏 則彼有任姒之德 蘇張之舌 將不得暴白矣 娘子何患乎不得志也　喬氏聽罷以手　打董淸之背曰　虎猶知愛雛可以人而謨殺其子乎　爾必欲存己子而除他兒也　淸曰子危急之勢　不特櫃中之虎而不用吾計 其於他日之悔何 喬氏曰 此不忍爲之更思其次 正與相議之際 劉翰林之來 各自散去 淸招臘梅密言曰 娘子爲人不忍此計 此計若不成 則爾與我殆矣 須得好機會而行之 臘梅每欲得而下手矣 一日掌珠獨於檻上沈眠而乳母適不在焉　而夫人侍婢春梅自花園鬪草而來過檻外 臘梅忽思董淸之言 俟二人遠去 卽刺殺掌珠」(庚寅本 漢譯本)

위의 兩本을 대비해 보면, 사부인의 모함을 위하여 공모하는 인물이 활판본에는 교녀와 십낭으로 돼 있으나, 한역본에는 십낭은 전연 출현치 않고, 그 대신 동청으로 돼 있으며, 그리고 장주를 살해하는 하수인이 납매임에는 양자 일치하지만 그 살해의 방법이 활판본에는 독살로 돼 있으나, 한역본에는 刺殺로 돼 있다. 뿐만 아니라 그 스토리의 전개에 있어서도 동청의 구구한 唐史引用이 활판본에 출현치 않는 반면에 上引한 예문에는 생략되었지만 두부인이 유한림의 혼매를 우려하여 그에게 주는 장황한 훈계가 한역본에 전연 보이지 않는다. 이것이 양본의 全卷을 통하여 가장 혹심한 차이점이다.

위에서 예증한 것 외에는 번잡을 피코자 예증은 略하고, 다만 순위대로 대강 기술하겠다.

a. 유한림과 사소저와의 佳婚

유소사가 사소저의 淑德을 듣고 知縣을 시켜 謝家에 보내는 장면은 양본이 일치하나, 謝家에서 지현을 맞이하는 인물이 활판본에는 노복과 시비로 돼 있고, 한역본에는 유모 일인만이 등장한다. 또 유소사가 謝家의 許婚을 듣고 本家에 가 두부인을 찾는 장면이 활판본엔 나타나 있으나, 한역본에는 전연 출현치 않고, 그리고 성례장면이 활판본은 구체적으로 묘사돼 있지만 한역본에는 설명어구로 그쳤을 뿐이다.

b. 사부인의 得妾권고

사부인이 성례 후, 30이 가깝도록 슬하에 자녀가 없어서 유한림에서 得妾키를 권하는데, 활판본에는 그 연령이 30近으로 돼 있으나 한역본에는 23세로 되어 있고, 또 得妾을 권하는 면이 활판본엔 막연히 유한림과의 대화로 전개되다가 우연히 두부인이 등장하여 이를 말린다. 그러나 한역본엔 두부인이 사부인의 유한림에 대한 득첩권고를 듣고 劉家에 이르러 이를 말리는 두부인과 사부인과의 대화가 길게 전개된다. 그러나 양자 중 한역본의 것이 자연스럽다.

c. 교녀의 彈琴

暮春을 타서 시녀 춘방의 勸으로 사부인은 시녀 5, 6인을 데리고 화초를 완상하며 백자당을 소요하고 있을 때, 彈琴聲이 들려왔다 함은 兩本이 합치되나, 그 다음의 전개가 한역본엔 사부인이 탄금성을 상세히 들어 교녀의 탄금임을 알고 즉시 시녀 추향을 시켜 교녀를 불러내어 음률(霓裳羽衣曲)이 저속타 하여 禁琴할 것을 훈계하는 것으로 돼 있고, 활판본엔 사부인이 탄금성을 듣고 시비들이 교녀의 탄금이라고 암시했으나 이를 취언치 않고 시비를 시켜 진상을 조사한 후에야 비로소 교녀의 소위임을 알고 시비를 재차 명하여 불러내서 禁琴한 것을 훈계하는 것으로 되어 있다. 그리고 한역본엔 彈琴과 아울러 五言七言의 二首가 보이나 활판본엔 전연 출현치 않는 반면에 교녀가 십낭을 통하여 음률에 능한 侍娘이란 俗人을 불러들여 유한림의 총애를 얻고자 음률을 배웠다는 장면이 장황한 설명어구로 삽입돼 있으나 한역본엔 이에 대하여 일언도 없다.

d. 사부인의 南征

사부인의 남정 경유에 있어서 한역본엔 통주에서 장삼의 배를 타고 장사로 향하다가 수일 만에 대풍을 만나 화용현에 이르러 어느 여인 (추영)의 후대를 받고 수일 만에 대풍이 盡하여 다시 장사로 향하던 중 노창두가 죽어 장삼을 시켜 매장시키는 것으로 되어 있다. 그러나 활판본엔 장삼이 전연 등장치 않다가 후면에 이르러 죽은 노창두와는 異人이 아니고 同人이 되어 그 후 장삼은 재등장치 않는다. 그리고 화용현 통주 등의 지명도 없으려니와 추영(한역본엔 13, 4세)의 나이도 20세로 돼 있다. 또 한역본엔 사씨가 장사로 가는 도중 다시 풍랑을 만나 악양루 하에서 倚棹하고 있을 때 두추관이 장사에서 成都로 移任했다는 소식을 듣고 악양루 근변 회사정에서 비관 끝에 자살지경에 이르러 몽중에 아황여영 이비를 만난다. 그러나 활판본엔 두추관의 經緯와 회사정은 보이지 않고 단지 악양루 하에서 자살코자 하나 노비의 만류로 뜻을 이루지 못하였다가 그 날은 악양루에서 쉬고 明月 재차 자살을 꾀하던 때에 아황여영 이비가 현몽한다. 대체로 보면 한역본이 구체화됐으나, 후면엔 활판본이 勝한다. 그러나 한역본의 사씨의 자살 지경에 '未知麟兒生乎死乎 一見吾兒與吾弟之顔 則吾無恨矣'란 어구는 훨씬 실감을 준다.

上揭한 4項面外에도 지명과 구성면에도 사소한 상위점이 산견됨을 첨언해 둔다. 이같은 한역본과의 이질은 활판본이 한역본의 번역에서 유래되지 않았다는 證左이며, 또한 서포의 원작계열이 될지도 모른다는 추견을 가져볼 수 있는 것이다.

다. 교주본

該本은 고려대학교 박성의 교수에 의하여 교주되어 <구운몽>, <사씨남정기> 합편으로 근자 정음사에서 출간한 註解本이다. 註解者 박교수의 예언에 의하면 그 원본은 중앙인서관 판『조선문학전집』제삼권「소설집」상에 기재된 <사씨남정기>에 의거했다고 한다. 거기서 현재로는 該本의 원본여하에 대하여는 더 자세히 알 수 없으려니와, 또한 該本의 내용도 별다른 주석없이도 考讀할 수 있을 만치 고어 등이 전연 없는 비교적 최근에 유래된 것이 아닌가 한다.

그러나 該本이 이본으로서 중요한 포지션을 차지할 수 있음은 한역본과 활판본의 내용을 교묘하게 종합해 놓았다는 것이다. 그러므로 該本은 서포의 원본계열이 될 수 없으며, 추측컨대 활판본이 출간된 이후에 某編者에 의하여 활판본을 직접적인 텍스트로 하며 동시에 한역본의 내용도 살려 종합된 것이 아닌가 하며, 이본 중에는 가장 방대한 내용을 지니고 있다.

該本이 활판본을 직접적인 텍스트로 하여 이루어졌다고 볼 수 있는 증거는 그 많은 내용이 거의 활판본과 일치할 뿐만 아니라 어구의 一字一字의 배열에 있어서도 부합되고 있는 점이다.

「화설 대명 가졍년간에 금능슌쳔부짜의 일위명시이 잇스니 셩은 류오 명은 현이니」(活版本)

「화셜 대명 가졍년간에 금능 슌쳔부에 한 명인이 있으니 셩은 유오 명은 현이니」(校註本)

「大明嘉靖末 北京順天府 有一宰相 姓劉名熙」(庚寅本 漢譯本)

「명나라 가졍말년의 북경 슌쳔부의 일위 지상이 잇스되 승은 유요 일홈은희라」(高大藏本)

「대명 가졍년간에 북경 슌쳔부에 일위재상이 있으니 셩은 유요 명은 희니」(金敏洙 씨 藏本)

「디명 가졍연간의 북경슌쳔부의 한지샹이 잇스니 승은 유요 명은 희라」(鄭藏本)

上引한 외에도 좋은 예문이 있겠으나 簡文을 취하여 數種을 들었을 뿐이다. 위에서 볼 수 있는 바와 같이 活版本과 校註本을 대비해 보면, '화설'이란 話頭詞와 '금능'이란 地名과 '현'이란 人名에 있어서 합일한다. 여타의 한글본은 모두가 한역본과 일치하고 있음을 알 수 있다.

그리고 한역본을 텍스트로 한 예증은 구성면에 있어서 한역본을 중심으로 활판본의 것이 改構되어 있다는 데 있다. 즉

「유한림의 부부 성친한지 벌써 십년이 넘고 연긔 거진 삼십에 가까웠으나 다만 한낱 자녀가 없으니 부인이 깊이 근심하여 한림을 대하야 탄식하여 가로되 첩이 기질이 허약하야 생산할 여망이 없압고 불효삼에 무후위대라(中略) 한림이 웃어 가로되 어찌 일시 무자함을 한탄하여 첩을 얻으리오(中略) 사씨 대답하여 가로되 재상가의 일처일첩은 예전부터 있는 일이옵고 또 첩이 비록 덕이 없아오나 시속부녀의 투기하는 것은 더러이 아는 바이오니 상공은 조금도 염려치 마르소서 하고 가만히 매파를 불러 그럼직한 양가 여자를 구하더니 두부인이 이 말을 듣고 크게 놀라 사씨께 물어 가로되 그대 질아를 위하야 첩을 구한다 하니 과연 그런 일이 있는가 사씨 대답하야 가로되 있나이다 두부인이 가로되 집안에 첩을 두는 것은 화를 취하는 근본이라 속담에 이르기를 한 말에 두 안이 없고 한 밥 그릇에 두술이 없다 하니 군자 비록 얻으려 하드라도 굳이 그 불가함을 간할 것이어늘 이제 화를 자취함은 어찌함이노 사씨 가로되 첩이 존문에 들어온지 벌써 십년이 지났으되 아직 한낱 혈육이 없아오니 (中略) 두부인이 가로되 자녀를 생산함은 조만이 없나니 두씨 문중에도 삼십뒤에 생산하야 아들 다섯을 낳은 일도 있고 또 세상에는 사십이 지난 뒤에 비로소 초산하는 이가 많나니 그대의 나이 아직 삼십이 멀었으니 너무 염려하지 말지어다」(校註本)

「류한림이 부뷔 삼십이 미치나 다만 농쟝지경이 망연ᄒᆞ니 스부인이 근심ᄒᆞ여 한 님을 디ᄒᆞ여 탄왈 첩이 긔질이 허약ᄒᆞ고 원그졍일치 못ᄒᆞ여 상공으로 더부러 동쥬슈십년의 일졈혈육이 업스니 불효상쳔의 무후위디라(中略) 한님이 소왈 엇지 일시 무ᄌᆞ식ᄒᆞ믈 인ᄒᆞ여 첩을 얻으리요 (中略) 사씨디왈 첩이 비록 용렬ᄒᆞ나 시인의 투긔는 더러이 아는 대오니 상공은 첩을 념녀치 마르시고 티우의 일쳐일첩은 ᄌᆞ고유지라 첩이 비록 덕이 업스나 시쇽 부녀의 투긔를 본밧지 아니ᄒᆞ나이다 두부인왈 그디 말을 헛도이 듯거니와 관져슈목은 진실노 티스의 투귀홈이 없는고로 도로혀 덕이 업거니와 만일 문왕이 미식을 탐ᄒᆞ시고 의종이 편벽ᄒᆞ신즉 티시투귀는 아니ᄒᆞ나 엇지 궁즁의 원이 업스며 규쥬이 평싱 어지럽지 아니리오(中略) 사씨왈 첩이 엇지 고인을 앙모ᄒᆞ리잇고 (中略) 부인이 그 뜻이 임의 졍ᄒᆞ엿시믈 알고 탄왈 그디의 말이 여츳ᄒᆞ여 가뷔 만일 간언을 쳥압ᄒᆞ면 힝이어니와 불연즉 히젹지 아니리니 후의 니말을 셩각ᄒᆞ고 뉘웃치미 업게 ᄒᆞ라 ᄒᆞ고 도라가니라」(活版本)

「謝氏年至二十三結褵 且將十載而無一子 女心甚憂之 且自念氣質淸弱 恐難生育 常勸翰林擇卜綠衣 翰林疑非誠心而不答 謝氏密招衆婆 使之求得於良家女 可奉巾履者以報 杜夫人因婢僕輩聞而大驚 來見謝氏問曰 娘子爲丈夫求姬妾有諸 曰有之 夫人曰 家有姬妾 亂之本也 況 諺言一馬無二鞍 一器無二匙 丈夫雖欲得之 猶可諫也 今乃自求招禍可也 謝氏曰 妾入公門已過九載 無一子女(中略) 杜夫人曰 人之生育 早晚有之 杜氏門中 有三十後而生男 終得五男者 世間或有四十而始生者 娘子歲過二十 何其過慮若此」(庚寅本 漢譯本)

위는 活版本 난에서도 기술한 바 있지만(活版本 2, 謝夫人 得妾勸告) 사씨가 佳緣을 맺은 지 십 년이 가깝도록 嗣續을 못 보아 유한림에게 得妾을 권하는 장면이다. 세 본을 대비해 보면, 교주본의 방점부분은 한역본으로 참조된 것이며, 더구나 구성면에서 볼 때 활판본은 不秩하여 무리가 많은데, 한역본은 매우 자연스럽다. 그러나 初頭面은 활판본이 훨씬 구체화되어 있다. 이에 대하여 그 初頭面은 활판본이 구성면은 한역본이, 該本에 잘 교합되어 있음을 알겠다. 그렇지만 무리가 없는 것은 아니다. 謝氏無嗣의 연령에 있어서 該本은 활판본을 效하여

「연긔 거진 삼십에 가까웠으나」(校註本)
「삼십의 미치나」(活版本)
「年至 二十三」(庚寅本 漢譯本)

30세로 했으나 그 後面에는 한역본을 效하여,

「그대의 아니 아직 삼십이 멀었으니」(校註本)
「娘子歲過二十」(庚寅本 漢譯本)

20여 세로 했다. 이는 결국 編者의 치밀성이 결여된 부주의로서 기인하는 미스다.

끝으로 교주본이 활판본에 비해 의식적으로 현대화된 점을 예증하고 본고를 마치기로 하겠다.

「교녀와 동청이 디희ᄒ여 치션에 올으미 술을 부어 통음ᄒ며 비파를 타 노리부르며 음눈ᄒ 힝서 불가형언이라」(活版本)

「교녀와 동청이 크게 기뻐하야 배에 올라 술을 부어 서로 권하고 거문고를 타며 노래를 불러 음란한 행사 이로 다 말할 수 없더다」(校註本)

「즉시 형쟝지구를 갓초고 시비등은 엄형추문ㅎ니 이미흔 시비는 죽어도 모르노라 ㅎ고 그중에 셜민는 즉고ㅎ면 죽을가 겁ㅎ야 한글ᄀᆺ치 은휘ㅎ야 모로몰 발명ㅎ니 맛춤니 종적을 아지 못홀지라」(活版本)

「즉시 형쟝기구를 갓초고 시비등을 엄형문초하니 애매한 시비는 죽어도 모르노라하고 그중에 설매는 바로 고하면 죽을가 겁내어 한갈같이 항복하지 아니하니 마참내 종적을 아지 못할너라」(校註本)

上例의 兩者 방점부분에서와 같이 한자어 등 난해한 어구는 될 수 있는 대로 쉬운 우리말로 바로 잡아 놓았다.

(4) 결 어

이상에서와 같이 <남정기>의 문제를 우선하여 구성면에서 논하고 곁들여 이본의 문제를 살폈다.

첫째 구성면에 있어서는 플롯·배경묘사·인물묘사로 항을 나누어 살피는 과정에서 구성의 문제는 본 소설에 선행되었다고 생각되는 군담소설 구성의 틀이 절대격인 천자와 이를 중심으로 한 천자의 마음을 사는 중인공측인 충신(선형)과 이와 대립되는 간신(악형)으로 이루어진 단형의 도식이 <남정기>에 이르러는 복수형으로 발전되고, 배경묘사와 인물묘사에 있어서도 전대의 군담소설이 지닌 황당한 비현실성이 <남정기>엔 어느 정도 현실성의 형태로 발전되는 가운데, 보다 중요한 것은 군담소설의 틀인 선형과 악형의 극대화의 도식과는 달리, <남정기>에 선형과 악형의 중간역할인 '설매'의 중간형이 출현하였다는 사실이다.

이와 같이 전대의 단형이 복수형으로 발전되고, 황당한 비현실성이 보다 현실성으로 접근되었다는 것은 한국 고소설사상 소설사적 의의가 되지만, 설매의 중간형의 삽입은 더욱 뚜렷한 발전적 변모라고 생각된다.

이본의 문제에 있어서는 한역본계인 庚寅本・癸丑本・晩華本 등 3개본이 모두 국문본에 비하여 한역자 김춘택의 언급 '不自揆增刪而整釐之'에서와 같이 줄어든 것보다는 증보된 경우가 훨씬 많고, 국문본 중 高大本・김민수본・정규복본 등 3개본은 한역본에서 다시 국문으로 중역된 重譯本이며, 나머지 국문본의 校訂本은 가장 최근에 이루어진 것으로 한역본과 국문본의 내용이 아울러져서 국문본 중 분량면에서 가장 풍부한 내용을 지닌 특징이 인정되며, 활판본은 한역본에서 이본으로 잡혀 혹시 이것이 김만중의 국문원작계열에 해당되지 않을까 추측도 되지만, 이 문제는 보다 많은 보완의 자료가 필요하다.

4) 번언남정기 논고

(1) 導 言

여기에 <飜諺南征記>라 하는 것은 소위 서포 김만중의 대작의 하나인 <남정기>의 한역본의 하나를 지칭하는 것으로, 이는 주지하는 바와 같이 서포의 종손인 북헌 김춘택의 한역본을 두고 말하는 것이다.

<남정기>의 원본인 국문본을 북헌이 한역한 데 대하여는 일찍이 북헌이

西浦頗多以俗言緯小說 其中南征記者非等閑之比 余故以文子翻之[43]

---

43) 『北軒集』, 卷十六, 西浦遺事別錄.

라 한 것으로 우리는 <남정기>의 한역이 분명하게 김춘택에 의해 이루어진 것을 알 수 있고, 또 <남정기>의 한역 경위에 대하여는 김춘택은 보다 더 구체적으로 다음과 같이 밝힌 바 있다.

> 愚嘗病焉 會謫居無事 以文字翻出一通 又不自揆增刪而整釐之 然先生特以其性情思致之妙而有是書 故於諺之中 猶見詞采 今愚所翻反有不及焉 昔太史公作屈原詩 歐陽子叙王氏婦事 其文與兩人節義爭高 愚誠美之 而自以稱謝氏之賢然 庶幾仰述先生所爲作書敎人 其意非偶然者 是愚之志也 賢者恕焉[44]

<번언남정기>는 필자가 금년 봄에 의녕 남씨 남기홍옹(1889~1976)이 소장하고 있는 것을 求得한 것인데, 該本이 <남정기> 한역본으로서 무엇보다도 중요한 것은 該本 序章에 서포의 국문본 <남정기>를 번역한 데 대한 그 과정을 알리는 <번언남정기> 序가 있음과 동시에, 또한 그 序 끝에 '歲己丑仲秋瀛州謫舍引'이 있음으로써 譯者 김춘택이 <남정기>를 한역한 年紀와 장소를 확적하게 알려주고 있으며, 아울러 <翻諺南征記> 序 다음에 삽입된 附凡例에는 한역함에 있어서 여러 가지 범례 사항을 열거하고 있어, 말하자면 이들은 모두 <남정기>의 한역본이 다만 김춘택에 의해 이루어졌다는 것만 알려주고 있는 此際에, <남정기>의 한역본에 대한 보다 더 자세한 내용을 알려주는 것으로 該本의 이본적 가치를 무겁게 하는 것이라고 볼 수 있다.

더구나 該本이 필사본으로 필사연도와 필사자의 이름은 적혀 있지

---

44) 『北軒集』, 卷十六, 論詩文, 附雜說.

않으나 該本의 필적이 김춘택의 필적이라는 이가원 교수의 증언을 통하여 보면, 이는 譯者 金春澤의 手稿本이라는 데 우리를 더욱 놀라게 하고 있다. 이에 대하여는 該本의 소장자 남기홍 옹의 증언을 들어보면, 南翁의 부인 김씨(1889~1945)는 光山 金氏로서 그 친가가 충남 논산인데 시집올 때 기념으로 시가로 가져왔다고 하는데, 이는 결국 該本이 일찍부터 광산 김씨 문중에서 소장하고 있던 것을 알 수 있게 하는 것이며, 또한 該本이 譯者 金春澤의 手稿本이라는 가능성을 더욱 짙게 한다.

그러면 이들을 중심으로 該本을 분석해 보기로 하자.

(2) 번언남정기의 체제

<번언남정기>의 체재에 대하여는 上下 單冊으로 상권이 24장, 하권이 26장 도합 50장이며, 매장 12행, 이 행이 28자 내외로 된 필사본이다. 該本의 寫本을 제시하면 아래와 같다.

該本은 앞에서 언급한 바와 같이 「번언남정기 序」가 該本 序章에 있는데 이를 前揭하면 다음과 같다.

翻諺南征記 序
言語文字以教人者自六經 然爾成人卽遠作者 間出少醇多疵 室稗官少說 非荒誕則浮靡 其可以敦民彝稗世教者 惟南征記乎 記本我西浦先生所作 而事則以人夫婦妻妾之間 然讀之者 無不咨嗟悌泣 豈非感於謝氏處難之節 翰林改過之懿 皆根於天 具於性而然者 其慣惋痛裂 皆又豈不以喬董之惡哉 不惟如是推類引義 將無往而非教者 所謂放臣怨妻 與所天者 天性民彝 交有所發 則如楚辭 所謂感發人之善心

懲創人之逸志 則又庶幾乎 詩是烏可與他小說同日道哉 先生之作之
以諺 蓋欲使閭巷婦女 皆得以諷誦觀感 固亦非偶然者 而顧無以列於
諸子 愚嘗病焉 會謫居無事 以文字翻出一通 又不自揆頗增刪 而整釐
之 然先生特以其性情思致之妙而有是書故於諺之中猶見詞采 余所翻
反有不及焉者 昔太史公作屈原傳 歐陽子叙王氏婦事 其文與兩人節
義爭高 余誠美之 而自無稱謝氏之賢然 庶幾仰述先生所爲作書敎人
其意非愚然者 是余之志也 賢者恕焉.
　　　歲己丑仲秋瀛州謫舍引[45]

　즉 위 序에서 우리는 역자 김춘택이 서포작 국문본 <남정기>를 한
역함에 際하여 어진 사씨를 중심으로 하나의 윤리의식에서 원작에 대
한 增刪을 자유로이 하며 한역하였음을 알 수 있고, 아울러 위의 '歲己
丑仲秋瀛州謫舍引'에서 이 한역본이 己丑仲秋, 즉 조선조 숙종 35년
(1709) 가을에 瀛州 곧 제주도에서 이루어졌음을 窺知할 수 있어, 말
하자면, 북헌 김춘택(1670~1717)이 物故 8년 전, 그의 나이 39세 때,
제주 謫所에서 이루어졌음을 확적하게 알 수 있다. 그러므로 국문본
<남정기>가 통설대로 숙종 15년 己巳換局 때 이루어졌다는 것을 가
정한다면, 국문본 <남정기>가 出來한지 꼭 20년 만에 한역본이 이루
어진 것으로 該本이 한역본으로서 북헌 김춘택의 手稿本이라는 가능
성뿐만 아니라, 아직 서포의 원작 <남정기>가 出來하지 않고 있는 이
때, 그 이본적 가치는 여기에 贅言을 要치 않는다.
　그리고 『북헌집』에도 該文과 똑같이 글이

　　　其引辭曰 言語文字以敎人者自六經……(下略)[46]

---

45) <翻諺南征記> 一張, 前後面.

과 같이 실려 있는데, 이는 결국 이 譯本의 「번언남정기 序」가 그대로 北軒文集이 간행시에 그 텍스트가 되었으리라는 추측을 가질 수 있게 하고, 또 譯本 「번언남정기 序」와 『북헌집』의 該文 사이에 출입이 다소 있는데, 앞으로 該本이 김춘택의 친필이라는 것이 확적하게 고증되는 날, 이것도 의당히 「번언남정기 序」에 따라 시정되어야 할 것이다.

(3) 「附凡例」에 대하여

다음은 「附凡例」에 대하여 살펴보기로 하자. 「附凡例」의 全文을 적어 보면 다음과 같다.

附凡例

一. 諺與文有異 故所翻字句辭語之間 或多不同於原本

一. 諺故不能盡同者外 或繁複者刪之 或脫漏者添之 又有或改易修潤者

一. 所繁粗欲爲史家文體 如原本湘靈之瑟聲徵矣 洛浦之仙步杳然者等 嫌於小說口氣 故謹刪之

一. 原本謝氏初不知白蘋洲 不應如此 故改之 又謝氏不知當濟者何人 乘舟以待或涉自輕 故添以妙喜夢一款 此其大者

一. 原本只有觀音贊及黜謝氏告廟文 今輒作謝氏答杜夫人書 杜夫人與劉翰林書 翰林譏嚴崇詩 及迎還謝氏告廟文 謝氏祭春香文等 而并附于篇末

一. 略爲論贊之語 輒識於書頭 又其文詞佳處就點圈

위와 같이 <번언남정기>의 附凡例는 모두 六項으로 되어 있는데,

---

46)『北軒集』卷十六. 論詩文, 附雜說.

1항에서는 국문과 한문은 서로 다르기 때문에 번역된 자구 사이에는 간혹 원본과 같지 않을 수 있다는 것이고, 2항에서는 諺故(국문 고사)는 표현이 萬能하지 못하기 때문에 繁複者는 刪除하고 脫漏者는 補添하고, 또는 간혹 고쳐 윤색을 가한 것이 있다는 것이고, 3항에서는 번역함에 있어서 史家의 문체를 본받고자 했는데, 원전 국문본에 있는 '湘靈之瑟聲微矣'와 '洛浦之仙步査然者' 등은 소설 口氣에 있어서 혐의가 되므로 이들은 삼가 刪除하였다는 것이고, 4항에서는 原本에 있는 사씨가 처음 백빈주를 몰라 이와 같이 불응했으므로 이를 고쳤고, 또 사씨가 當濟者가 누구인지 몰라서 배를 타고 기다리고 혹은 건너게 될지, 등은 스스로 가벼이 생각하여 일부러 妙喜夢一款으로써 補添하였다는 것이고, 5항에서는 원본에는 본래 「觀音贊」과 「黜謝氏南告廟文」뿐인데. 지금 「謝氏答杜夫人書」와 「杜夫人與劉翰林書」, 「翰林譏嚴崇詩」, 「迎還謝氏告廟文」 및 「謝氏祭春香文」 등을 지어서 篇末에 붙였다는 것이고, 6항에서는 대략 '論贊之語'는 서두에다가 표식해 놓고 또 그 文詞의 아름다운 곳에서 點圈을 가하였다는 것이다.

이들은 모두 한역하는 데 대한 주의사항이다. 위의 여섯 가지 사항 중, 중요한 것은 원문에 대한 增刪의 문제에 있다. 즉 위의 3항에 원본에 있는 '湘靈之瑟聲微矣·洛浦之仙步査然者'는 역자 김춘택에 의해 刪除되었고, 4항의 '謝氏初不知白頻洲不應如此'는 改譯되었다는 것과, 5항의 「謝氏答杜夫人書」, 「杜夫人與劉翰林書」, 「翰林譏崇詩」, 「迎還謝氏告廟文」 및 「謝氏祭春香文」 등은 원본에도 없는 것을 譯書에 첨보 삽입시켰고, 4항의 '謝氏不知當濟者何人乘舟以徒或涉'에도 역자가 '妙喜夢一款'으로써 添補해 놓았다는 것이다. 말하자면, 이것들은 원본과 역본 사이에 크나큰 차이점이다. 이들은 앞으로 있어야 할

서포의 <남정기> 국문원전 재구에 반드시 문제가 되어야 할 중요사
항이라고 본다.

　그러면 譯者 金春澤이 <남정기> 원본에도 없는 것을 삽입시켜 놓
았다는 「謝氏答杜夫人書」, 「杜夫人與劉翰林書」, 「翰林譏嚴崇詩」, 「迎
還謝氏告廟文」 및 「謝氏祭春香文」 등의 전문을 자료 삼아 아래에 들
어 놓겠다.

　　　謝氏答杜夫人書

　　不意下書遠及具審叔叔改官 西上板與萬福去來俱榮讚賀不已 侄婦
有罪彌天而罰不室死　是猶夫人之賜也　然不死適增其福　而爲愧於此
心　拜辭先祠之日　豈不欲刎頸斷肚　以謝神人　而顧念大義有不敢對翰
林而絶他日者隱忍至此　此皆夫人明達所曾垂誨　今不復多談所諭空山
中　强暴可畏誠是誠是　伏惟終始哀憐　指導欲報之恩　天地罔極在此　而
瞻望松楸　固罪人之幸而就依於夫人膝下　幸又甚焉　惟俟明日面陳　多
少神昏　草此不備伏惟[47]

　　　杜夫人與劉翰林書

　　一別累年消息茫然　未審賢侄夙夜仕況益佳　老身從楚入蜀　跋涉勤
矣　眼食幸無所妨　而惟一念懸賢侄耳　賢侄早登雲路爲天子近臣　今且
久矣　宜益勉忠義以答隆恩　古人曰　家齊而後國治　家苟不齊　雖享軒天
之富貴　建蓋世之功名　是姦雄耳　非君子所以立身事君地懿也　此猶無
論賢侄　豈嘗見不得於妻子　而能事其祖考者乎　况我少師兄之於謝氏

---

47) 위의 「謝夫人答杜夫人書」, 「杜夫人與翰林書」, 「劉翰林譏嚴嵩詩」, 「迎還謝夫人告先
　　廟文」 등이 「飜諺南征記」에는 누락이 되어 있으므로 이들을 부득이 고대 京華堂文庫
　　本 <남정기>에서 싣기로 한다. 이 경화당 문고본 <남정기>는 단책 필사본으로서 <번
　　언남정기>와 같이 <번언남정기> 序와 凡例가 있어 該本도 역시 <남정기> 한역본으
　　로서 이본적 가치가 있다고 본다.

其嘗眷愛而襃獎之者何如也 賢姪若或終疎謝氏 卽何以入於祠堂 至
於老身 嘗受先兄顧言 托以戒誨賢姪 誠恐老病侵尋死亡及之 而無顏
以見少師於地下 以是抑鬱若自負罪 不但懸之於賢姪而已 老身如此
賢姪何以爲心臨行 勿卒未盡所欲言者 老身之見人家婦女多矣 謝氏
之與丈夫處久 而亦旣生子矣 然每見謝氏言勤 猶與處子無異 賢姪寧
不知之耶 人謂伯夷貪則似矣 豈或以淫行疑於謝氏哉 老身嘗謂家內
有惡人謀害謝氏 不然侍婢自有淫事 本欲以廣賢姪意 故設此兩途 而
然實謀害無疑矣 人家旣有妻妾 又各惟侍婢婢僕小人私相揣摩 仍至
於讒搆交亂者多 而此有爲家長者察之 且天下之事 若有相期者 是奸
之所行也 東昌少年 不先不後 與賢姪遇於逆旅以玉環示賢姪 此其故
何也 賢姪獨不見伯奇去峰之事耶 老身之言止 此惟賢姪母謂老身爲
射言也不具

劉翰林譏嚴崇詩

瑞靄祥雲護上台 長令四海入春臺
朝回更賭升平衆 口誦天書醉玉杯

迎還謝氏告廟文

伏以夫婦之道曰 惟天地外內相須 以成家事 上奉先祠 下啓後嗣 莫
深惟恩 莫重惟義 惟茲謝氏 出羣拔萃 幽閒之譽 奧初執贄 惟法惟禮
是服是被 肆蒙皇考 眷愛特至 取受顧言 與小子異 惟有獎詡 而無勉
念逮遘 凶變旣戚 而易三年與姪倍此情誼 乃憂無子 勸畜媵侍 德協樛
木 戒人妬忌 花園責善 亶出好意 小子無狀 溺於邪媚 人彘之 讒從而
漸漬 又假妖術蠱 我心志外通董靑 與同謀議 壓搆搆兇 作爲文字 東
昌玉環 莫測機祕 禍憯褓裋 托我情憲 凡茲三事 喬女所自誣之 又誣

爲謝氏累 三尺孩童 所必洞視 噫嘻小子獨非人類 譬如病風 又以昏醉
姑母法言 聽若妄僞 謝氏之賢 忍於放棄 乃令淫奸 處夫人位 祖宗之
辱 門戶之愧 罪雖擢髮未易 一二哀之 棄婦托跡 莫隊乃遺 盜賊蒼荒
走避孤舟 萬里險難憔悴 瀟湘流恨 九疑鑾翠 遂決一死 臨淵揣揣 感
夢神廟 遷身尼寺 五湖黏天 竹林幽邃 白衣大師 襟懷一致 贊筆猶新
事有相値 七年困厄 節完行備 烈火之餘 良玉愈粹 我事旣謬 被姦益
盜 淫亂之極 自底謀弒喉 靑訴嚴詩爲禍崇尙逭金木禦南之魅 身危家
敗 性命如寄 天猶啓哀 悔心已燼 依頭而思 不言而唷 我以赦歸 靑緯
南吏 喬賓隨靑過道次 姦婢輸情 若有所便 聞所不聞 如覺久睡盡矣
河邊棄我幼稚 庶或得生 俾姦不遂 懷沙○水 謝氏自誌 失聲長慟 肝
膽隕墮 夜歸村寓 擬奠一觶 喬又送盜 我無羽翅 將受彼刃 悔不自縊
大江片舸云 誰之賜不謂 謝氏於鳥侯伺 鬼耶人耶 相對夢寐 恭聞冥敎
唯有哀淚 小子不肖 乃煩指示 向微謝氏 再生可冀 餘憂更深 蹤跡宜
悶 遽蒙收擢 召以馹騎 自性罪孽 敢冒榮利 天子曲軫 江西是卑 移奉
祠廟 復有主饋 家道稍成 寔荷餘庇 方求阿獜 永主宗哭 將捕喬女 顯
施斬劓 聖許改過 徑言懲慝 夫婦好合 百年無貳 讀書餘躬 勉繼先懿
賴玆謝氏 孝思不匱 自今以往 保佑攸曁 謹告

　　謝夫人祭春香文

　噫噫暴者二梅之姦 狀害孩種 欲爾我授 衍楊之下 死無異言 爾與二
梅同衣食 而其枉眞若天壤 然爾尙誣服 我猶不免 漂泊湘濱 大江秋雨
若竹夜烟 況爾精靈奉我巾櫛 今復人相公之門 爾不可見 曷勝悲辛 拾
骸而葬 祭以斯文 嗚呼哀哉 曷慰爾冤

(4) 번언남정기의 장회

<번언남정기>는 章回로 되어 있는데 이들을 적어보면 다음과 같다.

1回	淑女贊白衣像	良媒結赤繩緣
2回	詩詠關雎樛木	琴奏霓裳羽衣
3回	正室夢態	門客竊妾
4回	孝女言古言歸	淫婦爲鬼爲蜮
5回	君子信讒言	兇人殺愛子
6回	糟糠下堂	舅姑感夢
7回	懷沙亭呼天	黃陵廟敷衽
8回	天人依止空門	羣小構成詩案
9回	別船抱琵琶	甘露洗瘴癘
10回	使君載好女	歸客逢故人
11回	小人惡稔身斃	天道否極泰來
12回	母子重逢	送婦就誅

즉 <번언남정기>는 위와 같이 12장회로 分章되어 있는데, 같은 <남정기> 한문본인 壬戌本[48](철종 13년, 1862)엔 전자에 비해 많은 출입이 있다. 이들을 적어 보면 다음과 같다.

1回	淑女贊白衣像	良媒結赤繩緣
2回	詩詠關雎樛木	琴奏覓裳羽衣
3回	妾斯丈夫讒正室	多媒門客竊愛妾
4回	謝孝女言告言歸	喬淫婦爲鬼爲蜮
5回	寬易君子信讒言	奸妖婢僕滅殺子
6回	結髮糟糠拜下堂	隔陽舅姑感夢中

---

48) 壬戌本은 필자가 소장하고 있는 <남정기> 한문필사본으로 이는 單冊으로 되어 있으며 該本 말미에 "維歲次 上之卽位十三年 壬戌春 二月朏閣筆"이란 문구가 있어 該本이 필사된 연도가 조선 철종 13년(1862)임이 분명하다는 것으로 특색이 있다.

7回	懷沙亭寫柱記	黃陵廟拜謁妃
8回	婦人依止空門	羣小構成詩案
9回	大船調琵琶	甘露洗瘴癘
10回	使君載好女	貴客逢故人
11回	奸人惡稔身斃	天道否極泰來
12回	謝氏得撛兒	喬女受誅戮

위의 방점부분은 <번언남정기>에 비해 출입되는 부분이다. 그러므로 <남정기> 한역본이 김춘택에 의해 이루어진 지 불과 153년 만에 위와 같이 12장회에서 많은 출입이 있음을 볼 수 있다.

이들 외에 본문을 <번언남정기>와 임술본을 비교하여 그 출입이 얼마나 되는가를 그 初頭에서 살펴보기로 하자.

大明嘉靖年間 北京順天府 有一宰相 姓劉名熙 誠意伯基之後也 四代祖仕於京師 爲順天府人 熙事世宗 文章才望名於時 爲禮部尙書 而與太學士嚴崇議不合 稱老病乞解官 天子許之 特加太子 以尊寵之
<번언남정기>

大明嘉靖末 北京順天府 有一宰相 姓劉名熙 誠意伯基之後 熙之四大祖 仕官京師 仍留焉 其後子孫 遂爲順天府人 劉熙事世宗皇帝 爲禮部尙書 文章才望 爲一世名臣 與太學士嚴嵩 議不合 稱老乞退 天子龜勉許之 而特加太子少師 以示尊貴之意 (임술본)

위 兩本의 방점부분은 서로 출입되는 점으로, 위에서 가장 심한 출입은

四大祖仕京師 緯順天府人 <번언남정기>
熙之四代祖仕於京師 仍留焉 其後子孫遂爲順天府 (壬戌本)

위와 같은데, 대체로 임술본이 <번언남정기>에 비해 부연된 장면이 많고 위에서 열거한 初頭 장면에서 출입되는 수는 무려 12군데에 이르고 있다. 그러므로 兩本의 全面을 통한다면 그 출입 수는 幾千에 이를 것이다.

(5) 결 어

위에서와 같이 <번언남정기>의 골격을 대충 살펴보았다. 무엇보다도 <번언남정기>가 이본으로서 중요한 위치는 그 필치가 역자 김춘택의 것으로, 김춘택의 肉筆本일 것이라는 가능성도 중요하지만, 「번언남정기 序」에 나타난 한역 경위와 '歲己丑仲秋瀛州謫舍引'의 기록을 통하여 該本이 김춘택이 제주 유배시(숙종 35년(1709)) 가을에 이루어졌다는 뚜렷한 年紀와 장소를 알려 주는 데 있다.

그리고 該本 「附凡例」 六項에서 우리는 <남정기>의 원본과 역본 사이에 나타난 차이점을 통하여, 원본이 현존치 않고 이때, 작으나마 국문본 원전의 모습을 窺知할 수 있게 하는 것도 該本이 지닌 중요한 점이다.

뿐만 아니라, 이는 앞으로 있어야 할 <남정기> 원전의 再構 작업에 큰 도움이 되리라고 본다.

위에서 該本과 임술본과의 비교를 통하여 <남정기> 한역본도 북헌에 의해 숙종 36년에 한역되고 나서, 임술본이 出來한 철종 13년, 즉 불과 153년만에 장회 명칭 및 본문에 그와 같이 출입이 심하여진 것으로써 한역본 자체에도 많은 문제점이 있어 <남정기> 원전이 재구되기에 앞서 한역본의 이본고도 반드시 이루어져야 한다는 필요성을 느끼게 한다.

하여간 <번언남정기>가 출현하여 이것이 문학연구의 정초 작업인 <남정기>의 원전재구에 큰 도움이 되게 할 뿐만 아니라, <남정기> 한역본 연구에도 획을 그어 놓는 것만은 사실이다.

5) 남정기의 저작동기에 대하여

<남정기>는 서포 김만중이 숙종이 무고한 민비 인현왕후를 폐출하고 간요한 장희빈을 왕후로 맞아들인 데 대하여 聖心을 改悟키 위해 풍자한 목적소설이라고 오늘날까지 출간된 모든 한국소설사론에서 언급되고 있다.[49] 그런데 근자 김현룡 씨는 『문호』제5집에 기재된 그의 「사씨남정기연구」에서 <남정기>가 숙종의 민비폐출을 풍자코자 한 서포의 저작동기를 부정하여 다음과 같이 결론을 내렸다.

첫째, 본 소설은 숙종의 폐비사건과 결부시켜 풍자소설이라고 보는 견해는 『五洲衍文』과 『北軒雜說』의 기록을 토대로 한 것인데 이는 전술한 대로 『오주연문』의 기록에만 언급된 것으로 북헌을 서포로 고쳐 놓고 보는 입장인데 『북헌잡설』과 비교할 때에 기록 그대로를 가지고 보면 서포의 작품을 북헌이 목적성을 갖고 이용했거나 뒷사람들이 그

---

49) 김태준, 『조선소설사』, 83쪽; 주왕산, 『조선고대소설사』, 175~176쪽; 박성의, 『한국고대소설사』, 297~293쪽; 신기형, 『한국소설발달사』, 145~146쪽; 김기동, 『이조시대소설론』, 496쪽; 정규복, 「남정기논고」, 『국어국문학』26.

렇게 생각했으리라고 보는 것이 타당하겠으며,

둘째로 본 소설의 내용은 전혀 목적소설인 풍자소설이라고 주장하기는 어려우며, 교녀의 사건과 폐비사건을 결부시켜 본다고 하더라도 복위를 위하여 성심을 悔悟시키기 위한 것이라고 보기는 너무나 일면적인 견해라고 하지 않을 수 없다.

셋째로 본 소설은 제작 동기가 숙종의 마음을 돌리기 위한 목적의식이 없었던 것이 우연의 일치였을 가능성이 크다고 생각된다. 본 소설의 중심사상은 아무래도 이러한 목적의식과는 거리가 먼데 작자의 당시 사항과 사회적인 조건이 본 소설의 내용을 그렇게 생각할 수 있다고 느껴지기 때문이다. 이것은 본 소설에서 첩에 의하여 왕실이 쫓겨나고 다시 본부인을 맞아들이게 되는 것이 인현왕후가 쫓겨났다가 다시 복위되는 것과 유사하다고 생각한 데서 오는 것으로 결과를 가지고 자꾸만 제작 동기에다 결부시키려는 과오를 범하고 있는 것이다.[50]

그러면, 김현룡 씨의 결론을 중심으로 그의 소론에 대하여 언급할 것 같으면, 前揭한 세 가지를 든 결론은 본론을 유도한 것이라고 보겠는데, 논자의 글을 모두 읽어볼 것 같으면 본론과 결론의 문맥적 연계에 횡설한 감이 없지 않으나 전체적으로 이를 줄여 말한다면, 앞에서 언급한 바와 같이 <남정기> 작품이 숙종의 민비폐출을 풍자한 목적소설임을 정면으로 부정하고 있는 것이라고 보겠다.

오주 이규경은 그의 『오주연문』에서

「南征記北軒金春澤所著　世尊(中略)北軒則　爲肅廟仁顯王后閔氏
異位　欲悟聖心而製者云」[51]

---

50) 『문호』5(건제 정인승박사 고희기념호), 건국대 국어국문학회刊, 145~146쪽.

이라고 언급했는데 문제는 남정기의 작자에 대하여 西浦說 대신에 엉뚱한 北軒 金春澤을 삽입해 놓은 것이다. 이는 서포보다 약 백 년 후대인 이규경이 前引文 '世傳' 운운에서와 같이 확적한 근거 없이 북헌의 한역본을 가지고 '南征記北軒金春澤所著' 운운한 것이라는 오늘날의 통설을 그대로 받아들여야 할 것이다. 김현룡 씨와 같이[52] 북헌의 한역 목적을 聖心의 悔悟에다 두는 것은 온당한 견해라고 볼 수 없다.

더구나, 서포 문중에는 <남정기>에 대하여 다음과 같은 家傳說話가 있다. 즉

西浦가 肅宗께서 閔妃를 폐출하고 張禧嬪을 王后로 맞아들인 데 대하여 풍자 내지 聖心을 悔悟키 위해 南征記를 國文으로 지어 그의 從孫 北軒 金春澤을 시켜 宮中에 퍼뜨리라 하였다. 北軒이 南征記를 읽어보고 그대로 퍼뜨렸다간 더욱 大變을 당할 것을 생각하여 北軒이 이를 漢譯하여 作者를 中國人으로 僞裝하기 위하여 使臣을 시켜 中國에서 出版하여 國內로 가져오게 한 후에 南征記를 宮中에 퍼뜨렸다 한다. 一日은 肅宗께서 宮庭을 散策하다가 宮女가 南征記를 읽는 것을 보고, 그 이야기가 自己의 閔妃廢黜 處事와 흡사한지라 그 小說의 出處를 알아봤더니 그 原本이 中國小說임을 알고 일이 無事했다 한다.[53]

---

51) 『五洲衍文長箋散稿』 권7, 소설변증설.

52) "北軒의 한역 목적이 오히려 聖心을 悔悟시키기 위한 것으로 보아야 할 것을 北軒을 고쳐서 西浦로 해놓고 서포가 聖心을 돌리기 위하여 지었다 함은 온당한 견해라고 볼 수 없는 것이 아닌가. 그러므로 北軒이라 함은 당시의 사람이 아닌 뒷사람이 말했다고는 한 것으로 보아서 근거 있다고 보아야 할 것이다". 『문호』5, 140쪽.

53) 西浦先生 第十代孫 金大中 씨 談.

물론 前據한 설화는 문헌상 기록이 없어 사실로 받아들일 수도 없지만 그렇다고 해서 부정할 근거도 없는 것이다.

前據한 가전설화를 중심으로 남정기의 작자 및 그 저작동기를 <남정기>를 둘러싼 산재된 문헌의 기록을 가지고 상고에 본다면, 첫째 <남정기>가 서포의 작이냐 아니면 오주의 설과 같이 북헌의 작품이냐에 대하여는 우선 북헌의 작품이 될 수 없다는 것은 서포 자신은 이에 대하여 아무런 언급이 없으나 북헌은 다음과 같이 언급하고 있는 것이다. 즉

> 西浦頗多以俗言爲小說 其中所謂南征記者 非等閑之比 余故飜以文字[54)

뿐만 아니라, 그 번역 경위에 대하여도 북헌은 그의 『북헌집』에 상세히 언급했는데 즉 북헌이 謫居無事를 틈타서 사씨의 현덕을 미쁘게 여겨 국문본 <남정기>를 增刪을 자유로이 하여 한문으로 번역했음을 窺知할 수 있다. 즉

> 愚嘗病焉 會謫居無事 以文字飜出一通 又不自揆頗增刪而整釐之然先生特以其性情思致之妙而有是書 故於諺之中 猶見詞采 今愚所飜反有不及焉 昔太史公作屈原詩 歐陽子叙王氏婦事 其文與兩人節義爭高 愚誠美之 而自無以稱謝氏之賢然 庶幾仰述先生所爲 作書敎人 其意非偶然者 是愚之志也 賢者恕焉[55)

---

54) 『北軒集』 卷十六, 囚海錄.
55) 『北軒集』 卷十六, 囚海錄.

그러므로 <남정기>는 서포가 본시 국문으로 지었는데 북헌이 그 소설이 '非等閑之比'가 아닐 뿐 아니라, '先生之作之以諺 蓋欲使閭巷婦女 皆得以諷誦觀感 固亦非偶然者 而顧無以列於諸子 愚賞病焉'(『北軒集』卷之十六)에서와 같이 국문으로 쓰여졌으므로 諸子百家에 比列하지 못함을 통탄한 나머지, 이를 한역했음을 알 수가 있다. 거기서 오주의 '南征記北軒 金春澤所著' 운운은 전언한 바와 같이 북헌의 한역본을 오인하여 말한 것으로 아무런 考據가 없는 것이다. 그런데 日人 靑柳南冥도 그의 「謝氏南征記・九雲夢」[56] 합본이나 『조선도서해제』에서 <남정기> 작자문제에 대하여 오주의 북헌제작설을 그대로 좇고 있는 것도 시정되어야 할 것이다. 이는 前揭 서적이 한국어를 모르고 북헌의 한역본만을 읽은 日人들에 의하여 편찬된 것에 그 所以가 있을 것이다.

그런데 김현룡 씨도 그의 「사씨남정기 연구」에서 "西浦도 北軒도 그런 目的없이 지은 것을 後世 사람들이 그 時代와 內容의 一部 類似性을 보고 그렇게 推測하여 그런 말이 나온 것이 아닌가 하는 것이다"[57]라 하여 <남정기>의 서포제작설과 북헌제작설의 양면을 추측케 한 것은 부당한 추측이라 아니할 수 없다.

그리고 김현룡 씨는 다시 그의 「사씨남정기 연구」[58]에서 서포가 민비폐출 사건에서 <남정기>를 짓는데 힌트를 받았을는지는 몰라도, 지은 목적이 欲悟聖心은 아니라 하여 欲悟聖心의 저작목적을 부정했는데, 그 근거는 북헌이 그의 『북헌집』에서 그의 한역의 경위를 이야기

---

56) 靑柳南冥, 「사씨남정기・구운몽」합본 서문, 『조선도서해제』, 조선총독부 刊, 366쪽.
57) 『문호』5, 140쪽.
58) 『문호』5, 140쪽.

하면서도 한 마디의 말도 없이 그저 '敦民彛 稗世敎者'라고만 말했을 뿐이요, 이규경도 그의 『오주연문』에서 서포의 <구운몽>에 대하여 '閭巷間流行者 只有九雲夢 金萬重所撰 稍有意義 世傳西浦竄謫時 爲大夫人破閑 一夜製之'라 하여 <구운몽>의 저작동기에 대하여는 자세히 언급했으면서도 그렇게도 사회적으로 중요한 위치를 차지한 사건과 관계가 있는 <남정기>를 서포가 숙종을 위해 지은 것을 모르고 한 문본만 보고 북헌이 그 목적으로 지었다고 말했을 것이라고 믿기는 어렵다는 것이다.

그러나 북헌이 그의 『북헌집』에서 <남정기>의 저작동기에 대하여 하등의 언급이 없다고 해서 저작목적이 없으리라는 법도 없고, 그저 '敦民彛 稗世敎者'라고 언급된 것은 <남정기> 작품에 대한 감계주의적인 주제로 표출한 발언일 것이나, 이 구절은 기실 북헌의 말이라기보다 '其引辭曰'에서와 같이 '其引辭曰 言語文字以敎人 自六經然而聖人旣遠 作者間出 小醇官小說 非荒誕則浮靡 其可以敦民彛稗世敎 唯南征記乎者'(『北軒集』卷十六)는 북헌이 서포의 <남정기> 저작동기에 대한 감계주의적인 주제를 대변한 것이라고 보아야 할 것이다. 그렇지만 북헌도 <남정기>의 저작동기에 대한 노골적인 저작 동기는 언급이 없지만 前揭한 '敦民彛 稗世敎者'를 밑받침하여 다음과 같이 언급하고 있는 것이다.

「記本我西浦先生所作 而其事則以人夫婦妻妾之間 然讀之者 無不 咨嗟涕泣 豈非感於謝氏處難之節 翰林改過之懿 皆根於天具於性而 然者 其憤痛裂眦 又豈不以喬董之惡哉」[59]

---

59) 『北軒集』, 卷十六, 囚海錄.

더구나, 서포 문중의 가전설화에서와 같이 <남정기>의 저작목적인 숙종의 閔妃廢黜에 대한 풍자가 극비밀에 속한 이상 당시 문헌인 『서포집』이나 『북헌집』에 나타날 까닭이 없을 것이다.

서포의 <남정기>에 대한 저작동기가 당시부터 항간에 비밀리에 유전돼 오다가 약 1세기 후인 오주에 이르러 비로소 문헌화되었을 것이며, 서포의 <남정기>의 원작인 국문본은 이미 회귀본이 되고 북헌의 한역본이 유행되었는지라 오주 당시에는 <남정기>의 작자까지도 북헌으로 와전되었는지 알 수 없으며, 이로 인하여 오주는 <남정기>의 한역본을 보고 그의 『오주연문』에다 '南征記北軒金春澤所著 世傳(中略)北軒則爲肅廟仁顯王后閔氏巽位 欲悟聖心而製之'라 하기에 이르렀다고 보아야 할 것이다. 이는 오늘날 필사본(板本은 아직 목도치 못하였음)으로 전하는 <남정기>의 국문본이 거의가 북헌의 한역본이라[60]는 데도 북헌이 한역본이 <남정기> 작품에 있어서 얼마나 많은 비중을 차지하고 있음을 알 수가 있는 것이다.

그리고 김현룡 씨는 <남정기> 작품이 그 작품 배경으로 되어 있는 己巳換局을 둘러싼 역사적인 사건과 거리가 있다 하여 <남정기>가 숙종의 閔妃廢黜을 풍자한 목적소설을 부정하려 들고 있다.

첫째, <남정기> 작품의 구성면에서 볼 때, 역사적으로 기사환국의 중심이 되어 있는 숙종의 민비폐출이 <남정기> 작품에 대응되는 사씨출척이 전 스토리의 1/4의 정도로 되어 있고, <남정기> 작품의 표제에서와 같이 사씨의 南征苦行이 중심이 되어 있다는 것이다. 그리고 역사적인 사실로는 인현왕후 폐출의 원인이 王統을 잃은 嗣繼에 있었

---

60) 정규복, 「남정기논고」, 『국어국문학』26, 44쪽.

는데, <남정기> 작품에서는 嗣繼 문제는 소홀히 다루어져 있고, 더욱이 쫓겨나는 사부인에게는 자식(인아)까지 두고 있다는 것으로 <남정기> 작품과 그 사적 배경으로 되어 있는 민비폐출사건과는 너무나 간격이 있다는 것이다.

그러나 우리 고소설 작가는 엄격한 창작의식이 결여는 되어 있지만 일찍부터 사실(Fact)과 허구(Fiction)를 분별해 온 것을 알아야 할 것이다. 즉 일례는 임진란을 배경으로 한 『임진록』, <서산대사전>, <사명당실기> 등이나 병자호란을 배경으로 한 <임경업전> 및 <박씨부인전>이나 혹은 실존인물을 모델로 한 <최고운전>이나 <강태공전> 등을 볼 때, 거기에 나타난 모든 스토리나 사건은 기실 역사적인 사실도 포함되어 있지만, 작품의 주제를 강조하기 위하여 소설적인 허구를 작가들의 주관 내지 흥미에 따라 자유자재로 구사하고 있음을 알 수 있다. 이는 즉 앞에서 말한 바와 같이 우리 고소설 작가들이 작품이 소설인 한, 작으나마 창작의식을 가져왔다는 증좌가 되는 것을 말해주는 것이라고 본다.

이와 같이 서포는 <남정기>를 쓸 때 숙종이 민비폐출 사건을 소재로 하여 서포문중 가전설화에서와 같이 사건이 궁중비화이니만큼 인현왕후 대신에 사씨를, 장희빈 대신에 교씨를, 숙종 대신에 유한림을 등장시켜 중국을 배경으로 하여 거기에 많은 허구적인 사건과 인물을 동원하여 숙종의 민비폐출의 풍간을 주제로 하여 暗喩로써 풍자한 일종의 목적소설로 받아들여야 할 것이다. 그러므로 <남정기>가 어디까지나 소설인 한, <남정기> 작품을 역사적인 사실에 입각해 해부하여 <남정기>가 민비폐출을 풍간한 목적소설임을 부정한다는 것은 별다른 반증이 되지 못할 것이다. 사실이지 민비폐출에 많은 동정을 가지고 어느 內人에 의해 쓰여졌다는 實記에 가까운 <仁顯王后傳>도 많은 허구가 구사되어 있음을 알 수 있고, 또한 우리는 숙종의 민비폐출 사건을 중심으로 쓰여진 <인현왕후전>과 <남정기>를 비교할 때, 그 작품의 주제로나 그 구성면에서나 인물배열상 너무나 많은 **흡**사한 면을 가지고 있음을 알아야 할 것이다.

그러므로 <남정기>는 『북헌집』에 '記本我西浦先生所作' 및 '西浦多以俗言爲小說 其中南征記 非等閑亡比 予故飜以文字'라는 김춘택의 기록과 『오주연문장전산고』에 '世傳 (中略) 爲肅廟仁顯王后閔氏巽位 欲悟聖心而製之'라는 이규경의 기록 및 다시 『북헌집』에 '其引辭曰 言語文字以敎人 自六經 然爾聖人旣遠 作者間出 小醇多疵 至稗官小說 非慌誕則浮靡 其可而敦民彛稗世敎者 惟南征記乎'라는 서포의 뜻과 및 <남정기>는 서포선생이 숙종의 민비폐출을 풍간하기 위해 썼다는 서포문중의 가전설화가 있는 한, 서포에 의하여 쓰여진 바 있는 <구운몽>과는 달리, 심미의식에서 저작된 작품이 아니라 순연한 윤리의식, 좀 더 부언하면 당시 귀족계급의 모순된 이면 생활을 풍자와 暗喩로 폭로한 것이며, 나아가서는 가족제도의 모순의 근본적 시정에 있다고 볼 수 있으며, 좀 더 좁혀 말한다면, 숙종이 민비를 무고하게 폐출시키고 요간한 장희빈을 왕후로 맞아들인 데 대한 풍자 내지 聖心을 돌리기 위한 목적소설이라는 오늘날의 통설을 부정할 도리가 없을 것이다.

6
창선감의록의 유가사상과 소설사적 의의

1) 導 言

　<창선감의록>은 가정소설이라고도 하고 도덕소설이라고도 한다. 그만큼 본 소설은 특히 조선시대의 가정적 내지 유가적 문제를 무엇보다도 많이 안고 있는 소설이다. 그러나 본 소설의 작자·이본문제 등은 부분적으로 거론되었을 뿐, 아직도 구체적 언급이 이루어지지 않고 있고, 본 소설이 지닌 유가사상 내지 특정한 구성이 지닌 소설사적 문제도 거의 거론되지 않았다.

　그러므로 본고는 본 소설의 작자 및 이본 문제는 본론을 본격화시키는 한도 안에서 거론하고 나서, 본격적 입장에서 본 소설이 지닌 유가사상이 어떻게 반영되어 있으며, 나아가서 본 소설이 지닌 구성은 한국 소설사상 어떤 의미를 지니고 있는가를 살펴보기로 하겠다.

2) 作者의 問題

본 소설의 작자는 일찍부터 鄭浚東·金道洙(1697~1733)·趙聖期 (1638~1689) 등이 거론되어 오다가 근자에 비로소 조성기로 강하게 기울어졌다.[1] 필자도 조성기를 본 소설의 작자로 더 의심할 필요가 없다고 생각한다.

최초로 <창선감의록>의 작자를 정준동·김도수·조성기를 내세움에 있어서 김태준은 조성기를 제외하고는 뚜렷한 문헌을 들지 않았고, 다만 필자의 생각으로는 정준동을 내세운 근거는 본 소설 懸吐本의 '彰善感義錄一書는 卽蓬萊鄭公浚東之所作'[2]이라고 보는데, 이를 쓴 것은 1904년에 이병욱에 의해 이루어진 것인 즉, 어떤 근거에서 이병욱이 정준동을 작자로 내세웠는지 또는 정준동은 어느 시대 사람인지 전연 알 길이 없다. 그렇지만 김태준이 본 소설의 작자로 정준동을 내세운 근거는 懸吐本 <창선감의록>에 있다고 보여진다.

다음 김도수는 그의 문집인 『春州集』을 보아도 <창선감의록>을 기록했다고 할 만한 아무런 전거가 없고, 다만 패관소설에 탐닉했던 것은 사실인 것 같다.[3] 그러나 김태준이 어떤 근거에서 김도수를 작자로 내세웠는지 알 수 없지만, 아마도 『조선도서해제』 혹은 『朝鮮人名辭書』

---

1) 김태준은 그의 『조선소설사』 증보판, 1939, 161~162쪽에서 <창선감의록>의 작자에 대하여 정준동·김도수·조성기를 거론하면서도 조성기에 대하여 비교적 문헌 자료를 제시하여 중점적으로 기울인 감이 있다. 이원주 교수는 그의 「창선감의록소고」, 『동산 신태식박사 고희기념논총』, 계명대출판부, 1979에서 조성기를 부정적 시각에서 보았으나, 최근 엄기주 양은 그녀의 「창선감의록연구」, 성균대 석사논문, 1984에서 보다 문헌이 보완되면서 조성기를 작자로 강하게 부각시켰다.

2) 현토본 『彰善感義錄』序文, 한남서림 백두용, 1904, 대정 6년 참조.

3) 임형택, 「17세기 규방소설의 성립과 창선감의록」 발표문, 연세대 국학연구원, 1981 참조.

에 의거된 것 같다. 그러나 김도수를 작자로 내세우는 근거가 아직까지 아무런 증거가 없으므로 결국 김태준이 김도수를 작자의 한 사람으로 내세운 것은 참고사항에 불과하다.

다음 조성기에 대하여는 김태준도 조성기의 후손인 조재삼이 조성기의 姪 正緯에 의해 이루어진[4] 조성기의 행장을 들어, 본 소설의 작자로 내세운 것을 든 것은 무엇보다도 설득력이 있다고 보여진다. 본 소설의 작자문제와 『拙修齋集』과의 연계는 이미 엄기주 양에 의해 이루어져 있으므로[5] 여기서는 보다 보완을 필요로 하는 한도에서 첨술하겠다.

위와 같이 조성기의 행장에 <창선감의록>이 조성기에 의해 이루어졌다는 기록은 앞에서 들은 정준동·김도수를 본 소설의 작자로 보는 견해를 근본적으로 제쳐놓는 典據라 보여진다. 또한 행장의 전거를 밑받침할 만한 것은 본 소설 서문의 '余近以痰水 養病潛臥'[6] 운운은 조성기의 행장에 고질병으로 과업을 포기하고 공부에 해로운 교유는 모두 끊고 들어앉아 공부만 해온 것이 30년이 되었다는 것[7]과 은연 중 통하고 있고, 그리고 본 소설 발문에 '噫 忠孝性也 死生禍福命也 命非吾所知也 但當盡吾性而已矣'[8] 운운은 조성기의 저작동기를 엿볼 수

---

4) '我先祖拙修公行狀曰 太夫人於古今史籍 無不博聞慣識 晚又好臥聽小說 以爲止睡遺悶之資 公自依演古小說 措出數冊以進 世傳 彰善感義錄 張丞相傳等冊是也'(『松南雜識』朴氏本 桃, 東西文化院, 1987). 뿐만 아니라 실제로 위의 引文이 그대로 조성기의 行狀(『拙修齋集』, 여강출판사, 1984, 222쪽)에 나타남으로써 조성기를 <창선감의록>의 작자로 잡는 데는 더욱 뚜렷한 근거를 마련해 준다.

5) 엄기주의 상게서, 18쪽.

6) 私藏本 <彰善感義錄> 序文.

7) '未幾以痼疾 在身捨擧業 絶交遊 深局一室 凡百外撓 可以攖吾心 妨吾工者 一切屛棄 使吾本原之地 虛明傳一 以究其所業者 殆將三十年'(『拙修齋集』, 여강출판사, 215쪽).

8) 私藏本 <彰善感義錄> 跋.

있을 뿐 아니라, 그의 깊은 性理論[9]을 실천하고 어울리게 한 것과 상
통될 것이라는 것이다. 거기서 본론에서는 본 소설의 작자를 조성기를
전제로 하여 수행될 것이다.

　다음에 <창선감의록>의 이본적 사항은 대충 한문본·현토본·국
문본 등 무려 50여 종이 현존하고 있다. 그런데 현토본은 한문본에다
현토만 달았을 뿐 한문본 그대로이고, 국문본은 한문본의 테두리 안에
서 出入이 있지만, 그것도 한문본의 번역과정에서 이루어졌다. 필자가
대충 한문본과 국문본을 對讀한 경험을 통해서도 국문본은 한문본의
번역과정에서 이루어졌다는 것을 더욱 실감했을 뿐이다.[10] 다만 여기
에 언급해 둘 일은 강전섭 교수가 국문본 <花珍傳>을 통해 <창선감
의록>의 원작을 국문으로 이루어졌을 것으로 추견을 내린 것은 <화
진전> 서문의 문맥을 잘못 잡은 것에서[11] 연유된 것이라 보여진다.

　여기서 <창선감의록>의 善本을 골라내는 작업은 모든 한문본의 정
밀한 對校에서 이루어질 것이라 생각되어 이는 앞으로의 과제로 미루
며, 다만 본고는 편의상 보급판의 하나인 『拙修齋集』(여강출판사

---

9) 배종호, 『한국유학사』, 149~151쪽.

10) <창선감의록>의 원전이 한문본이라는 견해는 일찍 김기동의 『이조시대소설론』, 정연
　사, 1959에서 제기되었다. 그러나 본격적인 텍스트 연구는 아니지만, 최근 엄기주의
　「창선감의록연구」에서 원전이 한문본이라는 것이 좀 더 보완되었다.

11) <창선감의록>의 서문 중 '使婦人輩 讀間閭間諺書小說而聽之 其中有冤感錄者 蓋冤
　報相因 憭愴酸骨 然爲善者必昌 爲惡者必亡 亦足以動人而懲勸者矣'에서 분명한 것
　은 <창선감의록>에 선행된 冤感錄이 국문소설로서 권선징악의 내용을 지닌 것임을
　확인해 줄 뿐, 강 교수가 주장하듯 <창선감의록>의 작자가 冤感錄을 한역하여 <창선
　감의록>을 만들었다는 것은 논리의 비약인 것 같다. 따라서 강 교수의 <花珍傳>의
　서문 '여념간의 은셔쇼셜이 만흐되 그중의 화진전이라 흐는 칙이' 운운도 <창선감의
　록>의 서문 중 '冤感錄'이 '花珍傳'으로 대체된 것이라 보여진다. 그러므로 冤感錄과
　<창선감의록>의 관계는 번역의 차원에서 볼 것이 아니라, 부분에서 변형·확대의 차
　원에서 보아야 할 것이다.

1984)에 수록된 <창선감의록>을 텍스트로 하고 아울러 필자가 갖고 있는 私藏本을 참고, 텍스트로 삼겠다.

다음은 조성기의 약력을 정리해 보기로 하자.

작자 조성기는 인조 16년(1638)에 군수 時馨의 셋째아들로 태어났고 字는 成卿, 본관은 林川, 아호는 拙修齋이다. 조성기는 그의 조·부·형제들이 모두 벼슬에 올라 仕宦家로 꼽히고, 그도 일찍 司馬初試에 급제하여 벼슬하기에 좋은 여건이었지만, 당시 벼슬길의 부조리를 깊이 인식하여 벼슬에 나아가지 않고, 독서와 사색에 잠심하여 성리학의 大成을 이루었고, 그의 소설 작품으로는 고소설인 <창선감의록>과 <張丞相傳>이 있다.

조성기의 약력을 본론을 펴는 한도 내에서 그의 行狀을 중심으로 엮으면 대충 충효·현실인식·문학과 학문으로 나누어 정리할 수 있을 것 같다.

첫째, 충효에 있어서 그는 당시 과거제도 등 부조리가 많아 이를 병적인 것으로 생각한 나머지[12] 비록 부모의 강권에 못 이겨 初試에 급제하긴 하였지만,[13] 벼슬에 나아가지 않고 평생을 학문연구에 전념하였다. 그렇지만 憂國之心은 강하여 그가 비록 벼슬에 나아가지 않은 寒士이지만 3백 년 世祿의 가문으로서 나라 일이 잘 될 땐, 심히 기뻐하였고 부조리가 이루어질 땐 憂國의 슬픔에 잠겼다고 한다.[14]

조성기는 31세 때 아버지를 여의고 장수를 누린 그의 母夫人에겐

---

12) '又屢中解額 而非其好也'(『拙修齋集』, 215쪽).

13) 以親命 不敢廢擧業 會魁司馬初試(『拙修齋集』, 214쪽).

14) '國家有事之日 輒自仰屋窃歎 憂念之色……吾雖一寒士而卽三百年世祿之臣也 亦何間於立朝食祿互人哉' '聞一政令之善者 則喜見於色 或有病國害民之事 爲之愀然不樂'(『拙修齋集』, 223쪽).

극진한 효심을 쏟았다. 특히 母夫人은 聰明叡哲하여 고금사적과 傳奇류에 博聞慣識하여서 나아가 많아서는 누워서까지 소설 듣기를 좋아하여 이로 잠을 막고 근심을 푸는 거리로 삼았다고 한다. 뿐만 아니라 그는 母夫人이 보지 못한 책이 있으면 반드시 힘써 구하고 드디어는 스스로 古說을 演義하는 것에 의지하여 지어드린 것이 세간의 <창선감의록>과 <장승상전>이라고 한다.[15] 이로 미루어 보아 현존한 <창선감의록>은 마치 김만중의 효도와 <구운몽>과의 관계를 연상케 한다. 그는 임종시에 죽음을 두려워하기보다 母夫人의 외로움을 더욱 걱정할 만큼[16] 효심이 지극하였다.

그의 학문적 성향은 성리학뿐만 아니라 제자백가·역대의 사적 내지 道佛의 書는 말할 것도 없고, 심지어는 당시 천시를 당한 패설까지도 깊이 완상한 바 있는 해박한 지식의 소유자였다고 한다.[17] 특히 패설에까지 관심을 가졌으니 그가 <창선감의록>을 쓴 것은 우연한 일이 아니라, 비록 문학적인 큰 성공을 거두지는 못했다 하여도 <창선감의록>은 그의 박식의 산물임에는 틀림없을 것이다. 그의 문학적 재능에 있어서도 국화 피는 가을날에 詩酒의 모임에서 그의 뜻을 지필에 옮기면 곧 數千語의 문장을 이루었으며, 한편 꽃 피는 봄과 국화의 계

---

15) ‘太夫人 聰明叡哲 於古今史籍傳音 無不博聞慣識 晩又好臥聽小說 以爲止睡遺悶之資 而常患無以繼之 府君每聞人家有未見之書 必竭力求之 得之而行已 又自依演古說 搆出數冊以進 苟有可以悅太夫人之意者 雖甚勞弊心力之事 樂自爲之不覺沈痾之在體也’(拙修齋集, 221~222쪽).
　　‘我先祖拙修公行狀曰 太夫人於古今史籍 無不博聞慣識……公自依演義小說 搆出數冊以進 世傳彰善感義錄張丞相傳是也’(『松南雜識』, 卷七).

16) ‘告之曰 死生常理 無所關念 但上而이慽於老親’(『拙修齋集』, 224쪽).

17) ‘聖人之經 賢人才士之籍 百氏之記 歷代之史 而及道不之書 稗官之說 無不浸洼玩索旁稽博考’(『拙修齋集』, 221쪽).

절이면 친구와 술을 마시며 賦와 詩를 지음에 잠깐 사이에 수십 편에 이르렀다고 한다.[18]

그렇지만 그의 학문은 무엇보다도 당시 성리학에 있었다. 그는 종래 퇴계의 主理와 율곡의 主氣의 어느 쪽에도 치우치지 않고, '理氣不相離'를 전제로 하여 氣發理乘, 理乘氣, 氣寓理의 이론을 중심으로 소위 절충론을 체계화하였다고 한다.[19]

이와 같은 충효와 현실인식, 학문과 문학을 바탕으로 그의 인간은 어느 일의 하나에 구애된 것이라기보다 포괄적임을 알 수 있는데, 실제로 그의 인간됨을 평한 것으로서 조성기의 행장을 엮은 조정위는 그를 '病甚玄晏窮逾楚望'[20]이라 평하였으며, 박지원은 '可使敵國而老死布褐'[21]이라 평한 바 있다.

3) 창선감의록과 유가사상

한국 고소설은 주자학이 이념화된 조선조에 출현하였으니만큼 특수한 불교소설을 제외하고는 거의가 작든 크든 유가사상으로 점철되어 있음은 주지의 사실이다. 그러나 대부분의 고소설이 작자미상인데다가 유가소설이라 할지라도 거의가 불가·도가의 이야기가 뒤섞여 있는 경우가 많은데, <창선감의록>은 유학자인 조성기에 의해 의도적으

---

18) '又於晚年 每以春花秋菊 日愛風和之日 輒具酒壺 仍邀常所往來之人 分賦詩章 一觴
　　一詠 高談亹亹忘倦 而奇思滔滔自運 頃刻或至數十篇'(『拙修齋集』, 225쪽).

19) 배종호, 『한국유학사』, 149~151쪽.

20) 拙修齋集, 221쪽.

21) 『熱河日記』, <許生傳>.

로 순수한 유가사상을 펴는 수단으로 작품화되었다는 것은 유가소설로서도 큰 의의를 지닌다고 생각된다.

조성기가 본 소설을 구도한 의도는 앞에서도 언급한 바와 같이 그의 母夫人의 破寂을 위한다는 효도심에서 이루어졌을 뿐 아니라, 본 소설 서두에 작품을 구도한 유가적 충효와 권선징악의 의도를 다음과 같이 밝히고 있다.

> 大凡人生 無論男女貴賤 而必以忠孝爲本 至於友愛玆敬之心 樂善行德之意 一皆從斯而出也 夫子孫昌大 富貴榮樂者 皆福之所由來者 遠矣 故其立基也厚 則雖危必安 其立基也不厚 則雖安必危 此理之自然也 余近以痰靜養潛臥 使婦人輩 讀閭巷間諺書小說而聽之 其中有冤感錄者 其冤報相因 攢愴酸骨 其爲善者必昌 而爲惡者必敗 有足可而動人而懲其須矣[22]

뿐만 아니라 본 소설의 기술을 마치고 나서 跋文의 형식을 빌려 화문의 積德을 들어내고 화문과 맞선 조녀와 범한의 積惡을 勸懲의 입장에서 다음과 같이 작자의 뜻을 밝히고 있다.

> 噫 忠孝性也 死生禍福命也 非吾所知也 但當盡吾性而已矣 范趙雖竭巧殫惡 祇令人速富貴而自勅其命 天亦降罰也 王劉之或先或後 相藉以成其名 豈謀人之所及哉 彼亦義氣相感者 夫黃鵠遺其頸 杜若保其香 而蓬藋把其颷 是固物之理也 況龍出而雲從之 馬鳴而馬之者乎 雖然花氏之樹德不固 則殆其未易振也[23]

---

22) 『拙修齋集』, 237쪽.
23) 『拙修齋集』, 316쪽.

그러면 위의 서문과 발문에 나타난 忠愛·慈敬·우애 및 권선징악을 실제 작품의 이야기와 연계시켜 이를 유가사상의 대제 아래 본성과 천명, 충효와 우애 및 화해의 윤리 등으로 나누어 살펴보기로 하자.

가. 본성과 천명

본성과 천명에 대하여는 본 소설 발문에

忠孝性也 死生禍福命也 非吾所知也 但當盡吾性而已矣[24]

라 한 바와 같이 충효는 본성으로, 사생화복은 천명의 상관관계로서 파악하였다. 조성기가 본성과 천명의 不可離의 관계를 그의 理氣論에서 천명이 사람에게 있음을 性이라 부르니 性則理라고 한 것과[25] 상통하는 것 같다. 이를 더 확대하면, 『中庸』의 '天命之謂性'으로 귀결된다고 본다. 그러므로 본 소설의 발문에 제시된 본성과 천명의 관계는 철저한 정통적 유가의 표현이다.

작품 속에서도 본성과 천명의 문제가 그 발문에 따라 잘 구현되었다. 우선 본성의 문제는 착한 것으로 풀이되었다. 즉 다음 항에서 논의될 심부인의 성품에 있어서 그녀는 간악하고 시기가 많은 악녀로 등장하지만, 끝내는 개과천선을 통해 착한 사람으로 변모될 때, 이를 목격한 성부인이 자기의 아들을 보고 심부인의 성품에 대해

斯人也有斯人性之本 善而如是[26]

---

24) 전게서.

25) '夫天命之在人者 謂之性 性卽理也'(『拙修齋集』, 188쪽).

라 하여 즐거워한 것은 작자가 전통적 유가의 성선론을 편 일단이라 파악된다.

천명의 문제에 있어서도 본 소설의 주인공인 화진도 여타의 고소설의 주인공과 같이 하늘의 仙境에서 현세로 내려와 심부인과 화춘과의 갈등에서 范漢·婁級·李八兒 등에게서 닥쳐오는 죽음의 危境을 넘기거나, 또는 危境에서 귀신들의 보호로 구출을 받거나 하는 것이 모두가 천명으로 돌려 이들을 억지로 피하여 하지 않는다. 즉 화진이 戰陣에 나아가 계창을 만난 것도 천명이지만, 능히 적을 평정하거나 평정치 못하는 것도 천명이 아님이 없으니 마땅히 천명에 맡길 뿐이라고 다음과 같이 피력하는 데서도 우리는 작자의 군건한 天命觀을 엿볼 수가 있다.

吾遇季昌於富城 亦命也 能平賊報國 不平賊報國 不平賊而喪元 莫非命也 吾當仕命而已[27]

위와 같은 천명관은 도처에서 볼 수 있는 것이지만, 화부인·심부인의 초췌한 모습을 목격하고 이를 참연히 여겨 결국 모든 것을 천명으로 돌리며 다음과 같이 피력한다.

靈霜風雨 無非數也 草木 何敢恩怨於天地乎[28]

위에서 우리는 작자가 본 소설의 발문에서 '死生禍福命也 非吾所知

---

26) 『拙修齋集』, 311쪽.
27) 『拙修齋集』, 311쪽.
28) 『拙修齋集』, 291쪽.

也'라 한 것을 이와 연계시켜 천명관을 재확인할 수가 있다. 즉 본 소설의 대제는 본성과 천명의 문제로 집약되는데, 결국 천명으로 이루어진 본성인 충효를 다하느냐 아니하느냐에 따라서 화복이 뒤따르게 마련인데 종래에 이는 '積善之家 必有餘慶 積惡之家 必有餘殃'의 유가적 권선징악으로 귀결된다는 것이다.

나. 충효와 우애

본 소설의 작가는 '忠孝性也'에서와 충효를 분명히 본성으로 파악하고 있다. 孟子의 소위 '仁義禮智'의 본성적 四端을 확대하여 충효까지도 본성으로 파악하고 있다. 우애의 문제도 마찬가지이다. 본 소설의 서문 '必以忠孝爲本 至於友愛慈敬之心 樂善行德之意 一皆從斯而出也'의 문맥에서 보면, 결국 우애도 충효와 같이 본성의 입장에서 파악될 것이다. 조선조에 많은 유가소설이 쏟아져 나와 충효 또는 우애의 문제가 다루어지고 점철돼 있지만, 본 소설에 구성된 충효와 우애의 문제는 작자에 의해 의도적으로 작품화되었다는 데 무엇보다도 중요성이 있다고 보여진다.

본 소설에 설정된 주인공 화진과 심부인과의 관계, 또는 화춘과의 관계는 혈통적으로 친모자와 동복형제 관계가 아니라, 화춘은 심부인의 親子이며 화진의 영리를 시기하는 어리석은 형으로 화진과 대립관계를 이룬 사이로서 그들은 계속 화진을 구렁텅이에 넣고 심지어 자객을 시켜 죽이려고까지 시도하는, 보기에 따라서는 원수의 관계에 있는 것이다.

그러나 화진은 심부인과 화춘의 구박을 하나의 운명으로 받아들여 이를 꾸준히 참아 견디며 끝내는 그들로 하여금 개과천선하여 제자리인 본성의 착한 위치를 획득케 하여 共存共榮의 종결을 짓게 하는 것이다. 이 문제는 다음 항에서 확대될 일이지만, 여타 고소설에서는 개과천선이 아니라 권선징악의 틀에 의해 모진 보복을 당하여 끝내는 패망의 결과를 가져오는 것과 근본적으로 다르다.

다. 화해의 윤리

본 소설에 출현하는 인물은 대충 주인공으로 등장하는 화진과 이와 부수적으로 따라 등장하는 화소저, 윤옥화, 남채봉, 임소저 그리고 姚夫人, 빙선 등은 착한 인물로, 그리고 이들 주인공 측과 대응되는 심부인, 화춘, 조녀 그리고 이들을 측면으로 돕는 범한·성부인 등으로 분류될 수 있을 것 같다.

그러나 이런 인물의 다양한 설정의 문제는 다음 장에서 논의될 소설사적 문제에서 더 구체적으로 논의되겠지만, 본장 유가사상에서 논의되어야 할 것은 화진·윤옥화·남채봉 등 주인공 측과 이와 대립되는 심부인·화춘의 악인들이 끝내는 개과천선하여 함께 화해하여 共存共榮을 이룬다는 데 있다. 즉 본 소설 말미에 화진의 영화로운 결말에 악독했던 심부인도 함께 다음과 같이 동참하고 있다.

沈夫人享晋之福三十年而終 晋公之哀慕 一如喪鄭夫人之時 成夫人亦以壽考終 晋公年八十告老 與二夫人 還紹興 童顔不衰 風骨傛然 望之若神仙焉[29](방점은 필자)

---

29) 『拙修齋集』, 316쪽.

　그러면 여기에서 짚고 넘어가야 할 일은 같은 종류의 유가소설로서 충효와 우애의 문제가 다루어질 때, 하나는 반주인공 측이 권선징악의 틀에 의해 끝내는 패망의 결과가 이루어지는 것이 유가소설의 원형이냐, 아니면 본 소설에서와 같이 개과천선으로 주인공 측과 함께 共存共榮을 이루는 것이 유가소설의 원형이냐의 문제에서 필자는 후자가 유가소설의 원형이라고 생각한다.

　유가의 경전에서 악을 악으로 갚으라는 말은 어디에서도 찾아지지 않는다. 오히려 악을 선으로 갚으라는 말은 도처에서 볼 수 있다. 孔子가 성군의 모범으로 추앙한 舜의 고사에서 舜은 그의 아버지 瞽叟가 재취하여 이복인 象을 낳자 계모와 상은 합세하여 순을 죽이려 하였지만, 순은 악을 악으로 갚지 않고, 끝까지 효도와 우애로써 섬겨 그들로 하여금 개과천선시켰다는 이야기[30]는 본 소설의 화진과 심부인·화춘의 이야기와 동궤를 이루고 있다.

　그러므로 한국 고소설의 군담류 소설이나 또는 계모형 소설에 흔히 삽입된 계모 또는 이복형제가 이야기의 종결에서 주인공이 제자리를 획득하는 것과는 달리 처참한 복수를 당한다는 것은 유가소설의 본령에서 볼 것이 아니라, 조선시대 당쟁의 치열에서 실세를 회복케 하는 데서 기인하는 것으로 파악한 것은[31] 매우 설득력이 있다고 보아진다.

---

30) 司馬遷, 『史記』, 「五帝本記」 舜條.
31) 서대석, 「군담소설의 출현동인 반성」, 『고전문학연구』1, 1971.

4) 소설사적 의의

본 소설이 소설사적 문제에서 다루어야 할 것은 두 가지가 있다고 생각된다. 즉 그것은 본 소설이 지닌 특이한 구성의 문제로 하나는 주인공 측과 반주인공 측의 초반의 갈등과는 달리, 마무리에 가서 주인공측과 반주인공 측이 함께 好終을 지닌 소위 '共存共榮'[32]의 문제요, 다른 하나는 김만중의 <남정기>에 삽입된 주인공 측과 반주인공 측의 대결뿐만 아니라 주인공 측을 중심으로 다시 주인공 측과 반주인공 측으로 대결되는 소위 복합구조[33]의 문제이다.

우선 첫째 문제인 '共存共榮'의 구성을 언급하기로 하자.

'공존공영'이 한국 고소설로서는 특이한 구성이란 것은 이미 언급되었다. 한국 고소설의 구성이 메카니즘화 되다시피 주인공 측이 초반에 반주인공 측에 의해 가해진 역경을 겪다가 후반엔 이것이 역전되어 극적으로 주인공은 구출되고, 반주인공 측은 잔인하게 패망을 당하게 마련이다. 그러므로 한국 고소설의 해피엔딩의 틀은 일방적이란 것이다. 그렇지만 '공존공영'의 틀은 주인공측과 이런 역경에 몰아넣는 반주인공측도 끝내는 개과천선하여 구제되므로 결국 주인공 측과 반주인공 측이 함께 해피엔딩의 경지에 이른다는 것이다.

---

32) '共存共榮'의 술어는 필자가 일찍이 졸고, 「임화정연논고」, 『대동문화』5, 성균대, 1965 에서 <임화정연>의 구성에서 여타 고소설의 주인공측만이 소위 해피엔딩으로 끝나는 것과는 달리, 주인공 측과 반주인공 측이 초반에 대결을 이루다가 종내에는 반주인공 측도 개과천선하여 함께 好終으로 마무리 되는 특이한 구성을 일컬어 명명하여 사용한 적이 있다. 필자는 이 '共存共榮'을 본론에서도 再用할까 한다.

33) '복합구조'의 술어는 필자가 졸고, 「남정기논고」, 『국어국문학』 26, 1961에서 <남정 기>의 주인공 사씨가 유한림을 중심으로 반주인공 교녀와 대결하는 것으로써 주지를 이루고 있지만, 다시 유한림은 천자를 중심으로 엄숭과 대결하는 이야기를 가지고 '복합구조'라 일컬어 사용한 적이 있다.

특히 이와 같은 '공존공영'의 틀을 지닌 구성은 <임화정연>을 비롯한 조선후기 소설인 소위 낙선재본 소설의 흔한 틀이다. 그러나 이 '공존공영'의 틀이 비교적 저작연대가 뚜렷한 <창선감의록>의 틀에도 해당된다는 것은 한국 소설사에 있어서 중요한 의의가 아닐 수 없다.

그러면 본 소설의 '공존공영'의 틀을 보다 확대하기로 하자. 즉 본 소설이 지닌 '공존공영'의 틀은 전체적 구성의 틀은 아니지만, 주인공 화진을 둘러싸고 반주인공으로 등장하는 심부인과 그녀의 아들 화춘이 주인공측과 서로 대립을 이루는 것이 본 소설 초반의 이야기이다. 즉 화진의 아버지 화욱은 병부상서의 벼슬을 지니면서 첫째부인 심부인, 둘째부인 요부인, 셋째부인 정부인을 거느리는데 화진은 셋째부인 정부인의 아들이나 그녀도 곧 죽게 되므로 화진은 그의 悌悧로 화욱의 사랑을 받지만, 이를 시기하는 심부인과 화춘에게선 갖은 구박을 받는다. 이 구박은 더욱 확대되어 자객 등을 시켜 화진을 죽이려고까지 하는 危境을 당한다. 즉 이야기의 초반에 심부인과 화춘은 질투, 시기, 어리석음 등 쓸모없는 성격의 소유자들이다. 그렇지만 후반의 이야기에서는 심부인과 화춘이 쓸모없는 인간에서 개과천선하여 쓸모있는 인간으로 변하여 본성의 착한 위치를 획득하며, 결국 주인공인 화진은 반주인공인 심부인과 화춘과 함께 해피엔딩의 경지에 이른다는 것이다.

여기에 덧붙여 언급해 둘 일은 본 소설이 이와 같은 '공존공영'의 틀을 지니면서 정실(제일부인)인 심부인이 시기·질투 등의 성격을 지닌 악녀의 인물로 등장하는 반면에, 후실(제삼부인)인 정부인은 여성의 미덕인 순종의 성격을 지닌 良女로 등장하는 데서 종래 계모형소설에 흔히 공식화된 '後室惡正室善'의 틀과는 달리 '正室惡後室善'의 틀로 뒤바뀌어 있다는 것이다. 이와 같은 '正室惡後室善'의 틀은 하나의 파격으로 이것도 '공존공영'의 틀을 지닌 조선조 후기소설 <임화정연>·<보은기우록>을 비롯한 낙선재본 소설에 역시 점철되고 있다는 것이다.

다시 말하면, 본 소설이 지닌 '공존공영'과 '정실악 후실선'의 틀은 더욱이 18·9세기에 성립되었을 것이라는 소위 낙선재본 소설에[34] 흔히 삽입된 것으로서 <창선감의록>과 낙선재본 소설의 선후관계를 어떻게 보아야 할 것이냐는 것이다. 본 소설은 앞에서도 언급한 바와 같이 작자 조성기가 생년이 확인된 바대로 늦어도 숙종 15년(1689)까지 저작된 것이 분명한 17세기 소설이므로 낙선재본 소설이 18·9세기에 이루어졌다는 것이 사실이라면, 분명히 본 소설의 틀이 낙선재본 소설의 틀에 반영되었을 것으로 보지 않을 수가 없다. 그렇지 않으면, 낙선재본소설의 성립 연대를 17세기까지 소급시킬 수도 있겠으나, 현재의 자료로 보아 아무래도 낙선재본 소설이 본 소설의 후행작품으로 보아야 할 것으로 본다.

둘째는 본 소설에 삽입된 '복합구조'의 틀이다. 즉 <남정기>의 구성이 '복합구조'의 틀로 이루어졌다는 것은 주인공 사씨가 어두운 유한림이 후실인 교녀의 참소에 빠져 농간에 의해 역경을 겪다가, 이야기의 후반부에 이르러 유한림이, 지난날에 교녀의 농간에 빠진 것을 뉘우침에 따라서 드디어 사씨는 제 위치를 차지하고 교녀는 패망된다는 틀이 <남정기>의 중요한 틀이지만, 보다 더 큰 틀은 절대적인 천자가 간신 엄숭의 참소를 듣고 충신 유한림을 몰아내 이 때문에 유한림이 역경을 겪지만 종내에는 천자가 뉘우쳐 유한림을 불러들임에 따라서 간신 엄

---

34) 정병욱 교수는 낙선재본소설의 성립시기를 18·9세기로 잡고 있다. 『한국고전의 재인식』, 홍성사, 16쪽.

숭은 패망된다는 것에 있다. 그러므로 결국 <남정기>의 구성은 종래
의 군담소설의 단형이 복수형으로 발전되었다는 것이다.[35]

<창선감의록>의 주인물의 하나인 화춘의 제일부인 임씨가 후첩인
조녀의 모함으로 화춘은 착한 임씨를 쫓아내고 대신 조녀를 가까이 함
에 따라서 임씨는 갖은 역경을 당하게 된다. 그러나 종내에는 화춘이
이를 뉘우쳐 임씨를 불러들임에 따라서 조녀는 패망된다는 틀 외에도,
절대격인 화춘이 다시 본 소설의 주인공인 화진과 대응관계를 이루어
작은 이야기인 임씨와 조녀와의 대립관계와 큰 이야기인 화춘과 화진
과의 대립관계가 서로 겹쳐 있다는 데서 우리는 <남정기>의 소위 '복
합구조'를 확인할 수 있다.

더구나 <남정기>와 본 소설의 유사한 복합구조를 서로 더욱 유사
케 하는 것은 <남정기>의 교녀가 유한림을 쫓아내고 동청과 간통을
하는 것과 본 소설의 조녀가 화춘을 쫓아내고 범한과 간통을 저지른다
는 공동의 이야기와 兩作品에 꼭 같은 악인인 엄숭이 등장한다는 사실
은 우연한 일치라고 보기엔 너무나 흡사하다. 이는 분명 두 작품의 상
호 수수관계를 말해주는 것이 아닌가 한다. 이 두 작품의 수수관계에
대하여는 김태준이 이미 이를 암시했고,[36] 최근엔 보다 구체화된 적이
있다.[37] 따라서 <남정기>와 <창선감의록>의 두 작품의 유사성으로
볼 때, <남정기>가 기사환국을 소재로 하여 저작된 목적소설이라는
것이 확실하다면, 불가불 본 소설이 <남정기>에 반영되었을 것임을
조심스럽게 언급하지 않을 수가 없다. 그러나 이 문제는 워낙 어렵고

---

35) 정규복, 「남정기논고」, 『국어국문학』26, 1962 참조.
36) 김태준, 『조선소설사』증보판, 1939, 162쪽.
37) 엄기주, 「창선감의록연구」, 86~95쪽.

조심스런 문제이므로 보다 보완된 자료가 필요하다.

　이상에서와 같이 본 소설이 지닌 '공존공영'과 '복합구조'의 틀이 우리 고소설사에 있어서 차지한 역할의 중요성을 살폈다.

5) 결 어

　이제 총 마무리로 들어가자.

　본 소설의 텍스트 문제는 애초 김기동에 의해 제기된 대로 한문본·현토본·국문본 가운데 한문본이 원본이며, 한문본이 보다 확적한 텍스트의 문제는 현재 50여 종이나 되는 본 소설의 이본사항이 구체적으로 구명된 이후의 작업으로 미룰 수밖에 없으며, 작자 문제는 현재까지 거론되어 온 정준동·김도수·조성기의 세 인물 가운데 조성기가 가장 유력하다는 것보다, 『졸수재집』의 행장을 통해 볼 때 거의 조성기로 단정해도 무방하리라고 본다.

　본론의 주지인 유가사상의 문제에 대하여는 본 소설이 성리학자인 조성기가 그의 母夫人의 破閑을 위한 강한 효도심에서 의도적으로 그의 천명과 본성, 충효와 우애관의 권선징악을 펴는 일환으로 저작한 유가소설의 대표작으로 꼽힐 만한 작품이라는 것은 종래 계모형의 기계적 틀을 벗어나 정통 유가사상을 소설화했다고 보아지기 때문이다.

　그리고 본 소설이 갖는 한국 고소설사적 의의는 본 소설이 '공존공영'과 이와 곁들인 '정실악 후실선'의 틀은 조선조 후기소설로 일컬어지는 낙선재본소설과 선후되는 것으로서 전자가 후자에게 반영되었을 것이라는 것과, 아울러 본 소설이 지닌 '복합구조'의 틀은 <남정기>의

‘복합구조’의 틀과 너무나 혹사함으로써 양자의 수수관계가 분명하다
고 보며, 현재 <남정기>가 기사환국의 소재가 되었다는 것이 사실이
라면, 조성기의 ‘복합구조’가 김만중의 복합구조에 전수되지 않았나 생
각된다.

옥루몽의 작자 및 저작연대에 대하여

1) 導 言

수년 전 필자가 「구운몽 이본고」(『아세아연구』8~9집)에서 구운몽 원본의 표기문자에 대하여 종래의 국문설에 의문을 던져 역으로 한문설을 추견한 바 있는데, 故 구자균 교수는 근자 「옥루몽을 통해서 본 소설사의 문제점」[1]이란 비교적 정력적인 논문에서, <구운몽>의 국문원본설이 휘둘리는 한, 그보다 훨씬 거작인 <옥루몽>의 한국소설사적 위치를 높이 평가한 바 있거니와, 또한 <옥루몽>의 작자 및 저작연대에 대하여도 오류로 휘감긴 종래부터의 이조 숙종조 남영로 설을 부정한 바 있다.

그러나 <옥루몽>의 작자 및 저작연대에 대하여 구 교수의 前揭한 논문에도 여러 가지 문제점이 남아 있으며, 더구나 <옥루몽>을 <구운몽>보다 거작 운운하는 종래부터의 속설도 비판을 받아야 할 만한

---

1) 『민족문화연구』, 고대 민족문화연구소, 209~221쪽.

점이 남아 있다고 보는데, 필자는 오히려 양 작품이 가지고 있는 구성면으로 보나 사상적인 면에서 볼 때, <구운몽>이 <옥루몽>보다 훨씬 우수작임을 말해 둔다.

2) 옥루몽 작자에 대한 諸說

　<옥루몽>의 작자에 대한 최초의 발언자는 김태준이다. 김태준은 그의 『조선소설사』(증보판)[2]에서 <옥루몽>의 작자를 南益薰, 洪進士某, 그리고 南九萬의 五代孫 南永魯 등 三者를 내세웠으나, <玉樓夢>을 <玉蓮夢>의 後身으로 보고 결론에 이르러는 그 작자를 남영로로 추견하는 동시에 저작연대는 현·숙종대로 잡아놓았다. 여기서부터 작자와 저작연대의 모순성은 발생하기 시작했다. 작자를 남익훈(1638~1693)으로 끝내 국한 추견했다면 모르지만, 현·숙종시인 남구만(1629~1711)의 오대손 남영로(1810~1858 순조-철종시인)로 잡아놓고, 그 저작연대를 현·숙종조로 잡아놓은 것은 크나큰 오류가 아닐 수 없다.

　이와 같은 오류는 김태준이 초창기의 『조선소설사』를 엮을 때 엄격한 과학적 고구의 방법을 취하지 않는 데서 기인하는 것이라고 보겠는데, 우리는 구자균 교수의 제언대로 한국 소설사를 전면적으로 다시 엮어 볼 준비를 갖추어야 할 것이다.

　이래로 출간된 한국고대소설사 및 소설론에서 김태준의 작자 및 저작연대의 시간적인 모순성은 그대로 답습되어 오다가 근자 구자균 교

---

2) 김태준, 『조선소설사』 증보판, 학예사, 1939, 120~122쪽.

수에 의하여 지적·시정된 것으로 안다.

주왕산 씨는 그의 『조선고대소설사』[3]에서 <옥루몽>의 저작에 대하여 김태준의 장황한 설을 혼동하여 결론에 가서는 남익훈·洪進士 某로 추견했고, 대신 남영로에 대하여는 일언의 언급도 없다. 그러므로 주왕산 씨는 <옥루몽>의 작자·연대를 현·숙종조 남익훈으로 추견한 셈이다.

다음으로 박성의 교수는 그의 『한국고대소설사』[4]에서 <옥루몽>의 저작에 대하여 역시 김태준의 설을 좇아 <옥련몽>을 <옥루몽>의 後身으로 보고, 결론으로는 <옥루몽>의 작자를 남영로로 국한시키고 남익훈 설은 전적으로 부정해 놓았다. 그러나 저작연대에 대해선 아무런 언급이 없다.

그리고 김기동 교수는 그의 『이조시대소설론』[5]에서 <옥루몽>의 작자·연대에 대하여 김태준설을 따르는 듯하면서도 좀 색다른 점은 거꾸로 <옥련몽>을 <옥루몽>의 번안으로 보고(이에 대하여는 필자도 동의한다) 숙종조 남영로라 못을 박아 놓았다는 것이다. 신기형 씨도 그의 『한국소설발달사』[6](고대소설총람)에서 내용과 분류에 있어서 차이가 있을 뿐, 역시 김기동 교수를 좇고 있다.

다음, 김구용 씨는 『세계문학강좌』(작가 작품론)[7]에서 <옥루몽>의 작자를 세밀한 문체 비교를 통하여 허난설헌(1562~1590)이란 추견의 주목할 만한 설을 제시했다.

---

3) 주왕산, 『조선고대소설사』, 170쪽.
4) 박성의, 『한국고대소설사』, 284~286쪽.
5) 김기동, 『이조시대소설론』, 289~290쪽.
6) 신기형, 『한국소설발달사』, 479쪽.
7) 김구용, 『세계문학강좌』(작가·작품론), 현대문학사, 1961, 370~373쪽.

끝으로 구자균 교수는 그의 「옥루몽을 통해서 본 소설사의 문제점」에서 김구용 씨의 허난설헌 설을 제외한 옥루몽의 여러 가지 작자·연대의 諸說에 대하여 분석과 비평을 가하여 다음과 같이 그의 결론을 제시했다.

> "玉蓮子가 十七世紀에 지은 漢文本 玉樓夢을 그대로 國文으로 번역한 國文本 玉樓夢도 그 뒤 나왔고, 또 十九世紀로 내려와서 前述한 바 있듯이 1800年代에 南永魯가 玉樓夢을 國譯할 때, 若干 簡略化한 것을 그 孫子 南廷懿가 얻어서 1913년에 古代小說 「옥년몽」이란 題號를 붙여서 刊行한 것이 아닌가 하고 推斷하는 바이다"[8]

3) 諸說에 대한 비판

이상의 <옥루몽>의 작자에 대한 분분한 諸說을 간략화하여 제시하면 다음과 같다.

① 南益薰 說
② 南永魯 說
③ 許蘭雪軒 說
④ 玉蓮子 說

첫째, 남익훈 설에 대하여는 다만 김태준이 아무런 고증도 없이 추측했을 뿐, 근거가 없는 한, 우리는 이를 믿을 수 없다. 김태준이 그의

---

8) 『민족문화연구』, 고대 민족문화연구소, 215~216쪽.

증보판『조선소설사』에서 남익훈과 남영로를 혼동하여 이후 출간된 한국소설사류 및 소설론에 분분설을 일으킨 원인도 실은 김태준에게 있는 것이다.

더구나 필자도 남익훈설을 방증키 위하여『宜寧南氏譜』,『李朝實錄』,『李朝名臣祿』및『人物考』등을 뒤져 봤으나 허사였고, 그의 문집조차 오늘날 발견되지 않고 이다. 또한 남익훈의 후손가에 <옥루몽>과 남익훈에 대해 연관되는 전설이 없고, 오히려 남구만설조차 떠돌고 있으니(남구만설을 방증키 위하여 필자 조사중에 있으나 아직 뚜렷한 문헌이 출현치 않고 있다.) 우리는 남익훈설을 전연 믿을 수 없는 허맹한 발언으로 돌릴 수밖에 없는 것이다.

둘째로, 남영로설에 대하여는 <옥련몽> 서언에서와 같이 <옥련몽>의 작자 澤樵公 南永魯를 두고, 또한 <옥루몽>이 <옥련몽>의 後身인 것을 전제로 두고 있는 설인데 <옥루몽>이 <옥련몽>의 後身이란 것에 대해서도 아무런 근거도 없으려니와, 필자는 오히려 <옥련몽>이 <옥루몽>의 후신 번안물이라고 본다(이에 대하여도 따로 지면을 빌리겠다). 그러므로 남영로설도 남익훈설보다 저작연대상 더욱 虛說에 속할 것이다.

셋째로, 허난설헌설에 대해서는 김구용 씨가 <옥루몽> 初頭에 출현하는 白玉樓 落成宴詩 絶句 三首를『許蘭雪軒集』(辛亥唫社版)에서 前 二首, 그리고『大東詩選』蘭雪軒條에서 後 一首를 발견하고, 또한 허난설헌의 유명한 廣寒殿 白玉樓 上樑文 등과의 문체 비교를 통하거나 또는 <옥루몽>에 강렬하게 등장하는 강남홍의 여주인공을 통하여 <옥루몽>의 작자를 허난설헌일 것이라는 조심성 있는 제언은 가장 주목할 만한 것이었으나, 이는 <옥루몽>에 출현하는,

> "且說匈奴冒頓 北胡中最强種落 漢高祖 困於白登七日 以漢武帝之雄才大略 不得雪平城之恥 其强盛可知 唐宋以來 漸益蕃盛 至于明末 耶律單于 務力過人 能斷鐵鉤 性又凶寧 纂奪其父 敎養士卒 每窺中源 (下略)"[9]

가운데 방점 부분인 明末 耶律單于의 인물의 등장을 통하여 볼 때, '明末'이란 시대의식이 아무래도 淸初以後라야 가능한 것이므로, 이는 결국 <옥루몽>이 淸初以後의 작품임을 일언으로 단정해 주는 것이다. 그러므로 선조시(중국 명조에 해당)인 허난설헌설에 대해선 그 부정된 재언을 요치 않는다.

다만, 우리는 上揭한 김구용 씨의 자상한 문체 비교를 통하여 허난설헌의 시작품이 <옥루몽> 작가에게 강력하게 영향을 주었음을 시인해야 할 것이다.

넷째로, 구자균 교수의 옥련자설에 대하여는 김태준의 <옥루몽> 서문인 '快讀我玉蓮子之玉樓夢'을 시인하여 옥련자설을 내세워 놓은 것 같으나, 실제로 김태준은 그의 『조선소설사』에서 옥련자를 <옥련몽>의 작자 남영로의 雅名으로 보고, 그리고 <옥루몽>을 <옥련몽>의 後身이란 前提를 두고, <옥루몽>의 작자를 남영로(옥련자)로 내세운 것인데, 구자균 교수는 옥련자에 대한 아무런 주석을 붙이지는 않았으나, 김태준설과 다른 것은 옥련자를 따로 독립된 인물로 내세워 놓은 것이다.

그러나 당시 김태준이 參據한 <옥루몽>의 대본이 무엇이었는지 오늘날 알 길이 없고, 다만 오늘날 출간되는 <옥루몽>의 서문이 비교적 현대문체에 가까운 것으로 보아 <옥루몽>의 서문이 <옥루몽>의 원

---

9) 漢文本 <玉樓夢> 第三十一回, 「廣駒長驅廣寧城 胡兵大鬧散花庵」.

본에 있었다기보다는 <옥루몽>이 근대에 출판될 당시, 출판사에서 <옥루몽>을 <옥련몽>의 後身으로 보고, '快讀我玉蓮子玉樓夢'이라 자의로 付하지 않았나 생각된다.

그러므로 김태준이 옥련자를 남영로로 본 것은 정곡을 얻은 견해라고 보며, 구자균 교수가 옥련자를 다시 남영로에게서 독립된 인물로 본 것은 오류이라 보아진다. 거기서 구자균 교수의 옥련자설은 결과적으로 남영로로 환원하는 것이 되고 만다.

4) 구성면에서 본 저작연대

그러면 <옥루몽>의 작자는 과연 누구인가? 필자는 前揭에서 남익훈, 남영로, 허난설헌 그리고 옥련자를 모두 신빙성이 없는 것이라고 부정했다. 다만 필자가 該論에 내세울 것은 <옥루몽>의 작자가 문헌상 또는 기타 뚜렷한 방증이 출현되지 않는 이상, <옥루몽>의 작자는 우선 미궁으로 돌리자는 결론을 제언하는 바이며, 단 該面에서는 <옥루몽>이 짜여 있는 구성면을 통하여 저작연대를 살펴보기로 하겠다.

우선 한국 고소설의 구성발달면을 살펴보기로 하면, 이조 초에 出來한 김시습의 ≪금오신화≫, 임·병 양란을 계기로 出來한 군담류 소설, 숙종조의 <구운몽>·<사씨남정기>, 영·정조의 박연암소설, 그리고 이조말에 出來한 <배비장전>·<채봉감별곡> 등 어느 정도 出來한 시대가 명확한 上揭 작품을 두고 그 구성면을 살펴볼 때, 우리는 권선징악적인 한국 고소설에도 구성면에 한해서 천편일률이라고 自棄할 것이 아니라, 그곳에도 서구소설의 구성법이 비현실의 세계에서 현실성으로 발전해 내려 온 것같이, 엄연하게 발전된 자취를 엿볼 수가 있다는 것이다.

즉 김시습의 ≪금오신화≫의 개개 작품에 출현하는 비현실적인 괴담은 임·병 양란을 계기로 出來한 군담류 소설 및 <홍길동전>에도 그대로 답습된다. 군담류 소설에 恒例로 출현하는 괴담을 주로 하는 戰陣法 및 비인간형인 도사의 출현은 모두 인간계에 있을 수 없는 불가능의 세계이며, 한국소설발달사상 하나의 초기형태를 벗어나지 못한다고 생각된다.

이것이 숙종조 서포의 <구운몽>이나 <남정기>에 이르면 사정이 달라진다. 즉 <구운몽>에 출현하는 楊元帥의 戰法에는 군담류에서 볼 수 있는 怪戰法을 엿볼 수 없을 뿐 아니라, 비인간형인 도사(戰法에 있어서의 道士)가 전연 등장치 않고, 그리고 <남정기>는 종래의 군담류 소설의 단형구성법이 복형으로 발전하고[10] 뿐만 아니라, 군담류의 괴담은 자취를 감추고 夢兆型만이 출현한다. 이 夢兆型은 군담류에 등장하는 괴담을 주로 하는 戰法이나 비인간형인 도사의 인물에 비해 훨씬 현실성에 가깝다고 보겠다.

그리고 영·정조조의 연암소설이나 판소리형인 소설을 볼 때, 夢兆型도 다시 자취를 감추고 비현실적인 모든 요소는 완전히 제거된다. 그리고 다시 이조말의 작품인 <배비장전>이나 <채봉감별곡>에 이르러는 거의 신소설의 형태에 이른 듯한 감을 준다. 이와 같은 한국고소설의 구성상의 발전면을 간략히 그 계보를 작성해 보면, 다음과 같은 다섯 단계가 성립될 것이다.

---

10) 정규복, 「남정기논고」, 『국어국문학』26, 38~40쪽.

① 이조초 김시습의 《금오신화》(비현실적인 괴담을 주로 하며 스토리가 엮어짐)

② 임·병 양란을 계기로 出來한 군담류 소설 및 허균의 <홍길동전>(비인간형인 道士의 출현 및 怪戰의 출현)

③ 숙종조 김만중의 <구운몽>·<남정기>(비현실적인 怪戰 및 비인간형인 道士가 제거되고 약간 현실화된 夢兆型이 삽입됨)

④ 영·정조조 박연암소설과 판소리계의 소설(비현실적인 怪戰이나 道士型에 비해 약간 현실화되었다고 보는 夢兆型마저 제거되고 스토리의 구성이 완전히 현실화됨)

⑤ 이조말의 <배비장전> 및 <추풍감별곡> 스토리가 완전히 현실화되었을 뿐 아니라, 그 묘사의 경지는 거의 신소설 경지에 이르렀고, 말하자면 신소설과 고소설의 교량의 구실을 한다고 보며, 더구나 <채봉감별곡>은 고소설 중 구성이나 묘사에 있어서 고소설 중 백미라고 본다.

이상 다섯 단계의 시대적 구분은 한국 고소설의 구성발전면을 중심으로 한 필자의 조잡한 試考에 지나지 않는다.

그러면, <옥루몽>은 前揭 5단계 중 어느 항에 속하고 있나를 고찰해 보기로 하면, <옥루몽>은 종래부터 떠들어 온 정도에 <구운몽>의 後身 번안물은 아니더라도 구성상 무관하지 않다고 보며, 또한 <구운몽>과 <옥루몽>을 대비해 보면, <옥루몽>의 저작연대가 <구운몽>보다 구성상 시간적으로 遡上한다고 본다.

그 이유는 <옥루몽>이 그 방대한 양의 절반 이상이 군담으로 엮어졌고, 그리고 이 소설에 삽입된 군담에 표현된 비현실적인 神術戰法

(該面은 주로 <삼국지연의>의 영향)은

第16回 紅娘과 祝融과의 싸움,

第21回 仙娘과 脫解王과의 싸움,

第24回 楊都督의 大龍洞에서의 水戰,

第32回 盧均과 耶律單于와의 싸움,

第36回 紅娘과 靑雲道士와의 싸움

등 곳곳에 나타나 있으며, 그리고 황당한 백운도사와 청운도사의 출현, 군담소설에 千律하게 나타나는 불교경시사상, 이 모든 구성상의 요소는 <옥루몽>으로 하여금 구성상으로나 스토리에 있어서 임·병 양란 후 출현한 군담소설에서 일보도 발전치 못하게 한, 말하자면 군담류 소설의 범주에서 벗어나지 못하고 있는 것이다.

그러나 <옥루몽>에 표현된 군담의 다양성은 여타의 군담소설을 집대성한 감을 주며, 또한 한국 고소설 중 <삼국지연의>의 영향을 가장 많이 받은 것은 종래설대로 『임진록』이 아니라 <옥루몽>이라고 생각되며, 앞으로 한국소설의 장르 분류에 있어서 <옥루몽>은 의당히 군담류에 내포되어야 할 것이다.

한국의 군담류 소설이 임·병 양란을 계기로 해서 出來한 것이니만큼, 그곳에는 排倭사상의 것과 排淸사상의 것 兩種이 있는데, 한국의 군담류는 排淸사상이 위주가 되어 있으며[11] <옥루몽>도 후자에 속한다.

---

11) 정규복, 『한국고대군담소설연구』, 고려대 석사논문, 1958.

5) 결 어

<옥루몽>이 가진 이 같은 구성상의 문제를 두고 생각할 때, <옥루몽>은 <삼국지연의>와 허난설헌의 詩作品을 애독하고, 排淸사상에도 투철한 某 好文家가 병자호란 이후 排淸사상이 한창 만연한 인조조에서 숙종조 이전 사이에 저작하지 않았나 생각되며, 前揭한 바 있는 한국 고소설의 구성상의 다섯 단계에 있어서는 제2단계와 제3단계의 中位에 해당된다고 보며, 또한 종래부터 <옥루몽>이 <구운몽> 번안 운운하던 것은 오히려 <구운몽>이 <옥루몽>의 구성면을 다분히 이어 받았다고 보아진다. 환언하면, <옥루몽>은 한국소설사상 군담류소설과 구운몽을 이어 주는 교량의 위치에 선다고 본다.

끝으로 부언해 둘 것은 아직 한국소설의 구성상의 발달사가 확립되지 않는 이상, 필자가 前揭한 한국 고소설의 구성상의 다섯 단계의 설정은 하나의 試攷에 不外하며, 다만 오늘날까지의 한국소설사류가 스토리를 중심으로 시대구분을 짓는 종래의 평면적 방법에 대한 불만에서 앞으로 한국소설사를 구성발달면을 중심으로 한 입체적인 방법으로 전환할 수 있는 하나의 가능성을 제시키 위해 試攷한 것이다. 또한 前據한 한국 고소설의 구성발달사의 시대구분이 하나의 시고인 한, 결국은 <옥루몽>의 저작연대도 試攷로 구명한 데 不外함을 말해 둔다.

8

당태종전의 이본에 대하여

1) 서 언

<당태종전>에 대한 접근은 주로 본 소설이 <서유기>의 번안소설이라는 것이 중심이 되어 논의되었다.[1] 그러나 이 문제에 대한 본격적인 접근은 필자에 의해 수행되었다.[2]

이 논고에서는 이제까지 본 소설의 <서유기> 번안소설 여부의 문제가 아니라, 여지껏 본 소설에 대한 유일본의 역할을 담당한 활자본의 하나인 세창본을 비롯하여 그간 수집된 목판본으로서 경판 18장본과 경판 26장본 2종, 필사본으로서 나손본(김동욱) 및 姜家藏本과 국립중앙도서관본 등 3종, 그리고 활자본으로서 세창본의 모본을 담당한 東市本 등 도합 7종의 이본적 검토를 수행하여 이본 간의 출입을 중심

---

1) 김태준, 『조선소설사』(증보판), 43쪽.
   김기동, 『이조시대소설론』, 정연사, 1959, 125쪽.
   이재수, 『한국소설연구』, 선명, 1969, 154쪽.
2) 정규복, 「한국고소설과 서유기」, 『아세아연구』48, 고려대 아세아연구소, 1970.
   ______, 『한중문학비교의 연구』, 고려대출판부, 1987, 172~180쪽.

으로 이것들이 어떤 과정을 통해 이루어지고, 결국 본 소설의 최고본은 어떤 본이 이에 해당되는지를 가려내려고 한다.

2) 당태종전의 이본사항

1. 경판 18장본

이 본은 총 18장으로 되어 있고, 매장 15행, 매행 25자 전후로 되어 있는 목판본으로서 간기가 없어 언제 간행되었는지 알 수가 없다. 다만 내용으로 보아 아래에서 논의될 목판 26장본의 대본이 된 것으로 추정되는데, 첫째 표기법에 있어서 경판 26장본의 'ㅆ'이 이 본엔 'ㅄ'으로 되어 있고, 둘째 분량에 있어서도 양자의 전내용은 고사하고 거의가 자구, 토씨까지 일치하고 있고, 다만 이 본의 18장이 경판 26장본엔 26장으로 확대되어 있을 뿐이라는 것이다.

분량의 첨보·감소의 문제에 있어서는 드물게는 많은 것에서 적은 것으로 축소되는 경우도 있지만, 적은 것에서 첨보되는 경우가 대부분이다.

표기법의 예를 들면 다음과 같다.

복원 부왕은 계교를 뼈 죽일만 갓지못ᄒ오니 (경판 18자본 2장 전면)
복원 부왕은 계교를 써 죽일만 갓지못ᄒ오니 (경판 26장본 2장 전면)
황졔 ᄀ로오더 지부의 무어슬 쁘시려 ᄒᄂ잇가 (경판 18장본 5장 후면)
황졔 ᄀ로사더 지부의 무어슬 쓰시려 ᄒ시ᄂ잇가 (경판 26장본 7장 후면)

외에 양자의 내용과 자구 토씨의 유사성과 분량의 다과·증감의 문제는 이후의 본격적인 예문에서 드러날 것이기 때문에 이 문제는 생략한다.

이 본의 중요성은 현재 본 소설의 7종 가운데 가장 오래된 古本이라는 것이다. 이 문제도 아래에서 밝혀지겠지만 이 본이 경판 26장본의 대본이 된 것을 전제로 하여, 이후 경판 26장본은 필사본으로 나손본, 姜家藏本, 국립중앙도서관본의 대본이 되었을 뿐 아니라, 활자본인 동시본의 대본이 되었다는 것이다. 그러므로 이 본은 본 소설의 이본을 모두 탄생시킨 산파역을 담당한 텍스트에 해당된다는 것이다.

2. 경판 26장본

이 본은 총 26장으로 되어 있고, 매장 14행, 매행 25자 내외로 되어 있는 목판으로, 간행연도는 大正 9년 9월 30일로 되어 있고, 간지는 한남서림, 간행자는 백두용으로 되어 있어, 이 본이 한남서림, 백두용의 이름으로 1920년도에 간행된 것임을 알 수가 있다.

이 본은 앞의 경판 18장본과의 대비를 통하여 보면, 앞의 경판 18장본을 통해 유래된 것으로 추정된다. 그것은 이미 전항에서 언급된 바와 같이 이 본의 작은 단위, 단위의 내용뿐만 아니라, 자구 토씨가 거의 경판 18장본과 같기 때문이다. 다만 다른 것은 군데군데 첨보된 내용뿐이라는 것도 이미 언급되었다.

3. 姜家藏本

이 본은 晉州 姜씨의 家藏本으로 현재 강경훈 씨가 소장하고 있다.

이 본의 체재는 단권으로 縱이 31cm, 橫이 16.5cm, 총 39장 매장 10행, 매행 20자 전후로 된 졸필의 필사본으로서, 뚜렷한 간기는 없지만 표지에 '庚戌二月' 운운이 보이는 것으로 본다면 1910년(순종 2년) 1850년(철종 1년), 1790년(정조 14년) 등으로 줄여 볼 수 있다. 하지만 강경훈 씨의 증언에 의하면, 이 본은 강경훈씨의 선조 佋의 따님 晉州 柳씨(1778~1860)의 자필본으로서 晉州 柳씨가 73, 4세 때 쓴 것이라고 하며, 이것이 사실이라면, 이 본은 1850년 내지 1851년에 해당되며, 이로 보면 이 본의 落書 간기 '庚戌二月'과 부합되는 것으로 보아 결국 '庚戌二月'이 필사연도를 알리는 정확한 간기가 되는 셈이다. 그러므로 이 본의 성립은 1850년 2월로 매김할 수 있겠다.

이 본은 거의가 경판 26장본 그대로의 필사본이지만, 군데군데 해독되기 어려운 拙字가 보이며 또한 탈자·탈문도 보이는 것으로 보아, 이는 필사자의 70대 노필로 그와 같이 拙筆·탈자·탈문이 야기된 것으로 짐작된다. 다만 경판 26장본과 다른 것은 경판 26장본의 후문 역할을 하는 권선징악적인 훈계 '디져 스룸의 션악보응ᄒ미 불가의만 잇슬쑨 아니라……어진 스룸은 더욱 어진디 나아가고 악ᄒ 스룸은 허물 잇는 거슬 곳칠지니 명심ᄒ고 보감ᄒ지여다'가 생략되었다는 것이다. 이 본의 특징적인 탈자·탈문 등은 앞으로 논의될 예문에서 자동 드러날 것이므로 생략하기로 하겠다.

4. 국립도서관본

이 본은 현재 국립중앙도서관에 소장되어 있는 것으로서 총 29장으로 매장 12행, 매행 25자 내외로 된 달필의 필사본이다. 다만 간기가 전연 없어 언제 이루어진 것을 알 수가 없지만, 이 본 역시 경판 26장본의 거의 그대로의 내용이어서 이 본도 아무런 이본적 특징이 없다.

5. 나손본

이 본은 고 나손 김동욱의 소장으로 총 24장, 매장 12행, 매행 20자 전후로 된 필사본이다. 특이한 것은 '당터종전 권지단'이라 해놓고, 실제로는 〈토끼화상〉, 〈전적벽히졔〉, 〈후적벽히졔〉, 〈넉두리셩쥬가〉, 〈자원가〉, 〈장한가〉, 〈비파향〉, 〈왕소군〉 등 소설·가사·한시 등과 합편되어 있고, 간기는 '계묘츄가졀의 울젹흔 심수을 위로코ㅈ 등하의 필'로 되어 있는 것으로 보아 계묘국츄가졀(癸卯菊秋佳節)에 울적한 심정에서 필사되었음을 알 수가 있다.

다만 이 계묘가 이르게는 1843년(철종 9년), 늦게는 1903년(고종 7년)으로 좁혀 볼 수 있지만 이 본의 단어·어투 등의 문체적 분위기로 보아 1903년으로 한정시키는 것이 좋을 것이다. 게다가 이 본은 졸필·졸문·서투른 문맥이 연계되지 않는 등 미숙성의 문장으로 되어 있고, 본 소설의 중요 이본인 경판 18장본과 경판 26장본 등과 전연 다른 別系本이라는 것이다. 또한 이 본이 별계본으로서 주목되는 것은 본 소설의 대제와 같으면서도 따로 〈서유기〉로부터의 직접적 접맥이 엿보인다는 것이다.

이 본의 문장의 구체적 미숙성에서 상스런 말인 경우, '네 고기을 졈졈이 눈화 먹으면 원수를 갑흐리라'[3] 혹은 '셰민의 몸을 짝고 술을 찟고 쎠을 쎼고져ㅎ느니'[4] 등, 또 拙文의 경우, 본 소설의 雲水 先生

---

3) 나손본, 『필사본고소설자료총서』7, 1991, 321쪽.
4) 상게서 322쪽.

과 涇河龍王의 降雨의 시간과 분량을 지적해준 '명일을 진시에 구름 모와 ᄉ시에 쳐등ᄒ여 오시에 네가오되 ᄯ히 셕ᄌ세치 젹게 올이다 ᄒ거늘'5)의 방점부분에서와 같이 '올'은 전연 필요가 없는 것이고 '쳐등'은 '천둥'의 와기일 것이다.

하지만 이 본의 경하용왕이 저승에 가 염왕에게 당태종을 처벌해 달라는 하소연은 <서유기>를 비롯한 본 소설에 전연 없는 장면인데 이 장면의 한 부분,

　　　티종을 잡아다가 원슈을 갑흐리라 염나ᄉᄌ 나오면 을지경덕등인 들말이리요 티종을 그쩌 잡히리라 ᄒ니 모다 올타ᄒ고 염나왕게 가 셰 귀졸이 티종을 잡히리라6)

에서 위의 방점부분을 비롯한 앞 뒤 문맥은 무슨 말인지 전연 파악되지 않는다. 마치 상징시를 읽는 것 같다.

그리고 이 본의 가장 특징적인 <서유기>와의 별도의 연관은 여타 <당태종전>의, 당태종의 지부에서의 환생 역할을 담당하는 사자의 이름이 '최옥'으로 된 것이 <서유기>의 崔珏의 한국적 와음7)이라 생각 되는데 이 본에는 '최각'의 정음으로 표기된 데다가 당태종을 지부로부터 이승으로 인도하는 사자의 이름 朱太尉가 다른 <당태종전>에 막연히 '사자'로 된 것과는 달리, <서유기>에서와 같이 직접 주티위8)로

---

5) 상게서 287쪽.

6) 상게서 303쪽.

7) 정규복, 『한중문학비교의 연구』, 174쪽. 그러나 최근 필자에 의해 입수된 「唐太宗入冥記」, 『敦煌變文』(上), 臺灣 世界書局 民國 50年에는 崔玉으로 표기되어 있어 여타 <당태종전>의 최옥 와음문제는 앞으로 재고를 요한다.

표기되어 등장하고 있다는 것이다.

여기에다가 위징이 저승에 가는 당태종을 통하여 최각에게 보내는 편지만 하더라도, 여타 <당태종전>엔 단지 편지만 전했을 뿐, 편지의 실문은 없는데, 이 본에는 <서유기>에서와 같이 비록 편지의 구체적 내용은 서로 다르다 할지라도 편지의 실문[9]이 출현하고 있다는 것이다. 보다 구체적 사항에 대하여는 이 본이 別子本이므로 따로 지면을 빌리겠다.

6. 동시본

이 본은 총 2쪽으로 된 신활자본으로 大正 4년(1914) 12월 10일 서울 동미서시 출판사에서 박건회의 이름으로 출간되었다. 이 본 역시 경판 26장본계를 통해 이루어졌지만, 당시 근대적 독자를 의식하여 문체적으로 다듬어지고 군데군데 근대적 기법으로 첨가되어 있다는 것이다. 이에 대한 구체적 사항은 앞으로 예증될 실문에서 밝혀질 것이다.

7. 세창본

이 본은 총 31쪽으로 된 신활자본으로서 이보다 먼저 간행된 동시본을 텍스트로 하여 1947년 6월 30일 세창서관에서 출간되었다. 거기서 이 본은 동시본과 꼭 같고, 다만 철자가 신철자로 되어 있을 뿐, 아무런 특색이 없다.

위에서와 같이 <당태종전>의 7종의 이본 사항을 대충 언급하였다.

---

8) 나손본, 317, 318, 325쪽.

9) 나손본, 309~310쪽.

위의 간략한 언급에서 드러난 것에 의하면 가장 오래된 본으로는 경판 18장본이 이에 해당되는 것으로 추정되지만, 그 확실한 출간연도는 미상이고, 이 경판 18장본을 텍스트로 하여 군데군데 첨가되어 이루어진 것이 경판 26장본이다.

필사본 3종 가운데 나손본은 別系本이지만, 姜家藏本 및 국립도서관본은 경판 26장본을 텍스트로 하여 이루어졌지만, 전자는 晉州 柳씨의 노경에 이루어져 필사 과정 중 군데군데 탈자·탈문이 발견되고, 후자는 姜家藏本보다 뒤늦게 이루어졌지만 깨끗한 필치로 이루어졌다.

활자본 동시본 역시 경판 26장본이 텍스트가 되어 출판되었지만, 당시 근대적 독자를 위해 군데군데 적절한 첨가와 근대적 문체로 재구되었고, 세창본은 가장 뒤늦게 이루어진 활자본으로서 동시본 그대로 신철자에 의해 성립되었으므로 이본적 특징은 전연 없다는 것이다.

다음은 위의 이본사항에서 드러난 문제를 중심으로 각 이본의 실문을 들어 예증하기로 한다.

3) 당태종전의 이본적 실제

본 소설의 이본적 특징에서 우선 본 소설의 이본 중 가장 古本으로 여겨지는 경판 18장본은 경판 26장본에 비해 각 항마다 간략화되어 있고, 경판 26장본은 경판 18장본이 대본이 되는 가운데, 내용 및 구절이 첨보되어 있다는 것은 이미 전항 본 소설의 이본사항에서 언급되었다. 그리고 필사본 중 姜家藏本은 경판 26장본이 대본이 되는 가운데, 군데군데 탈자·탈문, 때로는 오자가 있어 문맥에 연결되지 않는 곳도 있으며, 국립도서관본도 역시 경판 26장본이 대본이 되어 거의 꼭 같다. 활자본 중 동시본은 경판 26장본이 대본이 되는 가운데 당시 근대적 독자를 위해 군데군데 근대적 문체로 윤색·첨보되어 있고, 세창본은 동시본이 대본이 되는 가운데 현재의 철자로 되어 있을 뿐, 거의 그대로이다.

본 소설의 위와 같은 특징은 가령 본 소설을 편의상 28[10]항으로 나눌 때, 모든 항에 해당됨은 물론이다.

위와 같은 본 소설의 이본적 특징을 편의상 본 소설 15항의, 당태종이 환생된 후, 다시 지부에서 약속한 西瓜를 그 곳에 보내기 위해 부인이 죽은 후 괴로움을 견디지 못하여 자살하려는 이춘영을 지부에 보냈다가 먼저 죽은 부인과 함께 환생되는 장면을 들어보면 다음과 같다.

> 교비하기를 맛츳미 츈영이 눈을 드러보니 얼골이 츄쳔의 신월이 부운을 쓰르치고 홍년화 아츰이슬을 씌여 슈상의 닌듯 츄파는 흐르는 시벽별갓고 단순호리는 함교함틱ᄒᆞ여 무산션녜 봉리의 느린듯ᄒᆞ니 진짓 졀딕가인이라 츈영이 ᄒᆞᆫ번 보민 심혼이 통탕ᄒᆞ여 불응졍졍이라 일모셔산ᄒᆞ니 시녜 춘영을 인도ᄒᆞ여 신방의 이르민 눈을 드러보니 분벽ᄉᆞ창에 포진범빅과 즙물이 번화ᄒᆞ미 이로 측량치못홀너라 츈영이 공쥬를 디하여 전후슈말을 손셔히 이르니 공쥐 역시 견일 한씨의 넉시라 일희일비ᄒᆞ여 피츠 왕ᄉᆞ를 말ᄒᆞ여 달야토록 담소ᄒᆞ다가 날이 발가눈지라
>
> 부민 공주를 쳥ᄒᆞ여 아ᄌᆞ를 뵈니 공쥐 아ᄌᆞ를 보고 오열이읍왈 너를 니별ᄒᆞ지 거의 십삭이라 니 비록 죽으나 삼혼이 유유ᄒᆞ여 너를 잇지못ᄒᆞ니 쳔슈를 어긔지못ᄒᆞ엿더니 천지신명이 불상이 너기ᄉᆞ 날노

---

10) 정규복, 전게서, 172~180쪽.

ᄒᆞ여금 세상의 환성ᄒᆞ여 모지 서로 만나보니 이 진실노 꿈인지 싱신
지 모르리로다 금일 부부와 모지 상봉ᄒᆞ여 단취ᄒᆞ니 이ᄂᆞᆫ 쳔고의 드
문 일이라 엇지 헛되이 지너리오ᄒᆞ고 디연을 비셜ᄒᆞ여 여러날 즐기니
디져 쳔고의 듯지못한비라(경판 18장본)[11]

　궁문의 니르니 무슈ᄒᆞᆫ 시이 금수능나의를 닙고 젼후예 옹위ᄒᆞ
여 신낭을 마즈드려가 젼안ᄒᆞ고 교비셕의 올나가니 쌍쌍ᄒᆞᆫ 시녜
일위가 인을 모시고 나와 교비ᄒᆞ기를 맛츠미 춘영이 눈을 드러보니
얼골이 츄천의 신월이 부운을 쓰르치고 홍년홰 아츰이슬을 씌여 슈상
의 난 듯 츄파ᄂᆞᆫ 홀로 시벽별갓고 단슌호치ᄂᆞᆫ 홍년홰 아츰이슬을 씌
여 슈상의 난 듯 츄파ᄂᆞᆫ 홀로 시벽별갓고 단슌호치ᄂᆞᆫ 함교함티ᄒᆞ니
정정뇨뇨ᄒᆞ여 무산션녜 봉니의 나린듯ᄒᆞ니 진짓 졀디 가인이라 춘영
이 ᄒᆞᆫ번 보미 심혼이 통탕ᄒᆞ여 불응졍졍이라 일모셔산ᄒᆞ니 시녜 춘영
을 인도ᄒᆞ여 신방의 니르미 눈을 드러보니 분벽ᄉ창의 포진범빅과 즙
물이 번화ᄒᆞ미 이로 층양치못ᄒᆞᆯ네라 춘영이 공쥬를 디ᄒᆞ여 젼후슈말
을 ᄌ셰히 니르니 공쥐 역시 전일 한시의 넉시라 일회일비ᄒᆞ여 피츠
왕ᄉ를 말ᄒᆞ여 달야토록 담쇼ᄒᆞ다가 날이 발가ᄂᆞᆫ지라

　부미 공쥬를 쳥ᄒᆞ여 아ᄌ를 뵈니 공쥐 아ᄌ를 보고 오열이읍왈 너
를 이별ᄒᆞᆫ지 거위 삼삭이라 너 비록 죽으나 심혼이 유유ᄒᆞ여 저기 너
를 잇지못ᄒᆞ나 쳔슈를 어긔지못ᄒᆞ엿더니 쳔지신명이 불상이 너기샤
날노 ᄒᆞ여곰 세상의 환성ᄒᆞ여 모지 셔로 만나보니 이 진실노 꿈인지
샹신지 모르리로다 부마를 디ᄒᆞ여 왈 우리 양인이 쳔명을 입ᄉ와
환성ᄒᆞ오니 황쳔후은을 ᄎ싱의 ᄂᆞᆫ망이로쇼이다 부미왈 금일 부
부와 부지 상봉ᄒᆞ여 취ᄒᆞ니 이ᄂᆞᆫ 천고의 드문 일이라 회ᄉ를 엇지 헛
도이 지너리오 디연을 비셜ᄒᆞ여 여러날 즐기니 디져 쳔고의 듯지못ᄒᆞᆫ

---

11) 김동욱, 『영인고소설판각본전집』, 연세대 인문과학연구소 1973, 385쪽 상하단.

비라(경판 26장본)[12]

　　궁문의 니르니 무슈흔 신여 금슈능나의를 닙고 젼후의 옹위ᄒ여 신낭을 마즈 드러가 젼안ᄒ고 교비ᄒ기을 맛치미 츈녕이 눈을 드러보미 일골이 츄쳔의 망월ᄀ고 부운을 쓰리친듯 홍년화 아춤니슬을 씌여 슈상의 난듯 츄파ᄂ 후틋ᄂ 시별갓고 단슌호치ᄂ 함교함틱ᄒ니 졍졍 뇨뇨ᄒ여 무산션녀 양틱의 나린듯ᄒ여 진짓 졀틱 가인이라 츈녕이 흔번 보미 심혼이 통탕ᄒ여 불응졍졍이라 일모셔산ᄒ이 시녜 인도ᄒ여 신방의 니르미 눈을 드러보니 분벽사창과 포진범빅과 즙물이 번화ᄒ미 이로 층양치못흘너라 츈녕이 공쥬를 디ᄒ여 젼후슈말을 다 이르니 공쥬 젼일 한시의 덕시라 일희일비ᄒ여 피츠 왕ᄉ를 말ᄒ여 달야토록 말ᄒ다가 날이 시미

　　부미 공쥬을 쳥ᄒ여 아즈을 뵈니 공쥬 보고 오열이읍왈 너를 니별흔지 거의 삼상이라 니 비록 죽으나 심혼이 유유ᄒ여 져기 너를 잇지 못ᄒ나 쳔슈를 어긔지못ᄒ여더니 쳔지신명이 불샹이 넉이ᄉ 날노 ᄒ여곰 셰상의 환싱ᄒ여 모지 셔로 만나보니 엇지 실노 ᄭᅮᆷ인지 생신지 모르노라 부마를 디ᄒ여 왈 우리 양인이 쳔명을 닙ᄉ와 황싱ᄒ오니 황텬후은이 츠싱의 난망이로쇼이다 부미왈 금일 부부와 부지 상봉ᄒ여 단취ᄒ니 이ᄂ 쳔고의 드문 일이라 회ᄉ를 엇지 헛도이 지니리요 디연을 비셜ᄒ고 여러날 즐기니 디져 쳔고의 듯지못흔비라(姜家藏本)[13]

　　국문의 이르니 무슈흔 시이 금슈능나의를 입고 젼후에 옹위ᄒ여 신낭을 마즈 드러가 젼안ᄒ고 비셕의 올나가니 쌍쌍흔 시녜 일위가인을 모시고 나와 교비ᄒ기를 맛츠미 츈영이 눈을 드러보니

---

12) 김동욱, 동상서 374쪽.
13) 姜家藏本, 37장 전면~38장 후면.

얼골이 츄쳔에 신월이 부운을 쓰러는듯 홍년홰 아츰이슬을 씌여 슈상
의 난 듯 츄파는 흐르는 시벽별갓고 단슌호치는 함교함티ᄒ니 졍졍뇨
뇨ᄒ여 무산셧에 니린듯ᄒ니 진짓 졀셰가인이라 츈영이 흔번 보미
심혼이 표탕ᄒ여 불능졍졍이라 일모셔손ᄒ이 시녜 츈영을 인도ᄒ여
신방의 이르니 눈을 드러보미 분벽ᄉ챵과 포진범빅과 즙물이 번화ᄒ
미 이로 층냥치못헐노라 츈영이 공쥬를 디ᄒ여 젼후슈말을 ᄌ셰히 니
르니 공쥐 역시 젼일 한시의 넉시라 일희일비ᄒ여 피ᄎ 왕ᄉ을 말ᄒ
여 달야토록 담쇼ᄒ다가 날이 발는지라

　부미 공쥬을 쳥ᄒ여 아ᄌ를 뵈니 공쥐 아ᄌ를 보고 오열비읍왈 너
을 니별흔지 거위 슘ᄉ이라 너 비록 쥭으나 슘혼이 유유ᄒ여 너을 잇
지못ᄒᄂ 텬슈를 어긔지못ᄒ엿더니 텬지신명이 불샹이 너기ᄉ 날노
ᄒ여곰 셰상의 환싱ᄒ여 모지 셔로 맛나보니 이 진실노 꿈인지 숭신
지 모로리로다 부마를 디ᄒ여 왈 우리 냥인이 쳔명을 입ᄉ와 환싱
ᄒ오니 황쳔후은은 ᄎ싱의 난망이로쇼이다 부미왈 금일 부부와
부지 샹봉ᄒ여 단취ᄒ니 이는 쳔고의 드문 일이라 희ᄉ을 엇지 헛도
이 지니리오 디연을 비셜ᄒ여 여러날 즐기니 디져 쳔고의 듯지못흔비
라(국립도서관본)14)

　궁문에 일으니 무수흔 시이 금수능나의룰 입고 젼후에 옹위ᄒ
야 신랑을 마ᄌ드러가 젼안ᄒ고 교비셕에 올ᄂᄀ니 쌍쌍흔 시녜
일위가 인을 뫼시고 나아가 교비ᄒ기를 맛침애 츈영이 눈을 드러 살
펴보니 공쥬의 용광은 츄텬의 신월이 부운을 쓰리침갓고 홍년화 아침
이슬을 먹음은듯하고 일쌍츄파는 흐르는 시벽별갓트며 단슌호치는
함교함티 ᄒ니 졍졍요요ᄒ고 교교작작ᄒ야 월궁항애 왕모에게 죠
회흠갓고 무산선녜 봉리의 나림갓트니 진실노 졀디가인이요 만고졀
식이라 츈영이 흔번 봄애 눈이 황홀ᄒ고 졍신이 표탕하야 불승졍졍이

---

14) 국립도서관본, 22장 전후면~23장 전면.

러라 이러구러 셔산에 함홍ᄒ고 월츌동령ᄒ니 슈풀갓튼 시녜 쌍쌍이
나와 분벽사창에 포진범졀과 은병수장에 번화홈이 일로 측양치못ᄒ
너라 도위 공쥬를 ᄃ하야 전후수말을 자셔이 일으니 공쥬ᄂ 전일 ᄒ
씨의 넉시라 이럿틋 지합홈애 역시 일히일비ᄒ야 파차 왕ᄉ를 말ᄒ며
담화ᄒ고 가장 오린후 야심홈에 도위 촉을 쟝외로 물니고 슈장을 니
린후 금리에 나가니 원앙이 록수에 쌍뉴ᄒ고 봉황이 연리지에 깃쓰림
갓트니 운우지락이 여산약히하더라 이에 동방이 기빅홈애 부미 즉시
공쥬를 쳥ᄒ야 아ᄌ를 뵈니 공쥬 아ᄌ를 붓들고 오열체읍하야 ᄀ오디
오직 너를 잇지못ᄒᄂ 텬수를 도망치못ᄒ얏더니 텬디신명이 불상이
녀기ᄉ 날노ᄒ야금 인셰 환싱ᄒ야 모지 다시 셔로 만나봄을 어드니
이 일이 싱신지 몽중인지 ᄭ닷지못ᄒ리로다 ᄒ며 도라 부마를 ᄃ하야
일오대 우리 량인이 이에 도로 환싱홈이 되니 이는 텬디신명과 셩심
과 후토낭낭의 덕이라 그 은덕을 ᄎ싱에 다 갑지못ᄒ리로다 ᄒ대 부
미 갈오대 금일 부뷔 상봉ᄒ고 부지 다시 상면홈은 쳔고에 듬은 일이
요 만고희ᄉ라 이갓튼 희ᄉ를 ᄀ히 허숑치못ᄒ리라 ᄒ고 이에 잔치를
비셜ᄒ야 녀러놀 즐기니 대져 쳔고에 듯지못ᄒᄇ라 슘일 대연을 지니
니 산진히착과 진수셩찬에 아니가진 거시 업고 오음뉵률에 티평가를
노리ᄒ니 듯ᄂ지 ᄃ 신기홈을 일컷고 니외빈긱이 맛당홈을 치하분분
하더라(동시본)[15]

위의 경판 18장본, 경판 26장본, 姜家藏本, 국립도서관본, 동시본 등
다섯 이본 중, 우선하여 경판 18장본과 경판 26장본을 예로 들기로 하
겠다. 즉 경판 18장본과 경판 26장본의 첫째단락 ○부분은 첨가부분으
로서, 경판 26장본의 '국문의 니르니 무슈ᄒ 시이 금수능나의를 닙고
전후예 옹위ᄒ여 신낭을 마즈드려가 전안하고 교비셕의 올나가니 쌍

---

15) 동시본, 32쪽~34쪽.

쌍흔 시녀 일위가인을 모시고 나와'는 경판 18장본의 환생된 이춘영 부부의 혼례식을 보다 구체적으로 수식 첨가시킨 것이며, 역시 '정정뇨뇨하여'도 간단한 수식이며, 외에 *부분은 상이부분으로서 경판 18장본의 '함티함교ᄒ여'가 경판 16장본에 '함티함교흐니'로 되어 있음은 전후문맥으로 보아, 경판 18장본이 옳은 것이며, 전자의 '손서히'가 후자에 'ᄌ세히'로 되어 있음은 고어를 신어로 고친 것이라 보아지며, 또 전자의 '못홀너라'가 후자에 '못홀네라'로 되어 있음은 언어적 뉴앙스의 차이로 양자의 뜻에 아무런 변화가 없는 것이다. 외에 전자의 '한씨'가 후자에 한시로 된 곳도 엿보이는데 이는 후자가 잘못 표기된 것으로 보인다.

둘째 단락에서 경판 18장본은 이춘영이 고향에서 데리고 온 아들 '아자'를 그의 환생된 부인 창원공주에게 보이자, 그녀는 이를 즐거워하여 잔치를 배설하는 것으로 돼 있지만, 경판 26장본은 첨가부분○'부마를 디ᄒ여 왈 우리 양인이 천명을 입스와 환싱ᄒ오니 황천후은을 츠싱의 눈망이로소이다. 부미왈'에서와 같이 고향에서 데리고 온 아자를 부마 이춘영이 그의 부인 공주에게 보이자 그녀는 전자에서와 같이 아자에게 이야기하는 것이 아니고, 대신 부마인 이춘영에게 그들 부부의 환생의 즐거움을 이야기하는 것으로 고쳐놓고, 그 내용에 일치시키기 위해 삽입된 '부미왈'에 따라 전자의 *상이부분 '모지상봉ᄒ매'를 후자에 '부지상봉ᄒ매'로 고쳐놓았다는 것이다. 그러므로 후자의 둘째 단락은 내용의 일부가 의도적으로 뜯어 고쳐진 예에 해당된다. 외에 ○부분 '희스를'은 뜻을 부연하는 첨가에 불외하고, *상이부분에서 전자의 '거의'가 후자에 '거위'로 되었지만 그릇된 것이라 생각된다.

위와 같은 경판 18장본과 경판 26장본의 차이에서 姜家藏本은 이미 앞에서 언급한 바와 같이 경판 26장본과 동계이다. 즉 姜家藏本의 그 ○첨가부분 '국문의 이르니 무슈흔 신여 금슈능나의를 닙고 전후의 옹위흐여 신낭을 마즈 드러가 전안흐고'에서와 같이 첨가되어 있으나, 경판 26장본의 '교비셕의 올나가니 쌍쌍흔 시녀 일위가인을 모시고'가 필사자의 부주의로 脫文化되어 문맥이 통하지 않고 외에 '졍졍뇨뇨하여'도 전자와 같다. 다음 *점의 상이부분 '양디'는 전자의 '봉너'의 의도적 변화이며, '나린듯흐여'는 '나린듯흐니'의 와기이며, '츄쳔의 망월 굿고'는 '츄쳔의 신월이'가 잘못 축소된 것이며, 외에 '인도하여'는 '춘영을 인도흐여'에서 '춘영을'이 잘못 탈락된 것이며, '다'는 'ᄌ셰히'의 다른 표현이며, '젼일'은 '역시 젼일'에서 '역시'가 탈락된 것이며, '말'은 '담소'의 구어이며, '시미'는 '발가ᄂ지라'의 다른 표현이다.

둘째 단락에서 姜家藏本의 ○첨가부분 '부마를 디흐여 왈 우리 양인이 쳔명을 닙ᄉ와 환싱흐오니 황텬후은이 츠싱의 난망이로소이다. 부미왈'은 역시 경판 26장본의 첨가로서 이미 앞에서 언급한 바와 같이 그 대화는 경판 26장본의, 고향에서 데리고 온 아자를 부마 이춘영이 그의 부인 공주에게 보이자 그녀는 경판 26장본에서와 같이 아자에게 이야기하는 것이 아니라, 대신 부마인 이춘영에게 그들 부부환생의 즐거움을 이야기하는 것으로 고쳐놓고, 그 내용에 일치시키기 위해 삽입된 '부미왈'에 따라 전자의 '모지상봉흐매'를 후자에 '부지상봉흐매'로 고쳐놓았다는 것이다.

위의 姜家藏本의 두 단락에서 첨가부분이나 상이부분에서 내용과 형식이 거의가 이 본보다 선행된 경판 18장본과 경판 26장본 중 후자와 일치됨으로써 이 본이 경판 26장본이 텍스트가 되었음을 알 수가 있다. 다만, 필사자의 부주의로 탈자·탈문이 나타나 문맥을 흐리게 한다든가 ×부분에서와 같이 오자 등이 곳곳에 보인다는 것뿐이다.

다음은 역시 필사본의 하나인 국립도서관본을 살펴보기로 하자. 이 본 역시 이미 언급된대로 이 본보다 선행된 경판 26장본을 충실히 재사해 놓았다는 것이다.

즉 첫째 단락의 ○첨가부분 ‘국문의 이르니……쌍쌍흔 시녀 일위가인을 모시고 나와’와 ‘정정뇨뇨ᄒ여’ 등, 그리고 둘째 단락의 ‘부마를 디ᄒ여……부미왈’의 그 내용이 지니고 있는 ○첨가부분에 맞추기 위해 부마 이춘영과 공주 등의 부부의 내용으로 일치시키는 ‘부지상봉ᄒ여’ 등은 그대로 경판 26장본과 일치하고 있다는 것이다.

다만, 이 본이 경판 26장본과 다른 것은 경판 26장본의 둘째 단락 ‘오열이읍왈’이 ‘오열비읍왈’로 고쳐져 있고, 전자의 역시 둘째 단락 ‘발가ᄂᆞ지라’가 후자에 ‘발ᄂᆞ지라’로, 전자의 ‘츄쳔의’가 후자에 ‘츄쳔에’로 의도적으로 근대화되어 있을 뿐이다. 외에 이 본의 ×부분에서와 같이 ‘무산션예’와 ‘니린듯ᄒ니’의 사이에 경판 26장본의 ‘봉니의’가 필사자의 부주의로 탈락된 것도 보이나 이는 매우 드문 경우이다. 또한 이 본의 필사본으로서의 특색은 姜家藏本이 필사자의 노필로 탈자·탈문이 산재해 있는 것과는 달리, 달필로 잘 정서되어 있다는 것이다.

다음은 활자본인 동시본에 대하여 살펴보기로 하자.

동시본 역시 이미 언급된 바와 같이 경판 26장본이 텍스트가 되었지만, 이것이 20세기 초에 출판되는 가운데 근대적 언어와 문장으로 수식·첨가되어 있다는 것이다. 즉 이 본의 첫째 단락 ○첨가부분 ‘국문에 일으니 무수흔 시이 금수능나의를 입고 젼후에 옹위ᄒ야 신랑을 마ᄌ드러가 젼안ᄒ고 교비셕에 올ᄂᆞ거니 쌍쌍흔 시녀 일위가인을 뫼시고 나아와’가 경판 26장본과 거의 꼭같이 첨보되었고, ‘졍졍요요ᄒ고 교교작작ᄒ야 월궁항애 왕모에게 죠회ᄒᆷ갓고'도 경판 26장본의 '졍졍뇨뇨ᄒ여'를 더욱 길게 첨보된 것이지만, 상당한 부분이 근대적으로 표현된 것을 엿볼 수가 있다.

즉 경판 26장본의 '춘영이 눈을 드러보니'는 '춘영이 눈을 드러살펴보니'로 '얼골이 츄천의 신월이 부운을 쓰리치고'는 '공쥬의 용광은 추텬 신월이 부운을 쓰리침갓고'로, '홍년홰 아츰이슬을 씌여 슈상의 난 듯 츄파는 홀로 시벽별갓고'는 '홍년화 아츰이슬을 먹음은 듯ᄒ고 일쌍츄파는 흐르는 시벽별갓트며'로 '단슌호치는 함교함티ᄒ니 졍졍뇨뇨ᄒ여 무산션녜 봉녀의 나린듯ᄒ니 진짓 졀디가인이라'는 '단슌호치는 함교함티ᄒ니 졍졍요요ᄒ고 교교작작ᄒ야 월궁항애 왕모에게 죠희ᄒᆷ갓고 무산션녜 봉러에 나림갓트니 진실로 졀디 가인이요 만고졀식이라'로 훨씬 구체적으로 소설적 수식이 첨가됐고 '춘영이 ᄒᆫ번 보미 심혼이 통탕ᄒ여 불응졍졍이라'는 '춘영이 ᄒᆫ번 봄애 눈이 황홀ᄒ고 졍신이 표탕ᄒ야 불승졍졍이러라'로, '일모셔산ᄒ니 시녜 춘영을 인도ᄒ여 신방의 니르미 눈을 드러보니 분벽ᄉ창의 포진범복과 즙물이 번화ᄒ여 이로 측양치못ᄒᆯ네라'는 '이러구러 셔산에 함홍ᄒ고 월츌동텬ᄒ니 슈풀갓튼 시녜 쌍쌍이 나와 부마를 인도ᄒ야 신방에 일음애 츈영이 눈을 드러 살펴보니 분벽사창에 포진범졀과 은병수장에 번화ᄒ미 일로 측양치못ᄒᆯ너라'로, 후자의 방점 부분에서와 같이 길게 부연돼 있고, '츈영이 공쥬를 디ᄒ여 젼후슈말을 ᄌ셔히 니르니 공쥬 역시 젼일 한시의 넉시라 일희일비ᄒ여 피츠 왕ᄉ를 말ᄒ여 달야토록 담쇼ᄒ다가 날이 발가는지라'는 '도위 공쥬를 디ᄒ야 젼후슈말을 자셔이 일으니 공쥬는 젼일 ᄒᆫ씨의 넉시라 이러틋 지합ᄒᆷ애 야심ᄒᆷ에 도위 측을 쟝외로 물리고 슈장을 니린후 금리에 나가니 원앙이 록수에

쌍류ᄒ고 봉황이 연리지애 깃쓰림갓트니 운우지령이 여산약히ᄒ더라
이에 동방이 긔빅함애'에서와 같이 도위측을 쟝외로 물리고 규장을 내
린 후 금리에 나가니 鴛鴦이 雙流하고 鳳凰이 連理池에 깃드림같으
니 雲雨之情이 如山如海같다는 등 에로틱한 고소설적 수식어로 훨씬
확대해 놓았다는 것이다.

둘째 단락에 있어서도 ○첨가부분 '부마를 더ᄒ야 일오대 우리 량인
이 이에 도로 환싱홈이 되니 이는 텬디신명과 성심과 후토낭낭의 덕이
라 그 은덕을 츠싱에 다 갑지못ᄒ리로다 흔더 부마 갈오대'에서와 같
이 이 본이 역시 경판 26장본에 따라 춘영이 고향에서 데리고 온 아자
를 그의 부인에게 보이자, 그녀의 남편 춘영에게 그들 양인의 환생의
즐거움을 이야기하는 것으로 고쳐놓고, 한편 그 내용에 일치시키기 위
해 삽입된 '부미 갈오대'에 따라 경판 18장본의 '모지 상봉홈애'를 따르
지 않고 경판 26장본의 '부지 상봉ᄒ매'로 변개시켜 놓았다는 것이다.
다만 다른 것은 위와 같이 경판 26장본을 따르면서도 시대감각에 맞게
더욱 확대·수식되어 있을 뿐이다. 이는 ○방점부분뿐만 아니라 위 예
문의 전문에 해당된다.

위에 열거된 경판 18장본, 경판 26장본, 姜家藏本, 국립도서관본, 동
시본 등 다섯 종류의 이본을 들고 세창본을 예로 들지 않은 것은 세창
본은 이미 앞에서 언급된 바와 같이 활자본으로서 동시본과 철자 등이
다를 뿐, 거의 꼭 같기 때문에 생략된 것이다.[16]

위와 같이 이상의 경판 18장본, 경판 26장본, 姜家藏本, 국립도서관
본, 동시본 등 다섯 가지 이본에서 드러난 것은 최고본인 경판 18장본

---

16) 위의 예문은 세창본, 25~26쪽 참조.

이 경판 26장본으로 이루어짐을 통하여 이 본이 그 후 이루어진 姜家
藏本과 국립도서관본 및 동시본의 텍스트가 되었다는 것이다.

즉 姜家藏本은 경판 26장본이 텍스트가 되는 가운데 老境의 필사자
에 의해 필사자의 부주의로 군데군데 탈자·탈문이 나타나 문맥이 잘
연계되지 않은 경우가 있고, 국립도서관본도 경판 26장본이 텍스트가
되는 가운데 달필로 재사되면서도 드물게 부주의로 근대적 철자 또는
오자로 이루어졌다는 것이고, 東市本은 경판 26장본이 텍스트가 되는
가운데 당시 독자를 의식하여 거의 전면이 근대적으로 수식·첨보되
었다는 것이다.

4) 결 어

이제 총 마무리로 들어가자.

〈당태종전〉의 이본은 위와 같이 판본으로서는 경판 18장본과 경판
26장본 등 2종, 필사본으로서는 姜家藏本과 국립도서관본 외에 별계
본인 나손본 등 3종, 그리고 활자본으로서는 동시본과 세창본 등 2종,
도합 7종이 현존하고 있다.

이들 7종 가운데 최고본으로는 경판 18장본이 이에 해당되며, 이 본
이 텍스트가 되어 18장이 26장으로 부연된 것이 경판 26장본이지만,
필사본 중 姜家藏本과 국립도서관본은 경판 26장본이 텍스트가 되었
는데, 姜家藏本은 필사자의 노필로 탈자, 탈문이 곳곳에 나타나 문맥
을 흐리게 하였고, 국립도서관본은 필사자의 正筆로 거의 그대로 경판
26장본의 내용과 형식이 이루어졌지만, 드물게 필사된 당시의 비교적

근대의 철자 또는 오자로 쓰여진 것이 눈에 띈다. 별계본인 나손본은 이루어진 연도는 '癸卯菊秋(1903)'이지만 이보다 선행된 경판 18장본과 경판 26장본과는 전연 별개로 <足本 西遊記>와 직접적 연계로 이루어진 것은 여타 <당태종전>의 사자 이름이 '崔玉'으로 된 것과는 달리 '崔珏' 또는 '朱太尉'가 등장하기 때문이다. 하지만 문장이 거친데다가 또한 두드러지게 나타난 것은 '술을 싹고 쎠를 쎄고' 등 상스런 말이 곳곳에 점철되어 미숙성과 졸렬함을 엿볼 수 있다는 것이다.

활자본인 동시본은 1914년에 역사 경판 26장본이 텍스트가 되는 가운데, 출판된 당시의 독자를 의식하여 근대적 언어와 표현, 그리고 소설적 표현 등으로 수식·첨보되어 있다. 세창본은 거의 전면이 동시본이 그대로 대본이 되어 있는 가운데 다만 다른 것은 현 청잘로 이루어진 것일 뿐이다.

이상에서와 같이 본 소설의 현존한 7종을 살핀 결과, 최고본의 영광은 경판 18장본이 지니게 되었으며, 그 후 이루어지게 한 姜家藏本, 국립도서관본, 동시본 등의 이본의 파급본은 경판 26장본이 이에 해당된다는 것이다.

이들 이본의 연계를 도표로 제시하면 다음과 같다.

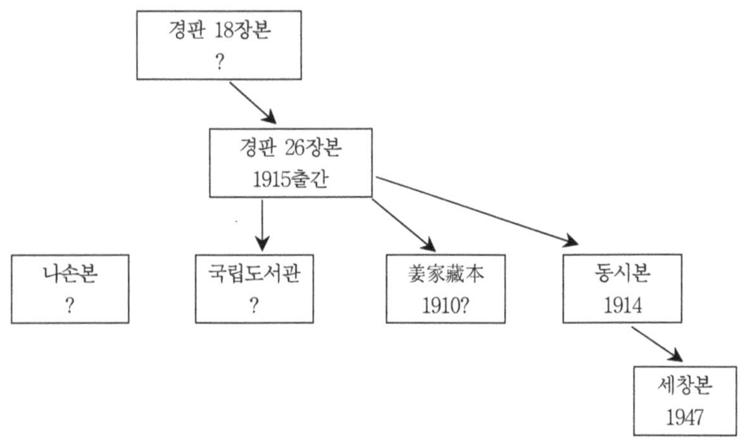

여기에 남는 문제는 '庚戌年'(1850)에 이루어진 것으로 추정되는 姜家藏本과 그 모본이 된 경판 26장본(1915)과의 연계문제이다. 姜家藏本과 경판 26장본과의 선후연계는 뚜렷한 추정이라 생각된다. 이들 양자의 성립연도를 형식논리로 본다면 오히려 姜家藏本이 먼저 이루어지고, 경판 26장본이 후에 이루어진 셈이 된다. 하지만 내용상으로는 姜家藏本보다 앞서는 경판 26장본의 출간연도인 1915년을 성립연도로 한정시키고, 대신 그 대본의 성립은 1850년 이전으로까지 소급시키게 된다는 것이다. 그러나 이것도 그리 쉬운 문제는 아니다. 후고로 미룰 수밖에 없다.

서평

홍길동전 연구

홍길동전 연구
- 서지와 해석 -

지난 연말에 이윤석 교수의 『홍길동전 연구』가 출간되었다. 전공자의 한 사람으로서 반갑게 생각하며, 아울러 이윤석 교수에게 축하의 말씀을 드린다.

<홍길동전>은 주지하는 바와 같이 한국 소설사의 한 장을 중요하게 차지하는 작품이다. 거기서 <홍길동전>에 대한 논문은 현재까지 무려 100여 편에 이르고 있고, 단행저서로서도 일찍이 1961년에 정주동의 『홍길동전 연구』(문호사, 1961)가 출간된 이래, 이번 처음으로 이윤석의 본 저서가 출간되어 역시 국문학계의 <홍길동전>에 대한 간단없는 연구욕을 알려주고 있다.

본 저서는 이본고·줄거리 해석·인물 분석 등 세 부문으로 크게 나누어지지만, 그 부제가 제시해 주듯 이본고가 중심을 이루고 있다. 거기서 논자가 언급하게 되는 것도 자연 이본고가 중심이 될 것이다.

본 소설의 이본에 대한 연구는 1967년 박노춘의 「홍길동전 목판본고」(『국어국문학』(37)·(38), 1967)에서 처음으로 완판본이 거론된 이래,

---

* 이윤석, 계명대학교 출판부, 1997. 11. 25, 452면.

정규복의 「홍길동전 이본고」(『국어국문학』(48) · (50), 1970 · 1971)에
서 목판본 · 필사본 · 활판본 등 7종이 거론되었고, 1989년에 송성욱의
「홍길동전 이본신고」(『관악어문연구』(13), 서울대, 1989)에서는 경판
본의 한남본 · 야동본 · 어청교본 · 송동본 · 완판본 · 안성본 2종 등 도
합 7종이 수렴되어 언급되었고, 근자에 정규복의 「홍길동전 텍스트의
문제」(『정신문화연구』(44), 1991)에서는 목판본 7종, 활자본 4종, 필사
본 20종 등 도합 31종이 수렴되어 언급되었다가 지난해 이윤석의 본
저서에서는 목판본 · 필사본 · 활자본 등 28종이 언급되었지만, 필사본
중 박순호본 2종이 추가된 것과는 달리, 활자본 중 활자본의 효시인
신문관본 및 세창본이 제외되었고, 필사본 중 이재수본 · 정규복본도
제외되었다. 거기서 본 저서가 <홍길동전> 이본연구로서는 가장 최근
에 이루어진 것으로서 긴히 귀담아 들어야 할 중요 저서이다.

　논자의, 본 저서에 대한 리뷰는 논자의 기호에 따라 첫째, 이윤석
교수가 경판본 중 최고본으로 보고 있는 야동본의 문제, 둘째, 이 교수
가 <홍길동전> 이본 중 가장 고본으로 여기고 있는 김동욱 89장본의
문제, 셋째, 이 교수가 <홍길동전> 이본고의 마무리를 통해 작자 허균
설에 대해 강한 의심을 제기한 나머지, 작자 허균설을 부정하려는 문
제 등으로 나누어 차례로 논자의 관견을 피력할까 한다.

1.

　<홍길동전>의 텍스트는 목판본 · 활자본 · 필사본 중 한남본(경판
24장본)이 이에 해당된다는 것은 논자에 의해 1970년부터 현재까지 계
속 유지되어 왔다. 하지만 1989년에 송성욱 박사에 의해 경판본 중 야

동본(경판 30장본)이 추가 제시되면서 한남본과 야동본의 대비에서 상업주의의 축소 원리가 적용되어 논자의 한남본 최고본설이 야동본 최고본설로 새롭게 제시되었다.

이에 대해 논자는 본 소설의 텍스트 문제에서 한남본과 야동본 중 첫째 존재사 '있다'와 '하다'에서 한남본엔 고형인 '잇다'와 'ᄒᆞ다'로 거의 일관된 데 대하여, 야동본엔 '있다'와 'ᄒᆞ다', '허다', '하다' 등으로 혼재된데다가 자형의 혼돈으로 전자의 '이즈리오'(忘)가 후자의 '잇스리오'(有)로 '병닙골슈'(病人骨髓)가 '병니골슈' 등으로 되어 있다는 것이다.[1] 게다가 한남본이 야동본의 텍스트가 되었다는 결정적 단서는 홍길동이 호부호형의 금지로 적당에 들어가 수령의 재물을 탈취하는 등 나라를 어지럽혔지만, 앞으로 3년만 있으면 조선을 떠나 갈 곳(율도국)이 있다는 것을 호소하는 장면에 전자의 '됴션을 쩌나 가올 곳이 잇스오니'가 후자엔 판각자의 부주의로 '됴션'이 누락되어 결국 컨텍스트의 불비를 초래케 하였다는 데 있다.[2]

말하자면, 위의 것들이 중심이 되어 결국 송성욱 박사가 야동본을 텍스트로 제시한 것과는 달리, 야동본은 한남본을 텍스트로 하여 이루어진 후기본이라는 것이다. 또한 이를 더욱 밑받침해 주는 것은 야동본을 텍스트로 하여 이루어진 어청교본·송동본 및 안성본 등도 야동본과 동일하다[3]는 데서 이를 극명하게 알 수가 있다는 것이다.

뒤따라서 송성욱 박사가 야동본을 한남본에 선행시키는 논리에 전제가 된 축소논리는 역으로 부연논리로 펼 수도 있어, 말하자면 축소

---

1) 정규복, 『한국고전문학의 원전비평적 연구』, 151~157쪽.
2) 정규복, 상게서, 155쪽.
3) 정규복, 상게서, 156쪽.

논리는 이본의 전승과정에서 축소와 부연을 아울러 보아야 할 것으로 이것은 어디까지나 선후를 매김하는 결정적 단서가 아니라, 케이스 바이 케이스로 적용시켜야 한다는 것이다.

하지만 이윤석 교수는 본 저서에서 야동본을 한남본에 선행시키는 논리에서 다만 축소논리만 적용시켰을 뿐 논자가 앞에 제시된 존재사 '잇다'와 'ㅎ다'의 문제 및 자형의 혼돈, 컨텍스트의 불비 등에 대하여는 전연 언급도 없었다는 것이다. 말하자면, 이 교수가 야동본을 한남본에 선행시키려면 논자가 위에 제시한 문제에 대해 의당 설득력 있는 언급이 있어야 할 것이다.

2.

둘째, 김동욱 89장본의 문제이다. 이 교수는 본 저서가 출간되기 이전에 김동욱 89장본이 경판본과 완판본의 텍스트가 된 것[4]으로 본 데 대하여, 논자는 오히려 김동욱 89장본이 경판본과 완판본을 텍스트로 하여 서투르고 무질서하게 이루어진 졸본임[5]을 밝힌 바 있다.

하지만 이 교수는 본 저서에서 논자의 언급에 대해 아무런 비판도 가하지 않고 김동욱 89장본의 중요한 텍스트가 된 완판본에 대하여도 별반 언급 없이, 다만 완판본엔 없고 경판본 및 그 계열에만 있는 두 장면, 즉 길동이 병조판서를 제수 받은 후 조선을 떠나 남경을 다녀오는 장면과 길동이 율도국을 쳐 왕이 된 후 조선왕에게 사신을 보내는 장면 등을 들어 경판본 계열의 친연성으로 파악하는 동시에, 정우락

---

4) 이윤석, 「홍길동전 필사본 89장본에 대하여」, 『애산학보』9, 애산학회, 1990.
5) 정규복, 상게서, 180~186쪽.

본·조종업본 등 필사본 계열 중 가장 선행본으로 보고, 더 나아가 <홍길동전> 이본 가운데 가장 고본으로 삼고 있다는 것이다.

논자가 일찍이 김동욱 89장본과 경판본 및 완판본을 대비 상고한 바로는 김동욱 89장본을 그 내용과 표현이 서투르고 무질서하게 이루어진 것은 말할 것도 없고, 더욱이 완판본을 텍스트로 하는 과정에서 군데군데 문맥이 불통하는, 예를 들면 홍승상이 찾아온 상녀에게 길동의 관상을 부탁하는 장면[6] 등은 누가 보아도 김동욱 89장본은 완판본을 위주로 하고 경판본을 참고하면서 이루어진 것으로 보아야지 이를 역으로 보기란 곤란한 것이다.

이에 이 교수가 이 본을 다른 목판본에 없는 것을 지니고 있다는 것을 전제로 하여 목판본보다 선행시키려는 문제에 대하여도 이를 예증하여 구체화하지 않아 자상히 파악할 수는 없지만, 필사자는 목판본을 대본으로 하든, 여타 필사본을 대본으로 하든, 필사자의 기호에 따라 첨삭을 자유롭게 하는 관습적인 마당에 뚜렷한 선행 근거의 제시도 없이 이 본을 목판본에 선행시키는 것은 매우 위험하다는 것이다. 그것은 첨삭의 경우는 역으로 작용될 수 있는 경우가 얼마든지 있을 수 있기 때문이다.

더구나 이 교수가 필사본이 판각본의 대본이 된 것을 전제로 하여, 필사본 가운데 뚜렷한 근거를 내세우지 않고 기계적으로 김동욱 89장본을 목판본에 선행시키는 것은 전혀 이해가 되지 않으려니와 거듭되는 말이지만 더욱 위험하다는 것이다. 모든 목판본의 텍스트는 선행된 목판본이 없는 한, 필사본(일종의 원고)이 그 텍스트가 되는 것이 원칙

---

6) 정규복, 상게서, 184쪽.

이지만, 본 소설의 경우 뚜렷이 선행의 텍스트가 되었다는 전거나 근거의 제시도 없이 김동욱 89장본을 현존한 본 소설의 목판본에 선행시키기란 불가능한 것이다.

3.

셋째, 본 소설의 작자 문제이다. 이 교수는 <홍길동전>의 이본 29종을 수집하여 이들 모두가 이르게는 1876년에 뒤늦게는 1936년까지 하향하여 결국 현존한 <홍길동전> 텍스트의 성립을 19세기 후기로 잡아 놓았다. 게다가 본 소설의 기록이 소설로서는 '광서 2년'(1876)에 이루어진 『임진록』 서문에 삽입된 '홍길동전'이 처음으로 나타난 것을 들어 19세기 후기의 성립을 강하게 잡고 있다.

이에 대해 논자도 별로 이의가 없지만, 현존한 본 소설의 이본이 19세기를 상향할 수 없는 것을 전제로, 본 소설의 작자를 허균으로 규정하는 것조차 이의를 제기하여 마침내 부정적 시각으로 보려는 데는 큰 문제가 있다. 본 소설의 작자 허균설을 부정한 것은 주지하는 바와 같이 이능우·김진세 교수이다. 이 같은 작자 허균 부정설로 한때 학계에 적지 않은 파장을 일으켰다가 잠잠하던 차에 이 교수가 이본고를 중심으로 다시 문제를 제기하였다.

논자가 본 소설의 작자를 '허균'으로 잡아야 하는 기본적 이유는 이식의 『택당잡저』의 '筠又作洪吉同傳 擬水滸'에 있다. 또한 이를 강한 사실로 받아 들여야 하는 것은 허균이 당시 역모로 몰려 처형된 것, 또는 혁명사상의 동조나 민본사상·신분계급의 타파 등이 점철된 그의 「豪民論」이나 「遺才論」, 나아가서 서류출신 李達. 柳希慶 등과의 교류 및 특히 중국 소설 중 <수호전>의 애독 등의 배경은 의적 소설인 <홍길동전>을 창작하고도 남음이 있다고 보아야 할 것이다.

이와 같은 대전제를 제외시키고 지엽적 문제를 크게 확대하여 작자 허균설을 부정하려는 것은 대전제를 놓친 지엽설에 불과하다. 요는 허균 창작설을 부정하려면 이에 상응하는 다른 유력한 작자의 대안을 제시하여 실증적 검증이 이루어져야 가능할 것이다.

현존한 <홍길동전>은 이 교수의 주장과 같이 19세기로 잡는 것은 별 문제가 없다. 또한 이것이 전제가 되는 한, 현존한 <홍길동전>과 작자 허균(1569-1618)과의 200여 년이라는 시간적 상거는 현존한 본 소설은 작자 허균의 원전(urtext)인 <홍길동전>과는 내용의 소단위는 말할 것도 없고, 문체·분위기·양상 등과는 현격한 차이가 있을 것으로 사료된다. 그렇지만 현존한 본 소설의 의적 모티프를 주제로 한 대단위의 내용들은 작자 허균의 생애와 사상으로 볼 때, 그 원작과 별반 차이가 없을 것으로 짐작된다.

논자의 생각은 애초에 작자 허균이 지은 <홍길동전>은 실존 인물인 의적 홍길동을 현존한 여타 한문전기류인 <엄처사전>, <남궁선생전> 등과 같이 전기류인 <홍길동전>이었는데, 허균이 역모로 처형되자 금서로 일서가 되어 그것이 구전되는 가운데, 19세기 경에 이르러 비로소 어느 호문가에 의해 이루어진 것이 현존한 <홍길동전>이 아닌가 한다. 그것은 이희준(1775~?)의 『계서야담』, 이원명(1807~?)의 『동야휘집』 그리고 순양자의 『해동이적』 등에 현존한 <홍길동전> 류의 의적 이야기가 삽입되어 있음으로써[7] 그 의적 이야기가 현존한

---

7) 김기동, 「문헌설화에 나오는 홍길동」, 『한국학 연구』4, 동국대, 1981.

<홍길동전>이 작성되기 이전인 18·9세기에 계속 전파되었음을 엿볼 수가 있기 때문이다.

이럴 경우, 현존한 <홍길동전>은 분명 허균의 원작과는 거리가 멀다고 본다. 거기서 현존한 본 소설은 작자 허균과의 문학적 적응, 즉 문체·정서·분위기 등 미학의 접근은 불가능하다. 기껏해야 의적 모티프의 주제·사상의 파악일 뿐일 것이다. 이런 문제는 비단 본 소설뿐만 아니라 문자 문제로 성립되지 못하고 전파과정에서 이루어진 다양한 이본들의 작품들에 두루 해당되리라고 본다.

이럴 때 작품과 텍스트를 별개로 보는 기호학적 문학비평가 롤랑 바르트(1915-1982)의 신비평적 접근도 가능하리라 생각된다.

이상에서와 같이 이윤석의 『홍길동전 연구』에 대해 두서없이 논자의 관견을 피력하였다. 논자의 생각으로는 아직도 각처에 산장된 본 소설의 이본이 있는 것으로 알고 있다. 논자가 최근에 확인한 것만 하더라도 姜家藏本으로서 晉州 柳氏(1778-1860)가 노경에 직접 쓴 본 소설의 이본이 있다.

본 소설의 가장 많은 자료를 수집하여 이본고를 가장 최후로 장식한 이 교수가 앞으로 논자가 위에서 가한 관견이 참고가 되는 가운데 보다 완벽한 이본고의 대성이 이루어지기를 기대한다.(고소설연구 5)

참고문헌

≪금오신화≫

강준철, 「금오신화의 문법」, 『어문학교육』6, 부산국어교육학회, 1982.

______, 「금오신화의 생성에 관한 시론」, 『국어국문학논문집』, 동아대, 1985.

강진옥, 「금오신화와 만남의 문제」, 『고전소설연구의 방향』, 새문사, 1985.

권순긍, 「금오신화의 비현실성과 매월당의 비극적 세계관」, 『성대문학』24, 성균관대, 1985.

권순열, 「이생규장전연구」, 『장진태 박사 회갑기념논총』, 1987.

권순철, 「김시습 실천철학의 이론적 연구」, 고대 교육대학원 석사논문, 1983.

김갑진, 「금오신화의 공간구조와 작가의식」, 『한국어문학』12, 영남대, 1986.

김기동, 「금오신화의 연구」, 『동양학』5, 단국대, 1975.

김두경, 「김시습과 작품 금오신화에 나타난 사상연구」, 고려대 대학원, 1976.

김명순, 「금오신화의 비극성」, 『우전 신호열 선생 고희기념논총』, 1983.

______, 「죽부인전과 만복사저포기의 내면적 관련성」, 『가라문화』1, 경남대, 1982.

김명호, 「김시습의 문학과 성리학사상」, 『한국학보』35, 일지사, 1984.

김무중, 「금오신화에 비친 전등신화의 영향고찰-중국시가와의 비교를 중심으로-」, 동아대 석사논문, 1978.

김미란, 「금오신화에 나타난 女鬼」, 『연세어문학』9·10, 연세대, 1977.

김백선, 「금오신화와 구운몽의 비교연구」, 고려대 교육대학원 석사논문, 1977.

김성기, 「남염부주지에 나타난 사상성연구」, 조선대 석사논문, 1983.

______, 「만복사저포기에 대한 심리적 고찰」, 『한국고전산문연구』, 동아문화사, 1981.

______, 「만복사저포기연구」, 『논문집』11, 울산공대, 1980.

김수성, 「금오신화와 금오신화의 배경에 관한 비교연구」, 『논문집』10, 경기공전, 1977.

______, 「금오신화와 전등신화의 비교연구」, 성균관대 석사논문, 1965.

______, 「금오신화의 자연배경攷-전등신화와 비교적 입장에서-」, 『중국학보』9, 한

국중국학회, 1968.

______, 「금오신화의 창작의식소고」, 『기전』73, 경기공전, 1974.

______, 「만복사저포기와 전등신화의 비교연구」, 『논문집』4, 경기공전, 1971.

______, 「만복사저포기의 창작의식소고」, 『논문집』3, 경기공전, 1970.

______, 「이생규장전과 전등신화의 비교연구」, 『논문집』5, 경기공전, 1972.

______, 「취유부벽정기와 전등신화의 비교연구」, 『논문집』9, 경기공전, 1976.

김연수, 「금오신화연구」, 경희대 교육대학원 석사논문, 1980.

______, 「금오신화연구-영혼관을 중심으로-」, 경희대 교육대학원 석사논문, 1976.

______, 「금오신화의 비극적 성격」, 동국대 교육대학원 석사논문, 1981.

김영기, 「한국적 비극의 원형-금오신화의 시적 의미-」, 『현대문학』232, 현대문학사, 1974.

김용곤, 「김시습의 정치사상의 형성과정-도의정치구현을 향한 그의 사상과 믿음-」, 『한국학보』18, 일지사, 1980.

김용구, 「매월당의 방랑과 비판정신」, 『불교문학』3, 1988.

김용덕, 「남염부주지의 구성분석」, 『고전소설연구의 방향』, 새문사, 1985.

______, 「만복사저포기연구」, 『한국학논집』2, 한양대, 1982.

______, 「이생규장전연구」, 『한국어문학연구』, 민족문화사, 1983.

김일열, 「금오신화고찰」, 『조선전기 언어와 문학』Ⅲ, 형설출판사, 1976.

김정탁, 「남염부주지 연구」, 영남대 교육대학원 석사논문, 1983.

김종현, 「금오신화의 창작배경연구」, 건국대 석사논문, 1982.

김중열, 「한국소설의 발생고-금오신화와 최치원전을 중심으로-」, 『어문논집』22, 고려대, 1981.

김지견, 「沙門 雪岑像 소묘」, 『한국문화와 원불교사상』, 원광대, 1985.

______, 「雪岑의 華嚴과 禪의 세계」, 『도원 유승국 박사 화갑기념논문집』, 1983.

김진두, 「금오신화와 전등신화의 비교 연구」, 『논문집』21, 공주사대, 1983.

______, 「금오신화의 삽입시연구」, 고려대 교육대학원 석사논문, 1979.

______, 「남염부주지에 나타난 東峯의 愛人精神考」, 『논문집』24, 공주사대, 1986.

______, 「東峯 김시습의 한시연구」, 고려대 박사논문, 1988.

김창진, 「금오신화의 순환구조 연구」, 경희대 석사논문, 1982.

______, 「금오신화의 순환체계연구」(1), 『국제어문』4, 국제대, 1984.

김태준, 『조선소설사』, 학예사, 1933.

김풍기, 「매월당 김시습의 한시연구-현실사상과 갈등의 양상을 中心으로-」, 『어문

　　　　학보』(7·8), 강원대, 1984.

김학성, 「傳奇小說의 문제」, 『한국문학연구입문』, 지식산업사, 1982.

김현룡, 『한중소설설화비교연구』, 일지사, 1977.

김혜숙, 「이생규장전연구 -그 寓意의 내막-」, 『울산어문논집』3, 울산대, 1987.

류승국, 「매월당의 유학 및 도교사상」, 『대동문화연구』13, 성균관대, 1979.

문상기, 「만복사저포기의 심리적 연구」, 동아대 석사논문, 1982.

＿＿＿＿, 「매월당 사상의 작가적 구현-남염부주지를 중심으로-」, 『강용권 박사 송수
　　　　기념논총』, 1986.

문영오, 「금오신화에 굴절된 恨의 고찰」, 『한국문학연구』10, 동국대, 1987.

＿＿＿＿, 「이생규장전과 심청전의 대비연구」, 『시원김기동박사회갑기념논문집』, 1986.

민병수, 「김시습론」, 『한국문학작가론』, 형설출판사, 1977.

민영규, 「김시습의 曹洞五位說」, 『대동문화연구』13, 성균관대, 1979.

민영복, 「매월당 김시습의 작품과 그 생애-금오신화를 중심으로-」, 『문경』15, 중앙
　　　　대, 1963.

박명희, 「만복사저포기연구」, 『이화어문논집』3, 이화여대, 1980.

박삼서, 「한국문학의 도교사상(2)-김시습과 금오신화-」, 『국어교육』39·40, 한국국
　　　　어교육연구회, 1981.

박성의, 「비교문학적 견지에서 본 금오신화와 전등신화」, 『문리논집』3, 고려대, 1958.

박영호, 「매월당의 문학인식과 애민시」, 『문학과 언어』7, 문학과 언어연구회, 1986.

박용식, 「금오신화연구」, 인하대 교육대학원 석사논문, 1981.

박종화, 「한양조 초기의 소설-매월당과 금오신화-」, 『백민』7, 백민문화사, 1947.

박혜숙, 「금오신화의 사상적 성격」, 『한국문학사의 쟁점』, 집문당, 1986.

배종호, 「김시습의 도교관」, 『동양학』15, 단국대, 1985.

＿＿＿＿, 「매월당 김시습의 철학사상」, 『한국유학의 철학적 전개』(상), 연세대, 1985.

백명숙, 「이생규장전연구」, 『수련어논문집』5, 부산여대, 1977.

서경수, 「김시습의 불교사상」, 『한국철학사(중)』, 동명사, 1987.

서규태, 「금오신화의 구조와 작가의식」, 『어문논집』24·25, 고려대, 1985.

＿＿＿＿, 「김시습의 문학이론」, 『어문논집』26, 고려대, 1986.

＿＿＿＿, 「매월당의 유심적 인생관과 시세계」, 고려대 석사논문, 1982.

서원섭, 「이조시대의 傳記소설 연구-금오신화·화사·양반전·호질을 중심으로-」,
　　　　경북대 석사논문, 1962.

설중환, 「금오신화와 홍길동전의 거리」, 『인문대논집』6, 고려대, 1988.

______, 「금오신화의 귀신」, 『어문논집』20, 고려대, 1982.

______, 「금오신화의 문화적 가치」, 『매월당-그 문학과 사상』, 강원대출판부, 1988.

______, 「금오신화의 삽입시시론」, 『논문집』1, 전주 우석대, 1980.

______, 「만복사저포기와 불교」, 『어문논집』27, 고려대, 1987.

______, 『금오신화연구』, 고려대 민족문화연구소, 1983.

소재영, 「금오신화의 문화적 고찰」, 『매월당-그 문학과 사상』, 강원대출판부, 1988.

______, 「김시습과 그의 문학」, 『고소설총론』, 이우출판사, 1983.

______, 「매월당시 사유록 논고」, 『어문논집』27, 고려대, 1987.

신경득, 「김시습연구」, 『배달말』10, 배달말학회, 1985.

신덕룡, 「금오신화의 시간구조 연구」, 경희대 석사논문, 1980.

신동욱, 유한근, 「한문단편소설의 형태적 구조-김시습과 박지원의 소설의 경우-」, 『한국문학의 공간구조』, 양문출판사, 1986.

신동호, 「매월당 김시습의 氣學思想硏究(1)-그의 反朱子學的 太極論을 中心으로-」, 『논문집』1, 충남대, 1983.

심여택, 「금오신화소고-생사관을 중심으로-」, 『논문집』22, 제주대, 1986.

안창수, 「금오신화 및 옥루몽과의 관계에서 살펴본 구운몽」, 『민족문화논총』10, 영남대, 1989.

오종근, 「금오신화의 종합적 고찰」, 원광대 석사논문, 1986.

유광연, 「금오신화와 전등신화의 배경에 관한 고찰」, 『논문집』10, 경기공전, 1977.

유영창, 「매월당의 문장기고考」, 고려대 교육대학원 석사논문, 1975.

유창목, 「금오신화연구」, 『논문집』7, 상지전문대, 1977.

유철중, 「만복사저포기에 있어서 양생의 위치」, 『성대문학』12, 성균관대, 1966.

육정배, 「雪岑의 法界圖注考」, 『한국화엄사상연구』, 동국대, 1982.

윤영옥, 「금오신화의 연구」, 영남대 석사논문, 1967.

______, 「만복사저포기의 아이러니」, 『국어국문학연구』18, 영남대, 1978.

이가원, 「금오신화소고」, 『논문집』2, 경상농잠전문학보, 1970

______, 『금오신화』, 통문관, 1959.

이명구, 「이생규장전과 전등신화의 비교」, 『성대문학』8, 성균관대, 1961.

이복규, 「금오신화의 모방성과 창조성」, 『논문집』16, 국제대, 1978.

이상익, 「매월당과 금오신화」, 『청량원』77, 서울대 사대, 1970.

______, 「한중소설의 비교연구(1)-금오신화와 전등신화-」, 『교육논총』2, 서울대, 1972.

이상택, 「취유부벽정기와 도가적 문화의식」, 『현상과 인식』9, 1976.

______, 「취유부벽정기의 도가적 문화의식」, 『한국고전소설의 탐구』, 중앙출판사, 1981.

이석래, 「금오신화는 전등신화의 모방인가」, 『한국문학사의 쟁점』, 집문당, 1986.

______, 「금오신화의 전개적 고찰」, 『이숭녕박사송수기념논총』, 을유문화사, 1968.

이영무, 「김시습의 인물과 사상」, 『상허 유석창 박사 고희기념논문집』, 건국대출판부, 1970.

______, 「매월당에 대한 소고」, 『건대학보』23, 건국대, 1970.

이우성, 「김시습의 금오신화」, 『사상계』141, 사상계사, 1964.

이원주, 「금오신화소고」, 『논문집』, 상주논잠전문, 1970.

이인섭, 「이조초기소설에 나타난 空사상考-금오신화를 중심으로-」, 동아대 교육대학원 석사논문, 1976.

이재수, 「금오신화考」, 『가람 이병기 박사 송수논문집』, 삼화출판사, 1966.

이재호, 「금오신화考-작자 김시습의 저항정신을 중심으로-」, 『논문집』14, 부산대, 1972.

______, 『금오신화』, 과학사, 1980.

이종찬, 「매월당의 문학세계」, 『매월당-그 문학과 사상』, 강원대출판부, 1988.

이충구, 「고대소설의 형성과정연구-금오신화를 중심으로-」, 성균관대석사논문, 1980.

이하경, 「금오신화연구-김시습의 창의성을 중심으로-」, 연대 석사논문, 1976.

이혜숙, 「청한자 김시습의 사상 연구」, 성신여대 석사논문, 1983.

이혜순, 「금오신화에 나타난 인귀교환소설의 유형적 고찰」, 『이숭녕박사 고희기념 국어국문학논총』, 1977.

임헌도, 「김시습考」, 『인물한국사』Ⅲ, 박우사, 1965.

임형택, 「매월당 문학의 성격-방외인문학의 세계와 현실주의 정신-」, 『대동문화』13, 성균관대, 1979.

______, 「매월당의 방외인적 성격과 사상」, 『한국철학연구』, 동명사, 1978.

______, 「현실주의적 세계관과 금오신화」, 서울대 석사논문, 1972.

장덕순, 「屍愛설화와 소설」, 『숙대논문집』2, 숙명여대 1962.

장선희, 「김시습문학과 도선사상연구」, 단국대 석사논문, 1984.

전용오, 「만복사적포기의 몇 가지 문제에 대하여」, 『조선후기문학과 실학사상』, 정음사, 1987.

전준걸, 「김시습의 사상적 배경연구-금오신화를 중심으로-」, 『새국어교육』35 · 36,

한국국어교육학회, 1982.

정규복, 「금오신화의 內閣文庫本」, 『인문론집』23, 고려대 1979.

______, 「전등신화의 충격」, 『학산 조종업 박사 회갑기념논총』, 1990.

______, 「剪燈新話的擊盪」, 『域外漢文小說論究』, 대만 학생서국, 1990.

정병욱, 「금오신화」, 『고전의 바다』, 현암사, 1977.

______, 「금오신화」, 『신동아』1, 동아출판사, 1969.

______, 「김시습과 전등신화」, 『한국고전소설』, 계명대출판부, 1974.

______, 「김시습연구」, 『서울대 논문집』7, 서울대, 1958.

______, 「김시습연보」, 『국어국문학』7, 국어국문학회, 1953.

______, 「김시습의 생애와 사상」, 『사상계』62, 사상계사, 1958.

______, 「매월당 김시습」, 『문학사상』47, 문학사상사, 1976.

정주동, 「금오신화에 대한 의문점」, 『국어국문학』26, 국어국문학회, 1963.

______, 「금오신화의 분풀이의 형성」, 『국어국문학』26, 국어국문학회, 1963.

______, 「김시습과 허균의 동질성 및 김시습에 대한 허균의 관심」, 『국어국문학』28, 국어국문학회, 1965.

______, 「김시습의 귀신과 도교관」, 『조윤제 박사 회갑기념논문집』, 1964.

______, 「김시습의 금오신화 연구서설」, 『어문논총』1, 경북대, 1962.

______, 『매월당 김시습 연구』, 신아사, 1965.

조동일, 「소설의 성립과 초기소설의 유형적 특징」, 『한국학논집』3, 계명대, 1975.

조동천, 「금오신화연구」, 인하대 교육대학원 석사논문, 1985.

佐藤俊彦, 「剪燈新話, 伽婢子 及 剪燈新話の比較研究」, 『조선학보』23, 日本天理大, 1962.

주길순, 「만복사저포기의 설화적 고찰-남원지방의 민간설화를 배경으로-」, 『사대논문집』2, 조선대, 1971.

주종연, 「금오신화에 대한 일고찰」, 『어문학』2, 국민대, 1982.

진무현, 「이생규장전의 원형비평적 연구」, 『국어국문학논문집』5, 동아대, 1983.

진익원, 『剪燈新話與傳奇漫錄之比較研究』, 대만 학생서국, 1991.

차주환, 「김시습의 사상」, 『한국철학연구』(중), 동명사, 1978.

차주환, 「韓·中·越 한문소설의 揷入詞」, 『한국학의 과제와 전망』, 한국정신문화연구원, 1988.

최남선, 「금오신화해제」, 『계명』19, 계명구락부, 1927.

최삼룡, 「금오신화의 비극성과 초월의 문제」, 『한국고소설 연구』, 이우출판사, 1983.

______, 「금오신화의 비극성에 대한 초월의 문제」, 『어문논집』22, 고려대, 1981.

______, 「김시습사상의 도선적 측면에 대하여」, 『국어문학』19, 전북대, 1978.

______, 「남염부주지에 나타난 귀신설」, 『국어문학』23, 전북대, 1983.

______, 「취유부벽정기의 선계 동경」, 『국어문학』22, 전북대, 1982.

______, 「한국소설의 구조적 특질-금오신화의 기괴를 중심으로-」, 『국어문학』21, 전북대, 1980.

______, 『조선초기소설의 도선사상』, 형설출판사, 1982.

최숙인, 「이생규장전연구」, 『이화어문논집』3, 이화연대, 1980.

최일범, 「매월당의 철학사상연구」, 성균관대 석사논문, 1980.

최태일, 「금오신화에 관한 연구」, 원광대 석사논문, 1984.

최현옥, 「금오신화연구-작가의식을 통한 작품해석을 中心으로-」, 경남대 석사논문, 1984.

平川祐弘, "Ghost-wife stories in Chinese, Korean, Japanese and American Literature", *Tamkang Review*, Vol. XVIII, nos. 1~4(1987~88).

표성흠, 「매월당과 마리아에 대한 추측」, 『현대문학』374, 현대문학사, 1986.

한 결, 「이생과 최랑-奇談 금오신화에서-」, 『동광』25, 동광사, 1931.

한영환, 「금오신화의 비교문학적 연구」, 경희대 박사논문, 1980.

______, 「금오신화의 비교문학적 연구」, 경희대 박사논문, 1983.

______, 「등목취유취경원기와 만복사저포기의 구성적 비교」, 『연구논집』, 4·5합, 성신여대, 1972.

______, 「전등신화·금오신화·가비자의 비교고찰」, 『전이와 수용』, 학문사, 1986.

______, 「전등신화·금오신화·가비자의 비교고찰」, 『한국판소리·고전문학연구(새터 강한영 교수 고희기념논문집)』, 아세아문화사, 1983.

______, 『금오신화와 전등신화의 구성 비교연구』, 개문사, 1975.

______, 『韓中日 소설의 연구-전등신화 금오신화 가비자를 중심으로-」, 정음사, 1985.

한종만, 「김시습의 불교철학적 기반」, 『한국철학연구』(중), 동명사, 1978.

______, 「매월당 김시습의 불교사상연구-華嚴과 曹洞禪을 중심으로-」, 『한국문화와 원불교사상』, 원광대, 1985.

______, 「雪岑 김시습의 사상」, 『한국불교사상사』, 원광대, 1975.

______, 「조선초기 김시습의 불교와 도교수용」, 『한국종교』8, 원광대, 1983.

함택승, 「금오신화의 전기적 위상에 대하여-만복사저포기를 중심으로-」, 『홍익논총』11, 홍익대, 1979.

현창후, 「가비자와 금오신화」, 『비교문학』3, 일본비교문학회, 1960.
황동욱, 「금오신화의 근원사상 연구」, 서울대 석사논문, 1985.
Dominic Cheung, The "Ghost-wife" Theme in China, Japan, and Korea: New Tales of the Trimmed Lamp, Tales of Moonlight and Rain, and New Tales of the Golden Carp, *Tamkang Review,* Vol.ⅩⅤ, nos. 1~4 (1984~85).

몽유록계소설

강영옥, 「몽유록체의 사실성연구」, 이화여대 교육대학원 석사논문, 1987.
강준철, 「꿈 서사양식의 구조연구」, 동아대 박사논문, 1989.
강준철, 「몽유록계소설의 심리적 고찰」, 『논문집』4, 부산여대, 1983.
강중탁, 「환몽소설연구」, 『명지어문학』14, 명지대, 1982.
공명자, 「몽유록계소설에 나타난 현실부정」, 『한성어문학』4, 한성대, 1985.
김기동, 「강도몽유록고」, 『논문집』2, 동국대, 1965.
______, 「달천몽유록」「해제와 문학적 가치」, 『동대신문』688, 동국대, 1977.
______, 「대관재몽유록」, 『시문학』4-Ⅰ, 시문학사, 1974.
______, 「만하몽유록의 연구」, 『한국문학연구』10, 동국대, 1987.
______, 「문성궁몽유록」, 『시문학』94, 시문학사, 1979.
김동협, 「달천몽유록 고찰」, 『국어교육연구』17, 경북대, 1985.
김미리, 「몽유록에 나타난 군주상」, 상명여대 석사논문, 1984.
김석하, 「몽유록계 소설의 이상국 형상」, 『논문집』7, 단국대, 1973.
김성국, 「개화기의 몽유록 소설 연구」, 계명대 석사논문, 1984.
김숙희, 「몽유록계소설의 구조연구」, 경남대 석사논문, 1980.
김정자, 「몽유록연구」, 이화여대 석사논문, 1977.
김태준, 『조선소설사』, 학예사, 1933.
김현룡, 「고려 몽유록문학 고찰」, 『학술지』25, 건국대, 1981.
______, 『한중소설설화비교연구』, 일지사, 1976.
김흥규, 「몽유록」, 『한국문학의 이해』, 민음사, 1986.
박관수, 「달천몽유록연구」, 외국어대 석사논문, 1987.
서대석, 「몽유록의 장르적 성격과 문학사적 의의」, 『한국학논집』3, 계명대, 1975.

소재영, 「白虎 林悌論」, 『민족문화연구』8, 고려대, 1974.

______, 「신광한의 기재기이」, 『숭실어문연구』3, 숭실대, 1986.

신재홍, 「몽유록의 유형적 고찰」, 『국문학연구』75, 서울대, 1986.

유종국, 『몽유록소설연구』, 아세아문화사, 1987.

윤덕진, 「임병양란기의 몽유록연구」, 연세대 석사논문, 1983.

윤병애, 「몽유록계소설연구」, 『목원어문학』1, 목원대, 1979.

윤해옥, 「대관재기몽에 나타난 우언의 문학적 형상」, 『연세어문학』13, 연세대, 1980.

이가원, 「몽유록의 작자소고」, 『건대신문』85, 건국대, 1960. 11. 22.

______, 「몽유록의 작자재고」, 『국어국문학』23, 국어국문학회, 1961.

이규호, 「시화적 측면에서 본 대관재기몽」, 『한국한문학연구』5, 한국한문학연구회,
        1980-1.

이명선, 「사수몽유록」, 『인문평론』9, 인문사, 1940.

이원주, 「大觀齋의 夢記-夢謝自然志考-」, 『한국학논집』5, 계명대, 1978.

임형택, 「나말여초의 傳奇文學」, 『한국한문학연구』5, 한국한문학연구회, 1980~1.

장덕순, 「몽유록소고」, 『국어국문학』20, 국어국문학회, 1959.

장석연, 「몽유록소설연구」, 『논문집』2, 청주대, 1977.

______, 「몽자류소설연구」(1), 『논문집』15, 청주대, 1982.

장효현, 「몽유록의 역사적 성격」, 『한국고전소설론』, 새문사, 1990.

전인초, 「원생몽유록 작자고구」, 『연세 국문학』1, 연세대, 1965.

정원표, 「몽유록의 장르규정」, 『한국문학사의 쟁점』, 집문당, 1986.

정학성, 「몽유록의 역사의식과 유형적 특질」, 『관악어문연구』2, 서울대, 1977.

______, 「몽유록의 우의적 전통과 개화기 몽유록」, 『관악어문연구』3, 서울대, 1978.

______, 「원생몽유록연구」, 『한문학논집』3, 단국대, 1985.

조석헌, 「몽유록소설 奈城誌에 관한 연구」, 건국대 교육대학원 석사논문, 1988.

조세용, 「사수몽유록고」, 『국문학』6, 고려대, 1962.

조희웅, 「원생몽유록 작자재고」, 『문리학보』19, 서울대, 1963.

차용주, 「금산사몽유록고」, 『청주사대 논문집』2, 청주사대, 1973.

______, 「몽유록계소설연구」, 고려대 박사논문, 1978.

______, 「몽유록계소설의 구조적 특징」, 『한국고소설연구』, 이우출판사, 1983.

______, 「몽유록과 몽자류소설의 同異에 대한 고찰」, 『논문집』3, 청주사대, 1974.

______, 「피생몽유록고」, 『고대문화』13, 고려대, 1972.

______, 「몽유록계 구조의 분석적 연구」, 창학사, 1985.

최승범, 「안빙몽유록에 대하여」, 『국어국문학』24, 전북대, 1984.

홍재휴, 「금생몽유록」, 『국어교육연구』1, 경북대, 1971.

황패강, 「원생몽유록연구」, 『고전소설연구』, 정음사, 1979.

______, 「원생몽유록의 문학적 형상」, 『조선왕조소설연구』, 단대출판부, 1978.

______, 「임제와 원생몽유록」, 『논문집』4, 단국대, 1970.

군담소설

가기열, 「임경업전연구-작가의식을 중심으로-」, 한남대 석사논문, 1989.

강미희, 「고대영웅소설에 나타난 삶의 양식과 그 갈등」, 이화여대 석사논문, 1980.

강봉근, 「여성영웅소설의 출현동인 일고찰」, 『국어문학』26, 전북대 국어국문학회, 1986.

강상순, 「영웅소설의 형성과 변모양상연구-서사구조와 인물 형상화의 양상을 중심
　　　으로-」, 고려대 석사논문, 1991.

권순긍, 「역사적 영웅의 소설화와 역사의식의 문제」, 『성대문학』26, 성균관대, 1988.

김광수, 「임경업전의 배경과 작가의식」, 인하대 교육대학원 석사논문, 1990.

김광순, 「한국고소설에 있어서 중국소설의 영향-한국군담소설과 삼국지연의와의 비
　　　교를 중심으로-」, 『경북대 교육대학원 논문집』19, 경북대, 1987.

김미란, 「박씨전연구」, 연세대 석사논문, 1977.

______, 「박씨전의 변신모티브」, 『문학과 비평』5, 문학과 비평사, 1988.

김석하, 「고대소설과 설화에 나타난 주인공의 Supernatural Birth에 관한 연구」, 『민
　　　속 문학연구』, 국어국문학회, 정음사, 1981.

김열규, 「무속적 영웅고-김유신전을 중심으로 하여-」, 『진단학보』43, 진단학회, 1977.

김우채, 「군담 영웅소설의 대비연구」, 동아대 석사논문, 1979.

김의정, 「임장군전연구」, 단국대 석사논문, 1983.

김일렬, 「고대소설의 이원론적 세계관과 유교」, 『어문논총』8, 경북대, 1973.

______, 「소대성전」, 『한국고전소설작품론 (완암 김진세 선생 회갑기념논문집)』, 집
　　　문당, 1990.

______, 「영웅소설의 근대적 변모에 관한 일고찰-소대성전에서 낙성비룡으로의 이
　　　행을 중심으로-」, 『어문논총』13 · 14합, 경북대, 1980.

김재용, 「영웅소설과 판소리계 소설의 갈등 구조에 관한 연구」, 『고전문학연구』3,

고전 문학연구회, 1986.

김종철, 「19C 장편소설연구」, 『한국학보』41, 일지사, 1985.

______, 「옥수기연구」, 서울대 석사논문, 1985.

김헌선, 「영웅이야기의 역사적 인식 고찰」, 『경기어문학』3, 경기대, 1982.

김희영, 「군담소설의 작가의식 연구-임진록·임경업전·박씨부인전을 중심으로-」, 동아대 석사논문, 1981.

민　찬, 「여성 영웅소설의 출현과 후대적 변모」, 서울대 석사논문, 1986.

민긍기, 「군담소설 출현동인의 재반성」, 『문예사상연구』1, 한국고전문학회, 1980.

______, 「군담소설배경고-배경이 중국인 이유-」, 『마산대논문집』4, 마산대, 1982.

______, 「군담소설연구」, 연세대 석사논문, 1980.

______, 「군담소설의 주제고」, 『논문집』3, 마산대, 1981.

______, 「영웅소설의 의미체계연구」, 연세대 박사논문, 1985.

박민일, 「고대소설에 나타난 여인상고-女先於男型을 중심으로-」, 『어문논집』13, 고려대, 1973.

박일용, 「군담소설의 작자층」, 『한국문학사의 쟁점』, 집문당, 1986.

______, 「영웅소설의 유형변이와 그 소설사적 의식」, 서울대 석사논문, 1983.

박정란, 「장경전연구」, 이화여대 석사논문, 1985.

박춘규, 「장국진전」, 『어문논집』8, 중앙대, 1973.

백은영, 「영웅소설의 작품구성에 관한 고찰-조웅전·유충렬전·이대봉전의 비교검토-」, 『이화』28, 이화여대, 1973.

사재동, 「박씨전의 형성과정」, 『장암 지헌영 선생 고희기념논문집』, 1980.

서대석, 「고전소설의 행복한 결말과 한국인의 의식」, 『관악어문연구』3, 서울대, 1978.

______, 「구운몽·군담소설·옥루몽의 상관관계」, 『어문학』25, 어문학연구회, 1971.

______, 「군담소설의 구성과 작자의식」, 『계명논총』7, 계명대, 1971.

______, 「군담소설의 구조와 배경사상」, 『한국학보』8, 일지사, 1977.

______, 「군담소설의 출현동인 반성」, 『고전문학연구』1, 한국고전문학연구회, 1971.

______, 「병자호란과 군담소설」, 『도남 조윤제 박사 고희기념논총』, 형설출판사, 1976.

______, 「유충렬전 연구」, 『창작과 비평』43, 창작과비평사, 1977.

______, 「유충열전의 종합적 고찰」, 『한국고전소설연구』, 새문사, 1983.

______, 「이조 번안 소설고」, 『국어국문학』52, 국어국문학회, 1971.

______, 「임경업전연구」, 『고전소설연구』, 정음사, 1979.

______, 『군담소설의 구조와 배경』, 이화여대 출판부, 1985.

서인석, 「고대소설에 있어서의 '우연성' 문제-유충렬전을 중심으로-」, 『선청어문』10, 서울대 국어교육과, 1979.

______, 「고전소설의 결말 구조연구」, 서울대 석사논문, 1984.

______, 「장경전」, 『한국고전소설작품론 (완암 김진세 선생 회갑기념논문집)』, 집문당, 1990.

______, 「장경전의 판소리계 소설적 변모-박순호본 「장경전」을 중심으로-」, 『선청어문』18, 서울대 국교과, 1989.

성기설, 「금령전중의 방울소고」, 『인문과학연구소논문집』2, 인하대, 1976.

______, 「금방울전고-그 설화적 측면을 중심으로-」, 『인문과학연구소논문집』1, 인하대, 1975.

성현경, 「여걸소설과 설인귀전」, 『국어국문학』62 · 63합, 국어국문학회, 1973.

성현경, 「유충렬전 검토-소대성전 · 정익성전 · 설인귀전과 관련하여-」, 『고전문학연구』2, 고전문학연구회, 1974.

______, 「이조소설의 적강유형과 그 작품구조」, 『동양문화』18, 영남대, 1977.

______, 「이조적강형 소설연구」, 서울대 박사논문, 1980.

______, 『한국소설의 구조와 실상』, 영남대 출판부, 1981.

소재영, 「고전소설의 동굴모티브-지하대적퇴치설화를 중심으로-」, 『문학과 비평』1권 3호, 탑출판사, 1987.

______, 「임병양란을 중심한 문학세계의 변천과정」, 『어문연구』25 · 26, 숭전대, 1980.

______, 「임진록군의 형성과 민중의식의 변모」, 『국어국문학』61, 국어국문학회, 1973.

______, 「임진록논고」, 『국문학논집』5 · 6, 단국대 1972.

______, 「임진록연구」, 고려대 박사논문, 1980.

손연자, 「조선조 여장군형 소설연구」, 이화여대, 석사논문, 1982.

손준식, 「군담소설연구」, 경북대 석사논문, 1960.

송도찬, 「유충렬전의 전승본연구」, 고려대 교육대학원 석사논문, 1987.

송성욱, 「가문의식을 통해 본 한국고전소설의 구조와 창작의식」, 서울대 석사논문, 1990.

송옥형, 「조웅전연구」, 고려대 교육대학원 석사논문, 1980.

신동일, 「이조전쟁소설 박씨전 연구-이본고를 중심으로-」, 『육사논문집』6, 육군사관학교, 1968.

신태수, 「임진록에 나타난 허구적 인물의 성격과 기능」, 『영남어문학』14, 영남어문학회, 1987.

신현철, 「임경업전연구」, 충북대 교육대학원 석사논문, 1987.

심경호, 「조웅전」, 『한국고전소설작품론 (완암 김진세 선생 회갑기념논문집)』, 집문당, 1990.

양동훈, 「임경업전의 형성과정고」, 청주대 석사논문, 1986.

양인실, 「한국고대여성영웅소설의 연구-이조여성의 사회활동면을 중심으로-」, 『건대논문집』11, 건국대, 1980.

여세주, 「여장군 등장의 고소설연구」, 영남대 석사논문, 1981.

오인환, 「임경업전연구」, 계명대 석사논문, 1987.

오출세, 「고전소설에 나타난 禱子설화연구-민간신앙의 영향을 중심으로-」, 동아대 석사논문, 1978.

유탁일, 「완판 유충열전의 문헌학적 분석」, 『어문교육논집』5, 부산대사대, 1980.

윤성근, 「유충렬전 연구-대립과 갈등의 측면에서 본 선악관-」, 『상산 이재수 박사 환력기념논문집』, 형설출판사, 1972.

윤영옥, 「임경업전 연구」, 『국어국문학연구』15, 영남대, 1973.

이경선, 「삼국지연의의 비교문학적 연구」, 서울대 석사논문, 1973.

______, 「한국의 군담소설 및 구운몽·옥루몽과 삼국지연의의 비교」, 『연파 차상원 박사 송수기념논문집』, 서울대출판부, 1971.

이복규, 「소대성전 방각본 검토」, 『국제대학 논문집』8, 국제대학, 1980.

______, 「임경업전연구」, 경희대 박사논문, 1992.

______, 「임경업전의 주제 재론」, 『국제어문』5, 국제대학, 1984.

이상택, 『한국고전소설의 탐구』, 중앙출판, 1981.

이수자, 「소대성전 연구」, 『이화어문논집』6, 이화여대 한국문학연구소, 1983.

이영식, 「조웅전연구」, 영남대 교육대학원 석사논문, 1985.

이영신, 「국외원정 군담소설연구」, 한국학대학원 석사논문, 1982.

이원수, 「소대성전과 용문전의 관계」, 『어문학』46, 한국어문학회, 1985.

이원주, 「고대소설 독자의 성향」, 『한국학논집』1-5합, 계명대 한국학연구소, 1980.

이윤석, 「박씨전고-임경업전과의 관계를 중심으로-」, 『여성문제연구』12, 효성대, 1983.

______, 「임경업 전설의연구」, 『논문집』31, 효성대, 1985.

______, 「임경업전 이본고」, 『논문집』25, 효성대, 1982.

______, 「임경업전연구-그 형성과정과 문학사적 위치-」, 연세대 석사논문, 1978.

______, 「임경업전의 형성과정고」, 『문예사상연구』1, 한국고전문학회, 1980.

______, 「임장군전 片考」, 『국문학연구』6, 효성대, 1982.

______, 『임경업전연구』, 정음사, 1985.

이창헌, 「고전소설의 혼사장애의 구조와 유형에 관한 연구」, 서울대 석사논문, 1987.

______, 「장풍운전」, 『한국고전소설작품론 (완암 김진세 선생 회갑기념논문집)』, 집문당, 1990.

이헌홍, 「영웅계소설의 꿈」, 『문학과 비평』6, 1988.

임동철, 「임장군전연구」, 『심상논총』1, 심상사, 1979.

임병희, 「여성영웅소설의 유형과 변모양상」, 고려대 석사논문, 1989.

임철호, 「임진록군연구」, 연세대 석사논문, 1977.

______, 『임진록연구』, 정음사, 1986.

임치균, 「영웅소설 연구-탄생과 투쟁을 중심으로-」, 서울대 석사논문, 1985.

______, 「유충렬전」, 『한국고전소설작품론 (완암 김진세 선생 회갑기념논문집)』, 집문당, 1990.

임형택, 「18·9세기 이야기꾼과 소설의 발달」, 『한국학논집』2, 계명대한국학연구소, 1975.

장덕순, 「병자호란을 전후한 전쟁소설」, 『국문학통론』, 1960.

______, 「임경업전·박씨부인전과 병자호란」, 『문학사상』79, 문학사상사, 1979.

______, 「지하국대적퇴치설화와 김원전」, 『한국설화문학연구』, 서울대출판부, 1970.

전용문, 「여성계 영웅소설연구」, 『어문연구』10, 어문연구회, 1979.

______, 「여성계 영웅소설의 근대적 성격」, 『어문연구』14, 어문연구회, 1984.

______, 「여성계 영웅소설의 설화적 연원」, 한국언어문학 25, 1987.

______, 「여성계 영웅소설의 형성 동인」, 『목원어문학』4, 목원대, 1983.

정규복, 「임경업전의 권선징악적 의미」, 『한실 이상보 박사 화갑기념논총』, 1987.

______, 「한국고대군담소설고-삼국지연의의 영향을 중심하여-」, 고려대 석사논문, 1958.

______, 「한국군담소설에 끼친 삼국지연의의 영향서설」, 『국문학』4, 고려대, 1960.

______, 「한국군담소설의 제문제」, 『국어국문학』34·35합, 국어국문학회, 1967.

______, 『한중문학의 비교연구』, 고대출판부, 1987.

정면철, 「영웅의 자아실현과 여성영웅주의에 대하여-영웅담의 분석심리학적 접근-」, 『서강어문』2, 서강대, 1982.

정명기, 「여호걸계 소설의 형성과정」, 연세대 석사논문, 1980.

정의념, 「임경업전의 문헌학적 연구」, 『어문교육논집』3, 부산대, 1978.
정정헌, 「영웅소설의 주인공과 보조도구가 갖는 의미고찰」, 『사림어문연구』6, 창원
　　　대, 1989.
조광국, 「역사영웅소설연구-구활자본 고전소설을 중심으로-」, 서울대 석사논문, 1988.
조동일, 「영웅의 일생, 그 문학사적 전개」, 『동아문화』10, 서울대 동아문화연구소,
　　　1971.
＿＿＿, 「영웅의 일생과 홍길동전」, 『한국문학과 사상』, 새문사, 1981.
＿＿＿, 「임진록에 나타난 김덕령」, 『상산 이재수 박사 환력기념논문집』, 형설출판
　　　사, 1972.
＿＿＿, 『한국소설의 이론』, 지식산업사, 1977.
조병숙, 「여성영웅소설 고찰-박씨전과 정수정전을 중심으로-」, 『말과글』1, 충북대,
　　　1988.
조시중, 「조웅전의 작품구조와 그 수용적 의미」, 성균관대 석사논문, 1987.
조희웅, 「낙성비룡과 소대성전의 비교고찰」, 『관악어문연구』3, 서울대, 1978.
＿＿＿, 「조웅전연구」, 『한국학논총』1, 국민대, 1979.
주명희, 「군담소설과 진실성」, 『우리문학연구』4, 우리문학연구회, 1981.
주명희, 「군담소설연구」, 서울대 석사논문, 1974.
최근덕, 「군담소설과 삼국지연의의 비교연구」, 성균관대 석사논문, 1961.
＿＿＿, 「군담소설과 삼국지연의의 인간고」, 『성균』15, 성균관대, 1962.
최삼룡, 「고대소설에 나타난 도교사상-숙향전, 장국진전, 홍길동전을 중심으로-」,
　　　고려대 석사논문, 1967.
현혜경, 「고전소설에 나타나는 智監話素의 성격과 의미-소대성전·낙성비룡·신유
　　　복전을 중심으로-」, 『국어국문학』102, 국어국문학회, 1989.
홍벽초, 「언문소설과 명·청소설의 관계」, 『조선일보』 1939.1.1.

홍길동전

강동휘, 「이조시대소설의 발생고-홍길동전의 사회학적 고찰시론-」, 『논문집』1, 건국
　　　대, 1974.
＿＿＿, 「홍길동전의 주제고」, 동국대 석사논문, 1972.

구중서, 「홍길동전」, 『한양』313, 한양사, 1964.
김동욱, 「홍길동전연구」(정주동 저) 서평, 『아세아연구』, 고려대, 1962.
______, 「홍길동전의 국내적 소원」, 『이숭녕 박사 송수기념논집』, 을유문화사, 1968.
______, 「홍길동전의 비교문학적 고찰」, 『허균의 문학과 혁신사상』, 새문사, 1981.
김병욱, 「홍길동전소고」, 『서강어문』1, 서강대, 1970.
김상훈, 「비교문학적으로 본 홍길동전과 수호전의 고찰」, 경성대 석사논문, 1961.
김석하, 「홍길동전과 허생전에서의 구도」, 『한국문학의 낙원사상연구』, 일지사, 1973.
김세익, 「홍길동전의 홍길동에 대하여」, 『역사』1, 1963.
김수자, 「홍길동전연구-배경·주제·정신·문학적 가치를 중심으로-」, 『한국어문학연구』, 이화여대, 1961.
김연호, 「홍길동전의 원심적 구조」, 『우운 박병채 박사 환력기념논총』, 1985.
김열규, 「이조소설에 있어서의 악인형의 검토」, 『고전문학연구』1, 한국고전문학연구회, 1971.
______, 「홍길동전의 독자의식-독자론적 이해를 위한 시론-」, 『장암 지헌영 선생 화갑기념논총』, 호서문학사, 1971.
______, 「홍길동전의 시간론적인 몇 가지 문제」, 『허균의 문학과 혁신사상』, 새문사, 1981.
김영실, 「홍길동전소고-근세 반항문학을 위한 시고-」, 『논문집』3, 진주교대, 1969.
김용범, 「허균연구(Ⅰ)-홍길동전의 주제-」, 『국어국문학』89, 국어국문학회, 1983.
김일렬, 「홍길동전과 전우치전의 비교고찰」, 『어문학』30, 한국어문학회, 1974.
______, 「홍길동전의 구조와 의미」, 『국어국문학』99, 국어국문학회, 1988.
______, 「홍길동전의 불통일성과 통일성」, 『어문학』27, 한국어문학회, 1972.
김진세, 「홍길동전작자고」, 서울대 교양학부 『논문집』1, 1969.
김태식, 「홍길동전의 행동문학적 고찰」, 『선청어문』5, 서울대 사대, 1974.
김태준, 「홍길동전연구」, 『신동아』58, 신동아사, 1936.
______, 「홍길동전의 이상주의」, 『허균의 문학과 혁신사상』, 새문사, 1981.
______, 『조선소설사』, 청진서관, 1933.
김혜숙, 「홍길동전연구」, 『국어국문학연구』2, 이화여대, 1959.
두창구, 「홍길동전의구성고」, 『관동대 논문집』13, 관동대, 1985.
민병덕, 「홍길동전의문학사회적 고찰」, 『출판학』16, 한국출판학회, 1973.
박노춘, 「홍길동전목판본소고」, 『이병기 박사 송수논문집』, 1966.

박대규, 「홍길동전과 그 작자」, 『단대학보』, 1955.

박태원, 『홍길동전』, 조선금융조합, 1947.

배해수, 「홍길동전에 나타난 생명 종식어 고찰」, 『허균의 문학과 혁신사상』, 새문사, 1981.

백종근, 「홍길동전의 한 고찰」, 『용봉』3, 전남대 총학생회, 1972.

서대석, 「허균문학의 연구사적 비판」, 『허균의 문학과 혁신사상』, 새문사, 1981.

______, 「홍길동전과 군담소설의 상관관계」, 『군담소설의 구조와 배경』, 이대출판부, 1985.

서종문, 「홍길동전에 나타난 현실인식 문제」, 『허균의 문학과 혁신사상』, 새문사, 1981.

서창원, 「허균의 성격이 홍길동전에 투영된 양상분석」, 『숭전어문학』, 숭전대, 1973.

소재영, 「두 사상의 연맥-교산과 연암의 경우-」, 『논문논집』12, 고려대, 1970.

손순규, 「홍길동전연구」, 이화여대 석사논문, 1956.

송성욱, 「홍길동전의 이본新考」, 『관악어문』13, 서울대, 1989.

송하춘, 「이상세계를 통해 본 작가의식-홍길동전과 광장을 중심으로-」, 『어문논집』19·20, 고려대, 1977.

신귀현, 「홍길동전의 현대적 연구」, 『금성』1, 1937.

여증동, 「홍길동전의 구조론-Edwin Muir의 구조론을 중심으로-」, 『상산 이재수 박사 환력기념논문집』, 형설출판사, 1972.

오갑환, 「부정의식의 한계-사회학자가 본 홍길동전-」, 『문학사상』20, 1974.

오명근, 「허균의 문학사상-홍길동전을 중심으로-」, 동국대 교육대학원 석사논문, 1981.

유간선, 「홍길동전에 나타난 저항성 고찰」, 『용봉논총』9, 전남대, 1979.

유농연, 「홍길동전연구」, 전북대 석사논문, 1962.

유홍렬, 「홍길동을 지은 허균과 그의 신앙」(상·하), 『카톨릭 청년』3·4, 1955.

윤성근, 「홍길동의 신분상승-완판본 홍길동전의 구조와 주제-」, 『문맥』1, 경북대 사대, 1973.

윤영옥, 「홍길동전고-구조, 논리 그 효시적인 점을 중심으로-」, 『영남어문학』1, 영남어문학회, 1974.

이규룡, 「홍길동전의 문학적 가치」, 『국어국문학연구』2, 청구사, 1958.

이능우, 「허균론」, 『숙대논문집』5, 숙명여대, 1965.

______, 「홍길동전과 허균의 관계-실제전설형의 인간 홍길동의 출현에서-」, 『국어

국문학』42 · 43, 국어국문학회, 1969.

______, 「홍길동전연구의 현황과 문제점」, 『한국학보』8, 일지사, 1977.

이문규, 「작가와 작품의 상관성 추정 시고-허균과 홍길동전의 경우-」, 『국어교육』37, 국어교육연구회, 1980.

______, 「허균 산문문학의 연구」, 서울대 박사논문, 1985.

______, 「홍길동전연구-행동면에서 본 주인공의 성격-」, 서울대 석사논문, 1975.

이봉강, 「홍길동전연구」, 고대 교육대학원 석사논문, 1972.

이봉린, 「수호전이 홍길동전에 미친 영향」, 대구대 석사논문, 1967.

이상익, 「홍길동전과 수호지의 비교연구」, 『국어교육』4, 국어교육연구회, 1962.

이수봉, 「홍길동전과 서유기의 유사점 비교」, 『크로바』25, 남성여고, 1965.

이종주, 「한문본 홍길동전 검토」, 『국어국문학』9, 국어국문학회, 1988.

______, 「한문본 홍길동전 해제를 위한 導論」, 『서강어문』, 서강대, 1988.

이주형, 「주인공의 변신을 본 홍길동전」, 『한국학보』17, 일지사, 1979.

이청우, 「작자와 작품의 함수관계-홍길동전을 중심으로-」, 『늑원』13, 이화대, 1968.

이태형, 「홍길동전의 문체시고」, 연세대 교육대학원 석사논문, 1971.

이혜순, 「홍길동전에 나타난 반항의 형태-주로 비교적 관점에서-」, 『논총』26, 이화여대 한국문화원, 1975.

이훈종, 「홍길동전의 결혼에 대한 고찰-原話의 한국적 변용을 중심으로-」, 『인문과학논총』Ⅱ, 건국대, 1978.

임형택, 「홍길동전의 신고찰」(상 · 하), 『창작과 비평』42 · 43, 창작과 비평사, 1976 · 1977.

장덕순, 「허균과 홍길동전」, 『한국고전문학의 이해』, 일지사, 1973.

장문식, 「홍길동전의 수사기교 연구」, 전남대 교육대학원 석사논문, 1978.

장주옥, 「수호전과 홍길동전의 비교연구-양 작품의 소설론적 구성을 중심으로-」, 『향란문학』5, 성신여대, 1975.

전규태, 「홍길동전에 미친 수호전의 영향」, 『문예사상연구』2, 한국고전연구회, 1981.

정규복, 「홍길동전이본고」, 『국어국문학』48 · 51, 국어국문학회, 1970, 1971.

______, 「홍길동전 텍스트의 문제」, 『정신문화연구』44, 정신문화연구원, 1991.

______, 「홍길동전 한문본의 텍스트 문제」, 『동방학지』68, 연세대, 1990.

______, 「홍길동전의 유가사상과 그 작용」, 『파전 김무조 박사 화갑기념논총』, 1988.

______, 「홍길동전의 의적모티프」, 『문학과 비평』2, 탑출판사, 1987.

정병욱, 「홍길동전의 재평가」, 『한국고전의 재인식』, 홍성사, 1979.

______, 「홍길동전-이상과 낭만의 소설」, 『사상계』132, 1964.
정주동, 「홍길동전과 수호지」, 『국어국문학연구』, 청구사, 1959.
______, 「홍길동전연구」, 문호사, 1961.
______, 「홍길동전을 둘러싼 몇 가지 문제-홍길동전 작자가 허균이라는 전제 하에-」,
　　　『국어국문학』20, 국어국문학회, 1959.
______, 「홍길동전의 반항」, 『한국의 인간상』5, 신구문화사, 1966.
정창범, 「홍길동전의 저항정신」, 『문학춘추』2-4, 1965.
諸雄生, 「홍길동전의 개작에 題하여」, 『조선농민』2, 1926.
조동일, 「영웅의 일생, 그 문학사적 전개」, 『동아문화』10, 서울대 동아문화연구소,
　　　1971.
______, 「영웅의 일생과 홍길동전」, 『허균의 문학과 혁신사상』, 새문사, 1981.
조용만, 「홍길동전과 Tom Jones」, 『고대 60주년 기념 논문집』, 1965.
조주현, 「홍길동전의 저항문학적 고찰」, 『어문논집』11, 고려대, 1968.
조희웅, 「국문본 고전소설 형성·연대 고찰」, 『논문집』12, 국민대, 1977.
진영환, 「홍길동전에 나타난 인간상 연구」, 『논문집』17, 대전공전, 1976.
차용주, 「허균론재고」, 『아세아연구』48, 고려대, 1972.
최범훈, 「홍길동전의 어학적 연구」, 『우리문학연구』1, 우리문학연구회, 1976.
최삼룡, 「홍길동전에 나타난 도선 사상연구」, 『어문집』24, 전북대, 1982.
최선옥, 「홍길동전의 신화비평적 고찰」, 『한국언어문학』17·18, 한국 언어문학회,
　　　1979.
최영호, 「홍길동전의 비교문학적 고찰」, 『국어교육연구』1, 대구대, 1978.
황패강, 「홍길동전의 사회인식-그 한계가 의미하는 것-」, 『홍길동전』, 시인사, 1984.

구운몽

강인순, 「구운몽 연구-작중인물의 성격 고찰을 중심으로-」, 영남대 교육대학원 석사
　　　논문, 1984.
강준철, 「구운몽의 구조연구-이원성을 중심으로-」, 동아대 석사논문, 1982.
강중탁, 「구운몽에서의 꿈의 의미」, 『명지어문학』8, 명지대, 1976.
곽봉조, 「구운몽고」, 『선청어문』6, 서울대 사대, 1976.

김규태, 「서포의 문학세계-구운몽의 문학적 가치를 중심으로-」, 『인문과학』9, 연세대, 1963.

김균태, 「구운몽의 공간관념에 대하여」, 『한국고전산문연구』, 동화문화사, 1981.

김동욱, 「구운몽 연구」(정규복 저) 서평, 『아세아연구』54, 고려대 아세아문제연구소, 1975.

______, 「구운몽」, 『현대불교』4, 현대불교사, 1960.

______, 「김만중의 문학세계」, 『김만중연구』, 새문사, 1983.

김무조, 「김만중연구-그 인간과 생애를 중심으로-」, 『동아논총』5, 동아대, 1969.

______, 「서포소설연구-특히 그의 양면성을 중심으로-」, 『동아논총』11, 동아대, 1975.

______, 「서포소설의 문제점-그 영향과 제작과정을 중심으로-」, 『동아논총』4, 동아대, 1968.

______, 「서포연구」, 부산대 석사논문, 1961.

______, 『서포소설연구』, 형설출판사, 1974.

김백선, 「금오신화와 구운몽의 대비 연구」, 고려대 교육대학원 석사논문, 1977.

김병국, 「구운몽 연구-그 환상구조의 심리적 고찰-」, 『국문학연구』6, 서울대, 1968.

______, 「구운몽 저작시기 변증」, 『한국학보』51, 일지사, 1988.

______, 「구운몽」, 『한국고전소설작품론(완암 김진세 선생 화갑기념논문집)』, 1990.

______, 「구운몽에 구현된 환생체험의 심리적 고찰」, 『문리대학보』24, 서울대, 1969.

______, 「구운몽에 반영된 어머니 콤플렉스적 요소」, 『논문집』1, 국어교육연구회, 1969.

______, 「구운몽연구의 현황과 문제점」, 『한국학보』5, 일지사, 1976.

______, 「구운몽의 에피그라프 '記夢'-서포와 그의 꿈-」, 『국어교육』14, 한국국어교육 연구회, 1968.

김석회, 「서포소설의 주제 시론」, 『선청어문』18, 서울대 사대, 1989.

______, 「서포의 현실 인식 태도와 그 문학적 현실에 관한 고찰」, 『국어교육』63·64합, 한국국어교육연구회, 1988.

김선아, 「구운몽의 人物 命名-그 구조와 의미-」, 『천봉 이능우 박사 칠순기념논총』, 1990.

김숙희, 「구운몽의 혼담구조와 혼사기능에 대한 연구」, 『경남어문』23, 경남대, 1990.

김열규, 「구운몽의 구조」, 『김만중연구』, 새문사, 1983.

김영건, 「영역된 구운몽」, 『백제』2, 1947.

김옥분, 「구운몽연구」, 숙명여대 석사논문, 1959.

김용덕, 「구운몽의 사상적 배경연구」, 한양대 석사논문, 1979.

김용욱, 「구운몽의 시공간구조 연구」, 국민대 석사논문, 1984.

김윤식, 「완결의 형식과 출발의 형식-구운몽과 춘향전 언어와 현실에 대한 노트-」, 『현대문학』188, 현대문학사, 1970.

김익중, 「구운몽의 소재와 원천 散攷」, 『동성논총』5, 동성중고, 1974.

김일렬, 「구운몽과 운영전의 비교 연구」, 『어문논총』9·10, 경북대, 1975.

______, 「구운몽신고」, 『한국고전산문연구』(장덕순 선생 화갑기념논총), 동화문화사, 1981.

김종택, 「서포의 심적 갈등이 구운몽에 미친 영향」, 연세대 교육대학원석사논문, 1974.

김창룡, 「구운몽의 몇 가지 문제」, 『논문집』, 한성대, 1985.

김태준, 『조선소설사』, 학예사, 1939.

김현룡, 「서포소설」, 『한중소설화비교연구』, 일지사, 1976.

김혜자, 「구운몽의 표현연구」, 『한국어문학연구』8, 이화여대, 1968.

문상득, 「구운몽소고-일부다처와 불교적 주제-」, 『피천득 선생 화갑기념논총』, 삼화출판사, 1971.

민긍기, 「구운몽의 형식 규명을 위한 예비적 고찰」, 『열상고전연구』3, 열상고전연구회, 1990.

박미옥, 「고대소설에 나타난 聖과 俗 연구-구운몽·천수석을 중심으로-」, 이화여대 교육대학원 석사논문, 1976.

박병완, 「구운몽의 연구사적 성찰」, 『고전문학연구』3, 집문당, 1986.

박성의, 「구운몽 배경으로서의 諸思想의 조류」, 『한메 김영기 선생 고희기념논문집』, 형설출판사, 1971.

______, 「구운몽의 사상적 배경 연구」, 『아세아연구』36, 고려대 아세아 문제연구소, 1968.

______, 「구운몽의 사상적 배경 연구-한국고전문학 배경의 일환으로-」, 고려대 박사논문, 1969.

______, 「김만중론」, 『사조』1권 2호, 1958.

______, 『구운몽·사씨남정기』, 정음사, 1959.

박일용, 「인물 형상을 통해 본 구운몽의 사회사적 성격과 소설사적 위상」, 『정신문화연구』44, 정신문화연구원, 1991.

박종봉, 「구운몽의 인물 변전 연구」, 경북대 석사논문, 1986.

배영희, 「구운몽의 상징성연구」, 경희대 석사논문, 1982.

백상훈, 「서포소설에 대한 연구」, 세종대 석사논문, 1982.

사재동, 「구운몽 연구 서설」, 『어문연구』14, 어문연구회, 1985.

서대석, 「구운몽·군담소설·옥루몽의 상관관계」, 『어문학』25, 한국어문학회, 1971.

설성경, 「관념적 삶과 그 공감의 지평-서포의 소설을 중심으로-」, 『현상과 인식』4, 한국인문사회과학원, 1977.

______, 「구운몽과 노장의 의식구조론」, 『연민 이가원 박사 육질송수기념논총』, 1977.

______, 「구운몽에 구현된 사상과 주제」, 『고소설의 구조와 의미』, 새문사, 1986.

______, 「구운몽의 구조적 연구(Ⅰ)-시간론-」, 『인문과학』27·28합, 연세대, 1972.

______, 「구운몽의 구조적 연구(Ⅱ)-표현론-」, 『언어문화』1, 연세대, 1974.

______, 「구운몽의 구조적 연구(Ⅲ)-소재의 시간적 요소-」, 『국어국문학』58·59·60합, 국어국문학회, 1972.

______, 「구운몽의 구조적 연구(Ⅳ)-표기문자론-」, 『원우논집』2, 연세대, 1974.

______, 「구운몽의 구조적 연구(Ⅴ) -공간적 배경과 남해의 구전 소재-」, 『도남 조윤제 박사 고희기념논총』, 1976.

______, 「구운몽의 소재원에 관한 연구」, 『조선학보』134, 조선학회, 1990.

______, 「구운몽의 주인공론」, 『한국고소설의 조명』, 아세아문화사, 1990.

______, 「남원고사 작가의 구운몽 활용 사항」, 『예산학보』9, 애산학회, 1990.

______, 「몽의 통합적 층위와 계열상」, 『김만중연구』, 새문사, 1983.

성현경, 「구운몽과 김만중의 삶 의식」, 『김만중연구』, 새문사, 1983.

______, 「구운몽과 옥련몽의 대비 연구」, 『한국고전소설』, 계명대출판부, 1974.

______, 「구운몽과 옥련몽의 대비연구」, 『한국어문학』7, 한국어문학회, 1970.

______, 「구운몽과 옥루몽의 대비 연구」, 『우리문화』49, 우리문화연구회, 1969.

______, 「이조몽자류 소설연구-특히 구운몽과 옥루몽을 중심으로-」, 『국어국문학』54, 국어국문학회, 1971.

송백헌, 『西浦家門行狀』, 형설출판사, 1977.

송하천, 「구운몽의 사상적 배경 연구」, 전남대 교육대학원 석사논문, 1985.

송하춘, 「구운몽에 있어서의 환몽설화의 의미」, 『어문논집』18, 고려대, 1977.

신재홍, 「구운몽의 서술원리와 이념성」, 『고전문학연구』5, 한국고전문학연구회, 1990.

심동복, 「구운몽 연구-불교사상적 성격을 중심으로-」, 원광대 석사논문, 1985.

안재식, 「구운몽 연구-작품의 심층구조분석을 중심으로-」, 연세대 교육대학원 석사논문, 1973.

_____, 「구운몽연구-작품의 심층구조분석을 중심으로-」, 『새국어교육』25 · 26합, 한국국어교육연구회, 1977.

_____, 「구운몽의 작품구도와 환상구조」, 『새국어교육』16 · 17, 한국국어교육연구회, 1973.

안창수, 「구운몽에 나타난 형식과 내용의 관계」, 『영남어문학』16, 영남어문학회, 1989.

_____, 「금오신화 및 옥루몽과의 관계에서 살펴 본 구운몽」, 『민족문화논총』10, 영남대, 1990.

양백화, 「구운몽의 가치」, 『삼천리』80, 삼천리사, 1936.

오제민, 「김만중연구-그의 두 국문소설을 통해 본 삶의 의식을 중심으로-」, 인하대 교육대학원 석사논문, 1984.

유병환, 「구운몽 연구에 대한 반성적 연구」(상), 『한국문학연구』9, 동국대, 1986.

_____, 「구운몽 연구에 대한 반성적 연구」(하), 『시원 김기동 박사 화갑기념논문집』, 1986.

_____, 「구운몽과 금강경의 대응양상」, 『논문집』27, 공주사대, 1989.

_____, 「구운몽연구-불교사상의 원융상징에 대하여-」, 동국대 박사논문, 1989.

_____, 「구운몽의 구조에 대한 재고-윤회의 허구화-」, 『한국언어문학논총』, 호서문화사, 1986.

_____, 「구운몽의 구조적 원형에 대하여-금강경과의 대응 양상-」, 『우금치문학』15, 공주사대, 1990.

_____, 「구운몽의 불교사상적 연구를 위한 지반-작가적 사실로서의서포집 · 서포만필과 작품적 사실로서의 구운몽-」, 『논문집』26, 공주사대, 1988.

윤귀섭, 「구운몽의 한 이본-家藏漢文本 구운몽-」, 『동대어문』1, 동덕여대, 1971.

윤기덕, 「김만중의 창작기교」, 『문학연구』, 1963.

윤영옥, 「구운몽의 근원 형태고」, 『서병국박사 화갑기념논문집』, 형설출판사, 1979.

윤호진, 「김만중의 문학과 사상-방법과 태도를 중심으로-」, 『우리문학연구』6 · 7합, 우리문학연구회, 1988.

이가원, 「구운몽 평고」, 『구운몽』, 덕기출판사, 1955.

_____, 「구운몽」, 『국학자료』, 창간호, 장서각, 1972.

_____, 「구운몽고」(一), 『성균학보』2, 성균관대, 1955.

이능우, 「구운몽 분석」, 『논문집』12, 숙명여대, 1972.

이도석, 「구운몽연구」, 원광대 석사논문, 1984.

이명구, 「구운몽」, 『한국의 고전백선(『신동아』1월호 별책)』, 동아일보사, 1969.

______, 「구운몽고」, 『성균학보』2・3, 성균관대, 1955.8.

______, 「구운몽抄-譯述 고전소설선-」, 『현대문학』7, 현대문학사, 1955.

______, 「구운몽-한국의 명저 5-」, 『사상계』137, 사상계사, 1964.

이상익, 「구운몽의 주제」, 『한국문학사의 쟁점』, 집문당, 1986.

이상택, 「구운몽과 춘향전-그 대칭위상-」, 『김만중연구』, 새문사, 1983.

이석래, 「서포소설의 문제점」, 『성심어문논집』1, 성심여대, 1966.

이재수, 「구운몽 연구」, 『한국소설연구』, 선명문화사, 1969.

이현국, 「구운몽과 숙향전의 비교 고찰」, 『문학과 언어』5, 문학과 언어연구회, 1984.

임명덕, 「九雲夢與韓中兩國幻類作品-主述其夢幻始末與虛無思想-」, 『문리대학보』
      29, 서울대, 1975.

장경열, 「구운몽-세계관의 문학적 開陣의 문제-」, 『인하』18, 이하대, 1982.

장덕순, 「구운몽의 소설사적 위치」, 『김만중연구』, 새문사, 1983.

전형대, 「구운몽에 나타난 비평의식-시비평을 중심으로-」, 『국어국문학』72・73, 국
      어국문학회, 1976.

정규복, 'A Comparative Study on the Fantasie Structure of Ku-un-mong',
      Tamkang Review Vol Ⅲ. No. 2, 1971.

______, 「구운몽 老尊本攷」, 『국어국문학』61, 국어국문학회, 1973.

______, 「구운몽 노존본의 연구」, 『교육논총』7・8, 고려대 교육대학원, 1977・1978.

______, 「구운몽 노존본의 이분화」, 『동방학지』59, 연세대, 1988.

______, 「구운몽 서울대학본의 재고」, 『대동문화 연구』, 성균관대, 1991.

______, 「구운몽 영역본고」, 『국어국문학』21, 국어국문학회, 1959.

______, 「구운몽 乙巳本 上卷攷」, 『인문논집』19, 고려대, 1974.

______, 「구운몽 乙巳本에 대하여」, 『인문논집』17, 고려대, 1972.

______, 「구운몽 이본고」, 『아세아연구』8・9, 고려대 아세아문제연구소, 1961・1962.

______, 「구운몽의 '공관'시비」, 『수여 성기열 박사 회갑기념논총』, 1989.

______, 「구운몽의 근원사상고-「空」사상을 중심으로-」, 『아세아연구』28, 고려대 아
      세아 문제연구소, 1967.

______, 「구운몽의 비교문학적 고찰」, 『인문논집』16, 고려대, 1971.

______, 「구운몽의 사상」, 『불교문화』2, 월간불교문화사, 1974.

______, 「구운몽의 원작과 텍스트의 문제」, 『교육논총』17, 고려대, 1985.

______, 「구운몽의 원작에 대하여」, 『국어국문학』54, 국어국문학회, 1971.

______, 「구운몽의 표기문자에 대하여-설성경 씨의 한문·국문표기설에 붙여-」, 『개신어문연구』, 충북대, 1981.

______, 「구운몽의 환몽 구조론」, 『상산 이재수 박사 환력기념논문집』, 형설출판사, 1972.

______, 「구운몽의 환몽구조론」, 『한국고전소설』, 계명대출판부, 1974.

______, 「금강경과 구운몽」, 『국어국문학』55·56·57합, 국어국문학회, 1972.

______, 「김만중론」, 『한국문학작가론』, 형설출판사, 1977.

______, 「서평 구운몽」, 『인문논집』18, 고려대, 1973.

______, 『구운몽 연구』, 고려대 출판부, 1974.

______, 『구운몽 원전의 연구』, 일지사, 1977.

정인한, 「구운몽연구-그 사상성과 꿈 구조를 중심으로-」, 『어문학』38, 한국어문학회, 1979.

______, 「구운몽의 연구」, 경북대 석사논문, 1971.

정주동, 「구운몽의 불교적 고찰」, 『동양문화』6·7, 영남대, 1968.

조동일, 「구운몽과 금강경, 무엇이 문제인가」, 『김만중연구』, 새문사, 1983.

______, 「김만중의 문학사상」, 『현상과 인식』2, 한국사회과학원, 1977.

조용호, 「구운몽 연구-텍스트 시간론의 관점에서-」, 『이정 정연찬 선생 회갑기념논총』, 1989.

조희양, 「구운몽에 표방된 윤회사상」, 『경대문학』2, 경기대, 1967.

진영환, 「구운몽연구-인간상 정립을 위하여-」, 『논문집』25, 대전공전, 1979.

천두현, 「구운몽의 형태 試考」, 경북대 석사논문, 1961.

최재남, 「서포연보의 성격과 김만중연구」, 『한국학보』57, 일지사, 1989.

최준하, 「구운몽대 중국사상의 영향연구」, 『목원어문학』7, 목원대, 1988.

______, 「구운몽의 儒佛仙思想攷」, 『대구어문논총』8, 대구어문학회, 1990.

현명철, 「구운몽의 사상성연구」, 숭전대 석사논문, 1982.

현옥녀, 「구운몽과 현대소설의 관계」, 『군자어문학』1, 수도여사대, 1974.

현창하, 「구운몽연구」, 『현대문학』89, 현대문학사, 1962.

황패강, 「구운몽-'꿈'의 형상과 주제-」, 『조선왕조소설연구』, 단대출판부, 1981.

______, 「김만중의 문학과 儒家的 士意識」, 『김만중연구』, 새문사, 1983.

Elspet K. Robertson, <구운몽> 英譯本 "The Cloud Dream of the Nine", 1922.

Richard Rutt, 'Classical Korean Novels in Chinese neglected'-Ku-un-mong case-, *Korean Journal* Vol. 10, 1, 1970.

S.E.Solberg, The Kuunmong:'A Morality', 『무애 양주동 박사 화갑기념논문집』, 1963.

＊본 연구목록은 번잡을 덜기 위해 구운몽 내지 구운몽을 위주로 한 논문과 그 작가 김만중에 대한 작가론에 한정하여 엮었고, 그 외 남정기·시·비평 등에 대한 논문은 제외하였다.

연암소설

강녕배, 「연암소설의 리얼리즘-양반전에 나타난 계급의식비판을 중심으로-」, 『어문학연구』3, 전북대 어문학연구회, 1983.

강동화, 「박연암의 문학관에 대하여-열녀함양박씨전의 경우-」, 『우리문학연구』3, 우리어문학연구회, 1978.

______, 「박연암의 사회비평양상-두 편의 소설을 중심으로-」, 『동악어문』13, 동악어문학회, 1990.

강봉근, 「연암소설의 사상적 배경」, 『국어문학』25(일산 김준영 선생 정년기념호), 전북대 국어국문학회, 1985.

______, 「연암소설의 인물론」, 『어문학연구』3, 전북대 어문학연구회, 1983.

______, 「연암소설의 인물연구」, 전북대 박사논문, 1985.

강우홍, 「연암소설에 나타난 풍자성연구」, 경남대 교육대학원 석사논문, 1985.

강인수, 「연암소설에 있어서 역설의 미학-인간상의 역설적 투영-」, 성균관대 교육대학원 석사논문, 1987.

강현모, 「민옹전연구」, 『한국학논집』15, 한양대 한국학연구소, 1989.

곽정식, 「양반전의 민담학적 고찰-서사적 단위로서의 트릭을 중심으로-」, 『문하생의 글로 엮어진 두메 박지홍 선생 회갑기념논문집』, 동 출판물 간행회, 1984.

______, 「허생의 엘리트(Elite)의식과 그 성격-구조분석에 의한 의미 고찰-」, 『한국문학논총』6·7합(태야 최동원 선생 화갑기념호), 한국문학회, 1984.

구모룡, 「士와 지식인-허생전-」, 『문학사상』21, 문학정신사, 1988.

구수영, 「호질의 공리성고」, 『한국언어문학』13집, 한국언어문학회, 1975.

권덕규, 「박연암의 허생전을 평함」, 『비평』12, 비평사, 1939.

권영규, 「연암소설에 나타난 근대의식연구」, 중앙대 교육대학원 석사논문, 1985.

권진숙, 「연암의 김신선전연구-그 실학적 고찰-」, 『경기어문학』1(풍곡 김태균 교수 화갑기념특집호), 경기대 국어국문학과, 1980.

권태을, 「호질의 작중인물과 주제에 관한 일고」, 『논문집』, 김천 간전, 1979.

______, 「호질재론-그 배경의 우의성과 작중인물의 성격을 중심으로-」, 『영남어문학』9, 영남어문학회, 1982.

기원서, 「연암소설에 표출된 풍자성 소고」, 『인하』13, 인하대, 1977.

김균태, 「양반전의 주제」, 『한국문학사의 쟁점』, 집문당, 1986.

______, 「호질」, 『한국고전소설작품론(완암 김진세 선생 회갑기념논문집)』, 집문당, 1990.

김기조, 「호질연구-희곡적 성격을 중심으로-」, 인하대 석사논문, 1984.

김명순, 「연암소설의 비극성-허생전을 중심으로-」, 『연민 이가원 선생 칠질송수기념논총』, 정음사, 1987.

김명호, 「신선전에 대하여」, 『한국 판소리 · 고전문학연구』, 아세아문화사, 1983.

김복희, 「연암소설에 나타난 민중의식과 풍자성고」, 『한국어문학연구』, 이화여대 국어국문학회, 1972.

김상호, 「연암소설에 나타난 인물의 분석적 연구」, 고려대 교육대학원석사논문, 1977.

______, 「연암소설에 표출된 사회관과 문학성」, 『관동어문학』2, 관동대, 1982.

김석형, 「박연암의 열하일기」, 『춘추』5월호 2권 4호, 조선춘추사, 1941.

김선아, 「옥갑야화의 구조분석」, 『원우론총』1, 숙명여대, 1983.

김선학, 「성격창조를 통한 역동적 구조-양반전-」, 『문학정신』21, 문학정신사, 1988.

김성두, 「실학의 경제윤리-경제학자가 본 허생전-」, 『문학사상』20, 문학사상사, 1974.

김성칠, 「사상의 혁명가 연암박지원」, 『민주조선』3, 중앙청공보부여론국, 1948.

김승우, 「박연암문학의 재평가」, 『수필문학』67, 수필문학사, 1978.

김영동, 「연암박지원의 소설연구-호질과 옥갑야화를 중심으로-」, 동국대 박사논문, 1987.

______, 「연암박지원의 소설연구-호질과 옥갑야화를 중심으로-」, 동국대 박사논문, 1988.

______, 「연암소설에 나타난 풍자성」, 『동악어문논집』11, 동악어문학회, 1978.

______, 「연암소설의 풍자성」, 동국대 석사논문, 1977.

______, 「열녀함양박씨전병서연구」, 『시원 김기동 박사 회갑기념논집』, 1986.

______, 「옥갑야화의 분석적 고찰」, 『한국문학연구』11, 동국대, 1988.

김영식, 「박연암 산문정신고-열하일기를 중심으로-」, 고려대 교육대학원 석사논문, 1975.

김영택, 「양반전연구」, 『인천국어교육』1, 1985.

김원배, 「연암작품에 나타난 사회의식소고-허생전을 중심으로-」, 『인천어문학』3 · 4, 인천대, 1988.

김윤식, 「박연암문학의 재평가-문장과 상상력-」, 『수필문학』67, 수필문학사, 1978.

김인초, 「연암소설에 수용된 중국문학적 양상」, 『연민 이가원 선생 칠질송수기념논총』, 정음사, 1987.

김일근, 「박지원과 평가원내의 비교연구」, 『조선학보』26, 일본천리대, 1963.

______, 「박지원과 평가원내의 풍자작품이 시사하는 것」, 『조선학회』13회 발표록, 일본 천리대 조선학회, 1963.

______, 「연암소설의 근대적 성격」, 『고전소설연구』(국어국문학 총서5), 1984.

______, 「연암소설의 근대적 성격」, 『논문집』1, 경북대, 1956.

______, 「연암소설의 근대적 성격과 신문학의 계보」, 경북대 석사논문, 1956.

김정희, 「연암소설에 나타난 작가정신」, 한양대 교육대학원 석사논문, 1986.

김준식, 「허생전고」, 인하대 교육대학원 석사논문, 1981.

김지용, 「박연암문학의 사실성-열녀함양박씨전을 중심으로-」, 『조선학회』13회 발표록, 1963.

김지환, 「현대단편소설에 비추어 본 예덕선생전의 단편적 특질고」, 『청대한림』2, 청주대, 1983.

김진영, 「양반전의 풍자성 소고」, 『태능어문』1, 서울여대 국어국문학과, 1981.

김창집, 「연암소설의 구조」, 『북천 심여택 선생 화갑기념논총』, 형설출판사, 1982.

김태곤, 「연암소설의 풍자성 분석」, 『국제대학보』127, 국제대, 1969.

김태준, 「연암소설경개(2)」, 『조선어문학회보』(통권 4호), 조선어문학회, 1932. 2.

김학성, 「양반전의 작품구조와 주제」, 『성균관대학교논문집 인문과학편』19, 성균관대 인문과학연구소, 1989.

______, 「연암소설의 풍자성」, 『문리대학보』26, 서울대 문리대, 1971.

______, 「연암의 실학사상과 허생전의 작가의식」, 『벽사 이우성교수 정년퇴임기념논문집』, 창작과비평사, 1990.

______, 「허생전」, 『한국고전소설작품론(완암 김진세 선생 회갑기념논문집)』, 집문

당, 1990.

______, 「허생전에 나타난 연암의 작가의식」, 『국어국문학연구』4, 원광대 국어국문학과, 1978.

김현덕, 「연암소설연구-사대부사상과의 관계를 중심으로-」, 세종대 석사논문, 1986.

김현룡, 「허생의 無人島小考」, 『인산 김원경 박사 화갑기념논문집』, 1988.

______, 「허생전의 소위 시사삼난연구-왕조실록에 나타난 실례를 중심으로-」, 『국어국문학』58·59, 국어국문학회, 1972.

김형민, 「양반전의 화자분석연구-화자의 양반전을 중심으로-」, 『우해 이병선 박사 화갑기념논총』, 1987.

나봉호, 「연암의 소설 속에 나타난 풍자성」, 『국어국문학연구』3, 이화여대, 1961.

남성우, 「연암소설에 나타난 사회사상고찰」, 동국대 교육대학원 석사논문, 1986.

두창구, 「민옹전 구성고」, 『세종어문연구』3·4, 세종대, 1987.

______, 「연암소설의 신연구」, 『어문논집』3, 중앙대 문리대, 1964.

______, 「연암소설의 연구」, 중앙대 석사논문, 1964.

문린식, 「연암소설의 연구-양반전을 중심으로-」, 『한국언어문학』25, 한국언어문학회, 1987.

문영오, 「연암소설에 있어서의 恨의 굴절양상」, 『한국문학』8, 동국대, 1985.

민병수, 「박지원문학의 연구사적 검토」, 『한국학보』13, 일지사, 1978.

______, 「양반전」, 『한국고전소설작품론(완암 김진세 선생 회갑기념논문집)』, 집문당, 1990.

박기석, 「박지원 한문단편 형성과정에 관한 연구」, 『논문집』4, 강릉대, 1982.

______, 「박지원 한문단편에 대한 일고-양반사회에 대한 비판의식을 중심으로-」, 『강릉어문학』1, 강릉대, 1984.

______, 「박지원의 한문단편과 설화」, 『고전소설연구의 방향』, 새문사, 1985.

______, 「양반전의 형성과정과 서술구조」, 『한국 판소리·고전문학연구(새터 강한영 교수 고희기념논문집)』, 아세아문화사, 1983.

______, 「연암박지원의 광문자전의 형성에 관한 고찰」, 『이응백 박사 회갑기념논문집』, 1983.

______, 「연암소설에 대해-허생·호질-」, 『비령』1, 강릉대 학도호국단, 1981.

______, 「연암의 생애와 한문단편의 형성」, 『우전 신호열선생 고희기념논총』, 창작과 비평사, 1983.

______, 「연암의 초기 九傳에 대한 일고」, 『한국고전산문연구(장덕순 선생 회갑기념)』,

동화문화사, 1981.

______, 「연암한문단편소설의 설화수용에 관한 연구-허생 유사설화를 중심으로-」, 『의민 이두현 박사 회갑기념논문집』, 1984.

______, 「예덕선생전연구」, 『국어교육』31, 한국국어교육연구회, 1977.

______, 「전환기의 사회상과 연암소설」, 『국문학연구』16, 서울대 국문학연구회, 1972.

______, 「호질의 작자」, 『한국문학사의 쟁점』, 집문당, 1986.

______, 『박지원문학연구』, 삼지원, 1984.

박기원, 「연암과 채만식의 풍자소설 비교」, 중앙대 석사논문, 1977.

______, 「허생전 이본연구」, 『어문논집』15, 중앙대 국어국문학회, 1981.

박선희, 「허생전소고」, 『수련어문논집』2, 부산여대 국어교육학과, 1975.

박성규, 「허생전연구-허생의 근대적 성격을 중심으로-」, 『한국학논집』12, 계명대, 1985.

박자선, 「연암소설에 나타난 오륜사상연구」, 원광대 석사논문, 1986.

______, 「호질과 김현감호-현실인식을 중심으로-」, 『원광한문학』3, 원광대, 1987.

박종섭, 「호질 고찰」, 『계명어문학』4, 계명어문학회, 1988.

박준원, 「광문자전 분석-광문의 실체와 형상-」, 『한국학문학연구』8, 한국한문학연구회, 1985.

박태상, 「연암박지원의 한문소설」, 『고소설의 구조와 의미』, 새문사, 1986.

박형택, 「박연암의 우정론과 윤리의식의 방향-마장전과 예덕선생전의 분석-」, 『한국한문학연구』1, 한국한문학회, 1976.

방종례, 「호질의 현대적 비평」, 『국문학연구』4, 효성여대 국어국문학과, 1973.

배상식, 「연암소설에 대한 일고」, 세종대 석사논문, 1981.

______, 「연암소설에 대한 일고」, 세종대 석사논문, 1982.

백남수, 「연암소설에서 본 실학사상」, 『국어국문학연구』1, 이화여대, 1958.

서용웅, 「박지원한문단편소설연구-현실비판과 이용후생의 한계와 의의-」, 경기대 석사논문, 1988.

서인석, 「옥갑야화와 세계와 허생전」, 『운당 구인환 선생 화갑기념논문집』, 1989.

설성경, 「열녀함양박씨전 병서의 구조」, 『연민 이가원선생 칠질송수기념논총』, 정음사, 1987.

설원섭, 「연암소설의 휴머니즘연구」, 고려대 교육대학원 석사논문, 1982.

설중환, 「양반전 재고」, 『문리경상논집』1, 고려대, 1983.

______, 「허생전재고」, 『문리대논집』2, 고려대 문리대학, 1984.

성교진, 「연암 박지원의 한문소설에 나타난 허사에 관한 연구」, 『어문연구』30, 일조각, 1981.

성기설, 「양반전 중 當行禁止節目에 대하여」, 『인문과학논문집』4, 인문과학연구소, 1978.

______, 「양반전중 當行禁止節目에 대하여」, 『석계 조인제 박사 환력기념논총』, 1977.

성현경, 「열녀함양박씨전과 열녀함양박씨전 并序의 구성, 『한국고전산문연구』, 동화문화사, 1981.

______, 「호질연구」, 『한국고전소설연구』, 새문사, 1983.

소재영, 「호질재론」, 『숭전어문학』2, 숭전대 국어국문학과, 1973.

손수일, 「연암소설의 풍자성」, 『풍문』10, 풍문여고, 1963.

손행규, 「연암소설소고-풍자문학적 입장에서-」, 『선청어문』, 서울대사대, 1972.

송찬식, 「연암소설의 사회적 고찰」, 『우리문화』2, 우리문화연구회, 1968.

신기형, 「연암의 실학사상-그의 한문소설을 중심으로-」, 『문경』4, 중앙대 문리대, 1957.

신란수, 「연암소설의 서술기법연구」, 중앙대 교육대학원 석사논문, 1987.

신상성, 「연암소설의 재평가」, 『한국문학연구』6·7합, 동국대, 1984.

신윤상, 「양반전의 페르소나와 저항정신」, 『한국문학의 정신분석』, 청록출판사, 1985.

______, 「호질의 심상과 동심」, 『한국문학의 정신분석』, 청록출판사, 1985.

안말숙, 「연암소설의 풍자적 양상」, 부산여대 석사논문, 1984.

양재연, 「호질」, 『현대문학』7, 현대문학사, 1965.

엄명균, 「양반전 소고」, 『어문학보』6, 강원대, 1982.

오명환, 「연암소설의 주제와 형상」, 『성대문학』12, 성균관대, 1966.

오상태, 「연암소설의 풍자성연구」, 영남대 박사논문, 1982.

______, 「한국문학에서의 풍자성 연구-연암소설을 중심으로-」, 대구대 석사논문, 1967.

______, 「호질의 작자에 대하여」, 『영남어문학』5, 영남대 영남어문학회, 1978.

오한식, 「연암소설형성고」, 『논문집』25, 한국국어교육연구회, 1984.

유병환, 「연암 박지원소설의 근대문학적 고찰」, 동국대 석사논문, 1982.

유일선, 「허생전연구-그 문제설정과 사상성에 대하여-」, 중앙대 석사논문, 1969.

윤미길, 「허생과 장주」, 『국어교육』41, 한국국어교육연구회, 1982.

윤병노, 「근대문학의 단초-양반전의 문학적 의의-」, 『주간성대』, 성균관대, 1957.

______, 「허생전의 풍자정신」, 『문학춘추』3월호, 문학춘추사, 1965.

윤재근, 「허생전에 나타난 박지원의 사회의식 고찰」, 『홍익어문』, 홍익어문연구회, 1987.

이가원, 「양반전 연구」, 『연암소설연구』, 을유문화사, 1990.

______, 「양반전연구」, 『대동문화연구』1, 성균관대 대동문화연구원, 1963.

______, 「역학대도전·봉산학자전 소고」, 『연암소설연구』, 을유문화사, 1964.

______, 「연암소설과 실학사상-특히 양반전을 중심으로 하여-」, 『한국사상총서』2, 한국사상연구회, 1962.

______, 「연암소설연구-제1기작 九傳에 대하여-」, 『연세논총』1, 연세대, 1962.

______, 「연암소설의 연구」, 성균관대 석사논문, 1966.

______, 「연암의 실학사상-연암소설연구 총서일구-」, 『도남 조윤제 박사 회갑기념 논문집』, 신아사, 1964.

______, 「우상전연구」, 『연암소설연구』, 을유문화사, 1965.

______, 「우상전연구-연암소설연구 其七」, 『국어국문학』26, 국어국문학회, 1963.

______, 「허생에서 나타난 연암 박지원의 교육사상」, 『새교육』65, 대한교육연합회, 1958.

______, 「호질연구」, 『연세논총』2, 연세대, 1963.

______, 「호질연구」, 『연암소설연구』, 을유문화사, 1965.

이덕근, 「연암과 다산의 문학 비교연구(상)-소설편-」, 『창론』1, 중앙대 한국예술연구소, 1980.

이동환, 「박연암의 사상과 소설」, 『고전문학을 찾아서』, 문학과 지성사, 1976.

______, 「박지원론」, 『한국문학작가론』, 형설출판사, 1977.

이만형, 「연암소설고-환경론적 면에서 고찰한 문학과 인생-」, 『공주사대학보』23~ 27, 1961.

이미경, 「연암소설 연구-작중인물의 인간성을 중심으로-」, 성균관대 교육대학원 석사논문, 1987.

이병순, 「박연암과 그의 소설의 나타난 사상성고」, 『한국어문학연구』9, 이화여대 한국어문학회, 1969.

이병하, 「연암소설의 풍자성연구」, 중앙대 교육대학원 석사논문, 1982.

이상익, 「연암의 허생전과 춘원의 허생전」, 『의민 이두현 박사 회갑기념논문집』, 1984.

이상호, 「호질 작자고」, 『논문집』1, 연암공전, 1984.

이석래, 「박연암의 풍자작품-양반전과 호질-」, 『성심어문논집』4, 성심여대, 1977.
______, 「허생전연구」, 『한국고전산문연구(장덕순 선생 화갑기념)』, 동화문화사, 1981.
______, 「허생전연구」, 『한국고전소설연구』, 새문사, 1983.
이세종, 「연암소설의 문학사적 가치고」, 『경희문선』1, 경희대 국어국문학회, 1962.
이영빈, 「양반전연구」, 인하대 석사논문, 1982.
이우성, 「호질의 작자와 주제」, 『창작과 비평』3권 3호(11), 창작과 비평사, 1968.
이원주, 「박연암연구-그의 단편소설을 중심으로-」, 경북대 석사논문, 1965.
______, 「양반전고」, 『어문학』16, 한국어문학회, 1966.
______, 「양반전재고」, 『연암연구』, 계명대출판부, 1984.
______, 「연암소설고」(1), 『어문학』15, 한국어문학회, 1966.
______, 「호질의 풍자대상」, 『상산 이재수 박사 환력기념논문집』, 형설출판사, 1972.
이재권, 「연암소설의 성격연구」, 숭전대 석사논문, 1980.
이재선, 「연암소설의 해석학적 문제」, 『진단학보』43, 진단학회, 1978.
이재수, 「박연암소설논고-호질과 허생전을 중심으로-」, 『논문집』10, 경북대, 1966.
______, 「양반전논고」, 『교육연구』5·6합, 경북대 사대, 1966.
______, 「연암소설고」, 『한국소설연구』, 선명문화사, 1969.
______, 「연암소설논고」, 『문학계』1권 1호, 영웅출판사, 1958.
이정주, 「연암소설연구」, 원광대 석사논문, 1986.
이정탁, 「연암문학에 나타난 풍자연구」, 『안동교대논문집』, 안동교육대학, 1969.
이종주, 「박지원 한문단편 연구(Ⅰ)-열녀함양박씨전병서, 마장전-」, 『서강어문』4, 서
        강어문학회, 1985.
이창국, 「연암 박지원의 소설에 나타난 교육적 인간상」, 『교육사·교육철학』3, 서울
        대 석사논문, 1979.
이척수, 「연암소설의 해학성」, 고려대 석사논문, 1971.
이철희, 「양반전소고」, 『국문학』2, 공주사대, 1960.
임용식, 「허생전과 북학의의 비교문학연구」, 성균관대 석사논문, 1964.
임헌도, 「박지원의 대표소설 관견」, 『국문학』8, 공주사대, 1974.
임형택, 「한문단편의 형성과정에서의 講談士-허생고사와 尹映-」, 『한국소설문학의
        탐구』, 일조각, 1978.
장경학, 「한국문화에 있어서 근대적인 기점으로서의 호질」, 『사상계』18, 1955.
장덕순, 「연암 박지원과 그의 소설」, 『새교실』15권 6호(통권 168호), 대한교육연합회,
        1970.

정남수, 「연암소설연구-인간형의 탐색-」, 영남대 교육대학원 석사논문, 1983.
정대구, 「연암소설의 근대적 조명-허생을 중심으로-」, 『명지어문학』15, 명지대, 1983.
정대림, 「연암소설의 효용론적 성격」, 『논문집』11, 세종대학, 1984.
정순임, 「연암소설에 나타난 풍자에 대하여-허생전, 호질, 양반전을 중심으로-」, 『천
　　　잠어문학』3, 전주대, 1985.
정연택, 「연암소설이 추구한 교육적 인간상에 관한 연구」, 강원대 교육 대학원 석사
　　　논문, 1989.
정인숙, 「연암소설에 나타난 풍자성」, 『군자어문학』1, 수도여사대, 1974.
정홍태, 「연암문학연구-소설, 구조적인 면을 중심으로-」, 고려대 석사논문, 1975.
조광문, 「허생전연구」, 성균관대 교육대학원 석사논문, 1984.
조동일, 「박지원의 문학사상과 소설론」, 『한국소설문학의 탐구』, 일조각, 1978.
조미혜, 「허생전의 인물에 관한 연구」, 명지대 석사논문, 1985.
조성항, 「양반전으로 본 연암의 문학사상」, 『성균』10, 성균관대, 1959.
조윤제, 「허생전에 대하여」, 『현대문학』5월호, 현대문학사, 1955.
조진기, 「허생전과 빈처의 대비적 고찰-인물의 현실인식을 중심으로-」, 『영남어문
　　　학』8, 영남대, 1981.
주종연, 「연암 박지원의 한문단편소설에 대한 일고찰」, 『어문학논총』6, 국민대, 1987.
차용주, 「허생전의 모순과 한계성에 대한 고찰」, 『한국학논집』9, 계명대, 1982.
채현수, 「허생전연구-인간형의 비교를 통한 허생의 성격추출-」, 계명대 교육대학원
　　　석사논문, 1976.
천영기, 「연암소설연구」, 동아대 석사논문, 1988.
최석호, 「연암소설의 사상연구」, 조선대 교육대학원 석사논문, 1985.
최정식, 「燕巖과 白菱의 소설에 나타난 풍자구조의 대비연구」, 『논문집』4, 동래여전,
　　　1985.
＿＿＿, 「연암박지원소설의 풍자방법에 대한 일고」, 『논문집』1, 동래여전, 1981.
＿＿＿, 「연암소설의 발생구조주의적 조명」, 『논문집』3, 동래여전, 1984.
＿＿＿, 「연암소설의 풍자성연구」, 동아대 교육대학원 석사논문, 1981.
최창록, 「연암소설의 근대성」, 『한국소설의 문체론적 연구』, 형설출판사, 1973.
한광교, 「연암박지원과 허생전」, 『청주대학보』18, 청주대, 1974.
한영환, 「한문소설의 규정문제-특히 연암작품과 소설규정을 중심으로-」, 『연구논문
　　　집』14, 성신여대, 1981.
허영무, 「허생전연구」, 고려대, 교육대학원 석사논문, 1976.

홍기문, 「박연암의 예술과 사상」, 『현대문화독본(김정환 편)』, 문영당, 1948. 6.
＿＿＿, 「박연암의 예술과 사상-그의 생탄200주년 기념-」, 『조선일보』1942. 7. 27~
　　　　8. 1.
황패강, 「양반전 연구」, 『조선학보』92, 천리대 조선학회, 1979.
＿＿＿, 「양반전연구」, 『한국고전소설연구』, 새문사, 1983.
＿＿＿, 「양반전연구」, 『한국학보』13, 일지사, 1978.
＿＿＿, 「양반전-중간자의 이중성-」, 『조선왕조소설연구(증보판)』, 단국대출판부,
　　　　1981.
＿＿＿, 「연암 허생전의 사상」, 『단원』8, 단국대 총학생회, 1974.
＿＿＿, 「허생전소고-허생의 인간형을 중심으로-」, 『국어국문학』62·63합, 국어국
　　　　문학회, 1973.
＿＿＿, 「허생전소고-허생의 인물형을 중심으로-」, 『한국고전소설』, 계명대출판부,
　　　　1974.
＿＿＿, 「허생전-이상주의자의 성격창조-」, 『조선왕조소설연구(증보판)』, 단국대출
　　　　판부, 1978.
＿＿＿, 「호질-새 인물형과 Allegory-」, 『조선왕조소설연구(증보판)』, 단국대출판
　　　　부, 1981.
＿＿＿, 「호질연구」, 『한국소설문학의 탐구(한국고전문학연구회 편)』, 일조각, 1978.
Friz Vos, 「양반전과 한국의 역사적 운명에 대하여」, 『동박학지』7, 연세대 동방학연
　　　　구소, 1963.
Richard Rutt, 「양반전」, 『한국의 선비문화』, 국제문화재단, 1982.

＊본 연구목록도 번잡을 덜기 위해 박지원의 소설만을 위주로 수록하였고, 기타 박지
원의 사상·비평 및 한시 등에 대한 논문을 제외하였다.

찾아보기

ㄱ

Gale 155
邯鄲記 44
강도몽유록 120, 198
강도일기 230
경성백인백색 75
鏡花緣 51
계모형 255, 350
계축일기 50, 225
癸亥本 161
空觀 163, 168, 172, 276
公案類 49
共存共榮 351
郭索傳 71
郭氏兩門錄 44
곽해룡전 37
광문자전 192
구라게쯔까이 42
瞿祐 83
구운몽 267
국조인물지 209
군담소설 127, 214
권필 71
金道洙 339

金犢傳 39
金良器 32
금산사몽유록 48, 198
금오신화 65
金台俊 19
奇談隨錄 45
기사환국 335
김동욱 148
김만중 86
김병국 153
金甁梅 44, 243
김성기 100
김시습 82
김신선전 89, 192
김양택 170
김열규 165
金鰲新話 99
김일렬 135
김춘택 87, 287, 320
김태자전 39
김태준 21, 24, 36, 219

ㄴ

남영로 69, 74, 358

남영로설 361
남정기 201, 286
南征日記 129, 230
남정일록 222
南興記事 44
魯迅 20, 30
노존본 270

ㄷ

달천몽유록 71
唐山義烈錄 227, 230
당태종전 368, 373
大覺 161
대관재몽유록 70, 124, 198
대비연구 159
桃花扇 44
東廂記 45
洞仙記 38
童話傳說 39

ㄹ

랑송 67
柳夢寅 32
柳成龍 32, 129

ㅁ

마장전 182, 192
明珠寶月聘 244
明行貞義錄 244
몽유록 115

夢字類 50
戊申倡義事實 222, 230
문성궁몽유록 116
문영오 100
민긍기 165
민용전 192

ㅂ

朴晟義 19, 141
박씨부인전 220
박일용 149
박지원 72, 88, 173
배비장전 48, 365
백철 22
飜諺南征記 317, 318
丙子湖南倡義錄 33, 129, 223, 230
瓶仲尊 33
복합구조 353
분충서난록 230

ㅅ

사수몽유록 198
사재동 168
산촌미녀 75
山海經 53
삼국지연의 34, 217
三代忠孝錄 45
三學士傳 129
서대석 120
徐門忠孝錄 45
서울대학본 162, 268

서유기 368
서유영 69, 74
서정록 230
西浦年譜 170
성현경 165
星湖學派 178
蘇雲傳 48
소위포창의록 230
소재영 59, 111, 128, 132
송성욱 392
壽聖宮夢遊錄 198
搜神記 44, 53
수호전 237
수호지 86
申基亨 19, 28, 31
신재효 78
愼後聘 44
심능숙 78
심의 70
심청전 201
沈鐸 134

永陽四難倡義錄 227, 230
예덕선생전 89, 182, 192
玉匣夜話 173
玉樓夢 37, 155, 357
玉麟夢 155
蛙陀獄案 39
玩月會盟宴 73, 244
왕랑반혼전 26, 52
要路院夜話記 43, 57
龍灣聞見祿 129, 230
우상전 192
友情論 182
운영전 197, 204
원생몽유록 122
袁石公 33
圓融象徵 172
元昊 122
위경천전 71
韋旭昇 133
琉球王世子列傳 71
유심 85
劉氏兩門錄 44, 51
유영 212
惟政 227
유충렬전 34, 85
육미당기 39, 68
윤계선 71
尹河鄭三門聚錄 44, 244
乙巳本 161
鷹鸚訟案 39
吏堅志 156
이곡 82

ㅇ

안빙몽유록 116
安諧 73
야동본 393, 394
양반전 184
軟文學 37
聯齋志異 51
열녀함양박씨전 192
염정소설 50

이규보 82
理氣哲學 64
李萬秋 32
이명선 115
이상익 141, 167
이상택 109, 165
李樹庭 101
이시백 221
이옥 72
이우성 180
이원주 124
이윤석 교수 391, 398
李瀷 32
이정작 74
이중언어 77
이혜순 146
인현왕후전 55
일본산천풍속기 75
日本往還錄 129
一元論的 主氣論 108
임경업 230
林慶業傳 129, 219, 230, 233
임제 33, 70
임진록 84, 219
임춘 82
임형택 108
林虎隱傳 38, 154, 155
임화정연 44, 243, 251, 256, 262

ㅈ

張國振傳 37, 38, 154

장끼전 39
장덕순 117, 165
장벽지화 75
再生緣傳 244
적성의전 39
傳奇小說 29
剪燈新話 83
정규복 135, 147, 169
鄭琦和 74
丁卯兩湖擧義錄 227, 230
丁範祖 47
정병욱 103, 140
정상균 19
정주동 99, 139
鄭浚東 339
鄭琢 32, 129
정태제 31
정학성 119, 123, 124
조동일 64, 165, 167
조선명신록 209
趙聖期 339, 340
조웅전 84
趙在三 47
拙修齋集 341
周王山 19
懲毖錄 129, 225

ㅊ

차용주 118, 120
彰善感義錄 44, 45, 338
倡語 92

최남선 29, 31, 102
최삼룡 109
최치원전 64
추풍감별곡 48, 90, 365
春州集 339

ㅋ

콩쥐팥쥐 41
奪忠紓難錄 227
稗史 92
稗說 92
포절군전 70
풍자소설 330
피생명몽록 120, 121

ㅎ

河陳兩門錄 44, 51
韓江玄傳 244
한남본 392
韓淑媛傳 71
한역본 302
한중록 225
許筠 33, 71, 85, 143, 238
현실주의 81
玄昌厦 105
호질 88, 180
홍길동전 86, 134, 236
洪義福 73, 74
華山仙界錄 244
華氏忠孝錄 45
환몽구조 86, 163

활판본 305
황장군전 131
황패강 65, 123
黃愼 32
회산군전 32
孝義貞忠禮行錄 244
흥부전 201

정규복

1927년 서울 출생
아호 石軒

성균관대학교 국어국문학과 졸업
고려대학교 대학원 문학석사·문학박사
國立臺灣師範大學 中文研究所 修學
프랑스 College de France와 파리 7대학 초빙교수
계명대학교 국어국문학과 교수
고려대학교 국어국문학과 교수

현재 고려대학교 명예교수
　　　중국 연변대학 명예교수
　　　東方文學比較研究會 명예회장

저서
구운몽 연구, 고려대학교 출판부, 1974.
구운몽 원전의 연구, 일지사, 1977.
한중문학비교의 연구, 고려대학교 출판부, 1987.
한국고전문학의 원전비평적 연구, 고려대학교 민족문화연구원, 1992.
한국고소설사의 연구, 한국연구원, 1992.
한국문학과 중국문학(증보판), 국학자료원, 2001.

산문집
인생송가, 나남, 1982.
생명의 畏敬, 국학자료원, 2001.
찰나와 영겁, 국학자료원, 2003.
바람 따라 물 흐르듯, 좋은수필사, 2009.

석헌 정규복 총서 4

한국 고소설사의 연구

2010년 2월 25일 초판 1쇄 펴냄

저　자 정규복
발행인 김흥국
발행처 도서출판 보고사

등록 1990년 12월 13일 제6-0429호
주소 서울특별시 성북구 보문동7가 11번지 2층
전화 922-5120~1(편집), 922-2246(영업)
팩스 922-6990
메일 kanapub3@chol.com
http://www.bogosabooks.co.kr

ISBN 978-89-8433-754-1
　　　978-89-8433-750-3 (전8권)

정가 25,000원

사전 동의 없는 무단 전재 및 복제를 금합니다.
잘못 만들어진 책은 바꾸어 드립니다.